KB051706

일러두기

1. 이 글은 특정한 시기의 역사를 배경으로 한 소설입니다.
2. 소설 속에는 실존인물과 실존인물에서 따온 가상인물, 그리고 완전한 가상의 인물이 함께 나오는데
   실존인물이라 하더라도 작가의 상상이 더해진 새로운 인물이라 할 수 있겠습니다.
3. 각주는 본문의 이해를 돕기 위한 것으로, 어떤 것은 통상적인 의미와 다를 수 있습니다.

2014년 4월 19일   초판 1쇄
           5월 20일   2쇄
2015년 9월 14일   3쇄

2018년 10월 30일 개정판 1쇄

글 이규진
펴낸곳 하다
펴낸이 전미정
디자인 정영춘 정윤혜
교정·교열 최효준 황진아
일러스트 최민경
출판등록 2009년 12월 3일 제301-2009-230호
주소 서울 중구 퇴계로 182 가락회관 6층
전화 070-7090-1177
팩스 02-2275-5327
이메일 go5326@naver.com
홈페이지 www.npplus.co.kr
ISBN 978-89-97170-42-5 03810
정가 14,000원

ⓒ 이규진, 2018

도서출판 하다는 (주)늘품플러스의 출판 브랜드입니다.
이 책은 저작권법에 따라 보호받는 저작물이므로 무단 전재와 무단 복제를 금지하며,
이 책 내용의 전부 또는 일부를 이용하려면 반드시 저작권자와 (주)늘품플러스의 동의를 받아야 합니다.

파
체

이규진 장편소설

파체 破涕

"파체라는 말을 아느냐."

"어려운 말은 모르옵니다."

"눈물을 거두란 뜻이다. 슬픔을 끝내고 기쁨을 얻으란 뜻이니 내 오늘 너로 인하여 그 말의 뜻을 알겠다."

"제게도 한 뜻이 떠올랐나이다."

"무슨 뜻이려고?"

"먼 데 나라 말로 그것은 평화를 부르는 말이라 하옵니다. 그 나라 백성들은 마음이 곤고할 때 하늘을 우러러, 우리에게 평화를 주옵소서, 하고 아뢴다 하나이다."

차례

눈 오는 날

세상이 온통 고요한데 한 소리만큼은 뚜렷했다. 눈이 오고 있었다. 노인은 간신히 몸을 일으켜 앉았다. 희한한 일이기도 하지. 어찌하여 눈 오는 소리가 다 들린단 말인가. 늙으면 듣는 것이 성치 않으련만 눈 내리는 소리는 노인의 귓전에 선명하게 다가왔다. 그 약하고 작은 것이 지상의 한 점 위에 닿을 때 나는 소리도 제각각이어서 나뭇가지 위에 내리는 소리가 다르고 섬돌 위에 앉는 소리가 달랐다.

그래, 먼 옛날에도 이 소리를 들은 적이 있었지. 하늘과 땅이 희고 사람마저 희어서 천지를 분간할 수 없던 그때, 오직 귓속을 채우던 것은 눈 오는 소리였다.

눈 오는 소리는 노인을 어느 먼 시간 속으로 데려갔다. 감은 눈꺼풀 뒤로 그리운 날들의 풍경이 밀려들어 왔다. 잊을 수 없는, 잊히지 아니하는 기억들이었다.

사랑.

사랑했던 사람들.

그리움으로 사무치는 날들이었다. 온몸이 저려오는 통증에 노인은 눈을 떴다. 바깥에서 인기척이 났다.

"어르신. 저 지금 도착했습니다. 기침하셨습니까."

노아가 돌아왔다. 대처에 심부름 보낸 지 보름 만이었다.

파체破涕

"들어오너라."

아이가 서늘한 기운과 함께 들어왔다. 겨울바람에 볼이 상기되어 있었다. 노아가 방에 들자마자 넙죽 엎드려 절을 했다.

"잘 다녀왔느냐."

"예. 분부하신 대로 모두 구해 왔습니다."

노아가 명주에 싼 물건들을 내밀었다. 십자고상, 성모상, 묵주 같은 성물이었는데 노아는 대처에 나가면 이런 것을 구해 왔다. 그것을 본으로 삼아 똑같은 것을 여러 개 만들어 교우촌이나 은밀히 믿는 이들에게 가져다주었다. 노아가 하는 일은 또 있었다.

"날이 추운데 고생 많았다. 그래, 이번에 나가서 들은 이야기는 없느냐?"

노아는 대처에 나갈 때마다 죽은 이들의 이야기를 모아들고 왔다. 신유년1801년의 박해와 그 후에도 이어진 크고 작은 수난으로 세상을 떠난 이들의 사연이었다. 믿음을 저버릴 수 없어 죽음을 택한 이들의 이야기가 고을마다 넘쳤다. 누군가는 그 이야기들을 모아 다음 세상에 전해주어야 했다. 노인은 신유년의 그날이 있은 후로 남은 생을 그 일에 바치기로 하였다. 일흔을 넘긴 나이에도 이토록 기억이 선명하고 귀가 밝은 것은 그 일을 하기 위함이라고 여겼다.

몸이 불편해 움직이지 못하는 그에게 노아는 축복 같은 아이였다. 아이는 성 밖 길가에 죽은 채 버려진 어미의 품에서 젖을 빨고 있었다. 어미는 아이와 함께 십자가를 가슴에 품고 있었는데 시신을 치우던 관졸이 그 위에 침을 뱉으며 욕을 했다. 재수 없게 아침부터 서학쟁이 여편네 송장을 치우게 생겼네, 서방이 서학귀신 붙어서 미쳐 날뛰면 여편네라도 제정신이어야 할 거 아니여, 이 어린 것은 무슨 죄여, 부모 잘못 만난 죄루다가….

노인은 관졸에게 수중에 지닌 돈을 다 주고 시신과 아이를 샀다. 어미는 성 밖 양지바른 산자락에 묻어주었고 아이는 업고 내려왔다.

길에서 얻은 아이라 노아路兒라고 이름하였다. 아이는 잘 자랐다. 노인은 노아가 자라서 말귀를 알아들을 무렵 아비와 어미가 어찌하여 죽었는지 이야기해주었다. 사랑을 증거하다 죽었다는 어려운 이야기를 아이는 쉽게 알아들었다.

"그런데 어르신. 이번에 도성에 갔다가 퍽 기이한 이야기를 들었습니다. 도성 북쪽에 폐가가 하나 있는데 거기서 밤마다 흰옷 입은 도령과 선녀 같은 여인이 나타난다고 합니다. 그 집에 무슨 사연이 있는지요? 본래는 궁궐만큼이나 크고 아름다운 집이었다 합니다."

도성 밖 대저택의 이야기.

노아가 무원당 이야기를 듣고 온 것이다. 노인의 심장이 요동쳤다. 손끝도 떨려왔다. 아니, 이미 온몸이 떨고 있었다. 노아가 자리를 보아 노인을 눕게 하고 나갔다.

노인은 해 저물 때까지 꼼짝도 않고 자리에 누워 있었다. 그리워질까 두려워 가슴 깊이 묻어 두었던 이야기가 자꾸만 마음의 빈틈을 비집고 새어나왔다. 이야기는 노인의 가슴을 채우고, 의식을 채우고 급기야 공간을 가득 채워 옴짝달싹도 못하게 했다. 아, 그러니 이제 그 이야기를 써야 할 때가 온 것이다. 노인은 다시 몸을 일으켜 앉았다. 그렇게 한참을 맞은편 벽만 바라보다가 이윽고 붓을 들어 첫 문장을 마련하였다.

이것은 오래된 이야기.
내 아름다웠던 젊은 날의 기록이다.
사랑으로 충만했던 그 날의 기억들을 어찌 다 말로 할까.
이제 둘 데 없이 그리운 이 마음을
부질없이 종이 위에 남긴다.
이 가슴에 고인 눈물,
이 눈동자에 맺힌 추억,
이 손에 닿았던 기쁨과 슬픔의 순간들이
글로써 다 맺어지지 못한다 할지라도
다만 먼 데 벗들이 알 것이니
나는,
그것으로 되었다.

하일대주

몹시 뜨거운 여름날. 임금은 그날도 수원부 이곳저곳을 미복잠행하고 있었다. 현륭원 이장 문제나 화성행궁 공사로 혹시라도 백성의 원성이 있지나 않을까 하여 직접 살피려는 것이다. 현륭원과 행궁 인근에 사는 백성들이 불만을 갖지 않게끔 충분한 보상을 해주고 공사 때문에 고초를 겪지 않도록 사전 준비를 철저히 하긴 했지만 그래도 모를 일이었다. 세심한 임금은 민심을 살피러 틈이 날 때마다 도성에서 백 리 떨어진 이곳을 불시에 드나들었다. 그렇게 수원부 거리를 돌아다니면 아무도 이 초라한 행색의 선비가 임금인 줄을 몰랐다.

한가로이 걷고 있는 임금 눈에 때마침 행궁 앞 십자로에 벌어진 놀이판이 걸려들었다. 구경꾼이 제법 모여 있었고 어떤 미친 놈 하나가 이리 펄쩍, 저리 뚱땅거리며 광대놀음을 하고 있었다. 멀쩡하게 생긴 녀석이 일인극*을 하고 있는데 제법 이야기를 맛깔나게 풀어내고 있었다. 옳거니, 이런 건 놓칠 수 없지. 도성으로 돌아가기 전에 저 녀석 사설이나 좀 들어봐야겠다 싶어 임금은 사람들 틈에 자리를 잡았다.

어떤 가난한 촌놈이 어쩌다 잘난 아들을 낳았단 말이야. 나같이?
그 아이가 자라서 아버지한테 여쭙는 말이,

---

* 여기 등장하는 일인극의 내용은 다산 정약용의 '하일대주(夏日對酒)'에서 차용하였다.

파체破涕

"아부지, 아부지, 제가 이제 구경九經*을 읽어
세상 돌아가는 이치를 깨달았으니
이제 과거를 보아 급제를 하면 홍문관에 들어갈 수 있나요?"
그러자 그 아버지 하는 말이 이렇다네.
"아들아, 아들아, 꿈도 꾸지 마라.
넌 처음부터 낮은 족속이니
임금 곁에 가는 건 당치도 않단다."

혼자서 아들도 되었다가 아비도 되었다가 하는 얘기에 빠져 구경꾼
들이 배를 잡고 웃었다. 그러자 이야기꾼은 신이 나서 다음 이야기를 이
어갔다. 아들은 이제 무관이 될 포부를 밝혀보지만 아무것도 해줄 수
없는 아비는 이번에도 타박을 놓았다.

"에끼 이놈아!
어림도 없는 소리 마라.
넌 날 때부터 낮은 족속이라
오군영 장군 수레를 타는 건 있을 수 없는 일이여!"

꿈이 꺾인 아들은 이제 임금 곁의 고관이 아닌 시골의 관리가 되어
한평생 편하게 살아볼 참이다. 하지만 어쩌랴. 그것마저도 언감생심인
것을. 날 때부터 가난해서 아무것도 할 수 없는 운명에 그는 좌절한다.

아아, 책이고 활이고 다 필요 없어.
공부는 해서 어디 쓰고 무예는 익혀서 무얼 할 텐가.
저포놀이, 강패놀이, 마조놀이에
인생을 버리고 늙어가네…

* 주역, 시경, 서경, 논어, 맹자 등 중국의 아홉가지 경서

미래에 대한 꿈을 포기한 젊은이가 마침내 타락해 버린 것이다. 인생을 버리고 늙어가네… 하는 장면을 연기할 때 이야기꾼의 목소리는 떨렸고 눈가엔 잠시 눈물이 맺히는 것도 같았다. 어쩌면 그는 자신의 이야기를 하고 있는 걸까. 임금은 구경꾼들 틈에서 이야기꾼의 연기를 하나도 놓치지 않고 지켜보았다. 이야기는 그것으로 끝이 아니었다.

그런데 말야! 이번에는!
권세 있고 돈 많은 가문에서도 아들이 태어났어!

이야기 속의 권세가 도령은 어찌 되었을까. 구경꾼들이 침을 꼴깍 삼켰다. 귀한 가문에 비단옷 두르고 태어난 도련님은 아무것도 하지 않아도 저절로 좋은 벼슬 얻고 승승장구할 것 같았지만 그 역시도 타락해버린다.

이야기꾼은 노래한다.

놀고먹으면서도 벼슬길에 오르니
공부는 해서 무얼 하며,
무예는 익혀서 무얼 할 텐가!
아아, 이러니 어찌 나라 위한 재목이 될까!

뜻밖의 반전에 구경꾼들의 웃음이 터져 나오고 순식간에 긴장이 풀어졌다. 대개 가난한 백성들이거나 출사를 못한 양반 나부랭이들이었다. 다들 자기 이야기에 그토록 즐거워하는 것이었다. 이야기가 재미있었고 사람의 마음을 쥐락펴락하는 이야기꾼의 말솜씨며 노래 가락이 일품이었다. 임금도 함께 웃었다. 하지만 마냥 웃어넘길 수만은 없는 이야기였다. 아무것도 할 수 없는 젊은이와 그 무엇도 할 필요가 없는 젊은

이. 둘 다 꿈도 희망도 없이 타락해 버린 것이다. 임금은 놀이가 끝나기를 기다려 이야기꾼을 불렀다.

"이보게. 젊은이. 여기 좀 와보오. 거, 얘기가 참 재미지구려."

태윤이 건들건들 다가가 절을 꾸벅했다. 땀 냄새에 설핏 술 냄새가 났다. 낮술 한 잔 한 모양이었다.

"그러셨습니까? 제 얘기가 재미났다니, 거 선비님도 맺힌 게 많은 모양입니다."

명랑한 것도 같고 빈정거리는 것도 같은, 하지만 서글프게 느껴지는 말투였다.

"그, 그렇지. 내 행색을 보게. 부끄럽지만 나도 과거만 이십 년일세. 올 해도 낙방일세, 그려. 껄껄껄. 그래, 보아하니 자네도 양반가 자제인 것 같은데 과거는 봤는가?"

"아니요. 그런 건 봐서 뭣 합니까?"

"왜? 혹시 아나? 열심히 공부했으면 붙을지도 모르잖은가. 나야 이제 늙어서 재미삼아 과거를 본다지만, 자네야 앞길이 창창하지 않은가?"

만년 낙방생 양반님네의 속없는 소리에 태윤은 어이없다는 듯 한숨을 푹 내쉬고는 땅바닥에 털썩 주저앉았다. 이럴 때 태윤은 장터에서 막 살아온 티가 난다. 선비가 태윤 곁에 다가와 앉았다. 그때 줄곧 선비와 함께 있던 사내가 당황하는 기색을 보였다. 그의 눈동자가 날카롭게 빛났다.

태윤은 아까부터 이 두 사람이 어쩐지 좀 의아했다. 추레한 행색의 선비와 이토록 말쑥한 사내라니. 왜 같이 다니지? 부자지간인가 싶어 잠시 선비와 젊은 남자를 번갈아 바라보다가 얼른 눈을 돌렸다. 사람을 쏘아보는 사내의 눈빛이 예사롭지 않은 것이다. 하지만 뭐 어떠랴. 그 둘이 누구든 어떤 사이든 중요치 않다. 태윤은 오늘 이상하게도 가슴 속 말을 꺼내놓고 싶다. 어젯밤 자운각에서의 일도 그렇고 요즘엔 매사 울적하고 답답해 무얼 해도 기분이 개운치가 않았다. 지금 말을 걸어 온 양반은 시골에서 과거 보러 왔다 내려가는 길인가 본데 마치 바람에 하는 것 마냥 속마음을 털어놓기에 좋은 상대인 것 같았다. 태윤은 잠시 머뭇거리다가 어젯밤의 일을 얘기했다. 재물과 권력을 가진 세도가와 기루에서 악기를 연주하는 양반가의 여인, 그리고 세상의 모순에 저항하려다 실패한 젊은이의 이야기였다. 얘기하고 보니 그럴듯했다. 선비도 솔깃한지 집중해서 들어주었다.

아, 역시 난 이야기를 잘해. 이참에 전문 이야기꾼이나 되어볼까. 태윤은 사회 부조리 고발이라는 지식인의 소명을 다한 것처럼 으쓱한 기분이 들었는데 선비의 반응은 뜻밖이었다.

"허어… 거 자네도 패관소설깨나 읽었나 보이. 그거 다 허황한 잡소리라라네. 임금이 그런 걸 그렇게 싫어한다는데⋯. 에끼. 이 사람아! 그러니 과거시험 볼 생각도 안 하는 게지⋯."

선비가 들을 때는 재미나게 들어놓고선 막상 얘기가 끝나자 타박을 했다.

에이, 괜히 얘기했나. 태윤은 자기가 지난밤 겪은 가슴 아픈 이야기를 싸구려 소설 취급해버리는 선비가 야속하고 짜증났다.

"선비님! 모르시나 본데 글을 많이 읽고 문장을 잘 지어도 돈이 없으면 과거를 보기 어렵다구요! 과거를 보아 용케 급제를 한다 해도 권세가의 배경이 없으면 벼슬을 얻기 어렵구요. 벼슬을 얻는다 해도 뜻을 펼칠 수 있는 청요직淸要職으로 나갈 수는 없구요. 그건 본래부터 있는

파체破涕

집 자식들의 것이니까요. 뭘 알구나 말하쇼! 아, 진짜! 주상전하란 양반은 이런 사정을 대체 알기나 할까 몰라! 하긴 주상전하 나리가 저 같은 촌놈의 시름까지 아실 리 없죠. 허구한 날 구중궁궐 속에 갇혀 통촉하여주옵소서, 성은이 망극하여이다, 이딴 소리나 듣고 계실 테니. 그러니 저 같은 한미한 서생은 내일 없이 그저 오늘 하루를 살 뿐입니다, 예. 아무렴요, 오늘 재미지게 살고 내일은 그냥 죽을랍니다! 콱!"

태윤이 격앙되어서 퍼부어대자 선비가 좀 미안했는지 달래는 투로 말했다.

"아닐세, 아닐세. 꼭 그렇지만은 않을 걸세. 임금님도 나름 애쓰고 계시지 않겠는가. 그러니 너무 낙심 말게. 사람 일이란 모르는 걸세."

"그거 다 속임수라니까요. 나, 원 참. 말하다보니 임금인지 소금인지 무진장 짜증날라구 그러네. 제길, 그런 되도 않은 희망이 더 괴로운 법이라구요. 차라리 포기하면 편해요. 저 같은 근본 없는 서얼 나부랭이가 과거에 급제를 한들 말직이나 얻을 수 있겠습니까. 그저 과거 급제한 이력으로 서당 훈장이나 하며 먹고 살겠지요. 저는 훈장질은 싫습니다."

태윤은 임금이 서얼허통을 해서 서자들도 관직을 얻기는 하지만 한계가 있다고 항변했다. 진짜 중요한 자리는 주지 않으면서 생색만 낸다는 것이다. 그러면서 제 꿈은 그것보다 큰데 어쩌다 운 좋게 작은 자리를 얻어 일하다가 성에 안 차 일을 그르치면 어떻게 하냐며, 그럴 바에야 차라리 그냥 지금처럼 한량으로 살겠다고 했다. 선비가 그러면 평생 한량으로 살 만큼 재물은 있냐고 물었더니 그건 아니란다.

"그럼 무슨 재주로 앞가림을 할 텐가? 장가도 들고 자손도 봐야 할 것이 아닌가?"

"에이, 장가는 무슨. 어떤 얼빠진 처녀가 나 같은 놈한테 시집오려고 하겠습니까. 저 한 몸이야 그냥 되는대로 살면 되지요. 저 이래 봬도 재주가 많습니다. 글도 잘 하고, 그림도 잘 그리고, 의술도 쓸 줄 알고, 춤이며 노래도 잘 합지요. 아까 선비님도 보셨잖아요? 못하는 게 없다구요. 제가!!!"

못하는 게 없다구요, 제가!!!! 하면서 가슴을 팡팡치는 태윤을 보며 선비는 웃었다. 우스워서 웃은 게 아니라 마음이 아파서 웃었다. 가진 재주가 있어도 펼치지 못하는 청년의 절망이 안타까운 것이다.

태윤의 이야기가 계속되었다.

"아, 그리고 여기저기 가본 데도 많고 어… 이건 선비님께만 하는 얘기인데 저는 몰래 국경 넘어 연경에도 여러 번 갔다 왔습죠. 사람들 부탁으로 저어기 서역 책도 사주고, 진귀한 거, 그런 거도 대신 사다 주고, 중국말도 잘하니까요. 히힛! 연경에… 거기 정말 재미난 거 많아요. 선비님도 뭐 필요한 것 있음 말하쇼! 내 뭐든 사다 드리리다. 오늘 이렇게 만난 것도 인연이나… 아, 그리고 뭐, 가끔 시도 한 수 써주고 그림 한 점 그려주면 한동안 먹고살 만큼 돈이 생기죠. 약방문이며 송사문도 써주고, 춤이며 노래도 하고, 지금처럼 얘기 한 자락 풀면 그것만으로도 술 한 잔 먹을 만하고요. 이래저래 나 하나 살기엔 나쁘지 않습니다."

선비가 푸훗 하고 웃더니 또 물었다.

"만약 나랏일을 하게 되면 무얼 하고 싶은가?"

그때 태윤이 땅을 박차고 벌떡 일어났다.

"아이 참, 어르신. 왜 자꾸 그런 건 물으십니까? 되지도 않을 걸 꿈만 꾸면 뭘 합니까? 괜히 허파에 바람 들어서 숨도 못 쉬면 어쩌려구 그러십니까."

발끈하는 소리에 선비도 같이 일어났다. 선비 옆에 나무처럼 서 있던 젊은이가 매섭게 태윤을 쏘아보았다. 태윤이 움찔했다.

"이런, 이런. 젊은이. 화내지 말게. 내 오늘 말벗 해준 것에 대한 답례로 좋은 정보 하나 줌세. 조만간 수원부 유생들을 대상으로 특별 과거시험이 있다고 하네. 내가 발이 좀 넓어서 조정에 소식통이 있단 말일세. 허허, 과거 시험 보러 하도 들락거리다보니…. 그러니 이건 아주 정확한 새소식이라네. 믿으시게. 나야 여기 호적이 없어서 못 보지만 자넨 그 시험에 꼭 응시해보게나."

"그거요? 이 년 전에도 있었는데요. 전 뭐 별 관심 없습니다."

태윤은 이 년 전 그 시험을 놓친 적이 있다. 임금이 수원을 특별히 생각하시어 지역 인재를 등용하기 위해 마련한 과거시험이었는데 그만 늦잠을 자서 과장에 들어가지도 못한 것이었다. 그런데 선비의 말에 따르면 또 시험이 있다고 한다. 태윤의 마음속에 잠시 갈등이 일었다. 그때 과장 입장을 거절당할 때 시험관에게 이까짓 시골 과거시험 볼까보냐며 없는 자존심을 잔뜩 세우고 돌아온 터였다. 다시 한 번 도전해 볼까. 보기만 하면 급제는, 아니 장원은 내 것일 것 같았다. 하지만 뭘 또 봐. 태윤은 그때 그 과거시험을 생각하니까 금세 기분이 언짢아져서 입을 삐죽거렸다. 흥! 그까짓 것. 하든가 말든가!

태윤이 시험에 별 관심을 안 보이는 것 같자 선비는 휴대용 붓을 꺼내 종이에 무언가를 적고 조그만 도장까지 찍어주었다. 과거를 자주 보러 다니는지 종이며, 붓에 도장까지 휴대하고 있었다.

"자자, 그러지 말고, 이것 받아둠세. 내 이름자를 걸고 젊은이에게 알려주는 것이니 꼭 한 번 도전해보게나."

태윤은 선비가 준 쪽지를 건네받아 보지도 않고 저고리 안섶에 넣었다. 뭐 대단한 사람이라고 자기 이름까지 적어 주나, 순진한 시골 양반

이 참 세상 물정 모르고 산다 싶은 것이다. 태윤은 과거에 뜻을 두면
나도 저 양반처럼 되겠구나 싶어 심란했다.

파체破涕

그날 이후 대여섯 달쯤 지났을까. 그 선비의 말대로 수원에 특별 과 거시험이 열린다는 소식이 들려왔다. 응시 자격은 수원과 그 인근 고을 에 주소를 둔 남자이기만 하면 되었다. 양반이냐 서얼이냐 하는 것은 가리지 않는다 하였다. 태윤은 눈이 번쩍 뜨였다. 입신양명이고 과거시험 이고 포기한 지 오래였건만 행궁 앞에 나붙은 방榜을 보는 순간 갑자 기 알 수 없는 의욕이 생겨났다. 하! 이것 참…. 전에 만난 그 선비, 혹시 도인이 아닌가? 세상 답답해하는 내 처지를 아시고 하늘에서 내려 보낸 귀인이 아닌가 하는 생각마저 드는 것이다.

그렇다면 김태윤, 너에게 온 일생일대의 기회를 놓치지 말라고. 왠지 하늘이 돕고 있는 것 같은 기분에 태윤은 집으로 달려가 묵혀 놓았던 서책들을 다시 꺼내 들었다. 이미 만 권의 책이 머릿속에 들어 있지만 그 래도 시험이라니 무언가 성의를 보여야 하지 않겠는가! 내 어떤 문제라 도 일필휘지로 써 내려가리. 태윤은 얼른 과거시험 날이 오길 기다렸다.

시험결과가 발표났는데 문과에서 다섯 명이 급제했다. 그중 태윤이 1등이었다. 그것도 2등과 큰 차이를 보이는 장원이었다. 태윤은 당연한 결과라고 생각했다. 문장으로써 나를 당할 자는 적어도 조선 땅에는 없다! 태윤은 스스로 그렇게 생각했다. 내 시를 읽고 눈물 흘리지 아니

한 여인이 있었던가, 내 글을 읽고 탄식하지 아니한 선비가 있었던가, 적어도 문자를 아는 이라면 그 누구라도 내게 반하지 않고서는 아니 되리. 태윤은 기고만장했다.

그러나 장원급제의 기쁨은 그리 오래가지 않았다. 생각지도 못한 문제가 발생한 것이다. 태윤이 부정응시생으로 판명이 났다. 수원부 출신이 아니라는 것이다. 태윤은 그럴 리가 없다며 항의했지만 확인해보니 태윤의 호적과 주소가 한양 가회방嘉會坊으로 되어 있었다. 분명 수원에서 태어났고 지금껏 수원에서 살고 있건만 이것이 어찌 된 일인가, 하였더니 태윤의 호구단자*가 한양과 수원 두 군데에 다 있었는데 지금은 한양에만 남아 있다는 것이다. 반쪽일망정 그래도 양반이랍시고 아버지의 가문에 넣어주고자 외할머니가 호구단자를 한양에도 보내면서 수원에 있는 것은 말소한 모양이었다.

태윤은 크게 낙심했다. 사건은 단지 급제가 취소되는 것으로 끝나지 않았다. 감히 임금을 속인 죄로 태윤은 옥獄에 갇히게 되었다. 임금께서 수원부를 매우 사랑하시어 특별한 과거 시험의 은혜를 베푸셨건만 이를 악용하여 성총을 저버렸다는 것이 죄목이었다.

태윤의 한숨이 동헌 옥 바닥에 푹푹 내리 꽂혔다. 아, 난 뭘 해도 안 되는 인생이구나. 뒤로 자빠져도 코가 깨진다더니 딱 그 꼴이었다. 출생신고가 이중으로 되어 있을 줄이야. 그래도 잠시 꿈이나마 꾸어 보았던 것이 행복이라고 해야 할까. 과거를 보고, 장원을 하고, 출사를 하고, 나라를 위해 일하는 꿈. 그래, 그 꿈이 그냥 꿈이었구나. 태윤은 옥 바닥에 드러누웠다. 그러자 갑자기 서러운 생각이 들어 소리 내어 울기

---

* 조선시대 호적 관련 문서

시작했다. 옥지기가 시끄럽다고 타박했다. 그럴수록 더 큰 소리로 울었다. 이판사판, 어차피 지지리 복도 없는 인생 차라리 곤장에 맞아 죽겠소, 하고 울었다. 얼마나 울었을까. 억울함과 설움이 북받쳐 저도 모르게 벽에 대고 육두문자까지 섞어 욕을 하며 울었더니 가슴이 좀 후련해지는 것 같았다. 그렇게 하룻밤 옥살이를 하고 난 다음 날 아침이었다. 조금 높아 뵈는 관리 하나가 들어와서 옥문을 열어주었다.

"거, 밤새 시끄러워 죽을 뻔했소. 나와 보시오."

아, 이제 형이 집행되는 건가. 죽게 되나. 정말 그런 걸까. 하지만 억울하다. 내가 알고도 그리 한 것은 아니지 않은가.

"형은 언제 집행되오?"

태운은 부은 눈을 하고서는 짐짓 태연한 척 물었다. 하지만 울음으로 쇠어 버린 목소리 끝이 떨리고 있었다.

"무슨 형 말이오?"

"제가 주상전하를 기만하였다 하니 이제 곧 사약을 받지 않겠소?"

관리가 한심한 듯 쳐다보더니 말을 이었다.

"사약은 아무나 받소? 이 양반 공부는 헛했나 보네. 그것도 왕실 종친이거나 조정의 중신이라야 받는 것이오."

관리의 핀잔 뒤에 '부정응시생 주제에…' 하는 조롱이 담겨 있는 것 같아 태운은 또 버럭 성질이 올라왔다. 그렇지만 참기로 했다. 사나이 대장부, 어차피 한 번은 죽을 목숨, 기개 있게 죽으리라… 하였다가 갑자기 무서운 생각이 들었다. 죽는다는 건 아무래도 무서운 것이다.

"그럼 무슨 벌을 받게 되오? 어, 어떻게 죽게 되오?"

"글쎄올시다, 난 모르오. 수원부사께서 찾으시오. 가서 바짓가랑이 잡고 빌어보시오. 설마 죽이기야 하겠소?"

치治

관리는 시큰둥하게 대답했다. 네가 죽든 말든 내 알 바 아니라는 듯. 태윤은 울어서 부은 얼굴과 꾀죄죄한 옷차림으로 동헌으로 끌려갔다. 수원부사가 동헌마당에 무릎 꿇린 채 앉아 있는 태윤을 보고는 피식 웃었다.

"너냐? 지지리도 운 좋은 놈이…."

운 좋은 놈이라니? 저 양반이 사람 놀리나? 죽일 거면 그냥 죽일 것이지 끝까지 사람 약 올리네. 태윤은 뿔이 나서 혼잣말로 구시렁거렸다.

부사는 태윤을 보고는 별 다른 조치도 없이 그냥 들어가 버렸고 그 대신 비장 하나가 다가와 태윤을 일으켜 세웠다. 비장은 태윤을 동헌 구석방으로 데려가 낯을 씻고 옷을 갈아입게 했는데 그러는 동안 한마디도 하지 않았다.

뭐야. 죽이기 전에 말끔하게 해서 죽이려는 건가. 죄 중에 임금한테 지은 죄라 특별대우 해주는 건가. 하긴 더러운 몰골로 죽은 것보다는 깨끗한 송장이 치우기에도 낫겠지 싶었다. 그래도 옷은 좀 맞는 걸로 줄 것이지, 벙벙하니 이게 뭐냔 말이다. 태윤은 옷을 갈아입는 내내 투덜거렸다. 죽는 것보다 당장 옷 태가 안 나는 게 더 불만인 것처럼.

비장이 태윤을 데리고 행궁으로 향했다.

행궁! 행궁이 완공되었다는 얘기는 들었지만 이렇게 행궁 안을 들어와 보기는 처음이었다. 곧 벌을 받고 죽을지도 모른다는 생각을 하면서도 태윤은 주변을 두리번거리며 궁의 만듦새를 눈여겨보았다. 한눈에 보기에도 단단하게 잘 지은 궁이었다. 도성의 정궁은 이보다 더 크겠지? 이 정도면 그만큼은 아니더라도 버금은 가리라.

태윤은 건축에 일가견이 있다. 어릴 적부터 나뭇가지며 돌멩이 따위를 모아 장난삼아 집을 지어보고는 했던 것이다. 집짓기 놀이뿐만 아니라 무엇이든 척척 잘 만들어냈다. 나무를 깎아서 외할머니가 쓸 반짇고리도 만들고 초를 녹여서 꽃이며 새도 만들었다. 웬만한 장난감 정도는 그냥 저 스스로 만들어서 가지고 놀았다.

그럴 때마다 외할머니는 걱정을 했다. 양반의 자손이 손재주가 많아서 좋을 게 없느니라, 너는 글을 해야지. 그러면 어린 태윤은 이렇게 말했다. 외할머니, 글은 해서 무엇 합니까, 밥이 나옵니까, 옷이 나옵니까, 이웃집 진사나리는 만날 글을 읽는데도 가난을 면치 못합니다.

달리 하는 일도 없이 매양 글만 읽는 진사는 아버지 없이 자라는 태윤을 귀여워해주었다. 태윤은 진사의 집에 가서 자주 놀았는데 어린 눈에도 글만 읽고 살림 늘릴 생각은 하지 않는 진사가 무척 안타까웠었다. 아무짝에도 쓸모없는 경전 따위를 읽고서 어찌 그것으로 삶을 이어나갈 수 있단 말인가. 양반은 가만있어도 밥이 나오는 것이 아닐 터인데.

태윤은 재주를 선택할 수 있다면 글재주보다는 집 짓는 재주를 갖고 싶다는 생각을 한 적이 있다. 쉼을 주고, 위안을 주며, 평온을 주는 그런 집을 지어 사랑하는 이들과 함께 살고 싶은 것이다.

태윤은 큰 문과 쪽문을 여러 개 지나가면서 전체적인 구조를 유심히 살피며 걸었다.

"뭘 그리 쳐다보시오? 죄인이…"

"죄인은 뭐, 보지도 못한답니까."

"어허. 이 양반이. 과거시험 부정으로 패가망신하게 생겼으면서도 배짱 하나는 두둑하시네. 여긴 말이오. 임금님이 수원 오실 때마다 머무시는 행궁이란 말이오. 사실 죄인은 들어오지도 못하는 곳인데…. 여하튼 자세를 낮추시오."

태윤은 그제야 고개를 숙이고 걸었다. 그때 행궁 정문 누각에서 누군가 내려오는 게 보였다. 늘씬한 체격에 수려한 용모를 지닌 무관이었다. 눈에 확 띄었다. 그가 들어서자 궁인과 군사들이 깍듯이 예를 갖추어 절을 했다. 태윤은 어렴풋이 그 얼굴이 기억났다. 맞아, 당신은 그때 그 선비와 함께 있던 젊은이가 아닌가. 한마디 말도 없이 선비 곁을 지키던 그 날렵한 무사! 태윤은 그를 알아본 순간 반가운 마음에 저도 모르게 손을 번쩍 들어올렸다.

"앗! 형씨! 나요! 나! 그때 우리 요 앞 십자로에서 만났잖소. 생각나시오?"

태윤의 반가운 척에도 불구하고 무사의 표정은 쌀쌀맞았고 눈빛은 날카로웠다.

저 눈빛, 그래 저 푸른 기운이 감도는 눈빛 때문에 내가 널 확실히 기억해. 태윤은 자기를 알리고 싶어 거듭 아는 척을 했다.

"아, 내가 지금 행색이 이래놔서 형씨가 기억 못 하나 본데, 왜 있잖소. 우리 지난여름에 만났잖소. 행궁 앞에서 그 선비님과…"

"그만 떠들고 따라오시오."

무사는 태윤의 말을 차갑게 무시하고는 뒤쪽으로 난 문으로 빠져나갔다.

"응? 따라오라고? 아, 알겠소."

태윤은 무안한 기분을 무마하려는 듯 빠른 걸음으로 무사를 뒤쫓아 갔다. 무사는 몇 개의 문을 지나 행궁 가장 뒤쪽까지 갔고 그대로 산으로 올라갔다. 걸음이 몹시 빨랐다. 마치 바람 같았다. 무사를 따라갈 때 태윤은 그 어떤 긴장된 기운을 느꼈다. 좁은 산길 여기저기에 군사들이 보였다. 무사가 지나갈 때마다 군사들이 그들만의 신호 같은 것으로 기척을 했다. 다들 체격과 인상이 좋아 보였는데 특별히 그런 자들로만 가려 뽑은 것 같았다.

이 젊은 무사는 무얼 하는 자일까. 예사롭진 않아 보이는데 지위도 꽤나 높은가 보군. 그렇담 이 자와 함께 있던 그 선비는? 무사를 뒤쫓아 가면서도 태윤의 머릿속은 분주하게 움직였다. 그런데 도대체 어딜 가는 거지? 산에 가서 쥐도 새도 모르게 죽여 버리려고 그러나? 태윤은 아무도 모르는 곳에서 남몰래 죽고 싶진 않았다. 부정응시로 임금을 속인 죄가 있다고는 하지만 고의는 없었다는 것을 좀 알아주면 좋으련만. 그러면 품위 있게 죽게 해줄 수도 있지 않겠는가 말이다. 어차피 인간은 누구나 죽는 것. 죽을 때 장소와 인연을 가리고 싶은 소망이 내게도 있단 말이다… 하고 생각하다가 느닷없이 또 억울해졌다. 아니, 이게 그렇게 죽을죄인가 말이다. 임금은 자비롭고 어진 분이라는데 나 같은 놈 죽여서 무슨 덕을 쌓으시려고! 태윤은 살고 싶어졌다. 갑자기 세상 모든 것이 그리워졌다.

"어, 어딜 가시는 거요? 좀 알고나 갑시다."

태윤의 물음에도 무사는 답이 없었다. 도대체 말이 없는 인간인 것 같았다. 태윤도 더 묻기 싫어서 그저 말없이 따라갔다. 산 중턱 그리 높지 않은 지점에 작은 정자가 하나 보였다. 빠른 걸음으로 먼저 앞서간 무사가 정자 앞에 멈추어 섰다. 태윤도 속도를 내어 정자 쪽으로 다가갔다. 정자 안에 누군가 앉아 있었다. 산 뒤로 넘어가는 붉은 노을이 그를 감싸고 있었다. 무사가 그에게 다가가 예를 갖추어 절을 했다.

"분부하신 대로 김태윤이라는 자를 데려왔습니다."

태윤도 엉겁결에 무릎을 꿇으려다가 정자 안의 그와 눈이 마주쳤다. 그 순간, 태윤은 알았다. 자기 앞에 있는 이가 누구인지를.

저무는 태양을 등에 진 검붉은 얼굴의 사내는 말로는 다 할 수 없는 위엄을 뿜어내고 있었다. 젊은 무관의 극진한 공경이 그 위엄을 더욱 공고히 했다. 태윤은 깨달았다. 사람은 내가 누구라고 말로 하는 것보다 더 분명하게 어떤 상황으로 자기 존재를 증명한다는 것을.

"어, 어…"

몸이 굳고 혀가 꼬여 말이 나오지 않았다. 엉거주춤 서 있는데 무사가 태윤의 어깨를 눌러 주저앉혔다.

"예를 갖추시오."

태윤은 무릎이 꿇려 주저앉으면서도 반사적으로 고개를 쳐들어 정자 안의 사나이를 바라보았다. 그가 웃었다. 분명 그때 그 선비가 맞다. 그런데 선비는 그때 행궁 앞에서 봤을 때와는 완전히 다른 모습을 하고 있었다. 차림은 여전히 검박하였으나 골격이 장수처럼 든든했고 얼굴색이 지쳐 있었지만 귀상이었다. 안광이 형형했고 코가 우뚝해서 결코 평범한 얼굴이 아닌데 왜 그때 행궁 앞에서는 전혀 딴사람 같았을까. 과거시험에 거듭 실패한 영락없는 시골 선비였었는데 이렇게 사람이 달라 보일 줄이야. 태윤은 그때 선비한테 한 말들이 생각나 등줄기가 서늘해졌다. 선비한테 화도 내고 짜증도 부렸었다. 더 심각한 건 선비 앞에서 임금 욕도 했다는 것이었다.

"왔느냐."

선비가, 아니 임금이 물었다. 낮고 조금 탁한 것 같기도 한 음성이었다. 목소리조차도 지난번과는 달랐다.

"예? 예… 예."

지금껏 세상을 살면서 그 누구에게도 주눅 들어본 적이 없는 태윤이었다. 비록 가진 것 없고 출신이 천하다 해도 나는 내 멋대로 산다, 그게 태윤의 신조였다. 그런데 크지도 않은 그 음성을 듣는 순간 태윤은 기가 팍 꺾이는 것 같았다.

"얼굴 좀 보자. 고개를 들라."

태윤은 천천히 고개를 들었다. 먼저 무사와 눈이 마주쳤다. 역시나 흔들림 없는 눈동자가 태윤을 찍어 누르듯 쳐다보고 있었다. 이윽고 태윤의 시선은 임금에게로 옮겨졌다. 미소 띤 얼굴이었다.

"여기 앉으면 행궁 안이 다 보인다. 보겠느냐."

임금이 손짓으로 정자 안에 들어와 볼 것을 권했다. 두 사람이 앉기엔 조금 좁은 정자였다. 작고 검소한 모양새가 마을 어귀나 낮은 산자락 어디서나 볼 수 있는 그런 것이었다. 나무로 깐 마루조차도 조촐했다.

"예, 예? 제, 제가 가, 감히 어찌…"

달변가 태윤이 말을 더듬었다.

"너는 내 백성이 아니냐?"

"마, 맞습니다. 저는… 전하의 백성이옵니다."

"나는 백성과 함께하고자 이 행궁을 지었다. 그러니 와서 보라."

임금이 몸을 옆으로 조금 움직여 공간을 만들어 주었다. 그래도 태윤은 차마 정자 안으로는 들어가지 못하고 툇돌에 엉덩이만 걸치고 앉았다. 저물녘 행궁의 분주한 움직임이 한눈에 들어왔다. 분명 새로 지은 궁임에도 행궁의 전체적인 느낌은 기품 있게 나이 들어가는 중년 여인의 모습이었다. 태윤의 시선이 아득해졌다. 머릿속도 백짓장처럼 하얘져 가고 있었다. 임금과 함께 있다는 긴장 탓인지 여인 같은 행궁의 정경 탓인지 알 수 없었다.

"어떠한가?"

임금이 물었다. 두텁고도 쇠잔한 옥음이 목덜미에 다가왔다. 태윤은 임금의 목소리를 귀가 아니라 살갗으로 들었다. 귓속은 벌이라도 들어간 것처럼 웅웅거렸다.

"어떠한가?"

임금이 다시 물었다. 태윤은 두 번째 물음에도 대답하지 못했다.

"대답하시오. 주상전하께서 그대에게 행궁을 본 소감을 묻고 계시오."

무사가 태윤에게 다가가 재촉했다. 그제야 태윤은 정신이 퍼뜩 들었다. 태윤은 숨을 길게 들이쉬고 일어나 임금을 향해 무릎을 꿇고 앉았다.

"제가… 집짓기에 알량한 지식이 있사옵니다. 아까 궁 안을 거쳐 올라오면서 몇 군데를 보았는데 전체적으로 잘 지은 궁이옵니다. 규모도 짜임새 있고 마감이며 미장도 나무랄 데가 없사옵니다. 그런데…"

태윤은 그새 본 것에 대해 제 느낌을 말했다.

"그런데 뭐?"

"…좀… 작습니다."

태윤은 동헌에서 끌려나올 때와 무사를 따라올 때 지나치면서 보았던 건물들을 토대로 나름대로 행궁의 규모를 짐작했다. 대략 300~350칸 규모로 행궁 규모로서는 큰 편이었다. 그럼에도 태윤은 궁이 작다고 했다.

"크다고 좋을 게 있나. 쓸모없이 집이 크면 귀신만 들끓지. 작고 검소한 게 낫지 않겠느냐. 나는 허례와 사치가 싫다."

"지금 당장은 그럴 것입니다. 하오나 제가 듣기로는 주상전하께서 이곳 수원을 장차 상업과 물류의 중심으로 키울 계획을 갖고 계신다 하였습니다. 그러면 행궁에 상업을 관장하는 관청도 필요하고, 상업이

흥하면 인구가 늘어날 터이니 인구를 관리하는 관청도 별도로 만들어야 할 것입니다. 송사나 치안을 다룰 일도 더 많아질 것이고, 사람과 물자가 오가면 마땅히 기호嗜好*가 발달할 것이니 그것을 체계적으로 융성해야 할 일도 생길 것입니다. 그리 되면 지금의 규모로는 어림없을 것입니다."

이것 봐라. 제법일세. 태윤의 얘기를 유심히 듣고 있던 임금의 입가에 미소가 번졌다.

"나는 너의 답이 마음에 들었다. 네가 과거시험에서 쓴 답 말이다."

임금이 뜬금없이 과거시험 얘기를 했다. 태윤은 시험 얘기가 나오자 심장이 쿵! 하고 내려앉는 것 같았다. 드디어 올 것이 왔구나. 태윤의 고개가 다시 수그러들었다.

"그때 선비님께서 아니, 전하께서 알려주신 대로 큰맘 먹고 이번 과거 시험을 봤는데 그만… 제 불찰로 일을 그르치고 말았습니다. 미처 확인 못한 저의 죄이오나, 변명 같지만 저는 정말 몰랐습니다. 태어나서 지금껏 수원에서 살았는데 제가 이곳 사람이 아닐 줄은…"

태윤은 정말 억울했다. 그러나 임금은 태윤의 하소연에는 별 관심이 없는 것 같았다. 임금이 다시 물었다.

"군주의 다스림이란 무엇인가. 나는 그렇게 물었다. 여기서 다시 답하라."

과장에 내걸린 시험문제는 단 한 글자였다.

치治.

태윤은 자세를 다시 고쳐 앉았다. 무릎이 저렸다.

---

* 취미생활 또는 어떤 것을 즐기고 좋아함.

"다스릴 치. 다스린다는 것은, 다 살린다는 것이 아닐는지요. 저는 그렇게 답하였습니다."

태윤은 임금의 다스림이란 어떠해야 하는 것인가를 아뢰었다. 답지에 쓴 그대로였다. 치治라 함은 백성들을 하나도 버리지 않고 다 살리는 것, 모두 다 복되게 살게 해주는 것이니 높은 자나, 낮은 자나, 가진 자나, 없는 자나, 배운 자나, 못 배운 자나, 강하거나, 약하거나, 잘났거나, 못났거나 그 어떤 이라 해도 임금의 울타리 안에 들어온 자는 모두 임금이 살려야 한다고 적었다. 넘치는 것은 덜어내고 모자란 것은 채워주어 최소한 주리고 사는 이들이 없게 해야 하고 이와 더불어 과부와 홀아비, 고아는 나라에서 보살피고 노비에게도 산 자의 존엄을 허락해야 한다고 썼다.

태윤은 과거장에서 자기가 쓴 시험 답안을 그대로 말로써 풀어냈고 임금은 눈을 감고 들었다. 임금은 아무 말 없이 한동안 그렇게 있었다. 그 깊은 침묵이 태윤은 무겁게 느껴졌다. 그러나 한편으로는 기쁘기도 하였다. 살면서 태윤은 낮은 자였고, 없는 자였으며, 약한 자였다. 지식은 배워도 쓸 데 없었고, 멀쩡한 허우대는 오히려 욕일 때가 있었다. 정실이 되지 못한 과부의 아들이었고, 그나마도 어미가 일찍 죽어 외조모 손에 자라야 했던 고아였다. 뜻한 바를 이렇게 말로써나마 펼칠 수 있는 기회가 오리라고는 생각지도 못했던 터였다. 그런데 지금 임금 앞에서 제 뜻을 아뢴 것이다.

"나는… 왕이다"

임금이 말하였다. 태윤은 눈을 들어 임금의 얼굴을 살폈다.

"너의 말에 따르자면 다 살리는 자다."

나는 왕이다, 라고 말한 자가 태윤을 보고 웃었다. 우뚝한 콧날 옆에 부드럽게 퍼진 법령이 넓고 길었다. 태윤은 임금의 웃음이란 저러한 것이로구나, 생각하였다.

이야기는 숲 속 정자에서 행궁의 내실로 이어졌다. 주변을 물리고 호위무관과 태윤만 들게 한 단출한 술자리였으나 벌써 몇 병째 술이 동나고 있었다. 임금은 폭음을 한다고 하였다. 그러나 취하지는 않는 것 같았다. 태윤은 술이 세지 않아서 임금과 독대한 이 귀한 자리를 놓칠까 봐 내내 정신을 단속하고 있었다. 그러다보니 자연 술잔을 경계하게 되었다. 그런 태윤을 보고 임금이 한마디 했다.

"이거 나 혼자만 마시니 즐겁지가 않구나. 불취무귀^{不醉無歸}니라."

취하지 않으면 돌아가지 못한다는 뜻이니 정녕 태윤을 취하게 할 생각인 것이다. 태윤은 곤혹스러웠다. 임금이 권하는 술잔을 마냥 마다할 수도 없고 주는 대로 다 마실 수도 없었다. 쩔쩔매는 태윤을 보고 임금이 또 웃었다.

"혹 너도 서학의 경전을 읽었느냐."

임금이 술잔을 내려놓으면서 물었다.

서학! 임금이 서학을 말하였다. 태윤의 가슴이 또 한 번 철렁 내려앉았다. 임금이 서학에 관대하다고는 하지만 그것은 공식적으로 금기였다. 진산사건* 이후 서학 책을 소지하는 것조차도 금지되었다. 태윤은 잠시 갈등했다. 아니라고 할 것인가, 읽었다고 할 것인가. 아니라고 하기엔 태윤은 서학 관련 책을 너무 많이 읽었다. 거짓을 아뢸 수는 없다. 그러나 읽었다고 하면 왕명으로 금지된 죄를 실토하는 것이 되고 만다. 어찌할

---

* 1791년에 일어난 천주교 박해사건(신해박해). 전라도 진산에 살았던 천주교 신자 윤지충이 모친상을 당하여 유교의 방식이 아니라 천주교 교리에 따라 장례를 치른 것이 발단이 되어 일어났다.

것인가. 태윤은 눈을 질끈 감았다 떴다.

"너의 답은… 서학을 하지 않았다면 나올 수 없는 것이었다."

태윤의 대답보다 임금의 말이 더 빨랐다. 태윤은 차라리 잘 되었다 생각했다.

"읽었… 나이다. 열 번… 아니… 스무 번도 넘게… 읽었나이다."

안 해도 될 말까지 하고 말았다. 그저 심심파적 삼아 두어 번 보았다고 하면 될 것을 저도 모르게 읽은 횟수까지 말하고 만 것이다. 이웃 진사의 집에 놀러가 읽었던 그 책들, 무수히 읽고 또 읽었던 그 아름답고 황홀한 구절들이 머릿속을 스쳐 지나갔다.

"저런, 나보다 많이 보았군 그래. 나는 서너 번 읽은 것 같구나. 어릴 때 왕실 서고에서 그 책을 발견하고는 재미나서 눈이 빠지도록 읽었었지. 하하, 그래, 스무 번도 넘게 읽었다니 너와는 비로소 뭔가 이야기가 되겠구나. 경전을 읽은 감회가 어떠하였는지 말해보아라."

임금의 눈동자가 빛나고 있었다. 태윤은 겁이 났다. 이미 부정응시만으로도 죄가 크건만 왕명으로 금한 서학을 한 죄까지 더해지면 더 이상 빠져나갈 구멍이 없는 것이다. 그러나 말은 이미 마음속 두려움을 뚫고 새 나오기 시작했다.

"자못 황홀하였나이다. 그 경전의 뜻을 새기며 오래 생각하였더니 세상의 이치가 저절로 열리는 듯 하였나이다."

아, 이런 말을 하려던 것이 아니었다. 허황된 잡설이었나이다, 어려서 잠시 혹하였으나 자라서 생각하매 두고 볼 가치가 없어 버렸나이다, 라고 해야 할 것을. 그러나 이미 통제를 벗어난 말은 이제 스스로 발發하고 있었다. 태윤은 자기가 취했는지도 모른다고 생각했다.

"또한 세상을 공평하고 의롭게 대함과 사람을 불쌍히 여김에 대해 깊이 생각하게 되었나이다."

"그리고 또?"

임금의 몸이 기울어지기 시작했다. 눈은 반쯤 감은 채였다. 취하신 것인가. 잠시 용안을 살폈다가 태운은 말을 이었다.

"경전의 구절들이… 텅 빈 들판에 혼자 서 있는 것 같을 때 위로를 주었나이다. 넘어졌을 때 제 손을 잡아 주었나이다. 아비처럼 꾸짖어주었고, 어미처럼 달래주었나이다. 삶의 보람도 기쁨도 없이 절망하였을 때 경전의 문장들이 매양 저에게 괜찮다, 다 괜찮다, 내가 세상 끝날까지 네 곁에 있겠노라, 하였고…"

여기까지 아뢰었을 때 속에서 울컥하고 눈물이 솟구쳤다. 눈물은 눈에서만 나는 것이 아니라 마음 저 깊은 곳에서 생겨나기도 하는 것임을 깨닫던 참이었다. 그때였다. 임금이 태운에게로 바싹 용안을 내어밀며 말했다.

"나는 어쩐지 그 야소耶蘇*라는 사람이 좋다. 너는 어찌 생각하느냐."

"예?"

"야소 말이다. 서학쟁이들이 숭배하는 그 젊은이 말이다. 난 그 자가 무척 마음에 들었다."

태운이 뭐라 대답하기도 전에 임금이 말을 쏟아내기 시작하였다. 임금은 이 말들을 가슴에 쌓아 둔 것 같았다.

"나는 전에는 도저히 내 마음을 가라앉힐 수 없었다. 나는… 그러니까 임금인 나는… 사사로이는 친부가 그 친부에게 죽임을 당하는 것

---

* '예수'의 음차

을 보고 자란 아들이다. 사는 동안 내내 그 일을 이해할 수 없었다. 마음 속 원망과 미움이 내 몸과 함께 자랐다. 분노와 절망으로 잠을 이룰 수가 없었다. 온 마음이 타들어 가는 것만 같았다. 죽고 싶었는데 죽을 수도 없었다. 나는 살아야 했다. 살아서 임금이 되어야 했다. 모든 날들이 고통이었다. 그날들을 나는 웃어야 했고 견뎌야 했다. 매 순간 죽고 싶을 정도로 그렇게 괴로웠다. 그런데… 야소를 만나고서 간신히 위로를 받았느니라. 야소가 꼭 내 아버지인 것만 같았다. 그래, 그러했다. 그는 온전히 내 아버지였다. 야소를 악인들이 매질하고 모욕 주었다고 하지 않았느냐, 감히 하늘의 아들을 세상 것들이 그리하였다. 내 아버지도 그런 모욕을 겪었느니라. 임금의 아들을, 다음 왕이 될 세자를 감히 능멸하고 모함하였느니라. 야소를 십자나무에 매달아 못 박았다는 구절을 읽을 때에 나는 거기 내 아버지가 달려 있는 것을 보았다. 쾅쾅! 야소의 생살 위로 못이 박힐 때 나는 내 아버지를 가둔 뒤주에 내리쳐지던 못질 소리를 들었다. 아아, 그때 내 아버지도 야소처럼 뒤주 안에서 탄식하지 않았겠느냐! 아바마마, 아바마마, 어찌하여 나를 버리시나이까…"

임금의 눈시울이 붉어졌다. 그의 격분이 심장에서 핏줄 선 목으로, 목에서 다시 떨리는 입술로, 입술에서 울고 있는 눈동자로 올라오는 것이 느껴졌다. 태윤은 숨을 쉴 수 없었다. 심장이 요동치고 있었다.

임금의 말은 계속되었다. 눈물 한 줄기가 거칠고 붉은 뺨 위로 흘러 내리고 있었다.

"야소의 아버지는 야소를 제물로 삼아 세상을 구원하였다고 하지 않았느냐. 나는 내 할아버지가… 내 아버지를… 제물로 삼아 이 나라를 구하려 했다고 믿기로 하였다. 끊임없는 정쟁과 모략과 암투를 끝내

파체(破滯)

기 위해 할 수 없이 그 사랑하는 아드님이신 내 아버지를… 제물로 바
쳤다고 생각하기로 하였다. 아버지는, 아아, 그러므로 내 아버지는 당신
의 목숨을 바침으로써 이 땅에 화평을 가져오려 하신 것이 아니겠느
냐."

임금의 말은 울음과 뒤섞여 흔들리고 있었다. 분절된 그 음音들을
갖추어 들으려고 태윤은 온 몸을 임금에게로 기울였다.

"나는 그리 믿기로 하였다. 그렇게 생각하니 미움이 덜해졌다. 내 아
버지를 죽게 한 할아버지와 외가의 사람들과 그것을 방조한 내 어머
니…. 그리고 그것도 모자라 나를 죽이려한 무리…. 지금 이 순간에도,
아아… 찢어 죽여도 시원치 않을 적대자와 그 동조자들을… 이제 이
해하고… 용서할 수… 있기를… 바라노라."

임금의 손이 떨리고 있었다. 태윤은 저도 모르게 그 손을 잡았다.
무릎을 꿇은 채 그 손을 잡고 엎드렸다. 호위무관이 급히 다가왔다가
다시 물러나 앉았다. 태윤의 이마에 임금의 떨리는 손이 닿았을 때 태
윤의 머릿속으로 임금이 살아서 겪었을 지옥이 들어왔다. 아비의 죽음
을 목도한 고통과, 삶과 죽음의 칼날 위를 걸었던 공포와, 배신의 두려
움으로 점철된 인생이었다. 무엇으로 그 생을 위로할 것인가.

바람의 성城

　태윤은 다시 갇혔다. 임금이 말했다. 그래도 죗값은 받아야 하지 않겠냐며. 태윤은 억울하다 했다. 제 호적이 수원이 아닌 건 자기도 몰랐던 일이라고 거듭 항변했다. 임금은 헛소리 말라고 했다. 네 뿌리도 몰랐던 죄가 크다고 했다. 그러면서 임금이 특별한 하명을 하였다.

　"너는 집짓기에 재주가 있다고 했다. 네가 말한 행궁의 문제는 사실 나도 이미 느끼고 있던 바다. 나는 행궁을 더 크게 지을 것이다. 또한!"

　또한? 임금이 잠시 말을 멈추었다가 다시 시작했다.

　"성을 쌓을 것이다. 조선의 역사에 지금껏 없었던 가장 강하고 아름다운 성을. 그 성을 어떻게 쌓을 것인지 계획을 세우라."

　그러면서 임금은 기한은 따로 없고 그 계획이 다 마련되는 날이 네가 풀려나는 날이라고 했다.

　태윤의 감옥은 다른 곳이었다. 행궁 집사청에 부속된 골방이었다. 다리를 뻗으면 벽에 닿을 정도로 좁은 방에 서안 하나가 덜렁 놓여 있었고 구석에 서른 권쯤 되어 보이는 책들이 쌓여 있었다.

　"젠장. 동헌 옥보다 나을 게 없구만."

　태윤은 벌렁 드러누웠다. 골방에 갇혔지만 기분이 나쁘지 않았다. 임금을 만난 것이다. 그 임금과 밤새 술을 마시며 이야기를 나눈 것이다. 간밤의 일은 꿈만 같았다. 임금이 내게 기회를 주었다 생각하니 가슴이 터질 것 같았다. 태윤은 누운 채 발을 굴렀다. 신이 났다. 모름지기 장부란 자기를 알아주는 주군을 위해 죽는 것. 태윤은 자기가 할수 있는 모든 것을 쏟아 부어 조선에서 아니, 세상에서 가장 아름답고 튼튼한 성을 지으리라 다짐했다. 태윤은 벌떡 일어나 두 주먹을 불끈 쥐었다. 그때 문이 벌컥 열리고 이불 한 채가 들어왔다. 행궁 관비가 이불을 내려놓자마자 뒤이어 젊은 무사가 나타났다. 그의 손에는 여남은 권 되는 책 꾸러미가 들려 있었다.

"주상전하의 하례품이오."

무사는 정중하게 책을 방에 들여놓고 뒤돌아섰다.

"어어, 잠깐만요. 형씨, 아니, 무사양반. 아니, 아니, 이거 뭐라 불러야 돼? 좌우지간 잠깐 거기 서 보시오. 잠깐이면 되오."

무사는 뒤돌아보지도 않았고 들은 척도 하지 않았다. 태윤이 버선 발로 뛰어나가 그의 팔을 잡았다. 손안에 들어온 팔목의 느낌이 가늘면서도 강고했다. 무사가 휙 하고 태윤의 손을 뿌리치더니 날카로운 눈빛으로 태윤을 쏘아보았다.

"그대는 지금 저 방에 구금된 것이오. 벌을 받고 있는 것이란 말입니다. 이렇게 함부로 방을 나오는 것은 탈옥하는 것과도 같소. 어서 들어 가시오."

태윤은 기겁하며 다시 방으로 들어갔다.

"아니… 그러니까 얘기 좀 하자고요. 우리 통성명이라도 합시다, 예? 거 밤을 같이 보낸 사이에… 너무 팍팍하지 않소!"

태윤은 문고리를 잡고 멀어져 가는 무사의 등을 향해 소리쳤다. 무사는 돌아보지도 않고 집사청을 나갔다. 태윤은 망할 자식, 문턱에 걸려 넘어져라 하고 욕을 했다. 그런데 그 말이 떨어지자마자 무사의 옷자락이 집사청 대문의 살짝 튀어나온 못에 걸려 정말로 넘어질 뻔했다. 무사가 태윤 쪽으로 휙 돌아보았다. 태윤은 얼른 방문을 닫고 몸을 숨겼다. 고것 쌤통이다, 자식아, 지가 잘났으면 얼마나 잘났다고! 흥! 하는데, 생각해보니 잘나긴 잘났으며 몸은 또 어찌나 날랜지 거의 바닥에 고꾸라질 뻔했으면서도 넘어지지 않고 균형을 잡는 것이 심지어 멋있어 보이기까지 했다. 역시 임금님을 곁에서 모시는 무관은 다르구나, 싶었다. 재수 없고 도도한 녀석을 골려줘서 한편으론 속이 시원하긴 한데 한편으론 좀 미안하고 아쉽기도 했다. 사실 그렇게 골려주려고 한 건 아니었고 그의 관심을 좀 끌고 싶었다. 그때 처음 만났던 날, 무척 강렬한 느낌을 받았던 것이다. 푸르게 가라앉은 우울이라고나 해야 할까. 깎아놓은 옥처럼 단정한 얼굴에 짙게 깃든 우수가 쉽게 잊히지 않았다. 임금을 지근거리에서 수행하는 무관이니 실력이나 가문이 출중한 것은 더 말할 나위가 없겠지만 수려한 외모하며 상대를 압도하는 분위기는 그 누구에게서도 본 적 없는 것이었다.

그건 그렇고, 태윤은 방에 있던 책들과 무사가 가져온 책들을 주욱 펼쳐 놓고 제목을 살폈다. 어떤 것은 전에도 읽었던 책이었고 어떤 것은 처음 보는 책이었다. 〈무비지武備誌〉, 〈성서城書〉같은 성곽에 관한 내용을 담은 병서도 있었다. 성의 일차적 목적이 군사용이라서 군사적 지식도 필요하였는데 그것을 고려한 것 같았다.

태윤은 몇 해 전 책을 아주 많이 읽은 적이 있다. 태윤은 그 시기를 '만萬 서書의 해'라고 불렀다. 어릴 적부터 책읽기를 좋아했지만 곤궁한 형편에 성에 차게 읽어 본적이 없었다. 그러다가 우연한 기회에 책의 바다에 빠지게 되었다. 그때 그 엄청난 서가의 행렬은 지금도 잊을 수가 없다. 가도 가도 끝없이 펼쳐진 책들의 세상이었다. 세상의 동쪽과 서쪽에서 모은 온갖 희귀한 책들, 오래된 고전, 신문물을 담은 기기묘묘한 책들이 서가에 꽂혀 있는 광경은 장관이었다. 네가 오기를 지금껏 우리가 기다리고 있었다는 듯 책들은 태윤의 손에서 긴 잠을 깼다. 태윤은 그때 문리가 틔었다. 솜이 물을 빨아들이듯 만 권의 책에서 지식을 흡수해 자기 것으로 만들었다. 이후 어떤 글을 읽어도 모르는 것이 없게 되었고 행간과 여백에 숨겨진 것조차 그려낼 수 있게 되었다. 그 시기에 태윤의 학문은 논리적 체계를 잡았고 상상력과 추리력은 날개를 달았다. 책만으로도 태윤은 세상 어디까지든 갈 수 있을 것만 같았다.

태윤은 책으로 얼굴을 덮고 큰 대大자로 방안에 드러누웠다. 묵은 책 냄새가 좋았다. 태윤의 머릿속으로 수십 채의 성이 세워졌다가는 사라졌다. 한 번도 본 적 없는 그런 성을 만들고 싶다. 눈이 시릴 정도로 아름답고 그 무엇으로도 무너뜨릴 수 없을 만큼 강하며 더운 날에는 시원하고 추운 날에는 아늑한 곳, 물결처럼 사람과 재물이 드나들며 생명의 살가움과 먼 곳의 소식이 언제나 바람처럼 흐르는 곳. 그런 성을 짓고 싶은 것이다. 생각만으로도 가슴이 두근거렸다.

태윤은 자나, 깨나, 앉으나, 서나, 밥을 먹고 측간에 갈 때조차도 성城을 생각했다. 하루를 온전히 성 쌓는 것만 생각하며 지냈다. 생각이 막힐 때면 골방에서 나와 집사청 마당을 어슬렁거렸다. 마당에서 보면 팔달산 정상이 바로 보였다. 태윤은 읍치邑治의 서쪽인 저 산 꼭대기에는 무엇을 지을 것인가 생각했다. 행궁뿐만 아니라 수원부 전체를 한눈에 아우를 수 있는 위치였다. 흠, 저 곳엔 임금의 위용이 우뚝하게 드러날 지휘소를 하나 근사하게 지어야겠군, 그 뒤로 성벽을 두르고 성벽을 따라 포루와 치를 놓아야겠어, 그리고 산 아래로 통하는 암문*도 몇 개 내야겠고.

아무리 눈에 띄지 않는 곳에 있고 주로 노비와 가축들이 드나드는 암문이라 해도 예쁘게 지어야겠다는 생각도 했다. 태윤은 볕이 좋은 날에는 대청마루나 마당에 나와 산을 바라보며 혼자서 성을 쌓았다 무너뜨렸다 하며 시간을 보냈다. 상상은 세밀하기도 해서 성벽 담장에 넣을 무늬와 암문의 폭과 높이, 포루의 포사 지붕 형태까지도 궁리했다.

태윤이 방을 나와 마당에서 한가롭게 볕을 쬐고 있을 때 그곳을 오가는 궁인들도 달리 제지하지 않았다. 사실 말이 구금이지 태윤의 형벌은 면제된 지 오래였다. 궁인들도 이 허랑해 보이는 사내가 사실은 죄인이 아니라는 것을 알고 있었다. 그도 그럴 것이 때마다 들여가는 밥상이 제법 구색을 갖춘 것이었고 입는 것도 누추해지기 전에 새 것으로 갈아주었다. 무엇보다 임금의 호위무관이자 행궁의 실세인 차정빈이 간혹 그에게 들른다는 사실은 그가 중요한 일을 하고 있다는 증거였다.

정빈이 오늘도 책 몇 권을 들고 태윤의 골방에 나타났다.

"전하의 하사품이오."

태윤은 책을 받아들고 제목을 훑어보았다. 〈기기도설奇器圖設〉**이라는 책이 눈에 확 들어왔다. 서학의 책이었다. 태윤도 읽고 싶었던 책이었다. 은밀히 유통되다가 어느 순간 구할 수 없게 되었는데 임금이 이 책을 갖고 있었다니. 태윤은 얼른 책을 읽고 싶었지만 일부러 시무룩한 표정을 지어 보였다. 정빈의 관심을 끌어보려는 수작인 것이다.

"일은 어느 정도 진척되어 가오?"

정빈이 무표정한 얼굴로 묻자 태윤도 벌러덩 드러누워 짐짓 심드렁

---

* 암문(暗門) : 성곽의 후미진 곳이나 깊숙한 곳에 적이 알지 못하게 만든 비밀 출입구
** 스위스 출신의 예수회 선교사이자 로마 가톨릭 교회의 사제인 신부 테렌츠(Terenz, J., 鄧玉函)가 쓴 서양과학기술 서적

하게 대답했다.

"모르오."

정빈은 빈둥거리며 성의 없이 대답하는 태윤을 한심하다는 듯 바라보았다.

"나오시오. 갈 데가 있소"

태윤은 벌떡 일어났다.

"어디? 어디 가오?"

태윤은 빛보다 빠른 속도로 골방 문턱을 넘어 마당으로 나갔다. 그 모습을 보고 정빈이 어이없다는 듯 피식 웃었다.

"어, 웃을 줄도 아네? 생전 안 웃는 줄 알았소. 거 뭐 웃으니까 훨씬 보기 좋소."

태윤의 칭찬에 정빈의 얼굴이 다시 차갑게 식었다. 하지만 태윤은 정빈이 웃은 틈을 놓치지 않고 말을 걸었다.

"이보쇼. 무사 양반. 내 어찌어찌해서 무사 양반 이름은 알았소이다만 우리 한 번도 제대로 말을 섞어본 적이 없지 않소? 매번 이렇게 와서 책만 던져주고 가니 답답하기 그지없소. 우리 이러지 말고 얘기 좀 하고 삽시다, 예?"

태윤이 은근하면서도 진지하게 말을 건넸다.

"무슨 말이 하고 싶은 게요?"

정빈의 표정이 한결 풀어져 웃을 듯 말 듯했다. 태윤은 용기백배했다.

"어, 뭐, 콕 찍어서 무슨 말이라기보다… 일단 아무 말이나 해보자는 거요. 보아하니 나하고 얼추 나이도 비슷한 것 같고 말이오. 우리 배움이나 학식이랄까, 그런 것도 서로 통하는 게 있을 것 같고 말이오. 또 뭐냐. 잘 생긴 사람들끼리는 또 그 나름의 동질감이랄까 그런 게 있지 않겠소?"

말을 하면서도 태윤은 자기가 헛소릴 하고 있다는 생각이 들었다. 상대는 조선 최고 무인가문의 후계자라는 차정빈이다. 임금의 최측근인 도승지 차원일의 외아들인 것이다. 열아홉 살이 되던 해에 무과에 장원을 했고 등용된 이후에도 훈련도감, 내금위, 어영청, 병조 등 군부의 실무 요직을 두루 거쳤다고 했다. 심지어 무신이면서도 주상전하의 초계문신으로 선발되어 규장각에서 교육을 받았다. 거기에 승정원에서도 반 년 가까이 근무하면서 국정운영의 전반을 익혀 행정에도 밝다고 한다. 이는 문文과 무武를 똑같이 중요하게 여긴 임금의 특별한 배려이기도 했지만 차정빈이란 인물이 워낙 뛰어났기 때문에 가능했던 일이라고, 정빈의 부하무관들이 입을 모아 칭송했다.

정빈에 대한 이야기를 들으면서 태윤은 그가 생각보다 더 대단한 인물임을 알았다. 반쪽 양반인 자기와는 시작부터 다른 인물이었다. 좋은 가문, 출중한 실력, 빼어난 외모, 임금의 총애. 그 모든 것을 다 가진 것이다. 정빈을 알면 알수록 호기심과 동경이 일었다. 거기에 태윤의 마음을 끈 것이 또 하나 있었다. 집사청과 담벼락 하나를 두고 마주한 군영에서 군사들을 통솔하는 그의 모습은 같은 남자가 봐도 근사했다.

밤에 보면 달보다 높이 솟는다오.

비장 하나가 전해준 말이었다. 간혹 정빈이 행궁에서 수련할 때 군영 무관들뿐만 아니라 궁인들까지도 몰려 나와 훔쳐보고는 한다는데 그 날랜 동작과 우아한 자태는 춤을 추는 것처럼 아름다워서 누구도 반하지 않을 수 없다고 했다.

태윤은 그 광경을 상상했다. 얼마나 근사하기에. 태윤은 누구에게도 곁을 내주지 않는다는 정빈과 벗이 되고 싶었다. 끼리끼리 어울린다지만 뭐 어떠랴. 사람의 인연이란 알 수 없는 것. 몇 달 전만 해도 내가 주상전하와 독대할 줄 아무도 몰랐던 것처럼 또 몇 달이 지나면 내가 너의 벗이 된다 해도 이상할 것이 없지 않을까. 하하! 태윤은 그런 즐거운 생각으로 정빈의 뒤를 부지런히 따라갔다.

그러나 정빈이 어찌나 빠르고 날랜지 도무지 쫓아갈 수가 없었다. 행궁 뒤로 난 팔달산 기슭을 올라가는 정빈의 모습은 그저 나는 것 같았다. 태윤이 가까스로 따라잡으면 정빈은 긴 다리로 단지 몇 걸음 만에 훌쩍 간격을 벌렸다. 태윤은 뒤따라가면서도 정빈의 보폭을 주의 깊게 살펴보았다. 계단을 쌓거나 시설물 간 이동거리를 계산할 때 필요할 것 같아서였다.

정빈을 따라 태윤도 어느덧 산 정상을 밟았다. 팔달산은 낮은 산이었지만 그래도 정상에 올라오니 행궁을 포함해서 읍치가 한눈에 들어왔다.

"아, 오랜만일세. 소싯적부터 여기 자주 올라왔는데…. 근데 여긴 웬일이오? 또 주상전하가 어디서 쓱 나타나실라나?"

태윤은 주변을 두리번거리며 살폈다. 아무도 없었다. 산 정상에는 정빈과 태윤 단 둘뿐이었다.

"지형을 살피시오."

정빈이 말했다.

"살피고 말고 할 게 있나. 무사양반, 자꾸 잊어먹나 본데 나 수원토박이요. 여긴 내 놀이터라니까? 요만한 시절부터 뛰놀던?"

"어명이오, 살피시오."

정빈이 정색을 하며 말했다. 어명? 태윤은 뭐 이까짓 걸 어명이라 하나 싶어 정빈을 한 번 쳐다보았다. 차갑고 푸른 눈동자가 이쪽을 쏘아 보고 있었다. 서늘했다.

"아, 알았소. 근데 무얼 살피라는 게요?"

"목적을 갖고 보면 익히 알던 것도 달라 보이는 법이오. 이 산에 성을 쌓겠다고 생각하고 보면 지금껏 알던 산이 아닐 것이란 말이오."

태윤은 그 말에 뒤통수를 얻어맞은 것 같아 고개를 휙 돌렸다. 뒷목이 뻐근했다. 눈물도 찔끔 났다. 눈을 씻자 산 아래 풍경이 어른거리며 시야를 가득 채웠다. 사람의 집들이었다. 임금의 행궁과 백성의 살림집이 나란했다. 오랜 세월을 견디고 버텨 이미 낮고 겸손해진 산이 행궁과 민가를 품어 안고 있었다. 그렇다면 성은 이 산을 감싸야 할 것이었다.

"지난번 미로한정*에서 주상전하께서 하신 말씀을 다시 한 번 새겨 보시오. 이제 여기 쌓게 될 성은 주상전하의 증표요."

"어, 어떤 증표…?"

"그때… 취해서 기억을 못하는가 보군. 주상께서는 이렇게 말씀하지 않으셨습니까."

정빈이 목청을 가다듬어 어명을 전했다.

"높은 자나, 낮은 자나, 가진 자나, 없는 자나, 배운 자나, 못 배운 자나, 강하거나, 약하거나, 잘 났거나, 못났거나! 그 어떤 이라 해도 이 성 안에 다 살게 하라. 복되게 살게 하라."

너무나 익숙해서 오히려 낯선 그 어명은 태윤이 임금에게 아뢴 말 그대로였다. 정빈의 목소리로 전해 들은 어명이 태윤의 가슴을 순식간

---

* 미로한정(未老閒亭) : 화성행궁 뒤 팔달산 자락에 있는 정자

에 뜨겁게 했다. 화성은 임금이 백성에게 주는 증표인 것이다. 태윤은 한양 도성 쪽을 향해 절을 올렸다. 그리고 눈을 감았다. 상상 속에서 임금이 한양에서 내려오실 때 그 장엄한 행렬을 맞이할 성문이 세워지고 있었다.

태윤은 밥만 먹고 나면 성곽이 들어설 자리를 돌아다녔다. 기운이 마구 넘쳐나 뛰어다니기도 했지만 주로 천천히 걸으면서 축성을 구상했다.

둘레는 대략 삼천육백 보, 높이는 2장 5척!

흙으로 쌓으면 겨울에 얼어터지니까, 벽돌을 써야겠군. 아, 벽돌 만들기 힘든데… 뭐, 그래도 해보지 뭐. 그리고 돌, 돌도 써야지. 돌은 옮기기 힘드니까 채석장에서 공사장까지 수레가 잘 달릴 수 있도록 도로공사를 하자!

그럼 수레는 어디서 구한담? 수레뿐만 아니라 공사 기간을 줄이려면 다른 기구도 필요한데… 무거운 거 들어 올릴 거중기, 작은 거 실어나를 썰매, 그리고 이러저러한 연장들… 에라, 없으면 만들어야지. 어디서 뚝 떨어질 것도 아니고.

태윤은 성곽뿐만 아니라 공사에 쓸 크고 작은 도구와 연장의 설계도까지 그렸다. 그러면서 새로 지어질 성에 대한 소망도 썼다.

성은 안과 밖을 가르는 상벽이 아니라 세상과 세상을 이어주는 다리가 될 것이다. 성 안에서는 사농공상이 서로가 서로의 귀함을 알아 차별이 없을 것이고, 나눔과 도움이 들숨과 날숨 같아서 아무도 굶주리지 아니하고 외롭지 않을 것이다. 비움과 채움이 간단없이 일어나 성 안은 나날이 새로울 것이다. 부드럽게 휘어지고 구부러지는 이 성 안에서는 살아 있는 모든 것들이 조화로울 것이다. 꽃도 나무도, 산짐승과 집짐승도 저들 나름대로, 또 사람과 더불어 살아가리니 모든 생명 있는 것들은 혹시 병든 것이 있고 혹시 외로운 것이 있다 해도 이내 치유되고 벗을 얻을 것이다.

태윤은 마침내 그렇게 축성계획을 지어 올렸다. 이제부터 태윤이 짓게 될 성에는 동방과 서방의 장점을 혼합한 새로운 축성법이 도입될 것이고 기존의 성에는 없었던 기능도 등장할 것이었다. 건축, 기계, 농업, 천문, 지리, 경제, 역법, 의학, 산학에 이르기까지 모든 분야에 달통한 태윤의 지식과 새 세상을 향한 임금의 의지가 그 계획에 함축되어 있었다.

임금이 크게 기뻐하였다. 실로 긴 준비 기간이었다. 임금의 마음속에 있던 성이 태윤의 머릿속으로 옮겨 갔고 그것이 마침내 문자로 구체화된 것이다. 임금은 태윤의 계획*을 어명으로 발표하였다. 그러고 나서 수원도호부를 화성유수부로 승격시키고 성곽 축성을 위해 공사본부인 화성성역소華城城役所를 설치했다. 또한 좌의정 채제공蔡濟恭을 초대 화성유수 겸 화성성역소 총리대신으로 임명하여 이 일이 얼마나 중요한 것인가를 만천하에 천명하였다.

태윤은 성을 설계한 데 이어 공사 세부 실무까지 계속해서 관여하게 되었다. 벼슬은 공사현장 총감독 격인 감동당상監董堂上 바로 아래 도청都廳**에 보임되었는데, 이 때문에 문제가 생겼다. 자리가 태윤의 경력이

---

* 이를 『어제성화주략(御製城華籌略)』이라 하며, '임금이 지은 화성 축성을 위한 기본 방안'이라는 뜻이다.

** 『화성성역의궤』에 따르면 도청은 공사의 기술적 문제해결이나 성역소의 크고 작은 사무를 주관하였다. 성역공사에 필요한 물품 및 문서 등을 관리하고 공사진행 정도를 열흘마다 총리대신(總理大臣)에게 보고하였다.

나 나이에 비해 너무 높았던 것이다. 도청은 성역 공사에 있어서 화성유수와 감동당상 다음가는 고위직이었는데 아무 관직 경력이 없는 한미한 서생에게 과하다는 의견이 제기되었다. 태윤이 노론 가문 출신이기만 했어도 젊은 인재 발탁이라는 명분으로 어찌어찌 넘어갈 수 있었겠으나, 남인에 그것도 서자 출신이라는 것 때문에 말들이 많았다.

임금은 단호했다. 화성을 설계한 것이야 말로 화성을 축성하는데 가장 큰 경력이며, 젊은 나이는 아무 문제될 것이 없고, 이 일은 반드시 지역 인재를 써야 한다고 주장했다. 이에 총리대신 채제공이 남인 중신들의 의견을 모아 임금의 뜻에 지지를 표함으로써 태윤은 우여곡절 끝에 도청에 임명되었다.

태윤은 자신의 보임을 두고 벌어진 논쟁 때문에 내내 조마조마했다. 어떤 자리에 있건 개의치 않으니 화성 쌓는 일을 하게 해달라고 간청했다. 잔뜩 움츠러든 태윤에게 임금이 적당한 직職이 있어야 제대로 일을 할 수 있을 것이니 당당히 자리를 받으라 명하였다. 태윤은 임금이 반대파들과 싸워서 얻어낸 자리를 받고 망극한 성은에 몸을 펼 수가 없었다. 제 탓도 아닌 제 출신 때문에 임금에게 누를 끼친 것만 같은 것이다. 태윤은 기꺼이 자리를 받되 특혜는 받지 않겠노라며 도청직에 할당된 노비와 군졸을 사양하였다.

한편, 곧 확대 개편될 장용영의 종사관 차정빈은 화성유수부 판관으로 겸임 승차하여 공사 실무의 한 축을 맡게 되었다. 다양한 군사 시설물이 설치될 화성의 축성에 있어 문무를 겸비한 젊은 무관인 정빈의 역할은 절대적인 것이었다.

그리고 마침내 갑인년1794년 정월, 임금의 오랜 꿈과 찬란한 야망을 담은 화성 성역 공사가 시작되었다.

화원유희

　그즈음 도성의 귀족들에게 화원 가꾸기는 고상하고 품위 있는 취미생활이었다. 수령 높은 나무나 귀한 꽃모종을 구하여 집안에 가꾸어 놓고 꽃이 피면 돌아가며 감상하는 것이 중요한 사교의 수단이었고, 이를 통해 서로의 결속을 다지거나 조정의 고급정보를 교류하고 공작을 벌였다. 이러한 화원유희花園遊戲는 대저택을 소유한 고관들은 고관들대로, 풍류를 즐기고 싶은 중소양반들은 중소양반들대로, 재력 있는 중인들은 또 그들 나름대로 모임을 만들어 한번쯤 개최하고 싶어 하는 것이었다.

　그날은 차원일가의 저택인 무원당無怨堂에서 화원유희가 열리는 날이었다. 태윤은 채제공 대감이 화원유희에 간다고 해서 수행하게 되었다. 남인의 영수 채제공 대감은 일 잘하고 부지런한 태윤을 가상히 여겨 어디든 자주 데리고 다녔다. 대감의 나이가 많아 태윤의 부축이 필요해서기도 했지만 아무런 인맥도 없고 조정 내 입지도 약한 태윤에게 대소신료들과 안면을 틔워주려고 그러는 것도 있었다. 태윤은 나이 든 중신들과 어울려 그런 모임에 끼는 것이 부담스러웠지만 정빈의 집에 간다기에 냉큼 따라나섰다. 도저히 가까워지지 않는 정빈과 이 기회에 말 좀 섞어볼 요량이었다. 한편으론 조선 개국 당시에 국조께서 하사한 대저택이라는 무원당이 궁금하기도 했고. 산을 끼고 들어선 정원이 특별히 아름답다는 소문을 전부터 들어오던 터였다. 그 무렵 태윤은 화성 성내 조경 때문에 한양과 경기 일대의 이름난 정원을 찾아다니던 중이었다. 어지간한 곳은 다 가보았는데 정작 화성 성역의 실무자인 정빈의 집 정원을 아직 못 본 것이다.

차원일의 집은 왕실 종친과 고급 관료들이 사는 북촌이 아니라 성북동에 있다. 성북동에는 도성의 수비를 담당하는 북둔北屯이 설치되어 있어 사람들은 차원일의 집 무원당을 달리 북둔의 차대감댁이라고도 불렀다. 도심에서 떨어져 있는 데다가 외부인의 출입을 반겨 하지 않는 차원일의 성품 때문에 그의 대저택은 그리 알려진 편이 아니었다. 사람들은 차원일의 집을 무척이나 궁금해 했다. 왕실로부터 하사받은 토지와 임야가 광대하다고 했다. 웬만해선 누구도 자신의 집에 들이지 않는 그 의뭉스런 인간이 도대체 집안을 어찌해놓고 사는지가 궁금한 것이다.

차원일. 중신들은 어느 당파에도 속하지 않으면서 대를 거듭하여 왕실의 신임을 받고 있는 차원일을 껄끄러워하면서도 그와 친분을 맺고 싶어 했다. 그의 집에서 개최되는 이 모임을 절대로 놓쳐서는 안 되는 그들은 저마다 마련한 선물을 들고 북둔의 대저택을 찾았다.

오늘 오기로 한 사람들이 얼추 모이자 차원일은 손님들을 이끌고 집안 곳곳을 구경시켰다. 차원일의 저택은 성곽을 배후로 두었는데 첫인상은 무관의 집이라기보다는 여느 선비의 집 마냥 고졸古拙하고 우아한 정취가 있었다. 계단을 올라 육중한 대문을 열었을 때 제일 먼저 눈에 들어온 본채 건물은 단정하고 소박하였으며 마당만 넓었다. 그런데 안으로 들어갈수록 후원과 내별당, 외별당, 그리고 수련장까지 더하여 밖에서 보기보다 훨씬 큰 규모였다. 안채를 돌아 후원으로 들어섰을 때에는 모두 탄성을 터뜨렸다. 봄이라 만개한 복사꽃이 후원과 수련장을 온통 연분홍빛으로 물들여 그야말로 천계의 세상이었다.

"우리 집 아이가 머무는 곳입니다."

차원일 대감이 별당과 수련장을 보여주었다. 정작 그날 정빈은 화성에 가 있어서 별당에 없었는데 차대감 말이 정빈이 지금 집에 있었다면 결코 이곳을 보여줄 수 없었을 것이라고 했다. 우리 아이가 워낙 까다로워서 아비인 나도 제 공간에 함부로 드나들기 어렵다오, 하며 웃었다. 사람들도 차정빈이라면 그럴 만도 하지, 하고 같이 웃었다.

외별당과 인접한 수련장은 아예 집 뒤의 산을 통째로 들여와 그 크기가 엄청났다. 한 개인이 소유한 집이라고 하기엔 너무나 광대해서 차원일에 대한 왕실의 신임이 얼마나 각별한 것인가를 새삼 알게 했다. 오늘 손님 중에는 도성 안에서 손꼽는 대저택의 소유자도 몇 있었는데 그들이 보기에도 절로 시기심이 일어날 정도였다. 수련장에는 활쏘기 훈련을 할 수 있는 사대射臺와 과녁이 있고, 투호 항아리, 격구용 장비 따위가 갖추어져 있었다. 초입에 마사가 따로 있었는데 아마도 정빈이 쓰는 말들을 위해 따로 설치한 것인가 보았다. 정빈이 마상재馬上才에 특히 능하다 했다. 태윤은 말을 달리며 활을 쏘는 정빈을 상상했다. 바람을 가르며 돌진하는 말 위에서도 아무런 표정의 변화나 흔들림 없이 목표물을 향하여 활을 쏘겠지. 아, 멋진 벗이여! 태윤은 하필 오늘 정빈이 도성에 없는 것이 아쉬웠다.

차원일은 별당과 수련장 쪽에는 오래 머무르지 않았다. 빨리 별당을 빠져나가고 싶어 하는 것 같았다. 상춘객들은 감탄사를 연발하면서도 차원일이 사랑채 대청에 연회를 마련해놓았다는 말에 금세 발길을 돌렸다. 먹고 마시는 일을 즐거워하는 것은 체통을 중히 여기는 중신들도 매한가지였다.

　태윤은 중신들 틈에서 슬쩍 빠져나와 혼자 여기저기 돌아다녔다. 집안이 워낙 넓어서 누구 하나 없어져도 아무도 몰랐다. 태윤은 후원 별당 쪽으로 다시 발걸음을 옮겼다. 그 아름다운 풍경을 좀 더 보고 싶었다. 화성의 조경 공사에 도움이 될 것 같아 유심히 보려는 것이다. 들킬까 봐 잰걸음으로 별당으로 들어섰더니 풍성한 복사꽃나무들이 다시 한 번 맞아 주었다. 태윤은 가늘게 실눈을 뜨고 후원의 풍경과 마주했다. 흐린 시선 속에 복사꽃이 연분홍 안개처럼 퍼져 있었고 그 사이로 연못의 물비늘이 반짝거리고 있었다. 아담한 정자는 잎이 무성한 나무들과 터질 듯이 꽃망울을 피워 올리는 봄꽃 사이에서 고즈넉해 보였다. 정원 어디나 눈 선 데 없이 정갈하고 아름다워 단지 바라보는 것만으로도 봄기운에 취하는 것 같았다. 기품 있지만 묵직한 느낌이었던 본채와는 달리 후원은 다른 세상 같았다. 고요하면서도 가볍고 침착하면서도 즐거운 기운이 감돌았다. 세상 어디에도 없이 여기만 황금색 햇살이 빛나고, 여기만 연분홍 꽃들이 피어나고, 오직 여기서만 새들이 노래하는 것 같았다. 태윤은 숨을 크게 들이쉬었다가 내뱉지 못하고 삼켰다. 탁한 기운으로 이 후원을 더럽히고 싶지 않은 것이다. 후원을 거닐 때는 소리를 내지 않으려고 발걸음을 조심스레 옮겼다. 걸을 때마다 말간 꽃바람이 뺨에, 목덜미에, 옷깃 사이에 스며들었다.

　태윤은 문득 사랑에 대해 생각하였다. 아직까지 누군가를 연모하여 가슴을 앓아본 기억이 없다. 마음에 들어온 여인도 없었거니와 설령 그러한 여인이 있었다 해도 혼인을 꿈꾸기에는 자신의 처지가 너무 각박한 탓에 애써 그런 마음을 삼가기도 하였던 것이다. 아, 이러다가 갑자기 누군가를 사모하게 되면 어떻게 하지? 아니, 아무도 사랑하지 못한 채 이 푸르른 날들이 지나가면 어쩌지? 후원의 봄 풍경은 그렇게 태윤에게 막연한 조바심을 불러일으켰다.

연못가에는 제주수선이 무리지어 피어 있었다. 수선 옆에는 이름 모를 들꽃들이 제각기 자리를 잡고 있었다. 둘러보니 야생화는 연못가뿐만 아니라 여기저기서 발견되었다. 처음 정원에 들어섰을 때 눈에 들어온 것은 크고 잘생긴 나무들과 풍성하고 화려한 꽃들이었는데 그 다음 태윤의 시선을 잡아끈 것은 연못가며 돌 틈 사이, 담벼락 옆, 큰 나무 아래와 같이 어디에든 피어난 풀꽃들이었다. 큰 나무건 작은 풀꽃이건 서로를 시기하거나 해치지 않았다. 제각기 존귀해 보였고 저마다 어여뻤다. 태윤은 이 정원을 가꾼 이가 궁금해졌다. 아마도 꽃과 나무를 다룬 경험이 많은 나이 지긋한 할아범이 아닐까. 두텁고 주름진 손으로 나뭇가지를 치고 야생화를 돌보는 노인의 굽은 등이 그려졌다.

햇볕 잘 드는 담벼락 옆 너럭바위 위에는 새끼 고양이 한 마리가 나비를 쫓아 놀다가 태윤을 보고는 어디론가 사라졌다. 태윤의 시선이 고양이를 따라가다 멈추었다.

거기에 누군가 있었다.

목련꽃 그늘 아래 그 꽃만큼이나 흰 옷을 입은 소년 하나가 곁에 누가 온 지도 모르고 무언가에 열중하고 있었다. 다가가 보니 검정콩 같은 것을 명주실로 엮고 있었는데 그 일을 하는 소년의 손가락이 가늘고 길었으며 또 희었다.

"그건 분꽃씨가 아니오?"

낯선 침입자의 물음에 소년이 화들짝 놀라며 벌떡 일어났다. 그 바람에 씨앗을 담아 둔 작은 소쿠리가 엎어져 씨앗이 여기저기 흩어지고 말았다.

"뉘, 뉘신지요?"

소년의 상기된 뺨이 눈에 들어왔다. 고운 얼굴이었다. 잠시 태윤은 이 소년이 사람일까, 생각했다. 혹시 이 정원에 살고 있는 꽃과 나무의 정령이 아닌지. 그냥 사람이라 하기에는 소년은 이상하리만치 맑고 깨끗해 보였다. 그래서 도리어 물었다.

"도령은 뉘시오?"

소년이 대답을 못하고 뒤로 주춤 물러났다. 손에는 꽃씨 엮은 것을 든 채였는데 태윤은 그것이 무엇인지 알 것 같았다. 일정한 간격으로 씨앗이 묶여 있고 맨 끝단에 작은 열십자 모양의 나무 조각을 매단 그것은 묵주, 묵주였다. 천주교인들이 기도할 때 쓰는 것으로 금지된 물건이었다. 소년이 만들다 만 묵주를 감추려 했지만 이미 태윤이 봐 버린 후였다. 소년의 얼굴에 두려움과 불안이 드리워졌다. 입술만 달싹일 뿐 아무 말도 하지 못하고 있었다. 태윤은 소년의 고요와 평온을 깨버린 것에 대해 사과를 해야겠다고 생각했다. 아울러 공연한 두려움을 준 것에 대해서도.

태윤은 저도 모르게 이렇게 말했다.

"아멘."

순간 소년의 눈동자가 커졌다. 태윤은 이마에서 가슴으로, 왼쪽 어깨에서 오른쪽 어깨로 십자를 그어 보였다. 그리고 다시 한 번 아멘, 이라고 말했다. 태윤은 이 말을 소년이 알아들었을 것이라고 생각했다. 아니, 말은 모른다 해도 십자성호는 알 것이라 여겼다. 묵주를 감고 있는 소년의 손등에 푸른 핏줄이 도드라져 보였다. 소년이 이렇다 할 반응을 보이지 않자 불안해진 건 태윤이었다. 혹 이 소년이 천주교인이 아니라면 어찌할 것인가. 생각해보면 아닐 가능성이 더 높았다. 임금의 최측근인 도승지의 가솔이 천주교인이라는 것은 경우에 따라 엄청난 파장을 불러올 수도 있는 일이었다.

서학 관련 서적이나 물품을 소지한 자는 엄벌에 처한다.

그즈음에 내려진 칙령이었다. 그러할진대 도승지처럼 철저한 사람이 임금에게 부담이 될 화근을, 게다가 책이나 물건도 아닌 사람을 집안에 둘 리 없다. 생각이 거기까지 미치자 후회가 몰려왔다. 처음 보는 사람 앞에서 천주교인임을 드러내고 만 것이다. 소년이 자기를 관아에 고발할 지도 모른다고 생각하니 등에서 식은땀이 흘렀다. 태윤은 두려움을 모면해보고자 어흠, 하고 헛기침도 해보고 마른세수도 해보았다. 그때 소년이 답했다. 그것은 사람의 음성이 아니라 마치 공기 중에 저절로 생겨난 소리 같았다.

"아멘."

그 소리와 함께 소년의 시선과 태윤의 시선이 허공에서 만났다. 소년이 엷은 미소를 지었고 태윤은 너털웃음을 터뜨렸다. 비로소 둘의 가슴을 조이던 불안이 사라졌다.

"나중에 여기서 꽃이 피면 어쩌려고 그러시오?"

태윤이 묵주 엮는 것을 도와주겠다며 소년의 옆에 앉아 농담을 했다. 바늘로 씨앗의 한가운데를 꿰뚫은 다음 명주실을 꼬아 넣어야 하는데, 쉽지 않은 일이었다. 바늘이 손가락을 찔러 피가 나기도 했다. 소년은 본래 수줍음이 많은 성격인지 태윤이 농담을 해도 잘 받아주지 못했다. 소년이 자기는 이 별당의 정원을 돌보는 동산바치인데 아주 어릴 때부터 이 별당에 살면서 후원을 가꿨다고 했다. 태윤은 정빈과 함께 화성에서 일을 하고 있다고 제 소개를 했고 오늘 이 댁에 오게 된 연유를 말해주었다. 소년이 별당에 바깥사람은 거의 오지 않는다고 했다. 대감어른이 손님들을 모시고 후원까지 온 것도 처음이라고 했다. 그때 자기는 정방淨房*에 숨어서 사람들이 가길 기다렸다고 했다. 그러니 태윤의 갑작스런 등장이 이 소년에게 얼마나 놀라운 일이었으랴. 태윤은 새삼 미안해졌다.

"그런데 그 말의 뜻을 아시오?"

"예? 무슨…?"

"아멘… 말이오."

소년이 고개를 끄덕였다.

"예, 그렇습니다, 뜻대로 하옵소서, 라는 뜻이옵니다. 그리고 제가 그 말을 할 때에…"

소년이 잠시 말을 멈추었다. 그리고 다시 이었다.

"그분께서 저와 함께 계심을 압니다."

태윤은 그렇게 말하는 소년의 눈을 들여다보았다. 맑고 깨끗한 눈동자가 진심을 말하고 있었다. 소년이 어릴 적 들은 것을 기억하고 있다면서 기도문과 경전 구절을 들려주었다. 놀랍게도 소년은 서학의 원문으로 된 제법 긴 기도문의 구절도 알고 있었다. '아멘'이라는 이 짧은 기도문도 서학에서 쓰이는 원어였는데 그 뜻까지 아는 이는 별로 없었다. 그러한 것들을 어찌 알고 있느냐고 물었더니 소년은 그냥 안다고만 했다. 태윤이 오래 공부해서 안 것을 소년은 그냥 날 때부터 알고 있는 것 같았다.

---

* 조선시대 양반가의 목욕실

태윤은 정빈이나 도승지 영감이 소년의 믿음을 알고 있는지 궁금했지만 묻지 않았다. 궁금한 것은 그뿐만이 아니었지만 다음을 기약하기로 하였다. 이미 초면에 긴 얘기를 한 터였다. 태윤은 제 이름을 알려주고 소년의 이름을 물었다. 소년이 제 이름은 유겸이라고 했다. 하루라도 빨리 세례를 받고 본명*을 얻기를 기다리고 있다는 말도 했다.

"우리, 오늘의 일은 비밀로 하기로 하오."

소년이 고개를 끄덕였고 태윤은 후원을 빠져나갔다. 봄 햇살이 길게 늘어진 정원에 홀로 남은 소년이 기도를 시작했다. 가지런히 손을 모은 채 하늘을 향한 소년의 얼굴에 엷은 광채가 어리었고 옷자락에는 햇빛이 작은 십자가 모양으로 반짝이고 있었다. 연분홍 복사꽃잎이 봄바람에 눈처럼 흩날리는 오후였다. 태윤은 그 광경을 별당 모퉁이에 숨어서 오래 지켜보았다.

---

* 조선시대 천주교인들은 세상 속에서 불리던 이름을 속명(俗名)이라 하고, 세례를 받음으로써 얻게 되는 이름을 본명(本名)이라 하였다. 세례명이 영혼의 본향인 천국에서 불릴 이름이라 여겼기 때문이다. 〈천주교용어사전에서 참고〉

파체破涕

여름비

태윤은 화원유희를 다녀 온 후 정빈에게 그 사실을 알렸다. 어차피 알게 될 것이고 굳이 감출 필요가 없었다. 다만 유겸을 만난 일은 말하지 않았다.

"어휴, 난 그렇게 큰 집은 또 처음 보네. 임금님 궁궐이라 해도 그만하긴 쉽지 않을 거요. 꽃이며 나무며 없는 게 없더구만. 나 참, 그걸 누가 다 가꾸는지 아마도 사람이 아니라 밤새 산신령이라도 내려와서 정원을 돌보다 가는 걸 게야."

태윤이 오전 내내 무원당의 별당 얘기를 했다. 북쪽 성문 공사현장을 보러 가는 길에서도 별당에서 본 인상 깊었던 장면들을 이야기했다.

"아, 그 내별당에서 외별당으로 이어지는 꽃담길은 언제 만든 거요? 내가 보니 만든 지 한 10년 정도 된 거 같던데? 재료의 풍화상태로 봐서 그 정도인 것 같소. 그런 꽃담이라면 우리 성에도 한 번 내어볼만 하지 않겠소? 그리고 정자 계단참에 핀 그 꽃은 혹 운간초雲間草*요? 아니야, 노루귀인가? 조그마한 것들이 무리지어 피어 있으니 애잔한 것이 사람 맘을 아주 그냥… 그건 그렇고 배롱나무 꽃필 때쯤 다시 한 번 가봐도 되겠소? 배롱이 꽃피면 아주 볼만 한데…"

---

* 천상초(天上草)라고도 한다.

태윤은 쉴 새 없이 떠들었다. 잠깐 사이 자세히도 본 것 같았다. 아니면 관찰력이 뛰어나거나. 정빈은 덜컥 걱정이 되었다. 혹시, 혹시… 유겸을 본 것은 아닐까. 하지만 아닌 것 같았다. 유겸을 봤다면 이 떠버리가 유겸에 대해서 말을 하지 않을 리 없을 테니까.

"남의 집에 갔다 왔으면 그냥 조용히 있으시오. 무슨 말이 그리 많소?"

걱정도 되고 귀찮기도 한 마음에 정빈이 짜증을 섞어 면박을 주었지만 태윤은 아랑곳하지 않았다.

"내 잠시 무릉도원을 엿보고 나서 감흥이 가시질 않아서 그렇소. 차판관은 무슨 복으로 그런 집에서 사시오? 복도, 복도 그런 홍복이 없어. 그런데 말이오. 차대감 댁이 성곽을 배후로 지어졌으니 사실 여기 화성과도 구조가 비슷하지 않겠소? 그래서 그곳 정원을 그대로 우리 성 안으로 옮겨 놓는다 해도 썩 어울릴 것 같단 말이오. 그렇지 않소? 어찌 생각하시오?"

맞는 말이었다. 산이 있고 그 산을 둘러싼 성곽이 있고 또 그 성곽 안에 대저택이 들어선 무원당의 구조와, 산이 있고 그 산 자락 아래 행궁과 민가가 들어서고 그 산을 둘러 성을 쌓게 될 화성의 구조는 대략 비슷했다. 정원을 조성함에 있어 무원당의 후원은 좋은 본보기가 될 수 있을 터였다. 정빈도 그런 생각을 해보지 않은 것은 아니었다. 뿌리 깊은 무인 가문의 본영인 무원당은 사실 겉으로 드러나지 않아서 그렇지 유사시에는 그 자체로 군사시설로 활용될 수 있을 정도로 지어졌다. 하지만 아름다운 정원을 품고 있어서 전혀 그렇게 보이지 않는 것이다.

성역 공사를 시작할 때 임금이 그렇게 말하였다.

아름다워서 두렵게 하라.

적들이 공격 의지를 잃을 만큼 아름답게 화성을 지으라고 한 것이다. 포사 한 칸을 짓더라도 성 전체와의 조화를 생각하라고 했고 총구 하나에도 균형과 질서를 잡으라고 했다. 정빈은 별당의 후원을 화성에 옮겨 놓는 것에 대해 다시 생각했다. 그러자면 유겸의 도움이 필요했다. 지금의 별당 후원은 전적으로 유겸의 공이었다. 황폐해진 후원을 지금의 모습으로 바꾸어 놓은 것이 유겸이었다. 정빈은 잠시 유겸을 화성으로 데려오면 어떨까 생각했다. 공사가 시작되고부터는 정빈은 거의 화성에 있었으므로 유겸과 떨어져 있은 지 오래였다. 그러나 유겸을 데려오는 일은 간단한 문제가 아니었다. 유겸은 쫓기는 아이였다. 누군가의 눈을 피해 별당으로 숨어든 것이다. 그렇게 별당에 온 이후 지금껏 유겸은 별당을 벗어나본 적이 없었다.

그 밤 정빈은 꿈을 꾸었다. 이맘때쯤이면 여름보다 먼저 찾아오는 꿈이었다.

꿈에선 늘 후들후들한 비가 내렸다. 빗줄기를 맞으며 작은 상여가 무원당 별당을 한 바퀴 돌았다. 연못가며 정자, 나무 따위를 돌아 이내 뒷문을 빠져나갔다. 집안사람들의 곡소리가 끊이지 않았고 그 울음 사이로 문상객들의 작은 속삭임들이 오갔다.

> 그나마 다행이질 않습니까. 죽은 아이가 계집아이라서…
> 아무렴요. 가뜩이나 자손 귀한 가문에… 하나 밖에 없는 아드님이 그리 되었다면 차대감도 쓰러져 줄초상 났을지 모를 일이지요.
> 죽은 아이가 제 오라비 구하려고 연못에 팔을 뻗었다가 같이 빠졌다는군요. 오라비는 살았는데 그 아인 끝내…
> 쉿! 조용들 하시게. 아들이든 딸이든 차대감한테는 세상에 둘

도 없는 금지옥엽 아니었겠는가.

어려 죽은 자식은 부모 가슴에 못을 박고 가는 거라며 장례를 후히 치르지 않는 법이었지만 무원당은 달랐다. 겨우 여섯 해 살고 간 여식의 장례는 왕가의 그것마냥 성대하고 화려했다. 눈에 넣어도 아프지 않을 어린 딸을 잃은 아버지 차원일의 얼굴은 뻣뻣하게 굳어 산 사람 같지가 않았다. 아무 말도 하지 않았고 울지도 않았다.

사람들이 말했다. 이 댁에 자손이 귀한 건 칼로 일어선 집안이어서 그렇다고. 환란 때마다 나라에 공을 세워 대대손손 막대한 부와 명예를 일궜지만 살생을 많이 해서 그 원귀가 들러붙어 그런 거라고 했다. 아무리 재산이 많은들 무얼 하고 명예가 하늘을 찌른들 무얼 하겠나, 자손이 저물어가는 집안인데, 하며 사람들은 저마다 한마디씩 했다.

아이는 유모의 등에 업혀 상여가 후원을 빠져나가는 것을 지켜보았다. 멀리 사라져 보이지 않을 때까지 보았다. 뻑뻑한 눈에 눈물이 고였다. 제 상여였다. 내가 나를 떠나가고 있었다.

깊은 밤 오슬한 기운에 정빈은 눈을 떴다. 동헌 밖에는 빗줄기가 청승맞았다. 꿈은 언제나 끝나는 곳에서 끝났고 꿈이 끝나야 잠에서 깰 수 있었다. 꿈속에서 정빈은 늘 고통 받았다. 익숙한 고통이라고 해서 통증이 덜 한 것이 아니었다. 몸과 마음이 저리고 아팠다. 정빈은 유겸을 생각했다. 운명이 어깨를 짓누를 때, 몸이 아파 움직일 수조차 없을 때, 눈물이 도저히 멈추지 않을 때, 더는 살아낼 자신이 없어 죽고만 싶을 때…. 그 모든 슬픔의 때에 유겸이 곁에 있었다.

그래, 집에 가자.

정빈은 자리에서 일어나 도성으로 향했다. 아직 다 지어지지 않은 성문 앞으로 꿈길 같은 밤길이 펼쳐져 있었다. 날이 밝기 전에 도성에 닿아야 했다. 정빈은 말을 달렸다.

비 갠 아침의 별당 뜰에는 애상과 쓸쓸함이 감돌았다. 물기를 머금은 바람은 차가웠고 꽃잎과 신록의 잎사귀들이 여기저기 떨어져 있었다. 참새 두 마리가 정원석 위에 떨어진 꽃잎을 쪼아 대다가 푸드득 함께 날아올랐다.

유겸은 툇마루에 앉아 그 풍경들을 가만히 바라보고 있었다. 맨발 위로 처마 끝에 매달린 빗방울이 툭 하고 떨어졌다. 유겸은 그대로 일어나 뜰로 내려갔다. 져버린 꽃들을 모으니 작은 소쿠리에 가득 했다.

"그것들을 모아서 어디에다 쓰겠느냐."

"딱히 쓰자 할 데가 있는 것은 아니지만…"

가만가만 말하는 유겸의 얼굴에 쓸쓸하고 슬픈 빛이 어렸다.

"젖은 꽃이니 말리기도 쉽지 않을 것이다. 목욕물에나 *써야* 하지 않겠느냐."

광에서는 이른 아침부터 난초를 넣은 목욕물을 데우고 있었다. 정빈이 화성에서 돌아올 때면 꼭 난초 삶은 물로 목욕을 하기 때문이었다. 정빈이 행랑어멈에게 일러 난초 삶은 물을 들이라 하였다. 순식간에 정방은 난초향내를 뿜어내는 더운 김으로 가득 찼다.

행랑어멈을 향해 유겸이 공손하게 인사를 하자 행랑어멈이 황공해하며 자리를 떴다. 유겸은 모든 이에게 공손했고 친절했다. 대감 내외에게 하는 행동이나 행랑어멈에게 하는 행동이 별반 다르지 않았다. 모두에게 자세를 낮추었지만 하인들은 유겸을 함부로 대하지 못했다. 유겸도 분명 노비인데 도무지 노비 같지가 않은 것이다. 무원당의 후계자 차정빈이 귀하게 여기기 때문이기도 했지만 꼭 그래서가 아니라 이상하게도 이 아이에게는 무언가 고결한 기운이 있었다.

눈치 빠른 행랑어멈은 이 목욕물은 도련님이 쓰실 게 아니라 아마도 저 노비아이를 위한 것일 거라 생각했다. 행랑어멈의 짐작은 맞았다. 정방의 문이 닫히고 정빈과 유겸만 남았을 때 정빈이 유겸에게 말하였다.

"마음이 울적할 때는 더운 물에 몸을 담그면 좋지 않겠느냐. 좀 쉬어라."

정빈은 제 목욕물을 유겸이 쓰도록 했다. 늘 고된 일을 하는 유겸에게 주는 호사였다. 유겸은 말없이 부지런했다. 하루 종일 후원을 가꾸고 정빈의 수련장을 정리하고 말들을 돌보았다. 굳이 할 필요가 없는 일까지도 했다. 별당에서 일어나는 일은 대개 유겸의 몫이었다. 대여섯 사람 분량의 일을 혼자서 했는데 정빈이 별당에 여러 사람이 드나드는 것을 극도로 싫어하기 때문이었다. 그 성미를 알기에 유겸은 달리 일손을 청하지 않았고 정빈 역시 유겸의 일을 덜어주지 않았다. 너도 그렇게 세월을 견디고 있는 것이겠지. 올지 안 올지 모르는 그날을 기다리면서 그렇게 하루하루를 사는 것이 아니겠느냐. 정빈은 그리 생각했다.

정빈은 유겸의 마음이 이곳에 있지 않음을 알았다. 단지 무원당 별당에 있지 않은 것이 아니라 아예 이 세상에 있지 않았다. 이쪽을 보고 있을 때조차도 유겸의 시선은 언제나 세상 저 너머를 향하고 있는 것 같았다. 정빈은 유겸의 마음을 그토록 사로잡고 있는 그 존재가 버거웠고 또 어쩐지 미웠다.

정빈이 등불을 켜 주고 나갔다.

희미한 불빛으로나마 간신히 명암을 구분할 수 있게 되자 유겸은 사라*로 만든 희고 긴 목욕용 속옷을 입고 물에 들어갔다. 속옷은 바느질도 없이 통으로 지어졌는데 그 옷 안에서 유겸은 입김 하나에도 날아갈 것처럼 가벼워 보였다. 목욕통 속에는 말린 꽃잎과 아침에 주워 모은 꽃잎이 함께 떠 있었다. 더운 물 속에서 유겸의 하얀 옷이 가볍게 떠올랐고 그 위를 마치 수를 놓듯 꽃잎들이 피어나 목욕통 안은 한 폭의 그림 같았다. 비에 젖은 까마귀 깃털처럼 검고 매끈한 유겸의 머리카락이 물속에서 너울거렸다. 유겸은 스르르 눈을 감고 따뜻한 물속으로 몸을 감추었다.

등불이 작게 흔들리며 유겸의 얼굴을 비추었다. 묵직하고 두터운 어둠 속에서 유겸은 아무것도 생각하지 않으려고 애썼다. 그러나 이미 하나의 기억이 밀려들고 있었다.

무원당에 온 지 얼마 되지 않았을 때였다. 그때까지도 마땅한 잠자리가 없었던 유겸은 아늑한 목욕통이 좋아서 종종 몰래 그 안에 들어가 잠을 자고는 하였다. 부드러운 짚을 깔고 누우면 어머니 품속처럼 따뜻하고 포근했다. 그날도 그렇게 잠든 지 얼마쯤 지났을까. 유겸은 신음소리에 눈을 떴다. 캄캄한 정방 안에 누군가 있었다. 두 사람이었다.

"무사들이란 훈련을 하다보면 물에 뛰어들기도 하고, 그러다보면 옷을 벗고 서로 맨몸을 부대끼기도 하지. 그런데 너야 그럴 수 없지 않느냐. 너는 고귀하고, 또 특별하니 말이다."

목소리의 주인은 이 집안의 어른 차원일 대감이었다. 차대감은 탁자 위에 엎드린 누군가에게 말을 하고 있었다. 엎드린 자는 아무런 말이 없

---

* 약간 거칠게 짠 비단천

었다. 그러나 두려움에 떨고 있음이 느껴졌다. 호흡이 고르지 않고 숨소리에는 눈물이 섞여 있었다.

"너는 처음부터 높은 데서 시작할 것이다. 아래 무사들이 함부로 네 몸을 부딪치지 못하도록 너는 지휘관에서부터 출발할 것이다. 내가, 임금 다음 가는 장수인 이 애비가 그렇게 만들어 줄 것이다. 하지만…"

엎드린 자는 이 집의 아들 정빈이었다. 정빈이 울음을 삼키는 소리가 들려왔다. 공포와 슬픔이 어둠을 타고 고스란히 유겸에게도 전해졌다. 유겸도 눈물이 날 것 같았다. 꾹 참았다. 절대 조그만 소리도 내서는 안 된다고 어린 마음에도 다짐하며 제 입을 꼭 틀어막았다. 내가 여기 있는 것을 알면 저 어른이 죽일지도 몰라.

"그러나 만일을 대비해야지 않겠느냐. 물 속 훈련을 해야 할 때 너는 이렇게 말하여라. 몸에 큰 흉터가 있어 보일 수가 없다고. 흉을 내보이는 것은 임금의 호위무관들에게는 허물이니 다들 헤아려 줄 것이다. 허면 증거 될 만한 것이 있어야 하지 않겠느냐. 매사 확실해야 실수 하지 않는 법…"

그렇게 말하고 나서 차원일은 뜨거운 쇳물을 정빈의 어깨 위에 부었다. 정빈의 비명소리가 정방 안에 퍼졌다. 높고 날카로운 비명소리 끝에 울음이 터져 나왔다. 정빈의 상체가 고통 속에 일어났다. 그때 유겸은 막 부풀기 시작한 정빈의 가슴을 보았다. 눈동자가 마주쳤다. 네 개의 눈동자에서 동시에 눈물이 흘러내렸다. 정빈의 눈이 아무 소리 내지 말라고, 아는 척하지 말라고 말하고 있었다. 부끄러워하고 두려워하고 있었다. 유겸은 두렵고 무서워 목욕통 안으로 몸을 깊숙이 감추었다. 그때 그 순간 밀려들던 고통과 슬픔을 유겸은 단 한순간도 잊을 수가 없었다.

비밀.

그와 나 사이에 간직한 비밀.

유겸은 정빈의 슬픔에 대하여 묻지 않기로 하였다. 대신 그 슬픔을 자기의 것으로 삼기로 하였다.

목욕을 마친 유겸이 정방에서 나왔다. 얼굴에 맑은 빛이 서려 있었다. 정빈은 한순간 눈부시다고 생각했다. 사람의 얼굴이 저렇게 빛날 수도 있구나.

"이번에 화성에 같이 내려갈 것이다. 가면 오래 있을지도 모른다. 내일 떠날 것이니 채비토록 하여라."

화성에 같이 가자는 말. 지금 이때 하려던 말은 아니었지만 줄곧 하고 싶던 말이었다. 함께 지낸 지 십여 년. 장성한 유겸을 볼 때마다 자꾸만 떠날 것 같은 느낌에 정빈은 불안했다. 본래 무원당에 매인 몸도 아니고 노비 대장에 오른 것도 아닌지라 어느 날 갑자기 떠난다 해도 아무 꺼릴 것이 없었다.

내 말을 들었을까. 별당 밖 세상을 모르는 너에게 화성행은 어쩌면 무리가 아닐까. 아니야, 나와 함께 있는 것이 너에게 가장 안전해.

정빈이 그런 마음으로 유겸을 쳐다보았다. 유겸이 대답 대신 고개를 끄덕였다. 정빈은 내심 안도의 한숨을 쉬었다. 가지 않겠다 하면 굳이 데려가지는 않을 생각이었다. 노비였지만 아무것도 강제하고 싶지 않았다. 숨어 사는 인생, 내 곁에서만은 자유롭게 해주고 싶은 것이다.

정빈은 유겸의 인생을 생각했다. 비밀 속에 산다는 것, 그것이 얼마나 힘들고 고통스러운 것인지 정빈은 누구보다 잘 알고 있었다. 사교의 무리라며 금지령이 내린 천주교를 믿고 있으니 유겸은 세상 밖으로 나갈 수 없었다. 다행히 그 믿음이 인정되는 세상이 온다 해도 유겸은 순탄하게 살지는 못할 것이었다. 세상살이에 필요한 영악함도, 밥벌이의 요령도 없는 아이였다. 당장 호패도 없으니 유겸은 세상에 없는 사람이었다. 무엇으로 삶을 이어갈 것인가.

정빈은 생각했다. 그러니 아무 데도 가지 말고 그저 이대로 머무는 것은 안 될는지. 네가 원한다면 내 너에게 평생토록 사치와 평온이라는 기쁨을 주겠다. 그렇게 세상이 주는 고통 따위는 모르고 인간사의 질곡도 없이 사시사철 꽃들이 만발한 이 별당에서 세월 따라 꽃처럼 늙어가기를…. 그러면 그런 너를 보며 나는 나대로 살아갈 수 있을 터이니.

정빈은 유겸이 그렇게라도 곁에 있어주길 바랐다.

오성지

봄이 오기 전에 시작한 북쪽 성문 공사가 거의 마무리 단계에 들어섰다. 근 여섯 달 만이었다. 처음에는 시간이 많이 걸렸는데 일단 터를 닦고 주춧돌을 세우고 나니 그 이후엔 일에 속도가 붙었다. 그런데 성문이 당초 계획보다 더 바깥으로 나가게 되었다. 설계도대로 하면 북쪽 성문이 들어설 쪽에 있는 민가 상당수를 허물어야만 했다. 임금이 그 사실을 알고 그러지 말라고 했다. 곧바로 교지가 내려왔다.

> 백성을 위하여 성을 쌓는다면서 도리어 그들을 내치면 어찌할 것인가. 성벽을 세 번 구부렸다 폈다 해서라도 저 백성들의 집을 모두 성 안에 들게 하라.

임금의 이러한 뜻에 의하여 성문은 민가보다 밖에 세워지게 되었고 성벽의 길이는 당초 3,600보보다 훨씬 길어진 4,600보가 되었다. 그렇게 설계변경을 하게 되었지만 태윤은 그 일이 조금도 번거롭거나 힘들지 않았다. 오히려 임금의 뜻에 감읍하였다. 임금이 제 팔을 늘이고 뻗어 가장 작은 백성 하나까지도 품어 안고 싶어 하는 그 마음을 어느 신하가 기꺼워하지 않으랴. 이 거대하고 웅장한 성문이 소소한 백성의 집 하나까지도 모두 다 살뜰하게 껴안으려한 것을 뭇사람들이 알기나 할까.

태윤은 임금의 마음을 사람들이 알게 하고 싶었다. 그래서 옹성甕城*을 쌓을 때에도 갖은 정성을 다하였다. 성문의 외벽에 둥글고 두툼하게 옹성을 두르니 그 모습이 마치 아이를 밴 여인 같았다. 강인하면서도 우아하고, 의젓하면서도 애틋했다. 날아갈 듯 치장한 왕후 같기도 했고 첫아이를 기다리는 소박한 아낙 같기도 했다.

빛을 잉태한 밤이 해를 토해내며 날이 밝는 이 성에 지고한 복락이 있을지니. 태윤은 옹성 벽을 껴안을 것처럼 제 몸을 바짝 붙이고 뺨을 갖다 대었다. 불로 구운 벽돌이 사람의 체온을 간직한 듯 뜨겁게 느껴졌다.

옹성에는 특별한 연못도 만들었다. 성벽 안에 연못이 있다는 것이 희한한 일이긴 하지만 진짜 연못은 아니고 옹성 입구 위쪽 벽면에 다섯 개의 구멍을 뚫고 말구유 모양의 커다란 물확을 설치한 것이다. 적이 성문에 불을 지르면 다섯 개의 구멍으로 물을 내려 보내 초기에 진압하려는 것이다. 목적은 군사용이지만 태윤은 이런 것에도 무언가 자기만 아는 의미를 담고 싶었다. 물구멍도 독특하게 만들었는데 밖에서 보면 원형이고 안에서 보면 사각형으로 보이게 했다. 천원지방天圓地方. 즉, 둥근 하늘과 네모난 땅이 하나로 결합되는 이치, 곧 하늘의 신과 땅 위의 인간이 하나인 극치를 표현한 것이다. 둥글면서도 네모난 다섯 개의 구멍은 그대로 별이 되었다. 그 별 아래 놓인 구유에는 맑은 물이 찰랑거렸다. 그래서 오성지五星池라 이름 붙였다. 가히 다섯 개의 별이 뜨는 연못인 것이다.

태윤은 연못의 물을 조심스럽게 별 구멍으로 내려 보냈다. 각도에 따라 물을 내려 보낼 때 수량과 수압의 차이를 측정해보려는 것이다.

---

* 성문을 보호하기 위해 성문 바깥쪽에 반원형으로 한 겹 더 둘러쌓은 성

아, 그런데! 사고가 났다. 미처 아래를 확인하지 않고 내려 보내 마침 성문을 통과하던 사람이 고스란히 물을 뒤집어쓰고 만 것이다.

"거기 누군가!"

날카로운 목소리가 옹성 홍예 위까지 들렸다. 정빈의 목소리였다. 성문을 지키던 병사 하나가 태윤에게 상황을 전해주었다.

"아우… 도청님. 사람이 지나가는지 확인하셨어야죠. 판관 나리가 아주 그냥 홈빡 젖으셨는뎁쇼."

아뿔싸! 하필이면 차정빈! 태윤이 옹성에서 내려다 보니 정빈의 표정이 말이 아니었다.

"차, 차판관. 괘, 괜차, 괜찮으시오?"

태윤이 말을 더듬었다. 정빈의 성정을 아는 터였다. 물에 젖는 걸 끔찍하게 싫어해서 비오는 날은 잘 돌아다니지도 않는 사람이 물을 뒤집어 쓴 것이다. 그렇지 않아도 창백한 얼굴이 파랗게 질려있었다.

난 죽었다, 아, 저 인간, 저 성질 까다로운 인간이 제일 싫어하는 짓을 했으니 이제 어쩌면 좋지? 태윤은 속으로 벌벌 떨었다. 그런데 물벼락을 맞은 건 정빈만이 아니었다. 옆에 한 사람이 더 있었다. 너울로 얼굴을 가려서 처음엔 몰라봤는데 자세히 보니 유겸이었다. 유겸이 너울을 벗고 얼굴을 드러냈다. 말간 얼굴이 물을 뚝뚝 흘리며 태윤을 향해 인사를 했다. 정빈과 달리 웃음 띤 얼굴이었다.

"유겸선생, 어인 일이시오. 처소에서 당최 나오질 않는 것 같더니만. 오늘은 차판관하고 어디 먼 데 갔다 오는 모양이오."

"예. 그러하옵니다. 판관 나리와 함께 바다에…"

유겸이 소맷자락으로 물을 닦으며 말했다. 소매도 이미 젖어서 닦으나마나였다.

"김도청! 주의를 했어야지요! 이게 뭡니까!"

정빈이 화를 버럭 냈다. 진짜 화가 나 있었다.

"차, 차판관. 아, 난 이처럼 이른 시간에 누가 여길 지나갈 줄 몰랐소이다."

친구가 되었다 해도 남들이 보는 자리에서는 서로 존대를 하기로 해서 둘은 깍듯한 말로 주고받았다.

"됐습니다! 낙수 실험을 한 모양인데 앞으로는 주의 하시오. 나였으니 망정이지 유수 어른이나 혹 주상전하셨다면 어찌할 뻔했습니까!"

정빈은 한바탕 쏘아붙이고는 유겸을 데리고 성 안으로 들어갔다. 태윤은 무안했다. 고의로 그런 것도 아닌데 병사들 앞에서 좀 심하지 않은가 하는 생각도 들었다. 하지만 잘못한 건 사실이니 변명하기도 마땅치 않았다. 태윤은 말을 타고 휙 떠나는 정빈의 등 뒤에다 대고 연신 미안하다고 했다.

"야, 아무래도 저 깍쟁이가 화가 많이 난 거 같지?"

태윤이 옆에 있던 문지기 병사에게 물었다.

"그런 것 같은데요? 군영 애들이 그러는데 차판관 나리는 기분 좋다고 웃는 사람도 아니고 나쁘다고 해서 화내지도 않는대요. 근데 오늘 보니 화는 내시는 분 같구만요. 이따 군영 애들한테 얘기해줘야지. 오늘 훈련 때 조심하라고… 큭큭…"

문지기 병사는 재미난 걸 봤다는 듯 연신 깨득깨득 웃어댔다.

정빈은 한양 도성뿐만 아니라 이미 화성유수부 내 모르는 사람이 없는 유명 인사였다. 그의 찬란한 외모에 더해서 그 차갑고 날카로운 성품 때문이었다. 매사 빈틈없고, 그래서 실수라는 것도 없고, 그렇기에 남의 잘못도 용서하지 않는 성격 때문에 지위고하를 막론하고 다들 정빈을 어려워했다.

하아…. 태윤은 걱정이 되었다. 어떻게 달래지? 달랜다고 해서 달래지는 사람도 아니고, 그렇다고 눈치 보며 피해 다닐 수도 없고. 하필 그때 성문을 지나갈 건 뭐람! 태윤은 한숨을 푹푹 내쉬며 다시 옹성으로 올라갔다. 하던 일은 마저 해야지.

젖은 몸을 닦으면서 정빈은 깊은 한숨을 내쉬었다. 물에 빠진 것처럼 기분이 나빴다. 유겸의 눈치를 보니 그다지 신경 쓰지 않는 것 같았다. 다행이었다. 사실 오늘 아침 일찍 성 밖을 나간 것은 유겸의 기분을 풀어주기 위해서였다. 며칠 전 유겸이 큰 봉변을 당할 뻔한 일이 있었다. 사건인즉슨 이러했다.

간혹 관아 마당으로 작은 산짐승들이 물색없이 들어오고는 했다. 그날도 뒷문을 잠시 열어놓았더니 상처 입은 새끼 사슴 한 마리가 들어왔길래, 유겸이 치료하고 먹을 것을 준 다음에 돌려보내려고 산으로 안고 갔다고 했다. 그런데 거기서 한 무리의 사냥꾼을 만났다. 놀이삼아 들로 산으로 사냥이나 하러 다니는 한량들과 그들이 데리고 온 기녀들이었다. 이들 눈에 새끼사슴이 들어왔다. 그중 한 놈이 잽싸게 활을 쏘아 사슴을 죽였다. 유겸이 놀라 뛰어갔지만 사슴은 이미 죽었고 한량들이 유겸 주위로 몰려들었다. 술 취한 사냥꾼들 눈에 다음 목표는 유겸이었다.

"어? 이것 봐라. 계집인가, 사내인가, 상놈인가, 양반인가?"

"아냐, 아냐, 사람인가, 귀신인가? 그게 더 궁금해."

유겸의 차림은 그들이 보기에 무척 이상했다. 나이가 찼어도 관례를 치르지 않은 머리는 그저 대충 묶은 채였다. 비단실로 수를 놓은 값

비싼 태사혜를 신고 있었는데 맨발이었고 그나마도 얻어 입은 바지가 짧아서 발목이 드러난 채였다. 소맷자락 사이로 드러난 손목은 사내의 것이라고 하기엔 앙상한 느낌마저 주었는데 술 취한 개들의 눈에는 기묘한 매력이 느껴질 법한 것이었다. 게다가 유겸의 희고 투명한 피부는 기루의 분칠한 기녀들에 익숙한 이들의 눈에 독특하고 신비로운 느낌마저 주었다. 무리의 호기심은 점점 더해갔다.

"야~ 이 손목 좀 보게. 낭창한 것이 매란이 너보다 더 곱지 않느냐. 어디 사내가 맞는지 한 번 만져나 볼까!"

그중 하나가 유겸의 손목을 잡아당기며 지분거렸다. 눈앞에 나타난 이 난봉꾼이 누구인지 당최 알 길 없는 유겸은 당황스러워 아무 말도 못하고 있었다. 술 취한 사내와 기녀들은 재미있다는 듯이 유겸과 난봉꾼을 에워싸며 웃어 젖혔다. 무리들이 지저분한 육담과 낯 뜨거운 추임새를 넣어가며 분위기를 돋우자 기고만장해진 난봉꾼이 유겸의 얼굴을 당겨 입을 맞추려 했다. 유겸이 세차게 저항하자 화가 난 난봉꾼이 유겸의 손목을 비틀며 압박하려 했다. 그리고 그 순간, 정빈이 나타났다.

"거기, 뭐하는 짓거리냐!"

서늘하고 표정 없는 얼굴이 말 위에서 술 취한 개들을 내려다보고 있었다. 유겸은 아직 누가 온지 몰랐다. 숨이 가빠 누굴 쳐다볼 수도 없었다. 그런 유겸을 발견한 순간 정빈의 눈에 살기가 번득였다. 정빈이 활시위를 당겨 무리 중 하나를 겨냥했다.

"지금 이 상황을 사실대로 말해."

"앗! 이게 누구신가~ 도성 안 여인들의 애간장을 녹인다는 그, 그… 아, 뉘시더라… 차, 정…빈 나으리 아니시오?"

유겸을 지분거리던 난봉꾼이 정빈을 알아봤다. 정빈도 그를 알아봤다. 이조좌랑 심일재의 동생이자 전 영의정 심치호의 막내아들 심일주였다. 보아하니 무리 중에는 왕실의 먼 종친도 하나 끼어 있었고 그 외에는 여기 수원에 사는 돈 많은 집 자제들이었다. 성역 공사로 수원에 전국의 부자들이 많이 몰려왔고, 또 시장이 번성하고 상품의 유통이 활발하다보니 신흥부자들도 많이 생겨나던 참이었다. 아마도 벼슬 없이 조선 팔도 돌아다니며 놀기 좋아하는 한량인 일주가 이번엔 화성까지 온 모양이었다. 그런데 술을 얼마나 마셨으면 간도 크게 행궁 뒷산에서 분탕질을 치고 있는 것이다.

정빈은 활을 들어 일주를 겨냥했다.

"사실대로 말하지 않으면 네 귓불을 날려주지. 아마 술이 확 깰 것이야."

사실대로 말을 해도, 사실대로 말 하지 않아도 죽인다면 죽일 것이다. 차정빈, 저 인간이라면. 그들은 정빈의 성정에 관해서 소문을 들어 잘 알고 있었다. 그들이 아는 정빈은 누구와도 사사로이 말을 섞는 법이 없고 인정도 자비도 없는 인간이었다. 난봉꾼 무리가 긴장했고 그중에 좀 멀쩡한 놈이 변명을 했다.

"이, 이보게. 차판관. 우리는 그저 사냥이나 좀 할까 하고…"

"여기가 정녕 어디인지 모르고 사냥을 왔다는 건가. 주상전하의 행궁 뒷산이다. 존엄한 땅에서 사냥이라? 그리고 분탕질까지?"

"우린 여기가 그런 곳인 줄 몰랐네. 저어기 산 반대편에서부터 올라왔으이. 한 번만 봐주시게."

"너, 네가 말해봐."

정빈이 심일주를 겨냥했다. 호색한에다 사고뭉치라서 여기저기 사고치고 다녀도 노론의 거두인 아버지를 둔 덕에 요리조리 잘도 빠져나가던 놈이었다. 그 아버지 심치호가 죽은 뒤에도 형인 일재를 중심으로 하는 가문의 위세가 여전해서 매사 어려운 것도 심각한 것도 없는 인간이었다. 지금 이 상황에도 느물거리며 정빈을 바라보고 있었다.

"거, 참. 차판관. 자네도 같은 사내끼리 너무 하이. 내 한양에서 화성유수부 얘길 하도 많이 들어서 큰맘 먹고 내려와 봤다네. 아, 와보니 과연 별유천지비인간別有天地非人間이란 말이 틀리질 않네, 그려? 여기 실세가 차판관님이라며? 아, 우리 그러지 말자구. 어릴 때를 생각해 봐아~ 불알친구끼라… 아, 뭐. 원한도 있겠지만 다 지난…"

많이 취한 모양인지 정빈에게 반말로 지껄여대고 있었다. 한심했다. 정빈은 일주의 술주정을 좀 더 들어보기로 했다.

"아, 그래서 말이야. 날씨가 하도 좋아서 사냥 겸 꽃구경 좀 왔고, 그러다보니 여기 주상전하 뒷산까지 오게 되었고, 또 그러다보니 사슴 한 마리 지나가기에 사냥도 하고, 또, 또, 그러다 보니 지나가는 도령이, 도령 맞나? 하여간 하도 고와서 한번 같이 놀아 보…"

말이 채 끝나기도 전에 정빈의 화살이 일주의 귓불을 스치고 지나갔다. 귓불 살점이 떨어져 나갔고 피가 튀었다. 일주가 비명을 질렀지만 아무도 말리지 못했다. 여기서 한마디 더 했다간 화살이 입으로 날아올지도 모를 일이었다.

정빈의 시선은 저만치 소나무 둥치에 처박혀 있는 유겸에게로 갔다가 다시 일주에게로 향했다.

"너 죽여 버린다."

정빈이 싸늘하게 말했다. 그 순간 일주를 비롯한 모두의 몸은 뻣뻣이 굳어버렸다. 얼마 전 명령에 불복종한 부하 하나를 거의 죽기 일보직전까지 몰아간 일화는 한양에서도 유명했다. 독하고 모진 차정빈이 중신의 자제들이라고 봐줄 리 없었다. 제 입으로 죽여 버리겠다고 말을 했으면 진짜 죽이지는 않더라도 그에 준하는 응징이 있을 터였다. 무리는 체면을 잔뜩 구긴 채 우왕좌왕하며 자비를 청했다. 벌벌 떠는 모습이 한심하기도 하고 귀찮기도 해서 정빈은 그들을 보내버려야겠다고 생각했다. 지금 정빈에게 중요한 것은 이들과의 실랑이보다 구석에 처박혀 있는 유겸이었다.

"지금 당장 네놈들을 벌집으로 만들어 줄 수도 있지만 대낮부터 술을 처먹어 올 데와 갈 데도 구분 못하는 놈들에게는 그것마저도 아깝다. 가라. 한 번만 더 이곳에 발을 들이면 그땐 진짜 죽을 줄 알아."

정빈의 말이 떨어지자마자 난봉꾼 무리가 양반이랍시고 주섬주섬 행색을 고치는 사이 말구종들이 가지고 온 짐을 챙겼다. 그 속도가 빨라지더니 순식간에 말과 기녀들을 이끌고 산 아래로 사라졌다. 일주 패거리가 완전히 사라지자 정빈은 말에서 내려 유겸에게로 달려갔다. 다행히 다친 데는 없어 보였고 좀 놀란 것 같았다. 안정을 취하면 회복하겠지만 난데없이 봉변을 당한 터라 걱정이 되었다. 유겸이 일주 무리에게 곤욕을 치르고 있던 그 시각 정빈은 마침 서장대西將臺*에서 행궁 쪽을 조망하고 있었다. 만일 그때 정빈이 서장대에 올라가지 않았다면 일이 어찌될 뻔했겠는가.

정빈은 그때의 일을 곱씹으며 속으로 안도의 한숨을 내쉬었다. 그 사건은 무원당에서만 살던 유겸에게 처음 있는 일이었다. 그때 안 좋았던 기분을 풀어주려 외출했다가 오는 길에 물을 뒤집어쓰게 해서 다시 유겸에게 미안해졌다.

그래도 큰일은 아니니 지금쯤 안정이 되었겠지.

---

* 장대(將臺)란 장수가 군사를 지휘하는 곳을 말한다. 화성 서장대는 수원시 팔달산 정상에 있다.

"들어가도 되겠느냐."

정빈이 유겸의 처소 앞에서 기척을 했다.

정빈은 유겸에게 이아貳衙*에서 가장 좋은 방을 내주었다. 신이며 옷가지도 무원당에 있을 때보다 좋은 것을 주었다. 화성에 있는 동안 모든 노역은 면제였다. 그저 곁에 있어주면 되었다. 별당에 온 지 십여 년 동안 단 하루도 제대로 쉬어 본 적이 없는 유겸에게 정빈은 그렇게라도 휴식을 주고 싶은 것이다.

"몸은 좀 어떠냐."

"바다를 보고 나니 마음이 좋아졌습니다."

잠깐 동안 침묵이 흘렀다.

"여기 있는 동안 절대 혼자서 밖에 나가지 마라. 산에는 네가 좋아하는 약초나 들꽃들이 많겠지만 혼자 가서는 안 된다. 때를 봐서 내가 데리고 가마. 여긴 공사장이다. 사람들이 거칠다. 별당과는 다르니 조심하여야 한다."

"예."

유겸이 짧게 대답했다. 화성에 와서 두어 달 별 탈 없이 지내던 중이었다. 유겸이 워낙 조심스러운 성격인지라 스스로 단속하여 남들 눈에 띄지 않았고 무원당에서 하듯이 정빈도 동헌 제 처소 근처에는 외부인 출입을 금한 터였다. 하지만 그래도 걱정이었다. 그때 같은 일이 또 벌어지지 않는다는 보장이 없질 않은가. 또 한 가지 걱정은 누군가 유겸을 알아보는 사람이 있지 않을까 하는 것이었다. 주변에는 유겸을 먼 친척 아우인데 휴양 차 내려왔다고는 하였지만 혹여 여기서 누가 이 아이를

---

* 화성 행궁의 두 번째 동헌

알아보기라도 하면 어찌할 것인가. 전국 각지에서 사람이 몰려오는 공사장에서 어릴 적 모습을 기억하는 이가 있어 혹시라도 의심을 한다면 큰일이었다. 정빈은 막상 유겸을 화성에 데려와 놓고서도 한편으로는 불안하고 걱정스러웠다.

그런 불안함과 두려움 속에서 정빈은 유겸과 함께 아침 바다를 보고 왔다. 어느 날 문득 유겸이 책을 읽다가 물었던 것이다.

바다는 어찌 생겼습니까.

그래서 새벽 일찍, 아직 한 번도 바다를 본 적 없는 유겸을 위해 길을 나섰던 것이다. 바다를 보고 와서 유겸은 기분이 좋은 것 같았다. 무언가에 설레는 것 같기도 했다. 그리고는 혼잣말하듯 말하였다.

그 바다를 건너가면 연경에 닿을 수 있겠네요.

용 이야기

　　무원당에서 서신이 왔다. 가문의 인장이 찍힌 서찰에는 임금과 조정의 동향이 적혀 있었다. 도승지 차원일이 임금의 호위무관이자 화성유수부 판관인 아들을 위해 정보관리를 해주는 것이다. 편지의 내용은 아버지와 아들이 안부를 주고받는 일상적인 내용이거나, 오늘 좋은 문장을 읽어서 너에게도 보내노라, 하는 식이었지만 그 속뜻은 다른 경우가 많았다. 대개 암문暗文과 비유로 표현된 글의 숨은 뜻은 정빈만 알수 있었다. 이번 서신에는 단 석 자만 적혀 있었다.

　　　魚　日　花

물고기와 해와 꽃.

풀이하자면 이러했다.

'임금이 해를 보기 위해 화성으로 갈 것이다.'

　　서신에서 어魚는 임금을 뜻했다. 임금 御를 대신한 것이다. 일日은 글자 그대로 해를 뜻했다. 화성은 華가 아니라 花로 썼는데 사도세자를 모신 현륭원의 화산華山을 화산花山이라고도 하는 데서 비롯한 것이다.

　　정빈은 서신을 초에 불살랐다. 읽은 후 즉시 파기하여 혹시라도 임금의 동선이 새 나가지 않게 하려는 것이다. 임금은 간혹 이렇게 비공식으로 화성에 나타나고는 하였다. 정적들의 눈을 피해 새벽을 달려오는 것이다.

　서장대가 완공을 앞두고 있었으므로 오늘 내일 사이 임금이 올 것이라고 정빈도 짐작은 하고 있었다. 정빈은 임금이 오기로 한 새벽, 시흥까지 가서 임금을 맞이하였다. 도성에서 시흥까지는 도승지 차원일이 호위무관과 함께 직접 임금을 수행해 왔고 그 다음은 정빈이 맡았다. 도승지는 궁을 비울 수가 없어 다시 도성으로 돌아갔고 아버지와 아들은 달리 사사로운 인사를 나누지 않았다.

　서장대 기둥 사이로 서서히 아침 해가 떠올랐다. 임금은 미동도 하지 않고 일출의 광경을 지켜보고 있었다. 성 아래 세상이 황금빛 햇살에 둘러싸여 아침을 시작하고 있었다. 복되고 풍요로운 광경이었다.

　"내 이것을 보기 위해 밤길을 달려 왔다."

　임금이 곁에 선 정빈에게 말했다.

　"성 내에서 가장 높은 곳이옵니다. 전하의 성총이 이 장대에서부터 저 아래 민가에까지 고루 퍼지길 바라나이다."

　정빈이 장대를 내려오는 임금 곁에 다가서며 말했다.

　"말이 늘었다. 무뚝뚝하고 쌀쌀맞은 녀석이…."

　임금이 정빈의 어깨를 툭 치며 웃었다. 훈련하다 부상당한 왼쪽 견갑골 쪽으로 묵직한 통증이 느껴졌다. 정빈은 아무렇지 않은 듯 조금의 흐트러짐도 없이 꼿꼿이 서 있었다.

　"정빈아, 보아라, 저 태양을. 이곳에 서서 세상을 바라보면 조선이 천하의 중심이라는 생각이 들지 않느냐."

　임금의 목소리에는 벅찬 승리감이 담겨 있었다.

　화성을 지으려 하는 뜻, 이 아름답고 강건한 성을 쌓으려는 임금의 깊은 뜻을 정빈은 아직 다 몰랐다. 하지만 화성 축성이 임금에게 있어 그 무엇보다 중요한 일생일대의 과업이라는 것만은 잘 알았다.

임금과 정빈은 산을 내려와 행궁 쪽으로 걸음을 옮겼다. 서장대에서 행궁까지로 난 산길은 걸으면서 이야기하기에 좋았다. 임금은 화성 내 돌아가는 사정을 정빈에게 세세하게 물었다. 화성유수가 이미 보고한 것도 물었고 지나간 사건의 경과와 결과에 대해서도 물었다. 별 의미 없는 자잘한 것까지도 캐물으면서 네 생각은 어떠냐, 달리 더 좋은 것은 없겠느냐, 하고 묻고 또 물었다. 매사에 세심하고 치밀한 임금은 화성과 관련된 것이라면 작은 것도 놓치지 않았다.

발걸음은 어느덧 득중정得中亭에 닿았다. 임금과 정빈은 매양 하듯이 활쏘기를 했다. 임금이 마지막 시위를 당겼다. 늘 그렇듯이 50번째는 빗나갔다.

이제 정빈의 차례. 화살은 소리도 없이 날아가 과녁에 꽂혔다. 5발, 10발, 15발, 30발, 40발, 49발까지 정빈은 엄청난 속도로 활을 쏘았다. 아직 날이 채 밝지 않았는데도 단 한 발의 실수도 없이 마지막 50발까지 정확히 홍심에 명중했다. 과녁에는 50개의 화살이 촘촘하게 모여 있었다.

"아, 이런 인색한 녀석 보게. 한 발을 안 봐주네! 오늘도 졌구만!"

임금이 과녁을 보면서 웃으며 말했다. 져도 기분이 좋은 것이다.

"전하께서는 일부러 한 발을 놓치신 것 아닙니까. 이번에는 숫제 소나무 둥치로 날리셨습니다."

"넘치는 것은 모자람만 못한 것 아니겠느냐. 여백을 두는 것이 군자의 덕이니라. 임금이 좀 느슨한 구석도 있어야지…"

임금이 껄껄 웃으며 말했다. 임금의 남은 한 발의 의미는 뭘까. 정녕 여백의 뜻으로 남기는 것일까. 아닐 것이다. 임금은 지금 간절한 소망하나를 일부러 미완으로 남겨 놓고 있는 것이다. 정빈은 임금의 그러한 뜻을 알 것 같으면서도 조금은 못마땅했다. 정빈이 보기에 임금은 항상 그런 식으로 여유를 둠으로써 화를 자초하는 것 같았다. 정빈은 임금이 정적을 용서하기보다 무자비하게 숙청하기를 바랐다. 임금을 둘러싼 척신과 역신의 무리를 단호하게 처단함으로써 지존의 위엄을 더 높이 세워주길 바랐다. 하지만 임금은 용서했다. 지난날, 감히 임금을 시해하려 하고 역모를 꾸민 자들에게도 자비를 베푼 것이다. 아버지 차원일로부터 그런 이야기를 들으며 자란 정빈으로서는 임금의 소탈하고 너그러운 성품이 때로는 이해가 되지 않았다. 어찌 당신의 친부인 사도세자를 뒤주에 가둬 죽이고 그 아들인 임금마저 죽이려드는 무리와 같은 하늘 아래 살 수 있단 말인가.

"여백은 전하의 덕이옵고, 단 한 발의 실수도 허락하지 않는 것이 소신이 지켜야 할 덕입니다. 그러니 제가 또 이겼다고 해서 너무 서운해하지 마소서."

과녁에서 화살을 빼내는 정빈의 손에 힘이 들어갔다. 마음 같아서는 이 화살처럼 역신의 무리를 조정에서 뽑아버리고 싶다.

"알았다. 이놈아. 냉정하기는…. 누가 차원일 아들 아닐까 봐. 너는 정녕 네 애비의 아들이다!"

임금의 말에는 정빈에 대한 애정이 묻어났다. 언뜻 차갑고 빈틈없어 보이긴 해도 임금에 대한 속 깊은 충성심을 잘 알기 때문이었다. 화성은 정빈이 없었다면 이만큼 진척되지 못했을 것이다. 그의 냉철하고 빠른 판단력과 군사들에 대한 완벽한 장악력이 태윤의 기발함과 천재성을 만나 성역 공사는 당초에 예상했던 것보다 훨씬 빠른 속도로 진행되고 있었다. 임금은 정빈의 능력을 알기에 공사를 시작하면서부터 화성유수부의 행정업무를 총괄하는 판관에 제수했다. 기존 종사관으로서 장용영의 군사업무를 그대로 수행하면서 관내 백성들의 풍속을 단속하는 임무까지 맡아 정빈의 권한은 실로 막강했다. 품계로는 정5품 정도였으나 권한으로는 사실상 화성유수 다음 가는 2인자인 것이다.

정빈은 차갑고 매정한 성품 외에는 나무랄 데가 없었다. 잘생기고 총명했으며 어떤 일이든 맡기면 실수 없이 해냈다. 거기에다 도승지 차원일의 외아들로서 유서 깊은 무인 가문의 후계자라는 배경은 덤이었다. 그렇기에 정빈은 그 또래 젊은 문무관료들 사이에서 흠모와 동경의 대상인 동시에 시기와 질투의 표적이었다. 젊은 무관들 사이에서는 장용영의 위용을 표상하는 인물로 아낌없는 지지를 받는 반면, 성균관과 규장각의 문신들에게는 그래봤자 칼잡이라는 비하와 질시를 받았다. 주변의 시선이 어떻든 정빈은 관심을 두지 않았다. 정빈에게는 경계를 넘어선 자의 오만이 있었다. 세상이 요구하는 조건을 일찌감치 뛰어넘은 그에게 있어 경외의 대상은 오직 임금과 아버지, 두 사람뿐이었다.

"그래, 둔전은 어찌 되어 가느냐"

활쏘기를 마치고 주상은 선 자리에서 업무보고를 받았다. 최대한 이른 시간 내에 도성으로 복귀하려면 촌음도 헛되이 보내선 안 되었다.

"금년 소출도 1,500석을 넘어설 것으로 보입니다. 병사들도, 인근 주민들도 연이은 풍작에 모두 기뻐하고 있습니다. 만석거萬石渠에 농업용수가 풍부한데다가 금번에 도청 김태윤이 새로 만든 농기구 덕을 좀 봤습니다."

"잘 했다. 모두 꼼꼼히 기록해서 교본을 남기고… 아, 반드시 언문과 그림으로도 남겨야 한다. 그래야 글 모르는 백성들도 보고 배울 수 있지 않겠느냐. 그리고 둔전에서 얻은 농법을 전국으로 확대할 방안을 마련하도록 해라."

병농일치. 임금은 농업 혁신의 열쇠를 장용영에 쥐어 주었다. 둔전을 장용영 군사들과 백성들에게 고루 나눠주어서 농사를 짓고 소출을 거둘 수 있게 한 것이다. 군사들도 백성들도 모두 혜택이 큰 것은 물론이고 둔전경영을 통해 성과가 확인된 새로운 농법과 과학적 농업기구, 저수지 축성기법 등은 모두 농업혁신의 결과물로 축적되어 전국에 파급되었다. 황해도까지 장용영 둔전을 경영하게 된 것이다.

화성은 군사와 농업만이 아니라 상공업과 물류 융성의 거점이기도 했다. 태윤은 이 부분에 대해서도 깊이 개입하고 있었다. 애초에 성을 설계할 때 물류의 이동과 유통을 고려해서 치밀하게 동선을 짠 것이다. 성의 중심 출입문을 흔히 그러하듯 동서로 낸 것이 아니라 남북으로 내어 삼남에서 올라오는 사람과 물자가 화성을 거쳐 대륙까지 뻗어나갈 수 있도록 설계했다. 그러면서도 동서방향으로는 서해안의 항구가 연결되도록 하는 것을 잊지 않았다. 성을 전체적으로 조감할 때 십자 형태로 길을 내어 이 길을 통해 세상이 흐르도록 한 것이다.

정빈의 연락을 받고 태윤이 득중정으로 뛰어 왔다. 화성 유수와 함께였다. 유수는 임금의 거둥*을 미처 알지 못한 것에 대해 황망해하며 머리를 조아렸다. 그러나 임금은 나무라지 않았다. 오히려 아무도 모르게 온 것이니 군사들이나 관속들에게 알리지 말라고 당부했다. 전에도 그랬던 것처럼 임금은 날이 완전히 밝기 전에 화성을 빠져 나갈

---

* 임금의 행차, 나들이

것이었다.

"상가는 늘었느냐? 장사로 이문을 남기는 백성들도 좀 있느냐?"

임금이 태윤에게 물었다.

"예. 행궁 앞 시전들은 자리를 잡았고 크고 작은 점포들도 나름 성업하고 있습니다. 장사를 하러 지방에서도 상인들이 많이 올라와 장이 서는 날에는 북새통을 이룹니다. 장이 서지 않는 날이라 해도 시전 점포들이 늘 문을 여는지라 하루도 조용한 날이 없습니다. 전하께서 뜻하신 대로 성 안팎이 시끌벅적 늘 활기가 넘칩니다."

태윤이 신이 난 듯 조금 들떠서 아뢰었다. 사실이었다. 초기 상가 조성이 힘들어 애를 먹던 때를 생각하면 지금의 상황은 천양지차였다. 행궁 앞 시전은 지방에 세워진 최초의 상설시장이었다. 이 시장이 제대로 된 틀을 갖추기까지 우여곡절이 있었다. 화성 축성보다 앞서 조성되었지만 지역 상인들만으로는 시장이 커지기엔 한계가 있었다. 한양이나 개성 등지에서 큰 상단이 내려와 주면 좋으련만 그들은 움직이지 않았다. 그들과 암암리에 연계된 노론에서 반대하고 있었기 때문이었다.

"아직 한성의 상단 쪽에서는 들어오려는 데가 없느냐?"

"있습니다. 그렇지 않아도 말씀 드리려던 참이었습니다. 조흥길 상단에서 상단의 본원을 화성으로 옮기겠다고 하였습니다."

"조흥길 상단? 생소하구나. 내가 웬만한 규모의 상단은 다 아는데 처음 듣는다."

"예. 다른 상단에 비해 관가와의 유착이 적고 조용한 편이라 잘 알려지지는 않았습니다만, 전국 주요 지점마다 상권을 많이 확보한 데다 대외무역 실적이 최상위에 속하는 건실한 상단입니다. 또 동래에서 수원부까지 유통망을 갖고 있고 도성 안에도 안정된 기반이 있다고 합니다."

"그래? 거기서 이번에 아예 화성에 들어온다는 것이냐?"

"예. 사실은 화성 축성 이전에 상단의 일부가 이미 들어와 있었습니다. 지금 행궁 앞 시전의 상당수는 조흥길 상단 쪽 사람들입니다. 부민들에게 장사를 가르쳐 점포를 내주기도 하고 밑천이 없는 자들은 상단에 고용하여 생계를 마련해주기도 한다고 들었습니다."

신기한 일이었다. 대형 상단을 유치하려고 갖은 혜택을 제시하였는데도 한양과 개성의 상단은 꿈쩍도 하지 않았다. 그런데 화성 축성에 앞서 몇 해 전부터 기반을 닦고 있는 상단이 있다니. 게다가 수원 일대를 국제 무역 거점으로 키우고 싶은 임금의 속마음을 어찌 알고 대외무역도 활발한 상단이라니 더 바랄 것이 없었다. 임금은 이 기특한 상단에게 아낌없는 혜택을 주어 보란 듯이 키워야겠다고 마음먹었다. 그렇게 모범사례가 만들어지면 다른 상단들도 내려올 것이었다. 장사꾼들이란 이익이 나는 곳이면 어디든 가기 마련이니 말이다.

정빈과 태윤의 보고를 받고 임금은 기분이 좋아졌다. 계획대로 착착 진행되고 있는 것이다. 밤을 달려 여기까지 내려온 보람이 있었다.

"그건 그렇고 내가 정초에 지시한 것은 잘 되어가고 있느냐."

연초 화성에 내려왔을 때 용머리 바위 위에 각루를 설치하라고 한 것을 말하는 것이다.

"예. 대략 설계를 마쳤고, 더위가 한풀 꺾이면 가을부터 공사에 들어갈 것입니다."

"잘 지어야 한다. 내 그 일에 관심이 많다. 그 일로써 너의 재주를 다시 한 번 볼 것이다."

임금이 다정하게 웃으며 어깨를 두드려 주었다. 태윤은 어깨에 와 닿는 임금의 두툼한 손길이 좋았다. 이 손의 느낌을 담은 성을 짓고 싶다고 태윤은 생각했다.

"저기…. 차정빈 판관님. 아직도 화가 났어?"

각루 도면을 들고 용머리 바위로 올라가는 정빈을 뒤따라가며 태윤이 물었다. 무려 한 달 가까이 사적인 대화가 없었던 것이다.

아니, 물벼락 좀 맞았기로 이렇게까지 토라질 줄이야. 계집애도 아니고 말이지.

태윤이 보기에 솔직히 정빈의 성격은 웬만한 여인네보다 더 까다로웠다. 이때껏 적잖은 여인들을 봤어도 정빈처럼 예민한 성정, 한 치의 오차도 허용하지 않는 완벽주의, 약간의 더러움조차도 극도로 혐오하는 결벽증은 처음이었다.

저러니 친구가 없지, 저러니 아직 장가도 못 가고 만날 혼자지, 저러니 허구한 날 일만 하며 살지, 에잇 저러니, 저러니…. 에휴, 내가 말을 말자.

정빈은 태윤의 속마음을 아는지 모르는지 여전히 반응이 없었고, 태윤은 그런 정빈의 냉랭한 뒷모습을 보고 있자니 다시 한 번 부아가 치밀어 올랐다. 하지만 참는다. 태윤은 정빈에게 쩔쩔맸다. 사실 품계로 치면 태윤이 한참 위였다. 도청이 임시직이기는 해도 종2품이나 정3품정도 되는 자리인데 정5품에 불과한 판관인 정빈에게 매번 당했다. 공사 현장에서 티격태격할 때도 번번이 지는 쪽은 태윤이었다. 도청으로 임명될 때 주변의 반대가 심했던 터라 태윤이 매사 지위를 내세우지 않아서기도 하지만 그보다는 정빈이 누구에게도 호락호락하지 않은 데 이유가 있었다. 어려서부터 주변의 떠받들림 속에 자라나 임금과 아버지 외에는 굽힘이 없으니, 어디서 굴러 들어온 태윤 정도야 눈 아래로 보는 마음이 없잖아 있는 것이다. 정빈이 자길 그렇게 본다는 걸 알면서도 태윤은 정빈이 싫지 않았다. 그렇게 자기를 무시하는데도 자꾸만 가까이 있고 싶은 것이다. 하지만 요즘은 좀 속상하다. 날이 이렇게 더운데 저 냉정한 인간 때문에 더 더워지는 것 같아 민망하기도 하다. 벌써 몇 번이나 말을 걸어도 무시로 일관하는 처사에 속에선 불길이 치솟는 것 같았다. 속으로 밴댕이 소갈딱지, 소인배, 평생 혼자 살아라, 하며 욕을 퍼붓고 있는데 그러다 문득 유겸과 눈이 마주쳤다. 그 맑은 눈빛을 보고 있자니 정빈을 향한 짜증과 부아가 일시에 사라지고 말았다.

"유겸선생, 참으로 대단하이. 저런 상전을 모시고 살다니. 어떻게 저 비위를 다 맞춰주는가 말이야. 선생이야말로 부처님 가운데 토막일세."

태윤의 푸념에 유겸이 웃었다.

"입 좀 닥쳐! 시끄러워 죽겠네. 너 때문에 현장과 도면이 비교가 안 되잖아!"

드디어 정빈이 입을 열었다. 거친 말투였지만 그것마저도 태윤은 반가웠다.

"어? 어, 어. 아, 알았어. 입 다물게."

태윤은 제 손으로 집게를 만들어 입을 꾹 집었다. 유겸이 그 모습을 보고 웃음을 터뜨렸다. 정빈은 한심하다는 듯 쳐다보고는 쌩 하고 바위 아래로 내려갔다. 연못과 용머리 바위 간의 거리를 보려는 것이다. 태윤과 유겸도 같이 따라 내려갔다.

"바위에서 연못까지의 거리 좀 계산해 봐. 각루에서 봤을 때 연못을 둘러싼 풍경이 가장 안정적으로 보이고 성 외곽까지도 한눈에 들어오는 높이여야 해."

산학과 기하학에 통달한 태윤에게 그 정도는 아무것도 아니었다. 태윤은 연못 중심을 한 꼭짓점으로 하고 가상의 각루 맨 위와 아래를 각각의 꼭짓점으로 해서 이 세 점을 연결하는 삼각형을 구상해냈다. 각루의 동서남북 어느 각도에서 보더라도 막힘없는 시야를 제공하는 높이와 거리를 계산해 최적의 규모를 산출하려는 것이다.

한때 수학 관련 서적을 탐독한 적이 있었다. 세종 임금 때의 책부터 서양의 수리와 기하 책까지 눈에 띄는 대로 읽었던 것이다. 그땐 흥미삼아 읽어보고 혼자 즐거워하였는데 이렇게 쓰일 데가 있을 줄이야.

태윤은 연못의 넓이와 수심도 측정했다. 연못 가운데 인공섬을 조성하려는 것이다. 작은 배를 타고 가면 닿을 수 있는 손바닥만 한 섬이 있으면 좋을 것 같았다. 누군가의 마음에 닿는 것처럼 말이다. 태윤이 그런 생각을 하다가 갑자기 물속으로 뛰어들었다. 바위 위에서 이것을 지켜보고 있던 정빈과 유겸이 아연실색했다.

"뭐하는 거야. 미쳤어?"

그래, 어쩌면 그런 것일지도 모르지. 난 아마 미친 것일지도 몰라.

태윤은 연못 바닥까지 발이 닿지 않음을 확인했다. 느낌상 이 연못은 깊이가 6척 정도 될 것 같았다. 그 정도면 배를 띄울 만하다. 사실 기껏 수심을 측정 하려고 물에 직접 들어갈 것까지는 없었다. 그런데 왠지 태윤은 그렇게 하고 싶었다. 무언가 가슴 속으로 자꾸만 차오르는 것을 씻어내고 싶었다. 희망인 것 같기도 하고 절망인 것 같기도 했으며, 기쁨인 것도 같고 슬픔이기도 한 것 같았다. 그 모든 것이 복잡하게 얽혀 알 수 없는 답답함과 갈증을 만들어내고 있었다. 혹 정빈 때문인가. 어느덧 동경의 대상이 되어버린 그는 여전히 멀고먼 사람이었다.

날 때부터 다른 종류의 사람.

그래서 넌 나를 무시하는 것이 아무렇지도 않고 나는 너의 그 차가움이 무서운 거지. 난 솔직히 네가 그렇게 화를 내는 것이 이해가 안 돼. 물벼락 맞은 것 때문에 그토록 화 난 거라면 내가 이렇게 물에 빠져 허우적거리는 모습은 어때? 그러면 한번 웃어주고 화를 풀어주는 건 어떨까.

"안 나와? 빨리 나오라고! 미친놈아!"

역효과였다. 정빈의 화는 지난번보다 더 폭발적이었다. 옆에 서 있는 유겸도 걱정스러운 눈빛이었다. 태윤의 수영실력을 아는지라 물에 빠져 죽을 리는 없다는 것을 알면서도 정빈은 미친 듯이 화를 내었다. 얼굴이 붉어졌고 연못을 향해 돌을 던지기까지 했다. 마치 이성을 잃은 듯했다. 지금껏 한 번도 본 적이 없는 모습에 태윤은 당황했다. 태윤은 낙심했다. 웃겨 주려고 했는데…. 갑자기 다리에 힘이 빠지는 것 같았다. 태윤은 헤엄을 멈추고 연못 중심에 수직으로 섰다. 그러자 태윤의 몸은 그대로 물속으로 빨려 들어갔다.

"안 돼!"

정빈의 비명 소리가 물속까지 스며들었다. 태윤은 그 소리를 들으며 웃었던 것 같다.

얼마쯤 지났을까. 눈을 뜨고 보니 달빛이 머리 위로 쏟아지고 있었다. 연못에 입수한 것이 느지막한 오후였고 제 발로 헤엄쳐 나온 것까지 기억났다. 물에서 나와 연못가에 퍼져 누웠을 때 정빈의 얼굴이 햇살에 일렁이는 것을 잠깐 본 것도 같았다. 그러고선 곧장 잠이 들었던 것이다. 깨어보니 정빈은 없고 유겸만 있었다. 유겸의 걱정스런 눈빛과 마주치자 태윤은 벌떡 일어나 앉았다.

"내가 말이야. 물속에서 누굴 만나고 왔는지 알아?"

"누구를 만나셨는데요?"

"용!"

"예?"

"용 말이야. 용. 유겸선생, 저 바위 이름이 왜 용머리인지 모르지?"

"왜 용머리인가요?"

태윤의 이야기가 시작되었다.

승천할 날만을 기다리며 수련하던 용이 연못가에 놀러온 소녀를 연모하게 되고 그 미련으로 끝내 승천하지 못한 이야기였다. 이야기 속 용은 하늘에 오르지 못했을 뿐만 아니라 소녀의 사랑도 얻지 못했다. 소녀는 용의 존재조차 알지 못했던 것이다. 용은 천 년의 고독을 보답받지 못한 채 지상으로 떨어졌고 그 머리가 닿은 곳이 용머리 바위가 되었다는 전설. 태윤이 지으려는 각루는 그 용머리 위에 들어서게 된다고 했다.

태윤의 이야기는 계속되었다.

"이 연못 속에는 그 소녀를 연모했던 미련한 용의 마음이 가라앉아 있다네. 내가 아까 그 마음을 보려고 잠시 내려갔다 온 거라네."

연못 위에 달빛이 어리었다. 서글픈 짝사랑 이야기가 달밤을 적시고 있었다. 태윤은 이야기를 하면서도 자기가 왜 이런 이야기를 하는지 알수 없었다.

"그래서 용의 마음은 보고 오셨는지요?"

태윤은 그렇게 묻는 유겸의 눈동자를 바라보았다. 어둠 속에서도 빛나고 있었다.

아니, 용의 마음은 보지 못하였네. 그 대신 내 마음을 보고 왔다네.

나는, 아마 내 마음을 어디에서도 보답 받지 못할 것 같아. 그 미련한 용처럼. 그러니 어찌하면 좋겠는가.

마음은 차마 말이 되어 나오지는 못하였다.

유겸은 그 밤 꿈을 꾸었다. 연모하는 마음의 무게를 이기지 못하고 떨어져 죽은 용. 바위에 부딪혀 머리가 깨지고 몸이 부서진 용이 유겸의 몸을 휘감았다. 벗어나려고 몸부림칠수록 용은 더 세차게 유겸을 죄어 왔다.

식은땀을 흘리며 간신히 꿈에서 깨어난 유겸은 두렵고 허탈한 마음에 엎드려 울었다. 그리고 되뇌었다.

나… 난 절대 미련한 용이 되지 않을 거야.

온穩

태윤은 부르심을 받잡고 이른 아침 입궐했다. 임금이 긴히 할 얘기가 있으니 동이 트기 전에 들어오라 한 것이다. 영춘헌迎春軒에 드니 임금은 무언가에 열중하고 있었다. 임금의 방이라 하기엔 작고 초라한 방이었다. 그 방에서 임금은 늘 부지런히 무언가를 했다. 책을 읽거나 글을 쓰거나 그림을 그리거나 무엇을 만들거나. 임금은 신기하게도 그 모든 것을 다 잘했다. 태윤은 진짜 천재는 자기가 아니라 임금이라고 생각했다. 그런 임금이 자기를 알아 준 것이 태윤은 기뻤고 또 자랑스러웠다. 태윤은 임금이 진심으로 존경스럽고 좋았다. 그래서 새벽이건 한밤중이건 화성이건 도성이건 임금이 부르면 냉큼 달려왔다.

방 안을 둘러보니 여기저기 그림이 널브러져 있었다. 밤새 그린 것들인 모양이었다.

지난밤에도 잠을 못 이루셨구나.

태윤은 임금의 불면증이 안타까웠다. 바닥에 머리만 대면 바로 잠들어버리는 자기 같은 인간은 도저히 임금의 불면이 상상이 되질 않았다.

"잠시만 기다려 보아라. 지금 하던 거 마무리하고."

보니 조그만 옥돌에 글자를 새기고 있었다. 임금이 후후 하고 도장에 붙은 가루를 털어냈다. 그러고는 도장에 인주를 묻혀 그림 한 점에 대고 꾹 찍었다.

"어떠냐."

"무엇 말씀이옵니까. 그림인지 낙관인지…."

"둘 다…."

그림은 꽃이 화사하게 핀 화초도였고 낙관은 '온穩'이라고 새긴 것이었다.

"그림 속 꽃들이 생생해서 마치 향내가 풍겨날 것만 같고, 낙관은 획수가 많고 풍성해서 그 또한 그림 같습니다. 그림과 낙관이 잘 어울립니다. 그런데 온穩은 혹 새로 지으신 휘諱*온지요?"

태윤이 감상평을 아뢰자 임금이 만족한 듯 크게 웃고서는 대답했다.

"연습 삼아 그려보았다. 향이 느껴질 정도라니 못 봐줄 정도는 아닌가 보군. 온穩은… 그저 내가 좋아하는 글자라서 새겨 보았다."

그렇게 말하고는 약간의 사이를 두고 임금은 또 이런 말을 했다.

"아들이 하나 더 있다면 주고 싶은 이름이었느니라."

그렇게 말하는 얼굴이 사뭇 쓸쓸했다. 유달리 자식 복이 없는 임금이었다. 오죽하면 있지도 않은 아들의 이름을 지어보며 낙관까지 새기는 것일까. 온穩이라는 글자 또한 애달팠다. 평온하다는 뜻이련만 이렇게 낙관으로 새길 만한 사연이 따로 있는 것일까. 유독 험난했을 지난날들에 대한 회한이 저 한 글자에 담겼을지도 모른다는 생각을 하니 태윤은 임금이 가여웠다.

"글자가 화려하고 아름다운 반면 자획이 많아서 새기시기 어려웠

---

* 꺼릴 휘(諱). 왕이나 왕자의 이름으로서 보통 외자이며, 일상적으로 쓰지 않는 어려운 글자를 택한다.

을 것 같습니다."

태윤이 임금에 대한 연민을 담아 아뢰었다.

"그런 만큼 즐거움도 있었다. 한 획 한 획 정신을 집중하고 새기다 보니 온갖 잡념과 고민이 다 사라지더구나."

임금이 한결 밝은 얼굴로 낙관을 여기저기 찍으면서 말했다. 그 모습이 천진한 아이 같았다.

"그런데 무슨 일로 소신을 부르셨나이까. 이 낙관 때문이옵니까?"

임금이 낙관 찍기를 멈추고 그림들을 한쪽으로 밀어냈다. 이야기를 할 모양이었다.

"내 너에게 한 가지 부탁이 있다. 은밀히 해야 할 일이다."

"예. 하명하시옵소서."

임금은 잠시 망설이다가 이야기를 계속했다. 내용인즉슨 사람을 찾아달라는 것이었다. 오래 전 궁을 나간 궁녀인데 이름이 윤가 집안의 소혜라고 했다. 윤소혜. 당시 나이는 서른에 가까웠고 침선방의 궁인이었다고 했다. 이상했다. 궁인을 찾는 일이라면 굳이 태윤을 이 새벽에 부를 것 없이 도승지에게 명하면 될 일이었다. 그리고 주상이 궁인 하나를 비밀히 찾는다는 것도 좀 의아한 일이었다. 하지만 속 깊은 임금이 다른 사람도 아닌 태윤에게 이 일을 부탁했을 때에는 그 나름의 사연이 있을 것이어서 태윤은 더 묻지 않고 그렇게 하겠노라고 하였다.

"혹시 찾게 되더라도 그 궁인에게 내가 시켰다고는 하지 마라. 그 여인을 보게 되면 제일 먼저 내게 알려다오. 내가 직접 가서 만날 것이다. 그리고 이 일은 너 혼자서 은밀히 해야 한다. 알겠느냐?"

태윤은 거듭 알겠다고 아뢴 후 물러났다. 임금이 신하들의 눈을 피해 몰래 찾는 궁녀. 직접 가서 만나고자 하는 여인이라니 대체 누굴까.

태윤은 궐을 나서면서 차근차근 생각했다. 채제공 대감 말이 주상은 누구도 믿지 않는 사람이라고 했다. 아껴 쓰는 사람일수록 믿지 않으신다고. 쓰라린 배신의 아픔 때문이라고 하였다. 그렇다면 왕의 벗이자 측근 중의 측근인 도승지에게 이 일을 맡기지 않은 것은 임금이 도승지 역시 완전히 믿는 것은 아니라는 얘기일까. 아니야. 무리한 생각이야. 주상께서는 단지 일이 크게 벌어지는 것을 원치 않으신 것일 거야. 도승지에게 명하면 조정과 향촌의 관아에 조치를 취해 그 여인의 행적을 파악할 수 있겠지만 그렇게 되면 일이 공개적으로 드러날 가능성이 있으니까 나에게 조용히 알아보라고 지시한 것일 거야.

태윤은 일단 생각을 그렇게 정리했다. 그러나 더 큰 의문점이 있었다. 주상과 그 궁인의 관계였다. 주상은 궁녀들을 가까이 하지 않았다. 한번은 궁녀제도를 폐지하려고 한 적이 있을 정도로 그녀들을 멀리했다. 임금을 암살하려는 시도에 궁녀 여럿이 연루된 까닭도 있고 궁녀들 상당수가 대왕대비나 노론 실세들과 연결되어 있기 때문이기도 했다. 그런 한편 혹시라도 임금의 성은을 입은 궁녀는 별도 관리되는데 그런 인연을 맺은 궁녀가 있다는 얘기도 들은 적이 없었다.

태윤은 특별한 하명의 배경을 여러 각도로 생각해보았지만 답이 나오지 않았다. 생각할수록 궁금하고 의아했지만 아무것도 섣부른 가정을 세울 수도 없었고 분석을 할 수도 없었다. 청계천을 건너려다 태윤은 다시 궐로 돌아갔다. 궁녀들의 입출궁을 관리하는 문서를 샅샅이 뒤져 보려는 것이다.

도성 중심에서 약간 떨어진 곳에 자운각이라는 기루가 있다. 조흥길상단에서 운영하는 것인데 제법 규모가 있는 데다가 단지 술만 파는 것이 아니라 가난한 문인과 선비, 예술가들을 후원한다는 나름의 명분을 내세우고 있어서 술 한 잔에도 격식을 찾는 양반들이 많이 드나들었다. 본래 양반은 기루에 출입할 수 없다. 그러나 그것을 지키는 양반은 드물었다. 고급 기루는 고관대작들의 사교의 장이었다. 고관대작뿐만 아니라 돈 많은 상인과 역관들도 기루의 주요 고객이었다. 밤의 기루는 권력과 재물이 야합하는 밀실이기도 했고 문학과 예술이 태어나는 산실이기도 했다.

태윤은 한양에 올 때마다 여기에 왔다. 달리 잠을 잘 데가 없기 때문이었다. 태윤 형편에 이런 고급 기루는 언감생심이지만 사실 자운각과 태윤은 깊은 인연이 있다. 조흥길 상단은 수원에도 한양에 있는 것과 같은 규모의 자운각을 운영하고 있는데 한량 시절 태윤은 거길 간혹 드나들었다. 공짜 술을 얻어 마시기에 좋았기 때문이었다. 엄밀히 말하면 공짜는 아니었다. 그저 시 한 수 써 주면 그게 술값이 되었고 그림 한 점 그려주면 푹신한 이부자리에서 하룻밤 묵을 수도 있었던 것이다.

오늘 밤 자운각에 온 것은 물론 하룻밤 머무르기 위해서지만 그것 말고도 다른 이유가 있었다. 임금이 말한 그 궁인의 행방을 혹 자운향이라면 알 수 있지 않을까. 동래에서부터 한양까지 유통망을 갖고 있는 자운향 상단이라면 쉽게 찾을 수 있을 것 같았다. 그러다가 태윤은 고개를 내저었다. 어디까지나 은밀히 해야 할 일이었다. 임금이 아무도 알게 해서는 안 된다고 특별히 당부한 일이지 않은가 말이다. 하지만 자운향은 입이 무겁고 신중한 여인이었다. 믿고 부탁할 만한 상대이기도 했다. 어찌할까, 말을 해볼까 말까. 태윤은 저녁을 먹는 내내 고민을 거듭했다. 그런데 고민할 필요가 없었다. 자운향이 오늘 한양에 없다는 것이다. 태윤은 피식 웃었다. 괜히 고민했네. 이건 누구의 도움도 받지 말고 혼자서 해결하라는 하늘의 뜻이라며 태윤은 숭늉을 들이켰다. 혼자서 술도 한 잔 하고 일찍 잠을 청했다. 내일 해지기 전에 화성에 당도하려면 새벽에 일어나야 했다. 태윤은 자운각에서 내준 조촐한 방에 누웠다. 이제 태윤은 제 값 치르고 숙식을 해결할 수 있게 되었지만 가난한 선비나 묵객들은 오늘밤에도 자운각 여기저기서 잠을 청하고 있을 것이었다.

태윤은 잠이 오지 않았다. 두서없이 일어나는 생각들로 이리저리 뒤척이는데 이럴 때 어김없이 떠오르는 것은 수원에 있는 자운각의 서고書庫였다. 자운향의 비밀 서고. 거기에 처음 들어서던 순간 태윤은 크나큰 충격을 받았었다. 그 엄청난 책들의 행렬이란! 도성도 아니고 수원부에, 그것도 한낱 기루에 그런 대형 서가가 있다는 사실은 놀라움 그 자체였다. 아름답고 진귀한 책들이 만들어낸 그 장엄한 광경은 아마도 사는 동안 영원히 잊지 못할 것이다. 그리고 그 광경을 이끌어낸 또 다른 사건도 잊을 수 없다.

그때 그 밤도 태윤은 내내 저잣거리를 돌아다니다가 자운각에서 묵게 되었다. 무엇 때문인지는 몰라도 마음이 상해 있던 밤이었다. 그 밤 태윤은 양반이 어린 기녀 하나를 희롱하려는 것을 목격하게 되었다.

"아, 거 쫌 나이도 잡술 만큼 잡순 양반이 체통 좀 지키쇼!!!"

강자에게 강하고 약자에게 약한 성정에 그날따라 술을 많이 마셔 패기가 넘친 태윤이 냅다 소리를 지른 것이다. 당연히 시비가 붙었다. 그리고 역시나 얻어터지고 말았다. 태윤이 본래 싸움을 잘하는 편은 아닌 데다가 상대는 행세깨나 하는 세도가였던지 데리고 온 덩치 큰 가병

家兵들한테 죽지 않을 만큼 맞은 것이다. 그런데 다음 날 눈을 떠보니 휘황찬란한 방 안에 비단 이불을 덮고 있는 게 아닌가! 주위를 둘러보니 어제 그 기녀가 방 한구석에 동그마니 앉아 있었다.

"괜…찮소?"

태윤이 부은 목소리로 물었다.

"안 괜찮습니다."

당돌한 음성. 마치 화가 난 듯도 한 기녀의 목소리에 태윤은 화들짝 놀라 앉았다.

"왜요? 그 늙은 양반 놈이 어제 무슨 짓이라도 한 게요?"

"아뇨. 그 때문이 아니라, 어제 도련님 때문에 저는 이제 일거리를 잃게 생겼습니다. 그 양반님이 여기 수원부 유지이신데 한양 조정에도 출입하신답니다. 그런데 어제 도련님 때문에 화가 나서 저를 이제 여기 들이지 말라 하셨답니다."

"우이씨, 뭐야? 왜 남의 밥줄을 끊고 난리야!"

태윤의 얼굴이 열로 붉으락푸르락했다.

"걱정 마시오. 내가 일자리를 구해 줄…"

입에서 나오는 대로 말을 하다 보니 자기도 만년 백수인데 무슨 수로 남의 일자리를? 싶어 태윤은 말을 꾹 삼켰다. 그런데 기녀의 옷차림이 예사롭지 않았다. 삼회장저고리를 입은 것을 보니 양반가의 여식이었다. 왜? 어째서 양반집 딸이 기루에 드나들지?

"할아버지 대에 역적 누명을 쓰고 가문이 망해버렸는데 지금 주상 전하께서 복권을 시켜주셨어요. 하지만 양친이 일찍 돌아가신 데다 가진 재산이 없으니 이렇게라도 살 밖에요. 다행히 거문고 가락을 탈 줄 알아서 여기서 얼굴을 가리고 연주를 해서 먹고삽니다. 저를 천하다고 하셔도 할 수 없어요. 저는 동생들을 먹여 살려야 하니까요.”

마치 네가 궁금해 하는 것을 이미 내가 다 알고 있다는 듯이 묻기도 전에 말을 했다. 태윤은 가슴이 먹먹해졌다. 온전한 양반이라고 해도 돈이 없으면 좋을 게 하나도 없구나. 돈이 행세하는 세상에서 돈이 없으니 양반의 체통이고 뭐고 없었다. 괜한 호기로 남의 밥줄을 끊었구나 싶어 태윤은 미안해졌다.

“그리고 저… 기녀 아니에요. 악사예요. 여기 자운각 대행수께서는 저를 악사님이라고 불러주신단 말예요.”

기녀는, 아니 그 양반가 출신의 악사는 자운각 대행수에게 은연중에 존경심을 갖고 있는 듯싶었다. 꼬박꼬박 존대를 하는 것으로 보아 자운각의 주인이 그녀의 생계에 적잖은 도움을 주는 모양이었다. 문인과 예술가의 후원자라는 말이 허명은 아닌가 보았다.

악사가 눈시울을 붉히며 일어섰다.

“여하튼 고맙습니다. 저도 어제 그런 자리는 참 싫었거든요.”

일어나서는 제 몸집만 한 거문고를 끌고 방문을 열고 나갔다. 나가면서 제 이름이 홍영신이라고 했다. 태윤은 그녀의 귀염성 있는 뒤통수와 또록또록한 목소리를 기억하기로 했다. 양반가의 딸이지만 제 손으로 벌어 먹고사는 그녀가 비천하기는커녕 대단해 보였다.

영신이 나가고 태윤은 괜히 서글퍼졌다. 신분이라는 것, 가난이라는 것, 부와 명예…. 그 모든 것들에서 태윤도 자유로울 수 없었다. 어제 그 수원 유지한테 객기를 부린 것도 자기에게 없는 그런 것들을 다 가진 자의 횡포에 화가 치밀었기 때문이었는지도 몰랐다. 태윤은 괜히 성질이 나서 이불에 엎드려 풀풀 울었다. 울다보니 엇! 이 비단이불을 어쩔 것인가. 평생 처음 덮어본 비단이불인데 세탁비를 내라 그러면 어떡하지?

온穩

어제 일도 그렇거니와 아무래도 폐를 끼친 것 같은데 무엇으로 갚아야 하나. 시를 대체 몇 수를 써주면 될까. 그림은? 아, 객주의 초상화라도 그려주어야 하나? 이런 생각으로 전전긍긍하고 있는데 갑자기 문밖에서 대행수가 당도했다는 기별이 왔다.

대행수? 자운각 대행수? 혹시 자운각 진짜 주인 말인가? 항간에 그런 얘기가 있긴 했다. 조흥길 상단의 실제 주인이 있는데 절대 모습을 드러내지 않아서 아무도 본 자가 없다고. 대체 누굴까? 태운은 꼴깍 침을 삼켰다. 아무래도 엄청난 거물일 것 같은데 어제의 일을 어떻게 사과할 것인가, 아니, 혹시 나보고 여기서 종살이하라고 그러면 어떡하지? 이런 생각으로 가슴이 조마조마한데 문이 열리고 한 여인이 들어왔다.

"잘 주무셨습니까."

조용한 목소리, 마흔은 되었을까 싶은 고운 피부와 기품 있는 자태의 여인이었다.

"누, 누구신지요?"

"지금 나으리가 계신 자운각의 대행수올시다. 이름은 자운향이라 하옵고 한양과 여기 수원부 시전에 조그만 상단을 운영하고 있지요."

우와! 정말? 이라는 말이 입에서 튀어나올 뻔했다. 이 여인이 조흥길 상단의 주인이란 말이야? 남자가 아니라 여자라고? 조흥길 상단은 수원부뿐만 아니라 한양 도성 상업계에서도 새롭게 떠오르는 중형 규모의 상단이었다. 무섭게 시장에서 영역을 확장해가고 있다는데 난전과도 사이가 나쁘지 않아 시장에서 부딪치는 일이 적다고 했다. 거기에다 춘궁기며 장마기 때에는 적절하게 구휼미도 풀어 인심을 얻고 있었다.

"그 대단한 자운각의 주인이 여인인 줄은 몰랐소."

태운은 짐짓 태연한 척 점잖은 투로 말을 건넸다.

"주인은 따로 있사옵니다. 저는 당분간 그분의 뜻을 대행하고 있사오나 실제로 이곳을 운영하고 있는 것은 맞습니다. 그러니 한동안은 주인으로 여기셔도 될 것입니다."

따로? 또 누가? 궁금증이 일었지만 물어봤자 대답은 안 해줄 것 같았다.

"그간 나으리를 꼭 한 번 뵙고 싶었지요."

"왜요?"

"나으리가 우리 기루에 와서 쓰신 시와 그림들을 제가 모두 보았습니다. 가히 명문장에 명필이더군요. 혼자 보기에 아까울 만큼…."

"별 것 아닌데…"

"더러 때를 못 만난 재사의 울분이 느껴지기도 하더이다."

"뭐… 인생만사 복불복이오. 이렇게 태어난 내 운수, 누구를 탓하겠소."

태윤은 세상의 부귀영화나 명예 따위는 다 초월한 선승처럼 무심한 척 말했다. 그런데 자운향이 가볍게 미소를 지어보이더니 자리에서 일어나라고 했다.

"나으리께 보여드릴 것이 있습니다."

자운향이 병풍을 걷어내고 벽을 밀었다. 그랬더니 문이 열리고 긴 통로가 나왔다. 통로를 따라 들어가니 또 하나의 문이 나오고 그 문을 열었더니 엄청난 길이의 서가가 끝도 없이 이어져 있었다. 어떤 지점에서는 서가와 서가가 이중삼중으로 겹쳐져 있었다. 가로 열은 갑, 을, 병, 정…으로 세로 열은 일, 이, 삼, 사…로 구획되어 규칙성이 있는 것 같으면서도 불가해한 순서로 겹쳐지고 또 분리되었다. 서가에 바퀴가 달려 있어서 이동이 가능했기 때문이었다. 움직이는 서가로 벽을 겹겹이 세우고 또 분리할 수 있었다.

"지금 처지를 비관하지 말고 새로운 세상을 보시길 바랍니다. 여기이 책들이 도움을 줄 것입니다."

태윤은 넋을 잃고 책들을 바라보았다. 조선에 이런 책이 있었나 싶을 정도로 희귀한 책들이 끝도 없이 꽂혀 있었다. 서양의 서적을 한문으로 번역해 놓은 책이 서양 원문 책과 함께 자리 잡고 있었다. 시중에 사라진 서학 관련 서적들도 많이 꽂혀 있었다. 대체 이 많은 책을 어디에서 다 구했단 말인가. 대외무역도 한다더니 책만 사들였나?

서가에 가득 꽂힌 책들을 보자 태윤은 가슴이 뛰었다. 그날 이후 태윤은 틈만 나면 자운각을 드나들었고 닥치는 대로 책을 읽었다. 간혹 밥 먹는 것도 잊을 정도였다. 그 일을 계기로 자운향은 여러모로 태윤의 인생에 중요한 사람이 되었다. 왕실을 능가하는 규모의 서고를 개방함으로써 방대한 지식체계를 갖추게 해주었을 뿐만 아니라 이후 태윤이 벼슬길에 든 후 화성 성역 사업과 상업지구개발에 실질적으로 도움을 준 이도 자운향이었다. 화성의 상업지구 조성에 어려움을 겪던 중 조흥길 상단, 아니 자운향 상단이 화성의 상업지역에 뛰어들겠다고 먼저 제안을 해왔던 것이다. 그런 연유로 태윤은 자운향 상단과 각별한 인연을 맺게 되었다. 자운향 상단 측에서는 화성 개발을 오래전부터 예상하고 준비해왔다고 한다. 그뿐만 아니었다. 도대체 자운향은 예지력이라도 있는 것인지 성역 공사에 필요한 물자를 말만하면 척척 공급해주었다. 마치 그것이 이때쯤 필요할 줄 이미 알고 있었다는 듯.

태윤은 그런 자운향이 너무나 고마웠다. 사람들은 자운향을 한낱 장사치라고 할지도 모르지만 태윤에게 있어 그녀는 인생의 스승이요, 길

잡이였다. 태윤은 내 몸을 낳은 이는 나의 부모지만 내 정신을 키운 이
는 자운향이라고까지 생각하게 되었다.

하루

정빈은 늘 바람처럼 성역 현장과 행궁, 이아를 오갔다. 화성유수부 판관으로 승차하여 일이 대폭 늘어났고 장용영 종사관으로의 직무도 그대로였다. 정빈의 경우 다른 종사관과는 업무의 범위가 달랐다. 군사들의 훈련과 규율, 인사 전반을 다 챙겨야 했고 장용영 조직의 확대개편 문제도 정빈이 해야 할 일이었다. 그뿐만 아니라 화성성역 공사 요소요소에 정빈의 손길이 미치지 않는 곳이 없었다. 잠을 줄여가며 일을 해도 하루가 어떻게 가는지 모를 정도였다.

정빈은 때때로 진심으로 바랐다. 얼른 세월이 가서 빨리 늙어버렸으면 좋겠다고. 그래서 아무도 내게 기대를 하지 않고 누구도 나를 구속하지 않는 그런 나이가 되기를, 이 몸과 이 마음이 스스로에게 짐이 되지 않을 그런 날이 오기를 바라는 것이다. 공연한 소망인 줄 알면서도 힘들 때에는 곧잘 해보는 상상이었다. 어서 늙어버리자고.

이번에는 화성에 설치한 장용영 외영의 시설 확장 문제로 장용영 내영과 업무 조율이 필요해 사흘 일정으로 도성에 머물게 되었다. 오늘은 그 일정의 마지막 날로 궁에서 바로 화성으로 내려갈까 하다가 몸이 곤하여 북둔으로 방향을 틀었다. 유겸이 없는 집으로 가는 길은 어쩐지 낯설었다. 언제 들어가든 유겸은 늘 별당에서 정빈을 맞아주었다. 유겸은 그 일이 제 일이라고 여기는 것 같았다. 상전이 언제 오든 깨어서 맞이하는 것. 그저 얼굴을 보여주고 눈을 맞추어 인사를 하는 것이 전부인 그 조용한 환대가 정빈은 언제나 그리웠다. 그것은 정빈의 하루를 마감하는 의식이었다. 아마 유겸에게도 마찬가지였으리라. 오늘은 유겸이 없으니 별당은 내내 허전하고 쓸쓸한 공간일 터였다. 지친 몸을 이끌고 집으로 가는 보람을 기대할 수 없으니 가는 길이 멀고 또 지루했다. 정빈은 유겸이 무원당으로 온 그날을 생각했다.

십여 년 전 어느 봄. 몹시 지친 얼굴을 한 중년의 사내가 계집아이 하나를 업고 무원당에 왔다. 사내의 헙수룩한 외모와는 달리 업힌 아이가 하도 예뻐 보는 사람들마다 저 행색에 아이는 어지간히도 이쁜 걸 업었구나, 하고 혀를 찼다. 사내는 꽃과 나무를 돌보는 재주가 있다 하였고 밥만 먹게 해주시면 대감댁의 화원을 가꾸어드리겠노라 했다. 마침 이 댁의 따님 정연이 죽은 후 별당의 관리가 소홀해 나무며 꽃이 제대로 다듬어지지 않고 있던 터였다.

사내의 솜씨는 놀라워서 단 며칠 만에 내별당과 외별당의 나무들을 보기 좋게 다듬어 냈고, 아무렇게나 피었다가 너저분하게 져버리는 꽃들도 새로 옮겨 심고 정리해 모양을 잡아 놓았다. 사내를 따라온 아이는 가만히 앉아서 사내가 하는 것을 지켜보기만 할 뿐 통 말이 없었다. 혹시 벙어리인가 하여 유모가 측은히 여겼는데 간혹 입을 달싹거리면서 무언가 중얼거리기도 하여 아닌 줄 알았다. 사내가 아이를 극진히 위하는 것이 부모가 자식에게 하는 것 같지 않은 것도 궁금한 노릇이었으나 달리 묻는 이는 없었다. 하인들조차 고고한 무원당은 한낱 뜨내기 부녀에 대해 딱히 관심을 두지 않으려 했다.

그날은 정빈이 고된 훈련을 마치고 내별당으로 들어서던 길이었다. 정빈은 그 무렵 죽음을 생각하고 있었다. 스스로 죽는다는 건 어쩌면 내 인생이 내 것이라는 것을 확인하는 최후의 방법이 아닐까, 그런 생각마저 들던 때였다. 정빈은 사는 것이 싫고 무섭고 또 힘겨웠다. 조선 제일의 무인가문인 무원당의 대를 이어야 한다는, 그래서 장용영의 수장이 되어야 한다는 아버지의 집념은 감당하기 힘들 정도의 가혹한 수련과 엄격한 자기관리를 강요했다.

뭐든 잘했던 것이 문제였다. 정빈은 어려서부터 지나칠 정도로 총명했고 모든 면에서 출중했다. 칼, 활, 총, 말…. 그 모든 것을 흥미로워했고 빠른 속도로 받아들였다. 거기에 더하여 또래보다 한 뼘은 더 큰 키와 긴 팔다리는 정빈이 하는 모든 동작을 돋보이게 했다. 힘을 쓰지 않는 듯 부드러운 공격과 한 치의 허점도 노출하지 않는 치밀한 방어 자세를 보고 임금은 무武를 예藝의 경지에 이르게 했다고 평했다. 무예뿐만 아니라 무원당의 후계자로서 지녀야 할 모든 자질과 능력을 습득한 정빈은 십오륙 세에 이르자 최고 수준의 무공을 갖추게 되었다. 그러나 무예가 고강해질수록 고통과 번뇌도 깊어갔다. 몸과 마음의 고통이 심해지던 그 무렵 정빈은 문득 깨달았다. 내가 더 이상 내가 아니라는 것을, 나는 그 누구의 대신이라는 것을, 내 인생은 조작되어지고 만들어지고 있으며 거짓으로 나날이 한 겹씩 덮여가고 있다는 것을. 그리고 또 알았다. 이 운명에서 벗어날 수 없다는 것을. 그 괴로움에 차라리 죽어버리려 제 목에 칼을 겨누었던 순간, 눈앞에 정연이 나타났다. 정연을 본 순간 정빈은 눈을 감았다가 다시 떴다. 아니었다. 정연일 리가 없는 것이다. 눈앞에 있는 건 정연이 아니라 누더기를 걸친 작고 우아한 아이였다. 그랬다. 어린 시절의 정연을 닮은 것 같은 예쁜 아이였다.

"너는 누구지? 어째서 여기 있지?"

아이는 말이 없었다. 그저 빤히 쳐다볼 뿐이었다. 어린 아이의 눈이 슬픔으로 빛나고 있었다. 정빈도 더 이상 묻지 않았다. 주위를 둘러보니 외별당 쪽에서 못 보던 사내가 나뭇가지 치기를 하고 있었다. 저 사내를 따라 온 아이인가? 하루 품을 파는 사람인가 보군. 정빈은 사내를 보고 다시 한 번 아이를 보았다.

"네 아버지시냐?"

아이가 고개를 저었다.

"네 이름은 무엇이냐. 나이는 몇 살이지?"

아이는 한 번 더 정빈을 쳐다보고 나서는 유겸이라고 제 이름을 말하였다. 그 이름에 정빈은 아이를 다시 한 번 살펴보았다. 계집아이가 아니었다. 입고 있는 치마저고리가 벙벙해 보였다. 얻어 입은 옷 같았다. 사내아이가 계집아이 복색을 하고 있다는 건 필시 숨겨진 사연이 있을 터였다.

너 쫓기는 아이로구나. 혹 네 집안이 역모를 저질렀느냐. 그렇기로 어린 네가 무슨 죄가 있어 도망을 다니느냐. 정빈은 제 집 처마 아래 몸을 숨긴 작은 도망자를 바라보았다. 아이의 눈망울에 눈물이 매달려 있었다. 간절한 눈빛이 살려 달라 말하고 있었다. 아이가 어찌 이런 눈빛을 내는가. 깊은 슬픔을 간직한 눈동자와 마주한 그 순간, 정빈은 이 어린 죄인을 숨겨주기로 했다. 피치 못할 사연이 있는 것이겠지. 너 같이 어린 아이가 무슨 잘못이 있다고 여기까지 쫓겨 왔을까. 아마도 여기가 너에게 세상의 끝인가 보구나. 그렇다면 내게 숨으렴. 정빈은 그때 제 마음속에 남아 있는 그 어떤 것을 느꼈다. 모두에게 냉정하고 날카로운 성품인 그가 어린 도망자에게 처음으로 연민을 느낀 것이다.

정빈은 아이를 번쩍 안아 올렸다. 아이는 무척 가벼웠고 그 가느다란 팔로 정빈의 목을 착 감아들며 안겼다. 처음 보는데도 아이는 정빈을 꼭 껴안았다. 작은 아이가 주는 체온 때문에 사람이란 본래 따뜻하다는 것을 정빈은 그때 처음으로 알았다.

그날 이후 유겸은 정빈의 시동*이 되어 별당에 살게 되었다. 정빈은 하루가 끝나면 가끔씩 유겸이 들려주는 이야기를 들었다. 하늘과 땅이 생겨난 이야기, 해와 달과 별들의 이야기, 나무가 세월을 견디는 이야기, 꽃이 피고 지는 이야기…. 그런 이야기들을 들으며 정빈은 위로를 받았다. 언젠가 한번은 유겸이 꽃이 필 때의 고통을 이야기해주었다. 꽃이나 사람이나 살아 있는 것들은 다 고통을 품고 있다고, 다만 견딜 뿐이라고 했다. 견디는 힘은 '의지할 데'에서 온다는 말도 하였다. 너는 어찌하여 그런 것을 다 아느냐. 정빈이 물었을 때에 유겸은 대답하지 못했다. 그냥 그런 것 같다고, 그저 그렇게 느낀다고만 하였다.

그렇게 정빈은 유겸으로 인해 하루하루를 살았다. 기다리는 날이 올지 안 올지 모르지만 아침에 눈 뜨면 주어지는 하루는 지금 당장 살아내야만 하는 영원의 한 조각이었다.

유겸이 언젠가 말하였다.

우리는 매일 하루씩의 삶과 죽음을 반복하고 살아요. 그러다 어느 날엔가는 영원한 죽음이 오겠지요. 그러나 그 순간이 바로 영원한 삶이 시작되는 때예요. 영원한 삶이 영원히 아름다우려면 지금 우리 곁을 지나가는 이 모든 순간을 온 몸과 온 마음으로 살아내야만 해요.

정빈은 화성에 있는 유겸에게 마음으로 말을 건넸다. 오늘도 하루를 살았어. 네가 말하여 준대로.

---

* 시동(侍童). 심부름 하는 아이

무원당에 당도하였을 때 후원 밖을 서성이는 사내와 눈이 마주쳤다. 그래, 그 자다. 정빈은 그 자를 생각했다. 복이아범. 유겸을 이 집에 데려 온 자. 그가 이 시간에 왜 여기에 있는 거지? 그는 십여 년 전 유겸을 별당에 두고 혼자만 빠져나갔다. 그랬던 그가 나타났다. 아니, 분명 이것이 처음은 아닐 것이다. 정빈은 이태* 전에도 그를 본 기억이 났다. 그때 그는 자신을 서쾌**로 소개하면서 연경에서 진귀한 책이 많이 들어왔으니 싼값에 사라고 했다. 보니 천주학을 공부하는 자들에게 퍽 유용한 책이었다. 그리고 금서였다. 정빈은 그 책이 유겸이 원하는 것일지도 모른다는 생각에 장집사에게 일러 책을 전부 사들이라고 했었다.

그러고 나서도 그는 여러 번 나타났었다. 한 번은 약초꾼으로 온 것 같았고, 또 한 번은 옹기장수로 온 것도 기억이 났다. 그는 그때그때 다른 모습으로 나타났다. 유겸 곁을 떠나지 않고 주변을 맴돌고 있었던 것이다. 아마 정빈이 화성에 가 있는 동안에도 자주 드나들었을 것이다. 지금은 정빈을 보고서도 피하지 않는 것이 정빈을 기다리고 있었던 것 같다. 사내가 엉거주춤 다가왔다.

"저를 기억하실 겁니다."

정빈은 대답 대신 사내를 뚫어져라 쳐다보았다. 사내가 몸을 조금 구부린 채 정빈의 시선을 받았다.

"우리 도련님…. 지금 어디 계십니까."

화성에 있는 유겸을 찾고 있는 것이다. 이미 별당에 유겸이 없다는 것을 확인한 것이다.

"도련님이라고 하였느냐"

_____

* 두 해
** 책 거간꾼. 책을 사고파는 일을 중개하던 사람

사내의 얼굴에 잠시 긴장한 표정이 스쳤다.

"그렇습니다. 이 세상에서 제가 모시는 단 한 분입니다. 지금 어디 계십니까."

"여기 없다. 안전하니 염려하지 않아도 된다."

사내는 정빈의 말을 다 믿지는 않는 것 같았다.

"이제 내가 너에게 묻겠다."

정빈이 말에서 내렸다. 사내가 주위를 살폈다.

"누가 볼까 걱정인 게로군. 마음을 놓아도 좋다. 지금 이 시간에 이 길로 다니는 사람은 나밖에 없다."

"예. 알고 있습니다. 대감께서 오늘 저녁에는 내내 궁에 머무르신다는 것도…"

그걸 어찌 알지? 역시 범상치 않은 사내인 것이다. 순식간에 사내에 대한 궁금증이 일었다. 하지만 지금 알아내야 할 것은 그것이 아니었다. 언제고 이 자를 만나면 물으려 했던 것이 있었다.

"유겸이, 그 아이에 대해 숨기고 있는 것을 전부 말해라. 그래야 내가 지켜줄 방도가 있지 않겠느냐."

사내는 한참을 머뭇거리더니 작심한 듯 말을 시작했다. 유겸이 지금 노비로 여기 있지만 사실 노비가 아니라 전주의 이진사댁 막둥이 도련님이라고 했다. 그런데 어느 날 복면을 한 괴한이 쳐들어와 진사 내외와 유겸의 형과 누이를 죽였으며 아직도 그 괴한의 정체는 알 수 없다고 했다. 쫓는 자들의 시선을 따돌리기 위해 계집아이의 옷을 얻어 입히고 걸식을 하며 한양까지 올라왔다고 했다. 사내는 낮고 조용한 어조로 말을 이어갔다. 말하는 태도와 형형한 눈빛으로 미루어 이 자도 호락호락한 자는 아닐 것이라고 정빈은 생각했다. 단지 몇 마디 나누었을 뿐이었는데 인생의 신산辛酸을 다 겪은 자의 내력이 느껴졌다.

사내가 말하길 이진사는 독실한 천주교인으로 벼슬은 하지 않고 천주교리를 전하는 일에만 전념하던 선하고 어진 양반이라고 했다. 이진사의 생시 유언이 유겸이 신부가 되어 조선에도 천주교회를 세우는 것이라 했다.

"유겸이를… 그래서 데려가려고 온 것이냐."

유겸의 지난날을 듣는 내내 정빈은 가슴이 쓰라렸다. 양반가의 자제라는 말은 놀랍지 않았다. 맨 처음 만나 '유겸'이라는 이름을 들었을 때 아마도 그럴 것이라고 생각했었다. 그런 이름은 학식 있는 가문에서 공들여 지은 것이어서 아무나 가질 수 없는 것이었다. 그 아이가 천주교인이라는 것도 알던 바였다. 그리고 언젠가는 떠날 것이라는 사실도.

"아직은 때가 아니옵니다. 때가 되면 모시러 올 것이니 그때까지 우리 도련님을 지금처럼 어여삐 여겨 주시길 바랍니다. 그 공은… 저 세상에서라도 갚겠나이다."

저 세상을 말하는 사내의 얼굴이 비장해 보였다. 유겸을 지키는 일에 죽음이라도 각오한 듯했다. 그도 쫓기는 자일 것이다. 천주교인들의 비밀공동체에서 여러 가지 일을 맡아 하는 모양이었다.

정빈은 이렇다 저렇다 말을 하지 않았다. 사내도 더 말을 하지 않았고 딱히 작별인사랄 것도 없이 해가 저물어 가는 산속으로 휑 하니 떠났다. 정빈은 빠른 걸음으로 사라지는 사내의 뒷모습을 오래 지켜보았다. 단단한 어깨와 민첩한 몸놀림은 그가 필부가 아니라는 것을 말해 주고 있었다. 벼슬도 하지 않는 시골 양반이 거느릴 만한 사람은 아닌 듯싶었다. 누구의 수하에 있던 자일까.

정빈은 처음 보았을 때 자기를 사로잡았던 유겸의 슬픈 눈동자를 생각했다. 자라면서 더욱더 조심스럽고 신중해져가던, 나이보다 깊어만 가는 그 아이의 내면을 짐작해보았다. 쫓기는 인생이란 얼마나 두려운 것이랴.

정빈도 처음부터 유겸을 곁에 둔 것은 아니었다. 외부에 대한 경계가 심하고 하인들 간에도 규율이 엄격한 무원당이 거렁뱅이 행색의 중년 사내가 남기고 간 어린 아이를 내켜할 리 없었다. 유겸을 들여도 좋다는 대감마님의 허락이 있은 후에도 한동안 유겸은 모두에게 경계 혹은 무시의 대상이었다.

유겸은 스스로 가장 낮은 자리를 찾아다녔다. 어린 것이 저를 무시하는 하인들의 눈초리를 알아채고는 사람들이 모인 방에는 아예 들어가지도 못하고 헛간과 정방, 마구간 같은 데서 잠을 청했다. 한창 먹을 것을 밝힐 나이에도 새처럼 조금만 먹고 늘 바지런히 움직였다. 무슨 일이든 저 스스로 하려고 애썼다.

그렇게 유겸이 온 지 석 달쯤 되던 날이었다. 유겸은 이른 아침부터 연못 주변을 청소하고 시든 꽃들을 정리했다. 별당 구석구석을 돌아다니며 지푸라기를 줍고 돌멩이를 골라냈다. 그것이 저 할 일이라고 여긴 모양이었다. 어린 것이 제 딴에는 그렇게 열심히 일을 했는데도 아무도 끼니를 챙겨주지 않았다. 정빈이 들어와 보니 아이가 꽃잎을 따서 먹고 있었다. 아침도 점심도 먹지 못했다고 했다. 넓은 저택에서 별당이 안채와 떨어져 있어 찬모가 미처 챙기지 못한 것일 수도 있지만 어쩌면 길들이기일지도 모른다는 생각이 들었다.

기운 없이 툇마루에 앉아있는 아이를 보고서는 정빈은 당장 상을 차려오라고 했다. 넘치지도 모자라지도 않게 맞춤한 7첩 반상이 별당으로 들여졌다. 놋그릇에 담겨진 밥과 국, 김치, 장, 된장 조치, 어리굴젓에 나물 두 가지, 옥돔을 소금 간하여 구운 것, 두부전과 숭채전, 북어보푸라기, 쇠고기 조림 같은 것들로 마련된 담백한 차림이었다. 별당의 대청에서 정빈은 보란 듯이 유겸과 겸상을 했다. 주상께서 하사한 제주 옥돔 구이의 살점을 직접 발라내어 유겸의 접시에 놓아주었다. 유겸은 달게 받아 먹었다. 사랑받으며 귀하게 자란 아이였다.

그날 정빈은 결정을 내렸다. 오랫동안 비워져 있던 내별당의 내실을 유겸에게 주기로 한 것이다. 이 댁의 따님 정연이 쓰던 방이었다. 죽은 후로는 내내 비워져 있던 곳이었다. 아무도 들어가서는 안 되는 그 방을 정빈은 한낱 어린 노비의 처소로 정했다. 이런 결정에 대해 모두가 놀랐지만 아무도 이의를 제기하지 않았다. 무원당에서 정빈의 결정은 그대로 법이었으므로. 무원당 당주인 차원일 대감도 별당 안에서 벌어지는 일에 대해서만큼은 정빈의 뜻을 존중해 주었다. 그렇게 유겸은 그날 이후 정빈의 삶 가장 가까운 곳에 자리 잡게 되었다.

복이아범이 사라지고 난 후 정빈의 기분은 착잡했다. 정빈은 유겸이 올 때 그랬던 것처럼 갈 때도 어느 날 갑자기 제 곁을 떠날 것이라는 걸 알면서도 그날이 생각보다 빨리 올 것만 같아서 두려웠다. 지금 이 순간 곁에 없다는 것이 견딜 수 없는 불안으로 다가왔다. 정빈은 다시 말을 돌려 화성으로 향했다.

방화수류정

한 무리의 중신들이 성역 현장에 나타났다. 조정에서 내려온 관리들이었다. 주상전하의 지상과업이 어찌 되어 가는지 보러 왔다고 했다. 시작한다고 한 게 엊그제 같았는데 벌써 이만큼 진척되었냐며 다들 놀라는 눈치였다. 안 될 거라고, 하다 말거라고 한 이들이 적지 않았고 대놓고 반대한 이들도 많았다. 그들 중 상당수는 아직도 이 공사가 마뜩찮았다. 한양에 기반을 갖고 있는 신료들은 임금이 수원에 성을 쌓는 저의를 의심했다. 그랬는데 십 년 잡고 시작한 공사가 수월하게 흘러가는 것 같자 반대파들 사이에서 불안한 기색이 역력했다. 다들 웃고는 있지만 오늘 내려온 것은 아마도 그 불안감의 발로였을 것이었다.

화성유수가 직접 중신들의 안내를 맡아 공사현장 몇 군데를 보여주었다. 이미 정문인 북쪽의 성문이 완공된 후였다. 한양의 숭례문보다 크고 웅장한 성문이 주는 위용에 압도당한 중신들은 두터운 옹성 벽을 보며 임금의 속마음을 짐작해 보려 애썼다. 현판에 씐 '장안문長安門'이라는 석 자에 임금이 화성을 당唐의 장안성長安城처럼 만들고자 한 의도가 있지 않을까 하였고, 그리하여 도읍을 이곳으로 옮기려는 것은 아닌지 의심했다. 백성과 더불어 길이長 평안安하길 바라는 글자 그대로의 뜻을 헤아리는 자는 드물었다. 장안문에서 동쪽으로 발걸음을 옮겨 이미 공사가 완료된 북동포루와 한창 공사 중인 북쪽 수문을 둘러

볼 때에는 태윤이 안내를 하게 되었다. 유수가 이 성의 설계자라며 태윤을 소개한 것이다. 유수 곁을 말없이 수행하다가 조정의 중신들 앞에 불려 나오자 태윤은 순간 긴장했다. 실수하면 어떡하지. 손에 땀이 났다. 태윤은 속으로 아멘, 아멘 하고 몇 번이나 되뇌었다. 제가 그것을 말할 때에 그분께서 저와 함께 계심을 압니다, 하던 유겸의 얼굴도 떠올렸다. 태윤은 용기를 내었다.

"그러면 이제 수문에 대해 말씀 드리겠습니다. 수원에는 광교산에서 내려오는 큰 개울이 있어 여름 장마가 지면 이 일대가 홍수로 범람을 합니다. 이 물길을 잡지 않으면 백성들의 삶이 때마다 참담해질 뿐만 아니라 성을 쌓는 일도 불가능해집니다. 그래서 북쪽 성문인 장안문 공사와 더불어 여기 북쪽의 수문 공사를 제일 먼저 시작하였습니다. 여기 이렇게 보시는 것처럼 쭈욱 물길을 넓히고 또 물이 흐르는 방향을 잡아주면 아무리 많은 비가 내려도 넘치는 일이 없습니다. 일곱 개의 홍예虹霓*로 수문을 내었는데, 열고 닫는 수문 개수에 따라 수량水量 조절이 가능합니다. 그리고 이 수문은 유사시에 군사적 기능을 하도록 되어 있습니다. 홍예 위의 누각을 보시면 아시겠지만 누각 양 옆으로 대포를 쏠 수 있는 구멍이 있습니다. 그 위에는 총구도 있습니다. 공격 시설로도 완벽할 뿐만 아니라 수문을 걸어 잠그면 물길을 타고 올라오는 적의 공격도 막을 수 있게 설계하였습니다."

중신들이 고개를 끄덕이며 들었다. 그런데 그중 하나가 중신들에게 하는 것인지 태윤에게 묻는 것인지 불쑥 말을 던졌다.

"어라! 저것 좀 보게. 저것은 박석 아닌가. 수문 아래 물길 말일세. 아

---

* 무지개 또는 무지개 모양

니 정궁도 아니고 정전도 아닌 이런 개천 수문에도 주상께서 오시나?"

박석薄石은 국왕이 친히 거둥하시는 곳에만 깔아 국왕의 위엄을 더하는 고급 건축자재였다. 그런데 이 귀한 것을 아낙들이 빨래하고 아이들이 물놀이 하는 천변川邊의 수문 앞에 깐 것이다. 중신들이 저 귀한 돌을 어찌 이런 냇가에 깔았느냐며 웅성거릴 때 두드러지는 한 목소리가 있었다.

"주상전하께서 백성을 사랑하시는 마음이 지극한 때문 아니겠습니까. 상께서는 귀한 것도 헐한 것도 모두 백성과 나누고 싶으신가 봅니다. 일전에도 전하께서 말씀하시지 않으셨습니까. 고관대작도, 여염의 백성도, 서자도, 얼자도, 과부나 홀아비, 고아도 다 상께서 아끼는 백성임에 틀림이 없노라고."

백성을 사랑함에 차별을 두지 않겠다는 임금의 말이었다. 태윤은 그 뜻이 익숙하여 귀에 거슬리는 것이 없었으나 중신들은 적잖이 불만인 듯싶었다. 어찌 자기들과 냇가에서 질척이며 살아가는 무지렁이들이 같을 수 있겠냐며.

태윤은 임금의 뜻을 말하던 그 젊은 관료의 얼굴을 보았다. 넓은 갓 아래에 턱선이 단단해 보였다. 처음 보는데도 누구인지 알 것 같았다. 그였다. 이조좌랑 심일재. 노론 벽파의 젊은 두뇌라 일컬어지는. 그에 대해 들은 바가 있어 태윤은 마음이 편치 않았다. 주상께 올리는 벽파 쪽 상소문의 대부분이 그의 머리에서 나온다고 하였다. 지금도 주상의 뜻을 두둔하는 것처럼 말해도 속뜻은 그게 아닐 것이었다. 태윤은 다시 마음을 가다듬었다.

"방금 하신 말씀이 옳습니다. 이 박석이 주상전하의 성총을 만분지 일이나마 품고 있으니 여기를 지나가는 물길이 어찌 백성의 삶을 이롭게 하지 않겠습니까. 보십시오. 물이 솟구칠 때 햇살에 부딪혀 금가루와 은가루를 흩뿌리는 것 같지 않습니까."

물이 수문 아래로 떨어졌다 다시 힘차게 솟구쳐 올랐다. 넓게 퍼지는 물보라와 튀어 오르는 물방울이 일곱 개의 무지개다리와 어우러져 장차 수문의 이름은 화홍문華虹門이 될 것이었다. 태윤은 수문을 지나 사람들을 이끌고 각루로 갔다. 각루로 발걸음을 옮길 때 유겸이 한 말이 귓전에 맴돌았다.

> 수문은 무지개 모양이 좋겠어요. 무지개는 다시는 물로 벌하지 않겠다 하신 그분의 증표입니다. 그 구원의 증표를 여기 화성에다 둠으로써 다시는 장마로 물난리를 겪지 않게 하려는 것이지요. 일곱 개의 문은 그분께 다다르는 일곱 가지 성사를 뜻합니다. 여덟도 아니고 여섯도 아니고 꼭 일곱 개여야 해요. 그리고 수문 아래는 네 개의 돌계단을 설치해 주세요. 급격한 유속을 줄여주는 역할을 하지만 우리에겐 네 개의 복음을 의미합니다.

이 말을 할 때 유겸은 마치 하늘에서 내려온 설계자 같았다. 태윤은 유겸의 이야기를 모두 각루와 수문에 담았다. 유겸이 화성에 온 후로 공사 과정을 같이 지켜보았는데 이 각루와 수문에 들어간 벽돌 한 장, 목재 한 조각도 의미 없는 것이 없었다.

일행이 각루에 다다랐다. 초겨울이라 해가 일찍 저물어 사방이 어둑어둑했다. 방화수류정訪花隨柳亭이라고 날아갈 듯한 필체로 씐 현판을 보고서도 중신들은 아무 감흥이 없는 것 같았다. 첫새벽부터 한양에서 내려왔을 나이 든 중신들이 피로를 호소했다. 태윤이 이 각루만 보고 나면 저녁 연회가 마련되어 있다며 늙은이들을 달랬다. 그러나 장안문에서 이미 압도당한 뒤라 그 이후에 보는 크고 작은 시설물에 대해서는 관심이 덜한 듯싶었다. 각루의 군사적 기능과 휴식 공간으로서의 역할에 대해 설명을 해도 성곽에 부속한 정자가 다 그렇지 뭐, 하는 식이었다. 그때였다. 누각 위로 올라오지 않은 몇몇이 각루의 서면을 본 것 같았다. 경이에 찬 탄식이 흘러나왔다.

"어어… 다들 내려와서 이것 좀 보시게. 벽에서 빛이 나고 있어."

신기한 건 또 못 참는 사람들이 우르르 누각에서 내려와 서쪽 벽면 께로 갔다. 과연 서쪽 벽면에서는 수십 개의 십자가 문양이 달빛을 받아 빛나고 있었는데 검푸른 밤하늘을 배경으로 그 광경이 자못 황홀하였다.

"이건 어찌 만들었누?"

누군가 손가락으로 십자문양을 꾹꾹 눌러보며 물었다. 돌을 가로세로로 덧대어 만든 것이 아니라 아예 통째로 열십자 모양으로 구워낸 것이었는데 형광물질을 섞어서 밤이면 빛을 내도록 한 것이다.

태윤은 몇 해 전 자운향의 주선으로 무역상들의 틈에 끼어 연경에 간 적이 있었다. 그때 연경의 천주당에서 이 십자문양을 본 것이다. 그리고 이마두利瑪竇, 마태오리치*와 탕약망湯若望, 아담샬**의 묘지에서도 똑같은 문양을 보았다. 태윤은 그 모양이 너무나 아름답고 신비로워 그림으로 그려왔다. 그 그림을 유겸에게 보여주자 유겸이 기뻐하며 십자 문양을 각루의 벽면에 넣자고 했다. 그러면서 각루의 정면을 서쪽으로 내고 십자가에서 빛이 나게 하면 더 좋겠다는 말도 했다. 십자가의 개수는 86개였는데 이것을 정해준 것도 유겸이었다.

---

* 마태오 리치(1552~1610년), 이탈리아 출신의 예수회 선교사이자 로마 가톨릭교회의 사제

** 아담 샬(1591~1666년), 독일 출신의 예수회 선교사이자 로마 가톨릭교회의 사제

오직 한 분이신 천주가 1, 성부·성자·성령의 삼위三位를 기려 3, 가장 완전한 수 7, 성령의 아홉 가지 열매 9, 열 두 사도 12, 예수 수난의 십사처를 기억하며 14, 예수께서 광야에서 보내신 날과 부활하신 후 이 세상에 계셨던 날이 사십일이었으니 40…. 이 모든 수를 다 더하면 86이 되옵니다.

태윤은 이 수를 맞추기 위해 벽면의 첫째 칸과 둘째 칸은 각각 28개의 십자가를 채우고 셋째 칸에는 두 개를 더 넣어 30개로 만들었다. 이 벽면의 비밀을 아는 사람은 태윤과 유겸밖에 없었다. 태윤은 이 사실이 내심 기쁘고 즐거웠다. 그때였다.

"뭔가 새로운 시도인 것 같긴 합니다만, 이 문양은 혹 서학을 하는 자들이 신봉하는 그 증표가 아니오? 각루의 천정에도 저러한 것이 있던데…. 그리고 벽체가 빛을 내다니… 그것도 해 뜨는 동쪽이 아니라 해 지는 서쪽을 향해서 말입니다. 내 짧은 소견엔 주상전하의 누각으로서 썩 상서롭지 못한 감이 있소만…."

일재가 서학을 언급하자 일순 좌중의 웅성거림이 가라앉았다. 그즈음 정국은 제 아무리 조정의 중신이라도 서학에 연루된 기미가 보이면 무차별 공격을 당하던 상황이었다. 이미 여럿이 모함을 받고 사직을 하지 않았던가. 이것은 서학을 신봉하는 남인계층은 물론이거니와 임금에게도 큰 정치적 부담이었다. 만일 이 벽면의 숨은 뜻이 밝혀진다면 그렇지 않아도 화성 축성에 따가운 시선을 보내는 반대파 무리에게 공격의 빌미를 주는 것이 될 터였다. 태윤은 긴장했다.

그때 그밤, 임금이 말하였다.

나는 너의 그 순정純正한 믿음을 안다, 그러나 드러나게는 하지 말 일이다. 나는 왕이다. 나는 끝내 유자儒者로서의 외양을 갖추어야 하는 운명이다.

태윤은 자기가 배척당하는 것은 참을 수 있지만 임금이 곤경에 처하는 것은 견딜 수 없을 것 같았다. 태윤은 다시 속으로 '아멘'을 되뇌었다.

"아니오. 그렇지 않습니다. 이것은 서학의 표양이 아니라 실상은 이러한 뜻이옵니다. 위로는 하늘, 아래로는 땅, 동쪽과 서쪽의 모든 백성들에게 전하의 성총이 빛나심을 뜻합니다. 그리고 서쪽로 각루의 정면을 낸 것은 해가 지고 난 후에도 변치 않는 전하의 은덕을 나타내는 것입니다. 이것에서 서학의 증표를 읽으셨다니 혹 이조좌랑께오서는 서학을 잘 아시나봅니다. 저는 도무지 그런 생각은 아니 하였습니다마는…"

일재의 얼굴이 순식간에 굳었다. 그러다가 곧 입가에 미소가 떠올랐다. 그 웃음이 불편했지만 태윤은 침착했다. 속으로 긴장되었을지언정 겉으로 보기엔 담담한 척했다. 마치 정말 나는 그런 것은 모른다는 얼굴로.

그러면서도 태윤은 짐짓 두려운 생각이 들었다. 혹 각루 지붕에 담긴 뜻도 알았을까. 지붕은 팔각을 기본으로 하되 십자 모양이 되도록 남북 양쪽에 각을 더하였다. 어차피 지붕은 사람이 아니라 하늘이 보는 것. 뭇사람들의 시선에 잡히는 것은 잡상과 절병통 같은 것들일 테고 거대한 십자가가 그 지붕에 숨겨져 있음은 알지 못할 것이었다. 그때 임금이 이렇게 물었다.

> 내 아버지가 하늘에서 나를 보고 있을 것인데 내가 아바마마를 한시도 잊지 않고 있음을 전할 도리가 있겠느냐.

이 각루는 그때 임금의 물음에 대한 태윤의 답이었다. 서학의 경전을 읽을 때 임금은 십자가에 매달린 예수에게서 뒤주에 갇혀 죽은 아

파체破涕

버지를 보았다고 했다. 임금의 마음이 그러할진대, 임금이 고개를 들어 천정을 바라볼 때 그 시선은 십자가 대들보와 십자가 지붕을 지나 하늘로 향할 것이었다. 태윤은 아버지와 아들이 각자 하늘과 땅에서 서로 교통하길 바랐다. 어느 날 임금이 높은 데 서서 이 각루의 지붕을 보게 된다면 그 뜻을 알리라. 태윤은 다른 사람은 말고 오직 임금과 임금의 아비만이 서로의 뜻을 알아봐 주길 바랐다.

중신들을 위한 연회가 자운각에서 베풀어졌다. 중신들이 조정에 가서 화성 성역에 대해 이러쿵저러쿵 말들을 많이 할 터이니 섭섭지 않게 대접하라고 화성유수가 태윤에게 당부했다. 아나나 다를까, 술이 한 순배 돌고 나니 다들 말이 많았다. 예산이 많이 들어간다느니 도편수며, 목수, 니장, 미장이, 칠장이 등 나라 안의 명장들을 다 빼돌려서 다른 공사를 할 수 없다느니 하며 불만을 터뜨렸다. 예산은 상당액이 국고가 아니라 국왕 개인 자금인 내탕금에서 충당되고 있었고 장인들이며 인부들은 임금노동자로서 자발적으로 일하러 온 것인데도 그러는 것이었다. 뭐라 떠들든 태윤은 그저 웃으며 들었다. 그런 태윤을 일재가 전부터 유심히 바라보고 있었다. 일재가 자기를 보고 있다는 것을 태윤도 느끼고 있었다. 술을 한 잔 권해볼까 하다가 접었다. 정빈이 알려주기를, 일재는 일단 사람이 쓸 만하다 싶으면 한동안 두고 보면서 제 편으로 만들려고 공을 많이 들인다고 했다. 그러다가 제 편이 되지 않을 것 같으면 가차 없이 제거해버린다고. 거기에 절대 넘어가서는 안 된다고 정빈이 단단히 주의를 주었던 것이다.
일재는 태윤을 계속 지켜보았다. 생각보다 영리한 자였다. 시골에서 운 좋게 임금 눈에 든 것이 아니라 그럴 만한 자질이 있는 자였다. 각루에서 제 말을 받아칠 때는 교활한 놈이라는 생각까지 들 정도였다. 눈 하나 깜짝하지 않고 제 본심을 감출 줄 아는 것이다. 일재의 직감에 따르면 태윤은 천주교인임에 틀림없다. 일재는 제 직감을 믿었다. 그 십자 문양은 자기도 연경의 천주당에서 본 적이 있다. 그런 서학의 증표를 대담하게 각루 이곳저곳에 내었다면 이미 골수 서학쟁이일 터였다. 일재가 먼저 태윤에게 술잔을 내밀었다.

"내 술 한 잔 받으시오. 나보다 아우뻘일 것 같은데 이런 귀한 인재가 향촌에 묻혀 있을 줄은 몰랐소이다."

"저에게 주시는 겁니까. 황송하기 이를 데 없습니다."

태윤이 공손한 척 잔을 받아들었다.

"규장각에도 적籍을 두고 있다고 들었는데 성역 공사가 끝나면 상경하겠군요. 혹 그때 내가 도울 일이 있으면 언제든 말하시오."

"저는 수원에서 나고 자라 이곳이 좋습니다. 성역 공사가 끝나도 해야 할 일이 많을 것이니…"

"무릇 관리라면 조정에서 일을 해봐야 향촌에 내려와서도 힘을 얻는 것이오."

태윤은 가타부타 대꾸하지 않고 겸손하게 웃어보였다. 태윤 나름의 생각이 있었다. 성역공사가 끝나고 화성이 제 모습을 갖추게 되면 지금의 주상이 세자에게 양위 후 화성에 내려온다 하였다. 그때 지금의 주상은 여전히 연부역강年富力强*한 상왕이시고, 아드님이신 새 주상전하는 연소하실 터인데 그러면 힘의 균형이 어디로 쏠릴 것인가. 태윤의 답은 화성이었다. 임금이 꿈꾸는 가장 강하고 아름다우며 풍요로운 읍치인

---

* 나이가 젊고 힘이 강함

화성. 그 화성을 지금 제 손으로 만들어가고 있는데 중앙 정계가 무어 그리 부러울 것인가. 태윤은 그리 생각하였다. 그러나 그런 정치적 야망보다 태윤은 그저 임금 곁에 있고 싶은 마음이 더 컸다. 나를 알아준 주군이었다. 그를 위해 죽을 수도 있다고 태윤은 생각한다.

태윤의 침묵에 일재도 더 말이 없었고 둘의 대화는 거기서 끝났다. 연회는 무르익어 가고 있었지만 일재는 조용히 자리를 떴다. 다른 약속이 있기 때문이었다. 일재는 그 약속을 중신들과 함께하는 연회보다 더 중요하게 생각했다. 오래 기다리던 만남이었다.

미련

장용영을 확대하는 문제로 정빈은 온통 신경이 곤두서 있었다. 일이 잘 풀리지 않는 것이다. 군영별로 무관을 차출하는 것도 저항이 만만치 않았고 예산을 확보하는 일도 쉽지 않았다. 조직을 늘리는 데 걸림돌이 많은 거야 각오한 바이지만 예상보다 훨씬 반대가 심했다. 주상이 역점을 기울이는 사업인데도 갖은 이유를 들어 반대했다. 그 일은 아니 되오, 좀 더 기다려 보시오, 좀 더 자세한 계획을 갖고 오시오, 이걸로는 아니 되겠소 하며 밀쳐냈다. 왕의 관심 사업이라 더욱 그러한 것이었다. 벽파의 사람들이 육조의 수장부터 말단 실무진까지 포진하고 있어 왕명이 조직적으로 무시되고 있었다. 장용영이 처음 출범하던 때부터 의혹의 눈초리로 경계하던 이들이었다. 장용영이 한양 본영뿐만 아니라 화성 외영까지 조직이 확대되어 최고의 권력기구가 되어가는 것에 대해 큰 부담을 느끼고 있는 것이다. 그들은 장용영 측에서 무엇을 요구하던지 일단 안 된다, 고 했다. 정빈은 그들을 상대로 소위 협상이라는 것을 하고 싶지 않았다. 말주변도 없거니와 직선적인 정빈의 성격상 굽어가고 둘러가는 것을 하지 못했다. 언젠가 아버지가 말했었다.

조정에 정보가 맺히는 곳과 풀리는 곳이 있다. 그 지점을 잘 파악하면 조정 내 권력의 동선을 알 수 있다. 그걸 꿰뚫고 있으면서 적절히 활용할 줄 알아야 하느니라. 네가 앞으로 장용영을 완전히 이어받고 주상전하를 보필하게 될 때에도 이 점을 유념하여야 한다. 당분간은 아비가 도와줄 테지만 후일 혼자서도 할 수 있어야 한다. 알겠느냐.

아버지가 말한 정보가 맺히는 곳 중 하나가 이조좌랑 심일재였다. 일재는 임금이 키운 초계문신抄啓文臣* 출신이었으므로 임금의 개혁정책을 소상히 알고 있었고 적어도 겉으로는 지지하고 있었다. 그러나 완전히 협조하지는 않았으며 결정적인 순간에 반대를 한 적도 많았다. 지금 장용영 확대 건이 원활하게 추진되지 않는 내막에는 일재가 있다고 아버지가 말해주었다. 노론 벽파의 기린아 일재는 타고난 정치력과 친화력으로 육조와 삼사에 두루두루 제 사람을 심어놓고는 교묘하게 그들을 조종했다. 일이 될 리 없었다. 그러니 그를 만나야 했다. 만나서 협조를 구해야 하는 것이다. 정빈은 일재가 부담스럽고 싫었지만 그를 만나지 않고서는 아무것도 해결되지 않을 것 같았다. 오늘 일재가 화성에 왔다. 미리서부터 그를 만나기로 약속했지만 자운각 대문을 넘어서는 지금 이 순간도 마음이 불편하다.

일재의 수행원이 정빈이 왔음을 알렸다. 일재가 직접 방문을 열고 나왔다.

"오~왔어? 기다리고 있었어. 오늘 하루 종일."

일재가 진심으로 반가워하며 정빈을 맞이했다. 그의 얼굴은 늘 밝다. 밝을 수 없는 순간에도 밝다.

"간만입니다."

정빈은 예를 갖추어 존댓말로 인사했다. 금번 화성유수부 판관 승

---

* 정조가 시행한 인재양성제도로, 37세 이하 당하관 중 젊고 유능한 문신 중에서 선발하여 규장각(奎章閣)에서 재교육시켰다.

차로 비록 품계는 정빈이 더 높았지만 일재가 네다섯 살 위인 데다가 홍문관에 있을 때는 일재가 선배이기도 했기 때문이었다.

"그러게 말일세. 이번에 또 승차를 했다지. 주상전하의 신임이 날로 두터워진다면서… 이거 이제 함부로 부르지도 못하겠어. 내 차판관 소식은 놓치지 않고 듣고 있다네. 자네와의 인연을 생각하면 늘 아쉬워서 말이지."

또 무슨 말을 하려고 그러나. 사담으로 이야기가 길어지려는 걸 차단하려고 정빈은 틈을 주지 않고 용건을 꺼냈다.

"이번에 장용영 개편 건 말입니다. 협조해 주셔야겠습니다."

정빈의 단도직입적인 요구에 일재가 무슨 소리냐, 하는 표정을 지었다.

"자네도 참. 그걸 왜 내게 말하나. 내가 무슨 힘이 있다고. 그리고 오랜만에 만나서 그런 얘기부터 할 건가?"

정빈은 달리 할 말이 생각나지 않아 앞에 놓인 차를 들이켰다.

"장용영 확대 건은 내가 알기로 아마 반대가 좀 있을 걸세. 다들 상황이 워낙 어렵잖은가. 이 와중에 주상께서 과거시험마다 무관을 너무 많이 뽑아서 그 문제도 골치일세. 대체 그 인원들을 다 어디다 쓰시려는지. 하하. 이보게, 정빈이."

일재가 은근하고 낮은 목소리로 정빈의 이름을 불렀다. 그 목소리가 정빈은 싫었다. 딱히 기름진 음성은 아니었지만 그렇게 자기를 사사로이 부르는 것 자체가 싫은 것이다.

"난 기껏해야 정육품 좌랑에 불과하지 않은가. 주상의 총애를 받고 계신 우리 차판관께서 내게 그런 청을 하다니. 난 당최 이해가 되질 않네."

능구렁이 같은 인간. 조정 안팎 구석구석 제 사람을 심어놓고 방해하면서 저런 말을 하다니. 정빈은 화가 울컥 치밀어 오르려는 것을 간신히 참았다. 오래도록 아버지로부터 감정을 드러내지 않는 훈련을 받은 정빈이었다.

"품계와 권력의 크기가 일치하지 않는 것은 관가에 흔한 일이 아닙니까. 형님께서 육조와 삼사에 벗을 많이 두셨다는 것을 알고 있습니다. 그들에게 금번 장용영 확장 건에 대해 협조하라 일러주시기 바랍니다. 도와주길 바라오."

형이라고 불러주었다. 그것은 정빈이 일재에게 표현하는 최고의 친밀감이었다. 어릴 적 집안끼리 교유가 있을 때 정빈이 일재를 형이라고 부르며 따랐었다. 일재의 얼굴이 환하게 펴졌다.

"이야~ 정빈아. 네가 나를 형이라고 부르다니! 아주 귀에 착착 감기는구나. 이제야 내가 알던 차정빈 같다. 어린 시절로 돌아간 것 같아. 너, 네 동생 죽고 나서는 나를 한동안 본체만체했었잖냐. 기억나?"

어린 시절. 일재가 어린 시절의 이야기를 꺼내려 했다. 정빈의 얼굴이 어두워졌다.

"아, 미안, 미안. 정연이 얘길 또 생각 없이 꺼냈네. 아직도 많이 힘들지? 내 마음도 아프다. 하지만 이젠 너도, 나도 털어야지, 뭐. 세월이 이만큼이나 지났는데 말이야."

말은 그렇게 하면서도 일재는 옛 이야기를 멈추지 않았다.

"정연인 정말 예쁜 아이였지. 내가 어릴 때 정연이한테 장가들려고 우리 아버지한테 조르고 아버진 또 진짜로 너희 아버지한테 청혼도 하고 그랬었잖아. 우리 아버지가 애들 크면 맺어줍시다, 하니까 너희 아버지는 그저 웃으시고 말더군. 나 아직도 그때 생각나. 지금 생각해보니까 너희 아버지 그냥 웃고 마신 거, 농담이라도 나를 사위 삼고 싶지 않으셨던가 봐. 혹시 차대감께선 정연이를 세자저하한테 시집보내고 싶으셨던 거 아니야? 세자가 정연이 졸졸 쫓아 다녔었지. 하긴 누구라도 정연이 보면 예뻐서 어쩔 줄 몰랐지. 뭐 그러거나 말거나 정연이가 그렇게 되어버려서 나나 세자는 그냥 닭 쫓던 개 신세가 되고 말았지만 말이야."

저 이야기, 전에도 한 적이 있다. 불편하고 듣기 싫은 얘기였다. 일재는 정빈의 싫은 기색에도 계속해서 하던 얘길 마저 했다.

"아, 난 요즘도 정연이 생각나. 내 가슴엔 말이야. 어릴 적 정연이 걔가 그대로 남아 있다. 너 그거 모르지? 그 애가 컸으면 지금쯤 얼마나 이쁠까. 너도 알다시피 내 부인께서 좀 박색이시지 않느냐. 대비마마께서 친히 지어주신 짝인지라 내 군말 않고 혼인을 했다만 사실 뭐 지금도 딱히 정은 안 가. 내 여자란 생각도 안 들고 말이야."

철저하게 제 가문의 이익을 따져서 혼인을 했고 그 덕을 톡톡히 보고 있는 주제에 부인의 인물을 타박하고 있었다. 정빈은 일재의 말이 듣기 싫었다. 자꾸 정연 이야기를 하는 것도 참을 수가 없었다. 겨우겨우 참으며 찻잔을 연신 들이켰다. 조금만 더 참았다가 일어날 생각이었다. 일재가 손을 뻗어 정빈의 뺨을 어루만지려할 때까지만 해도.

"널 보면 네 동생 생각이 난단 말이지. 너희 남매가 유난히 인물이 좋아서 소문이 자자했지. 정연이가 그때 그렇게 죽지 않고 살았다면 지금 너만큼 이쁘겠지? 아주 사내들 가슴깨나 흔들어 놓았을 거다. 네가 지금 처녀들 가슴 울리고 있는 것처럼 말이야. 하하."

일재의 손이 정빈의 뺨에 닿았다. 정빈은 더 이상 참지 못하고 일재의 손길을 뿌리쳤다.

"이런, 쌀쌀맞기는…"

일재가 웃었다. 정빈의 얼굴이 미세하게 일그러졌다. 그래, 그랬지. 어릴 때도 저 손이 싫었어. 저 손을 잡기 싫었던 거야.

"주상전하께서 지대한 관심을 기울이고 계시니 오늘 제가 말씀드린 것에 협조하여 주시기 바랍니다. 그럼 전 이만."

정빈은 철릭 자락에서 휙 소리가 날 정도로 자리를 박차고 일어났다.

"넌 매양 그렇게 쌀쌀맞아서 어떻게 조정에서 버티려고 그러냐. 녀석두, 참… 성질 하고는. 하하. 그건 그렇고 너, 내 동생은 왜 그렇게 해 놓은 거냐? 애가 병신이 되었더라. 귓불이 날아가서 아주 보기가 흉하더라고. 난 풋사랑이었던 네 동생 아직도 그리워하는데 넌 내 동생을 못난이 만들어 놓으면, 내가 서운하지 않겠어?"

돌아서는 정빈의 등 뒤에 대고 일재가 농담처럼 뼈 있는 한마디를 했다. 지난번 일주를 그렇게 만들어놓고 정빈도 내심 찜찜하던 터였다. 일재가 가만있지 않을 것이란 걸 알면서도 물불 안 가리고 응징한 것이 약간 후회되기도 했었다.

"그렇게 보기 흉할 정도는 아니었을 겁니다. 치료를 잘 해주셨다면 금방 아물었을 텐데요. 틀림없이 또 술 먹고 돌아다니다가 곪았겠지요. 내 탓은 하지 마시길 바랍니다."

정빈은 소리 나게 문을 닫고 나갔다. 불쾌했다. 일재를 만나고 나면 항상 그랬다. 정연이 얘긴 하지 마. 그 앤 죽었어. 그 앨 기억하지 말라고. 정빈의 마음이 요동치고 있었다. 저 마음 밑바닥에서부터 우울과 불안이 올라오고 있었다.

뒤도 돌아보지 않고 나가는 정빈의 뒷모습에 일재가 피식 웃었다. 일재는 정빈이 마시다 남긴 찻잔을 쭉 들이켰다.

정빈과 일재 사이에는 집안끼리 묵은 악연이 있었다. 물론 두 집안의 관계가 처음부터 나빴던 것은 아니었다. 차원일이 정치적으로 무당무색한 사람이었고 두루두루 중신들과 교분이 있는데다가 대대로 왕실과 가까운 가문인지라 노론인 일재의 집안에서도 차원일가와 좋은 관계를 유지하고 싶어 했다. 그러나 지금 주상이 즉위한 후 사정이 달라졌다. 임금의 대대적인 군제개혁 때문이었다.

임금의 즉위 무렵, 주요 병력들이 일부 척신을 비롯한 노론에 의해 장악되고 있었다. 군권을 통제하지 못한다면 임금은 이빨 빠진 호랑이에 불과한 것. 군권을 왕권 아래 복속시킬 특단의 조치가 필요했다. 그러다가 즉위 1년. 존현각침투사건*이 일어났다. 왕의 호위를 담당하는 호위청의 군관이 포함된 국왕 암살시도 사건이었다. 이것은 왕에게 군제개혁의 결심을 강화시켰다. 왕권의 안정을 위해 노론이 장악한 오군영을 무력화시키고 병조로 군권을 일원화하는 작업이 추진되었다. 임금은 병조판서에 대한 임면권을 가지고 있으므로 군권은 점차 임금에게 수렴되었다. 그러나 이것만으로는 부족했다. 강력한 국왕직속부대가 필요했다. 그에 따라 가장 강인하며 충성스러운 왕의 군대가 탄생했다. 그것이 바로 장용위였고 후에 장용영으로 개편된 것이다. 이러한 내용을 골자로 하는 군제개혁을 총괄한 것이 정빈의 아버지 차원일이었다.

군제개혁의 결과 심일재의 집안이 보유한 병력은 해체되었고 심씨 가문의 위세에도 큰 타격이 왔다. 하마터면 일재의 집안이 몰락할 수도 있는 상황까지 간 것이다. 사정이 이러니 병조판서를 거쳐 무관 출신으로

---

* 1777년 정조의 침소에 자객이 침투하여 시해하려 한 사건

도승지에 임명된 차원일과 장용영에서 쭉쭉 뻗어나가고 있는 차정빈 부자를 바라보는 심일재의 심사는 편치 않았다. 일재가 판단컨대 차원일은 왕실의 가신과도 같은지라 노론으로 끌어들일 수 없는 사람이었고 그 아들 정빈 역시 마찬가지였다. 제 아비보다 더하면 더 했지 결코 덜하지 않았다. 융통성도 없고 벽파를 대놓고 싫어하는 것이다.

그즈음 호사가들이 입에 올리기를 장차 영의정을 실력으로 뽑는다면 문관에 심일재, 무관에 차정빈이 그 후보라고 했다. 아직 새파란 무관 주제에 영의정 후보 반열에 오른 것만도 가당찮은 일이었지만 마냥 무시하기에 정빈은 너무나 유능했다. 일재가 정빈의 성장을 좌시할 수 없는 이유에는 세자도 있었다. 일재와 세자는 서로 노골적으로 미워했다. 일재는 세자의 성치 않은 몸을 조롱했고 세자는 일재의 야비함을 경멸했다. 일재는 자기 쪽 사람들과 함께 있을 때면 제 손 하나 제대로 못 쓰는 세자가 어찌 나라를 다스리겠냐며 대놓고 험담을 했고 세자는 후일 즉위하면 일재의 무리부터 없애버릴 거라고 했다. 서로를 그토록 싫어하는 두 사람에겐 어린 시절부터의 악연이 있었다. 세자도 일재만큼, 아니 일재보다 더 정연을 좋아했던 것이다. 어린 시절 잠시 품었던 연정이 무어 그리 대단했을까마는 정빈과 정연 남매에 대한 세자의 추억은 생각보다 깊고 소중했던 모양이었다.

그 때문에 일재는 세자가 정빈과 친하다는 게 내심 마땅치 않았다. 어린 날 풋사랑의 경쟁자였던 병신 왕자. 그 왕자를 등에 업은 정빈. 저대로 성장한다면 장차 주상 다음 2인자가 되는 것도 충분히 가능한 일이었다. 일재는 불안했다. 이대로 무너질 수는 없었다. 자기의 어깨에 당파의 미래가 걸려 있지 않은가. 일재는 정빈이 마시던 찻잔을 뚫어져라 바라보았다.

눈 위의 십자가

우리말에서 'ㄱ' 소리 나는 것이 서학의 원문에서는 'G'나 'K'로 표시된다. 'g'나 'k'로 쓰는 것도 같은 발음을 내는 글자이다. 한 묶음의 글자를 쓸 때 맨 앞자리에 오는 것은 큰 글자를 쓰고 그 다음부터는 작은 것으로 쓴다. 우리말의 'ㅇ'로 소리 나는 것은 'A'나 'O'이다. 이것과 같은 발음을 내는 작은 글자는 'a'와 'o'이다. 'ㄴ' 소리 나는 것은 'N', 'n'이고 'ㄷ'소리 나는 것은 'D', 'd'이다. 모음에서 '아' 소리 나는 것과 '에' 소리 나는 것은 주로 'a'와 'e'를 많이 쓰는 것 같다. 이런 자음과 모음을 적절하게 조합하여 글자를 만들어내는 이치는 우리말과 크게 다르지 않다.

"흠… 그렇다면 이건 이렇게 소리 내는가. 아…그…누스…데…이?"

태윤이 요즘 관심을 기울이는 것 중 하나가 서양말 공부였다. 자운각의 서고에서 빌려온 한문으로 된 성경과 천주교 교리서를 각각의 서학 원문 책과 대조해 그 발음이나 표기의 규칙성을 발견해내는 것이다. 처음에는 막막하고 힘들었지만 일 년 가까이 비슷한 작업을 반복하다 보니 원문의 어떤 구절은 더듬더듬 읽을 수도 있고 뜻도 대충 짐작할 수 있게 되었다. 태윤이 한자에 능통하고 중국어를 할 줄 아는 데다 워낙 성경을 많이 읽어서 가능한 일이었다.

이런 공부를 하는 이유는 유겸의 부탁 때문이었다. 한번은 유겸이 어릴 때 들었던 기도 구절이라며 종이에 적은 것을 보여주었다. 언문으로 소리 나는 대로 적은 기도문이었는데 아버지가 미사를 드릴 때마다 그 구절을 외웠다고 했다. 유겸의 아버지는 연경의 천주당에 몇 차례 간 적이 있었고 거기서 얻어 온 미사의 경본을 익혀 미사를 집전하였다고 했다. 정식 사제가 없어서 평신도가 사제의 역할을 하여 미사를 올린 것인데 이것이 교회법에 크게 어긋나는 것임을 알게 된 후로는 하지 않았다고 했다. 그러한 결함이 있는 줄 모르고 미사를 드릴 때에는 유겸의 집안사람들뿐만 아니라 인근 향촌의 신자들까지도 유겸의 집에 모두 모였는데 그때 아버지는 미사 중간에 그 기도문을 외웠다는 것이다. 유겸이 적은 것은 그 기도문의 일부인데 계속 반복되는 한 구절이라고 했다.

"전 이 기도문의 뜻을 알고 싶어요. 소리도 정확히 알고 싶고요. 이것은 아마 하늘에서 쓰는 말이겠지요? 이 기도를 바칠 때에 세상은 더없이 고요하고 평화로웠어요. 아버지는 무척 거룩해 보여서 우리 아버지가 아니라 멀리 딴 데서 오신 분 같았어요. 무슨 뜻인지도 모를 말이 공기 중에 부드럽게 흘러갈 때에, 그때 저는 처음으로 천주님이 정말 내 곁에 계실지도 모른다는 생각을 했어요."

유겸을 사로잡은 그 아름다운 말이 무엇인지 태윤도 무척 궁금했다. 어서 이 기도문의 뜻을 풀이해서 유겸을 기쁘게 해주고 싶었다. 어제는 다른 날보다 공부가 잘 되어 태윤은 밤새 책을 보다가 새벽녘 잠이 들었다. 그러고는 해가 중천에 뜨고서야 간신히 자리에서 일어났는데 태윤의 잠을 깨운 것은 눈이었다. 얇은 책 한 권 두께 정도로 열어 놓은 창문 사이로 솜털 같은 눈송이가 나풀 들어와 태윤의 뺨에 내려앉은 것이다. 그 차가운 촉감에 태윤은 눈을 떠 창밖을 바라보았다. 올

해 첫눈이 내리고 있었다. 숙소 창밖으로 여름철 찬란한 녹음과 타오를 듯 붉은 가을단풍을 본 것이 엊그제 같은데 벌써 겨울이 온 것이다. 계절의 오고감이 이토록 선명하다는 것이 태윤은 새삼 신기했다. 태윤은 방문을 열고 밖으로 나갔다. 엄지손톱만 한 눈이 집사청 마당에 포슬포슬 쌓이고 있었다.

태윤은 눈을 감고 눈을 맞았다. 눈이 오는 소리가 귀에 감겨들었다. 사그락사그락. 작고 부드러운 소리였다. 태윤은 귀를 하늘에 갖다 댈 것처럼 고개를 젖히고 그 소리를 들었다. 고요하고도 아름다웠다. 하늘 어드메서 이토록 고운 것이 내리는 것인고. 이 눈이 내리는 하늘의 어느 틈새가 혹시 천국으로 가는 문이 아닐까. 태윤은 온 몸으로 첫눈을 맞이하며 오래 서 있었다.

태윤은 작업실로 들어가 썰매 두 대를 끌고 나왔다. 거중기와 유형거를 수리하고 남은 목재로 만든 것인데 보통의 썰매와는 다른 점이 있다. 보통 짐 운반용으로 쓰는 썰매는 끄는 데 힘이 많이 들어서 활용도가 낮았다. 태윤은 거기에 바퀴를 달았다. 유형거처럼 큰 바퀴가 아니라 도르륵 잘 굴러가는 작은 바퀴를 썰매의 지지대 양쪽에 두 개씩 달았더니 전혀 힘 들이지 않고 썰매를 끌 수 있게 되었다. 하지만 오늘은 이 썰매를 짐 운반이 아니라 다른 용도로 쓸 생각이다. 태윤은 썰매 가로대에 묶은 동아줄이 튼튼한지 몇 번이고 당겨보았다. 줄은 잘 묶여 있고 가로대도 양쪽 판자에 단단하게 고정되어 있었다. 태윤은 썰매 위에 한쪽 발을 얹고 다른 발로 밀면서 화청관* 동헌으로 갔다. 가서 정빈과

---

* 이아(貳衙)의 다른 이름

파체破涕

유겸을 불러내야지. 이렇게 첫눈이 함박 내리고 있는데 젊은 사람들이 대체 뭘 하고 있는 거야. 오늘 같이 쉬는 날이면 날 찾아와서 함께 시간을 보내도 좋으련만 주야장천 방구석에만 틀어 박혀서는…. 이런 곰 같은 사람들!

방문을 벌컥 열고 들어가자 아니나 다를까 정빈은 병서를 읽고 있었고 유겸은 그 옆에서 무언가를 만들고 있었다. 상전과 종이 한 방에서 각자 자기 할 일을 하고 있다는 게 기이하기도 하련마는 이상하게도 이두 사람은 전혀 어색하지가 않았다. 그 나름의 평온한 광경이었다.

"들어올 때는 인기척이라도 해라. 깜짝 놀랐다."

놀랐다고 하는데 전혀 그런 얼굴이 아니었다. 바깥에서 우당탕 퉁탕거리는 소리가 났을 때 이미 네가 온 줄 알고 있었다는 표정이었다.

"오셨습니까?"

유겸이 밝은 목소리로 인사를 했다. 일에 열중하고 있었던지 뺨이 붉었다.

"유겸선생. 눈이 오는 소리도 못 듣고 일했나 보이. 지금 눈이 오고 있단 말일세."

"아, 정말입니까. 저는 그것도 모르고… 하하하."

유겸이 웃으며 손에 든 것을 보여주었다. 묵주였는데 태윤이 준 도구를 가지고 만들었다고 했다. 태윤이 일전에 씨앗이나 나무 구슬같이 단단한 것에 구멍을 낼 때 쓰라고 바늘 모양의 송곳이며 조각칼 따위를 만들어주었는데 유겸은 그걸 가지고 갖가지 장식품이며 자잘한 물건들을 만들어 냈다. 솜씨가 나날이 늘어서 최근 작품이라 할 수 있는 십자가와 물고기를 새긴 도장은 제법 그럴듯했다. 그런 것을 볼 때마다 태윤은 더없이 기쁘고 뿌듯한 마음이 들었다.

"요번 묵주는 다 만들면 나 줌세. 나도 하나 갖고 싶네."

유겸이 물론이지요, 하는데 정빈이 차갑게 말했다.

"조심해. 그런 것 갖고 있다가 무슨 봉변을 당하려고…"

일전에 부유한 상인 하나가 집안에 묵주며 십자고상 같은 것을 감춰두었다가 관원에게 발각되어 끌려간 적이 있었다. 돈이 있으니 그 상인은 돈을 쓰고 풀려났는데 돈도 힘도 없는 백성들은 죽도록 매를 맞고 겨우 풀려나 그나마도 집에 가서 죽고 말았다. 정빈의 따끔한 경계에 유겸이 묵주를 제 옷소매에 깊숙이 감추었다.

어릴 적 괴한이 침입해 풍비박산 난 집안을 빠져 나올 때 어머니는 유겸의 손에 묵주를 감아 주었다. 어머니의 마지막 말이 귓전에 맴돌았다.

이것은 매우 소중한 것이니 잘 간직해야 한다, 그리고 이것을 지니면 죽더라도 죽지 않는다고 하는구나, 아가, 넌 꼭 살아남아서 신부님이 되어야 한다.

유겸은 그 말을 한시도 잊은 적이 없었다. 태윤은 정빈의 말에 움츠러드는 유겸을 보았다. 조금 기가 죽은 듯도 했다.

"자, 이러지 말고 나가세. 눈이 오면 재밌는 놀이거리가 많다네."

태윤이 가라앉은 분위기를 띄우며 두 사람을 밖으로 끌어냈다. 썰매 두 대가 눈을 맞으며 세 사람을 기다리고 있었다.

"저건 썰매 아닌가. 오늘 같은 날에도 짐을 실어 나를 일이 있는가."

"일이라니! 이런 날에! 온종일 놀 걸세. 모처럼 쉬라고 있는 날 아닌가. 어서 들어가서 눈놀이 할 수 있도록 옷차림을 하고 나오게. 나처럼!"

태윤이 팔을 펄럭거리며 제 옷차림을 선보였다. 귀마개와 털모자에 무릎까지 내려오는 갖옷을 입어 눈밭에 굴러도 얼어 죽지 않을 것 같았다.

"이 갖옷 어떤가. 안에 담비털을 댄 것일세. 가볍고 따뜻하지. 내 이번에 받은 녹봉 다 질러서 한 벌 갖췄네."

정빈이 피식 웃었다. 제법 잘 어울리긴 했는데 그 허세 떠는 모양이 조금 우습기도 해서였다. 정빈이 웃자 태윤은 신이 났다.

"이 털모자도 모양이 잘 빠지지 않는가. 이번에 주상께서 성역 일꾼들에게 하사하신 것인데 내 몫도 있어서 나도 하나 가졌네."

태윤이 모자를 벗어 으쓱거리며 자랑했다. 털모자는 당상관 이상에게나 지급되는 귀한 방한 용품이었는데 임금은 이것을 공사장 역부들 전원에게 하사했다. 조정 중신들의 반발이 만만찮았지만 임금은 그렇게 해서라도 찬바람 맞으며 언 땅 위에 성을 쌓는 백성들의 가난한 몸과 마음을 위로하고자 했다.

유겸이 방에 들어가서 옷을 갈아입고 나왔다. 이마와 귀, 목까지 덮는 검정색 비단 휘항揮項*을 쓰고 솜으로 도톰하게 누빈 창의와 답호를 입었는데 팔에는 가죽 위에 비단을 덧댄 토시까지 하고 있었다. 정빈이 한양 운종가에서 비단을 떠서 유겸의 몸에 맞춤해 주었다고 했다. 누가 이 아이를 노비라 할까. 따뜻해 보이고 반짝반짝 빛나 보였다.

"나는 겨울옷이 많으니 여기 와서 추위에 고생할 이 아이를 위해 한 벌 마련해 주었네."

정빈이 묻지도 않은 말을 했다. 어허! 이 사람아, 누가 물었나. 나도 유겸이 좋아 보이는 게 좋다네. 태윤은 속이 따뜻해지는 느낌이 들어

---

* 조선시대 남자용 방한 모자의 한 종류. 목덜미와 뺨까지 감쌀 수 있게 만들어졌다.

막 웃고 싶어졌지만 참았다.

정빈이 어린 아이도 아니고 썰매타기가 뭐냐며 자기는 빠지겠다고 해서 그러라고 했다. 하긴 차갑고 도도하기 이를 데 없는 차정빈 판관께서 썰매타기를 하는 모습을 병사나 부민들이 본다면 두고두고 말들을 할 것이었다.

정빈은 곧 있을 왕의 화성행차로 몹시 분주했다. 왕의 대규모 행차에 따른 화성 현지 호위 문제와 새로 선보일 장용영 무관들의 진법도 연구해야 했다. 태윤도 할 일이 태산 같기는 마찬가지였다. 화성 성역 공사뿐만 아니라 크고 작은 행궁보수를 차질 없이 기한 내에 마쳐야 했고 임금의 이동경로마다 신경 써야 할 일이 한두 가지가 아니었다. 그래도 태윤은 오늘만큼은 즐겁게 보내고 싶었다. 하늘에서 내리는 축복 같은 이 겨울의 한 때를 놓치고 싶지 않은 것이다.

태윤과 유겸은 썰매를 타고 신나게 달렸다. 팔달문에서 시작해서 서쪽 성벽 길을 따라 정빈이 있는 서장대까지 가기로 했는데, 화양루와 연결된 용도甬道*를 달릴 때는 나직한 담장 사이로 쭉쭉 뻗은 길이 너무 좋아 왔다 갔다 하며 두 번씩이나 썰매를 탔다. 동치와 서치를 지키고 있던 병사들이 태윤과 유겸이 눈썰매 타는 것을 보고 덩달아 신나 했다.

"도청 나리, 그러다 넘어지셔도 저흰 몰라요."

"허, 거 좀 모른 척들 해주게. 차판관이 알면 경을 칠 터이니."

태윤과 유겸의 명랑한 웃음소리가 겨울 하늘 위로 둥실 솟아올랐다. 좋은 날이었다.

---

* 양편에 담이 설치된 길. 전시에 비상통로로 활용된다.

파체破滯

그 시간 정빈은 서장대 구석구석을 점검하고 있었다. 임금이 이곳에서 야조夜操*를 할 계획이어서 혹시라도 폭발물이나 위험물질이 설치되어 있지나 않은지 보려는 것이다. 서장대와 서노대 두 시설물뿐만 아니라 서장대 진입로에 인접한 숲길도 살폈다. 정빈은 이 일을 매일 했다. 마당 흙색깔이 조금이라도 이상하거나 파인 흔적이라도 있으면 부하들을 시켜 파헤치게 했다. 아직 임금의 원행까지는 시일이 남아 있었지만 이렇게 유난스럽게 하는 이유는 반대파에 대한 경고 차원에서였다. 주상의 신변에 위해를 가할 수 있는 그 어떤 시도도 하지 말라는 것이다. 전에도 한 번 주상이 친림한 행사에 폭발물이 터진 적이 있었다. 태윤의 지략으로 사전에 사고를 막았지만 두고두고 정빈의 가슴을 쓸어내리게 한 사건이었다. 오늘은 눈이 와서 마당이나 숲길을 파헤치는 것은 하지 않았다. 부관 없이 혼자 올라 와 장대와 노대를 점검하고 나무등치까지도 샅샅이 살펴보았다. 그러느라 시간이 꽤 흘렀는데도 유겸과 태윤은 아직 오지 않았다. 해 지기 전까지는 오기로 했으니 곧 올 때가 되긴 하였지만 나 빼고 둘이만 재미있게 노는가 싶어 조금 서운한 기분이 들었다. 하지만 그런 서운함보다 고마운 마음이 더 컸다. 유겸이 전에 없이 자주 웃고 밝아진 것이다. 태윤 덕분이었다. 유겸이 화성에 온 후 태윤은 전보다 더 자주 이아貳衙에 찾아와 유겸의 말벗을 해주었는데 두 사람이 나누는 이야기라야 그들이 믿는 천주에 관한 것이라는 것을 정빈도 모르지 않았다. 이 사실이 밖으로 흘러나가면 큰일 날 일이었으나 정빈은 그다지 나무라지 않았다. 그 비밀스러운 믿음을 감추느라 겪고 있을 마음의 고통을 정빈도 알기 때문이었다. 하지만 태윤이 천주교인이

* 야간 군사훈련

라는 것은 주상과 정빈만 아는 비밀인데 유겸은 어찌 알게 되었을까. 교인들끼리는 서로를 알아보는 표식이라도 있는 것인지. 서로 알게 된 경위야 어찌 되었건 정빈은 두 사람이 다치지 않기를 바랐다. 서학교인들에 대한 탄압이 나날이 심해지고 있었다. 정빈은 길게 한숨을 내쉬었다. 차가운 공기 속으로 뜨거운 숨이 지나갔다.

눈 때문에 세상의 모든 소리는 몽글몽글하니 둥글었는데 지금 들려오는 두 개의 목소리도 그러했다. 해 저문 숲길에 도란도란한 정담이 발자국 소리와 함께 올라왔다.

"많이 기다렸나. 빨리 오려고 했는데 차판관 일하는 데 방해될까 봐 부러 한 바퀴 휘 돌아왔네, 그려~"

태윤이 너스레를 떨었고 유겸이 그 옆에서 웃었다. 하얀 사람이 뺨만 발그레 해서 정빈은 그게 우습고 또 귀하게 느껴졌다.

"눈 구경은 실컷 하였느냐. 별당 보다 좋으냐"

정빈이 정답게 물었다. 정빈은 도망 다니던 유겸이 저렇게 자라서 제 곁에 머물고 있다는 게 새삼 갸륵하고 기특했다.

"예. 세상이 참으로 넓고 평온하고 아름답다는 것을 느꼈습니다. 별당도 좋고 이곳 화성도 좋습니다."

나무며 벽돌 같은 공사 자재가 수북이 쌓인 성역 공사현장을 둘러보고 왔을 따름인데도 유겸은 세상이 넓고 아름답다 하였다. 또한 늘 그러하듯이 유겸의 말은 비교가 없었다. 별당은 별당대로 아름답고 화성은 화성대로 아름답다고 말하는 그 눈빛에는 거짓이 조금도 없었다.

"겸아, 여기 올라와 보거라. 주상전하의 궁과, 사람 사는 집들과, 저 멀리 세상까지 다 보인다."

정빈이 태윤과 유겸을 장대로 불러올렸다. 유겸이 머뭇하더니 태윤과 함께 장대로 올라갔다. 화성장대라고 임금이 친히 쓴 편액이 눈 속에서도 힘차 보였다.

장대에서 내려다 본 세상은 온통 흰 색이었다. 하늘도 희고 땅도 희었다. 행궁은 지붕마다 눈을 뒤집어 써 백색의 세상 속에 잠겨 있었고 민가들도 옹기종기 서로 정다웠다. 어머니 같은 행궁과 어린 자식 같은 민가가 흰 솜이불을 덮고 서로 보듬은 채 졸고 있었다. 평화롭고 고요했다.

유겸이 한참을 보고 있다가 장대 마당으로 다시 내려갔다. 마치 행궁과 민가의 지붕을 쓰다듬을 듯이 손을 뻗어 보다가는 하늘을 향해 무언가를 읊조리면서 양팔을 넓게 펼쳤다. 눈을 감은 채 하늘을 향한 유겸의 얼굴에서는 은은한 빛이 흘렀다. 저것은 아마도 그 나름의 신령한 의식이 아닐까. 태윤은 그 모습을 가만히 지켜보다가 자리에서 벌떡 일어났다.

하늘을 향해 두 팔을 벌린 유겸의 하얀 모습은 그대로 십자가의 형상이었는데 그 모습은 다시 하얀 하늘, 하얀 땅과 결합하여 임금 왕王자를 만들어내고 있었다. 아, 그렇구나. 임금이란 땅을 딛고서 하늘을 향해 십자가를 지고 가는 자로구나. 순식간에 온몸에 뜨거운 기운이 흐르는 것 같았다. 한낱 정원지기 노비에게서 임금의 모습을 본 것이다. 태윤은 저도 모르게 성호를 그었다.

푸른 나무들의 밤

　　장용영은 정기적으로 왕과 신료들이 보는 앞에서 무예와 전투력을 선보여야 했다. 장용영 훈련참관은 왕의 중요한 일정 중 하나였다. 오늘은 특별한 군사훈련이 있는 날이다. 드디어 화성에서 임금이 친림한 가운데 야간 훈련이 시작된 것이다. 사방을 둘러싼 횃불로 밤은 낮같이 밝았고 오천의 군사들이 도열한 가운데 황금 갑옷을 입은 임금이 등장했다. 장대將臺 위에서 임금은 마치 밤에 뜬 해 같았다.

　　훈련의 시작을 알리는 북과 나팔소리가 울리고 군사들이 내지르는 함성이 성읍을 뒤흔들었다. 성 안 백성들도 집집마다 등을 내걸어 훈련에 호응하였다.

　　야조夜操는 정해진 의례와 규범에 따라 일사불란하게 실시되었는데 그중에는 가상의 적과 실전을 방불케 하는 모의 전투도 있었다. 가상의 왜군과 맞서 장용영 부대는 원앙진鴛鴦陣을 구사했다. 금슬 좋은 원앙처럼 부대장을 비롯한 부대원의 일치단결이 필요한 진법인데, 싸움에 져서 부대원 중 누구 하나라도 전사하게 되면 나머지 부대원들도 다 같이 죽어야 했다. 죽어도 같이 죽고 살아도 같이 살아야 하는 것이 이 진법의 핵심이라서 부대원들은 부대장을 중심으로 전투 내내 죽기 살기로 힘을 합쳐 싸웠다.

　　비록 훈련으로 하는 전투였지만 맞서 싸우는 가상 왜군도 만만치 않아서 치열한 공방이 오갔다. 보는 사람도 손에 땀을 쥐었고 몸이 움찔움찔하고 발이 들썩들썩했다. 정빈도 임금 뒤에서 전투 광경을 지켜보면서 공격과 방어의 매 순간을 분석했다. 치고 들어갈 때와 밀릴 때 진陣의 형태와 대형隊形 안에서 무사들의 특징과 장단점을 면밀히 관찰했다. 원앙진은 명나라에서 들여온 것이라 우리 실정에 맞게 계속 수정, 보완해야 하고 무사들도 개별적으로 훈련을 더 보강해야 하기 때문이었다.

전투는 물론 장용영 부대의 승리로 끝났다. 임금은 크게 흡족해 했고 정빈은 그저 안도했다. 임금이 훈련에 임한 병사들에게 하사품을 내려 노고를 치하했다. 그러나 이것으로 훈련의 끝이 아니었다. 마지막 순서가 남아 있었다.

"오늘은 보다 특별한 것을 보고 싶다."

정빈의 무예 시범을 보고 싶다는 뜻이다. 임금의 명이 떨어지자마자 정빈이 장대 아래로 내려왔다.

검무의 1인자.

정빈의 손에는 검이 들려 있었고 이윽고 그 검은 춤의 도구가 되었다. 무武는 곧 무舞. 정빈에게 있어 춤사위는 곧 무술의 동작과 다르지 않았다. 화려함과 부드러움 속에 날카로운 한 수를 가장한 검무를 추는 정빈의 모습은 강하고도 아름다웠다. 정빈의 검을 사람들은 화검花劍이라고 했다. 아직 초임 무관이었던 시절 춘당대에서 정빈이 검무를 선보일 때 도화서 화원에게 그 장면을 그려보라 했더니 화폭 가득 흩날리는 꽃잎만 가득하여 붙여진 이름이었다. 그때 그 화원은 정빈의 검무가 바람에 꽃들이 휘몰아치는 느낌이었다고 감상을 말했었다.

정빈은 또한 걸어 다니는 무예도보통지*로 불렸다. 창, 칼, 검, 권법, 마상재 등 무예24기의 살아있는 교본인 것이다. 정빈의 두 번째 시범은 무예24기가 실전에 어떻게 적용되는가를 보여주기 위해 각 초哨에서 가장 강한 무사들을 한 명씩 뽑아 그들을 상대로 정빈 혼자서 대련하는 것으로 구성되었다. 각각의 무사들은 창이든 칼이든 그 분야 최고의 기량을 가진 자들이었고 정빈은 그들을 상대함에 있어 그 어떤 무기도 없이 오직 손과 발만을 사용해야 했다. 무기도 없고 수적으로도 열세인 절대적으로 불리한 상황에서도 임금을 지켜야만 하는 정빈의 능력을 시험하는 것이다. 정빈은 언제 어느 곳에 있든지 왕의 호위무관이었으므로 어떤 상황에서도 이겨야만 했다.

대련 현장은 뜨거웠다. 가히 최고의 무술이 오가는 대련이었다. 정빈이 아무리 상급자라고는 하나 열 명의 무사들도 나름 장용영 최강의 고수로 뽑힌 자들로서 자존심이 있었다. 질 수 없었다. 열이 하나를 못 당한다는 것은 수치스러운 일이었다. 그들은 있는 힘을 다해 정빈을 공격하고 방어했다. 정빈도 마찬가지였다.

정빈은 완력이 세진 않았다. 그러나 그의 무예는 몹시 정교해서 상대의 급소를 한 치도 비켜나지 않고 정확하게 가격했고 겹겹이 둘러싼 적의 공격범위 안에서도 순식간에 몸을 솟구쳐 상대진영을 교란시켰다. 골격이 큰 장정들 사이를 헤집고 다니는 정빈의 호리호리한 몸은 유난히 날렵했고 이동 방향을 가늠하지 못할 정도로 빨랐다. 거기에다 상대의 기를 더욱 질리게 하는 것은 그의 무표정함이었다. 공격을 할 때도 방어를 할 때도 일체의 표정변화가 없을 뿐만 아니라 승부에 대한 그

---

* 무예도보통지(武藝圖譜通志) : 1790년 정조의 명에 따라 편찬된 실전 무술 훈련서. 이덕무, 박제가, 백동수 등이 참여하였다.

어떤 의지조차도 보이지 않는 차갑고 표정 없는 얼굴은 상대방으로 하여금 사람이 아니라 귀신과 싸우고 있는 것 같은 공포감을 주었다.

정빈은 검을 쥐고 자신에게 쇄도해오는 무사의 손목을 비틀어 검을 떨어뜨렸다. 창으로 공격해 오는 자에게도 마찬가지였다. 무기를 놓친 자들이 주먹과 발로 공격해올 때 정빈의 날카로운 발끝이 그들의 복부와 심장을 가격해 죽지 않을 정도로 호흡을 끊어 놓았다. 마지막으로 마상馬上 기병만 남았다.

정빈은 달려오는 말을 마주보며 달려 말 위에 올라탔다. 그리고 기수의 목을 움켜쥐고 다른 한 손으로 옆구리를 쳐 말 아래로 밀어냈다. 말에서 떨어진 기수가 반동으로 튀어 올라 공격 자세를 취했다. 떨어진 자도 고수였다. 말에서 떨어질 때 몸이 상하지 않는 낙법을 터득하는 것은 장용영 무사의 기본이었다. 말이 미친 듯이 질주했다. 정빈은 말고삐를 단단히 죄고, 몸을 아래로 늘어뜨려 바닥에 떨어진 창을 주워 던졌다. 창은 정확하게 상대의 급소를 지나 서장대 초입에 서 있는 나무에 명중했다. 실전이었으면 급소를 명중시켰을 것이었다.

일 대 십의 대련은 정빈의 승리로 끝났다. 차 한 잔이 식을 정도의 짧은 시간이었다. 함성과 함께 일제히 박수소리가 터져 나왔다. 열 명을 제압하고서도 정빈의 호흡은 평온했다. 마치 아무 일 없었다는 듯 말에서 내려 정빈은 임금 앞에 나아갔다. 장내에 자리한 모두가 정빈의 소름 끼치도록 정교한 무공과 평정심에 경탄을 쏟아냈다. 차원일도 아들의 무공에 놀랐다. 저 정도였나. 저 아이가 저렇게까지 성장하였구나. 임금도 대소신료들도 그 아비도 모두 인정하지 않을 수 없는 절대무공의 탄생을 알리는 대련이었다. 이때의 정빈을 바라보는 시선에는 왕세자 윤도 있었다. 세자의 입가에 미소가 번졌다. 차정빈, 너는 이렇게 멋진 무사가 되었구나.

왕세자 윤은 어린 날 정빈의 모습을 지금도 기억하고 있다. 부왕이 궁중의 대소신료들에게 연회를 베풀 때 가족들도 함께 초청한 적이 있었다. 그때 제 아버지를 따라 왔던 아이. 그 후로도 가끔씩 궁에 드나들며 윤의 공부나 놀이에 참여한 적이 있었다. 다른 공신들의 자제와는 달리 왕세자 앞에서도 당당하고 또 그런 만큼 다정했던 벗이었다. 몸이 성치 않은 윤은 늠름하고 씩씩한 정빈이 좋았다. 좀 더 궁에 드나들며 벗이 되어주기를 원했지만 어느 순간 정빈은 궁에 오지 않았다. 그 무렵 윤도 요양 차 외가나 별궁에 머물게 되어 오래 만나지 못하다가 싱년이 되고서야 만나게 된 것이다.

야조가 끝난 후 장용영 무관들을 위무하기 위한 연회가 개최되었고 정빈은 임금 앞에 나아가 술잔을 받들었다. 누가 뭐래도 오늘 야조에서 가장 돋보인 인물이었다. 정빈은 아주 가까운 자리에서 왕세자를 보게 되었다. 한눈에 보기에도 예민하고 병약해 보이는 얼굴이었다. 주상이 그토록 사랑해 마지않는다는 왕세자. 태어날 때부터 몸이 불편해 신료들의 반대와 업신여김이 지금까지도 계속되고 있지만 그 영민함은 누구도 따를 수 없다고 했다. 부왕의 강건한 체력은 이어받지 못하였으나 어쩌면 부왕보다 더 뛰어난 정치 감각을 지녔을지도 모른다는 평을 정빈도 들은 적이 있다. 그래서 반대파들이 더 싫어하고 미워하고 있다는 얘기도 있고.

정빈은 내색하지는 않았지만 속으로는 긴장했다. 대련을 할 때보다 더. 아버지는 기회가 있을 때마다 말해주었다. 세자저하야말로 앞으로 네가 평생 모셔야 할 주군이 될 분이니 각별히 언행에 유의하라고.

"차판관. 나를 기억하시겠는가."

세자가 웃음 띤 얼굴로 정빈을 바라보며 물었다.

"소신 아둔하여 어린 날의 저하를 기억하지는 못하오나, 한시도… 잊지는 않고 있었나이다."

"나도 그러하네. 나도 그대를 한시도 잊은 적이 없다네. 차판관은 어린 날에도 용맹하고 지혜로워 내가 그대와 함께 있으면 아무것도 두려운 것이 없었다네. 그 어린 마음에도 말이야. 하하하."

세자가 밝게 웃었다.

"내 아까 행궁 뒷산을 가보았었네. 처음 왔는데도 예전에도 와 본 적이 있는 느낌이었지. 그래서 곰곰이 생각해보니 어릴 적 그대의 집에 가서 본 풍경과 닮았지 뭔가. 혹시 그 밤을 기억하시겠는가."

정빈은 긴장했다. 무엇을 기억하고 있단 말인가.

"하하. 그대는 정말 기억이 나지 않는가 보이. 그대의 집 별당에 나무가 많지 않은가. 아직도 그러한가. 그 밤이 나는 아직도 기억이 나네. 훤칠한 나무들이 숲을 이루던 그 끝없이 깊고 푸르렀던 밤이 잊히질 않아."

정빈의 등줄기로 식은땀이 흘렀다. 응답해 줄 마땅한 말이 생각나질 않았다.

"내가 그때 그대에게 물었지. 나도 저 나무처럼 쑥쑥 자랄 수 있겠는가."

등이 구부러진 세자가 그런 말을 물었단 말인가. 그렇다면 어린 정빈은 무슨 말을 했을 것인가.

"그렇게 물으면 사람들은 내게 이렇게 말하고는 했지. 저하께오선 이 나라의 주인이 될 것이니 그 무엇도 불가능한 것이 없사옵니다. 장성하시게 되면 옥체도 반듯하게 펴지고 키도 커지게 될 것이옵니다…"

정빈도 저렇게 얘기했을 것인가?

"그런데 말이야. 그대는 달랐어. 내게 이렇게 말하더군. 저하, 구부러진 나무가 산을 지키는 법이옵니다. 저하의 몸이 아니라 저하의 마음이 나라를 다스리시는 것이옵니다. 그때에도 제가 이렇게 업드리겠습니다. 늘 저하 곁에서 평생 함께…."

연회석에 있던 사람들 모두 놀란 표정으로 세자의 이야기를 들었다. 어린 아이들의 대화라기엔 너무나도 진지하고 심각한 것이었다. 임금의 입가에 미소가 걸리었다. 차원일의 얼굴에는 안도의 기색이 어렸다. 정빈은 긴장된 속이 풀어져 저도 모르게 술을 들이켰다. 정빈은 기억하지 못하는 어린 날의 맹세, 그 푸른 나무들의 밤을 떠올려 보려고 애썼다.

연회에는 일재도 있었다. 세자가 정빈과 나눈 어린 시절의 추억을 이야기할 때 일재는 술잔을 꼭 쥔 정빈의 손을 보고 있었다. 긴장한 손가락이 가늘게 떨고 있었다. 어쩌면 저 술잔 속에 그 밤의 연못이 출렁이고 있을까.

정빈.

너를 밟을 것인가. 네가 더 자라기 전에, 그렇게 쭉쭉 뻗어서 너의 그 무성한 가지와 잎이 나를 덮어버리기 전에…. 밟으면 밟힐 것인가. 아니, 내 어찌 너를 밟을 수 있을 것인가. 내 마음에서 너를 도저히 지울 수 없을 것 같다. 그러니 네가 아니라 세자가 사라지는 것이 낫지 않겠는가. 이토록 완벽한 너에게 세자는 어울리지 않으니…

달이 밝았다. 주인을 맞이한 행궁은 밤인데도 흥성스러웠다. 행궁뿐만 아니라 수원 전체가 들썩이는 잔치의 날들이 이어지고 있었다. 새벽에는 신풍루 앞에서 사람들에게 쌀을 나눠 주었고 아침 무렵에는 노인들을 불러 연회를 베풀었는데 태윤이 이 일을 맡아서 하였다. 늙은 홀아비와 홀어미, 고아 같은 의지 할 데 없는 백성들이 몰려들었다고 했다. 유겸도 가서 태윤의 일을 거들고 싶었지만 정빈이 못하게 했다. 네 얼굴을 알아보는 자가 있으면 어쩌려고 그러느냐. 지금 화성에는 이 지역 사람뿐만 아니라 타지에서 온 사람도 많다. 각별히 조심토록 하여라.

잔치에 낄 수 없는 유겸은 아무도 없는 동헌 뒷마당을 홀로 서성거렸다. 혼자 있는 것은 익숙한 일이었지만 성안에서 벌어지는 일들이 궁금하지 않은 것은 아니었다. 사람 구경도 하고 싶었고 불꽃놀이도 보고 싶었다. 임금님은 어떤 분인지도 궁금하였다. 하지만 그 모든 것을 상상 속에 그려볼 뿐이었다.

유겸은 저고리 안섶에서 작은 그림 하나를 꺼내 달빛에 비춰보았다. 태윤이 준 것인데 아기를 안은 여인이 자애로운 미소를 짓고 있는 그림이었다. 연전에 연경 천주당에 갔을 때 얻은 것이라 했다.

이 분은 누구신가요?
내 어머니시라네.
예? 서양 여인 아니옵니까?
그대의 어머니시기도 하다네.

아! 유겸은 더 말하지 않아도 알아들었다. 얼른 그림을 가슴 깊숙이 감추었다. 그리고 지금처럼 아무도 없을 때만 몰래 꺼내 보았다. 외롭고 슬플 때, 막막하고 아득할 때, 걱정과 불안이 몰려올 때, 그럴 때마다 그림 속 여인은 괜찮다, 걱정하지 마라, 하고 말을 건네 왔다.

오늘은 달이 밝아서 한참을 처소 마당에서 그림을 들여다보며 저녁 시간을 보내었다. 인기척이 나는지도 몰랐는데 성큼 다가서는 그림자가 있어 뒤돌아보니 도승지 차원일이었다. 유겸은 얼른 옷매무새를 가다듬고 예를 갖추어 인사를 올렸다.

"혼자 있느냐."

한양 무원당에 있을 때도 거의 보지 못하는 집안 어른을 여기서 마주치니 전혀 모르는 사람을 본 것 같았다.

"예? 예. 도련님께서는 아직…"

"알고 있다. 그 아이는 지금 주상전하와 함께 있다. 좀 있어야 오지 않겠느냐."

차원일의 음성은 부드러웠으나 유겸은 고개를 들지 못했다. 어렵고 먼 사람이었다.

차원일은 유겸을 유심히 바라보았다. 어스름 달빛 아래 드러난 아이의 얼굴 윤곽이 너무나 아름다웠다. 선한 이목구비가 여인처럼 부드러우면서도 긴 팔다리를 비롯한 전체적인 외양은 잘 자란 청년의 모습이었다. 누구든 이 아이를 본다면 반하고 말리라.

"네가 없으니 별당에 잡풀만 무성하다. 여기서 겨울을 나거든 별당으로 돌아가거라. 곧 정빈이 혼사를 치르면 새 사람을 들일 것이니 예전처럼 별당을 잘 가꾸어야 한다."

유겸은 놀라 고개를 쳐들었다. 혼사? 잘못 들은 것이 아닐까 하였지만 분명 정빈의 혼사라고 했다.

"새봄이 오면 정빈의 혼사가 있을 것이니 너도 네 주인의 심기를 잘 살펴 불편함이 없도록 해야 할 것이다."

그때였다. 정빈이 들어왔다.

"어인 일로 이곳까지 나와 계시는지요."

"오, 주상전하께서 일찍 침전에 드셨나보구나. 예까지 왔으니 네 처소를 보고 가야하지 않겠느냐. 네 어머니가 늘 염려한다. 오늘 밤은 달이 유난히 밝구나."

"밤공기가 찹니다. 이제 침소에 드시기 바랍니다."

차원일은 모처럼 정빈과 함께 달을 보면서 얘기를 나누고 싶었는데 다정하지 않은 아들의 말은 늘 그렇듯 짧고 무심했다. 정빈의 시선은 오랜만에 보는 아버지보다 하루 종일 혼자서 자기를 기다리고 있었을 유겸에게로 향했다.

"어디 아픈 것이냐. 안색이 좋지 않다."

정빈이 걱정스레 물었으나 유겸은 아닙니다, 하고 물러났다.

차원일은 돌아서 가는 유겸의 모습을 한참 쳐다보았다. 사내아이의 미색이 저리 넘쳐서 어찌할 것인가. 사내건 계집이건 인물이 과하면 박복하다 하였는데…. 차원일은 정빈이 유겸을 몹시 아낀다는 것을 알고 있었다. 한낱 정원지기 노비가 아니라 제가 가진 것 중에 가장 소중한 것으로 여기고 있다는 것도 알았다. 이 아이의 무엇이 정빈을 사로잡고 있는 것일까.

"저 아이에게도 말해 두었다. 새봄에 네 혼사를 치를 것이라고. 이제 저 아이도 알아야 하지 않겠느냐."

정빈은 유겸이 제 방으로 들어가는 것까지 보고 나서 입을 열었다.

"아버지가 생각하시는 것처럼 되지는 않을 것입니다."

차원일은 그저 웃었고 정빈의 어깨를 가볍게 두드려 주고는 자리를 떴다. 아버지의 잔기침소리가 밤공기 속에 사라지는 것을 들으며 정빈은 쌀쌀한 밤공기 속에 서 있었다.

두툼한 솜이불 아래서 유겸은 갑자기 세상을 다 잃은 것 같은 기분이 들었다. 얼결에 들은 정빈의 혼사 소식은 기묘한 절망이었다. 왜 단 한 번도 정빈의 혼사에 대해 생각해 본 적이 없었을까. 그렇다고 저렇게 마냥 평생을 혼자인 채 살 거라고 생각한 것도 아니었지만 당장 새봄이면 정빈의 혼사를 치를 것이라는 얘기를 들었을 때는 커다란 바 위덩이가 가슴에 내려앉는 것 같았다.

"겸이 자느냐."

대답이 없어 발길을 돌리려 했을 때 유겸이 문을 열고 나왔다.

"바람이 찬데 지금껏 여기 계셨습니까."

"두어 식경 후에는 행궁으로 가봐야 하니 어차피 잠을 자기에는 모 자란 시간이다. 잠시 너를 보고 가려고 왔으니…"

유겸이 말없이 방으로 들어가더니 이불을 들고 나와 대청마루에 앉 아 있는 정빈에게 덮어주었다. 그러고는 저도 그 옆에 걸터앉았다. 정빈 은 다시 이불을 유겸에게 덮어주었다. 유겸은 그냥 정빈이 하는 대로 두 었다. 별당에 온 지 얼마 안 되었을 때 잠자리가 없어 정방 구석에서 눈 을 붙이고 있는데 정빈이 제가 덮던 비단 이불을 들고 와 덮어주고 간 적이 있었다. 그때 이불에 남아 있던 따뜻한 기운을 유겸은 잊지 못한 다. 어쩌면 지금 정빈도 그때를 생각하고 있는 건 아닐까. 아니, 아예 기 억에 없을지도 모른다. 유겸은 속으로 깊이 숨을 들여 마셨다가 얕게 내쉬었다.

두 사람은 한참을 말없이 달만 보며 앉아 있었다. 그러다 문득 정빈 이 물었다.

"세상 속으로 나가보고 싶지 않으냐."

유겸은 바로 대답하지 아니하고 잠시 생각하였다.

"김태윤 나리가 얘기해주었는데…"

유겸은 또 잠시 생각하였다.

"저기 먼 나라에는 봉쇄수도원이라는 데가 있어서 한 번 들어가면 절대 세상에 나오지 않고 오직 기도하고 일하면서 천주님만을 생각하며 산다고 합니다."

유겸은 별당이나 이곳 화성을 그 수도원처럼 여기고 있는 것 같았다. 정빈은 유겸의 삶을 온통 사로잡고 있는 그 천주라는 존재가 기이하게 느껴졌다. 본 적도 없고 볼 수도 없으며 닿지도 않는 그 존재를 이토록 그리워한다는 것이, 그리고 그를 위해 지금 이 순간과 앞으로 다가올 모든 고독을 기꺼이 받아들이려 한다는 것이 이해가 되지 않았다.

"전에 보았던 바다를 기억하느냐."

"예."

"다시 그 바다에 가게 될 때에는… 너도 그리고 나도 세상 밖으로 나가는 것이다."

정빈이 알 수 없는 말을 남기고 자리에서 일어났다. 궁 안의 흥성스러움이 잦아들고 있었다.

"내 방에 가서 이불을 더 가져다가 덮어라."

아무리 세월이 흘렀어도 정빈에게는 지금 눈 앞의 유겸과 추운 데서 잠을 자던 어린 유겸이 다르지 않았다. 내가 보호하고 숨겨주어야 할 대상, 마음을 다하여 아끼는 단 하나인 것이다. 그런데 아버지는 저 아이를 두고 어두운 계획을 세우고 있었다. 아버지의 계획을 정빈은 별 대꾸 없이 듣기만 했다. 드디어 올 것이 온 것이다.

혼사. 내게 그것이 가능키나 한 일인가. 하면 누구와 한단 말인가. 아버지는 도대체 무슨 생각으로 나의 혼사를 준비한다는 것인지. 부하 무관들의 혼사는 달마다 있었고 지인들의 혼례 소식 역시 심심치 않게 들을 수 있었지만 정빈에게 있어 혼사란 아득히 먼, 일어나지도 않고 일어날 수도 없을 깃 같은 그 무엇이었다. 그러나 한편으로는 언젠가는 아버지가 이 말을 꺼낼 줄도 알고 있었다. 아버지라면 필시 치밀한 계획이 있을 것이다. 그 계획이 실현되지 않게 하는 것이 정빈의 계획이었다.

개장수

　8일간의 성대한 행차가 끝났다. 한시도 쉴 틈 없이 움직였던 정빈과 태윤도 겨우 한숨을 돌렸다. 하지만 뒷일도 만만치 않았다. 행사 전 과정을 기록으로 남겨야 했고 그간 미뤄 놓았던 성역공사도 다시 시작해야 했다. 행사만 끝나면 좀 한가해질까 하였더니 일은 갈수록 늘었다. 그즈음 정빈의 몸은 눈에 띄게 수척해졌는데 그럴 만도 하였다. 원행을 전후하여 제대로 잠을 잔 적도 없거니와 가뜩이나 입 짧은 사람이 먹는 것도 부실해 나날이 여위어 가고 있었다. 근자에는 말없는 사람이 더 말이 없어졌고 얼굴에는 수심이 가득했다. 태윤이 유겸에게 넌지시 정빈의 근황을 떠보았지만 상전이나 종이나 똑같아서 유겸도 더 야위고 수척해져 있었다.

　태윤은 외정리소에 갔다가 북군영에 들렀다. 장용영 군사들이 오후 훈련을 마치고 삼삼오오 모여 어떤 무리는 망중한을 즐기고 있었고 어떤 무리는 자유 훈련을 하고 있었다. 그들도 이번에 꽤나 고생을 했을 것이지만 부대의 위상이 한껏 높아진 터라 다들 표정이 밝아 보였다. 장용영 군사들은 대개 인상이 부드럽고 외모가 좋았는데 선발할 때 그런 요소를 많이 반영한다고 했다. 장용영에 대한 임금의 의지는 그들이 언제나, 어디서나, '백성의 부대'여야 한다는 것으로 그러자면 험악한 인상을 가져서는 안 되었다. 장용영은 백성과 더불어 농사를 짓고, 백성과 함께 성을 쌓으며, 백성과 다름없이 일상을 살아가는 그런 집단이어야 했다. 그들의 인상이 좋은 또 하나의 이유는 오랜 훈련에서 비롯된 것도 있었다. 임금의 지론은 이러했다.

살아있는 것은 따뜻하고 부드럽다, 차갑게 굳어 있는 것은 죽은 것이다, 얼굴이 경직되면 몸도 경직된다, 경직된 얼굴과 몸으로는 불시에 발생할지 모르는 적의 공격을 막아낼 수 없다, 반면 얼굴이 환하게 펴지면 생각도 환해지고, 몸도 유연하고 부드러워진다, 그러니 얼굴을 펴라.

그래서 장용영 사람들은 미소를 띤 채 훈련에 임했다. 물론 예외는 있었다. 정작 그들의 훈련을 맡고 있는 차정빈. 정빈은 도무지 웃는 법이 없었다. 정빈이 환하게 웃는 모습을 보고 싶은 것이 태윤의 소원 아닌 소원이었다.

"차판관 여기 계시오?"

"어라, 오랜만이십니다. 도청 나리. 지금 안에 계시니 들어가시면 뵐 수 있을 겁니다."

장창을 들고 이리 풀쩍, 저리 텀벙 뛰며 혼자서 훈련을 하고 있던 부대원 하나가 태윤을 반가이 맞이했다. 태윤은 장용영 부대원들과 잘 지냈다. 태윤이 성 안의 군 시설물을 설계할 때 장용영 부대원들의 키와 몸무게, 보폭 등을 고려해야 해서 그들과 자주 접했기 때문이었다. 또 한편으로는 부대원들이 차갑고 엄격한 제 상관에게 하기 힘든 부탁을 가끔 태윤에게 하고는 했는데 태윤이 그런 것들을 곧잘 해결해주었기 때문이기도 했다. 태윤이 군영 안에 들어서자 훈련하고 있던 군사들이 우르르 몰려와서 아는 척을 했다.

"이번에 따로 호궤*는 없답니까? 우리 부대만 한 번 더 크게 해주시지…. 도청께서 판관님께 말씀드려서 자운각에서 찐하게…"

"우리 차판관께서는 요번에 영전하십니까? 본영으로 복귀한다는 얘기도 있더만요~"

"낼 모레 남군영 애들이랑 격구 한 판 할 건데 도청께서는 어디다 거실 겁니까?"

혈기 왕성한 부대원들이 한마디씩 내뱉는 수다가 순식간에 군영 마당을 채웠다. 태운은 자기도 젊지만 젊다는 게 이렇게 좋은 것이로구나, 하였다. 겨울 끝자락의 회색빛 오후를 살아 펄떡이는 기운이 퍼렇게 물들이고 있었다. 그 왁자한 생기를 단번에 가라앉힌 건 물론 차정빈이었다.

"다들 힘이 남아도나 보군. 남군영에 연락을 취해서 훈련 태세 갖춰. 팔달문에서 장안문까지 한 바퀴 돌고 와. 간단해. 가장 먼저 들어오는 자 열 명에게 상을 주고, 가장 늦게 들어오는 자 열 명에게 벌을 내리겠다. 각 초*의 초관들은 한 명이라도 낙오자가 발생하면 고과에서 감점을 하겠다."

말이 떨어지자마자 백여 명의 부대원들이 순식간에 대오를 정리하더니 우르르 몰려 나갔다. 태운이 보니 저 인원들을 통제하는 것도 보통 일이 아니겠다 싶었다. 울뚝불뚝한 무사들을 큰 사고 없이 관리해 내는 정빈이 새삼 대단해 보였다.

"어휴. 내가 무관이 아니길 다행이야. 너 같은 상관 밑에서 일했다간 허구한 날 코피 터졌겠지."

---

* 호궤(犒饋) : 군사에게 술과 음식 같은 것을 베풀어 위로하는 것. 군부대 회식 같은 것

"우리도 나가자. 술 한잔 하자."

어라! 웬일! 대낮에 술을 먹자니! 태윤은 반갑기도 하고 더럭 겁이 나기도 했다. 정빈의 술 실력은 화성에서도 유명했다. 정빈의 주량은 오직 임금만 감당할 수 있다는데 한 번 마시면 취하기 전에는 끝내지 않는 임금과, 아무리 마셔도 절대 취하는 법이 없는 정빈을 두고 술 마시는 호랑이와 용이라고 했다. 둘이 마시면 사람이 아니라 술잔이 깨져야 끝이 난다고.

"어? 술? 아직 해 지려면 좀 남았는데…. 그, 그렇지만 좋아. 차판관이 마시자는데 어찌…"

태윤의 동의 따위는 필요 없다는 듯 정빈은 안에 들어가더니 순식간에 평복으로 갈아입고 나왔다.

"딱 한 잔만 하자고."

성 밖 장터는 활기가 넘쳐흘렀다. 팔도의 장사꾼들이 몰려와 전廛을 펼쳤고 좋은 물건을 사러 수원뿐만 아니라 인근 고을에서도 사람들이 찾아왔다. 어서서 도성의 운종가만큼 번성하길. 번잡한 시장골목을 걸으면서 태윤은 정빈의 마음도 자기와 같기를 바랐다. 한양에서 나고 자라 이곳 수원이 여러모로 불편하고 탐탁지 않겠지만 이만하면 정빈에게도 두 번 째 고향쯤 되지 않을까. 하지만 성이 다 지어지면 다시 한양으로 돌아가겠지. 나도 이참에 한양에 가볼까. 여기서 성역 공사를 한 공로가 인정된다면 조정에 자리를 얻는 것도 어려운 일은 아닐 것이었다. 하지만 막상 떠날 수 있을까 생각해보니 그것도 아니었다. 태윤은 수원이 좋았다. 이곳을 떠나면 살 수 없을 것 같았다. 태윤은 인생의 목표를 주상전하가 수원화성에 내려오시면 그 곁에서 일하며 사는 것으로 정했다. 그때에 정빈과 유겸은 이곳에 없겠지만 지금 함께 보낸 시절을 그들도 소중하게 간직할 것이라 믿고 또 바랐다.

　태윤은 빨리 걸으면서도 시장에 나온 물건들을 눈여겨보았다. 계획적으로 유치한 품목들인 비단, 과일과 생선, 포목, 소금과 쌀, 유기, 문구류, 신발 외에도 갖가지 생필품과 텃밭에서 키운 나물이며 약초 따위, 자잘한 주전부리 같은 것들이 다양하게 나와 있었다. 섬이며 산골 구석구석까지도 돌아다니는 장돌뱅이들이 펼쳐 놓은 물건도 있고 서역과 연경, 왜에서 들여온 수입품도 눈에 띄었다. 부지런히 걸으면서도 물건들을 유심히 살펴보던 태윤의 시선이 길모퉁이에서 멈추었다. 강아지 세 마리가 고물거리고 있는 바구니였다. 이제 갓 눈을 떴을까 싶은 황구 두 마리와 백구 한 마리가 팔리길 기다리며 저들끼리 몸을 부대끼고 있었다. 개와 고양이 따위를 좋아하는 태윤이 그것들을 그냥 지나칠 리 없다.

　“거 누렁이 얼마요?”

　“일 전이요.”

　머리 수건을 뒤집어 쓴 아낙이 기어들어가는 목소리로 말했다.

　“으잉? 그렇게 비싸서야 누가 사겠소? 한 입 거리도 안 되는 걸…”

　태윤이 토실토실한 황구를 집어 올리며 삼키는 시늉을 했다. 그러자 아낙이 홱 일어나며 강아지를 빼앗아 들었다.

　“잡아먹을 거면 안 팔아요.”

　“아니 개를 잡아먹으려고 사지, 모시고 살려고 사나? 어디 보자. 이놈은 내년 복날까지면 얼마나 클꼬?”

　태윤이 아낙의 품에서 도로 황구를 빼앗으며 시비를 걸었다. 개장수와 실랑이라도 하면 정빈이 좀 웃을까 싶어서였다. 하지만 슬쩍 눈치를 보아하니 귀찮아하는 기색이 역력했다. 에이, 그만 해야겠다 싶어 태윤은 강아지를 내려놓았다.

"거 안 되겠소. 한 그릇도 안 나올 거 괜히 키우다가 정들면 잡아먹지도 못하지."

"뭐라구? 이 인정머리 없는 양반님아. 식구처럼 같이 사는 걸 어떻게 잡아먹을 생각을 한단 말이오?"

아낙이 발끈했다. 태윤은 그 목소리가 어쩐지 귀에 익었다. 수건을 뒤집어 써 콧등 아래만 보이는 아낙의 얼굴이 발갛게 달아올라 있었다. 누굴까? 한번 보고 들은 것은 절대 잊지 않는 태윤이었다. 분명 어디선가 들은 적이 있는 목소리였다.

"아니, 식구처럼 같이 사는 걸 장에 내다 파는 건 퍽도 인정스럽고? 거 개장수 말투 한 번 고상하시네."

"개장수라뇨?"

아낙이 앙칼진 목소리와 함께 얼굴을 가린 수건을 홱 하고 걷었다. 동그란 얼굴, 폭 파인 보조개가 개장수라고, 아니 아낙이라 부르기엔 아직 어린, 그래, 그녀였다. 이 년 전 자운각에서 보았던 그 소녀 악사.

"혹시… 홍영…"

눈이 마주치는 순간 개장수도 놀란 기색이 역력했다.

"엇, 아니에요! 저 그때 그 악사가 아니…"

아낙이, 아니 영신도 태윤을 알아본 것이다. 그러고는 황급히 강아지들을 담은 바구니를 들고는 쏜살같이 자리를 떴다. 부끄러운가 보았다. 태윤도 그녀가 떠난 후에야 아차! 싶었다. 이런 데서 아는 척하는 게 그녀에게 난처한 일일 수도 있겠단 생각이 왜 한참 후에야 들었을까. 태윤은 정빈을 쳐다보았다. 정빈은 조금 전의 실랑이에 별 흥미가 없었는지 무심한 얼굴이었다. 그러더니 장터를 지나오면서 이제껏 한마디도 하지 않고 있다가 마침내 입을 열었다.

"가자."

자운각에 당도했을 때는 해가 뉘엿 넘어가고 난 후였다. 한껏 치장한 기녀 둘이 날듯이 다가와 정빈과 태윤을 맞았다. 하지만 여인을 절대 가까이 하지 않는 정빈을 위해 태윤은 기녀들을 돌려보내고 조용한 방과 조촐한 주안상을 청했다. 눈치를 보아하니 정빈은 무언가 할 말이 많아 보였다. 어쩌면 오늘 밤에는 정빈과 속 깊은 이야기를 나눠볼 수도 있지 않겠는가. 태윤은 약간의 기대감으로 가슴이 설레기조차 하였다.

자운각은 언제나처럼 흥성했다. 한양의 자운각이 고급스러운 분위기라면 화성의 자운각은 밝고 쾌활했다. 내실 밖의 그런 분위기를 느끼면서 정빈과 태윤은 술을 마셨다. 딱 한 잔만 하자던 술자리가 길어지고 있었다. 주로 정빈이 마시는 쪽이었지만 태윤도 전에 없이 몇 잔째 비우고 있는 중이었다. 실타래에서 실 풀어내듯 태윤은 끝도 없이 이야기를 풀어냈다. 이런 수다스러운 사내를 봤나!

"그래서 말이야. 주상전하께서 처음에는 날 야단치시더니만 나중에는 칭찬을 하셨단 말이지! 아우, 난 야단맞을 때 하마터면 주상전하께 대들 뻔했지 뭐야. 그 돈 갖고 어떻게 이런 신통방통한 누각을 만듭니까. 전하께서 어디 한번 직접 해 보십쇼! 이럴 뻔했는데!"

술이 서너 잔 들어가 목소리가 한껏 들뜬 태윤이 지난 원행 때 있었던 일을 신이 나서 떠들어댔다. 얘긴즉슨, 방화수류정 공사비가 다른 시설물보다 몇 배나 많이 들었다고 주상께 호되게 문책을 당하였는데 나중에는 잘 지었다고, 아주 마음에 든다고 따로 불러 칭찬을 하셨다는 얘기였다.

오늘따라 태윤은 제 자랑이 늘어지고 공연한 허세까지 부렸는데 정빈은 그런 태윤이 한심해 보이거나 밉지 않았다. 오히려 재미있고 술맛까지 돋는 것이 밤새 들어도 나쁘지 않을 것 같았다. 태윤의 이야기는 과장은 있을지언정 가식이 없었고 번드르르한 위선 대신 소박한 위안이 있었다. 어려서부터 엄격한 집안 분위기 속에서 임금과 왕실만 바라보며 자란 자신과는 달리 태윤은 임금을 대할 때에도 거침없이 솔직하고 또 담대했다. 지난번 서학을 놓고 임금과 토론하던 그 밤에는 향촌의 젊은이가 아니라 이미 당대의 대학자처럼 보였다. 그의 넓고도 깊은 '앎의 세계'에 임금 역시 매료당하지 않았던가.

태윤은 알면 알수록 신기한 친구였다. 저 머릿속에는 대체 뭐가 들었는지 기상천외한 발상이 무시로 튀어나와 사람을 놀라게 하고 감탄케 했다. 이번 원행에서도 태윤의 활약은 두드러졌다. 서른여섯 척의 배를 이어 붙여 만든 배다리는 그의 기발함의 결정판이었는데 튼튼할 뿐만 아니라 아름답기도 해서 행사가 끝난 후에도 철거하기 아까울 정도였다고 한다. 배다리는 강을 건널 때 전에도 종종 사용되는 기법이긴 했지만 태윤이 설계한 배다리는 독특했다. 그저 단순히 배를 이어 붙이기만 한 것이 아니라 중간 부분에는 큰 배를 놓고 가장자리로 갈수록 작은 배를 놓아 전체적으로 볼 때 완만하게 활처럼 휘어지는 무지개 모양의 다리를 만든 것이다. 강안江岸 양쪽과 다리 중간에 홍살문까지 세워 임금의 위엄을 더해 준 것도 주효했다.

"물 위를 걷는 남자! 우리 주상전하! 내 그 다리를 특별한 심정으로 만들었지. 난 말이야. 뭐든 아름다운 게 좋아. 한 번 쓰고 말지라도 뭉툭하고 둔한 건 싫더라고. 섬세해야 해, 보이지 않는 곳까지. 예리해야 한다고, 아무도 못 느낄지라도 말이야. 옛말에 그런 말도 있지 않은가. 보기 좋은 다리가 건너기도 좋다. 흐흣!"

그런 옛말은 처음 들어보지만 그 또한 잔재미가 있었다. 태윤은 말을 재미나게 잘 했는데 똑같은 뜻이어도 태윤의 말은 앞뒤 대칭이 잘 맞고 운율이 살아있어서 때로 시를 읊는 것 같았다. 귀에 착착 감겨드는 말솜씨였다.

"그렇더군. 그 긴 행렬이 일제히 강을 건너는데 다시 보기 힘든 장관이었다. 애썼어. 김태윤."

"우와~ 이게 웬일이야! 차정빈이 칭찬을 다 하네. 살다살다 이런 일도 있구만!!! 내 오늘을 김태윤 인생에 최고의 날로 선포한다!"

"허풍은… 김태윤 인생 최고의 날은 매번 바뀌는 거, 다 알아."

정빈이 추어주자 태윤은 기분이 너무너무 좋아졌다. 그래서 저도 모르게 정빈의 어깨를 끌어당겨 안으려던 순간! 절대 무공의 소유자 차정빈에게 단번에 제압당하고 말았다. 정빈의 공격으로 목이 졸린 태윤은 바닥에 깔린 채 버둥거렸고 그 바람에 술상이 엎어지고 말았다.

"어디서 허튼 수작을…"

"넌 정말 지나치게 결벽증이란 말야. 친구끼리 이게 뭐야… 쳇!"

엎어진 술상을 치우며 태윤이 투덜거렸다. 퍽 민망한 모양이었다. 너무 심했나?

"내가 본래 사람 엉기는 거 싫어하는 거, 너도 잘 알잖아…"

"그래도! 아, 진짜… 망할 자식, 재미없는 녀석! 네가 그러니까 여직 장가도 못 가는 거야!"

태윤이 계속해서 볼멘소리를 했다.

그때였다. 내실 문이 활짝 열리더니 화려한 차림새의 여인이 성큼 안으로 들어왔다. 여인은 한눈에 척 보기에도 기녀는 아니었고 그 화려함과 당당함이 여염의 아낙도 아닌 것 같았다.

"화성유수부 도청 김태윤 나리!"

여인은 들어오자마자 태윤을 부둥켜안을 듯이 달려들었다. 태윤도 용수철 튀듯이 일어나 여인을 맞이했다. 정빈은 대체 저 여인이 뉘기에 조정 관리가 머물고 있는 방에 함부로 들어오나 싶어 태윤과 여인을 번갈아가며 쳐다보았다. 태윤이 한껏 목청을 높여 여인의 이름을 불렀다.

"오오~ 자운향! 자운향 아니시오! 이게 대체 얼마만입니까!"

자운향? 저 여인이 자운향?

정빈도 자운향에 대해 들어 본 적이 있다. 한번은 태윤에게서 들었고 또 몇 번은 소문으로 들었던 것 같다. 태윤은 그녀를 은인처럼 생각하고 있었고, 소문은 그녀를 여장부라 하였다.

좌우지간 얼마나 대단한 여인인지는 모르겠지만 정빈은 이 상황이 좀 언짢았다. 불의의 공격을 당한 것 같은 기분이었다. 그리고 더 난처한 것은 자운향이 아까서부터 정빈을 뚫어져라 쳐다보고 있다는 점이었다. 커다란 눈이 잔뜩 호기심을 머금고 정빈을 이리저리 훑고 있었다.

"어디 봅시다. 이 귀공자께서는 아마도… 제 짐작이 틀림없다면… 장안이 떠들썩한, 그…"

"차. 정. 빈."

태윤이 민망해 하는 정빈 대신 대답했다.

"아유, 수줍기도 하셔라. 영광이옵니다. 화성유수부 차정빈 판관 나리를 이렇게 직접 뵙게 되다니…"

"자운향의 명성은 누차 들어서 잘 알고 있소. 만나서 반갑소."

예를 갖추어 응대하기는 했지만 정빈은 자운향의 시선이 불편했다.

파체破滯

거대 상단을 일군 여인답게 눈빛에서 기강함이 느껴졌다. 웬만한 사내는 저 앞에서 무릎도 못 펼 것 같았다. 정빈은 어서 이 자리를 끝냈으면 좋겠는데 태윤은 그럴 생각이 없어보였다. 두 사람은 모자지간처럼 다정하게 시시콜콜한 이야기를 끝도 없이 주고받았다. 그러는 중에 자운향이 자꾸만 정빈을 대화에 끌어들이려 했다. 태윤이 측간에 간다고 나간 사이 자운향이 본격적으로 정빈에게 질문공세를 퍼부었다.

"공사가 완전히 끝나려면 시일이 얼마나 더 걸리겠습니까?"

"모르오."

"이곳이 정말 상업지와 무역항이 될 수 있겠습니까?"

"거기에 대해서는 아는 바가 없소."

"주상께서 정녕 이곳에 내려오신답니까?"

"그건 말씀드릴 수 없소."

정빈의 대답에 자운향이 풋! 하고 웃었다. 비웃음은 아니었으나 그렇다고 해서 예의를 담은 것도 아니었다. 정빈은 기분이 상했다.

"실례하였습니다. 과연 주상전하의 총애를 받는 분답게 입이 무거우시군요. 마치 젊은 날의 차원일 대감을 보는 것 같습니다."

아버지의 이름이 나오자 정빈은 잠시 긴장했다.

"제 아버님을 아시오?"

"아다마다요. 차판관님처럼 과묵한 미남자셨지요."

자운향이 알 듯 말 듯한 미소를 지었다. 대체 이 여인은 누굴까. 젊은 시절의 아버지를 알고 있다니. 정빈은 자운향을 다시 한 번 바라보았다. 그런데 그 순간, 정빈은 무언가 묘한 기시감을 느꼈다. 이 얼굴을 어디선가 본 것 같은 느낌이 드는 것이다. 분명 처음 보는 얼굴인데도, 그리고 흔치 않은 얼굴인데 왠지 익숙한 것이다. 도대체 뭐지, 이 느낌은?

자운각을 나섰을 때는 해시*에 가까운 시각이었다. 어둑신한 길모퉁이에서 소란이 들려왔다.

"아니, 아씨. 이제 와서 돈을 못 내겠다 하시면 어찌합니까요?"

"못 내겠다는 것이 아니라, 다음에 주겠다고 했지 않느냐."

"쇤네들이 아씰 뭘 믿고 다음을 기다린대요? 여기까지 오느라 쇤네들도 진이 다 빠져버렸단 말입니다. 일 끝났으니 여기 어디 허름한 데서 탁배기라도 한잔 걸쳐야겠수다. 그 삯까지 쳐 주십쇼. 곧 통금시간이란 말입니다요."

"어쩌겠느냐. 지금 당장은 돈이 없는데… 두 식경만 기다려주면 기다리는 삯도 쳐주겠다지 않느냐."

"아이구, 글쎄 저희가 아씰 어찌 믿느냐굽쇼. 이 안으로 쏙 들어가서 안 나오시면요?"

상황을 보아하니 여인이 돈도 없이 먼 데서 여기까지 가마를 타고 온 모양인데 가마꾼들이 삯을 달라고 하는 것 같았다. 응당 삯을 지불해야 할 것이나 여인에게는 한 푼도 없는 모양이었다. 차림새로 봐서 기녀 같지는 않았으나 이 밤에 무엇 때문에 여염의 여인이 가마를 타고 기루에 왔을까 싶어 정빈과 태윤은 걸음을 멈추고 그들의 언쟁을 지켜보았다. 아무래도 여인이 난처한 입장이었다.

"게 얼만가?"

보다 못해 태윤이 물었다. 낯선 사내의 물음에 여인과 가마꾼이 동시에 돌아보았다.

"2전 5푼입니다요. 절대 비싼 거 아니우. 아, 글쎄 제가 저어기 고개

---

* 해시(亥時) : 21~23시

너머서부터 여기까지 아씨를 뫼시고 왔는데…"

"됐네. 여기 3전이네. 이거면 여기서 버린 시간이 있다 해도 밑진 건 아닐 걸세."

태윤이 손에 직접 돈을 얹어 주자 가마꾼은 꾸벅 절을 하고 받아 갔다. 여인은 모르는 남정네들 앞에서 기껏 가마 삯 때문에 실랑이를 한 것이 부끄러웠는지 아무 말 없이 고개를 숙인 채 서 있었다. 보지 않아도 전모에 가려진 얼굴이 달아올라 있을 것 같아 정빈은 그냥 돌아섰고 태윤은 조심해서 가시오, 라는 말까지 해주었다. 태윤은 왠지 그 여인이 낯설지 않았다. 가마꾼과 실랑이 하던 그 목소리. 어디서 들은 것 같다. 아, 내가 오늘 술을 너무 많이 마셨나? 여인네들의 목소리는 다 비슷한 것 같단 말이지.

"그 여자군."

정빈이 무심하게 말했다.

"누구?"

"낮에 개장수."

아! 영신이. 홍영신! 태윤은 그 이름이 다시 확 떠올랐다. 요즘도 자운각에서 악기를 타는 모양이었다. 낮에는 시장에서 장사를 하고 밤에는 기루에서 거문고를 타서 생계를 잇는가 보았다.

"아, 홍낭자가… 아, 거 참 속상하네."

태윤은 영신의 초라한 일상을 엿본 것 같아 마음이 편치 않았다.

"잘 아는 여인인가 보군."

"아니야. 잘 알지는 못하고 그저 사사로이 인연이 좀 있어. 저래 봬도 명문가의 여식이라네. 가문이 그리 되지만 않았어도 혼인 하여 잘 살고 있을 터인데…"

태윤은 진심으로 영신의 처지를 안타까이 여겼다. 그간 잊고 있다가 저잣거리와 기루 앞에서 만나고 보니 반가운 마음보다도 불쌍한 마음만 가득한 것이다.

삼구일타

　겨우내 얼었던 땅이 녹고 바람 끝도 제법 누굿해져 성역 공사가 재개되었다. 겨울이 다 가기 전에 암문 하나와 포루 하나가 지어졌다. 둘 다 겨울 동안 충분히 쉬었던 역부들의 힘이 응축된 듯 단단하고 옹골지게 지어졌다. 날이 더 풀리면 동문과 서문 공사를 시작할 터인데, 그러고 나면 문과 문 사이에 작은 암문들과 각종 포루와 포사, 치성*들이 속속 들어설 예정이어서 태윤은 각 단계별 공사일정 관리에 신경이 곤두서 있었다. 주상께서 이번 원행에서 공사의 진척도를 보고 가신 터라 마음이 더 조급해지기도 했고.

　그런데 이즈음 태윤을 심란하게 하는 것은 성역 공사가 아니라 다른 것이었다. 두 가지였는데 하나는 정빈이 곧 혼례를 올린다는 소식이었고 다른 하나는 유겸이 한양으로 돌아간다는 것이었다. 정빈의 혼인 소식은 장용영 부대원에게서 들었고, 유겸의 한양행은 정빈에게서 들었다. 유겸이 가는 이유가 제 혼사 준비 때문이라고 정빈은 덤덤하게 말했다. 정빈은 자기 혼사를 남의 일 얘기하듯 무심하게 말했고, 듣고 있던 태윤도 그 얘기가 실감 나지 않았다. 마음이 이상했다. 정빈의 혼사가 도무지 기쁘지 않은 것이다. 혼인 적령기를 넘긴 벗의 혼사이니 마땅

---

* 치성(雉城) : 적의 동태를 감시하기 위해 성벽의 바깥으로 내어 쌓은 성

히 축하해주어야 하건만 태윤의 마음은 서운하고 아쉽기만 했다. 게다가 유겸마저 한양으로 돌아간다고 하니, 태윤의 마음은 구멍이 숭숭 뚫려 겨울바람이 쌕쌕 지나가는 것만 같았다. 정빈은 혼례와 상관없이 당분간 한양과 화성을 오갈 테니 가끔씩 보겠지만 유겸은 이제 가면 지금처럼 만날 수 없을 게 분명했다. 궁궐보다 출입이 더 엄격하다는 무원당이 아니던가. 더 이상 유겸과 교리를 공부하고 하늘과 땅의 이야기를 나눌 수 없다 생각하니 왠지 막막한 기분이 들었다.

태윤은 하던 일을 접고 이아貳衙로 달려갔다. 유겸이 가기 전에 알려줘야 할 것들이 있었다. 날이 풀리면 호젓하게 성을 거닐며 이야기해 주려 했지만 지금 하지 않으면 기회가 없을 것 같았다. 지금 이 성城을 어떤 마음으로 짓고 있는지, 유겸과 나눈 이야기들이 어떻게 이 성의 돌과 나무와 풀꽃에 스미었는지 다 말해주고 싶었다.

태윤은 유겸을 데리고 맨 먼저 방화수류정으로 갔다. 거기서 한참을 머물렀다. 방화수류정에 담긴 비밀은 유겸도 알기에 긴 말이 필요 없었다. 해가 저물어 갈 때 빛을 뿜어내는 십자가 벽면을 쓰다듬으며 유겸이 물었다.

"훗날 사람들이 이 뜻을 알까요."

그런 날이 올까. 태윤도 자신할 수 없었다. 서학에 대한 금압의 사슬이 언제 자기에게도 뻗쳐올지 태윤도 알 수 없었다. 이번 원행에서도 임금이 은밀히 당부하지 않았던가. 너를 잃고 싶지 않으니 각별히 조심하라고. 이미 몇몇은 알지도 몰랐다. 심일재라면 눈치 챘을 수도 있다. 그러나 그렇다 해도 이토록 자신을 끌어당기고 있는 그 무엇을 태윤은 피할 수도 없었고 피하고 싶지도 않았다. 그 무엇은 하늘에서 바로 내려오는 것 같기도 했고, 태윤을 둘러싸고 있는 것들의 말없는 말로써 오는 것 같기도 했다.

"언젠가는 알겠지."

태윤은 늦은 대답을 하며 그 언젠가가 언제일지를 헤아려보았다. 유겸도 그 언젠가를 생각하는 듯 벽면을 한참 동안 바라보기만 했다.

밤이 깊어가고 있었다. 시간이 얼마 없었다. 태윤은 유겸에게 이제 용연을 보자 하였다. 북암문 계단을 조심스레 내려가며 태윤이 말했다.

"본래 암문은 비밀의 문일세. 겉으로 보아선 드러나지 않지. 양반은 채신머리없다고 이 좁은 문으로 드나들려 하지 않지만… 그러나 천국의 문은 좁다네. 몸을 낮춰야 하고 발걸음 하나도 허투루 내디뎌서는 안 되네."

유겸은 태윤을 따라 북암문을 지나 용연으로 갔다. 용연 수면 위에는 금색 달이 떠 있었다. 태윤이 부싯돌로 초에 불을 켜 물 위에 띄웠다. 꽃 모양의 초가 호수 위의 달과 별을 지나가며 검은 밤을 유람하였다. 유겸의 시선도 꽃초를 따라 함께 물 위를 떠다녔다.

"혹 바라는 것이 있다면 무엇이든 빌어보세. 저기 저 달과 별, 이 호수와 나무들, 그대와 나까지도 다 만들어내신 그분께서 우리 이야기를 들어주실 것일세."

유겸이 한참 생각하더니 소원을 말하였다.

"저는… 꼭 다시 한 번 더 이곳에 오게 되기를 소원하였습니다."

그렇게 말하는 유겸의 눈동자가 저 용연 같다고 태윤은 생각했다. 달과 별, 소망이 어린 호수.

초가 제 몸을 다 사르고 물속으로 잦아드는 것을 보고 나서 두 사람은 발걸음을 성벽 길로 옮겼다. 야간 번을 서는 군사 하나가 태윤을 보고 아는 척을 했다.

"이것 보게. 여기 세 개의 총안*을 보면 무슨 생각이 드나…"

태윤이 여장女墻**에 쌓인 눈을 털어내며 유겸에게 물었다. 성벽에 덧쌓아 올린 여장에는 1타 마다 총구 세 개를 내었는데 그 규격과 모양이 일정하였다. 유겸이 총안을 들여다보며 대답했다. 총안 밖 야경이 그림처럼 다가왔다.

"저는… 성부와, 성자와, 성령의 삼위일체가 생각납니다."

유겸의 대답에 태윤의 얼굴이 환해졌다.

"맞네. 그대의 생각과 내 마음이 일치하였어. 유겸선생이니 내 마음을 정확하게 아는 것 같으이. 또한 이 세 개의 총안은 하늘의 마음과 임금의 마음과 백성의 마음이 하나이기를 바라는 뜻도 담았다네."

태윤이 유겸의 꽁꽁 언 손을 잡으며 말했다. 성벽 여장에 총안 세 개를 내는 거야 다른 성에도 있는 것이지만 화성의 삼구일타는 태윤에게 남다른 의미가 있었다. 그 의미를 유겸이 정확히 맞힌 것이다. 마음과 마음이 일치하는 것을 느끼는 순간은 기쁨만 아니라 슬픔을 가져오기도 하였다. 태윤은 유겸을 처음 만났던 그 순간을 떠올렸다. 그러자 갑자기 뜨거운 것이 가슴 속에 솟구쳤다. 태윤은 그길로 유겸을 데리고 장안문 옹성으로 황급히 발걸음을 옮겼다.

"그러면 이렇게 옹성을 두른 뜻도 아시겠는가."

"제게는 어떤 성스러운 잉태를 본뜬 것으로 보입니다."

단 한 순간의 망설임도 없이 유겸이 대답했다. 태윤이 고개를 끄덕였다.

"맞네. 어머니의 태胎 보다 안전한 곳은 없지 않은가. 나는, 나는 말

---

* 총안(銃眼) : 몸을 숨긴 채로 총을 쏘기 위하여 성벽에 뚫어 놓은 구멍
** 여장(女墻) : 성가퀴. 성 위에 낮게 쌓은 담

일세. 구세주를 잉태하신 성모의 마음이 이곳에 깃들기를 바라였네. 그래서 내내 이 성이 안전하도록, 그 어떤 환난에도 어머니의 태 안에 있는 것처럼 안전하길… 그런 뜻에서…. 옹성을 쌓으면서 그런 생각을 했었다네."

유겸이 고개를 끄덕였다.

"이걸 좀 보시게."

태윤이 가리키는 곳에 말구유통 같은 물확이 설치되어 있었고 바로 접한 벽면에는 다섯 개의 구멍이 있었다. 그것을 보고 유겸이 고개를 끄덕였다.

"이 물확을 오성지五星池라 하셨지요. 다섯 개의 별이 뜨는 연못. 하지만 제겐 이 옹성 누각이 마치 아기예수께서 탄생하신 그 옛날 그 고을의 마구간처럼 보입니다. 이 물확은 그대로 아기예수께서 누워 계시던 구유이고, 이 다섯 개의 별은 구유를 둘러싸고 있는 아기예수의 어머니와, 아버지와, 동방에서 온 세 사람. 또한 이 다섯 개의 구멍을 굳이 별이라 이름 붙인 뜻은 그때에 아기예수의 탄생을 알린 징조가 별이었기 때문 아닌지요."

유겸이 나직한 목소리로 예수가 태어나던 그날의 광경을 말하였다.

"맞네. 그대의 말이 모두 맞았어. 모든 것이 그러한 것이네. 내 이것을 만들 때의 기쁨과 불안을 어찌 다 말로 하겠는가. 나는… 더러 손이 떨리고 숨이 쉬어지지 않았었네. 어떤 날은 벅차게 기쁘고, 다른 날은 두렵고 무서웠었네. 그러면서도 나는… 내가 온 마음으로 깨달은 그 진리의 순간을 놓치고 싶지 않았다네. 영원히 기억하고 싶었어. 돌에다 새기고 땅에다 박아 아무도 지울 수 없게 하고 싶었네. 그러려면 누구도 알아채지 못하게 해야 하시 않겠는가. 하지만 그러면서도 누구 하나는 알아주었으면 하였다네. 이렇게 그대가 내 마음을, 내 뜻을 알아주어서 나는 이제 더 바랄 것이 없네."

성을 설계할 때 태윤은 천주신앙의 수많은 상징과 의미를 성 곳곳에 감춰 놓았다. 그것은 아는 자의 눈에만 보일 것이요, 믿는 자의 가슴에만 와 닿을 것이었다. 유겸은 태윤이 숨겨둔 그 뜻을 다 아는 것 같았다. 세월이 흐르고 세상이 바뀌어 단 한 사람만이라도 알아준다면 다행이라고 생각했는데 이미 그 한 사람을 만난 것이다.

"유겸선생. 몸과 마음의 건강을 비네. 내 차판관 편에 이쪽 소식을 전하겠네. 나도 차판관 편에 그대의 소식을 듣겠네. 이 성城이 다 지어지면 다시 오시게. 이 성은… 주상전하의 성이기도 하지만 그대의 성이기도 하네. 내 그런 마음을 담았었네. 우리 두 사람이 이 성에 있으면서 나누었던 이야기들을 잊지 말게나."

유겸이 소맷자락에서 묵주 하나를 꺼내 태윤에게 건넸다.

"지난번에 말씀하신 것이옵니다. 다 만들었습니다. 간직하십시오."

태윤은 묵주를 받아들고 십자가에 입을 맞추었다.

순채

　새봄이 와도 정빈의 혼례는 진척이 없었다. 당사자인 정빈부터 혼사에 의지가 없었고, 혼주인 차원일 역시 이렇다 할 준비를 하지 않았다. 애초에 혼처도 정하지 않은 채 말부터 먼저 나온 혼사였다. 어전회의에서 이제 곧 정빈의 혼사가 있을 것이라고 차원일이 성급히 발표했던 것이다. 일견 차원일 답지 않은 처사였으나 한편으로는 가장 차원일다운 행동이었다.

　발단은 이러했다. 어전회의에서 노총각 노처녀 문제가 거론되었다. 혼기가 꽉 찬 처녀총각들이 혼인을 하지 않는다는 것이다. 마흔 가깝도록 혼인을 하지 못하는 양반가의 자녀들도 많다는 보고에 임금이 대책을 세우라 했다. 그러다보니 자연스레 나이 서른을 목전에 둔 정빈에게로 화제가 옮겨 갔다. 그때 임금이 물었다.

　"정빈이 몹시 출중한데, 그에 마땅한 배필이 없어 혼인이 늦는 것인가."

　그러자 기다렸다는 듯이 대소신료들이 한마디씩 거들었다. 누구는 중신을 서겠다 했고 누구는 제 딸을 주겠다 했다. 농담 반 진담 반, 남의 혼사에 말들이 많았다. 그러다 누군가가 물었다.

　"혹 여인이 아니라 사내를 마음에 둔 것이 아니오?"

　곧바로 누군가가 농이 지나치시오, 하며 핀잔을 주었는데 또

한 쪽에서는 차판관의 용모가 여인보다 고우니 더러 차판관을 마음에 둔 사내도 있지 않겠소, 하였다. 사람들이 소리 내어 웃었다. 순간 차원일은 당황했다. 이미 정빈의 혼사가 사람들 입방아에 오르내리며 구구한 억측과 소문을 만들어 내고 있는 것 같았다. 차원일이 임금의 물음에 늦게 답하였다.

"정빈이 출중해서가 아니오라, 그 아이의 성품이 곧고 차가와 여인을 가까이 하지 않음이니 이제 아비가 나서 짝을 맺어주어야 할 것 같사옵니다. 다행히 가문은 한미하나 덕이 있는 집안과 혼담이 오가고 있으니 조만간 혼례를 치를까 합니다."

"다행이오. 정빈 같은 청년은 혼사를 일찍 하여 자손을 많이 두는 것이 나라의 복이오. 기왕 늦은 혼사, 좋은 인연을 만나 다복하길 바라오."

임금의 덕담으로써 그날 정빈의 혼사를 둘러싼 농담과 잡음은 일단락되었다. 차원일은 몹시 불쾌했고 또 불안했다. 아무리 농담이라 해도 남색*의 의혹은 치명적인 것인데 임금이 있는 자리에서 그런 말이 오갔다는 것은 예사로이 넘길 일이 아니었다. 그것은 일종의 모욕이기도 했다. 그런 모욕을 줌으로써 정빈의 앞길을 차단하려는 것인지, 혹은 다른 의도가 있는 것인지, 아니면 정말 농담에 불과한 것인지는 알 수 없지만 차원일은 이것을 하나의 경계警戒로 받아들였다. 정빈의 정체에 대해 누군가는 지금 의심을 하고 있을지도 모를 일이었다.

만일 실제 그런 소문이 있다면 확산되는 것을 막아야 했다. 아직은 별것이 아니라 해도 미리 대비할 필요가 있었다. 즉흥적이었으나 어전에

---

* 남자끼리의 동성애

서 정빈의 혼사를 공개적으로 밝힌 것이 그 첫 번째 조치였고, 약간의 시차를 두고 태윤을 화성에서 내보낸 것이 두 번째 조치였다. 전부터 정빈과 태윤이 가깝게 지내는 것을 못마땅한 시선으로 지켜보고 있던 터였다. 그 나이 되도록 교유하는 벗이 하나도 없던 정빈이 태윤과는 함께 차도 마시고 술도 마시는 것을 보면서 다행스러운 마음이 아니라 불안한 마음이 들곤 했던 것이다. 차원일은 임금에게 아뢰었다.

> 화성 성역공사가 궤도에 올랐으니 이제 그 일은 화성유수에게 온전히 맡기고 김태윤으로 하여금 두루 국정을 경험케 하여 후일을 도모하시옵소서.

임금이 그 뜻을 받아들여 태윤에게 작은 고을의 현감 자리를 주기로 했다.

이후 차원일은 세 번째 조치를 취했다. 영남 유생의 따님을 맞이하려고 했는데 처녀가 괴질에 걸려 부득이 파혼하였다는 소문을 흘린 것이다. 물론 만들어낸 소문이었다. 사람들은 정빈의 혼사가 자꾸 늦어지는 것을 겉으로나마 안타깝게 여겼고, 차원일은 속상한 표정을 지어보였으며, 정빈은 그 모든 것을 무시했다.

봄밤의 공기는 산뜻한 데다가 달았고 바람은 솜털 같이 가뿐했다. 유겸은 툇마루에 앉아서 정빈이 먹을 순채*를 손질했다. 순채는 몹시 까다롭고 예민하다. 맑고 깨끗한 물에서만 자라는 데다 우무처럼 두툼한 점액질에 둘러싸여 있어 다루기가 쉽지 않았다. 정빈은 양념도 하지 않은 아무 맛도 없고 덤덤한 순채를 좋아했다. 유겸은 그런 정빈을 위

---

* 순채(蓴菜) : 수련과에 속하는 다년생 약용 식물

해 내별당 작은 연못에 순채를 길렀다. 몸속의 독을 풀고 피를 맑게 하는 순채는 정빈에게 맞춤한 약초였다. 여인들이 달거리할 때는 피하는 약재였지만 정빈은 그럴 필요가 없었다. 유겸은 때로 그 사실이 조금 슬프기도 했다.

유겸은 백자 사발에 어린 순채 잎을 담아놓고 한참을 들여다보았다. 암꽃과 수꽃이 함께 피는 순채는 결실을 맺기 위해 벌, 나비의 도움이 필요 없다. 그럼에도 순채는 쓰일 데 없는 예쁜 꽃을 피워 올렸다. 그러고 보면 순채는 여러모로 정빈과 닮아 있었다. 차고 맑고 깨끗한 성품과 두터운 벽으로 자기를 감싸는 것도 닮았고 필요 이상으로 아름다운 것도 닮은 것이다.

순채가 담긴 백자 사발 위로 정빈이 오는 먼 길이 떠올랐다. 오늘도 늦어지고 있었다. 어디쯤 오고 있을까. 고개는 넘었을까. 매양 그렇게 혼자 오는 길이 외롭지는 않을까. 이제 혼인을 하게 되니 그 인생이 덜 외로울까. 그럴 리 없을 것이었다. 정빈의 인생길은 누구와 혼례로써 함께 걸을 수도 없는 것이었다.

혼사. 정빈의 혼사. 유겸은 정빈의 혼례 날 풍경을 상상했다. 아무것도 그려지지 않았다. 암담한 기분이 들었다. 유겸은 스스로에게 물어보았다. 정빈의 혼사를 진심으로 축복할 수 있을지에 대해. 그러지 못할 것 같았다. 그럴 수 없을 것 같았다. 유겸에게 있어 정빈은 마음 안에 두지도, 그렇다고 해서 마음 밖으로 밀어낼 수도 없는 사람이었다. 가까이 있어도 닿을 수 없고 멀리 있어도 잊을 수 없는 사람의 혼사를 마음을 다하여 축복한다는 것은 아직 유겸에게 어려운 일이었다. 그리고 무엇보다 정빈의 혼사는 시작부터 불행이 예고된 것이었다.

유겸은 순채 사발을 옆으로 밀어놓고 저녁별이 쏟아지는 밤하늘을 바라보았다. 검고 맑은 밤은 아무 일 없다는 듯 그런 채로 흘러가고 있었다. 저 밤이 닿는 곳은 어디일까. 끝없이 펼쳐진 저 밤의 끝에 영원이 있을지도 모른다는 생각이 들었다.

유겸은 사람이 외롭고 슬픈 건 영원을 바라기 때문이라고 생각했다. 한 점 순간을 살면서 닿을 수 없는 영원을 갈구하니 늘 갈증이 나고 허기가 지는 것이 아닐까 하였다. 그러다가 곧 다른 생각도 들었다. 사람이 고달픈 이생의 순간들을 견디는 건 영원한 저 세상을 믿기 때문인지도 모른다고.

유겸은 깊이 한숨을 내쉬고는 방으로 들어갔다. 이 고독한 삶의 순간들을 어찌 다 말로 할까. 유겸은 방바닥에 얼굴을 대고 눈을 감았다. 차가운 감촉이 피부 깊숙이 전해졌고 이윽고 육신은 적막 속으로 빠져들었다. 겹겹이 쌓인 적막이 부드럽고 또 슬펐다.

깊은 밤의 바람소리는 사르륵사르륵 나뭇잎 사이를 쓰다듬고 지나 갔다가 다시 제자리로 돌아오곤 했다. 이 바람은 어릴 적 정빈을 처음 보았던 그 봄에 불었던 바람이 아닐까. 어째서 이 바람소리에 그날의 기억들이 떠오르는 것인지. 별당 진달래꽃 더미 속에 숨어 있다가 처음으로 정빈과 마주쳤을 때, 유겸은 그가 자기를 구해줄 사람임을 알았다. 살려주세요, 나를, 그러니 죽으면 안돼요…. 입 밖에 내지도 못하는 애원을 알아듣고 나를 안아준 사람. 정빈은 유겸에게 구원자였다. 그 봄의 구원자를 생각하며 유겸은 적막에 잠겨 있었다. 그때였다.

투둑!

무언가 소리가 났다. 간혹 조그만 산짐승들이 별당 담을 넘어 오는 경우가 있다. 오소리나 삵쾡이가 나뭇가지를 밟은 것일까. 하지만 그보다 묵직했다. 소리가 점점 가까이 다가왔다. 사람의 발자국 소리였다. 정빈의 것은 아니었다. 유겸은 자리에서 일어나 앉았다.

누굴까. 이 밤에.

더럭 겁이 났다. 한 번 더 부스럭 하는 소리가 들리더니 그림자는 거의 유겸의 방문 근처까지 왔다. 잠시 후 툇마루를 똑똑 두드리는 소리가 났고 사람의 목소리가 들려왔다.

"도련님… 주무십니까요…"

익숙한 음성. 어둠 속에 몸을 낮춘 그림자는 복이아범이었다. 지난겨울 연경에 갔던 복이아범이 온 것이다. 유겸은 반가운 마음에 자리에서 벌떡 일어나 뛰어 나갔다.

"복이아범!"

유겸이 반가워하며 작게 소리를 질렀다. 복이아범은 주위를 살피더니 이내 말을 꺼냈다.

"도련님. 긴히 알려드릴 것이 있어 이렇게 왔습니다. 연경에서 오신 신부님이 지금 한양에 계십니다."

"아! 그래?"

유겸의 눈이 반가움과 기쁨으로 빛났다. 복이아범의 얼굴은 긴장으로 가득 차 있었다.

"예에… 드디어 오셨습니다. 여기서 긴 말씀 드리기는 어렵습니다. 도련님, 이제 세례 받으셔야지요. 그리고 신부님께서 도련님을 보고 싶어 하십니다."

세례! 매일 생각하면서도 이제야 처음 듣는 말이었다. 가슴에 불꽃 하나가 확 켜진 것 같았다.

"어, 어디로 가면 되는 거야?"

"조만간 다시 기별하겠습니다. 기다리셔요."

그 말을 남기고 복이아범은 인사도 없이 어두운 산 속을 향해 날

듯이 뛰어갔다. 유겸은 복이아범이 조금 전의 적막 속으로 사라진 것 같이 느껴졌다. 만나고 헤어진 것이 아주 짧은 순간이었다. 그 짧은 순간에 유겸이 지금껏 기다리던 소식을 전해주고 간 것이다.

유겸은 지나간 날들을 생각했다. 눈 뜨면 시작되는 하루는 딱 그만큼의 인생이었다. 그 하루는 길면서도 짧았다. 유겸은 하루라는 시간의 길이를 가늠할 수 없었다. 어떤 날은 바쁘면서도 길었고 어떤 날은 아무 하는 일 없이 순식간에 지나갔다. 하지만 생각해보면 모든 날들은 단 하나의 날이었다. 매일 매일이 똑같았다. 무언가를 간절히 기다리는 날인 것이다. 기다림은 따로 의식되지 않았고 그저 일상이었다. 언제인지도 모르고 매일 오늘일지도 모른다는 생각으로 살아왔는데, 그런데, 그날이 온 것이다.

마침내!

달포가 지나고 다시 복이아범이 왔다. 별당 후원 뒷산을 타고 내려가니 부인용 가마가 한 대 서 있었다. 가려는 곳이 북촌北村이라고 했다. 양반 댁 규수의 행차인 것처럼 꾸며서 사람들 시선을 피할 생각인 모양이었다.

유겸은 가마 문을 조금 열고 세상을 보았다. 좁은 문틈 사이로 보이는 세상이 그림 속 마을 같았다. 분주히 오가는 사람들, 아이들의 재잘거리는 소리, 치렁하게 늘어진 버드나무 가지 같은 것들이 사월의 둥근 바람 속에 안온했다. 해가 지고 밤이 오면, 그러면 밤의 마을은 또 얼마나 아름다울 것인가. 유겸은 화성에서 보았던 그 밤을 생각했다. 생겨난 저마다의 것들이 하루의 고단함을 내려놓고 쉬는 시간, 작은 불빛으로 반짝이던 그 평화가 그리워졌다. 세상이란 이토록 아름다운 것이었구나!

　　그동안 복이아범이 몰래 와서 유겸에게 전해준 세상일은 어떤 지역의 교세가 어느 정도 되고, 교리를 가르치는 이는 누구이며, 누가 잡혀갔고 풀려났는가 하는 것과, 탄압이 더 심해지면 앞으로 어떻게 해야 하는지 같은 것들이었다. 이렇게 사람 사는 세상의 모습도 알려주었더라면 그들에게 보내는 편지를 더 정답게 썼을 터인데…. 유겸은 다음번 편지에는 다정한 이야기를 담아야겠다고 생각했다.

　　어느덧 가마가 목적지에 도착했다. 제법 규모가 되는 기와집이었다.

　　"여긴 어디야?"

　　"예. 도련님, 여기는 우리 교우들이 모이는 비밀 장소이지요. 밖에선 아무도 모릅니다."

　　"아, 그래. 오늘 여기서 신부님을 뵙는 거야?"

　　"예. 오늘 미사 중에 도련님은 세례를 받게 되실 것입니다."

　　복이아범은 감격스러운지 말끝이 떨리고 있었다. 유겸이 안으로 들어서자 밀실에 모인 사람들이 일제히 고개를 돌려 유겸 쪽을 바라보았다. 남녀노소가 함께 있었고 양반, 중인, 노비도 자리를 구분하지 않고 모여 있었다.

　　유겸은 침착하게 실내를 둘러보았다. 정면 벽 쪽에 놓인 서안을 제대 삼아 십자고상과 성물들이 놓여 있었고 왼쪽 벽면엔 성모 상본도 걸려 있었다. 유겸은 어린 시절의 기억을 떠올렸다. 잊지 않으려고 매일 밤 그려보던 장면이었다. 그때 어머니의 품에 안긴 채 보았던 미사 때 풍경이 지금 바로 눈앞에 펼쳐져 있는 것이다.

　　"이리로 오십시오."

　　큰 갓을 쓴 선비가 유겸을 제대 앞으로 안내했다. 신도들의 모임을 이끌고 있는 자라고 했다. 유겸은 성호를 그은 후 제대 앞에 무릎을 꿇고 앉았다. 가슴이 떨리고, 숨이 떨리고, 손도 떨렸다. 사람들이 자기를 보는 시선이 느껴졌다. 턱수염이 보기 좋은 선비가 유겸을 향해 미소를 지었고 그 옆에 앉은 부인은 옷고름으로 눈물을 찍어내며 간신히 울음을 참고 있었다.

여기 모인 사람들은 유겸이 필사한 성경과 교리책을 다들 한두 권쯤은 가지고 있었다. 한문으로 쓴 것도 있고, 언문으로 쓴 것도 있고, 글을 못 읽는 이들을 위해서는 그림으로 그린 것도 있었다. 쉽게 풀어서 설명해놓은 작은 책이나 기도문을 받을 때마다 교우들은 그것이 하늘에서 온 편지라고 여겼다. 사람들은 연경에서 온 사제만큼이나 이 편지의 주인공을 만나고 싶어 했다. 편지에 담긴 소박하고 따뜻한 위로를 직접 느끼고 싶은 것이다.

밀실의 문이 열리고 눈부시게 희고 빛나는 유겸이 등장했을 때, 사람들은 자기들의 바람이 이루어졌음을 알았다. 소문에는 편지를 보내는 사람이 학덕 깊고 인자한 노인이라고 했는데, 정작 앳된 용모의 청년이 나타났는데도 사람들은 의심 없이 유겸이 그 편지의 주인공임을 알아봤다. 여기저기서 짧은 감탄이 이어졌다.

잠시 후 신부가 들어왔고 마침내 미사가 거행되었다. 미사 중에 유겸에 대한 세례가 있었다. 유겸의 고운 이마를 맑은 물로 씻김으로써 세례의 의식이 행해지는 동안 실내는 고요하고 거룩한 감동으로 충만했다. 신부는 유겸의 아름다운 용모와 선한 눈빛을 보면서 스스로 일어난 조선 교회에 천주께서 축복을 내리신 것이라고 말했다. 그 말 또한 축복이었다. 신도들은 연신 성호를 그으며 축하와 감사의 기도를 올렸고 복이아범은 감격에 겨워 아무 말도 하지 못했다. 그간 겪었던 고생이 한순간에 씻기는 것 같았다. 차라리 이 자리에서 죽으면 그것이 얼마나 큰 복일까 하는 생각마저 들 정도였다.

미사 후에 신부가 유겸을 따로 불러 몇 가지를 물었다. 맨 먼저 첫 영성체의 소감을 물었고 다음은 지금 매인 곳에서 벗어날 수 있는지를 물었다. 유겸은 오래 기다린 일이 마침내 이루어졌으니 그 마음을 말로써 다 할 수 없다고 하였고, 처음부터 매인 곳은 오직 천주 한 분뿐이니 그분을 벗어날 수 없다고 답하였다.

신부가 물은 '그 매인 곳'이 무원당임을 유겸이 모른 것은 아니었다. 유겸은 자신이 무원당에 구속된 몸이 아니며 제 영혼이 속한 곳은 오직 천주 한 분이라는 것을 말하기 위해 그렇게 답한 것이었다. 유겸의 지혜로운 답변에 신부가 기뻐했다.

"그대에 관하여 곧 교구에 알릴 것이오. 교구에서 답이 오면 신학교에 들어가 공부를 하게 될 것이니 그동안 몸과 마음을 정결히 하며 기다리시오. 잊지 마시오. 성체를 배령拜領하였으니, 이제 그대 안에 그분께서 함께하심을. 어떤 어려움도 이겨내시오."

유겸은 절을 하고 물러났다. 마음 깊은 곳으로부터 바람이 불고 물결이 일어났다. 그 바람과 물결을 타고 넘어가야 하는 세상을 생각하며 유겸은 눈물을 흘렸다. 기쁨과, 두려움과, 설렘이 그 눈물 속에 있었다.

아가, 너 오던 날은 사월 하고도 닷새 날이고, 백합이 만발하였단다. 그날에 우리는 너를 안고 기쁨에 넘쳐 세상 끝이라도 달려갈 것 같았다.

오늘이 그날이었다.

유겸은 하늘을 향해 말을 걸었다.

어머니, 아버지. 보고 계신가요. 저 오늘 다시 태어났어요.

저 어디쯤 어머니와 아버지가 자기를 바라보고 있을 것 같았다. 유겸은 제 삶에 옹이 박힌 슬픔들을 기억했다. 그 슬픔들을 다 알고 계신다는 천주와 일치를 이루어 기쁜 날, 그런데 왜 이토록 눈물이 나는 걸까.

마음

　세월이 흘렀다. 그 사이 화성은 완공을 보았고, 임금에게는 늙음과 함께 역설적이게도 강건함이 더해 갔다. 태윤은 화성을 지은 논공행상에서 배제된 채 바깥을 떠돌았다. 작은 고을의 현감으로 대여섯 달 지내다가 다시 이곳저곳을 떠돌게 되었다. 성역 공사에 관한 물음이 오면 답해 주는 것으로 임금과의 연결고리는 계속 이어졌지만 임금에게 가까이 갈수록 경계도 심해져서 태윤은 아예 견제자들의 시선 밖에 머물기로 하였다.

　화성을 떠나고 오래지 않아 태윤은 임금으로부터 한 통의 편지를 받았다. 짧은 글이었으나 그 뜻은 깊었다.

　　너를 보호하기 위해 보내는 것이니 서운하게 생각하지 말라. 화성의 일은 끝날 때까지 너의 뜻을 묻겠으니 그리 알라. 거듭 당부하노니 각별히 언행에 조심토록 하여라. 후일 너를 크게 쓸 것이다.

　조정에 너를 질시하는 자들이 많다고 언젠가 정빈이 전해 준 적이 있었다. 태윤의 행보에 대한 투서와 상소도 있는 모양이라고 했다.

　　김태윤은 서학을 하는 자이옵니다.
　　나라의 근간을 흩을 자이오니, 가까이 두지 마소서.

대략 그쯤의 글이지 않을까. 본래 이름 있는 가문 출신도 아니고 미관말직이나마 벼슬자리에 붙어 있지도 않던 시골청년이 어느 날 갑자기 나타나 임금의 역점 사업을 주도하게 되었을 때, 얼굴을 감춘 무수한 적들이 말로써 칼을 갈았을 것이라는 것쯤은 쉽게 짐작할 수 있는 일이었다. 지금 상황에서 치명적인 건 태윤이 천주교인이라는 사실이었는데 이 또한 드문드문 아는 사람이 있을 것 같았다. 전국 각지에서 몰려온 장인들과 역부들 중 천주교인이 있을 수도 있고, 장용영 부대원들이나 병사들, 행궁 관원들 중에도 교인이 있거나 혹은 교인을 적발하는 일을 했던 자들이 있을지도 모른다. 그들 중 누군가는 태윤이 화성 안에 무수히 숨겨놓은 천주신앙의 증표를 알아차리지 않았을까. 그래서 선의로 혹은 악의로, 또는 저들끼리 호기심으로 나눈 이야기들이 조정에, 특히 벽파 사람들의 귀에 들어갔을 가능성은 얼마든지 있었다.

태윤은 임금을 둘러싼 사방의 적들을 생각했다. 일개 시골 유생에 불과했던 자신이 어느덧 그 적들에게 공격하기 좋은 표적이 되어가고 있었다. 언젠가는 물어뜯고 할퀴고 목을 비틀어버릴 테지. 태윤은 그것이 다만 자기 하나의 희생으로 끝나길 바랐다.

유겸이 연경에 가는 일은 번번이 좌절되었다. 처음에는 교구로부터 이렇다 할 답을 얻지 못해서 하염없이 기다리기만 했었고 그 다음에는 연경까지 오고가는 서신이 어긋나 때를 못 맞춰 그런 것도 있었다. 유겸은 불발 소식을 접할 때마다 상심했지만 내색하지 않으려 했고 그런 유겸을 보는 정빈의 마음은 속으로 타들어 갔다.

어느날 유겸이 조심스러운 얼굴로 다가와 연경에서 연락이 오면 떠나겠다고 했을 때 정빈은 무심하게 그리라고 하였지만 그 밤에 잠을 한숨도 이루지 못했다. 화성에 있을 때, 세상 밖으로 함께 나가자 했던 그 말이 떠오를 때면 민망하고도 부끄러웠다. 너는 아마 그 말을 기억도 못하겠지. 정빈은 밤새 뒤척였다. 그런 불면의 밤 끝에 정빈은 깨달았다. 유겸이 어느덧 제 마음속 깊이 들어와 있다는 것을, 아버지가 늘 말했던 경계가 깨어졌다는 것을.

> 아무도 네 마음에 두어서는 안 되고, 너 역시 그 누구의 마음속으로 들어가서는 안 된다. 기억해라. 너는 혼자다.

아버지는 그렇게 얘기했었다. 정빈은 두려웠다. 유겸이 어느 순간 마음속에 들어와 살고 있는 것이다. 두려운 것은 아버지의 경고를 어긴 것이 아니라 유겸이 이제 떠나려 한다는 것이었다. 가면 다시 오지 않을지도 모른다. 아니 분명 그럴 것이다.

정빈과 유겸은 먼 시선으로 서로를 바라보았다.

유겸은 떠나고자 하는 이유 중 그 어떤 것을 정빈에게 말해주고 싶었지만 거두었다. 이런 채로 한 인연이 끝난다 해도 그것은 하늘의 뜻인 것이다. 어려서는 정빈이 유겸을 돌봐주었고, 자라서는 유겸이 정빈을 돌봐주었는데 서로의 보살핌과 돌봄 속에 자라난 감정이 어떤 것인지 굳이 말해서는 안 되었고 말할 필요도 없는 것이었다. 다만 유겸은 속으로 고백하였다. 나는 당신을 위해 울어줄 방법을 찾고 있다고, 당신의 구원을 위해서라도 나는 이 길을 가야겠다고.

더위가 한창이었다. 그 여름 정빈은 다른 때보다 더 우울하고 괴로워 보였다. 별것 아닌 일에 화를 내는 일이 잦았고 푸른 눈이 붉어지도록 울기도 했다. 그날도 그런 날이었다. 옷시중을 들던 여종이 정빈의 허리에 손을 대었다가 호된 손찌검을 당하고 말았다. 천한 것이 어디서 색기를 발하는 것이냐며 정빈이 크게 화를 내었고 별당은 한바탕 벌집 쑤신 듯 되었다. 장집사와 유모가 간신히 달래고 나서야 가까스로 안정이 되었지만 그날 정빈은 반쯤 실성한 사람 같았다. 여종의 실수 이전에 이미 심기가 불편해진 상태였고 아무도 그에게 말을 걸 수 없는 분위기가 계속되었다.

정빈은 그날따라 늘 마시던 탕약을 게워냈다. 그 약을 마시기 싫어하기는 했었지만 게워낸 것은 처음이었다. 유겸이 정빈의 얼굴과 옷에 묻은 약을 닦아내려 하자 정빈이 유겸에게조차 화를 내며 밀쳐내 결국 유모가 뒷수습을 해야 했다.

유겸은 약 달이는 할아범에게 가서 정빈의 탕약에 들어가는 약재들을 살펴보았다. 할아범이 자기는 약초들의 성분이나 약리작용 같은 것은 모르며 다만 대감마님께서 주시는 약전대로 달일 뿐이라고 했다. 덧붙이기를 남자의 기력을 북돋우고 근력을 더하는 보약일 거라고 했다. 약재들로 보아하니 그 말이 틀리지는 않았으나 그중에는 강력한 지혈작용으로 여인이 장복하면 월경을 끊어지게 하는 독초도 포함되어 있었다. 할아범 말이 도련님께서 이 약을 드신 지는 벌써 십 년도 더 되었다고 했다. 이 약을 때 맞춰 드시게 한 덕분에 도련님이 날로 강건해지시는 것이라며 할아범은 그 중요한 일을 자신이 하고 있음을 자랑스러워했다.

유겸이 생각건대 약의 내성이 한계에 다다른 것 같았다. 정빈의 몸에 흐르는 기운과 약의 성질이 충돌하여 화로 표출되고 있는 것이었다. 이대로 두면 약성이 본성을 이겨 정빈의 몸은 기어이 변성되고 말 것이었다. 정빈도 그 사실을 알고 있는 것 같았다. 약의 기운을 흩어버리기 위해서인지 약을 먹고 난 후면 정빈은 꼭 술을 청하고는 하였다. 그렇게 정빈의 술은 나날이 늘어갔다. 약물중독과 함께 주독이 쌓여가고 있는 것 같았는데 아직까지 큰 탈 없이 버티는 게 그나마 다행한 일이었다. 그러나 언제까지 견딜 수 있을까. 정빈의 중독은 겉으로는 드러나지 않았지만 점점 심해지고 있었다.

그 밤에 정빈은 또 술을 가져오라 하였다. 낮에 약을 다 게워낸 후 속이 역하다 하였다. 낮의 일로 별당과 안채의 하인들 모두가 긴장하고 있던 밤이었다.

유겸은 잘 익은 꽃술 한 병을 내어 술상을 보았다. 술을 체에 거르면서도 유겸의 마음은 온갖 불안과 근심으로 어지러웠다. 정빈이 복용하는 약을 지금이라도 끊게 해야 할 것 같았는데 달리 방법이 없었다. 대체 대감마님은 무엇 때문에 그런 약을 먹여서라도 자식의 타고난 본성을 바꾸려하는지 알 수 없었고 정빈은 어찌하여 그 약을 꼬박꼬박 받아 마시는 것인지도 알 수 없었다. 떠나기 전에 정빈의 평온한 모습을 보고 싶은 것은 과한 바람일까. 저대로 두면 정빈은 끝내 몸의 기운이 다해 스러지고 말 것 같았다.

화려한 내실의 문이 열리고 초췌한 얼굴의 정빈이 보였다. 유모가 내실 앞까지 따라와서는 무엇으로도 도련님의 심기를 거스르지 말라며 애타는 얼굴로 당부하고 나갔다. 유겸은 알겠다, 하였는데 무엇으로 정빈의 마음을 달래주어야 하는지는 알 수 없었다.

정빈은 유겸이 들어와도 한동안 눈을 감은 채 미동도 하지 않았다. 그러다 간신히 눈을 뜨고는 술을 마시기 시작했다. 낮에 유겸에게 화를 냈던 것이 미안했던지 정빈은 유겸에게도 한 잔을 권했다. 정빈은 말 없이 두 잔을 연달아 비웠다. 이미 반쯤 초점을 잃은 눈동자가 오래 전의 기억 속을 헤매고 있는 것 같았다. 위태롭고, 무겁고, 불안했다.

정빈이 오랜 침묵과 긴 한숨 끝에 입을 열었다.

"이십 년도 훨씬 전쯤에… 별당에… 정연이라는 아이가 살았지. 사람들이 말하길 정연은 무척 어여쁜 아이였다는구나. 그런데 어느 날 그 애가 사라졌어. 죽은 것도 아니고 산 것도 아닌 채 그냥 사라졌지."

말은 여기서 끊어졌다가 술 한 잔이 더해지고서야 이어졌다.

"아, 그래서 어찌 되었냐면…. 아, 그렇지, 그렇지…. 정빈이 죽었는데… 정연은 살았어. 아니야, 아니야. 정연이 죽고 정빈이 산건가? 아… 그건 지금도 알 수 없는 일이야. 누가 죽었는지 모르겠어. 지금까지도. 어찌 되었건 뭐가 뭔지도 모른 채 세월이 흘렀어. 그러다 어느 날 문득 눈을 떠 보니 그 무엇도 아닌 누군가가 여기에 있더구나. 아, 나는 그게 누군지 모르겠단 말이야. 정연인지, 정빈인지…. 하하하. 이런 바보천치가 세상에 또 어디에 있을까, 자기가 누군지를 모르다니, 그렇지 않느냐. 유겸아."

정빈이 계속 헛웃음을 웃으며 얘기했다. 마치 남 얘기 하듯 했다. 그러다 말을 뚝 끊고는 다른 얘기를 했다.

"네가 여기 있다는 것이 내게는 얼마나 다행한 일인지 아느냐. 너를 만나고 나서야 겨우 숨 쉴 만해졌으니…. 겸아. 너는 누구냐. 너는, 네가 누구인지 알겠느냐?"

"예?"

너는 누구냐고 묻는 정빈의 물음이 유겸은 너무 아득했다. 유겸은 대답 대신 눈을 들어 정빈의 눈동자를 바라보았다. 느리게 흔들리는, 한없이 방황하는 눈동자가 물기를 머금은 채 가까이 다가왔다.

"나한테 너는… 너는 나지. 잃어버린 정연…"

정빈은 중얼거리듯 말하고는 그 말을 덮으려는 듯 또 이상한 물음을 하였다.

"아… 그리고… 몹시 궁금한 게 있는데 마…마음이라는 것이 대체 무엇이냐. 그건 어디에 있는 것이냐. 혹시 집 같은 것이냐. 들어오고 나가고 할 수 있는…"

정빈은 그렇게 묻고는 대답도 듣지 않고 풀썩 고개를 저었다. 그리고는 다시 긴 한숨을 내쉬고는 천천히 유겸의 손을 잡았다. 손이 뜨거웠다. 유겸은 제 손을 잡고 있는 이 뜨겁고 마른 손의 주인이 정빈이라는 사실이 새삼스러웠다.

"마음이라는 건 아마도 내 것이 아닌가 보다. 마음이 마음대로 되질 않는 걸 보니…"

그 말을 하고 정빈은 쓰러지듯 누웠다. 그 모습이 마치 봄이 채 끝나기도 전에 툭 하고 나무에서 떨어져버린 동백꽃 같았다. 그런데 왜 하필 이 순간 그날의 기억이 떠오르는 것일까. 어린 날, 어두운 정방 한 구석에서 목격했던 비밀. 정빈의 몸 위에서 부풀어 오르던 가슴과 어둠 속에서 허공으로 솟구치던 정빈의 눈동자. 그때의 기억이 고스란히 되살아났다. 그때 느꼈던 긴 슬픔과 불행의 예감을 유겸은 지금까지도 잊을 수가 없다. 유겸은 정빈의 손을 잡은 채 한참을 그냥 앉아 있었다. 그대에게, 지금 어떤 기도를 해주어야 할까.

고통에 지쳐 시들어버린 나의 아씨여….

아버지와 아들

그날 경연은 세자에 대한 성토로 이어졌다. 신료들은 작심한 듯했다. 대놓고 힐난하지는 않았지만 세자가 공부보다 연일 장악원 악사들을 불러 연주나 시키고 젊은 신하들과 어울려 한담이나 한다며 나무랐다. 널리 학문을 연마하고 선정을 강구해야 할 세자의 소양이 한쪽으로 치우칠까 저어된다고 하였다. 세자가 어울리는 젊은 신하라 해봤자 정빈과 태윤이었다. 정빈과 태윤 역시 세자를 제대로 보필하지 못한 책임을 추궁당하고 있는 셈이었다.

세자는 지난 원행에서 태윤을 알게 된 후 태윤이 한양에 올 때 마다 불러 담소를 나누고는 하였다. 세자는 태윤의 박학다식함을 즐거워했다. 그대의 지식은 어디에서 온 것이냐, 나에게도 좀 나누어다오, 그것은 어찌 안 것이냐, 그 책은 내게도 좀 빌려다오, 이번엔 무엇을 읽었느냐, 마음에 든 구절을 읊어보아라, 하며 이것저것 물어보고 듣기를 좋아했다.

입담 좋은 태윤은 말로써 세자를 기쁘게 했다. 앞에서는 아첨하고 뒤돌아서 험담하는 조정의 대소신료들과 궁인들에게 질리고 지친 세자는 솔직담백한 태윤과 만나는 시간을 손꼽아 기다렸다. 정빈도 세자의 관심이 태윤에게 얼마간 옮겨간 것이 다행스럽고 고마웠다. 이전에는 자기에게 집중된 그 관심이 여간 불편하고 부담스럽지 않았던 것이다.

세자와 정빈, 태윤이 한데 엮인 것은 임금의 뜻이었다. 장차 보위를 이을 세자에게 수족과 같은 신하를 만들어주고 싶은 것이다. 음악에도 밝은 임금이 듣기에 그즈음 궁중 제례 음악은 현격하게 품위와 조화를 잃어가고 있었다. 그걸 구실 삼아 세자와 태윤에게 고풍스럽고 우아한 궁중음악을 회복할 방안을 마련해보라고 지시했던 것이다. 그러니 장악원 악사를 불러 연주를 시킨다는 것이 실은 세자로서는 나랏일을 하고 있는 것이었다. 그렇게 몇 차례 장악원 악사와 관원들과 함께 있는 것이 눈에 띄었던 모양이었다. 세자를 좋아하지 않는 신료들은 세자의 일거수일투족을 사사건건 물고 늘어졌다. 사정이 이러하니 도승지 차원일도 경연 내내 얼굴을 들지 못했다. 세자를 제대로 보필하지 못한 책임이 정빈에게 있는 것만 같았다. 신료들의 성토를 듣다못해 임금이 직접 세자를 변호했지만 신료들은 한마디도 지지 않았다.

세자저하께오서는 자칫 여흥으로 치달을 수 있는 음악에만 관심을 두시는 것보다 경서를 읽고 무예를 수련하는 것에도 소홀하지 않으셔야 할 줄로 아옵니다.

몸이 성치 않은 세자에게 무예수련이라니. 신료들은 자주 세자의 불편한 몸을 말했다. 임금은 노론의 신료들이 세자를 껄끄러워한다는 것을 알고 있었다. 세자가 비록 불구의 몸으로 태어나긴 했지만 매우 영민했기 때문이었다. 그 영민함이 그네들을 위협하고 있었다. 세자는 몇 수 앞을 내다보는 정치 감각을 가지고 있었고 불의에 타협하지 않는 당참이 있었다. 무엇보다 개국 이래 사백 년이 넘어가는 조선의 나아갈 바에 대한 깊은 고민과 성찰이 있었다. 그렇기에 임금은 세자로 하여금 보위를 잇게 하는 것에 단 한 치의 망설임도 없었다. 몸이 좀 성치 않으면 어떠랴, 훌륭한 신하들이 그 부족한 부분을 보완해 줄 것이다. 그렇게 생각했는데 신료들의 저항 역시 만만치 않았다. 그들은 틈만 나면 세자의 흠을 말했다. 겉으로는 걱정하고 염려하는 말들이었지만 속을 들여다보면 세자를 못마땅해 하는 기색이 역력했다. 세자의 몸이 약하니 외가나 별궁에서 요양케 하자고 한 것은 벽파의 사람들이었다. 그래 놓고서는 세자가 요양을 끝내고 본궁에 돌아오자 별궁에만 오랫동안 머물러 도성의 물정을 모르고 정책에 대한 이해가 낮은 것 같다고 폄훼했다. 세자가 몸이 아파서 경연에 참석하지 못한 날에는 책읽기를 즐기지 않으신 것 같다고 염려하는 척하고, 늦게까지 불을 켜놓고 책을 읽고 있으면 저러다 미령하신 옥체에 병이라도 들면 어찌할 것인지 걱정이 된다며 거짓 한숨을 쉬었다. 이래도 저래도 결국엔 세자를 질책하는 것이었다. 임금은 그러한 신료들의 세자에 대한 견제를 보면서 굶주림과 한^恨 속에 죽어간 아버지를 생각했다. 아버지도 저런 식으로 당했을 것이었다. 임금에게 있어 세자는 죽은 아버지의 다른 모습이었다. 아버지는 아들로 다시 태어나 임금을 눈물짓게 했다.

늦은 밤, 임금은 차원일을 불러 술상을 마주했다. 부쩍 흰머리가 늘고 주름이 깊어진 임금을 보면서 차원일은 흘러간 세월이 새삼스럽게 느껴졌다. 임금의 나이 어느덧 오십을 바라보고 있었다. 스물 넷, 보위에 오를 때 태양처럼 찬란했던 임금이었다. 세손시절부터 지금까지 단 한 순간도 쉴 틈 없고 평온할 날 없었던 임금은 쉬 늙어버렸다.

"오랜만이지 않은가. 그대와 나 이렇게 술자리를 함께하는 것이…"

"근 일 년 만인 듯싶습니다."

"그래, 그렇군. 또 한 해가 흘렀네. 되는 일은 없는데 시간만 가네, 그려."

임금이 쓸쓸하게 웃었다. 예전에도 임금과 차원일은 간혹 주변을 다 물리고 둘만의 술자리를 갖고는 하였다. 차원일은 임금의 마음을 가장 잘 아는 신하였고 또 벗이었다. 너무 가까이 하는 모습을 보여주지 않으려 임금은 차원일을 도승지로 보임한 후에는 사적으로 부르는 일이 거의 없었다. 오늘 이렇게 부른 것은 가슴에 맺힌 시름이 큰 탓일 터였다.

"자식이 뭔지…. 내 오늘 경연에서는 참으로 속이 타들어가는 것 같았네. 신료들이 세자를 험담할 때는 임금의 자리라는 것도 잊고 당신들이 그 아이를 알면 얼마나 안다고 그리 모진 말을 하는 것이냐고 따질 뻔했어."

"모든 것이 다 소신의 부덕한 탓이옵니다. 정빈이 세자저하를 온 몸과 마음을 다하여 보필하도록 가르쳤어야 했는데…."

그 아이가 제대로 세자저하를 모시지 못하였으니 아비된 저의 죄가 크옵니다…라고 하려던 말을 마저 하지 못하였다. 정빈이 떠올랐기 때문이었다. 차원일이 보기에도 정빈은 세자와 함께 있는 것을 부담스러워하는 것 같았다. 동궁에 드는 날에는 더욱 말이 없어지고 긴장하는 것이 옆에서 느껴질 정도였다.

"아닐세. 정빈인들 몸 성치 않은 세자가 편하겠나. 그 아인 저 나름 최선을 다 하고 있다는 것을 내 잘 알고 있네. 세자가 문제 아니겠나. 도무지 잊질 못하니…."

임금이 길게 한숨을 내쉬었다.

"하늘이 허락하지 않은 인연이니 어찌 인력으로 될 것인가."

임금의 그 말 뒤로 침묵이 무겁게 내려앉았다. 그 침묵이 차원일은 칼보다 버거웠다. 무슨 말이든 해야 했다.

"경연에서 신료들의 과남過濫한 발언이 소신이 옆에서 듣기에도 민망한 것이었사오나 다만 좋게 생각하소서. 세자저하의 공부가 염려되어서 그러한 것이라 여기시는 것이…"

화제는 멀리 벗어나지 못했다. 역시나 세자의 이야기.

"아닐세. 나는 그들의 마음을 알아. 그들은 세자를 무시하면서도 두려워하고 있어. 윤의 영민함이 두려운 게야. 그러니 그 아이가 제대로 보위에 오를 수 있을까. 내가 죽고 나면…"

임금이 또다시 깊은 한숨을 내쉬었다. 임금은 더욱더 살아서 양위하고자 하는 것이다. 살아서 세자를 보위에 올려놓고 얼마간 뒤를 받쳐주고 싶은 것이다.

세자의 존재는 세자 반대파들에겐 목에 걸린 가시 같은 것이었다. 손가락을 집어넣어 빼내고 싶지만 가시를 빼다가 제 목구멍을 찌를까봐 삼킬 수도, 그렇다고 뱉어낼 수도 없는 그런 존재였다. 그런 세자가 간혹 파격을 말하고는 했다. 어디서 듣고 알았는지 바깥세상 돌아가는 물정에 눈을 뜬 것이다. 법국*에서 일어난 시민혁명, 영국의 산업혁명, 미국 독립전쟁의 전말을 알게 되었고 중국과 왜국의 동향에 대해서도 소상히 파악하고 있었다. 전환기 국제정세에 눈을 뜬 세자가 보기에 나라 안에서 아옹다옹하고 있는 신료들이 한심해 보였던지 한번은 시강원** 교수에게 이런 말을 했다.

언젠가는 나라의 관리를 백성의 손으로 뽑는 시대가 올 것인데 그런 날이 오면 과연 지금 조정의 대신 중 몇이나 선택되겠소.

* 프랑스
** 왕세자 교육기관

이 말은 삽시간에 조정에 퍼졌고 신료들은 기겁을 했다. 특히 노론의 소동이 심했다. 몸이 성치 않은 세자가 생각마저 온전치 않다며 폐세자의 소疏를 올리려는 자도 있었다. 세자의 말을 함부로 퍼뜨린 시강원 교수의 직을 박탈하는 것으로 소동은 가라앉았지만 이 일로 세자와 신료들 간의 거리는 더 멀어지게 되었다.

임금은 사태를 주시했다. 세자의 말 한 마디를 부풀려 폐세자 논의까지 일으킨 핵심 인물이 있었다. 심일재였다. 일재의 동향을 임금도 모르지 않았다. 그 역시 호랑이의 자식이 아니었던가. 그 아비를 꼭 닮은 아들이었다. 영리하고 수완 좋은.

임금은 한 잔 술을 놓고 다시 깊은 상념에 빠졌다. 많은 생각이 지나갔고 또 한 생각이 임금을 붙잡았다. 그 아이. 그 아이는 어찌 되었을까. 나를 닮았을까. 임금의 마음속에서만 태어나 자라고 있는 아이였다. 살리려고 보낸 자식이 혹여 어디선가 죽어있지는 않을까 하여 임금은 더러 작은 일에도 근심하고 잠을 이루지 못하였다.

박밀朴謐의 소식이 끊어진 지는 벌써 오래 전이었다. 박밀이 죽었는지 살았는지도 알 수 없었다. 박밀로부터 받은 마지막 서신은 '母子生', 단 세 글자였다. 어미와 아들이 살아있다는 그 사실만이 오직 위안이었다. 살아있으면 언제고 한 번은 만날 수 있겠지, 하물며 아비가 임금인데 그 일이야 가능하지 않겠는가, 하는 막연한 바람만 갖고 있는 것이다. 지금은 드러내놓고 찾을 수도 없었고 찾아서도 안 되었다. 장성한 나이의 다른 왕자가 있다는 사실이 알려지면 정국은 급격한 소용돌이 속으로 말려들어갈 것이 자명했다. 세자와 그 아이, 둘 다 위태로운 상황이 올 수도 있는 것이다. 그러므로 아이를 찾는 일은 임금이 세자에게 정식으로 양위하고 난 후라야 했다. 세자가 온전히 보위를 잇고 자신은 상왕이 되어 왕실이 굳건해지면 그때 아이를 찾아 못다 한 아버지의 정을 주리라 다짐하며 쓰라린 가슴을 달래 보는 것이다. 그때까지 부디 무사히 살아만 있어주기를. 임금은 한 번도 보지 못한 아이가 그리워 술을 털어 넣었다.

"조물주가 하는 일은 참으로 신기하단 말이지."

"무엇이 그러하옵니까."

"어찌 알고 아비의 정기를 고스란히 그 자식에게 넘겨주는지 신묘하지 않은가."

"그래서 부전자전이라 하지 않습니까."

차원일의 말에 임금이 희미하게 웃었다.

"그러게 말이야. 자네 아들이 자네를 꼭 닮은 것처럼 말이야. 내 정빈이 그 아이를 보고 있으면 꼭 젊은 날 자네를 보는 것 같으이."

차원일은 임금의 그 말에 가슴이 설렜다. 나를 닮은 아들, 정빈이. 그래, 넌 내 아들이지. 세상에 하나밖에 없는 내 아들.

죽은 꽃

"매파가 다녀갔다. 강릉의 양반 댁 처녀. 삼대째 출사한 적이 없고 그 이전부터도 정쟁이나 사화에 연루된 적이 없다. 청빈하고 검약한 가문이니 그 댁 따님도 그러할 것이다. 팔월에 혼사를 치를 것이니 그리 알아라."

정빈은 아버지의 일방적인 혼인통보를 무심히 들었다. 가능하지 않은 일을 기어이 이루고야 말겠다는 그 집념 앞에 정빈은 달리 할 말이 없었다. 아버지의 통고대로 팔월이면 혼례는 치러 질 것이고 그 처녀는 무원당에 오게 될 것이었다. 그리고 그 다음에는? 그 다음은 어찌할 것인가. 정빈은 자리에서 일어났다. 돌아서 나가려는 정빈에게 차원일이 다짐을 받아두려는 듯 말했다.

"명심해라. 이제 거의 다 왔으니 일을 그르치지 마라. 너와 우리 가문, 아니 나라를 위해서도 더없이 중요한 일이다. 사사로운 정에 이끌려서는 안 된다."

아버지와 싸워야 한다. 그러나 힘이 없다. 정빈은 깊은 한숨을 내쉬며 연못 앞에 섰다. 별당의 연못은 그 옛날과 똑같았다. 여전히 물이 많고 짙푸르며 나무에서 떨어진 꽃잎이 떠다녔다. 연못은 살아 있고 그날의 기억도 고스란히 간직하고 있을 터였다. 가문의 운명을 뒤집어 놓은 그 사고를 겪고도 연못은 메워지지 않았다. 차원일은 연못을 그날 그대

파체破涕

로의 모습으로 두었다. 정빈은 매일 그 연못가를 오가며 그날의 기억을 되새겨야 했다. 죄책감과 부채감 속에 정빈은 매 순간 스스로를 연못에 빠뜨려야 했다. 정빈은 죽었고 다시 살아났으며, 다시 살아난 정빈은 거듭 죽어야 했다. 언제쯤 이 지겹고도 두려운 삶과 죽음을 끝낼 수 있을까.

가끔씩 유겸은 연못 위에 떨어진 꽃들을 뜰채로 건져내고는 하였다. 시들어 다 죽어가는 꽃과 나무를 살려내곤 하던 유겸은 이미 목숨을 다한 꽃에게도 정성을 기울였다. 깨끗한 접시에 물을 받아 띄워 놓고 며칠을 그 꽃을 보며 지내기도 하였고, 혹 씨앗을 품은 꽃은 잘 말려 두었다가 다음 봄을 기약하였다.

죽은 꽃.

정빈은 스스로를 그렇게 여겼다. 이생에서는 피지 못할 꽃이었다. 산채 죽은 나는 혹 다음 생을 기약할 수 있을 것인가. 유겸도 그것을 알아 나를 접시 위 꽃처럼 정성으로 대하는 것은 아닌지.

정빈은 그런 생각으로 슬프게 연못을 바라보았다.

툇돌 위에 신이 없는 것으로 보아 유겸은 방에 없는 것 같았다. 별당 마당에도 보이지 않았다. 지금 시간에는 수련장 마사나 헛간 같은데 있겠지만 당장 눈앞에 없으면 불안하고 걱정이 되었다. 복이아범이 다녀간 것은 아닐까, 인사도 없이 떠난 것이면 어떻게 하지. 정빈은 황급히 유겸의 방으로 들어갔다. 혹 남겨놓은 편지 같은 것이 있을지도 몰랐다. 그런 이별의 표지 같은 것을 발견하게 되면 어찌하나 싶은 두려움에 정빈은 조심스레 문을 열었다.

방문을 열자 다행히도 편지 같은 것은 없었고 덩그러니 서 있는 전신거울이 눈에 들어왔다. 정빈이 유겸에게 준 것이다. 지난여름 별당에서 유겸이 나뭇가지치기 하는 것을 보게 되었다. 한껏 푸르고 풍성한 나무 사이를 오가는 유겸의 모습이 보기 좋았다. 정빈의 시선은 내내 유겸의 발걸음을 따라 옮겨 다녔다. 그리고 그날 전신거울을 유겸의 방에 놓아주었다. 연경에서 들여오는 수입품으로 웬만한 기와집 한 채 값이었다. 네가 얼마나 잘 자랐는지 너도 네 모습을 한번 보란 뜻이었다. 그때 유겸은 거울 속의 제 얼굴을 보고는 부끄러워하며 고개를 들지 못했었다.

정빈은 물끄러미 거울 속에 비친 제 모습을 보았다. 한참을 들여다보다가 겉옷을 벗고 다시 보았다. 벌거벗은 몸을 드러낸 거울 속 여인은 여인이면서도 여인의 표징이라 할 만한 것이 없었다. 정빈의 몸은 그런 것들과 거리가 멀었다. 이십여 년 동안 그 몸에 행해진 가혹한 수련과 독한 약은 정빈의 몸을 바꿔놓았다. 납작한 가슴과 그 위에 말라붙은 유두는 여인의 것이라고 하기엔 너무나 초라했고 마르고 길쭉한 팔다리 역시 부드러움과는 거리가 멀었다. 정빈이 보기에 거울 속 인간은 남자도 여자도 아닌 그저 괴물이었다.

정빈은 쓸쓸히 거울 속을 들여다보다가 터져 나오려는 한숨을 삼켰다. 그리고 몸을 반쯤 틀어 등 뒷면을 보았다. 선명한 화상자국이 눈에 들어왔다. 어린 날 아버지가 만든 것이었다. 모질고 잔인하며 치밀한 아버지였다. 월경을 끊는 약을 지을 때도 혹여 약방에서 이상하게 생각할까 봐 같은 약방에 두 번 이상은 가지 않는 사람이었다. 전국을 돌면서 조금씩 사 모은 약재로 직접 약을 달여 먹인 아버지. 정빈은 맨살에 뜨거운 쇳물이 떨어지던 때의 기억이 되살아나 소스라치게 놀랐다. 고통스럽고 무서웠던 기억에 저도 모르게 앞으로 고꾸라져 몸을 감쌌다. 무섭고 슬퍼서 눈물이 났다. 정빈은 소리 없이 울었다.

유겸이 문을 열고 들어오려다가 돌아섰다. 정빈의 슬픔을 목격하는 것은 유겸에게도 고통이었다. 유겸이 기억하는 한 정빈은 하루도 몸과 마음이 아프지 않은 날이 없었다. 드러난 얼굴은 말끔했지만 몸 여기저기 상처투성이였다. 차원일의 훈육방식은 엄격하고 혹독해서 훈련할 때도 실전과 같았다. 목검이 아니라 진검으로 대련을 하니 칼에 베이는 일이 허다했다. 다치고 피를 흘린 채 유겸에게 온 적도 여러 번이었고 내상으로 피를 토한 적도 있었다. 칼에 베이고 창에 찔리는 상처보다 심각한 문제는 약물중독과 정신적 고통이었다. 오랜 세월 독한 약을 먹었고 그 독약을 중화하기 위해 또 다른 약을 먹어야 했다. 약물에 의한 신체 변화는 정빈의 내면마저 차츰 붕괴시켜가고 있었다. 부서지는 정빈의 내면을 가까스로 붙들고 있는 건 유겸이었다. 오늘처럼 정빈이 혼자서 울고 있는 것을 볼 때면 유겸은 깊은 절망을 느끼고는 했다. 그를 위해 아무것도 해줄 수 없는 무기력한 연민이었다.

밖에서 서성이다가 한 식경 정도 시간이 흐르고서야 유겸은 방에 들어갔다. 정빈은 아무 일 없었다는 듯 말쑥한 얼굴로 유겸의 책을 읽고 있었다. 유겸은 마치 정빈을 그때 처음 본 것처럼 인사했다.

"어인 일로 이 시간에 오셨습니까."

"못 본 지 오래되어 부러 집에 들렀다. 내일이면 또 화성에 내려가야 한다."

"예. 마침 봄에 담근 도화주가 잘 익었는지 보고 오는 길이었습니다. 한 잔 올릴까요?"

"그래. 함께 마실 테이니 준비해 오거라."

"예."

말이 떨어지자마자 유겸이 방을 나가더니 향기로운 술 냄새와 함께 다시 들어왔다. 유겸이 작은 술병을 내밀었다. 술병을 따자 어느새 방안에는 도화주 향기가 은은히 퍼져갔다. 잘 익은 술이었다. 정빈은 자주 술을 마셨다. 식사 때에 한두 잔은 기본이었고, 책을 읽다가도, 수련을 마치고 돌아와서도 가볍게 입술을 축이듯 술을 마셨다. 폭음을 하지 않았고 많이 마셔도 취한 적이 없었다. 고강한 무공 때문이거나 때 맞춰 복용하는 약 때문일 수도 있을 터였다. 취하지도 않을망정 그렇게 마시는 술이 아마 그의 몇 안 되는 낙일 것이었다. 유겸은 그런 정빈을 위해 종종 꽃으로 약주를 빚었다. 겨울에는 매화주를, 봄에는 도화주와 두견주를, 가을에는 국화주를 빚었다. 유겸이 빚은 꽃술을 정빈은 좋아했다. 죽을 때는 유겸이 빚은 술을 마시고 취해서 죽으면 좋겠다고 말한 적도 있었다.

무늬 없는 백자에 맑은 꽃술이 고이고 두 사람은 잔을 받들어 눈을 맞추었다. 정빈이 엷은 미소를 지었고 유겸도 그 미소를 받았다.

"향이 좋구나."

"올 봄에는 유난히 복사꽃이 만발하여 술을 빚을 때 꽃을 많이 넣었습니다."

"그래. 고맙구나."

"별것 아닙니다."

"아니다. 네가 빚은 술은 언제나 최고의 미주美酒다."

정빈은 한 모금 삼키고 유겸을 바라보았다. 유겸의 입술에 복사꽃잎이 묻어 있었다. 잠자리날개마냥 얇고 투명한 것이 입술에 꼭 달라붙어 있어 정빈이 떼어주려고 손을 가져갔다. 정빈의 손이 입술에 닿자 유겸은 흠칫 움츠러들었다. 볼이 발갛게 달아올랐고 입술이 부풀어 오르는 느낌이 들어 남은 술을 재빨리 비웠다. 누가 물을 것도 아닌데 술 때문에 그런 거라고 핑계를 댈 참이었다.

"겸아…"

정빈이 유겸의 이름을 불렀다. 낮고 힘없는 목소리가 따뜻하게 느껴졌다. 연경에서 기별이 오면 언제든 떠나겠다고 한 뒤로 내내 냉랭하던 정빈이었다. 오늘은 무슨 마음의 동요가 있었기에 아까는 그토록 섧게 울고 또 지금은 이렇게 약해진 걸까.

"부르시고서 어찌 말씀이 없으신지요."

"화성에 있을 때는 무엇을 하며 지냈느냐. 그때 내가 너를 잘 돌봐 주지 못하였다. 늘 바빠서 네가 어찌 지내는지 살피지 못했다. 혹 서운한 것은 없었느냐."

뜬금없이 화성에서의 일을 묻는데 말에서 그 어떤 이별의 느낌이 났다. 유겸은 슬퍼졌다.

"저 같은 아랫사람에게 그 어찌 합당치 않은 물음을 하시는지요…. 저는… 잘 지내었습니다."

정빈이 엷게 웃었다. 네가 어찌 아랫사람이냐. 나는 너를 한 번도 그렇게 생각한 적이 없다. 내가 너로 인하여 가까스로 사는 힘을 얻었거늘. 정빈의 웃음은 그런 것이었다.

"나는 그때 참 좋았던 것 같다."

"무엇이 좋았사옵니까."

"화성에서 함께 지내던 때 말이다. 처음 화성에 내려갔을 때 그 어떤 자유를 느꼈었다. 도성 안에서 나를 향해 있던 그 모든 눈들… 거미줄처럼 나를 옭아매는 시선들로부터 벗어난 자유, 보기 싫은 것 안 보고 듣기 싫은 것 안 들어도 되는 그런 자유 말이다. 그러다가 곧 슬프고 무섭고 외롭고 불안해졌지. 생각해보니 늘 곁에 있던 네가 없어서였다. 네가 화성에 오고 난 후엔 그런 것들이 사라졌다. 그저 같은 공간에 있다는 것만으로도 위안이 되더구나. 고마웠다."

긴 말. 이렇게 말을 길게 할 때는 속에 하고 싶은 다른 말이 있다는 것이다. 유겸은 정빈의 속마음을 헤아려 보았다. 그는 지금 무언가 불안하고 두려운 것이다.

"연경에는… 꼭 가야겠느냐."

그래, 언젠가는 이 말을 한 번은 물어볼 줄 알고 있었지. 유겸은 한참을 시선을 떨어뜨린 채 있다가 대답했다.

"…예."

"그곳에 무엇이 있기에…"

"천…천주당이 있습니다."

다시 침묵이 찾아왔다. 그렇게 한참을 있다가 정빈이 다시 말을 이었다.

"김태윤에게서 나도 들었다. 거기에 너희 믿는 자들이 그리워하는 이가 있다고. 십자나무에 매달려서 하염없이 기다리고 있다고 하더구나. 그래서 그를 찾아가는 것이냐."

"…예."

유겸의 목소리가 더 잦아들었다. 저는 가야 합니다. 나를 기다리는 그분께로. 이 말이 하고 싶은데 나오질 않았다. 이해 못할 말을 해본들 소용없을 터였다.

"그리운 이가 있고, 그를 찾아갈 뜻이 있다니…. 인생은 그 한 가지만 있어도 좋을 것 같다. 내게는 그런 것이 없구나."

아무 그리운 것도, 기다릴 것도 없는 인생. 정빈은 새삼 자신의 처지가 기박하게 느껴졌다.

"연경까지는 길이 멀다. 혼자 가기엔 너무 외롭지 않겠느냐."

나도 함께 가면 아니 되겠느냐, 이렇게 묻고 싶었는데 차마 그럴 수 없었다. 부끄럽고 염치없이 느껴지는 것이다.

"더불어 간다고 외롭지 않은 것은 아닙니다. 사람은 늘 외롭지요. 또한… 그 고독이 제게 필요하다 여깁니다."

"혹 여기서도 외로웠느냐."

유겸은 대답하지 않았다. 대답하지 않아서 정빈은 오히려 그 마음을 알 것 같았다. 외로웠을 것이다. 매 순간 고독했을 것이다.

그래도 정빈은 유겸이 이해되지 않았다. 어찌하여 스스로 고독을 찾아가는 것인지, 무엇이 그토록 간절한 것인지 알 수 없었다. 그저 이곳에 머물면 평생을 안온함 속에 살 수 있을 터인데 왜 애써 힘든 길을 가려 하는 것일까. 정빈은 자기의 생이 너무나 힘들어 유겸은 평온하게 살기를 바랐다. 유겸의 평온을 보면 자기의 고통도 잊을 수 있을 것 같았다. 그러나 유겸은 떠날 것이다. 떠나고 말 것이었다. 정빈은 잠시 눈을 감았다 떴다. 눈앞에 말간 얼굴의 유겸이 있었다. 너는 아직 내 곁에 있구나.

"너는… 알고 있지. 나를…"

귀를 기울이지 않으면 잘 들리지 않을 정도로 작고 낮은 목소리가 촛불에 흔들렸다.

"나는… 오라버니를 죽게 하였다. 연못에 떨어진 꽃이… 예쁘고 불쌍했다. 그 꽃을 건지려고…"

술잔을 찾는 정빈의 손끝이 떨리고 있었다.

"그러므로… 내게는 아무런 자유가 없다. 나는, 내가 아니므로… 그럴 수 없다. 니는… 내 죽은 오라버니를 살아야 한다."

벌써 몇 잔째인지 몰랐다. 정빈은 계속 술을 마셨고 같은 죄를 계속해서 고백했다. 유겸은 정빈을 말리지 않았다. 하는 대로 하게 두었다. 그나마라도 자유로우라고. 정빈은 취하지 않았다. 차라리 취하기라도 하면 잠시 잊기라도 할 텐데 마실수록 기억이 더 뚜렷해지는 모양이었다.

"이것이 독이면 좋겠구나. 그러면 즐겁게 죽을 수도 있지 않겠느냐."

정빈은 웃는지 우는지도 모를 얼굴로 마시고 또 마셨다.

그날 이후 평생 그 기억 속에서 고통스러웠을 정빈을 생각했다. 유겸은 아무런 말도 하지 않았다. 지금 눈앞에 있는 사람은 누구인가. 세상 모든 것을 다 가졌지만 정작 자기를 잃어버린 불쌍하고 가엾은 영혼이었다. 정빈은 그렇게 늘 흔들리고 부서지고 있었다.

유겸은 정빈을 바라보았다. 긴 세월 바라만 본 사람이었다. 유겸에게 정빈은 지상의 모든 것이면서도 끝내 아무것도 될 수 없는 인연이었다. 아무것도 될 수 없어서 다행이었고 그래서 허무했다. 유겸은 정빈을 가만히 안아주었다. 그것이 유겸이 정빈에게 해줄 수 있는 전부였다.

유겸은 짧게 기도했다.

언젠가는, 영원히 복되기를….

파체破涕

달빛영롱

여인은 고향인 여주로 가서 논밭을 판 돈을 가지고 바로 떠났다고 했다. 궁녀 시절 녹봉을 모아 시골에 전답을 사두었던 모양이었다. 그것을 먼 친척 동생이 관리하고 있었는데 어느 날 갑자기 찾아와서는 다 팔아 달라 해서 그리했다는 것이다. 친척 동생은 그때 누이가 아직 젊었던지라 궁에서 나왔을 것이라는 생각은 하지 못했고 급히 돈이 필요한가 보다고만 여기고 달리 묻지 않았다고 했다.

"그럼 그때 우리 누이가 궁에서 나와서 대체 어디로 갔단 말인가요?"

"나도 그걸 알고 싶소."

태윤은 되레 자기에게 묻는 소혜의 동생이 답답하게 느껴졌다. 한번 들어가면 죽거나 죽을병이 들기 전에는 나올 수 없는 곳이 궁인데 누이가 어느 날 갑자기 그렇게 나왔으면 무슨 까닭인지 묻기라도 해 봐야 할 것 아닌가.

"좀 이상한 점은 없었소? 누님께서 사뭇 다르게 느껴졌다거나…"

"에휴, 그걸 어떻게 알겠습니까요. 어릴 때 궁에 가신 후로 그때 처음 봤나 그랬는데…. 한 이십 년 만이었지요. 그 좋았던 인물이 좀 못해졌더라고요. 그 고운 얼굴에 버짐이며 기미 같은 것이 얼룩덜룩하니… 아, 우리 누이가 이 근동에서는 인물 좋기로 유명했던 터라…"

"누이 생김이 어떠하오?"

태윤은 친척동생을 유심히 살펴보았다. 설마 이렇게 생기진 않았겠지. 친척동생은 사람은 좋아보였는데 좀 둔탁한 느낌을 주는 인상이었다.

"요렇게, 요렇게 생겼습죠."

사내는 손으로 턱을 갸름하게 감싸 보였다. 피부가 백옥같이 희고 여인네 치고는 코가 높아서 팔자가 세겠다는 얘기도 있었다고 했다. 키는 중간치이고 살은 여위지도 비후하지도 않은 편이라고 했다. 별로 특징적이랄 것이 없었다. 궁녀야 왕을 모시는 여인인데 희고 고운 피부에 적당한 체형은 일반적인 선발기준에 불과했다.

"아, 그리구 이건 좀 비밀인데, 아니, 비밀까지는 아니고, 그래도 좀 말하기 조심스럽긴 하지요마는…"

"말해 보시오. 내 특별한 사정이 있어 누님을 찾는 것이오. 함부로 말하고 다니는 사람은 아니니 염려 마오."

태윤은 제 신분을 증명하는 패를 보여주었다. 그 패가 무엇인지를 알아 본 소혜의 친척동생이 주저 없이 얘기를 계속했다.

"누이 몸에 점이 하나 있는데 동네 할먼네들이 그 점이 귀한 아들 보는 점이라고 합디다."

"그 점이 어디에 있었소?"

"저는 모르지요. 겉으로 드러나는 데는 아니니. 에휴, 그런데 궁녀가 되었으니 임금님 눈에 들기 전엔 아들이고 뭐고 가당키나 한 일인가요. 누이가 그때 찾아왔을 때가 이미 서른이 목전이었는데…"

동생은 인물 좋은 누이가 궁인이 된 것이 내심 안타까웠던 듯 한숨을 쉬며 말했다. 그저 남들처럼 촌에서 짝 맞춰 혼례 치르고 아들딸 낳고 살 일이지, 하며 아쉬워했다. 촌수는 멀어도 어릴 적 꽤나 우애가 있었던 모양이었다.

"그래도 그 누이 덕에 우리들도 굶지 않고 살았지요. 누이가 녹봉 모아 산 논밭을 우리들이 갈아먹고 살았으니. 전답 판 돈도 얼마간 떼어주어서 그걸로 여즉 땅도 부쳐 먹고 삽니다. 달리 보답할 형편도 못 되고 해서 그저 따뜻한 밥 한 끼 지어 드렸는데 한 술도 못 뜨시더만요. 찬이 성치 않아서 그런가 보다 했는데 속이 편치 않다고 하시대요. 그거야 우리 미안해하지 말라고 하신 거지 사실은 찬이 입에 안 맞은 거겠지요. 궁에서 좋은 거 잡숫고 지내셨을 터인데 거친 밥알이 넘어갔을까. 그러구선 내가 물 뜨러 간 사이 떠나고 말았어요. 아무 말도 없이…"

아이를 가진 게로구나. 태윤은 자리에서 일어났다. 해 떨어지기 전에 화성에 들어가야 했다. 태윤은 소혜의 친척동생 집을 나서면서 잠시 망설여 보았다. 그 여인처럼. 내가 그때 소혜였다면 이 앞에 놓인 길 중 어디를 향해 갔을 것인가. 궁에서 잉태된 아이의 운명이란 과도한 축복이거나 가혹한 재앙일 터, 그 극단의 운명을 피해보고자 여인은 길을 떠났을 것이었다. 궁인이 제 발로 궁을 나간 것도 대역죄인지라 그 얼마나 모진 각오를 하였기에 그런 선택을 하였을까. 태윤은 알지 못하는 그녀가 안타깝고 측은했다.

그때 임금이 낙관을 찍은 휘諱는 '온穩'이었다. 아들이 하나 더 있다면 주고 싶었던 이름이라 했다. 그 '온'이 아마도 소혜가 잉태한 아이였을 것이다. 그러니 소혜 말고도 찾아야 할 사람이 하나 더 있는 것이다. 이십 년 전 실연失戀한 연인이었던 임금과 소혜를 잇고 있는 단 한 글자, 온穩. 이 이름을 가진 자를 찾아야 한다.

화성에 가까워질수록 태윤의 가슴은 뛰기 시작했다. 마치 그리운 이를 만나러 가는 것처럼 설레고 두근거리는 것이다. 그러다 마침내 창룡문을 지날 때에는 저도 모르게 눈물이 툭 떨어지고 말았다. 화성을 떠난 지 삼 년 만이었다. 아마 단 하루도 잊은 적이 없었을 것이다. 비록 완성을 보지는 못하였지만 매일매일 화성을 생각하고 그리워하였다. 오늘쯤이면 얼마나 지어졌을까 상상해보고 계절이 바뀔 때마다 성의 풍경을 그려보고는 하였던 것이다.

태윤은 성을 쌓는 데 보낸 모든 날들을 낱낱이 기억했다. 하루의 일이 끝나면 그날의 공정을 하나도 빠트리지 않고 기록해두었던 것이다. 설계초안과 수정안, 개별 건축물들의 준공에서 완공까지 있었던 모든 일들을 머릿속에 담아두었다. 동서남북의 큰 문 네 개와 구석구석 배치한 작은 암문들, 치성과 각루, 포루와 적대, 봉돈 같은 시설물들이 매일 밤 태윤의 꿈속에 들어섰다. 그 꿈속에서 임금은 푸르고 즐겁게 흘러가는 수원천을 따라 새 단장한 행궁으로 들어갔다. 어떤 날은 장엄한 행렬을 이끌고 또 어떤 날은 조그만 아이 하나만 데리고 성으로 들어가는 임금을 태윤은 내내 곁에서 지켜보았다. 임금께서 곧 나를 부르시려 할 때, 태윤은 꿈에서 깨고는 하였다.

외롭고 슬픈 타향의 새벽, 임금의 음성은 생생하게 가슴을 파고들었다. 그때 성을 지으려 할 때 임금이 하였던 말도 모두 생각났다. 아름다워서 두렵게 하라 하였던 것과, 돌멩이 하나도 백성들 사는 걸 우선으로 여겨 놓으라 하였던 것과, 임금과 백성이 더불어 화락하게 살 궁리도 하라 하였던. 화성은 그런 성이었다.

태윤은 창룡문을 지나 마주 보이는 동장대로 갔다. 장용영 군사들이 훈련을 하고 있었다. 머릿속이 엉킨 실타래 같을 때 일사불란하게 움직이는 무관들의 훈련광경을 보면 가슴이 뻥 뚫리는 것 같아서 화성에 있을 때 종종 동장대를 찾고는 했었다. 동장대는 공사를 시작한 지 40일 만에 완공을 보았다. 군사훈련장이어서 지휘관인 정빈의 의견이 많이 반영되었는데 설계도가 나오자마자 눈 깜짝할 새 지어버린 것이다. 그때 군사들과 역부들 사이를 오가던 정빈의 모습이 생각났다. 어느 틈엔가 말을 타고 휙 들어서서는 이동거리를 확인하고, 한 번은 걸어보고 또 한 번은 뛰어봐서 각각 걸리는 시간을 재보던 것도 생각났다. 계단 폭까지도 일일이 점검하는 치밀함에 일은 저렇게 해야 하는 거라고 태윤도 감탄한 적이 있었다. 그때 그 말끔한 얼굴이 한여름 더위에 지쳐 찌푸린 채였는데 그 찌푸린 얼굴조차도 잘나 보였었다. 하긴 몇 해 전 어느 문신이 장용영에서 훈련하는 장수를 보고 쓴 시 이영소장여홍옥梨鬱小將如紅玉*은 그대로 정빈에 대한 찬양이 아니었던가.

지금 훈련 중인 군사들의 무리 속에는 정빈이 보이지 않았다. 화성에 없는 걸까. 아니면 이제 더 이상 군사 훈련은 맡지 않는 것인지. 태윤이 달포 전에 기별하기를 도성 가는 길에 화성을 들릴 것이라고는 하였는데 정확한 날짜는 적지 않았었다. 그래도 여기 오기만 하면 만나게 될 거라는 이상한 믿음이 있었다. 언제고 내가 화성에 가는 날에는 반드시 거기에 네가 있을 거라고 생각했던 것이다. 태윤은 동장대 영롱담장에 기대 다리를 쉬었다. 막연하게도 이렇게 잠시 쉬다보면 마치 약속이나 한 듯 정빈이 나타날 것만 같은 것이다.

영롱담장의 무늬는 그야말로 무언가 영롱하게 빛나는 것을 형상화한 것인데 그것은 달빛이기도 했고, 꽃잎에 맺힌 이슬이기도 했으며, 사

---

* 청장관전서 제20권에 나오는 시의 일부. 풀이하자면 '이영(장용영의 다른 말)의 젊은 장수, 홍옥처럼 아름다워라' 라는 뜻

람의 눈빛이기도 했다. 그리고 유겸을 처음 보았을 때 유겸의 옷자락에 작은 십자가로 반짝이던 햇살이기도 했다. 태윤은 유겸과 나누던 이야기가 생각나 자리에 주저앉았다. 저녁달빛이 담장 위에 내려앉았고 익숙한 그리움이 시작된 것이다.

유겸과 성 안을 돌며 묵주신공을 드리던 것이 생각났다. 그때 나눈 이야기들이 새록새록 떠올랐다. 옹성에서는 거룩한 잉태를 생각하였고, 문루 오성지에서는 구세주의 탄생을 기념하였다. 그때 문루 밖에 빛나던 별들은 또 얼마나 아름다웠던가. 예수의 수난과 죽음을 생각하며 기도할 때 유겸은 눈물을 흘렸었다. 그곳이 아마 어느 포루에서였을 것이다. 이 영롱담장에서는 다시 살아난 예수가 천상으로 돌아가는 것을 기억하였었다. 햇살이 담장에 아른거리던 날이었는데, 유겸이 말하기를 그분께서는 아마 이런 빛을 감고 하늘로 올라가시지 않았을까요, 라고 한 것이다. 그렇게 성 곳곳에 태윤은 유겸과 나눈 이야기들을 묻어 두었다.

그때였다.

"거기 누군가."

어둠 속에서 익숙한 목소리가 들렸다. 얇고 서늘한 음성. 태윤은 용수철 튀어 오르듯 자리에서 벌떡 일어났다. 왔구나. 차정빈!

"날세!"

태윤은 반가워 소리쳤다. 그러자 길고 후리후리한 옷자락이 다가왔다.

"여기서 무슨 청승인 게야. 빗방울이 떨어지고 있잖은가."

마치 어제도 만났던 것처럼 무덤덤한 목소리로 정빈은 태윤을 알아보았다. 그 무심한 맞이가 지난날과 똑같아서 한편으로는 다행스럽고 또 한편으로는 서운했다.

"자넨, 여전하네 그려…. 나는 반가워 죽겠는데 자넨 어찌 이리 냉랭한가, 무려 삼 년 만이란 말일세, 천 일이 흘렀단 말일세. 이 태도는 대체 무엇인가, 응? 말 좀 해보게. 이렇게 꿈처럼 만나면 놀라는 척이라도 해 보게, 이거 원 나무토막하고 벗을 해도 자네보다는 살갑겠네, 그려. 아, 그리고 기왕 말이 나왔으니 하는 말인데, 정녕 자네는 단 하루도 내가 궁금치 않았는가, 어찌 삼 년 내내 소식 한 자 없었는가, 내가 그렇게 수도 없이 편지를 보냈건만…. 이보게, 친구, 나는 잘 있네, 이렇게 한 줄 써서 보내면 손가락이 부러지기라도 한단 말인가. 나는 보고파 죽는 줄 알았으이. 이 무심한 벗님아. 자넨 하나밖에 없는 친구가 객지를 떠돌다 죽어도 눈 하나 깜짝하지 않을 사람일세, 차갑고 무정하기가 한 겨울 첩첩산중 계곡물과도 같으이."

태운은 정빈을 따라 행궁으로 내려가면서 내내 투덜거렸다. 듣고 있던 정빈이 타박했다.

"아, 거 참 시끄럽네. 자네 역시 여전하네. 변한 게 하나도 없어. 그렇게 말이 많으니 수염이 안 나는 것 아닌가."

어휴, 이렇게 말을 하려던 것이 아니었는데. 정빈은 잠시 후회했다. 사실은 곧 화성에 갈 것이라는 태운의 편지를 받고서는 오늘 오나, 내일 오나 하면서 거의 매일 문루를 올라가 보고 성 안팎을 순찰했던 것이다. 그 편지를 받은 것이 벌써 꽤 오래 전이었던지라 실상 정빈의 기다림도 제법 오래된 것이었다.

"아이쿠? 수염이라고 했나? 이 양반 말 하는 것 좀 보게나. 매끈 얄쌍한 턱주가리가 여인네 같은 게 누군데 나보고 수염이 안 난다 타박하는가. 그리고 수염 쓸어대며 에헴 거리는 양반님네들을 내가 아주아주 많이많이 매우매우 정말정말 싫어한다는 거 자네도 알잖은가. 이 깨끗한 턱선과 말쑥한 입매야 말로 진정 새로운 시대, 새로운 장부의 이상형이란 말일세. 꽃 같은 우리 유겸선생 역시…"

한마디 던지면 열 마디 백 마디로 갚아주는 태윤이었다. 그런 태윤도 유겸 얘기를 하려는 순간 잠시 멈칫했다. 유겸인 잘 지내나, 연경에는 갔을까, 궁금한 게 많은데 쉬이 물음이 나오지 않았다. 유겸이 연경으로 떠났다 해도, 떠나지 못했다 해도 마음이 아플 것 같았다. 아직 가지 못하였다면 꿈을 이루지 못한 것일 테고, 가고 없다하면 이제 더 이상 무원당에 가도 만날 수가 없다는 얘기였다. 유겸에게 전해주고 싶은 것이 있는데 이것을 언제 말할 수 있을 것인가. 유겸선생, 내 드디어 그대가 알고 싶어 한 그 기도의 뜻을 알았네.

"혼사는… 잘 안 되고 있는 거, 소식 들었네."

늦은 밤 정빈의 집무실에서 둘은 차와 술을 놓고 마주 앉았다. 막상 마주하니 딱히 할 이야기가 없었다. 매일 서로 생각했으면서도.

이런저런 시답잖은 이야기 끝에 화제는 정빈의 혼사에까지 다다랐다. 사실 태윤으로서는 내내 묻고 싶었으면서도 듣고 싶지 않은 이야기였다. 이상한 마음이었다.

"그렇다고 하더군. 어차피 될 리 없는 혼사를 차대감 혼자서 애쓴다지."

"지금 남의 얘기 하나? 차판관님 당신 혼사 얘기야."

"알아."

"알긴 뭘 알아. 이게 혼사를 앞둔 신랑의 태돈가. 낯빛 좀 보게. 까칠해져 갖구선. 삼 년 전 관옥 같던 그 차정빈이 아닐세, 그려."

정빈이 또 피식 웃었다. 태운은 그 웃음에서 세월을 느꼈다. 얼굴에 근심이 깃들어 수척해 보이고 또 이제는 나이가 들어 보이기도 하는 것이다. 그래, 삼 년이 짧은 시간은 아니지. 하지만 여전히 서늘한 아름다움을 간직한 그 얼굴을 태운은 슬쩍슬쩍 자꾸 쳐다보았다.

"그만 좀 봐라. 낯 뜨겁다."

정빈이 무심하게 한마디 툭 던졌다.

"귀신같은 인간, 안 보는 척 하면서 다 보고 있구만? 그래, 다음 혼사는 팔월이라면서? 어때, 이번엔 제대로 성사될 것 같은가?"

"자네야말로 귀신이네. 바깥으로 떠돌면서 도성 소식은 다 듣고 있었군, 그래. 그 얘긴 또 어떻게 들었나? 우리 아버지가 소문내고 일을 벌이는 분이 아닌데."

"강릉에 감찰 갔다가 들었지. 한양 도성 최고 권세 가문에 시집간다는 규수 얘기를. 색시가 참하다고 하더군."

정빈은 혼사의 상대방 얘기가 나왔는데도 놀라거나 궁금해 하는 기색이 전혀 없었다. 여전히 무심한 얼굴인 채로 차만 마셨다.

"다들 할 일 되게 없나 보다. 남의 혼사에 그렇게 관심을 갖다니 말이야."

"그 남이 보통 남이라야 말이지. 한양 최고의 남! 차정빈 아니신가. 과연 누가 차정빈의 여인이 될 것인지가 내리 몇 년째 시중의 관심사라니… 쯔쯔."

정빈의 혼사가 사람들 입방아에 오르내리는 건 신랑 될 사람이 워낙 유명해서이기도 하지만 벌써 몇 년째 혼사가 번번이 깨지고 엎어진 때문이기도 했다.

"그러는 자네는 대체 왜 장가 갈 생각도 안하는 게야. 겉보기엔 멀쩡해 보이는데 혹시 고자인가?"

고자라는 말이 정빈의 입에서 나오자 태윤은 삼키려던 차를 뿜어내고 말았다.

"야잇! 말을 해도! 고자라니, 고자라니! 아닌 거 보여줘?"

"시끄럽다. 삼 년이 지나도 헛소리하는 건 하나도 안 변했네."

"헛소리는 자기가 먼저 해놓고! 뭐, 그건 그렇고. 나는 홀로 살기를 결심한 지 오래니 그리 아시게."

진심이었다. 태윤은 언젠가부터 혼사에 대한 마음을 접었다. 세상에서 제일 예쁜 여인의 지아비가 되는 것이 인생의 목표이던 시절도 있었건만 점점 그런 생각이 없어진 것이다. 정확히 무엇 때문인지는 태윤도 몰랐다. 그저 어느 순간 세상의 모든 것이 부질없다는 생각이 들었고 자손을 두어 이 불평등과 차별을 겪으며 살게 한다는 것이 부당하게 느껴졌다. 세상이 바뀌지 않는 한 그 자식의 인생도 바뀌지 않을 것이었다.

"왜 다들 혼자 살겠다는 거냐. 멀쩡한 사내들이."

"나 말고 또, 누구? 유…겸?"

정빈이 고개를 끄덕였다.

"유겸선생은 잘 있는가."

마침내 그의 안부를 물었다. 문자로서의 신앙을 현실로 더듬을 수 있게 해 준 이였다. 그를 만나고 나서 태윤은 어렴풋이 천주와 천계의 실존을 느꼈던 것이다. 태윤은 가장 아름다운 것이 가장 선할 때, 혹은 가장 선한 것이 가장 아름다울 때 그것이 진리가 된다고 믿었다. 아름다움이란 외양만을 말하는 것이 아니라 그 내면의 투명함과 순결, 온유함이었는데 그것을 유겸에게서 본 것이다. 외양의 아름다움으로 말할

파체破涕

것 같으면 사실 정빈이 더하면 더했지 결코 유겸보다 못하지 않았는데 정빈에게서는 그러한 온유와 선을 느끼기 어려웠다. 정빈은 어두웠고, 불안했으며, 늘 우울했으므로. 하지만 그렇다 해도 태윤은 정빈을 사랑했다. 그의 불완전한 인성이 오히려 태윤을 끌어당기고 있는 것인지도 몰랐다. 어쩌면 유겸도 마찬가지 아닐까. 유겸도 제 주인의 어딘지 모를 결핍을 보살피며 그를 연민하고 있을 터였다. 연민이라는 게 사실 사랑의 다른 이름 아닌가 말이다.

"곧… 떠날 걸세. 나를…."

정빈의 대답은 쓸쓸했고 태윤은 기묘한 긴장과 불안을 느꼈다. 연인들의 이별을 목격하고 있는 것 같은 느낌이었다.

"묻겠네. 유겸은… 대체 누구인가."

두서없는 그 물음에 정빈의 미간이 미세하게 찌푸려졌다.

"나는 전부터 궁금하였어. 자네처럼 엄격하고 그 누구에게도 곁을 주지 않는 사람이 한낱 노비… 노비가 맞기는 한가? 여하튼 아랫사람에게 그토록 마음을 쓰고 그의 부재를 두려워하는지 말이야. 자네가 그 아이를 바라볼 때 자네 눈빛이 어떠한지 정작 자네는 모르겠지만… 나는 그 눈빛이 때로… 불안하였네."

태윤의 목소리는 가라앉아 있었고 정빈의 눈동자는 찻잔에 고정된 채였다. 뻑뻑한 침묵이 둘 사이를 가로막기 직전이었다. 태윤이 다음 물음을 던졌다.

"혹… 그 아이를… 은애하는가."

정빈은 숨을 멈추었다. 조그만 바늘 하나가 콕 하고 심장에 박히는 기분이 들었다.

"자네가 그 아이를 깊이 마음에 두고 있다는 생각… 그런 생각을 한 적이 있네."

정빈은 아무 말도 하지 않았다. 아니라고도, 그렇다고도 할 수 없었다.

"세상의 법도를 들먹이지 않겠네. 자네와 유겸이. 여느 상전과 노비 사이가 아니라는 것쯤은 나도 알고 있네. 말해 주겠나. 자네에게 있어 유겸은 어떤 의미인가."

"그걸 왜 내가 너에게 말해야하지."

말에 가시가 돋쳐 있었다. 맞다. 주제넘었다. 태윤도 그걸 안다. 알면서 왜 물었을까. 그런데 꼭 물어야 할 것 같았다.

"자유다."

"뭐?"

"자유라고 하였다. 내게서 그 아이는 자유다."

그렇게 말하는 정빈의 입술 끝이 조금 떨리고 있었다. 정빈이 덧붙였다. 나는 그 아이와 함께 있을 때 가느다란 자유를 느낀다고, 이 속박된 삶으로부터 언젠가는 벗어날 수 있을 것란 희망을 갖게 된다고 했다. 너를 속박하는 것이 무엇이냐고 묻고 싶었지만 태윤은 말을 삼켰다. 오늘은 여기까지만. 그래, 여기까지만.

다음 날 아침, 정빈과 태윤은 도성을 향해 함께 떠났다. 비가 오고 난 뒤라 땅이 질척였지만 바람이 제법 쾌청해서 먼 길 가기에 좋았다. 장안문을 나서면서 태윤은 몇 번이나 뒤를 돌아보았다. 아름다운지고! 나의 장안문이여. 추억이 아스라했다.

"내가 어제 잠을 자면서 내내 자유란 말의 뜻을 생각해보았네."

"자면서도 생각을 하나. 자네 같은 글쟁이들은 그렇게 생각이 많아서야 어찌 잠이 오나."

"생각하면서 자다보면 꿈속에서 답을 얻기도 한다네."

"그래, 자유가 무엇이던가."

"스스로 자自, 말미암을 유由! 유겸이는 아마 자네 앞에 어느 날 갑자기 뚝 떨어진 모양일세. 집안 노비에게서 태어난 것도 아니고, 하인들이 넘쳐나는 집에서 돈 주고 산 것도 아닐 테니…"

"글쟁이가 아니라 점쟁인가 보군. 맞네. 자네 말 그대로일세. 그 아이 어느 날 갑자기 내 앞에 나타났어. 별당은 아무도 들어올 수 없는 곳인데 말이야. 처음 봤을 때 너덜너덜하고 더러운 치마저고리를 입고 있었지. 누더기를 입은 공주마마 같았다고나 할까. 아주 예뻤었다. 그렇게 예쁜 아이는 지금도 본 적이 없어."

그 아이를 그렇게 만난 후, 그 아이를 내 '자유'로 삼기로 했다는 말은 하지 않았다. 지금껏 속으로만 간직하고 있는 그때 그 느낌을 아무에게도 말하고 싶지 않은 것이다. 어차피 말을 해도 알아듣지 못할 것이었다. 김태윤, 너 같이 자유로운 사람이 나처럼 아무것도 내 뜻대로 할 수 없는 사람의 절망을 알기나 할까.

"바람이 저절로 불어와서 저절로 불어가듯이 그렇게 왔지. 밥 한 끼 먹여서 보내려고 했는데 어찌된 인연인지 내 곁에서 자라 지금껏 함께 있다."

태윤은 유겸과의 첫 만남을 회상하는 정빈의 옆얼굴을 슬쩍 훔쳐보았다. 웃고 있었다. 오늘따라 부드럽게 휘어지는 눈매가 물고기 같다는 생각을 했다.

"어릴 땐 계집아이 같았는가 보군. 지금은 세상 누구보다 미남자인데 말이야."

그런데 누더기를 걸친 공주처럼 보이는 사내아이라니. 필시 도망 중이었겠구나. 어린 아이가 혼자서 무원당에 숨어들지는 못했을 것이고 누군가 일행이 있었을 것이다. 도성에서 멀리 떨어져 있는 데다가 경계가 삼엄한 무원당에 접근할 수 있는 자라면 아마 예사 인물은 아닐 것이다. 무원당 내부구조를 아는 자이거나 적어도 무원당에 대한 정보를 가진 자인 것이다. 누굴까. 머릿속이 복잡해졌다. 그러다가 그 어떤 한 가지 생각에 다다르자 온몸이 뻣뻣해지며 긴장감까지 들었다. 아, 설마 그럴 리가? 했다가 아니야, 그럴 수도 있지 않을까, 하였다. 설마와 혹시 사이를 오가다가 태윤은 머리를 세차게 흔들었다.

"왜 그러는가?"

정빈이 조금 놀란 투로 물었다.

"아, 아닐세. 목덜미에 날벌레가 날아 들었나보네. 간지러워서 그랬어. 잠시 쉬었다 갈까."

"싱겁고 엉뚱한 건 여전하네. 저기 가까운 데 술 한잔할 만한 곳이 있긴 하지."

화성이 번성하다보니 성 밖 먼 데까지도 주막이 생겨났다. 정빈과 태윤은 '한양까지 가는 길에 마지막 쉴 곳'이라는 천 조각이 휘날리는 주막에 말을 세우고 들어갔다. 아직 이른 시간인데도 사람들로 북적이는 주막에 두 사람이 들어서자 일순 주변의 모든 시선이 집중되었다. 정빈이나 태윤처럼 젊고 세련된 관리들이 드나드는 곳은 아니니 그럴 만도 했다. 호들갑스런 주모가 과장된 몸짓으로 두 사람을 맞았다.

"아이구, 나리님들. 여기로 들어가세요."

정빈과 태윤은 방으로 드시라는 주모의 안내를 거절하고 잠시 앉았다가 갈 터이니 요기할 만한 것을 내오라고 주문했다. 조금 쉬면서 점심을 당겨 먹고 한양까지 내리 달릴 생각인 것이다.

"많이 발전했네."

태윤이 평상에 털썩 주저앉으며 말했다.

"다 자네가 애쓴 덕분이지. 화성이 이렇게까지 번성할 줄 알았나."

"화성 말고 자네 말일세. 이런 허름한 데를 스스럼없이 드나들다니, 많이 발전했다는 뜻이라네. 아무렴 그래야지. 관리란 모름지기 백성 사는 모양을 알아야 한다네."

태윤이 탁주 한 사발을 쭈욱 들이키며 말했다. 정빈이 피식 웃었다.

"자네 같이 다 가지고 태어나 세상 힘들고 아픈 데 모르는 사람이 높은 관리라는 것이 난 참 그렇네. 세상을 글로 배운 자들이 백성의 삶을 얼마나 절실하게 느낄 수 있겠는가."

"자넨 세상을 몸으로 배웠나 보군."

"뭐, 예전엔 그렇다고 생각했지만 나도 아닌 것 같으이. 나 역시도 서책으로 세상 이치를 터득한 무기력한 글쟁이 아닌가. 요 몇 년간 주상 전하의 명을 받아 여기저기 돌아다녀보니 비로소 알게 된 것이 많네."

태윤은 지방을 감찰하고 다닌 그간의 소회를 정빈에게 말해 주었다. 이번에 한양에 가는 것은 그간의 일들을 주상께 보고하기 위함인데 그 전에 정빈의 의견도 들어보고 싶은 것이다. 태윤은 지금 이 순간에도 임금 앞에서 벌어지고 있을 탁상공론을 성토했다. 늙은 대신들이 낡은 문장으로 임금을 능멸하고 있다고, 이기적이고 독선적인 신료들 때문에 임금의 개혁이 길을 잃고 백성의 삶에까지 내려오지 않는다고 분노했다.

"그래서 필요한 것이 무엇이라고 생각하나."

정빈이 물었다. 성실히 태윤의 이야기를 듣고 있으면서도 딱히 답을 궁금해 하지는 않는 물음이었다. 하지만 태윤은 진지하게 답했다.

"실질實質일세. 실제적으로 백성의 삶에 유익이 될 만한 것들을 끊임 없이 받아들이고, 배우고, 퍼뜨려야 하네."

"지금 주상께서도 애쓰시고 있잖은가. 우리가 화성을 만든 뜻도 거기에서 비롯된 것이기도 하고."

"그렇지. 그러나 그것만으로는 부족해. 새로운 사상이 필요하네. 보다 근본적인 것 말일세."

"근본적인 것?"

태윤이 고개를 끄덕였다. 그리고는 짧게 한마디 덧붙였다.

"성리학은 이제 그 효용을 다 하였네."

그 말에 정빈이 다시 희미하게 웃었다. 무얼 새삼스럽게 성리학의 효용을 말하냐는 듯. 정빈은 성리학 같은 것에는 관심이 없었다. 아니, 세상 모든 일에 별 관심이 없다는 게 맞을 것이다. 태윤은 그 웃음을 보며 생각했다. 저 가슴 속에는 무엇이 있을까. 태윤이 보기에 정빈은 세상을 향한 뜨거운 열정도 없고 무언가 이루고자 하는 갈망도 없는 것 같았다. 태윤은 속으로 한숨을 내쉬었다. 너와 더불어 세상을 바꾸고 싶은 나의 소망은 정녕 부질없는 것인가. 정빈에게는 세상의 틀에 완벽하게 맞아떨어지면서도 늘 미세하게 어긋나 보이는 그런 부조화와 긴장 감이 있었다. 그 느낌이 삼 년이 지난 지금도 여전한 것이다. 그러다 갑자기 '자유'라는 말이 뇌리를 스치듯 지나갔다. 아! 그렇구나. 그랬었구나. 다 가진 네게 없는 한 가지가 바로 그것이었군. 태윤은 정빈을 다시 한 번 쳐다보았다. 정빈은 말없이 술을 또 한 잔 들이켰고 태윤은 정빈의 갈망이 닿아있는 지점을 어렴풋이 헤아려 보았다.

"자네, 술을 빌어 근심을 잊고자 하는 건 여전한가 보이. 무엇이 그리 근심인 겐가. 내게 말해 줄 수는 없는 건가."

"내 근심은 술을 마셔도 도무지 취하지 않는다는 것일세. 좀 취해봤
으면 좋겠는데 말이야."

정빈이 건성으로 대답하며 자리에서 일어났다. 태운은 그 무성의함
이 어쩐지 측은했다. 저 무성의함도 사실은 깊은 근심을 감추려는 노력
이 아닐는지. 다시 만난 정빈은 전과 똑같았지만 더 어둡고 우울해 보
였다.

두 사람이 주막 문 밖을 나서자 어디선가 아이 하나가 정빈과 태운
의 말을 끌고 왔다. 정빈이 돈 몇 닢을 아이에게 주었더니 아이가 꾸벅
절을 하고는 사라졌다. 태운은 그 모습을 유심히 지켜보았다. 아이가
정빈의 말을 다루는 솜씨나 정빈이 아이를 대하는 태도가 자연스러웠
다. 아마 정빈이 한양으로 올라가는 길에 더러 이 주막을 들리는가 보
았다. 아마도 아이는 종종 정빈의 말을 돌봐주고 그 수고비를 받고는
하였던 것 같다.

"아는 아이인가?"

"모르는 아이일세."

정빈은 또 무심하게 대답하고는 말 위에 올라탔다. 태운도 제 말을
탔다. 정빈은 멀쩡했지만 태운은 술기운에 약간 어지럼증이 있어 말을
달리지 않고 술이 깰 때까지 천천히 가기로 했다. 그렇게 느린 속도로
말을 타고 가다가 태운은 아! 하고 탄식했다. 주막 주변 풍경이 너무나
초라했다. 성 안을 들고 나는 객들로 주막은 붐볐지만 이 근처가 사람
사는 데는 아닌지라 드문드문 보이는 살림집들은 말할 수 없이 궁핍해
보였다. 그러다가 유난히 허름한 초가 앞에서 태운은 눈을 떼지 못했
다. 손바닥만 한 마당을 댕기머리 처녀가 쓸고 있었는데 그 모습이 어

쩐지 눈에 익었다. 기억을 더듬을 필요도 없이 영신이었다. 태윤은 저도 모르게 탄식을 했다. 이런 데서 살고 있었구나. 세월이 흘렀어도 사는 건 나아진 게 없는 모양이었다. 몇 년에 한 번씩 볼 때마다 전보다 더 궁색해진 모습인 영신이 태윤은 너무나 가여웠다. 태윤은 자기가 도울 방편이 없을까 생각해보았다. 벼슬자리에 오른 지 어언 오륙 년째이니 마음만 먹으면 무언가 도움을 줄 수도 있을 것 같았다. 그런데 내 도움을 받으려 할까. 저 자존심 세고 당돌한 여인이. 그런 궁리를 하는 차에 아까 주막에서 보았던 아이가 마당 안으로 뛰어 들어가는 게 보였다. 아이가 가벼운 몸짓으로 팔랑거리더니 손에 쥔 것을 내밀었고 영신이 그 아이를 치마폭에 감싸 안으며 뭐라 말을 했다. 조금 나무라는 것 같기도 하고 측은히 여기는 것 같기도 한 표정이었다. 잠시 후 더 작은 사내아이가 방에서 뛰어 나왔다. 삼남매로구나. 태윤은 보이지 않을 때까지 그 모습을 지켜보았다.

고독

　태윤은 삼 년 만에 임금을 뵈었다. 임금은 전보다 더 지치고 힘들어 보였는데 태윤이 안으로 들자 환하게 웃었다. 태윤은 그 웃음이 반갑고도 아팠다. 객지에서도 조정 소식에 귀 기울이고 있었기에 그간 임금이 어찌 지냈는지는 잘 알고 있었다.

　"약정한 삼 년이 되어 내내 기다리고 있었다. 세상 구경은 즐거웠느냐."

　절을 하고 물러나 앉는 태윤에게 당겨 앉으라 손짓하며 임금이 물었다.

　"고되고 쓸쓸하였나이다."

　"저런, 보람이 없었던 게지?"

　"아니옵니다. 소신, 전하를 알기 전에도 이 고을 저 고을 안 다닌 데 없이 돌아다녔고 국경을 넘어 중국까지 가보기도 하였으나, 그때는 생의 고독을 알지 못하던 때였사옵니다."

　"그런데?"

　"그리움을 알게 되자 고독이 생겨났습니다. 지난 삼 년간은 바쁜 중에도 고독한 시간이었습니다."

　임금이 미소 지었다. 네가 이제 내 마음을 좀 알겠구나, 하는 그런 표정이었다.

"그립고 고독한 시간을 겪었으면 무언가 깨달은 바도 있겠구나."

태윤은 대답 대신 들고 온 책들을 내밀었다. 태윤이 천 일 동안 썼던 책들인데 지방행정과 제도개혁, 농업개선, 민간의학 등 실용 서적과 그때그때 소회를 담은 산문과 운문을 엮은 개인문집 같은 것이었다. 임금은 그중 한 권을 집어 들어 펼쳐 보고는 읽어보지도 않고서 그간의 공로를 치하했다.

"너에게는 온통 칭찬할 것뿐이다. 그저 유람이나 하라고 보내었더니 이런 성과물을 만들어 올 줄은…"

임금은 잠시 뜸을 들이더니 다음 말을 이었다.

"내 진즉에 알고 있었느니라. 하하하."

임금이 웃자 태윤도 같이 웃었다. 그러나 태윤은 임금이 진짜 기다리고 있는 것이 무엇인지 알고 있었다. 임금이 웃음을 멈추자 태윤은 소혜에 관해 말을 꺼냈다.

"지난날 하문하신 것에 대해 미흡하나마 알게 된 것이 있사옵니다."

"말해보라. 아무것도 숨기지 말지어다. 그 일에 관한 한 나는 네가 말하는 것만을 믿겠노라."

태윤은 잠시 눈을 감았다가 떴다.

"그보다 먼저… 감히 여쭐 것이 있나이다."

"무엇인가?"

"윤소혜라는 궁인은 전하께 어떤 여인이었는지요."

임금은 즉답을 하지 않고 차 한 모금을 삼킨 다음 말했다.

"아마도 네가 짐작하고 있는 것이 맞을 것이다."

태윤도 바로 말을 잇지 않고 몸을 돌려 차 한 잔을 들이켰다. 그래, 그럴 것이다. 임금에게도 순정純情의 시절이 있었을 것이다. 몸과 마음을 다하여 사랑한 여인이 어찌 없으랴.

"가진 재물을 팔아 남쪽으로 내려갔을 것으로 생각합니다. 생각건대, 동래 인근이거나 아예 바다 건너 제주 같은 섬일 수도 있겠습니다."

"어찌하여 그 먼 곳인 것이냐."

"전하에게서 가장 멀리 떨어진 곳으로 가길 원했을 것 같습니다. 북쪽 변방이 아니라 아래로 내려간 것은 해산을 대비해야 하기 때문일 것입니다. 아무래도 따뜻한 지방이 나을 것이기에…"

임금의 눈시울이 붉어지고 있어 태윤은 더 말을 하지 않았다.

"아이는 잘 낳았을 것이고 아들일 것이다. 거기까지는 나도 안다."

임금은 박밀朴謐로부터 받은 마지막 소식을 다시금 떠올리며 한숨을 지었다. 남쪽으로 내려간 것도 알고 있는 바였다. 알고 싶은 것은 '지금 어디에 있는가' 하는 것이었는데 그건 알아내지 못한 모양이었다.

"예. 그러할 것입니다. 그리고 그 아드님께서는 장성하여 지금 어느 곳에선가 잘 지내고 있을 것입니다. 너무 심려치 마소서."

태윤은 하나마나 한 위로를 했다. 하지만 아주 허튼소리는 아니었다. 임금과 길지 않은 대화를 나누면서 점점 어떤 확신이 든 것이다. 전하, 제가 꼭 아드님, 아니 왕자님을 찾아드리겠습니다. 조금만 기다려 보시옵소서. 태윤은 임금의 한숨을 뒤로 하고 영춘헌을 빠져나왔다. 임금의 실망한 얼굴이 떠올라 마음 한 구석이 아렸다. 좀 더 기쁜 소식을 진하고 싶었건만 아직은 때가 아니었다.

태윤은 빠른 속도로 연화방蓮花坊* 쪽으로 내달렸다. 연화방에 있는 장용영 본영에서 정빈과 만나기로 한 것이다. 정빈이 본영 확장공사 건

---

* 오늘날 서울시 종로구 인의동 일대

231
고독

으로 태윤에게 의견을 구할 것이 있다고 했다. 정빈의 일이라면 만사 제쳐놓고 달려가는 태윤은 약속시간에 늦을까 봐 마음이 급했다. 본영 근처에 다다르자 장용영 부대원처럼 보이는 헌칠한 사내들이 여기저기 눈에 띄었다. 이 일대에 장용영 장교와 병사들이 많이 산다고 했다. 저녁 식사 때인지라 번을 교대하러 나오는 장교 하나를 붙잡고 태윤은 정빈의 집무실을 물었다.

왕명을 받들어 새로 확장 공사했다는 본영은 곳곳에서 화성의 느낌이 났다. 벽돌을 사용하고 군부대 안에 연못을 판 것 하며, 여기저기 나무를 많이 심어 조경에 신경 쓴 흔적까지. 태윤은 저녁 어둠 속에서 그런 것들을 발견하고는 슬며시 웃음 지었다. 태윤은 은근히 기분이 좋아져서 정빈의 집무실 앞에 섰다. 목청을 가다듬고 정빈의 이름을 부르려하는데 안에서 말소리가 들렸다. 정빈 말고 다른 누군가 있었다. 태윤은 잠시 망설이다가 저도 모르게 문 쪽으로 귀를 가져갔다. 무슨 얘길 하는지 정확하게 들리지는 않았는데 정빈의 소리는 아니었다. 낯선, 그러면서도 들어본 것도 같은 음성이 정빈을 압박하고 있는 것 같았다.

누구지? 누가 널 이렇게 만들었지? 대략 그런 말인 듯 했고, 이어서 네 아버지? 임금? 그런 말도 들렸다. 이 무슨 대화인가. 태윤은 임금이 거론되는 대화를 좀 더 정확히 듣고 싶어 문에다 귀를 바짝 댔다. 그 순간, 문이 벌컥 열렸고 태윤과 그 목소리의 주인공은 서로 놀라 뒤로 물러났다. 태윤은 엿듣다 들킨 셈인지라 너무 놀라 벽에 부딪히고 말았는데 상대방은 금방 상황을 수습하고는 태윤에게 인사까지 했다.

"이게 누구신가. 어사 김태윤 아니신가! 오랜만일세!"

심일재였다. 일재는 진심으로 반갑다는 듯 태윤에게 손을 내밀었다. 태윤도 얼떨결에 그의 손을 잡고 인사를 했다. 동시에 일재의 어깨 너머로 창백한 정빈의 얼굴이 보였다. 태윤은 황급히 일재의 손을 던지듯 놓아버리고 정빈에게로 갔다.

"차판관, 늦어서 미안하오. 내가 도성은 지리가 서툴러서…."

그러면서 태윤은 탁자에 널브러진 본영 건축도와 도면 같은 것을 정리했다. 뭐라도 해야 이 무안하고 황망한 기분을 수습할 수 있을 것 같아서였다. 둘이 뭔가 심각한 이야기를 한 것 같은데 태윤은 좀 전의 상황은 전혀 알지 못한다는 듯 부지런히 움직였다. 태윤의 부산한 모습을 보고는 일재가 빙긋 웃으며 정빈에게 한마디 던지고 나갔다.

"정빈아, 어린 시절의 기억이란 게… 도무지 잊히질 않는구나. 나도 잊고 싶은데 말이야."

태윤은 엉거주춤 서서 정빈의 눈치를 살피다가 일재가 나간 문을 닫고 다시 들어왔다. 정빈은 지금 방 안에 태윤이 있다는 것도 모르는 것 같았다. 초점을 잃은 시선에 눈물이 고이고 있었다. 툭 하고 치면 주르륵 흘러내릴 것 같았다. 아! 무엇 때문에! 차정빈, 무엇 때문에 네가 이렇게 약해져 있지? 어린 시절의 기억? 그것 때문에? 무엇이 네 기억 속에 있는 거지? 눈물은 왜? 태윤은 정빈을 자리에 앉히고 저도 모르게 소맷자락으로 정빈의 눈물을 닦았다. 손목 언저리에 축축한 물기가 느껴졌다. 순간 태윤은 제 행동에 스스로도 당황했다. 행동도 그렇거니와 마음이 더 당황스러웠다. 그토록 강건하고 냉정한 차정빈이 이 순간 왜 한없이 연약한 여인처럼 보이는지 알 수 없었다. 정빈이 가엾게 느껴졌고 한편으로는 미안한 마음마저 드는 것이었다.

"내가 조금만 더 일찍 왔다면 일재가 널 괴롭히는 걸 막을 수 있었을 텐데. 틀림없이 그 녀석이 장용영 본영 공사에 시비를 걸었던 게야. 화성 축성에도 보이지 않게 방해공작을 하던 자이니. 괜찮아. 제까짓

게 아무리 버텨도 주상전하 한마디면 냅다 알겠습니다, 하고 나설 것이야. 걱정 말아."

정빈과 일재가 주상의 총애를 놓고 다투는 사이라는 것쯤은 태윤도 알고 있었다. 그간 정빈이 좀 더 빨리 높은 품계에 올랐고 실제로 임금의 마음이 일재보다는 정빈에게 쏠려 있다는 게 관가의 중론이긴 하지만 일재도 그 사이 이조정랑으로 승차하여 이제는 그 권세가 막상막하라고 했다. 더욱이 일재는 노론 실세가문의 적장자이니 앞으로 누가 주상 다음 가는 자리에 오를지 알 수 없다는 것이다. 태윤은 혹시라도 후일 정빈이 권력다툼에 밀려나 좌절할까 봐 벌써부터 걱정이 되었다. 생각이 여기에까지 미치자 태윤은 정빈이 더 불쌍하게 느껴져서 그만 정빈의 머리를 꼭 껴안고 말았다. 걱정 마, 차정빈. 내가 도와줄게. 널 위해 죽을 수도 있는 벗이 여기 있단 말이야. 이런 말을 하려던 찰나!

"뭐하는 짓이야! 저리 안 비켜?"

아나나 다를까 정빈이 날카롭게 소리 지르며 태윤의 몸을 밀쳐냈다.

"어휴, 이제야 차정빈 같네. 극약처방 성공! 그렇게 왜 질질 짜고 난리야. 너 답지 않게."

태윤도 민망해져서 한마디 했다. 뭔가 조금이라도 접촉이 있을라치면 극렬한 반응을 보이는 건 익히 알고 있었지만 당할 때마다 부끄럽고 민망하기는 매 한가지였다.

"시끄러! 술이나 한 잔 하러가자."

또 그놈의 술. 오늘은 또 얼마나 마시려고. 어휴, 내가 지난 삼 년 동안은 너 술시중 안 들어서 편했다, 이 친구야. 태윤은 투덜거리며 정빈을 따라나섰다.

여름이라 술시*인데도 거리는 오가는 사람들로 활기찼다. 정빈과 태윤의 발걸음은 자연스럽게 자운각으로 향했다. 여기저기서 장용영 부대원들이 정빈에게 인사를 했고 태윤도 덩달아 그 인사를 받았다. 분명 많은 부하를 거느린 장수임에도 오늘 정빈은 전혀 무관 같지가 않았다. 아니, 무관이고 뭐고 사내 같지가 않았다. 전과 다름없는 말쑥한 차림과 흐트러짐 없는 행동거지인데도 이상하게도 약하고 초라해 보였다. 육척이 넘는 장졸들 사이를 지나가는 정빈의 몸이 유난스레 가늘어 보이는 것이다.

"몸이 왜 이렇게 축난 게야? 쯔쯔. 내가 옆에서 안 챙겨주었더니만…. 거 봐라. 넌 벗의 소중함을 이 기회에 알아야 해."

정빈은 대꾸 없이 걷기만 했다. 머릿속은 이미 딴 생각으로 가득한 표정이었다.

"본영 공사 때문에 마음고생 몸 고생이 자심했던 게지? 이제야 알겠냐? 내가 화성 축성으로 얼마나 고뇌했을지를?"

태윤이 걸어가는 내내 끊임없이 말을 걸어도 정빈은 달리 호응이 없었다. 아예 태윤의 말을 듣고 있지 않는 것 같았다. 태윤도 머쓱해져서 그저 걷기만 했다. 아까 일재가 하던 말이 생각났다. 어린 시절의 기억이 잊히질 않는다니. 도대체 무슨 일이 있었던 것일까. 그 어린 시절의 일이 지금 정빈의 모든 것을 붙잡고 있는지도 모른다는 생각이 들었다. 내가 무엇을 어떻게 해주어야 할까. 너를 이 깊은 우울로부터 벗어나게 하려면.

옆에서 태윤이 무어라 말을 걸어 왔지만 정빈은 무원당을 생각하

---

* 술시(戌時) : 저녁 7~9시 사이

고 있었다. 가슴이 답답해져 왔다. 어떤 날은 별당의 벽지가 새로 도배되어 있었고 어떤 날엔 새식구가 쓰게 될 집기가 들어왔다. 그런 것들을 보는 정빈의 눈빛은 언제나 차가왔고 그 어떤 동요도 없었지만 속에서는 불길이 치솟아 올랐다. 여전히 혼처는 결정되지 않았다. 강릉의 어느 한미한 양반가문의 규수라고 알려졌지만 사실이 아니라는 걸 정빈은 알고 있다. 아귀를 짜 맞춘 그런 소문을 강릉과 한양에 흘리고 한쪽으로는 적당한 처녀를 물색하고 있을 것이었다. 대를 이을 아들을 낳아 줄 건강하고 영리한 처녀, 가문의 위세에 저항하지 않아야 하며 무엇보다 집안의 비밀을 죽을 때까지, 아니 죽어서도 함구할 그런 처녀라야 했다. 그 모든 것을 순순히 받아들인다면 그녀에게는 평생의 물질적 복락이 보장될 터였다. 그런 여인이… 어디 있으려고. 정빈은 아버지의 계획을 알아차리고는 처음에는 두려워했지만 다음에는 비웃었다.

모든 것이 완벽하게 갖추어진 집을 마지막으로 장식할 꽃병 하나를 찾고 있는 것 같은 요즘의 집안 분위기는 정빈을 숨 막히게 했다. 그중에서도 정빈의 마음을 가장 무겁게 하는 것은 유겸이었다. 유겸을 똑바로 볼 수가 없었다. 그래서 기다리고 있는 줄 알면서도 유겸이 잠든 시간에야 집에 들어갔고, 일부러 내별당 쪽은 기별하지 않고 곧장 제 처소로 갔다. 이렇게 애써 외면하고 있는 것을 유겸도 눈치 채고 있을 것이었다. 유겸을 생각하니 정빈은 또 속이 쓰렸다. 지금으로선 그 아이를 위해 할 수 있는 게 없었다. 하지만 마음을 다잡았다. 조금만 기다려주면 헤어지지 않고 같이 있을 수 있다고. 정빈은 눈을 질끈 감았다. 오늘 일재와의 일로 그 소망이 더욱더 간절해졌다. 이제 떠나는 것이다. 이 모든 구속과 억압으로부터.

"아, 오늘도 못 만나네. 얼굴 한 번 보기가 당최 이렇게 어려워서야. 화성에 있을 땐 도성에 갔다 그러고, 도성에 오니 화성에 갔다 그러네."

태윤이 짐짓 낙심한 투로 말했다.

혹시 자운각에 오면 자운향을 볼 수 있을까 했더니만 기대는 여지없이 무너진 것이다. 자운향 역시 못 본 지 삼 년이 넘어가고 있었다. 바람 같고 안개 같은 여인이었다. 항상 어딘가에 있을 것 같아서 막상 가 보면 없었다. 도무지 있는 데를 알 수 없는 것이다.

"넌 정말 다정이 병인 것 같다. 보고 싶고 좋은 사람 어찌 그리 많은 것이냐."

"넌 무정한 것이 병이고. 도통 그리운 것이 없는 게지?"

정빈이 설핏 웃었다. 나라고 그립고 보고 싶은 것이 왜 없겠나. 다만 마음에 두는 것조차 자유롭지 못하니 그립기도 두려울 뿐.

"차정빈, 너는 지금 가장 괴로운 일이 뭐야? 넌 통 말이 없어서 무얼 힘들어하는지 알 수가 없단 말이지…"

"나야말로 네가 무얼 괴로워하는지 모르겠다. 넌 늘 웃고 있으니까."

"흐흐… 하긴 늘 웃으니 사람들은 내가 아무 걱정 없이 사는 줄 알겠지."

"아닌가?"

아니라는 것을 알면서도 물어본다. 이 세심하고 인정 많은 사내가 세상만사 마냥 좋아서 웃고 사는 게 아닐 거라는 것쯤은 정빈도 잘 알고 있었다. 태윤은 타고난 재능에도 불구하고 역시 타고난 출신으로 인해 모든 것을 반쯤은 포기하고 살아야 하는 사람이었다. 그런 그에게 있어 화성은 자신의 모든 것을 쏟아부어 이룩한 한 세상이었으리라. 정빈은 장용영 본영 확장공사를 할 때, 화성에서 태윤과 함께 했던 추억을 곳곳에 담았다. 다재다능하고 다정다감한 벗에 대한 존경과 우의의 표시였다. 그것을 보여 주려 일부러 본영으로 불렀는데 혹시 알아봤을까. 몰랐대도 할 수 없지만.

"자, 이제 시작해 봐."

"뭘?"

"본영 공사에 대해 물을 것이 있다며."

"뭐 딱히 물을 것이 없다. 이미 다 끝냈어."

"아니, 그럼 뭐 때문에 나를 부른 게야. 바쁜 사람을, 응?"

"부탁이 있다."

"뭔데?"

정빈이 뭔가 어려운 이야기를 시작할 참인 듯 잔에 술을 가득 따르더니 혼자서 들이켰다. 태윤은 전보다 주량이 더 늘어난 정빈을 걱정스럽게 지켜보았다. 왜, 무엇 때문에?

태윤은 화성으로 내려가기 전 임금을 다시 뵈었다. 금번 화성행은 새로운 임지로 발령 받아 가는 것이었다. 지방 근무는 그만큼 했으면 되었고 화성에 자리를 줄 터이니 일하며 연구를 계속 하라는 것이다. 하여 태윤은 정5품 영화역迎華驛 찰방에 제수되었는데 화성을 상업과 교통의 요지로 육성하는 계획의 연장선이었다. 영화역은 '화성에 온 것을 기쁘게 맞이하는 역'이라는 뜻을 담아 지었다. '꽃을 맞이한다'는 뜻도 있는데 그 꽃은 도성에서 내려오는 임금이기도 했고, 저마다 곱고 아름다운 소망을 품고 성 안으로 들어오는 장삼이사 모두이기도 했다. 건물만 50칸이 넘는 큰 역으로 장안문 밖 동쪽 가까이에 두어 화성행궁과 긴밀히 협조하면서 일을 추진하도록 하였다. 그 말은 곧 역의 일 뿐만 아니라 행궁의 일도 함께하라는 것이었으며 행궁에서 일어나는 일을 수시로 임금께 보고하라는 뜻이기도 했다. 임금은 절대 태윤을 편하게 놔두지 않았다. 마치 이번에는 무얼 시켜볼까, 다음에는 어떤 걸 해오라 할까, 궁리하는 사람처럼. 임금은 그 사이 태윤의 책들을 다 읽었다고 했다. 책을 지은 뜻이 좋다고 하였으며 화성에서 네 뜻을 펼쳐 보라고 하였다. 때가 가까웠으니 준비하면서 기다리라는 말도 덧붙였다. 임금이 두루뭉술하게 한 말의 속뜻을 태윤은 다 알아들었다. 곧 세자에게 양위를 할 모양이었다. 조정 안팎에서 양위에 대한 반대여론이 만만치 않았지만 임금은 한다면 하는 사람이었고 아마도 지금쯤 구체적인 복안이 있을 터였다. 태윤은 지금이라도 당장 화성에서 새로운 세상이 눈앞에 펼쳐지는 것 같아 가슴이 뛰었다.

동궁전에도 들어 하직인사를 했다. 세자가 가을이 오면 화성에 단풍을 보러 가겠다고 하였다. 태윤은 기쁜 마음으로 기다리겠다고 아뢰고 물러났다. 이제 장용영 본영에 들러 정빈만 보고 가면 되었다. 유겸을 만나지 못했지만 팔월이면 볼 수 있기에 아쉬워도 참기로 했다. 사실 이번에 만나면 주려고 준비한 게 있었다. 유겸이 알려달라고 한 기도의 뜻이었다. 태윤은 지방 근무 중에도 서학 원문을 계속 공부해서 그 기도문의 뜻과 독음을 깨우치게 되었다. 그때 너무 기뻐서 하마터면 임금의 명도 잊고 도성으로 올라올 뻔했었다. 이번에 만나면 그 모든 것을 유겸과 함께 나누고 싶었는데 정빈이 팔월을 기약하라고 했다. 꽤 긴 시간을 함께 있을 수도 있다고 했다. 그때 다시 만나면 그동안 공부했던 기도문과 여러 가지 교리들을 알려 줄 참이다. 원문도 더듬더듬 읽을 수 있게 되어 성인聖人들의 이야기도 많이 알게 되었는데 그런 것들도 다 이야기해줄 참이다. 아, 이 얼마나 즐거운 일이란 말이냐. 함께 신앙을 나눌 벗이 있다는 것은! 그런 생각을 하니 가슴이 뛰었다. 이제 내려가서 부임지의 일에 몰두하다 보면 금방 팔월이 될 것이었다. 그런데 며칠 전부터 계속 뭔가 마음에 걸렸다. 잃어버린 게 있었다. 묵주였다. 들키지 않으려고 저고리 안쪽에 작은 주머니를 만들어 넣어 두었는데 입궐 전에 옷을 갈아입으려고 보니 없었다. 없어진 것을 안 순간 태윤은 가슴이 철렁했다. 늘 지니고 다니던 것을 잃어버린 허전함 때문이 아니라 모종의 위험을 느꼈기 때문이었다. 그즈음 무고한 사람에게 죄를 뒤집어씌우는 방법 중에 하나가 묵주나 십자고상 같은 천주교 성물을 몰래 그 사람 집에 가져다 놓고 관가에 고발하는 것이었다. 저 사람은 서학쟁이요, 이 말 한마디면 일단 잡아 가두었다.

태윤은 묵주의 행방에 대해 여러 가지 경우를 생각해 보았다. 도무지 어디에서 잃은 것인지 생각나질 않았다. 한편으로는 많이 아깝고 속상하기도 했다. 그 묵주는 유겸이 준 것이었다. 꽃씨를 엮어 만든 묵주. 내 손에 돌아올 수 없다면 인적 없는 곳에 흘렸거나 묵주의 의미를 아는 착한 이가 발견하기를, 태윤은 간절히 기도했다.

야반도주

컹컹컹. 개 짖는 소리에 영신은 잠을 깼다. 밖에 누가 있는 것 같은데 무서워서 문을 열 수가 없었다. 개는 한참을 짖어대다가 갑자기 뚝 멈추었는데 그게 더 겁이 났다. 영신은 문틈으로 조심스레 밖을 내다보았다. 달도 없는 어둔 밤이었지만 침입자가 누군지는 분명히 알 수 있었다. 그 사람이었다.

"잠깐 나와 보시오. 할 이야기가 있소."

영신은 두렵고 떨리는 마음으로 옷매무새를 가다듬고 방을 나왔다.

"안으로 들일 수는 없으니 여기서 말씀하시기 바랍니다."

정빈이 말에서 내렸다. 다 쓰러져가는 누옥일망정 양반가의 처녀를 깊은 밤에 불쑥 찾아온 것은 분명 결례였으나 정빈은 그런 것에 대한 양해를 구하지 않았다.

"어떤 삶을 원하오?"

정빈이 다짜고짜 물었다. 영신은 대답하지 않았다. 정빈이 가지고 온 돈을 건네며 말했다.

"매파를 사서 한양 차대감집에 중신을 넣으시오. 지금 그 집에서 그대 같은 규수를 물색하고 있으니 처신만 잘 하면 한평생 넘치는 재물의 복락을 누릴 수 있을 것이오."

영신은 난데없는 정빈의 등장과 그보다 더 황당한 제안에 새벽꿈을 꾸고 있는 것인가 잠시 생각했다. 그러나 지금 면전에 서 있는 사람은 가끔 집 앞길을 지나다니는 화성유수부 판관 차정빈이 틀림없다. 영신은 불쾌하고 불편한 기분이 들었다.

"그것이 저의 삶과 무슨 상관이랍니까?"

"지금의 삶으로부터 벗어나고 싶지 않소? 내가, 그 기회를 주려는 것이오."

"제게 그 어떠한 연심이 있는 것도 아닐 테고 단순히 희롱 삼아 이러시는 것도 아닐 테지요. 저는 나리께 무엇을 드려야 합니까."

"마찬가지. 지금의 삶으로부터 벗어날 기회를 그대가 줄 수 있소. 우리가 혼인함으로써…."

영신은 놀라 정빈을 똑바로 쳐다보았다. 그때 정빈의 어깨 너머로 별똥별이 떨어지고 있었다. 그 사라진 별이 정빈의 눈동자에서 빛나고 있었다. 상대의 기를 질리게 하는 외모였다. 그 아름다운 눈동자를 보면서 영신은 묘한 기분에 사로잡히고 말았다. 그의 무례한 청혼과 그럼에도 기어이 설레고 마는 제 가슴이 아프고 슬펐다.

팔월.

마침내 혼례 날이 되었다. 강릉에 있는 신부의 집이 너무나 빈한해 도저히 혼례를 치를 정도가 되지 않아 모든 절차는 신랑집에서 행한다고 했다. 혼주인 차원일은 이 기이한 혼사를 애틋하고도 아름답게 꾸미는 사전 작업을 했다. 신부가 조실부모해서 혼주도 없고 하객도 없지만 무원당에서는 그러한 것들은 조금도 개의치 않으며 오직 신부 한 사람의 됨됨이만 중요히 여겼다, 고 소문을 냈다. 그리고 어렵게 자란 신부를 위해 여느 대가의 혼례 못지않은 성대한 혼사를 치러주는 것이라는 이야기도 퍼뜨렸다. 혹시라도 거렁뱅이 처녀를 주워 혼사를 치른다는 말이 나올까 봐서였다. 정빈이 혼인을 한다는 것만으로도 장안이 떠들썩했는데 혼례가 신랑 집인 무원당에서 치러진다는 것에 이러쿵저러쿵 말이 많을 터였다. 아귀를 잘 맞춘 소문을 퍼뜨려 구설을 차단해야 했다. 그리고 도성 사람들이 임금님 계신 궁궐만큼이나 가보고 싶어 한다는 무원당의 문을 그날 활짝 열어 손님을 맞았다. 임금을 대신해서 선물을 가지고 온 관리, 삼정승을 비롯한 육조의 대신들뿐 아니라 장용영 무관들도 혼례에 참석했으며, 무원당까지 오기만 하면 누구든 들어와 잔치음식을 맛볼 수 있었다. 각 상단에서도 저마다 선물을 짊어진 하인들을 앞세워 여기저기 기웃거리고는 했다. 임금의 최측근인 도승지 차원일에게 눈도장을 찍으려는 것이다. 이들은 모두 이 기이한 혼사의 증인이 되어 밖으로 소문을 퍼 나를 것이었다.

북둔 초입에서 신랑이 신부의 가마를 맞아들이는 것으로 대례의 초행*을 대신하고 무원당 마당에서 전안지례**와 교배지례***를 치르기로 했다. 행랑어멈이 신부를 도와 절차를 진행했다. 정빈은 가식과 허세, 거짓으로 가득 찬 이 혼사를 조소하면서도 고마워했다. 이것으로 기나긴 구속과 압박의 세월을 마감할 수 있을지도 모른다는 희망 때문이었다.

태윤은 뭐라 말할 수 없는 심정이 되어 혼례 광경을 지켜보았다. 그날 자운각에서 정빈은 믿기 힘든 고백을 했다. 이제 혼사를 치를 것이

---

* 초행(醮行): 신랑과 그 일행이 신부집에 가는 것을 말한다.
** 전안지례(奠雁之禮): 신랑이 신부의 혼주에게 기러기를 전하는 의례로서, 혼인서약에 해당된다.
*** 교배지례(交拜之禮): 신랑과 신부가 마주보고 절을 하는 의례를 말한다.

나 자기는 여인을 잉태하게 할 수 없는 몸이라는 것이다. 그러나 그 혼사의 목적은 명백히 후손을 보기 위한 것이고 유겸이 그 희생이 될 것이라고 하였다. 신방례에 정빈 대신 유겸을 들여보내 씨를 받는 것이 차원일의 계획이라고 하였다. 안 돼! 그럴 수는 없어! 태윤은 그때 정빈의 멱살이라도 잡고 싶은 심정이었다. 그러나 정빈이 더 참담했을 터.

> 그래, 안 돼. 절대로 안 될 일이야. 그러니 너는 그날 사람들이 혼례에 정신이 빠져 있을 때 별당으로 가서 유겸이를 데리고 나가줘. 별당 후문으로 나가야 할 거야. 산 아래 말이 준비되어 있을 거니까 그걸 이용해. 유겸이 없어진 걸 알면 우리 아버지가 사람들을 풀어서 찾을지도 몰라. 화성으로 가. 되도록 빨리 여길 빠져나가야 할 거야. 나도 여기 일이 끝나는 대로 내려갈게.

명문가의 후계자라는 허울 때문에 불구의 몸을 감추고 있는 남자와 그 어떤 연정도 없이 오직 물질적 거래의 대가로 며느리가 될 여자의 혼례였다. 그리고 그 사이에 상전을 대신해 신방에 들어야 하는 노비가 있었다. 세 사람 모두 불행한 이 혼례에서 단 한 사람만이라도 구해내기 위해 태윤은 오늘 무언가를 해야 했다. 그것이 정빈의 계획이었다.

성대한 혼사가 무르익어 갈수록 태윤은 괴롭고 절망스러웠다. 모든 이가 실망스러웠고 세상이 야속했다. 도승지 차원일의 다른 면을 본 것도 실망스러웠고, 그런 아버지를 똑같이 잔인한 계획으로 맞서는 정빈도 실망스러웠다. 아끼는 한 사람을 구하기 위해 다른 한 사람을 이용하고 있는 것이 아닌가. 차갑지만 더없이 고결하며 불의와 타협하지 않는 그 차정빈이 맞는지 도무지 믿어지지가 않았다. 한편으로는 차원일 같은 아버지 밑에서 정빈이 겪었을 마음의 고통도 생각했다. 유겸을 희생시킨다는 것은 정빈에게는 용납할 수 없는 일이었을 것이다. 그렇기 때문에 아버지를 배신하는 일인 줄 알면서도, 또한 가문과 자신의 치부를 드러내는 일인 줄 알면서도 하나밖에 없는 친구에게 이런 부탁을 한 것이리라. 영신도 미웠다. 가난해도 자존감 높던 그녀가 어찌하여 이런 혼사에 응했을까. 정빈과 영신 사이에 어떤 밀담과 거래가 오갔을까. 후사를 생산하기 위해 신랑이 아닌 다른 남자와의 합방이 계획되어 있는 것도 다 알고 있을까. 아, 그것은 정녕 너무 끔찍한 일이 아닌가. 태윤은 영신에게 말해서 이 혼사의 전말에 대해 다 밝히고 그만두라고 하고 싶었다. 그러나 이런 혼사일망정 이 또한 그녀의 선택일지도 모른다는 생각과 함께 세상의 밑바닥에서 힘겨워 하고 있는 그녀에게 어쩌면 마지막 기회일지도 모른다는 생각도 들었다. 태윤은 솟아오르는 미움 속에서도 정빈과 영신을 이해하려고 노력했다.

팔월 늦더위 속에 치러지는 혼사에 사람들이 조금씩 지쳐가고 있었다. 신랑과 신부의 맞절 순서를 앞두고 태윤은 재빨리 내별당으로 걸음을 옮겼다.

기이하고 성대한 혼례가 끝나고 동굴처럼 어두운 방에는 신랑과 신부 둘만 마주 앉았다. 신부는 고개를 숙인 채였다. 신부는 신랑이 다가와 무거운 머리 장식을 내려주고 갑갑한 옷을 벗겨주길 기다렸지만 신랑은 아무런 말도, 아무런 행동도 하지 않았다. 오래 기다리다가 신부는 스스로 가채를 내렸다. 머리를 짓누르던 것이 사라지자 가까스로 목을 가눌 수 있게 되었다. 강릉에서 오는 것처럼 꾸미려고 며칠 전 수원을 미리 출발해 이천에서부터 한양으로 들어온 터라 몸의 피로가 이만저만이 아니었다. 종일 가마 안에서 흔들려 멀미도 났다.

"먼 길 오시느라 수고하셨소. 쉬시오."

영신은 미동도 하지 않은 채 그 말을 들었다. 예의를 갖춘 소박疏薄이었다. 저 말을 끝으로 정빈은 이 방을 나가서 다시 들어오지 않을 것이었다. 그렇게 하기로 약정한 일이었다. 정빈이 자리에서 일어났다. 영신은 그대로 앉은 채 바닥에 시선을 고정하였다. 정빈이 방을 나가는 것을 보고 싶지 않았다.

영신은 문이 닫히는 소리와 함께 머리에 꽂혀 있는 장식품을 빼내고 겹겹이 몸을 죄고 있는 혼례복을 벗었다. 이제야 숨이 쉬어졌다. 살 것 같았다. 그러자 하루 종일 아무것도 먹지 못한 시장기가 몰려왔다. 혼자서 신랑과 신부의 술잔 두 개에 술을 따랐다. 그리고 떡을 한 점 집어 먹었다. 쫄깃한 식감의 떡이 목에서 막혀버려 술잔을 들이켰다. 툭! 하고 눈물이 치맛자락 위에 떨어졌다. 그러고는 걷잡을 수 없이 흘러내렸다.

정빈은 뒤도 돌아보지 않고 내별당 쪽으로 발걸음을 옮겼다. 하나의 일이 끝났다. 이제 유겸의 일만 근심하면 되는 것이다. 잘 빠져나갔을까. 놀라지는 않았을까. 태윤이 잘 돌봐주고 있겠지? 태윤에게는 이 고마움을 어떻게 다 갚을까. 이런저런 생각으로 내별당 후원의 문을 열고 들어서자 아버지가 서 있었다. 순간 미처 피할 틈도 없이 정빈의 뺨에 차원일의 손길이 날아 왔다. 정빈이 세상에서 무공으로 이길 수 없는 단 한 사람. 정빈은 뺨을 맞고 휘청거렸다.

"그 아이는 네가 빼돌린 게냐?"

차원일의 목소리는 분노로 부들부들 떨리고 있었다.

"예."

정빈이 담담하게 대답했다.

"네가 정녕 미친 게지. 그렇지 않고서야 어찌 감히 이런 일을…"

"미친 건 아버님이시지요. 그렇지 않고서야 어찌 이런 일을 벌일 계획을 하셨단 말입니까."

"너, 너, 지금 그걸 말이라고 하는 것이냐. 너는 네 본분과 사명을 잊었단 말이냐!"

"제발, 저 하나로 끝내십시오. 순리대로, 순리대로 사시길 바랍니다. 저의 대에서 우리 집안이 끝이 난다면 그 또한 하늘의 뜻일 것입니다. 왜 거스르려 하십니까."

정빈의 목소리도 격앙되었다. 참고 참아왔던, 아버지란 거대한 벽에 스스로 몸을 던져 부딪치는 순간이었다. 그러나 아버지는 완고한 사람이었다.

"하늘의 뜻은 네가 장용영의 수장이 되는 것이다. 지금껏 잘 해왔다. 이제 다 왔는데 그깟 노비 하나 때문에 네가 지금 일을 그르치려는 게냐."

그깟 노비라니. 정빈은 항변하려다가 아버지의 다음 말에 말문이 막히고 말았다.

"내가 너에게 누누이 말했었다. 누구의 가슴에도 들어가지 말고 네 마음속에 누구도 들어오게 해서는 안 된다고. 그 말을 잊었던 것이냐. 그런 연약한 감정에 휘둘리다니!"

아버지는 아니 차원일이라는 이 사나이는 하나의 거대한 신념체계였다. 자신이 믿고 있는 것에서 한 발자국도 물러서지 않았다. 처음에는 자기 자신도 스스로가 만든 거짓을 진짜라고 믿기 위해 노력이 필요했을 것이다. 하지만 그 믿음이 세월을 더해가자 거짓은 진실이 되고 말았다. 아버지는 딸을 더 이상 딸이라고 생각하지 않았다. 세상에 둘도 없는 아들이었고 가문의 유일한 후계자였다. 후사를 생산하지 못할 뿐 모든 것이 완벽한 아들인 것이다. 자손을 생산하지 못하는 결함은 얼마든지 채워줄 수 있는 것이라고 아비는 생각했다.

"긴 말 할 것 없다. 다음 귀숙일貴宿日* 전에 유겸이를 데려오너라. 그렇지 않으면 나라 안을 다 뒤져서라도 내가 그 아일 찾을 테니."

차원일이 최후통첩을 하고 갔다. 정빈은 유겸이 지금쯤 어디까지 갔을까를 생각했다. 아직 화성까지는 못 미쳤을 테지. 만약, 아버지가 유겸의 뒤를 쫓는다면 그 길로 연경으로 가 달라고 태윤에게 부탁했다. 너는 연경 가는 길을 잘 알 테니 네 모든 것 다 버리고 유겸일 그곳까지 데려다 준다면, 나 역시 내 모든 것 다 걸고 그 보답을 하겠다고 하였다. 부디 무사히 도착하였기를…. 정빈은 한 번도 해보지 않은 기도라는 것을 했다.

쉬지도 않고 밤을 도와 달렸더니 화성에 도착했을 때는 둘 다 지쳐 쓰러지기 일보직전이었다. 태윤은 영화역 안에 있는 제 처소로 유겸을 데리고 갔다. 유겸이 좀 아파 보였다. 더위로 탈진한 것 같았다. 말을 탈 일이 거의 없는 사람이 영문도 모른 채 느닷없이 장거리를 달려오게 되었으니 그럴 만도 했다.

"좀 쉬게."

태윤은 유겸을 제 방으로 들여보내고 터덜터덜 행궁으로 갔다. 역내아內衙나 별관에도 잠자리는 있지만 행궁 당직관들 틈에 껴서 잠시

* 부부가 합방하여 귀한 아들을 얻을 수 있는 날

눈을 붙일 생각이었다. 정빈이 시키는 대로 유겸을 데리고 화성까지 오는 것 까지는 성공했지만 다음 일이 걱정이었다. 당장이라도 차원일의 사람들이 화성으로 들이닥칠 것만 같았다. 유겸의 안전도 걱정이고 이 일로 정빈이 겪고 있을 일도 걱정이었다. 제 아버지에게 호되게 당하고 있겠지. 지금쯤 정빈은 무얼 하고 있을까. 영신은, 영신은 무얼 하고 있을까. 혼례를 치렀다 해도 지금 두 사람이 함께 있지는 않을 것 같았다. 태윤은 정빈이 영신을 너무 냉대하지 않기를 바랐다. 하지만 정빈이 앞으로 영신을 어찌 대할지는 불을 보듯 뻔했다.

"바보 같은 여인네. 그렇게 한평생을 어찌 살려고…."

혼잣말을 중얼거리다가 태윤은 집사청 마루에 드러누웠다. 아득한 어둠이 같이 내려와 옆에 눕는 것 같았다. 어둠에게 말을 걸었다. 별도 없고 달도 없는 깊고 어둔 밤을 잘도 달려 왔지? 내 인생이 그랬던 것처럼…. 말을 건네니 갑자기 눈물이 주르륵 흘러내렸다. 왜… 눈물이 나는 거지? 내가 혹시 영신을 마음에 두었었던가. 아니야, 아니야. 나는 다만 그녀가 불쌍했을 뿐이야. 그럼 혹시, 혹시라도 정빈을 연모했던가. 벗으로서가 아니라 정인같은 마음이 조금이라도 있었던 것이 아닐까. 아니, 아니 그렇지 않아. 나는 다만 완벽한 그를 동경하였고, 그래, 가끔씩 그리워하였을 뿐이야. 그러면 이 마음은 무엇이지? 어째서 내가 그들의 혼인에 이토록 마음이 아픈 것이지? 서운하기도 하고 서글프기도 해서 태윤은 엎드려 울었다. 아무에게도 가 닿지 못하는 제 마음 때문에.

개화성

다음 날 태윤은 유겸에게 화성의 곳곳을 보여주었다. 그때 완공을 못 보고 떠난 터라 유겸은 마치 화성에 처음 온 것처럼 감탄하며 태윤을 따라다녔다. 가을이 시작되는 성의 풍경은 유난히 아름다워서 태윤은 사뭇 자랑스러운 기분이 들었다.

"내가 잠시 떠나 있긴 했지만 바깥에 있으면서도 성이 다 지어질 때까지 계속 자문을 해주었단 말일세. 이거? 이것도 내가 설계도 그려서 보내 준거라네. 저거? 저것도 내가 어찌어찌 하라고 편지를 써 주었단 말이지. 사실은 유겸선생이 가르쳐 준 것도 많이 들어가 있다네. 자네가 알려 준대로 꽃나무를 많이 심었다네. 화성은 꽃 화花자 화성이기도 하지 않겠는가 말이야."

태윤은 무용담 늘어놓듯 제 자랑을 늘어지게 했는데 사실 마음속으로는 하려는 다른 말이 있어서 계속 적당한 때를 엿보고 있었다. 어째서 유겸이 이곳에 오게 된 것인지를 이야기해주어야 했다. 정빈이 차마 제 입으로는 할 수 없는 이야기를 태윤에게 부탁한 것이다. 태윤은 내내 유겸의 눈치를 살피다가 마침내 용기를 내어 저간의 사정을 말해주었다. 유겸은 별다른 동요 없이 얘기를 들었다. 차원일 대감이 정빈을 대신하게 할 의도로 자기를 그 집에 있게 한 것이라는 것을 알게 되었을 때도 놀라거나 화를 내지 않았다. 유겸이 이해한다는 듯 담담한 표정이자 태윤은 오히려 화가 났다.

"아, 이건 좀 화를 내도, 좀 속상해 해도 되는 거 아닌가. 이보게. 참지 말고 화를 좀 내 보라고!"

"무…엇 말씀이십니까."

유겸은 태윤이 화를 내는 게 더 이상하다는 듯 되물었다.

"유겸선생, 내 말을 듣기는 한 게요?"

"예. 한 자도 빼놓지 않고 다 들었습니다."

"하… 참, 나. 이보게. 유겸선생. 착한 것에도 그 뭐랄까…. 한계란 게 있지 않냐고. 그렇게 무작정 착하기만 해서 세상 어떻게 살 거냐고. 세상엔 말이야. 나쁜 놈들 천지란 말일세."

"저는 그저 각자 처지가 다 이해가 되어서… 살다보면 음, 그러니까 길에서 넘어진다 해서 길 탓도 아니고 내 탓도 아닌 경우도 있지 않겠습니까."

태윤은 유겸의 그 선연한 대답에 그만 할 말을 잃고 말았다. 저 같으면 길에서 넘어지면 길바닥이라도 한 번 차버릴 텐데 유겸은 길 탓도 아니고 내 탓도 아니라 한다. 살다 보면 그런 날이 있다 한다.

"아니, 이건 누구의 탓인지가 분명한 일이라네. 그러니까 안 될 일을 억지로 되게 하려는 그 차원일 대감의…"

"안 될 일이라면 아마 아니 되겠지요."

유겸이 웃으며 말했다. 그 부드러운 확신에 대해 태윤은 달리 할 말이 없었다.

"그러면, 그러면 말일세. 자넨 이 혼사를 어떻게 생각하나?"

태윤이 어렵사리 물었지만 유겸은 대답하지 않았다. 그저 길바닥에 드러누운 질경이풀을 일으켜 세워줄 뿐이었다. 흙을 다독이는 손이 정성스러웠다.

태윤은 길게 한숨을 내쉬었다. 사실 종이 그 상전의 혼인에 대해 달리 무엇을 말하겠는가. 또한 대답을 한들 속마음을 다 말해 줄 것인가. 서로 형제처럼 여기고 아껴주던 상전이 배필이 되는 여인을 맞이하였을 때 얼마간 허전하고 서운한 마음이 어찌 없을까. 의지가지할 데를 잃어버린 그 마음을 말로는 다 할 수 없으리라는 걸 알면서도 굳이 물어보았던 것은, 어쩌면 동병상련의 심정을 확인하고 싶어서였는지도 몰랐다. 태윤은 자기가 한심하게 느껴졌다.

"자네, 여기 다시 왔으니 무얼 해보고 싶은가."

용연 앞에서 태윤이 물었다. 그때 화성을 떠나기 전날 밤 나누었던 이야기를 유겸이 기억하고 있을까. 꼭 다시 한 번 화성에 오고 싶다고 하였던. 유겸이 잠시 생각하더니 연꽃 피는 소리를 듣고 싶다고 했다.

"꽃이 피는 데 소리가 나는가?"

금시초문이었다. 그러나 유겸은 그런 이야기를 책에서 읽었다고 했다. 북지北池*에 연蓮을 심으라고 한 것에는 그 소리가 듣고 싶어서이기도 했다는 것이다. 태윤이 화성 공사를 시작한 지 얼마 되지 않아 임금의 명을 받들어 북서쪽에 농사용 저수지를 만들었는데, 그 너른 바닥에 물만 가둬놓기가 아쉬워 유겸에게 무얼 하면 좋겠느냐고 물은 적이 있었다. 그때 유겸이 망설임 없이 연을 띄우자고 했다. 그때 심은 연이 지금은 자리를 잡아 여름이면 볼만했다.

그나저나 대관절 꽃이 피는 소리라니. 태윤도 사뭇 궁금했다. 언젠가 유겸에게서 얻어 마신 연꽃잎차도 생각났다. 더운 물 속에서 피

---

* 화성의 장안문과 화서문 사이 저수지. 만석거(萬石渠)라고도 한다.

어나던 그 아름답고 향기롭던 차茶. 북지의 물이 찻물이 되고 그 위에서 피어나는 연꽃잎을 상상했더니 태윤은 지금이라도 당장 연꽃 피는 광경이 보고 싶어졌다. 그러나 개화성開花聲은 새벽이라야 들을 수 있다고 한다.

다음 날 새벽.

태윤은 유겸을 데리고 일찌감치 북지로 향했다. 삽상한 새벽공기가 경쾌하게 뺨에 와 닿았고 등롱燈籠이 사뿐사뿐 흔들리며 길을 밝혀주었다. 가슴이 자꾸만 설레는 건 조금 있으면 듣게 될 연꽃 피는 소리 때문이라기보다 다만 지금 이 순간 함께 있는 사람 때문이었다. 이렇게 함께 할 날이 얼마나 더 남았을까. 이제 곧 연경으로 가면 언제 돌아올지 모른다 한다. 난 마음만 먹으면 연경쯤이야 언제든 갈 수 있으니 아무 때고 보러 가겠다 했더니 신학교에 들어가면 사사로이 바깥사람을 만날 수 없다고 한다. 영영 못 만나게 되면 어찌 하나 싶은 두려움이 잠깐 들었다가 유겸이 공부를 마치고 돌아오는 날을 생각하니 기쁘기도 하였다. 태윤은 유겸을 위해 무엇이든 다 해주고 싶었다. 정빈이 해주는 것과는 비교할 수도 없겠지만 자기만이 할 수 있는 일이 있어서 그 또한 기쁜 일이었다.

"내 지난번에 자네가 부탁한 일을 드디어 해내었다네."

태윤은 내일쯤 말하려던 것을 그냥 말해버렸다. 지금 기분이 그런 것이다.

"무엇 말씀이옵니까."

"이런…. 벌써 잊었나. 난 한시도 잊은 적이 없다네. 매일매일 그 기도문의 뜻을 알기 위해 서양의 책을 읽고 또 읽고, 중국 책과 대조하고, 역관에게 소리 내어 읽어보라 그랬다네. 중국말로는 어떻게 들리나 잘 기억해두었다가 또 경전의 원문과 비교하고 그렇게 한 글자, 한 글자씩…"

태윤은 그간 서학의 원문을 공부한 경과를 이야기해주었다. 햇수로 삼 년이 넘고 날수로 천 일이 넘는 그 긴 시간 동안 단 하루도 빼놓지 않고 다른 나라 말을 공부한 것이다. 그것도 독학으로.

"그런데 참 신기하였네. 생전 처음 듣고 보는 문자를 익히는데 무언가 나를 도와주는 것만 같았네. 마치 내 안에 그 나라 말을 다 아는 누군가가 들어앉아 있는 것 같더란 말일세. 한번 이치를 터득하고 나니 그 다음엔 어렵지 않았네. 술술 읽혀지더라고! 어떤 때는 내가 당장 서양인 신부를 만난다 해도 대화가 통할 것 같더군."

유겸이 감탄했다.

"아, 그래서 그 기도문의 뜻을 다 알아내셨다는 것이지요?"

"그. 러. 하. 다. 네."

태윤은 한 자 한 자 또박또박 힘주어 말했다.

"그, 그럼 들려주십시오."

유겸이 바짝 다가와 말했다. 새벽 공기 속에서 유겸의 목소리가 유난히 낭랑했는데 조금 들떠 있는 것도 같았다. 태윤은 유겸이 간절히 바라는 일을 해냈다는 것이 새삼 자랑스럽고 기뻤다.

"하하. 여기서는 안 되네. 내가 다른 날 알려줌세."

기도문은 임금으로부터 하사받은 시전지詩箋紙*에 정성들여 써서 비단주머니에 넣어 두었는데 유겸이 무원당으로 돌아갈 때 선물로 줄 참

---

* 조선시대 시나 편지를 적을 때 쓰는 고급 종이

이다. 태윤은 기도문 대신 그간 읽었던 성인전聖人傳을 들려주었다. 사랑과 믿음을 지킨 죄로 모진 박해 속에 죽어간 이들의 이야기를 할 때에 태윤과 유겸은 마치 그들과 함께 있는 것 같았다.

"그대는 사랑하므로 죽을 수 있는가."

유겸은 고개를 끄덕였다.

"사랑하는 사람은 죽더라도 살고… 살아서 사랑하는 사람은 영원히 죽지 않는다고 하였습니다."

또한 우리 앞의 모든 시간, 많든지 적든지 소유한 모든 것, 길거나 짧은 생명까지도 사실은 단 하나를 위한 것일 뿐이라고 했다. 그것은 사랑이라고. 유겸의 뇌리에 그날의 기억이 되살아났다. 집 안에 있던 사람들이 칼을 받아내는 동안 어머니는 유겸을 안고 마을 어귀의 헛간으로 피신했다. 어머니는 유겸의 바지저고리를 벗겨 짚단에 입히면서 말했다.

아가, 우리 앞에 영원한 세상이 있단다. 어미는 널 만나 기쁘고 복되었으니 이제 이렇게 떠나도 슬프지 않구나. 헤어짐 없는 그곳에서 기다릴 터이니 그때 다시 만나자꾸나.

어머니는 웃으며 말했고 마지막으로 유겸을 안아주었다. 복이아범이 들어와 유겸을 안고 나갔고 그 길로 영영 이별이었다. 아직 봄이 오지 않은 숲길에 마른 나뭇가지들이 붉고 노란 꽃눈을 매달고 있던 무렵이었다.

"아, 그렇지. 세례 받은 이야기 좀 해보게나. 내 사실 전부터 그 이야기가 듣고 싶었다네. 본명은 무엇으로 정했는가."

유겸이 다시 말이 없어지고 조금 울적해 하는 것 같아서 태윤이 화제를 바꾸었다.

"미카엘입니다."

"오! 대천사 미카엘. 천사 중의 천사가 아니신가. 그런데 난 유겸 선생에겐 아름다운 가브리엘이나 치유자인 라파엘이 더 어울리는 것 같은데…"

그러다가 태윤은 문득 깨달았다. 천상 군대의 장수인 그 이름을 얻음으로써 무관인 정빈을 지켜주고 싶어 하는 것임을.

"세례 때의 그 마음을 말로 어찌 다하겠습니까. 마치 빛 속으로 들어가는 것 같았지요. 그것은 직접 겪지 않으면 알 수 없을 것입니다. 나리께서는 언제 세례를 받으시렵니까."

"나? 난 다음번에 연경에 가면 거기서 받을까 하네. 거기 가면 주교가 계신다네. 주교를 만나 뵙고 묻고 싶은 것이 많으이."

연경에 간다는 말에 유겸의 가슴이 설레었다. 태윤이 부러웠다. 이미 여러 차례 다녀왔다는데 이번에는 무슨 일로 가려는 것일까.

"나리께서는 본명을 무엇으로 하시렵니까."

"요한. 사도 요한 말일세."

"오! 이유는요?"

"예수께서 돌아가시면서 혼자 남게 될 어머님을 요한에게 맡기지 않는가. 어머님께는 '어머니, 이제 이 사람이 어머니의 아들입니다.' 하시고, 요한에게는 '요한, 이 분이 네 어머니시다.' 하셨지. 달리 형제가 없으니 이 어머니를 누가 돌볼 것인가, 숨이 끊어질 지경에서도 그런 걱정과 염려를 하셨던 걸세. 그렇게 그분께서는 우리에게 어머니와 형제를 주셨지. 나는 성경을 읽으면 매양 그 장면이 아프고 또 기쁘다네."

그 말을 하면서도 태윤은 제 처지를 생각했다. 아무도 없었다. 누구에게 나를 맡길 것인가. 누구를 어머니 삼고 누구를 형제 삼아 지상의 삶과 죽음을 이어갈 것인가.

태윤은 유겸을 바라보았다. 그대가 나의 형제가 되어준다면…. 태윤을 바라보는 유겸의 반짝이는 눈동자가 새벽별 같았다. 쓸쓸하고 공허했던 마음에 다시 평온이 찾아왔다. 태윤은 다시 꽃 이야기를 했다.

"햐~ 이거 우리가 때를 잘 맞춰 왔네. 그려. 봉오리 진 것들이 많으이. 마치 우리가 오길 저것들이 기다린 것 같지 않은가!"

호수에 다다랐을 때 눈앞은 온통 연蓮의 바다였다. 태윤은 미리 준비해두었던 배를 띄웠다. 숲이 병풍처럼 둘러싼 호수 위를 배가 미끄러지듯 나아갔다. 배는 연의 군락 앞에서 멈춰 섰는데 어둠 속에서도 푸른 연잎과 붉고 흰 꽃봉오리의 구분은 확연했다.

"이제 이것이 터지면서 소리를 낸다는 말이지?"

태윤이 물었다.

"예. 그렇다고 합니다. 이제 다른 소리를 멈추어야 합니다. 객들이 온 것을 알면 연이 부끄러워서 꽃을 피우지 않을 지도 모릅니다."

정말? 태윤은 유겸의 그 말이 좀 우스웠다. 꽃이 필 때가 되었으니까 피는 것이지 보는 사람이 있고 없고를 따지려나? 그러나 유겸은 정말 그렇게 믿고 있는 것 같았고 이미 침묵 중이었다. 기도하듯 눈을 감고 꽃이 피기를 기다리는 유겸을 따라 태윤도 침묵 속으로 들어갔다.

눈을 감고 말을 멈추자 사방은 막대한 고요의 세계였다. 그렇구나, 한 세상이 열리기 위해서는 깊은 침묵이 필요한 것이로구나. 태윤은 이 고요가 온 몸으로 젖어듦을 느꼈다. 침묵이 깊어지자 고요한 평온이 찾아왔다. 무언가 사라짐이 느껴졌다. 처음에는 나의 바깥이 사라졌다. 그 다음에는 내가 사라졌다. 남은 것은 오직 맑고 투명한 그 어떤 것이었는데 그것이 무엇이라고 말하기는 어려웠다. 이윽고 그 투명함을 뚫고 꽃잎 벌어지는 소리가 들려왔다. 태윤은 눈을 떴다. 여기저기서 퍽, 퍽 하는 소리가 새벽공기를 가르고 배 위로 날아왔다. 꽃이 피는 소리는 저마다 달라서 좀 작은 것은 톡! 하기도 하고 두 세 송이가 연달아 피어 파파팟! 하는 소리를 내기도 했다. 생명이 일어나는 소리는 그토록 경쾌하고 힘이 있었다.

태윤과 유겸은 배를 저어 갓 피어난 연꽃 무리 가까이로 갔다. 어떤 것은 붉고, 어떤 것은 희고, 어떤 것은 분홍색, 또 어떤 것은 흰 데 분홍물이 들어 오묘했다. 유겸은 흰 바탕에 핏줄 같은 붉은 선이 선명한 것을 오래 지켜보더니 침묵을 깨고 입을 열었다.

"얼마나 아팠을까요."

순간 자욱한 연꽃 향내에서 피 냄새가 나는 것 같은 착각이 들었다. 저 작고 연한 것이 꽃으로 피어나기 위해 감내해야 했을 고통에 대해 태윤은 생각했다. 사람도 저마다 한 송이 꽃과 같아서 내내 아픔으로 살다 죽는 것이련만 그 삶과 죽음이 저 꽃잎 같기만 하다면 그것도 좋을 것이었다.

동이 트자 꽃 피는 소리는 잦아들기 시작했다. 태윤은 비로소 유겸의 옆얼굴을 바라보았는데 아, 그것은 또 다른 꽃이었다고나 할까. 미소가 어린 고운 얼굴이 아침 햇살을 받아 환하게 빛나고 있었다. 태윤은 눈을 감았다. 그 순간 세상은 아무것도 없고 오직 두 가지만 있는 것 같았다. 꽃 피는 소리와 유겸의 미소. 그것은 평화였다. 태윤은 유겸에게 알려주기로 한 그 기도문의 한 구절을 마음속으로 읊조렸다. 도나 노비스 파쳄, 도나 노비스 파쳄, 파쳄, 파쳄…

정빈이 왔다. 혼례를 치른 후 보름이 넘어가던 날 저녁이었다. 행궁

258
파체破涕

십자로에서 태윤은 정빈과 마주쳤다.

"왔는가."

태윤이 시큰둥한 얼굴로 물었다. 사실 오랜만에 보는 정빈이 그리 반갑지 않았다. 그런 혼례를 한 것이 여전히 마뜩찮았고 기껏 나타난 얼굴이 부쩍 야윈 것도 속상했다.

"이리 일찍 퇴청하나. 새로 일을 맡게 되었으면 밤낮없이 일을 해야지. 주상전하께 말씀드려야겠군, 그래."

"허~ 뭐하다 이제와서 보자마자 시비인가. 유겸선생 하고 같이 저녁 먹으려고 요 며칠 좀 일찍 들어가네. 그리고 내가 차정빈인가? 밤낮없이 일을 하게…"

태윤이 유겸 얘기를 하자 정빈이 웃었다. 그 웃는 얼굴을 보니 태윤은 그만 마음이 풀어지고 말았다. 가끔씩 보여주는 저 웃음에 내가 매번 당하지, 하면서도 태윤은 정빈이 좀 웃고 살았으면 좋겠다고 생각했다.

"가자. 유겸이 배고프겠다."

태윤은 정빈과 함께 영화역 처소로 갔다. 유겸이 마당에서 버드나무를 돌보다가 정빈이 마당에 들어서는 것을 보고는 공손하게 다가와 제 상전을 맞이했다. 여기 와서 본 것 중에 가장 밝은 표정이었다. 말은 안 해도 내내 정빈을 기다리고 있었을 것이다.

"잘 지내었느냐."

"김태윤 나리께서 넘치도록 돌보아주셨습니다."

태윤은 서로 애틋해 하며 안부를 묻는 두 사람이 상전과 종으로 보이는 게 아니라 우애 깊은 형제처럼 보였다. 그러다가 형과 아우 사이라 해도 저런 눈빛과 표정이 나올 수 있을까 싶은 생각도 들었다. 반가워 하는 두 사람의 모습을 한 장면에 담아 보니 덩달아 반갑고 기분이 좋으면서도 한편으로는 서운하기도 했다. 무언가 아쉽고 또 허탈하기도 한 것이다.

다음 날 새벽.

태윤과 유겸은 일찍 일어나 창룡문*에 갔다. 오후에는 정빈과 유겸이 도성으로 돌아갈 것인지라 그 전에 이곳에서 유겸과 특별한 기도를 드리기로 한 것이다.

"창룡문 옹성의 여장은 4첩, 총안은 14개, 현안**은 3개라네. 내 이 숫자를 맞추기 위해 약간 무리를 했다네. 보통 여장 하나에 총안 3개가 들어가니 창룡문 옹성의 총안은 12개가 되어야 한다네. 아니면 여장한 첩을 더 설치해서 15개가 되거나. 하지만 출입구 쪽의 옹성 벽을 좀더 길게 빼서 총안 두 개를 더 해 열 네 개로 맞추었다네. 왜 열네 개인지 알겠는가?"

"예수님의 수난을 기억하는 열네 군데 고통의 자리 아닌가요."

"맞다네. 그러나 세상 사람들은 아무도 모를 걸세. 내가 간격과 균형을 딱 맞아 떨어지게 해서 겉으로 봐선 전혀 표시가 나지 않는다네. 오히려 옹성 벽을 총안 두 개 만큼 왼쪽으로 길게 확장하게 되니 출입문 쪽이 좁아져서 적의 공격을 막는 데 더 유리하지. 이 좁아터진 출입문 쪽으로 적들이 무기를 끌고 어찌 들어오겠는가 말이야. 창룡문은 장안문이나 팔달문처럼 사람들이 많이 드나드는 곳이 아니니 또한 문이 넓을 필요도 없다네. 실로 십사처를 숨겨놓기에 딱 좋은 지점이란 말

---

* 성의 동쪽 정문으로 장안문(북문)이나 팔달문(남문)과 달리 옹성의 출입문을 한쪽 구석으로 내었다. 화서문(서문)도 그러하다.

** 현안(懸眼) ; 성벽의 위에서 아래로 길게 낸 홈

일세.”

유겸이 아! 하고 짧게 감탄사를 내뱉었다.

“내가 여장을 4첩으로 고집한 것도 그대는 아시겠지. 약망若望*을 비롯한 네 개 복음이라네.”

유겸이 미소 지었다.

“세 개의 현안은 아마도 성부, 성자, 성령의 성삼위聖三位이겠고요. 성삼위께서 이 성을 지켜주시리라고 빌어보는… 아, 예수님, 성모님, 요셉님이신가.”

“하하. 좋은 해석일세. 자, 이제 시작하세. 해 뜨기 전에 해야 한다네. 옹성 수문장에게는 내가 오늘 새벽에 옹성에서 일을 좀 하겠다고 해두었으니 우리가 뭘 하는지 들여다보지 않을 걸세.”

“뭘 한다고 하셨는데요?”

“새벽이슬이 옹성 벽 침식에 주는 영향을 연구 좀 하겠다고 했지. 그러니 그런 줄 알더군.”

크큭. 유겸이 웃었다. 태윤도 잠시 웃었다가 이내 표정을 단정히 하였다.

“십사처 기도는 전에도 이런 것이 있다는 것은 들었지만 이번에 서학의 원문을 공부하면서 그 뜻을 더욱 깊이 알게 되었다네. 나도 처음 해보는 것이라네. 묵주신공만큼이나 아름답고 애절하다네. 내 선창할 터이니 나를 따라 하게.”

태윤과 유겸은 옹성 제일 끝 지점에서 자세를 바로 한 다음 공손하게 성호를 그었다. 본격적으로 기도를 시작하기 전에 태윤이 무어라 아

---

* '요한'의 음차

뢰었는데 유겸이 들어보니 대략 이러하였다.

> 저희가 이제 당신이 겪은 수난의 길을 따라 걷고자 하니 저희가
> 지은 죄를 용서하여 주시고, 당신에 대한 사랑으로 이 목숨 바
> 치고자 하니 받아주옵소서.

유겸은 그 뜻을 깊이 새겨 가슴에 담았다. 이제 연경으로 떠나면 곧
이 그 길을 따라 걸을 터이니 그 이끄심에 오로지 순명케 해달라고 빌었
다. 기도를 시작하기도 전에 가슴이 터질 것 같이 벅차올랐다.

태윤이 첫 번째 총안 앞에 서서 무언가 생각하는 것 같더니 기도문
을 암송하였다.

"예수께서 사형선고 받으심을 묵상합시다."

유겸은 태윤의 말에 따라 사형선고를 받던 순간의 예수를 떠올렸
다. 그 떠올림 후에 천주경과 성모경, 영광경을 암송하였다. 그렇게 해
서 예수수난의 한 장면을 되새기고 나면 다음 총안으로 자리를 옮겼
다. 두 번째 총안에서는 예수가 십자가를 지게 되는 장면을 묵상하였
고, 세 번째는 예수가 넘어짐을, 네 번째는 예수가 어머니를 만나는 장
면을 그려보았다. 유겸은 네 번째에서 눈물이 흐르기 시작하여 멈출
수가 없었는데 그 이후로 열한 번째 총안에서는 소리 내어 울고 말았
다. 열두 번째에서 예수는 죽었고 그 사이 겪은 참혹한 고난의 과정이
고스란히 유겸의 온 몸과 마음에 전해져 온 것이다. 열세 번째 총안에
서 태윤과 유겸은 예수의 시신을 십자가에서 내렸고, 열네 번째에서 예
수를 묻었다.

기도를 끝내고 나서도 둘은 열네 번째 총안 앞에서 한참을 더 있었다.

"자, 이제 가세. 부활의 동굴로."

태윤이 화성을 설계할 때 세 군데에 공심돈을 설치했는데 그중 가장 각별한 애정을 기울인 것이 바로 동북공심돈이었다. 다른 두 개의 공심돈과는 달리 성벽에 붙이지 않고 성 안쪽으로 따로 떼 내었고, 내부를 비우고 나선형으로 계단을 설치해 꼭대기까지 올라갈 수 있도록 설계했다. 하늘에서 내려다보면 둥근 밀떡의 형태였는데, 화성에서는 유일하게 원형의 평면을 가진 건축물이었고, 꼭대기에서 보면 성 전체가 다 보이는 높다란 곳이었다. 전체적으로 세 개의 층과 두 개의 원이 이어지게 하여 층과 층 사이, 원과 원 사이에 병사들이 몸을 숨길 수 있도록 했다. 보호와 구원의 성채城砦인 것이다. 공심돈을 설계할 때 태윤은 공심재空心齋*를 생각했다. 텅 빈 마음. 오직 당신에게만 드리는 아무것도 아닌 내 마음이 거기에 있었다.

　공심돈 맨 아래층에는 출입문 쪽에 작은 온돌방 하나가 있는데 태윤은 그것을 곧 예수의 무덤이자 부활의 동굴로 삼았다. 물론 이 온돌방의 공식적 용도는 공심돈의 초병이 잠시 쉬었다 가도록 만든 임시 숙소였으나 태윤의 또 다른 의도는 유겸에게 선사하는 '비밀의 방'이었다.

　"들어가세."

　태윤은 유겸과 비밀의 방으로 들어갔다. 밖을 향해 작은 창이 나 있는 방은 두 사람이 들어가기에는 좁아서 태윤과 유겸은 몸을 최대한 구부리고 앉았다. 유겸이 준비해온 물건들을 펼쳤다. 작은 십자고상과 초, 물병, 맑게 빚은 술, 누룽지 말린 것들이었다. 깨끗한 명주 위에 그것들을 펼쳐 놓고 태윤과 유겸은 제사 지낼 준비를 했다.

　"제가 어렸을 때 아버지가 하시던 미사를 더듬더듬 기억하고 있었습

---

*영성체를 하기 전 일정한 시간 동안 식사를 하지 않는 것. 몸과 마음을 비워 질대자에 대한 존경과 순명의 의지를 드러내는 재계.

니다. 그러다가 지난번 세례를 받을 때 정식으로 미사에 참례하였는데 돌아오자마자 그 광경을 다 적어놓고 매일매일 생각하였습니다."

"나도 연경에 갔을 때 남당南堂*과 북당北堂**에 들러 미사를 한 적이 있네. 거기서 미사예절을 적은 책도 얻었는데 요즘은 그걸 풀이하고 있다네. 그대가 기억하고 있는 것과 대조하여 보면 더 확실해지지 않겠는가. 그리고 이것… 그대에게 주려고 가져 왔네."

태운은 저고리 안섶에서 비단 주머니 하나를 꺼냈다. 그 안에 기도문이 적혀 있었는데 그때 유겸이 부탁한 것이었다.

"미사 중에 몇 번이고 이 기도를 바치더군. 따라 해보게. 아뉴스데이, 아뉴스데이, 귀톨리스 페카타 문디…."

유겸은 태운이 한 줄 한 줄 읽어주는 대로 따라 했다. 미세레레 노비스 도나 노비스 파쳄, 파쳄.

"무슨 뜻이옵니까."

"천주의 어린 양이시여, 천주의 어린 양이시여, 세상의 죄를 없애시는 분이시여, 우리를 불쌍히 여기소서, 우리에게 자비를 베푸소서, 우리에게 평화를 주소서."

"아!"

유겸의 가슴이 기쁨으로 벅차올랐다. 어린 시절 아버지가 외던 그 구절이 귓가에 들려오는 듯했다. 아릿한 향내를 타고 흐르던 그 아름다운 기도문의 뜻이 이러했구나. 유겸은 두 손을 모으고 기도를 했다. 다시 걷잡을 수 없이 눈물이 흘러 내렸다. 천주의 어린 양이시여, 저의 죄를 없애 주소서, 아버지와 어머니와 형제들을 죽게 한 저를 불쌍히 여

---

* 남당천주교회
** 북당천주교회

기소서.

유겸의 기억 속으로 다시 그날의 광경이 파고들었다. 괴한이 침입하여 아버지에게 칼을 겨누며 물었다.

이 집에 업둥이가 하나 있지? 지금 어디에 있느냐.
그런 아이는 없소.
아이만 내놓으면 서학질하며 혹세무민한 죄는 탕감하여 줄 것이다.
자식을 죽여 목숨을 얻는 아비는 없소. 차라리 날 죽이시오.

짧은 비명소리와 함께 집안은 쑥대밭이 되었다. 툇마루 밑에 숨어 있다가 어머니와 가까스로 도망하였지만 혼자만 살았다. 형들과 누이들도 끌려간 후 죽었다고 했다. 업둥이라는 말을 그때는 몰랐다가 후일 알게 되었을 때 슬픔과 비통함은 더 컸었다. 어찌하여 나를 살리고자 아버지와 어머니가 죽고 형과 누이들이 끌려가 목숨을 잃었을까. 내가 무엇이라고. 대관절 나 따위가 무엇이라고…. 기억이 거기까지 다다르자 유겸은 하염없이 울었다. 태윤이 울고 있는 유겸의 등을 토닥여 주었다.

"울고 있는 그 사연을 그분께 바치시게. 그분께서는 이미 다 알고 계실 것이지만…"

눈물을 닦고 유겸과 태윤은 미사를 드리기 시작했다. 유겸의 기억과 태윤이 얻어 온 한자로 된 미사경본을 가지고 둘이서 한 예절씩 미사를 이어 갔는데, 맞는지 틀리는지도 모른 채 그저 마음만 간절할 뿐이었다. 성경의 구절을 읽고 기도를 하고 마침내 성찬의 예식에 다다랐을 때 유겸이 누룽지를 떼어 태윤에게 주었다.

"이것이 그분의 몸이라 여기시길 바랍니다. 제가 신품神品을 받고 오면 온전히 성체聖體이겠으나 아직은…"

남들이 보면 다 큰 사내 녀석들이 무슨 소꿉놀이 하냐며 핀잔 놓을 그런 광경이었지만 두 사람은 더없이 진지하고 또 절실했다. 사제가 집전하지 않으므로 아무 효력 없는 미사일망정 이 작은 방 안에 천주가 함께하시리라 믿고 정성을 다 하는 것이다. 마침기도를 하고 두 사람은 서로에게 복을 빌어주었다. 어설프나마 미사를 하고 나니 유겸은 하루라도 빨리 연경에 가서 제대로 신학 공부를 하고 싶어졌다.

"아직 소식이 없는가."

"예. 이제나저제나 기다리고 있는데 매번 어긋나기만 합니다."

"조금만 더 기다려 봄세. 가장 좋은 때가 있지 않겠는가. 나도 다음 번 동지사에 넣어 달라 해서 다녀오려고 하네. 가서 그쪽 사정도 좀 알아보고 책도 더 얻어오고 그럴 생각이네."

유겸이 아쉬운 얼굴로 고개를 끄덕였다. 밖을 보니 날이 밝아오고 있었다.

"자, 이제 일어남세. 곧 병사들이 올 시간이네."

태윤과 유겸은 미사에 썼던 물건들을 챙겨 방을 빠져 나왔다. 오래 무릎을 꿇고 있었던지라 다리가 저리고 아팠다. 그런데 밖으로 나온 순간, 두 사람은 신비한 광경에 눈이 휘둥그레지고 말았다. 동북공심돈의 모든 총안으로부터 일제히 아침햇살이 쏟아져 들어오고 있었다. 동쪽 방향은 말할 것도 없고 서쪽 방향의 총안으로도 황금색 햇살이 들어와 어두운 공심돈 복도를 가득 채우고 있었다. 아! 그것은 하늘이 건네는 아침 인사였다. 유겸과 태윤은 손을 잡았다. 무어라 말 하지 않아도 그 순간의 느낌은 같은 것이었다.

두 사람은 빛 속에서 오래 서 있었다.

연인

　유겸이 별당으로 돌아 온 날 영신은 정빈의 다른 모습을 보았다. 차가운 성품에 누구에게도 곁을 내주지 않는 사람이라고 알고 있었는데 유겸에게는 전혀 그렇지 않은 것이다. 그는 다정하고도 세심해 보였다. 한낱 노비를 데리러 주인이 직접 갔다 왔다는 것도 놀라웠지만 그 노비를 대하는 태도 또한 이해하기 어려운 것이었다. 유겸이 말에서 내릴 때 정빈이 손수 손을 잡아주기까지 하는 것이었다. 마치 영신에게 보란 듯했다. 내가 싫으면 싫은 것이지 저런 모습까지 보여줄 것은 무언가 싶어 울컥했지만 가까이 다가온 유겸을 보고는 영신은 그만 기가 꺾이고 말았다. 정말 노비가 맞을까 싶을 정도로 우아하고 기품 흐르는 얼굴에 마치 빛을 휘감고 있는 것 같은 몸가짐을 하고 있었다. 유겸이 영신에게 허리를 깊이 숙여 인사를 하자 영신은 저도 모르게 고개 숙였다. 곁에 있던 행랑어멈이 눈치를 주었다. 아씨, 아씨는 상전이니 그냥 가만히 계시면 되어요. 영신은 부끄럽고 민망했다. 그래도 내가 이 댁의 새아씨인데 한낱 동산바치 노비에게 이리 기가 죽어서는 아니 되지, 하면서 자세를 곧추세웠지만 유겸을 향하는 정빈의 시선을 보면서 다시 움츠러들고 말았다.

　"들어가 쉬시오."

　"네?"

정빈의 목소리에 영신은 화들짝 놀라 고개를 들었다. 그러나 정빈은 눈길 한 번 주지 않고 유겸과 함께 가버렸다. 그 차가운 말투에 영신은 온 몸이 얼어버린 것 같아서 한 발짝도 내디딜 용기가 나지 않았다. 유겸이 정빈 뒤를 따라 가면서 두어 번 고개를 돌려 영신을 보았다. 그 눈빛과 마주쳤을 때 영신은 수치스럽고 또 자존심이 상했다. 저 아이도 아는 것일 테지. 제 주인이 나를 얼마나 업신여기는지를. 영신은 정빈이 자기에게 애초부터 마음을 주지 않기로 한 이유는 유겸 때문일 것이라고 생각했다. 저 동산바치 노비가 지아비의 마음을 다 가져간 것이다. 미웠다.

행랑어멈이 살랑거리며 들어오더니 묻지도 않은 이야기를 또 늘어놓았다. 주로 정빈과 유겸에 관한 이야기였다. 유겸이 어렸을 때는 정빈이 별당 내실로 더운 물을 가져오게 해 직접 소세*를 시켜주고 손발을 닦아 주었다고 했다. 그러고는 아마 같이 목욕도 하는 것 같다고 했다. 영신은 그 말에 가슴이 철렁했지만 애써 무심한 척 했다. 종이 상전 목욕시중을 들 수도 있는 게지, 자네 괜한 말 하지 말게, 하고 점잖게 타이르기도 해보았다. 사실 행랑어멈이 와서 하는 얘기들은 그다지 듣고 싶지 않았다. 하지만 행랑어멈 말고는 이 집안에서 아무도 영신을 상대해 주지 않았다. 그나마 행랑어멈이 오가며 식사시중을 들어주고 혼자 떠드는 수다일망정 집안 얘기를 해주어서 오지 않는 날은 은근히 기다려지기도 했다.

행랑어멈이 말하기를 하인들은 정빈의 허락 없이 유겸에게 함부로

---

* 소세(梳洗) ; 머리를 빗고 낯을 씻는 일

접근해서도 안 된다고 했다. 어떤 계집종이 유겸에게 추파를 던졌다가 매질을 당한 얘기도 해주었다.

"아유, 그년이 간도 크지. 글쎄 유겸이 앞에서 저고리를 펄럭펄럭 들추다가 그 모습을 딱 도련님한테 들켰지 뭐예요. 그때가 유겸이가 열 대여섯은 되었지 아마? 어릴 땐 그저 곱상하니 계집애 같아서 사내구실이나 할까 싶었는데 아유 웬걸, 크니까 인물이 터져서 보는 사람마다 다들 한마디씩 하군 했었지요. 하지만 뭐 그림의 떡이지, 언감생심 누가 감히 유겸이를 넘보겠어요."

행랑어멈은 정빈을 도련님이라고도 했다가 나리라고도 했다가 작은주인어른이라고도 했다. 유겸을 가까이 할 수 있는 사람은 오직 이 집에서 차판관 나리 한 분뿐이며 유겸에 관한 일이라면 대감마님 내외도 함부로 간섭하지 못한다고 했다. 영신은 뒷얘기가 궁금했다. 행랑어멈이 영신의 마음을 눈치 챘는지 이야기를 이어갔다.

"그런데 이년이 하루는 등에 종기가 났다면서 별당에 와서는 유겸이한테 고약을 만들어주면 안되겠냐고 한 거예요. 유겸이가 약초를 잘 다루니까 그런 걸루 접근을 한 게지요. 참으로 겁도 없는 년이여…. 다들 작은 주인어른이 무서워서 유겸이한테 말도 못 붙이는데 어디 허연 목덜미를 들이밀어 갖구선…. 하여간 그 꼴을 도련님이 퇴청하다가 보시고는!"

보시고는? 영신은 저도 모르게 침을 꼴깍 삼켰다.

"아휴… 공서방을 시켜서 헛간에 가두고는 호되게 매질을 했지 뭡니까요! 별당에 함부로 들락거리지 말라 했는데 어딜 감히 상전의 말을 어기고 네 맘대로 오가느냐며…"

"많이… 맞았는가?"

"그러니까요. 그게 사실 나리 성정에 매질을 하면 끝장을 보시는데 유겸이가 그러지 마시라고, 저를 봐서 한 번만 용서해주시라고 싹싹 빌었지요. 그래서 그만 나리도 화를 풀고 대신 밥을 굶기는 걸로 끝났죠. 유겸이 아니었으면 아마 그년은 갈기갈기 찢겨서 죽었을지도 몰라요. 도련님이 한 번 화나면 얼마나 무서운데…."

영신은 그 장면을 상상해 보았다. 모질고 잔인한 성품의 정빈이 계집종을 후려치려고 채찍을 빼들자 유겸이 정빈의 옷자락을 붙잡고 비는 모습을. 유겸이 원하는 것은 무엇이든 해준다고 하니 그 사람은 아마 마지못해 참았을 테지.

영신의 마음속에서 뾰족한 것이 올라오려고 했다. 다른 아랫것들에게는 엄격하면서 유겸에 대해서는 그토록 관대한 정빈이 미워지려는 것이다. 속에서 부아가 치밀어 올랐다. 그깟 노비에게 계집종이 추파 좀 던졌기로 노발대발할 건 뭐람. 그리고 그렇게 화가 나도 유겸이 한 마디에 다 누그러지는 정빈이라니. 그런 사내를 지아비로 둔 자기 신세가 새삼 억울하게 느껴졌다.

"그 계집종 이름은 무어라 하느냐. 아직도 이 댁에 있느냐?"

"끝분이요. 끝분이. 아직 있고말고요. 노비문서가 여기 묶여있는데 지가 어딜 가겠어요. 안 쫓겨난 걸 다행으로 알고 살아야지요. 그리고 이 댁만큼 새경을 주는 데가 있어야지…."

행랑어멈은 또 한참을 더 얘기했다. 들어보면 모두 다 정빈의 날카롭고 무자비한 성품을 드러내는 일화들이었다. 그 성격으로 어찌 세상을 살았을까 싶을 정도였다.

"도련님도 예전엔 그렇지 않았어요. 얼마나 착한 분이셨는데…."

정빈의 어린 시절 얘기가 나올 듯해서 영신은 귀가 솔깃했다.

"어렸을 땐 착하고 속 깊은 도련님이었는데 그만 누이동생을 잃은 후로는 사람이 확 바뀌셨지요. 말도 없어지고 웃지도 않으시고…. 조금만 신경을 거슬러도 화를 내서서 대감마님께 혼도 많이 나곤 했지요. 그래도 커서는 좀 나아지시긴 했는데 요즘도 한 번 화를 내시면 아휴, 무서워요. 아무도 못 말려요."

행랑어멈은 정빈이 화났을 때를 떠올리는지 몸서리를 쳤다. 한 번 크게 화를 내면 온 집안을 발칵 뒤집어 놓는다고 했다. 그런 정빈을 달래고 다독일 수 있는 유일한 사람이 유겸이라고 했다. 또 내별당에는 온갖 진귀한 물건들이 가득한데 모두 정빈이 유겸에게 사다 준 것이라고 했다. 아끼고 굄*이 마치 사내가 정인을 대하는 것보다 더 하다고 하였다. 영신은 들을수록 기분이 언짢았다. 그 아이가 대체 무엇이건대 노비 주제에 상전의 분노를 다스릴 수 있단 말인가. 그리고 그토록 귀히 여기는 까닭이 행랑어멈 말대로 정인의 마음에서 비롯된 것인지? 만일 정말 그런 것이라면 자기를 택하여 혼인을 한 이유도 알 것 같았다. 그저 눈가림할 여인이 필요한 것이었을 터. 영신은 행랑어멈의 이야기를 들으면서 정빈과 혼인 전 나눈 계약의 말을 생각했다. 혼인의 조건으로 약조한 것이 있었다. 정빈이 영신에게 이르기를, 혼인으로 지아비지어미의 인연이 되었다고 착각하지 말라고 했다. 아울러 정빈의 주변사람에게 그 어떤 질투의 감정을 가져서도 안 된다고 하였다. 그 두 가지만 지켜주면 평생의 안락을 보장하겠다고 했다. 영신은 그 조건을 받아들였고 그 덕에 동생들은 가난을 면하고 공부에만 전념하여 출사를 할 수 있게 되었다. 정빈이 북촌에 제법 값나가는 가옥을 얻어주고 일꾼과 독선

* 굄. 특별히 사랑하고 아끼다.

생까지 들여앉혀 양반자손으로서의 행색을 갖추어 준 것이다. 좋은 집에서 좋은 옷을 입고 좋은 음식을 먹으며 살게 된 동생들을 보고 온 날, 영신은 정빈의 그 모든 냉대를 견디어 내리라 다짐했다. 하지만 막상 혼인을 하고 나니 저 사람이 내 지아비다, 라는 생각에 자꾸만 정빈의 마음을 얻고 싶어지는 것이었다. 투기하지 말라고 한 주변사람이란 유겸이 분명했다. 처음엔 설마 그럴 리야 있겠는가 싶었는데 행랑어멈의 말을 듣고 보면 그 아이가 틀림없었다.

행랑어멈이 자기가 이런 말 한 걸 알면 나리께서 경을 치신다고, 못 들은 걸로 해달라며 일어섰다. 유겸에 대해서 이러쿵저러쿵 얘기를 하는 것은 작은 주인어른이 제일 싫어하는 일이라며. 영신은 행랑어멈의 이야기를 들으면서 스스로가 내내 못나지고 초라해지는 것을 느꼈다. 미움과 질투가 자꾸만 솟아나 괴로웠다.

자운향

자운향은 그 밤 아무것도 하지 않고 앉아 있었다. 저녁밥도 제대로 먹지 않았고 겨우 잠들었다가는 이내 깨어나 앉아있었다. 글도 읽지 않았고 일도 하지 않았다. 오직 한 생각만 했다. 아이를 본 것이다. 이십 년 만에, 처음으로.

낮에 뒤뜰에서 포도를 따고 있는데 흥길이 한껏 상기된 얼굴로 뛰어 들어왔다.

"마님, 지금 다실茶室에 누가 온 지 아십니까."

흥길의 들뜬 표정을 보자 자운향은 단박에 누가 왔는지 직감했다. 포도 바구니를 내려놓고 자운향은 다실로 달려갔다. 다실은 뒤뜰을 지나 있는데 이곳을 아는 바깥사람은 태윤 정도였다. 태윤이 온 것으로 흥길이 그리 다급히 알려주었을 리는 없다. 필시 태윤이 누군가와 함께 온 것이다. 태윤이 밤중에 누군가를 데리고 화성에 왔다고 흥길이 전해준 것이 며칠 전 일이었다. 자운향은 찻물을 끓이는 부엌에 숨어 다실 쪽을 바라보았다. 거기에 아이가 있었다.

아이는 어찌 생겼나, 하고 물으면 흥길이 답하기를 관옥같이 맑고 새벽별처럼 빛납니다, 하였다.

성품은 어떠한가, 하고 물으면 선하고 고요하기가 봄 숲에 잠든 바람과도 같습니다, 하고 대답했다.

대저 무엇을 하며 하루를 지내는가, 하고 물으면 기도하고 일하고, 기도하고 일하고, 기도하고 일합니다, 하였다.

같은 물음을 수도 없이 하여 매번 같은 대답을 들으면서도 늘 새롭고 애달픈 아들의 이야기였다. 이제 때가 되지 않았나, 하고 물으면 흥길이 아직은 아니옵니다, 한 것도 사오 년째였다. 곧 임금이 화성으로 내려오신다 하니 그때를 기다리자 하였다. 아버지와 아들이 함께 그 성 안에서 살게 될 날이 오리라 하였다.

그날이 올까. 그런 날이. 자운향은 몸을 웅크리고 누웠다. 그날의 기억들이 하나하나 떠올랐다. 한순간도 잊지 못하는 일들이었다.

이십 년 전 어느 날 밤, 하던 일을 대략 정리하고 잠자리에 들려던 참이었다. 난데없이 문이 열리고 키 큰 사내가 뛰어들어 왔다. 사내는 어둠 속에서 가쁜 숨을 몰아쉬며 낮은 목소리로 말했다.

"그대는 나를 보호하라."

침선방 궁녀 소혜는 아무 말 없이 일어나 사내를 벽장 속에 숨겼다. 마침 벽장 속이 깊어 몸을 접으면 간신히 한 사람쯤 숨을 만했다. 벽장을 닫고 임금의 대례복을 걸어 가렸다. 그리고는 옷을 벗고 자리에 누웠다. 깊이 잠든 척 했다. 이윽고 소리 없이 문이 열리고 검은 복면을 한 사내가 들이닥쳤다. 칼끝이 소혜의 목을 겨눴고 소혜는 소스라치게 놀라며 일어났다. 복면의 사내는 어둠 속에서도 눈을 부라리며 무언가를 찾았다.

"이 방으로 누가 들어오는 것을 보았다. 어디 있느냐."

"누, 누구시오. 여긴 궁녀가 거처하는 방이오. 궁녀의 방에 함부로 들어오면 어찌 되는지 모르시오?"

소혜가 침착하게 되물었다. 복면은 말없이 소혜와 벽면의 대례복을 번갈아 노려보더니 대례복을 들추어보라고 했다.

"아니 되오. 감히 저 대례복이 누구의 것인지 모르고 하는 소리요? 지금 품을 조정하느라 틀을 고정해놓은 것이니 함부로 손을 댈 수 없소이다."

복면의 칼이 목에 바짝 다가왔지만 소혜는 꿈쩍도 하지 않았다. 그때 밖에서 사람의 움직임이 감지되었다. 금군禁軍*인 것 같았다. 그중 우두머리로 보이는 자가 들어오더니 복면을 소리도 없이 끌고 나갔다. 소혜는 비로소 깊은 숨을 토해냈다. 다시 한 번 밖을 확인하고 나서 소혜는 벽장문을 열었다. 남자가 나왔다. 헝클어진 머리, 아무렇게나 풀어진 옷고름이 도망치던 당시의 정황을 말해주었다.

"고맙다."

소혜는 말없이 엎드렸다.

"내가 누구인지 알겠느냐"

"압니다."

"어찌 아느냐"

"지금 입고 계신 그 옷을 제가 지었나이다."

소혜는 남자의 바짓부리 한 곳에 시선을 고정한 채 말했다. 며칠 전 너덜너덜한 끝단을 기웠던 자리였다.

"일어나 고개를 들라."

소혜는 일어나지 못하고 엎드린 채 임금의 발을 보았다. 버선도 신지 않은 맨발에 여기저기 상처가 나 있었다. 도망칠 때 발자국 소리를 들키

---

* 궁궐 경비와 임금의 호위를 맡은 군대

지 않으려 신발도 신지 않은 모양이었다. 소혜는 몸을 숙인 채 무릎걸음으로 기어가 서랍을 열고 약상자를 찾았다. 여전히 눈을 마주치지도 못한 채 소혜는 임금의 발에 난 상처를 소독하고 약을 발라주었다.

치유의 손길을 느끼며 임금은 가만히 앉아있었다. 비로소 살아난 느낌이었다.

"내가 우습지 않으냐. 임금이라는 자가 목숨을 구하려고 궁녀의 방에 숨어들었다."

"사람의 목숨은 존귀한 것입니다. 살기 위해 숨은 것을 어찌 우습다 하겠습니까."

"내 목숨을 노리는 자들이 아직도 많다. 세손 때부터 나를 음해하려던 자들이 임금이 되고 나서도 나를 가만두지 않는구나."

소혜는 치료를 마치고서도 고개를 숙인 채 임금의 말을 듣고만 있었다.

"오늘 나의 침소에 자객이 들었다. 이것이 처음이 아니다."

말은 거기서 멈추었다. 임금의 목소리가 떨리고 있었다. 목소리 끝에 울음이 느껴졌다. 스물네 살의 젊은, 아니 아직 어린 왕이었다. 죽음의 두려움 앞에서 그는 단지 나약한 인간일 뿐이었다.

"나는… 사는 것이 두렵다. 무섭다. 다 놓아버리고 싶구나."

임금이 소혜의 무릎에 엎어지며 아이처럼 울었다. 소혜는 가만히 임금을 안아주고 울음으로 들썩이는 등을 다독여주었다.

그 밤, 임금과 소혜는 동이 틀 때까지 함께 있었다. 임금이 가고 소혜는 낮 동안 내내 생각하였다. 지난밤 불었던 바람은 어디서 온 것일까. 폭풍우를 가득 담은 꽃바람이었다. 남들이 알면 승은한 것이라며 누구는 축하하고 또 누구는 시기할 일이었으나 소혜는 입을 다물기로 했다. 아무에게도 지난밤의 일을 알게 하고 싶지 않았다. 소혜는 이 일을 끝내 혼자 간직하리라 마음먹었다.

임금은 아주 가끔씩 소혜를 찾아왔다. 다른 내관이나 궁녀들은 일절 대동하지 않고 오직 차원일의 호위만으로 와서는 소혜의 처소에서 밤을 보내고 갔다. 어느 날 임금이 물었다.

"내가 만일 임금이 아니고 저 시골의 농부면 어떻겠느냐."

"소첩은 그것이 더 좋겠습니다."

"부귀영화를 누리게 할 수 있는 임금이 지아비로 더 낫지 않겠느냐."

소혜가 그 말에 웃으며 대답했다.

"지아비가 임금이면 다른 여인들과 사랑을 나눠 가져야 하지 않겠습니까. 소첩은 온전히 나만의 것이 될 수 있는 사내가 더 좋겠습니다."

임금이 환하게 웃었다.

"그대의 이름이 소혜라고 하였던가."

"예. 윤가 소혜이옵니다."

"알면서 물었느니라. 고운 이름이다. 이제 그 이름은 나의 것이다. 나만 부를 수 있다."

"전하, 그것은 경우에 어긋나옵니다. 그 이름을 지어 준 이는 저의 부모이건만 어찌 전하만 부를 수 있다 하십니까."

"허어… 말이 많구나! 정인이 그렇게 하자면 하는 것이다."

"아무리 나라의 주인인 전하시기로 생떼가 심하시옵니다."

그 생떼가 싫지 않아서 소혜가 웃으며 말했다. 임금도 아이처럼 웃었다. 어려서부터 사방의 눈치를 보며 살아야했고 그래서 일찍 철이 들어버린 임금은 떼를 쓴 적도 없었고 어리광도 부려보질 못했다. 그것을 지금 소혜에게 하고 있는 것이었다. 소혜는 임금의 그런 치기를 다 받아주었다. 그렇게 임금은 때때로 소혜를 통해 잃어버린 유년을 찾고 싶어 했다.

어느 날 임금이 진지한 낯빛으로 물었다.

"그날 살려달라고 온 내가 초라하고 한심해 보이지 않더냐. 명색이 이 땅 모든 것의 주인이자 모든 백성의 어버이인 내가…. 나는 사실 그날 세상이 무섭고 내 자신이 부끄러웠다. 자객이 나를 죽이지 않았어도 저절로 죽고만 싶었다."

소혜는 잠시 생각한 뒤 대답하였다.

"하늘 아래 모든 것은 평등합니다. 임금의 목숨도 촌부의 목숨도 그 귀함에 있어서는 차이가 없다 할 것입니다. 그때 저는 살려달라고 온 목숨이 귀하고 안타까워… 저의 목숨이라도 내어 숨기고 지켜주고 싶었습니다."

임금의 가슴에 온기가 퍼져왔다. 어쩌면 자기도 이 여인에게서만은 임금이 아니라 하나의 인간, 한 남자로서 평온해질 수 있을 것 같았다. 그렇게 외롭고 두려운 밤이면 무언가에 끌리듯 소혜에게로 왔다. 소혜의 따뜻한 손길 아래에서는 깊이 잠들 수 있었다. 불면에 시달리던 모든 밤들이 소혜의 품 안에서 보상받았다. 짧은 순간이었지만 행복했었다. 해가 바뀌고 어둠이 깊던 어느 눈 오던 밤에 임금은 소혜에게 이렇게 말했다.

"언젠가는 새로운 성읍을 만들겠어. 적들이 들어오지 못하게 튼튼하게 성벽을 쌓고 비옥한 땅에서는 곡식이 넘쳐나지. 시장에는 사람들이 바글바글, 사통팔달 성문으로 사람들이 쉴 새 없이 오가는 흥겨운 고을. 거기에서… 그대와 함께 살겠어."

소혜는 임금의 수줍은, 그러나 확신에 찬 고백에 가슴이 터질 것 같았다. 눈물이 가득 고여서 임금을 똑바로 볼 수가 없었다. 그러면서도 마음으로 다짐하였다. 그날이 언제 올는지는 모르겠으나 꼭 올 것은 압니다. 소첩은 온 마음과 온 힘을 다 하여 그날을 기다리겠나이다.

그러나 차츰 임금의 발길은 멀어져갔다. 그즈음 소혜는 태기를 느끼고 있었다. 기쁘면서도 불안한 날들이었다. 이 일을 알려야할지 말아야할지 두렵고 걱정되었다. 승은으로 용종을 잉태하는 것은 궁녀의 최대 소망이지만 소혜는 달랐다. 임금도 죽이려드는 궁에 임금의 아이를 가진 여인을 가만 놔둘까. 궁을 나가야 할까, 나간다면 언제 어떻게 나가야 할까, 어디로 갈까. 그런 고민을 하다가 소혜는 차원일에게 주상전하를 뵙게 해달라고 청하였다. 그렇게 기별을 기다리던 어느 날, 소혜는 혼자서 온 차원일을 보면서 어떤 이별을 예감했다. 표정 없고 담담한 얼굴의 차원일이 예를 갖추어 소혜에게 인사했다. 그리고 말했다.

"떠나주시기 바랍니다. 되도록 멀리 가주시오."

차원일의 말은 군더더기 없이 명료했다. 임금을, 이 궁을 떠나라는 것이다. 그러나 지금껏 한마디도 없다가 갑작스런 출궁조치는 이해하기 어려웠다.

"하나만 묻겠습니다. 상의 뜻이오니까, 아니면 대감의 뜻이오니까."

"아무것도 묻지 마시오. 이 안에 든 것이면 어디서든 어렵지 않게 살 수 있을 것이오."

작은 상자 하나를 건네고는 차원일은 더 말을 보태지 않고 갔다. 소혜는 차원일이 간 뒤에 잠시도 망설이지 않고 방 안의 제 물건들을 보자기에 쌌다. 이미 준비하던 일이었다. 아이를 가진 후에는 당장이라도 떠날 수 있도록 매일을 그렇게 살았다. 침방상궁에게 신병을 이유로 궁을 나간다고 쓴 편지 한 장을 두고는 바로 궐을 나갔다. 편지 한 장으로 무단 출궁이 무마되기는 어려울 것이나 뒷일은 차원일이 수습해 줄 것이라 믿었다. 잠시도 지체하지 않은 것은 미련을 남기지 않기 위해서였다. 소혜는 상자를 열었다. 임금의 서찰이 있었다.

"우리 더불어 평온하고 복된 날들이 오지 않겠느냐. 혹 아이를 낳으면 온穩이라 하여라."

어찰을 읽으며 소혜는 울었다. 이름까지 지어준 것은 소혜가 아이를 가졌음을 아는 것이다. 그러면서도 얼굴 한 번 더 보여주지 않고 궁에서 나가라 하였다. 무슨 사정이 있기에. 소혜는 임금의 무정함이 야속해서 울었고 한 사내의 허약한 연정이 슬퍼서 또 울었다.

소혜는 조그만 보따리 하나만 들고 고향 여주로 내려갔다. 봄기운이 완연한 산자락에 보라색 꽃이 흐드러지게 피어나고 있었다. 소혜는 민가가 내려다보이는 동산에 오래도록 앉아 제가 자랐던 마을을 지켜보았다. 그리고 동래로 내려갔다. 동래에서 상업을 열었다. 차원일이 내어준 상자에 있던 금덩이와 그간 모아둔 돈을 밑천으로 작게 시작했던 왜관무역이 적잖은 이문을 남겼다. 거기에 더하여 글을 알고 수리에 밝은 데다가 사람 다루는 수완이 있었던지라 소혜는 금방 작은 객주를 인수해 규모를 키워나가기 시작했다. 상업은 날로 번창했다. 그리고 그해 겨울에 사내아이를 낳았는데 객주에서 밥을 짓는 늙은 할멈이 해산을 도왔다.

하이고… 얼라가 우째 이리 고울꼬… 갓난쟁이가 쭈그렁한 것도 없이 매끈매끈한기라… 내가 이때껏 얼라를 수도 없이 받아봤지만서도 이래 잘난 아는 첨 보는기라… 얼라 아부지가 곁에 있었으면 을매나 좋아했을끼고.

할멈의 말을 들으면서 하늘이 두 쪽 나는 것 같았던 산고보다 더 고통스럽게 그리움이 몰아닥쳤다. 그리운 날들과 함께 아기는 무럭무럭 잘 자랐다. 객주에 아기방을 꾸며놓고 지극 정성으로 돌봤다. 아비를 쏙 빼닮은 잘생긴 아기였다. 온의 얼굴을 들여다보면 삶의 모든 기쁨이란 갓난아기의 강보에서 비롯되는 것이 아닐까 하는 생각이 들 정도로 평화롭고 행복했다. 그러던 어느 날, 소혜는 객주 주변을 도사리고 있는 어떤 위험을 감지했다. 아기가 있는 방을 기웃거리는 낯선 그림자. 그리고 그 낯선 그림자를 뒤따라 온 또 하나의 그림자. 두 개의 그림자는 서로를 견제했지만 하나의 목표를 응시하고 있었다. 소혜는 아기를 꼭 껴안았다. 이 방으로는 누구도 들어올 수 없다, 누구도 아기를 내게서 빼앗을 수 없다고 수없이 속으로 되뇌었지만 한 발짝도 움직일 수 없었다. 그렇게 온 밤을 지새웠다.

그 새벽에 무슨 일이 있었는지는 지금도 알지 못한다. 다만, 다음 날 아침에 나가보니 객주 뒷마당에 장정 하나가 피를 흘린 채 쓰러져 있었다. 나이는 서른 중반쯤, 옷차림은 논일 하다가 온 것 같았는데 그렇다고 딱히 농사꾼 같아 보이지도 않았다. 평범한 사람치고는 체격이 건장해서 소혜는 간밤의 그림자들 중에 하나가 아닐까 잠시 의심하기도 하였다.

"어제 새벽 논에서 일을 좀 하고 가다가 이 댁 마당에서 휙휙 하는 소리가 나기에 무슨 큰일이 났나 싶어 실례를 무릅쓰고 들어와 봤습죠. 똑같은 옷을 입은 칼 잡은 사람들이 자기네들끼리 싸우다가 몇을 찔러 죽이고는 저를 보더니 시체를 들쳐 업고 저어기로 사라졌어요. 저는 괜히 남의 싸움 구경하다가 몇 군데 찔렸고요."

당시 정황을 설명하는 것이 세세해서 거짓을 말하는 것 같지는 않았다. 소혜는 어찌되었거나 이 자 덕분에 그 칼잡이들이 아기가 있는 방을 침범하지 못했으리라 생각했다. 고마운 마음에 사람을 시켜 치료를 해주고 다 나을 때까지 머무르라고 했다. 달리 갈 데가 없는 날품팔이라는 것이다. 사람 생김이라든가 말하는 태도라든가 이런 것을 볼 때 결코 불한당은 아니었고 오히려 배운 데가 있어보였다. 글을 아느냐고 물으니 언문은 다 떼었고 웬만한 서책은 수월하게 읽는다 했다. 그날부로 날품팔이는 소혜의 객주에 머물며 일을 하게 되었다. 이름은 조흥길이라 했고 달리 복이아범이라고도 부른다고 했다. 복이는 죽은 딸 아이 이름이라고.

그날의 일이 있고서 소혜는 결심했다. 아이를 떠나보내기로. 아이를 키우기에 객주는 위험했다. 여기서 아무리 잘 해봐야 과부 장사치의 아들일 뿐이었다. 소혜는 아이를 안고 전주로 갔다. 목적지는 이진사댁이었다. 장사를 하러 팔도를 도는 상인들이 그 댁을 칭송하는 것을 자주 듣던 터였다. 진사 내외가 어질고 선하여 그 일대에 그 댁의 덕을 보지 아니한 자가 없을 정도라 했다.

소혜는 이진사댁에 들어가 하루 머물 것을 청하였다. 저물 무렵 낯선 여인이 아이를 안고 들어서면 괴이쩍게 여기기도 하련만 이진사댁 사람들은 이 모자를 환대하였다. 수수한 차림의 안주인이 아이를 받아 안으며 사랑채로 안내했다.

사랑채로 저녁 밥상이 들어왔다. 밥알이 모래처럼 꺼끌거리며 목에 걸렸고 눈물이 자꾸 넘어가 맛을 알 수가 없었다. 소혜는 아이를 길러주십사 편지를 썼다. 아이의 이름도 적었지만 자라기 전까지는 그 이름으로 부르지 말고 세상 분별하는 이치가 생기거든 본래 이름도 알려주라고 부탁했다. 소혜는 잠든 아이를 오랫동안 바라보았다. 아가, 언젠가는 다시 만날 것이다. 내 언제나 너를 지켜볼 것이니 아무 걱정 없이 착하게 자라렴. 소혜는 보송보송한 머리털과 젖살이 오른 뺨, 보드라운 손등을 차례차례 어루만져 보았다. 잠결에도 어미의 손길을 느끼는지 어린 것이 방글방글 웃었다. 소혜는 한 번 더 안아보고 싶은 마음을 겨우 누르고 일어섰다. 아이를 안으면 못 갈 것 같았다.

소혜는 굳세고 강인한 여인이었다. 그렇게 젖먹이를 떼어놓고 다시 내려가면서도 주변의 지세와 정황을 살피는 것을 잊지 않았다. 내려가는 요소요소마다 장이 서는 곳과 교통이 성한 곳을 꼼꼼히 살펴 상단의 거점이 될 만한 곳들을 점찍어 두었다. 장차 동래에서 한성까지 이르는 유통망을 확보하기 위함이었다.

상업을 일으킨 지 십여 년 만에 소혜는 내상*을 거의 다 장악했다. 제주특산물 거래도 소혜의 수중에 들어왔다. 이것을 기반으로 소혜는 점차 경강상권**까지 진출해 마침내 이 일대 최대 거상 중 하나로 입지를 굳히게 되었다. 그러나 철저하게 모습을 감추었기에 아무도 신흥 상단의 주인이 여인이라고는 생각하지 못했다. 대외업무는 언제나 잘 교육받은 심복들을 내세웠기 때문이었다. 길고 촘촘한 주렴 뒤의 여인, 소혜는 이름을 자운향이라 바꾸고 칩거했다. 자운향이 드러내서 활동을 하지 않았으므로 자운향이 소혜임을 아는 이는 없었다. 한양에 다시 돌아온 목적은 단 하나, 아들 온이었다.

그렇게 이십 년이 흘렀다. 그 세월 동안 자운향은 아이의 동향을 놓

---

* 동래 지역을 기반으로 하는 상권, 오늘날 부산권
** 한양, 경기, 충청 일대 상권

치지 않고 있었다. 맨 처음 접한 소식은 진사 내외가 업둥이를 매우 사랑하여 이름을 유겸柔謙이라고 지었다는 것이었다. 처음에는 객주를 오가는 상인들 편에 이진사댁의 소식을 들었다. 그러다가 그것으로는 성이 안 차 다음 해에는 흥길을 아예 그 댁에 들어가 살게 했다. 이진사가 천주교를 깊이 믿어 그 집안 가솔들은 물론이고 근동의 많은 이들이 감화되었다고 해서 흥길도 교리를 배우고 싶어 하는 떠돌이 일꾼으로 가장한 것이다. 이진사는 아예 사랑방을 교리공부 하는 곳으로 내어놓고 이 일에 매달리고 있다고 했다. 자운향은 이 소식을 처음 들었을 때 적잖이 걱정했었다. 양반가의 자제들과 젊은 학자들이 그 공부에 빠져 있어 조정에서 경계 한다는 것은 자운향도 이미 알고 있었다. 하지만 주상께서 서학에 관대하시어 그때까지 큰 문제는 일어나지 않고 있던 상황이었다.

그렇게 오륙 년이 흘렀다. 그 사이 자운향은 아이가 보고 싶어 몇 번이나 전주를 갔다. 먼 데서나마 노는 모습을 볼 수 있을까 하여 이진사댁 근처까지도 갔는데 도무지 아이를 볼 용기가 나지 않아 번번이 돌아오고 말았다. 한 번 보고 나서 그리워지면 감당이 안 될 것 같아서였다. 어서어서 세월이 흘러 그날이 오길 바랄 뿐이었다. 그러던 차에 을사추조* 사건이 일어났다. 명례방明禮坊, 지금의 명동 한 중인의 집에서 모임을 갖던 교인들을 적발하여 서책을 불태우고 형벌을 가한 사건이었는데 이 일로 본격적인 조정의 금압이 시작되었다. 자운향의 가슴이 덜컹 내려앉았다. 혹시라도 비슷한 일이 이진사댁에도 일어나지 않을까 노심초사하던 차에 일이 터지고 말았다. 이진사댁에 자객이 침입해 진사

---

* 을사년(1785년, 정조9년) 발생한 조선 천주교 최초의 공식적 박해사건

내외가 죽고 그 댁의 자녀들이 몰살되었다는 소식이었다. 자운향은 처음 그 소식을 접하고 그 자리에서 혼절했다. 온이, 온이는 무사한가. 일가가 몰살되었다면 그 아인들 살았겠는가 싶어 사흘 밤낮을 물 한 모금 마시지 못하고 정신을 놓은 채 있었다. 그러던 중에 전주로 보낸 연통꾼이 소식을 갖고 왔다. 시신을 수습하는 마을 사람들 틈에 끼어 장례까지 다 치러주고 왔는데 예닐곱 살 난 사내아이의 시신은 없었고 또 흥길도 없었다는 것이다. 일단 죽은 이들 중에 온이와 흥길이 없었다는 것은 다행스러운 일이었다. 그러나 동리에는 진사댁 업둥이마저도 죽었다는 소문이 돌고 있다 했다. 자운향은 사람을 풀어 온과 흥길의 행방을 찾는 동시에 사건의 전말을 파악했다.

자객이 향촌에 사는 일가족을 몰살시킨 죄명은 천주를 섬긴 때문이라고 했다. 하지만 무언가 석연치 않았다. 아무리 서학을 하기로 죄를 따져보기 전에는 함부로 죽이지 않거늘 어찌 자객의 무리가 양반가를 습격하여 그런 악행을 저질렀단 말인가. 생각해보면 이상한 점이 하나둘이 아니었다. 혹 아기가 태어나던 해 객주에 있었던 그 사건과 같은 종류의 것이 아닐까. 자운향의 근심이 날로 깊어갔다.

한 달하고도 보름이 지났을 즈음 흥길이 보낸 서찰이 당도했다. 그날 일에 대해 자세하게 적혀 있었지만, 사건은 간단치 않았다. 서찰에는 새 은신처에 대해서도 적혀 있었는데 놀랍게도 북둔의 무원당이었다. 흥길은 자기가 아는 한 무원당은 들어갈 수만 있다면 한양에서 가장 안전한 곳이라고 했다. 무원당은 도성에서 떨어져 있고 인적이 드문데다가 출입이 엄격히 통제된 곳이라 자객의 추적을 피하기에 안성맞춤이라는 것이다. 후일 두 번째 도착한 서찰에는 무원당의 당주 내외와 아들이 온에게 호의적이라는 것과, 상황을 지켜보고 별일 없으면 당분간 계속 머무르겠다는 내용이 적혀있었다. 자운향은 편지를 읽고 몸을 떨었다. 왜 하필 거기에. 무원당이라면 차원일의 집이 아닌가. 차원일에게 원망의 마음을 갖고 있던 자운향은 당장 무원당에서 온을 데리고 나오라는 서찰을 보냈다. 그 후 흥길로부터 세 번째 서신이 왔다. 그 댁의 도련님이 유겸을 제 아우 보듯 어여삐 여기고 아껴준다는 것이었다. 무원당의 후계자이자 유일한 혈손인 그 댁 아드님이 어려서 동생을 잃고 우울함과 슬픔이 깊었는데 유겸이 오고서 사람이 많이 바뀌었다고 했다. 이에 무원당의 당주 내외가 크게 기뻐하여 유겸을 집에 두기로 하였다는 것이다. 도련님의 신상에 관해서는 당분간 아무 걱정할 일이 없을 것 같다고 했다. 서찰을 읽고 자운향은 일단 마음을 놓았다. 하지만 여전히 안심할 수는 없었다. 자운향은 흥길에게 수시로 그 댁에 드나들며 유겸의 동향을 전하라고 했다. 그런 세월이 벌써 십오 년째였다. 그사이 아이는 자랐고 오가는 서신 중에 유겸이 필사한 언문 교리서나 성경 구절, 기도문 같은 것들도 모두 자운향에게 전달되었다. 자운향은 아들의 마음과 손길이 닿은 그 모든 서신을 소중히 간직하여 보고 또 보고 읽고 또 읽었다. 그러던 사이에 자운향도 어느덧 천주교의 교리에 깊이 감화되었고 상단 사람들도 하나둘씩 믿게 되었다.

유년의 뜰

"이번에 가시면 언제 돌아오십니까."

영신이 화성에 내려갈 준비를 하는 정빈의 등 뒤에서 물었다. 대답은 커녕 쳐다보지도 않는 정빈에게 이렇게라도 말을 걸어보는 까닭은 아랫 것들 보라고 하는 것이었다. 이미 집안에서는 소문이 난 터였다. 첫날밤 소박데기 새아씨로.

다정한 손길 같은 것은 기대하지 않으니 제발 대답이라도 해주었으면 했다. 하지만 부질없는 바람이었다. 정빈은 못 들었는지 아니면 못 들은 척 하는 것인지 아무 대답 없이 유겸이 건네주는 사냥도구만 챙겨 말을 타고 나가버렸다. 정빈이 나가자 유겸이 정빈의 일정을 알려 주었다.

"세자저하께서 화성에 단풍놀이를 가신다기에 수행하신다고 하옵니다. 아마 닷새는 화성에 계시…"

"듣기 싫다. 누가 너에게 물었느냐!"

영신이 팩 소리 지르며 돌아서 갔다. 유겸은 또 미안해졌다. 영신이 정빈에게 무시당하는 것이 안타까워 다정하게 말을 건네 봤지만 오히려 그게 더 자존심을 상하게 하고 만 것이다. 영신이 자기를 가시 돋친 시선으로 보는 것도 불편했다. 특히 정빈이 왔다간 날은 더했다. 유겸이 보기에도 정빈이 영신을 박대하는 게 너무 티가 났다. 하인들에게 하는 것보다 더 쌀쌀맞아서 유겸은 제가 다 민망할 지경이었다. 하루라도 빨리 연경에서 소식이 와서 여길 떠났으면 하는 마음이 간절했다. 그렇지만 막상 떠난다고 생각하니 정빈이 걱정되었다. 아무 기댈 데 없는 그 마음을 누가 보살필 것인가. 그 무렵 정빈의 상태는 점점 더 나빠지고 있었다. 몸뿐만 아니라 마음도 마찬가지였다. 혼사 때문에 더 그런 것 같았다.

세자가 화성에 온 다음 날. 정빈은 세자를 수행해서 광교산으로 사냥을 나갔다. 가을이 깊어가는 산자락은 붉고 노란 단풍으로 한껏 물들어 있었다. 세자는 불편한 몸을 하고서도 여기저기 잘 돌아다녔다. 세자는 사냥을 잘 하지 못했다. 정빈이 미리 만만한 짐승을 몰아서 활만 당겨도 잡을 수 있도록 해줘도 거의 놓치고 말았다. 부왕이 명궁이라고 칭송받는데 그 기질은 하나도 이어받지 못한 것이다. 그런 세자가 사냥을 가자며 벌써 꽤 오래 전부터 정빈을 조른 것은 그저 바깥바람이 쐬고 싶었기 때문일 것이다. 사냥하러 와서 사냥은 하나도 못하면서도 세자의 기분은 좋아보였다. 하지만 정빈은 다른 때보다 몇 배나 더 신경을 곤두세우고 세자를 따라다녔다. 세자가 정빈과 둘이서만 나가겠다고 한사코 고집을 부려 부관 없이 단독 수행을 해야 했기 때문이었다.

정빈은 동궁전 김상궁에게 몇 가지 주의사항을 들었다. 세자저하께서 며칠 전부터 부쩍 기침이 심해졌으니 찬바람이 불면 즉시 환궁할 것과 지치도록 말을 달리지 말 것과 해가 지기 전에는 무슨 일이 있어도 돌아와야 한다는 것이었다. 몸이 약한 세자가 정빈과 단 둘만 궁 밖 외출을 하는 것이었기 때문에 김상궁의 잔소리는 끝이 없었다. 그러거나 말거나 세자는 들떠서 행궁을 나섰고 정빈은 오늘 있을 일들을 상상

하며 마음이 무거웠다. 사실 하루 종일 세자의 기분을 맞춰 주며 사냥
터를 따라다닐 생각을 하니 며칠 전부터 부담이 되었던 것이다. 임금을
수행하는 것보다 세자를 수행하는 것이 몇 배나 더 힘들었다. 정빈을
가장 힘들게 하는 것은 세자의 돌발 질문이었다. 세자는 정빈과 함께
있으면 어린 시절의 추억을 말하곤 했다. 혹시 사냥도 어릴 때 정빈과의
추억 속에 있었던 것 아닐까. 정빈은 세자가 오늘은 제발 사냥에만 집
중해서 옛날 얘기 같은 건 하지 말았으면 하고 바랐다. 정빈은 하나도
모르는 정빈과 세자의 추억. 지난번에는 이런 일이 있었다.

함께 책을 읽고 있는데 세자가 갑자기 부용지에 가보자고 했다.

"거긴 무엇 때문에 가시려는지요?"

"보물찾기를 하려고 그런다."

"보물…이라니요?"

"넌 또 잊어버린 모양이로구나. 그때 나인들 몰래 숨바꼭질하다가
우리 거기까지 갔었지 않느냐?"

"그, 그랬었지요."

"거기 주합루에 너랑 나랑 보물을 숨겨 놓았었지. 기억나지 않느
냐?"

뭘까. 아이들이 가지고 놀 수 있을 정도라면 기껏해야 노리개나 장
신구 정도?

"풍…잠이었던가요?"

"아니야."

"아, 관자였던 것 같습니다."

"아니야. 넌 왜 그렇게 기억력이 나쁜 것이냐? 옥로를 비단주머니에

넣어서 묻었질 않느냐."

"맞습니다. 아, 이제 기억이 날 듯 합니다."

"찾으러 가자고… 아직도 거기 있는지!"

세자는 갑자기 신이 났는지 벌떡 일어나 의관을 차렸다. 정빈도 덩달아 따라 나섰지만 불안했다. 어린 시절의 그 숨바꼭질을 알 리 없고 보물을 숨겨 놓은 장소 같은 것도 알지 못하니 또 멍청하게 있다가 세자의 타박을 들을 것 같았다. 타박이야 그저 듣고 말면 그뿐이지만 세자가 의심이라도 하게 되면 어떡하지? 정빈은 긴장된 제 속을 들킬까 봐 일부러 태연하려고 애썼다. 조금이라도 세자가 의심하는 눈치면 하도 옛날이라 기억이 잘 나지 않는다고 발뺌할 참이었다.

세자는 따라 온 나인들을 다 물리치고 자기가 직접 나무 옆 흙을 팠다. 세자가 곱아든 손으로 흙을 파헤치니 모두가 황망해 어쩔 줄을 몰라 했지만 세자는 아랑곳하지 않았다. 정빈도 함께 옆에서 흙을 팠지만 보물은 나오지 않았다.

"여기 맞느냐? 우리 여기에 묻었던 거 맞아?"

세자가 의심에 가득 찬 눈빛으로 정빈을 쳐다봤다.

"그, 글쎄… 잘 기억이 나진 않지만 소신의 생각으론 여기가 맞는 듯…"

"아냐, 여기가 아니야. 그때 네가 여기는 사람들이 많이 오가는 곳이니 좀 더 깊숙한 곳에 숨기자 하였어. 따라 와봐."

세자는 일어나 주합루 계단 쪽으로 갔다. 주합루 소맷돌 계단 옆에는 키 작은 꽃들이 옹기종기 피어있었다.

"여기야, 내 기억이 맞다면…"

세자는 손으로 살살 꽃 주변의 흙을 긁어냈다. 정빈이 보니 꽃을 뽑아버리지 않으면 흙을 파낼 수 없을 것 같았다.

"옆으로 비켜나십시오. 제가 꽃들을 베어버리겠습니다."

"안 돼. 꽃들이 다치잖아."

그때 세자의 그 말에 정빈은 문득 유겸을 떠올렸던 것 같다. 유겸은 깨알만한 꽃을 달고 있는 잡풀조차도 함부로 뽑거나 버리지 않았다. 정빈은 허리춤에서 단검을 뽑아들었다.

"저하, 제가 꽃들이 다치지 않도록 흙과 함께 퍼내겠습니다. 잠시 물러나 계십시오."

세자가 옆으로 비켜서자 정빈은 꽃송이 둘레를 넉넉하게 잡고 단검으로 파기 시작했다. 잔뿌리 하나도 다치지 않도록 마치 삽으로 뜨는 것처럼 흙을 퍼내자 작은 소쿠리만한 구덩이가 생겼다. 그러자 보이는 붉은 비단 끈. 세자의 얼굴에 함박웃음이 번졌다.

"찾았다!"

세자가 남은 흙을 파내고 끈을 잡아당기자 푸른 비단 주머니가 나왔다. 주머니 안에는 세자의 말대로 작은 옥로가 나왔다. 오래 전에 묻은 것이라기엔 너무나도 깨끗했다. 햇살을 받아 은은한 빛을 발하는 옥로를 놓고 세자는 마치 어린 시절로 돌아가기라도 한 것처럼 행복한 미소를 지었다.

"나는 네가 관례를 올리면 이것을 주려고 했지. 그런데 나 없는 사이에 너는 벌써 과거도 치렀고 어른이 되어 버렸어."

"예. 황공하옵니다. 저하."

정빈이 일고여덟 살 무렵 세자의 배동으로 입궐하였으니 벌써 오래 전의 일이었다. 그 어린 나이의 일을 다 기억하고 있다는 것은 세자의 기억력이 특출 난 것도 있겠지만 정빈과 함께 보낸 그 짧은 유년의 추억이 세자에게 깊이 각인된 때문이리라.

　그런 일이 오늘 화성에서 또 벌어지면 어떻게 하지. 화성에 같이 온 적은 없었을 테니 일단 안심이었지만 세자가 무슨 엉뚱한 질문으로 정빈을 당황케 할지 알 수 없었다. 아니나 다를까. 세자가 정빈에게 혼사에 대해 물었다.

　"혼례를 치르고 나니 기쁜가?"

　정빈이 대답하지 못하고 머뭇거리자 이내 세자가 정색을 하고 말했다.

　"너의 혼사는 불미하다."

　"예? 무, 무슨 말씀이온지…"

　그 말의 뜻이 무엇인지 몰라 정빈이 되물었더니, 세자가 나무라듯 쏘아붙이고는 산 아래로 내려갔다.

　"어찌 그런 혼사를 하였느냐!"

　세자의 말뜻을 생각해 볼 틈도 없이 정빈은 황급히 세자 뒤를 따라갔다. 가을 해는 짧아서 벌써 저물고 있었다. 먼 데서부터 먹장구름도 몰려오고 있었다. 관상감에서는 하루 종일 맑은 날이라고 했는데 아무래도 비가 올 것 같았다. 정빈은 서둘러 철수했다.

　"저하, 궁으로 돌아가시지요."

　"아직 해가 남았는데 벌써 가야 하느냐?"

　"비가 올 것 같습니다. 늦가을 소나기는 겨울을 부르지요."

　정빈이 세자에게 겉옷을 챙겨 입히는데 벌써 한두 방울씩 굵은 비가 떨어지기 시작했다. 정빈은 세자를 태우고 서둘러 말을 달렸다. 행궁까지 그리 먼 거리는 아니었지만 지름길로 작은 계곡을 하나 넘거나 산

허리를 돌아가야 했다. 빗줄기가 점점 굵어지고 있었다. 이대로라면 계곡에 닿기 전에 물이 불어나 있을 것 같았다. 정빈은 말을 돌렸다. 산허리를 돌아 반대편 방향으로 가기로 했다. 문제는 비가 내리니까 말 다루는 솜씨가 서툰 세자의 안전이었다. 말고삐를 쥐고 허둥대는 세자를 보고 있자니 저러다 다칠 것 같았다. 정빈은 세자를 말에서 내리게 하고 자기의 말에 태웠다. 하지만 폭우가 쏟아져 더 이상 앞으로 나갈 수 없었다. 정빈은 주변 지형을 탐색했다. 백 보 정도의 거리에 작은 동굴 같은 것이 보였다. 정빈은 말에서 내려 세자를 데리고 그곳으로 들어갔다. 우묵하게 파인 동굴 안쪽으로 불을 지핀 흔적도 있는 것으로 보아 산꾼들의 은신처인 것 같았다. 정빈은 동굴 안쪽에 쌓여 있는 젖지 않은 나뭇가지와 낙엽 따위를 긁어모았다. 세자도 정빈도 흠뻑 젖어 일단 불부터 지펴야 했다. 작은 모닥불 옆에서 세자는 심하게 몸을 떨었다. 가뜩이나 병약한 얼굴이 추위에 파랗게 질려 있었다. 정빈은 가죽 겉옷 아래 아직 젖지 않은 창의를 벗어 세자를 덮어주었다. 겉에 덧대어 입는 가죽옷은 소매가 없어 정빈의 맨팔이 그대로 드러났다.

"조금만 참으시면 따뜻해질 겁니다."

정빈은 허리춤에서 마른 수건을 꺼내 세자의 얼굴 여기저기를 닦아주었다. 그때 갑자기 세자가 정빈의 팔을 확 잡아 제 쪽으로 끌어당겼다. 하마터면 두 사람은 거의 포개질 뻔했는데 정빈이 재빨리 중심을 잡아 가까스로 거리를 유지하게 되었다. 이내 세자의 얼굴이 닿을 듯이 다가왔다. 정빈의 귓가에 추위에 떨고 있는 세자의 이가 따닥따닥 부딪치는 소리가 들렸다. 손은 여전히 정빈의 팔을 꽉 쥔 채였다. 세자가 깡마르긴 했어도 힘껏 쥔 손의 악력은 제법 세서 정빈이 쉽게 팔을 뺄 수가 없었다. 물론 정빈이 밀쳐내려면 그렇게 못할 것도 없었으나 상대는 세자였다. 지엄한 몸에 함부로 손을 대서는 안 되는 것이다. 당황한 정빈을 아랑곳하지 않고 세자는 떨리는 목소리로 말했다.

"차정빈…. 너… 너는… 누…구지?"

"예? 저하, 무슨 말씀이신지…."

"너는 정빈이… 아니다."

정빈은 너무 놀라 팔을 빼고 뒤로 물러나려고 했다. 그러나 세자가 필사적으로 손을 놓지 않았다. 정빈은 간신히 입을 열어 대답했다.

"저, 저하. 소신 차정빈 맞습니다. 어찌…"

"거짓말하지 마라. 세상 모두를 속여도 나는 속일 수 없다. 넌 차정빈이 아니다. 너는… 정연…이겠지. 아마도…."

세자는 확신에 차 있었다. 정빈은 타닥타닥 타들어가는 불꽃을 보며 침착해지려고 애썼다. 이윽고 두근거리는 가슴을 진정하고 예를 갖추었다.

"신 차정빈 아뢰옵나이다."

정빈은 더 이상 거짓을 말할 수 없음을 알았다. 그리고 근 이십 년간 마음을 짓누르던 비밀의 봉인을 풀어버리기로 했다. 확신을 가지고 말하는 세자에게 더는 숨길 수도 없었고 정연이라는 그 이름을 듣는 순간 어쩐지 다 털어놓고 싶었던 것이다.

정빈이 자기는 저하의 어린 시절 벗이었던 그 정빈이 아니라고 털어놓았다. 그의 누이 정연으로서 죽은 오라비의 삶을 대신 살고 있다고 고백했다. 너무나도 쉽게. 고백은 간결했고 또 허무했다. 그리고 홀가분했다. 세자는 놀라지 않았다.

"널 다시 만났을 때… 나는 너무나… 기뻤었다…."

세자가 한숨을 길게 내쉬며 말을 시작했다.

"아마 이십 년 만일 거다. 우리가 다시 만난 것이… "

빗소리에 섞여 세자의 목소리는 잦아들었지만 정빈은 집중해서 들었다.

"그래, 다시 만난 그때부터 어쩌면 나는 끊임없이 의심했던 것 같아. 나는 어쩐지 네가 무척 낯설었다. 처음엔 너무 오랜만에 만나서 그런 것일지도 모른다고 생각했지. 나는 널 유심히 살펴보았다. 너는 내가 아는 정빈이 아니었다. 정빈은 다정하고 친절했고 언제나 웃음이 많았다. 그런데 너는 웃지 않았고 차가웠다. 너의 모든 행동은 벗이 아니라 미래의 임금에게 하는 행동일 뿐이었지. 정빈이라면 아마 그렇지 않았을 것이다. 이십 년 동안 네게 무슨 일이 일어난 걸까, 나는 많이 고민했다. 그리고 네가 정빈이 아닐지도 모른다는 생각까지 하게 되었지."

"단지 그뿐이었습니까."

"그래, 처음엔 그랬다. 막연한 느낌. 그 후로도 널 계속 지켜보았다."

막연한 느낌이 확신에 이르기까지 어떤 과정이 있었을까. 정빈은 그걸 궁금해 하는 자신이 초라하고 한심하게 느껴졌다.

"너는… 우리가 함께 했던 지난날을 하나도 알지 못했다. 나는 화가 났지. 나중에는 거짓이라도 좋으니 네가 기억하는 척이라도 해주었으면 했었다. 옥로는…"

옥로 이야기가 나왔다. 추억을 숨겨 놓은 보물찾기의 그것.

"옥로는 내가 너에게 준 것이 아니라 네가 나에게 준 것이다. 몸이 성치 않은 내가 임금이 될 수 있을까 하고 물었을 때 너는 이렇게 말했지. 몸보다 마음이 더 강인하고 지혜로운 성군이 되라고. 그러면서 그 옥로를 네가 준 것이다. 임금이 되면 하라고…"

세자는 담담하게 두 사람이 나누었던 어린 날의 한때를 이야기했

다. 세자는 정빈의 그 말이 그 어떤 격려나 위로보다 큰 힘이 되었다고
했다. 어린 정빈이 어린 세자에게 주었던 희망의 크기를 지금의 정빈은
가늠할 수가 없었다.

"너는 모르고 있더구나. 까맣게… 어찌 그걸 모를 수 있단 말이냐.
보물찾기 후에 더더욱 나는 네가 정빈이 아닐지도 모른다 생각했었다.
하지만… 그러면서도 나는… 네가 정빈이기를 바랐다."

"그러하오면 제가 정빈이 아니라는 확신은 언제 …"

"글쎄… 언제였을까. 나도 모르겠다. 훨씬 오래 전이었던 것도 같고,
지금 이순간인 것도 같구나. 다만… 조금 전 불빛에 비친 네 얼굴이, 어
린 시절의 정연을 떠올리게 했다. 정연이 자랐으면 저 얼굴 그대로였을
거라고…. 기억할 수 있겠느냐. 너희 오누이와 나와 일재가 그 연못가에
함께 있던 날을…."

정빈은 심장이 찢어질 듯 아팠다.

"나는… 너를 좋아했었다."

세자가 담담하게 말했다. 여기서 너는 누구인가. 사라진 벗 정빈인
가, 아니면 정빈인 척 하는 정연인가. 정빈은 그 고백이 누구를 향한 것
인지 몰라 혼란스러웠다.

"그 연못가에서 우리는 함께 놀았는데…. 너는 참으로 예쁘고 귀여
운 아이였었지. 나는 너에게 말을 걸고 싶어서 다가갔는데 너는 울면서
달아났어. 다리를 절고 몸이 뒤틀린 내가 무서웠던 거야. 무서워 울고
있는 네 앞에서 나는 내 자신이 너무나 부끄러웠었다. 성치 않은 내 몸
뚱이에 처음으로 절망을 느꼈던 순간이었지."

그런 일이 있었단 말인가. 정빈은 너무 오래되어 기억이 나지 않는
일이었다. 자신이 정연이었던 시절의 기억은 남은 게 없었다. 그러나 어

렴풋이 어릴 적 누군가 아주 귀한 사람이 별당에 왔다는 얘기를 듣고 그 귀한 사람이 궁금해 오라버니 근처를 왔다 갔다 했던 기억은 있었다.

"나는 네가 좋아하는 걸 해주고 싶어서 뭐가 갖고 싶은가 하고 물었지. 너는 연못에 뜬 꽃이 갖고 싶다 했어. 나는 내 몸이 어떤가는 생각지도 않고 물속에 들어갔지. 꽃을 손에 쥔 순간 몸도 함께 가라앉아버렸지. 그리고는… 그 후로는… 생각나지 않는다."

세자가 눈을 감았다. 그때 정빈은 불현듯 세자에게서 생각나지 않는 그 후가 기억났다. 그때 오빠가 물로 뛰어들었다. 애써 잊으려 했던 기억들이 되살아나고 있었다.

"이제와 묻고 싶은 것이 있다. 너는 그때 내가 정말 싫었느냐. 왜 하필 물에 뜬 꽃을 달라 한 것이냐. 사방에 널린 것이 꽃인 네 집에서, 모든 값진 것들을 다 가진 내게서 하필이면 아무 보잘 것 없는, 그러나 내가 줄 수 없는 것을 너는 달라고 했다. 아마 네 어린 마음에도 내가 탐탁지 않았던 게지. 하지만 알아다오. 나는 정녕 그 꽃을 네게 주고 싶었다."

이제와 대답할 수도 없는 그 물음을 세자는 얼마나 오랫동안 간직하고 있었던 걸까. 정빈이 스스로를 감추어야 하는 비밀로 고통스러웠던 만큼 세자는 그날의 기억으로 힘들어하고 있었을 것이었다.

"됐다. 대답하지 마라. 모든 것이 다 그런 물음을 한 내 탓이다."

힘들게 말을 마치고서 세자는 동굴 벽에 기댔다. 기운이 빠진 것 같았다. 정빈은 세자를 부축해 눕게 했다. 세자는 마치 오늘 일을 미리 준비한 것처럼 보였다. 정빈은 아무 말도 하지 못했다. 그저 가슴이 뻥 뚫린 것 같았다. 그렇게 밤이 가고 있었다. 행궁은 지금쯤 발칵 뒤집혔을 것이다. 정빈은 아무것도 생각하지 않기로 했다. 또 아무것도 생각나지 않았다.

새벽녘, 해가 뜨기 전에 정빈은 세자와 함께 행궁으로 돌아갔다. 동궁전의 상궁들과 나인들은 모두 뜬눈으로 밤을 새웠다. 내관이 달려와 세자를 부축해 안으로 들어갔고 대기하고 있던 어의가 들어갔다. 김상궁이 정빈에게 경위를 따져 물으려다 초췌한 정빈의 몰골을 보고는 돌아섰다. 그러면서 마치 경고하듯 말을 던지고 갔다.

"저하께 무슨 일이라도 일어나면 당장 차판관의 죄를 물을 것이라고 합니다. 저하를 모시고 가서 이런 일이 벌어지게 하다니요. 간밤에 동궁전은 두려움 속에 모두 깨어 있었나이다. 이 모든 일의 책임은 차판관께 있다는 것을 알려드립니다."

정빈보다 아래 품계인 김상궁의 전언은 자못 엄중했다. 누구의 말을 전하는 것인지는 밝히지 않았다. 대비전인가. 김상궁이 대비전과 닿아있다는 건 아는 사람은 다 아는 사실이었다. 평소 같으면 정빈에게 입도 못 뗄 것이었으나 말 그대로 세자에게 무슨 변고라도 일어나면 책임소재를 분명히 해야 동궁전의 사람들이 살아남을 것이었다. 이렇다 저렇다 대꾸 없이 정빈은 그 엄포 섞인 전언을 들었다. 간밤의 일이 마치 꿈만 같았다. 피로가 한꺼번에 몰려왔다. 정빈은 간신히 군영으로 돌아가 쓰러질 듯 몸을 뉘었다.

세자는 별 탈 없이 회복했고 이틀을 더 행궁에 머물다가 도성으로 돌아갔다. 이때도 정빈이 수행했다. 도성으로 가는 내내 세자와 정빈은 한마디도 나누지 않았다. 다 알고 있는 세자에게 정빈인 척 하는 일이 새삼 힘겹게 느껴졌다.

임금께 세자의 환궁을 아뢰고 무원당에 도착했을 때 정빈은 거의 탈진 상태가 되었다. 말고삐를 장집사에게 건네주고 간신히 별당까지 걸어갔다. 하지만 몸의 피로 위에 덮친 정신적 충격이 생각보다 컸던 지 정빈은 처소인 외별당까지 가지도 못하고 내별당 후원에서 쓰러지고 말았다.

정빈을 제일 먼저 발견한 것은 영신이었다. 영신은 행랑어멈에게 정빈이 돌아오면 바로 자기에게 기별하라고 해서 기다리던 중이었다. 기다리는 아내의 모습을 보여주고 싶었던 것이다. 이상한 것은 정빈에 대한 야속한 마음 한 구석을 비집고 자라나는 실낱같은 연정이었다. 분명 정빈을 연모하는 마음으로 혼례를 올린 것은 아니었다. 따로 마음에 둔 사람이 있었음에도 지독한 가난을 면하고 집안을 일으키겠다는 생각으로 이 혼사를 결정한 것이었다. 그랬는데 첫날밤의 그 차가운 소박에도 이상하게 정빈이 싫지 않았다. 시간이 지나면 한 번쯤 자기를 돌아봐주지 않을까 하는 미련이 자꾸만 생겨났다. 그러다 아주 싫어하지만 않으면 정처로 인정해주지 않을까, 그러다 세월 가면 정이 쌓이지 않을까, 또 그렇게 정이 들면 아이가 생길 것이고, 아이를 낳은 제 처를 어찌 버리겠는가, 하는 생각으로 외롭고 서글픈 나날을 견뎌내고 있는 중이었다. 하지만 그러한 영신의 기대와는 달리 정빈은 여전히 차갑기만 했다. 쓰러진 정빈에게 다가가 부축하려 했지만 간신히 눈을 뜬 정빈이 한 말은 칼날처럼 영신의 가슴을 후벼 팠다.

"가까이 오지 마시오."

그리고 정빈은 일어나 내별당 안으로 들어가 버렸다. 유겸에게 가는 것일 게다. 영신은 찬바람 이는 정빈의 뒷모습을 하염없이 바라보기만 했다. 내가 그렇게도 싫으신 건가요, 뉘 집 개가 짖어도 이렇게까지 무심치는 않을 것입니다. 입 밖으로 내놓지도 못하는 원망이 속으로 쌓여만 갔다. 그러면서 내 결코 당신에게 마음을 주지 않겠다고, 여인의 마음에 이토록 못질을 하는 당신을 평생토록 미워할 것이라고 다짐도 해보았다. 눈물이 비단 신 위에 한 방울, 또 풀잎 위에 한 방울 툭 하고 떨어졌다.

영신은 방으로 들어갔다. 이불을 뒤집어쓰고 폭폭이 울었다. 한참을 울고 나니 영신은 저렇게 자기를 무시하는 정빈이 왜 포기가 안 되는지 스스로가 한심했다. 이런 혼인도 혼인이라고 손 한 번 잡아보지도 못했는데도 그 사이 정이라도 든 것일까. 미우면서도 밉지가 않았고 떠나야겠다고 생각하면서도 떠나지 못하고 있었다. 영신은 정빈에 대한 상반된 감정으로 혼란스러웠다.

진주분

정빈은 다시 화성으로 내려갔다. 별당에는 유겸과 영신만이 남았다. 서로 마주하기 어려운 사이였다. 하나는 이 댁의 며느리고 하나는 노비여서가 아니었다. 유겸은 영신을 아씨로 공손히 대하였으나 그 마음은 미묘하였다. 영신은 영신대로 함부로 다룰 수 없는 노비 유겸을 보면서 질투심과 원망이 솟구쳐 올랐다. 자연 둘 사이에는 알 수 없는 긴장감이 흘렀다. 더 속이 타는 쪽은 영신이었다.

영신은 자신이 비참하고 싫었다. 그런 영신에게 위로가 되는 것은 오직 거문고였다. 거문고를 탈 때면 그리운 얼굴도 같이 떠올랐다. 비루한 자신의 처지를 함께 아파해주던 사람이었다. 그러나 이제는 그를 그리워해서는 안 되었다. 그는 어찌되었거나 지아비의 절친한 벗인 것이다. 영신은 은연중에 태윤을 그리워하는 제 마음에 죄책감을 느끼다가도 한편으로는 안 될 게 무어 있는가 하는 생각도 하였다. 지아비란 사람은 자기에게 개미 눈물만큼의 관심도 보이지 않을 뿐만 아니라 마음은 온통 딴 사람에게 가 있지 않은가 말이다. 그런 생각을 하면 조금 통쾌하기도 하였다. 그럴 때의 거문고 가락은 한껏 경쾌하게 튀어 올랐다. 영신은 하루 종일 혼자 있는 외로움과 허전함을 그렇게 거문고로 달랬다. 그런데 그마저도 여의치 않았다. 대가문의 며느님께서 기방의 기녀처럼 가락을 뜯는 모습이 대감마님 내외가 보시기에 좋을 리 없을 거라고 행랑어멈이 와서 넌지시 언질을 준 것이다. 아마도 안채에서 그런 말이 나온 모양이었다. 그러면서 한마디 더 거들었다. 아씨가 살 길은 오직 떡두꺼비 같은 아드님을 많이 낳는 것 밖에 없다고. 하지만 하늘을 봐야 별이든 달이든 딸 것 아닌가. 도통 자기에겐 눈길조차 주지 않는 사람과 무슨 수로 후사를 도모한단 말인가.

"그러니 말입죠. 아씨. 제게 방도가 있습니다."

행랑어멈이 바짝 다가앉으며 말했다. 영신의 귀가 솔깃했다.

"사내란 본시 여색에 약한 법입니다요. 우리 서방님께서 유겸이를 가까이 하는 것은 그 아이가 워낙 어여쁘기 때문 아니겠습니까? 그 어떤 여인들보다 훨씬 인물이 좋지요. 그런데 아씨 인물이… 하, 이거 말씀드리기 참 그렇습니다만… 다 아씨한테 약이 되라고 드리는 말씀이니 고깝게 듣지 마셔요…"

"무슨 말인지 뜸 들이지 말고 바로 하게."

"하… 그러니까 말입니다. 아씨가 유겸이보다 인물이 덜 하니까 서방님이 아씨를 돌아다보지 않는 거다… 이 말씀입니다."

듣고 보니 기분 나빴다. 사내와 비교해서 인물이 빠진다는 얘기였다. 아무리 유겸이가 잘났기로 여자와 남자가 생긴 게 엄연히 다른데 어찌 그런 비교를 하나 싶어 영신은 코웃음을 쳤다.

"아유~ 아씨. 맘 상하지 마시고…. 그러니까 말입니다. 아씨가 다음번에 서방님이 오시거든 곱게 단장을 하고 계시다가 확! 덮치란 말입니다."

"게 무슨 그런 점잖지 못한 소린가? 자넨 상것들이나 하는 그런 짓거리를 나더러 하란 얘긴가. 이보게, 나는 이 댁의 하나뿐인 며느리라네. 머잖아 나도 어머님처럼 정경부인이 될 거란 말일세. 귀부인들은 잠자리를 정할 때도 날을 받아서 한다는 걸 모르는가?"

그러자 행랑어멈이 깔깔거리며 웃었다.

"그깟 정경부인이 다 뭐란 말입니까요? 아씨처럼 그러구 계시다간 평생 숫처녀로 독수공방하실지도 모른답니다. 늙은이가 하는 소리라고 허투루 듣지 마시구 어여쁘게 꾸미고 계시다가 어떻게든 합방을 하시란 말입니다요. 일단 남녀가 몸이 붙고 나면 그담엔 떨어질 수 없으니까요. 음양의 이치야 양반이나 상것이나 다를 게 있겠남요?"

점점 농도 짙어지는 훈수에 영신의 얼굴이 붉어졌다. 갓 시집 온 새색시가 듣기에 부끄러운 얘기였다. 그러나 그러면서도 호기심이 일었고 또 마음이 동했다.

"어떻게… 꾸미면 되겠는가?"

"호호호. 아씨도 참… 진작 그렇게 물으실 것이지. 유겸이가 별당 궂은일을 다 하면서도 살결이 곱고 흰 것은 그 애가 바르는 진주가루 때문이지요. 서방님이 사주신 건데 목욕할 때도 풀어서 씻고 그런다나? 여하튼 귀한 거라 아무나 쓰지 못하는 건데 도련님이 유겸이한테만은 아낌없이 사 주신다는데요? 아씨도 그런 걸루 얼굴 단장도 하고 목욕도 하고 그러셔요."

정빈이 유겸에게 진주가루를 사 준 것은 사실이었다. 그러나 그것은 처음에는 유겸을 위한 용도가 아니었다. 분세수는 항상 용모를 단정히 해야 하는 양반가 자제라면 흔히들 하는 것이었고 궁에 드나드는 관리들은 임금을 뵈어야 하기에 분세수 말고도 몸에서 좋은 향이 나게 하기도 했다. 늘 임금 곁에 있어야 하는 정빈도 마찬가지여서 가끔 분세수를 했다. 진주가루는 조금 더 고급스러운 세안용품이었는데 정빈이 자기 것을 사면서 유겸에게도 사 준 것이있다. 하지만 외출할 일이 없는 유겸은 거의 사용하지 않았다. 정빈이 주니까 받은 것이지 사실 세안용품이나 화장용품 같은 것은 필요가 없었고 관심도 없었다. 그런데도 집안 계집종들 사이에는 유겸이 노비일을 하면서도 늘 고운 것은 진주가루를 발라서 그런 거라는 소문이 돌았다.

영신은 진주가루가 갖고 싶어졌다. 그걸 바르면 양귀비처럼 얼굴이 환해지지 않을까, 그러면 정빈이 자기를 홀대했던 것을 후회하면서 앞으로 잘해주겠다 하지 않을까, 그런 상상까지 하게 되었다.

몇 날 며칠을 고민하다가 마침내 결심이 섰다. 영신은 유겸이 없는 틈을 타 유겸의 방에 들어갔다. 사실 전부터 한 번쯤 들어가 보고 싶던 방이었다. 서방님이 얼마나 귀히 여기기에 노비 따위에게 따로 방을 내어 준단 말인가.

삼중 겹문을 열자 나타난 방은 생각처럼 화려하진 않았다. 아담하고 정갈했다. 하지만 안에 있는 집기들은 하나같이 고급스러워 보였다. 모두 정빈이 사다 준 것일 터였다. 영신의 눈에 질투의 불꽃이 튀어 올랐다. 방 안의 모든 것에 정빈의 애정이 묻어있는 것만 같았다. 진주가루를 찾아야만 한다. 영신은 마치 그 진주가루가 정빈의 애정을 자기에게로 돌릴 마법의 약이기라도 한 듯 방안 구석구석을 뒤졌다. 서가의 서랍까지 샅샅이 뒤졌으나 보이지 않았다. 그러다 서랍 안에서 이상한 서책들과 물건들을 발견하게 되었다. 천주실의天主實義, 칠극七克이라는 제목의 책과 열십자 모양으로 엮어 만든 나무 조각, 하얀 수건을 덮어 쓴 여인의 그림 같은 것들이었다. 영신은 책표지 안쪽에 언문으로 '천주님의 자손, 이유겸'이라고 씐 것을 보았다.

아, 유겸이 천주신자구나! 영신은 화들짝 놀라 그것들을 서랍 안에 다시 밀어 넣고 황급히 방을 나왔다. 그 바람에 문 옆 작은 선반 위에 놓여있던 조그만 상자가 떨어졌다. 가루가 흩날리는 것을 치맛자락으로 훔쳐내고 보니 진주가루였다. 영신은 도로 방에 들어가 그것을 들고 나왔다.

곰곰 생각해보니 무언가 희미하게나마 짐작 가는 것이 있었다. 정빈이 유겸의 방 근처에는 누구도 얼씬거리지 못하게 한 이유를 알 것 같았다. 노비인 주제에 서학을 한 것이 발각되면 성치 못할 것이었다. 양반들이야 서학을 하다가 들켜도 훈방 되었지만 노비는 양반의 죄까지 얹어 치도곤을 당했다.

영신은 정자에 앉아 오랫동안 생각했다. 정빈은 유겸이 천주교인인 것을 알면서도 그 아이를 숨기고 있는 것이다. 그들의 애정관계가 진실로 어떠한지는 몰라도 이것 하나만은 분명해 보였다. 이 둘은 범법자였다. 하나는 서학죄인이고 다른 하나는 그 서학죄인을 숨기고 있는 자였다. 영신은 갑자기 제 손에 대단한 묘수가 쥐어진 것 같은 기분이 들었다. 그러다가 문득 그런 약점으로 정빈의 마음을 잡으려고 하는 제 처지가 한심하게 여겨졌다. 영신은 약점 때문이 아니라 진심으로 정빈이 자기를 봐 주었으면 했다. 단 한 번만이라도 다정하게 웃어주었으면, 손이라도 잡아 주었으면 하는 것이다. 그런데 그 간단한 일을 정빈은 단 한 번도 해주지 않았다. 한 사람의 마음을 얻는 것이 이다지도 힘든 일일까. 영신은 더 이상 초라해지지 말자고 고개를 내저었다.

날씨가 부쩍 차가워졌다. 가을도 다 가고 무원당의 별당에도 초겨울의 기운이 감돌았다. 유겸은 이른 아침부터 별당 후원 나무들의 겨우살이 채비를 했다. 나뭇잎은 다 져버리고 꽃도 당분간 피지 않겠지만 그래도 눈이 오면 겨울 풍경 또한 아름다울 것이었다. 별당의 눈 오는 풍경에는 고즈넉한 평화가 있었다. 그 어느 겨울엔가 유겸은 정빈과 함께 별당 누각에서 눈 오는 풍경을 구경했었다.

눈이 오는 소리.

그 작은 것이 대지 위를 수줍게 내려앉는 그 소리를 유겸은 잊지 못한다. 소곤소곤 내리는 눈발의 속삭임을 함께 듣던 그날의 기쁨을 어찌 잊을까. 다시 그런 날이 올까. 이 겨울을 함께 날 수 있을까. 정빈은 보름째 화성에 머물고 있었다.

"혹 서방님이 오신다는 기별은 없었느냐?"

후원 담장에 있는 감나무에 짚을 싸매고 있는데 영신이 뒤에 와서 물었다. 영신의 표정이 새침했다. 유겸은 한 발 뒤로 물러나며 공손하게 인사를 한 후에 대답했다.

"저도 들은 것이 없습니다."

영신이 유겸을 뚫어져라 쳐다보았다. 거짓말을 하는 건 아니겠지. 정빈이 하도 오지 않아서 혹시 이 노비 녀석은 오는 날을 알고 있을까 하여 물었는데 저도 모른다고 한다. 그러나 어쩐지 안심이 되었다. 정빈의 소식을 유겸도 같이 모르고 있다는 묘한 안도감이었다. 그런 한편으로는 지아비의 소식을 노비에게 물어야 하는 제 처지에 또 기분이 상하고 말았다.

영신은 물끄러미 유겸의 손을 바라보았다. 가늘고 고운 손이었다. 험한 일을 하면서도 어찌 저리 손이 고울까. 여인이면서도 가난한 집안 살림 때문에 거칠고 부르튼 제 손보다 훨씬 고운 손이었다. 노비 주제에.

영신은 홱 돌아섰다.

그러다가 소스라치게 놀랐다. 눈앞에 정빈이 있었다. 언제나처럼 무표정한 얼굴이었는데 살짝 찌푸린 듯도 했다. 정빈은 마치 남을 대하듯 영신에게 가볍게 목례만 하고 스쳐 지나가 유겸에게로 갔다.

"그간 잘 지냈느냐."

갑작스런 정빈의 등장에 유겸이 당황하며 물러섰다. 영신을 의식한 때문이었다. 좀 전에 정빈의 소식에 대해 들은 바 없다고 했는데 이렇게 갑자기 나타나면 오해할지도 모를 일이었다. 지금도 정빈이 영신을 무시하는 게 너무 타가 나서 옆에서 보기 무안할 정도였다. 영신이 우두커니 서 있다가 자리를 떴다.

"어, 어찌 기별도 없이 오셨는지요."

반가운 마음보다도 걱정이 앞섰다.

"바빴었다. 오늘부터 또 열흘 정도는 내영의 일을 보아야 한다."

"예. 소식이 없어서 걱정하였습니다."

"그래, 그런데 안색이 좋지 않구나. 무슨 일이라도 있었던 게냐."

"아, 아닙니다. 날이 추워서 그런가 봅니다. 안으로 드시지요. 밖은 춥습니다."

유겸은 정빈을 안으로 들게 하고 찻물 끓일 준비를 했다. 다관을 데우면서도 근심이 일어 오랜만에 정빈이 온 것이 반가운지도 몰랐다. 조금 전의 일에 대해 분명 영신이 서운한 마음을 가질 것 같았다. 그 서운한 마음이 정빈에게 좋지 않은 일로 작용할까봐 걱정스러웠다. 유겸은 저도 모르게 한숨을 푹 내쉬었다. 두 사람이 잘 될 수 있을까. 아니었다. 아무리 해도 잘 될 수 없는 관계였다. 서로 마주 볼 수도 없고 같은 곳을 바라볼 수도 없는 사이, 한 사람이 다른 사람의 등만 바라보는 사이… 유겸이 보기에 둘은 그런 사이였다.

영신은 화장경대를 열고 제 얼굴을 매만졌다. 정빈이 온 것이다. 날짜 계산을 해보니 마침 수태가 가능한 시기였다. 행랑어멈의 말대로 어떻게 해서든 잠자리를 같이 해서 이 집안의 대를 이을 아들을 가질 수 있는 절호의 기회인 것이다.

기회는 자주 오지 않는 것. 영신이 생각하기에 오늘 밤은 정빈의 몸과 마음을 얻을 단 하루뿐인 기회였다. 마음을 얻을 수 없다면 그의 몸만이라도 가져서 이 집안에 튼튼히 뿌리 내릴 씨를 받겠노라고, 그 일만 성공한다면 정빈이 자기를 무시해도 태어날 아이를 의지 삼아 살겠노라고 마음먹었다. 제 아이가 생기면 그 다음엔 좀 달라지겠지, 더 이상 동산바치 노비에게 마음 주지 않고 제 아이와 그 어미에게도 마음을 내어주겠지 하는 소망을 화장 위에 덧대어 가며 영신은 밤이 오기를 기다렸다.

마침내 밤이 깊었다. 영신은 행랑어멈이 시킨 대로 앓아누운 척을 했다. 이어서 행랑어멈은 정빈에게로 가서 별당아씨가 많이 편찮으시니 서방님께서 한번 들여다 봐주십사 하고 전갈을 올렸다.

밤 깊은 시간에 찾아온 행랑어멈의 전갈에 정빈이 이마를 찌푸렸다. 첫날밤 신방을 나오던 순간부터 그 방에는 다시 들어가지 않으리라 다짐했었다. 그런데 사람이 아프다니 마냥 모른 척할 수도 없었다.

"얼마나 아프신 게냐"

"쇤네는 잘 모르옵고 낮부터 열이 많이 오르내리는 것 같았사옵니다. 아무래도 날이 추워져 고뿔이 든 게 아닌가 하는데…. 서방님, 아랫것들 보는 눈도 있고 하오니 한 번만 아씨 방에 들러 위로를 해주시면… 좋, 좋겠습니다요."

행랑어멈이 머리를 조아리며 간청을 했다. 행랑어멈의 말소리에 잠귀 밝은 유겸이 깨어 대청에 나왔다. 정빈은 늙은 행랑어멈이 밖에서 떨면서 간청하는 것도 보기에 좋지 않았고 유겸이 근심 어린 눈으로 자길 바라보는 것도 신경이 쓰여서 알겠다, 하고 행랑어멈을 돌려보냈다.

"고뿔에 쓸 만한 약이 있느냐."

정빈이 유겸에게 물었다.

"소엽*을 달여 놓은 것이 있습니다. 데워서 드릴까요?"

"그래, 잠을 깨워서 미안하다. 차를 데워서 따라오너라."

정빈은 의복을 갖춰 입고 영신의 방 앞에 서서 인기척을 했다. 정빈 뒤에는 유겸이 소엽차를 담은 다관을 들고 서 있다가 방문이 열리자 자리를 비켜섰다. 정빈이 안으로 들어가는 것을 보고 유겸은 물러났다가 제 방으로 가지 않고 그대로 밖에서 기다렸다. 밤공기가 옷 속을 스며들어 몸이 떨렸지만 정빈이 나올 때까지 기다려야 할 것 같았다.

"고뿔에 효험이 있는 약차이니 드시오. 몸이 편치 않겠지만 참았다가 날이 밝으면 의녀를 불러 약을 지어 드시오."

정빈은 다관을 내려놓고 돌아섰다. 영신을 자세히 보려고 하지도 않았다. 어둠 속에서 영신이 눈물 젖은 목소리로 하소연했다.

"사람이 아프다는데 어찌 그리 무정하십니까."

정빈은 대답하지 않았다. 돌아보지도 않았다.

"소첩이 아픈 게 어디 몸뿐이겠습니까. 마음이 아픈 것은 왜 모르시나요."

정빈이 들은 척도 하지 않고 문을 열고 나가려고 했다. 그러자 영신

---

* 차조기. 왕실이나 귀족가문에서 쓰던 약재. 감기와 기침 등에 효능이 있다고 한다.

이 자리에서 일어나 문 앞을 가로막고 섰다.

"못 가십니다."

영신은 맨살이 다 비치는 소복차림이었다. 하얀 속살이 다 드러난 채로 정빈 앞에 서 있었다.

"무얼 하자는 것이오."

정빈은 영신의 차림새에는 관심 없다는 듯 예의 그 냉정한 말투로 일관했다.

"우리는… 부부가 아닙니까…. 그러면 마땅히 부부로서의 일을 해야지요."

영신의 눈에서 눈물이 주르륵 흘러내렸다. 그러나 모든 자존심을 다 던지고 애정을 호소하고 있는 이 가엾은 여인 앞에서 정빈은 너무나 냉정했다.

정빈은 영신을 옆으로 밀어내고 문을 열고 나갔다. 문고리를 꼭 쥐고 있던 영신이 제 힘에 밀려 문간에서 나동그라졌다. 정빈은 뒤도 돌아보지 않고 밖에서 기다리던 유겸과 마당을 가로질러 나가버렸다. 유겸은 영신이 마음에 쓰여 계속 뒤를 돌아보았다. 어둠 속에서 영신이 울고 있었다.

간밤에 소란 따위는 없었다는 듯 다른 날과 똑같은 아침이 밝았다. 지난밤, 세 사람은 그 누구도 잠들지 못했을 것이나 다들 애써 태연한 척했다. 정빈은 여전히 말쑥하고 무심한 얼굴로 별당을 나섰고 유겸은 그런 정빈을 조금 떨어진 거리에서 배웅했으며 영신은 푸석한 얼굴을 감추느라 고개를 들지 못한 채 정빈이 나가는 발걸음만을 지켜보았다. 물론 그런 영신에게 정빈은 눈길조차 주지 않았다.

정빈이 탄 말이 별당 후문을 지나 산문을 빠져나가고서야 영신은 고개를 들어 유겸을 쳐다보았다. 근심어린 얼굴로 이쪽을 바라보고 있었다. 영신의 심정은 간밤의 기억으로 참담했다. 마당을 가로질러 가던 두 사람의 뒷모습이 떠올랐다. 영신은 그들이 그 밤을 함께 했을 거라고 생각했다.

너는 내가 무척 가소롭겠구나. 내가 이곳에 오기 전부터 너는 아마도 나라는 존재를 시기했겠지. 네 주인의 정처가 될 나를 네가 반가워했을 리가 없어. 네게만 향하던 그의 마음을 나누고 싶지 않았을 테니까. 아마 너는 네 주인이 혼례를 올린 뒤에도 끊임없이 네 주인 곁에서 그 마음을 붙잡아놓으려고 애썼을 거야. 이해해. 내가 너라도 그랬을 테니까. 그러나 이젠 안 되겠다. 나도… 살아야겠으니.

영신은 유겸을 향해 어색한 미소를 지어보인 후 돌아서 제 방으로 갔다.

겨울 복사꽃

　매월 있는 조정의 행사에 참석하고 화성으로 내려가다가 정빈과 태윤은 긴급한 전갈을 받았다. 아직 시흥행궁 못 미친 길 위에서였다. 세자저하께서 화성유수부 판관 차정빈을 찾으시니 화급을 다투어 입궐하라는 명이었다. 느낌이 좋지 않다. 정빈과 태윤은 급히 말을 몰아 강을 건넜다.

　숨이 턱 끝까지 차올라 도착했을 때 동궁전은 긴장감에 휩싸여 있었다. 세자의 병이 갑자기 악화되어 주상전하 내외를 위시한 왕실 어른들이 모두 동궁전에 모였다고 했다. 정빈은 동궁전으로 뛰어 들어갔다. 오늘따라 동궁전의 내실은 깊고도 멀었다. 간신히 문을 열고 들어서자 길게 드리워진 반투명 비단 천 뒤로 누워있는 세자가 보였다. 혹 승하하신 것은 아닌지! 정빈은 심장이 발아래로 툭 떨어지는 것 같았다. 정빈은 가쁜 숨을 참고 다가갔다. 가까이 다가가서 세자의 숨결을 맡았다. 숨이 붙어있었다. 그러나 세자는 눈도 뜨지 않았고 손가락 하나도 까딱하지 않았다.

　"저…저하, 신 차정빈 들었나이다…."

　반응이 없었다. 정빈은 싸늘하게 식어가는 세자의 손을 만져보면서 그가 지금 죽어가고 있음을 알았다. 마지막 숨을 붙들고 누군가를 기다리고 있는 것이다. 그 누군가가 자기임을 정빈은 모르지 않았다.

"저하… 저하… 세자… 저…하… 눈을 떠…보시옵…"

말이 자꾸 목 안으로 넘어가 뱉어지질 않았다. 정빈은 그날 동굴 안에서 세자를 안았던 기억을 떠올렸다. 그때 추위에 떨고 있던 세자의 몸이 생생히 느껴졌다. 지금 따뜻한 동궁전의 내실에서도 세자는 얼마나 추울 것인가. 정빈은 세자의 손을 입가로 가져가 온기를 불어넣으려 했다. 그러자 동궁전 상궁들이 달려와 정빈을 떼어놓으려 했다.

"무엄하오. 저하의 몸에 손을 대다니!"

김상궁이 자못 지엄한 말투로 정빈을 나무랐다. 그때 세자가 가늘게 눈을 떴다. 세자의 눈은 초점을 잃은 채 방황하다가 가까스로 정빈을 마주 보았다.

"차정빈…만… 남…고… 모두… 나…가 있…으…라…."

세자가 힘겹게 말을 한 자 한 자 끊어냈다. 정빈은 세자 곁에 더 바짝 다가갔다. 세자의 마지막 말을 들어야 했다. 정빈이 곁에 오자 세자의 얼굴에 희미한 미소가 번졌다.

"좀 더… 버티어 보려고 했는데 여기까지인가 보구나. 정빈… 너와 함께 만드는 새로운 세상을 매일매일 꿈꾸었었다… 그 생각…만으…로도 복되었었다…."

"저하… 말씀치 마소서. 기운을 아끼셔야 합니다."

"아니… 나는 틀렸다. 오히려 지금 이렇게 떠나니 홀가분하다…. 늘 죽음의 두려움 속에 있었다."

"제가… 불민한 탓이옵니다… 그날 그렇게…"

"너의 탓이 아니다… 너의 잘못은 아무것도 없다. 아바마마께서도 그것을 알고 계시니 너는 나의 죽음에서 자유롭다… 걱정하지 말라…"

"신 차정빈… 벌을 두려워하는 것이 아니옵니다. 저하께 지은 죄가 크고도 무겁사옵니다. 저의 죄가 가슴에 사무칩니다."

정빈의 눈물이 세자의 뺨과 손등에 쉴 새 없이 떨어지고 있었다. 세자가 가쁜 숨을 몰아쉬면서 정빈의 눈물을 닦아주었다. 차갑게 굳어가는 손이 나무막대기 같았다.

"나를… 안아‥다오."

정빈은 세자를 일으켜 안았다. 병자의 몸은 가벼운 것 같으면서도 자꾸만 아래로 처져 무거웠다. 스스로 몸을 지탱할 힘이 없는 세자가 늘어지듯 정빈의 목에 매달려 안겼다.

"너를 못 보고 갈까봐… 그것이 걱정이었지. 이제 보았으니 다… 되었다."

세자의 숨이 더욱 거칠어지고 쌕쌕거리는 소리와 함께 생기가 남김없이 빠져나가고 있었다.

"지금 너의 별당엔 보, 복사…꽃이 피…었겠느냐…"

세자는 겨울에 접어든 계절에 복사꽃을 묻고 있었다.

"예…. 저하. 저하가 처음 저희 집에 오셨을 때처럼… 가득 피었나이다."

정빈의 대답에 세자가 희미하게 웃었다.

"다시 태어나면… 나는 이렇게… 아프지 않고… 너, 너는 여인으로 온전히‥. 하아… 그때…난… 널… 너…와… 호, 혼인… 하겠다… 저… 정여…."

세자의 말은 거기까지였다. 정연의 이름을 다 불러보지 못하고 세자는 숨을 거두었다. 정빈은 세자를 꼭 껴안았다. 그렇게 죽은 세자의 가슴에 얼굴을 묻고 소리도 내지 못하고 울었다.

왕세자의 장례를 주관하는 예장도감에서 태윤이 일시적으로 일을 맡게 되었다. 태윤 역시 비통하기는 마찬가지였다. 장례를 준비하면서 태윤은 길지 않았던 세자와의 인연을 가슴 아파했다. 화를 잘 내고 까다롭긴 했지만 속마음은 연하고 약한 사람이었다. 태윤은 세자에게 신하이자 또래의 벗으로서 잘 해주고 싶었다. 그런데 미처 무언가를 해주기도 전에 그는 떠나버렸다. 태윤은 눈물을 훔치면서도 바쁘게 궐내를 오갔다. 해야 할 일이 있었다. 세자의 갑작스런 죽음에 대한 진상을 파악해야 했다.

　　태윤은 세자의 죽음과 관련하여 정빈의 진술을 들었다. 정빈의 이야기와 최근 세자의 건강에 대한 내의원 기록을 종합해 보건대 그때 산행을 나갔던 것은 사인이 아니었다. 곧 회복되었기 때문이었다. 그러나 죽기 전 삼사 일간 원인을 알 수 없는 병증이 발생해서 식음을 전폐할 정도가 되었다고 했다. 긴급히 왕실 의약청이 설치되고 세자의 환후를 밤낮으로 살피게 되었지만 무슨 일인지 어의들은 우왕좌왕했고 납득할 수 없는 처방이 난무했다고 한다. 그렇게 속수무책 앓다가 세자는 세상을 떠난 것이었다.

　　정빈은 세자의 죽음이 자기 탓인 것만 같아서 괴로웠다. 며칠째 아무것도 먹지 않고 자지도 못해 마치 폐인 같았다. 스스로를 방안에 유폐시킨 채 밖으로 나오지 않았다. 다시 태어나면 너와 혼인하리라, 했던 그 청혼의 말이 자꾸만 귓가에 맴돌아 미칠 것 같았다. 어릴 때 주었던 상처를 갚을 길도 없이 그는 떠나버렸다. 인생이 어쩌면 이럴까. 죄 위에 죄를 쌓는 인생이었다. 오라버니는 나를 대신해 연못에 빠졌고, 세자는 나에 대한 상처를 안고 세상을 떠났다. 이 죄를 어찌 다 감당할 것인가. 정빈은 고통 속에 울고 또 울었다. 어찌하여 나를 죄짓게 하는지 아무나 붙잡고 묻고 싶었다.

세자의 장례 이후 예상대로 책임소재에 대한 공방이 있었다. 임금은 정빈에게 아무런 잘못이 없다 하였고 그것은 망자인 세자의 뜻이라고도 하였으나 반론도 만만치 않았다. 특히 노론 쪽에서는 상소를 올려 세자의 죽음에 대한 직접적인 책임이 정빈에게 있다고 공격했다. 거기에 더하여 동궁전의 궁인들이 한목소리로 정빈의 잘못을 말하였고 전의감과 내의원도 정빈에게 불리한 진술을 했다. 어의들이나 상궁들 다수가 이미 벽파에 줄을 대고 있었다. 정빈은 아무도 자기편이 없는 동궁전에서 세자가 얼마나 외로웠을 것인가를 생각했다. 그 외로움을 버틴 힘이 자기였음을, 세자가 떠나고서야 안 것이다. 정빈은 그 죄를 받기로 하였다. 진심을 몰랐던 죄.

"전하, 저의 직을 박탈하시고 전하의 자비하심이 닿을 수 없는 곳으로 보내주소서."

그러나 정빈의 뜻과는 달리 임금은 그 누구의 징벌도 원치 않는다고 했다. 만일 정빈에게 책임을 물어야 한다면 세자의 사망원인 전반에 대한 조사에 들어갈 것이라고 했다. 그 말은 임금이 세자의 사인에 대해 다른 생각을 갖고 있다는 뜻이기도 했다. 이미 임금은 조사에 착수한 터였다. 태윤에게 일러 은밀히 최근 동궁전과 노론 쪽의 동향을 파악하라 한 것이다.

임금이 강력하게 막아주었지만 정빈은 괴로웠다. 차라리 어떤 벌이든 받는 게 마음이 편할 것 같았다. 하지만 임금은 정빈을 불러 거듭 너의 잘못이 아니라고 했다. 세자가 유언으로 그렇게 남겼다며 아비로서 죽은 자식의 뜻을 받아들인다고 했다. 그리고 덧붙이기를 세자가 살아 있을 때 그 아이에게 잘 대해주어서 고맙다고 했다. 정빈은 처음으로 임금 앞에서 울었다.

"천하의 차정빈이 울 때도 다 있구만. 피도 눈물도 없는 놈인 줄 알았더니… 허허. 윤이 죽기 전 말했다. 너를 지켜 달라고. 틀림없이 사람들이 너를 가만 두지 않을 거라고 하더구나. 너 이 녀석, 어찌 그리 적을 많이 만들었을꼬…."

임금이 등을 다독이며 웃었다. 세상을 다 잃은 것 같은 허허로운 웃음이었다.

국상기간 중에도 일상적인 업무는 계속되었다. 태윤은 임금의 지시대로 세자 사망 전 석 달간 세자의 건강상태와 동궁전의 동향을 조사했다. 모든 것은 드러나지 않게 조심스럽게 진행되었다. 세자의 건강은 화성에 갔던 날 잠시 앓았던 것 외에는 별다른 이상이 없었다. 동궁전역시 평상시와 다름없었는데 다만 김상궁이 동궁전 소속 궁녀들과 더불어 한 차례 연회를 가진 것이 특이했다. 태윤은 처음에 그 사실을 지나쳤으나 곱씹어 생각하니 좀 이상했다. 김상궁은 씀씀이가 짜기로 유명했다. 그런 김상궁이 연회를 했다는 것은 뭔가 이유가 있을 터였다. 나인 하나에게 물어봤더니 김상궁이 궐 밖에 집을 한 채 장만한 턱이라고 했다. 그래? 뭐, 김상궁이 품계도 있으니 그간 모은 녹봉으로 한 재산 마련했나보다, 하였는데 또 곰곰이 생각해보니 그게 아니었다. 그 집이 북촌에 있다는데 집값이 매우 비싼 곳이었다. 단지 비싸기만 한 것이 아니라 세도가들이 모여 사는 곳이라 웬만한 양반들도 살기 힘든 곳인데 그런 곳을 일개 궁녀가 사들였다? 녹봉이 대체 얼마나 되기에?

태윤은 그 동네 가쾌家儈*를 찾아갔다. 태윤이 세도가가 보낸 집사인 양 행세하며 넌지시 김상궁이 산 그 집을 매입하고 싶다고 했더니 이미 팔렸다고 했다.

"허… 거 참 아쉽구려. 가옥이 아담하고 볕이 잘 들어서 후손이 번창할 좋은 곳인데…"

"말을 마슈. 후손 번창은 웬 말? 상궁마마가 사들이셨다오."

가쾌는 이 동네의 집을 고관대작도 아닌 고작 상궁이 사들였다는 것이 내심 고까운듯 빈정거리는 투로 말을 했다.

"오, 그래요? 거 참. 마마님이 한 재산 톡톡히 마련하셨나보네."

"그게 아니라, 무슨 일인지 전 집주인이 헐값에 내놓았는데 냉큼 그 마마님이 사들인 거라오. 그런 거 보면 가옥이나 전답은 주인이 따로 있다는 말이 맞나벼. 그 집을 눈독 들인 사람이 한둘이 아니었는데…"

옳거니. 전 주인?

"전 주인이 뉘신데 그런 좋은 집을 헐값에 내놓으셨단 말이오?"

가쾌는 잠시 주위를 살피더니 작은 소리로 심대감댁이오, 하였다. 심대감댁? 그렇다면 심일재 집안 소유? 태윤의 눈이 번뜩였다. 뭔가 있는 것이다.

"아, 진즉에 내가 알았더라면 우리 어르신께 언질을 드려 제값에 사들였을 터인데 아쉽구려. 이만 가오. 다음에 좋은 물건 나오면 꼭 연락해주오."

태윤은 있지도 않는 주소를 알아볼 수도 없게 대충 휘갈겨 써주고 가쾌와 헤어졌다. 태윤의 발걸음이 빨라졌다. 분명 일재가 이 일에 관련이 있는 것이다.

---

* 부동산 중개인. 집주름이라고도 한다.

밀고자

정빈은 화성에 내려가 하던 일을 계속해야 했다. 화성에서의 일은 하루만 쉬어도 산더미처럼 불어나 있었다. 정빈은 잠시도 쉬지 않았다. 일부러 더 바삐 일했다. 그렇게 몰두해야 세자를 잃은 슬픔을 잠시나마 잊을 수 있었다. 바쁘게 일을 하다보면 하루가 잘 갔다.

어느 긴 겨울밤, 정빈은 성 안 공터에서 매화포埋火砲*를 터뜨렸다. 화려한 불꽃이 어둔 밤을 배경으로 피어올랐다. 매화포는 세자와 정빈, 태윤이 함께 개발한 것이었다. 정빈은 불꽃이 터질 때마다 다 피지도 못하고 간 세자를 추억했다. 세자는 저 불꽃처럼 밤하늘의 별이 되었을까.

집무실에 돌아오니 무원당에서 서찰이 와 있었다. 최근 집에서 보내오는 서신이 잦았다. 중요한 일이 아니면 웬만해서는 서신을 보내지 않는데 왠지 불길한 느낌이 들었다. 아버지가 편찮으신 건가. 지난번 보았을 때도 기력이 많이 쇠한 상태였고 세자의 승하로 건강이 눈에 띄게 나빠져 있었다. 정빈은 서둘러 서찰을 펼쳤다가 놀라 기함할 뻔했다. 서찰에는 이렇게 씌어 있었다.

유겸. 한성부에 체포됨.

---

* 땅에 묻은 화포라는 뜻으로 화약무기다. 터뜨리면 불꽃놀이처럼 보인다. 정조임금이 을묘원행(1795년 윤이월)에서 백성들에게 선보였다.

유겸이 어째서 한성부에 체포되었단 말인가. 그 아이가 대체 무슨 잘못을 저질렀다고. 체포의 사유라면 단 한 가지밖에 없다. 천주교인인 것이 발각되었을 가능성이었다. 하지만 바깥출입을 하지 않는 그 아이가 천주교인인 줄 누가 알았을까. 대체 누가? 왜?

정빈은 서둘러 한양으로 올라갔다. 천주교인인 것이 발각된 것이라면 문제는 심각했다. 조정의 중신이라 해도 천주교와 엮이면 공격의 대상이 되었다. 천주교인인 유겸의 체포는 차원일과 정빈에게도 불똥이 튈 수 있었다. 그것은 주상에게도 악재였다. 왕의 최측근인 도승지가 천주교인을 집안에 두었다는 혐의는 천주교에 대해 우호적인 왕의 평소 태도와 엮여 개혁정치에 불만을 품고 있는 반대파들에게 공격의 빌미가 될 수 있었다. 그러나 지금 당장 무엇보다 걱정되는 것은 유겸의 안전이었다. 바깥 환경에 익숙지 않은 유겸이 서슬 퍼런 한성부에 체포되었을 때 그 아이의 두려움이 얼마나 컸을지 짐작조차 되지 않았다. 정빈은 바람처럼 달렸다. 잠시도 말을 멈출 수 없었다.

무원당에 도착하자 장집사가 달려 나왔다. 정빈은 사건의 경과를 들었다.

낮에 한성부에서 관원 둘이 나왔다고 했다. 이 집안에 노비 하나가 사교를 믿고 있다는 제보를 받았다고 했다. 장집사는 그런 일이 없다고 했는데 확실한 증좌가 있다고 하면서 유겸이라는 노비를 불러달라고 했다는 것이다. 관원이 제시한 증거자료는 낡은 천주교 책이었는데 표지 안쪽에 '천주님의 자손, 이유겸'이라는 문구가 씌어 있었다고 했다. 분명 내부의 밀고였다. 누군가 유겸의 책을 관아에 넘긴 것이다. 밀고자는 하인들 중에 있을 것이었다. 정빈이 유겸을 아끼는 것을 시기하는 자들이 여전히 있을 터였다. 정빈은 당장 하인들을 모두 불러 추달을 하고 싶었지만 지금 급한 것은 그게 아니었다. 유겸의 신변안전이 제일 문제였다. 당장 한성부로 달려가 무슨 수를 쓰던 유겸을 빼내고 싶었다.

"지금 한성부로 가겠다."

"이미 자시*를 훨씬 넘긴 시각입니다. 날이 밝으면 가시기 바랍니다."

"밤사이 무슨 일이 생기면 어쩌려고!"

정빈은 마음이 급했다. 사실 정빈이 직접 한성부를 가는 것도 모양새가 좋은 것은 아니었다. 기껏 노비 문제로 화성유수부 판관이 직접 나선다는 것은 얘깃거리가 되기 쉬웠다. 어떤 말이 나오든 정빈은 개의치 않지만 자칫 문제가 확대되면 상황이 더 나빠질 수도 있었다. 이런 문제는 조용히 처리하는 것이 옳다고 장집사가 정빈을 달랬다. 날이 밝는 대로 장집사가 가서 일을 해결하기로 해서 정빈은 간신히 마음을 가라앉혔다.

"별일 있겠습니까. 유겸이가 노비이긴 해도 무원당의 사람입니다. 대감마님의 위신이 있으니 함부로 하지는 못할 것입니다. 그리고 이런 것이 왔습니다."

장집사가 서신 하나를 내밀었다. 보니 조흥길 상단에서 보내온 것이었다. 간혹 조흥길 상단에서 화성 상가 문제와 관련해서 서찰을 올린 경우가 있긴 하지만 무원당으로 보내온 것은 이번이 처음이었다. 정빈은 좀 짜증스러운 심정으로 서신을 거칠게 뜯었다. 그런데 편지에는 뜻밖의 내용이 담겨있었다.

　　도련님께서 한성부에 갇힌 바 되었으나, 현재는 우리 상단의 안전한 곳에 계십니다.

---

* 子時. 밤 11시~새벽 1시

편지에 언급된 도련님은 유겸이 분명했다. 조흥길 상단이 어째서 유겸을 도련님이라고 부르는가? 그리고 어째서 유겸이 조흥길 상단에 있다는 것인지? 그때 불현듯 뇌리를 스치는 것이 있었다.

조흥길, 조흥길…. 그래, 그자다.

화성의 상가를 오가는 사람 중에 정빈이 전부터 눈여겨본 인물이 있었다. 상가가 조성되는 공사장에서 한 번은 낯익은 얼굴을 발견했다. 정빈이 그 자를 보자 그 자도 정빈을 정면으로 응시했다. 그자는 공손히 절을 하고는 웃어보였었다. 복이아범, 그 자였다. 유겸을 북둔의 무원당에 업고 와서는 혼자 빠져나간 후에도 여전히 유겸 주위를 맴돌던 자, 유겸을 도련님이라고 말하던 자, 언젠가는 도련님을 모시러 가겠다고 한 자. 그 자였던 것이다.

조흥길은 조흥길 상단, 아니 자운향 상단의 핵심인물이라고 했다. 조흥길, 자운향, 그리고 유겸이. 이들의 관계는? 정빈은 이들이 그 어떤 긴밀한 끈으로 이어져 있음을 느꼈다.

정빈은 날이 밝도록 한숨도 자지 못했다. 수수께끼를 풀어야 했다. 낮에 있었던 사건을 정리해보면 누군가 유겸을 서학교인이라며 관에 밀고 했고 그래서 유겸이 한성부에 체포되었는데, 체포된 지 얼마 안 되어 자운향 상단에서 유겸이를 빼내간 것이었다. 대체 유겸과 자운향 상단은 무슨 관계이며, 자운향 상단은 유겸이 체포된 것을 어떻게 바로 알게 되었는가, 그리고 무슨 수로 유겸을 빼낸 것인가.

이 모든 의문의 해결은 자운향 상단을 만나면 바로 풀릴 것 같았다. 정빈은 날이 밝자마자 자운각으로 향했다.

"이른 아침부터 기루엔 어인 일이십니까."

객실로 자운향이 직접 나와 정빈을 맞이했다. 어제 아무 일도 없었다는 듯 가벼운 미소를 띤 우아한 모습이었다. 저 여인이 유겸을 한성부에서 빼 갔다고? 왜?

태연하고 여유로운 표정 뒤에 감춰진 그녀의 진짜 모습이 궁금했다. 여인의 몸으로 거대상단을 일궈낸 강단과 지략. 대체 그녀는 누구인가. 짧은 순간 많은 생각이 지나갔지만 그런 의문들은 일단 접고 정빈은 단도직입적으로 물었다.

"이곳에 내 집안의 사람이 있다고 들었소."

자운향이 조용히 웃었다.

"유겸이라고 불리는 아이 말이지요?"

"그렇소."

"그보다 먼저 무원당 가문의 경사를 진심으로 경하드리옵니다. 저희 쪽에서 보낸 축하 예물은 받으셨는지요? 차판관 나리보다 아버님이신 차원일 대감 마음에 드셨는지 모르겠습니다."

축하 예물? 우리 아버지 마음? 그렇겠지. 다 아버지 보고 보내오는 예물들이 아닌가. 그런 것 따위는 관심도 없었지만 정빈은 겉으로는 감사하다고 인사를 했다. 그리고는 재차 유겸의 소재를 물었다.

"그 아이, 분명 여기 있는 것 맞소? 상단에서 우리 집으로 서찰을 보내왔었소."

"예. 맞습니다. 도련님께서는 이곳에 계십니다. 안전한 곳에 모셨습니다."

도련님? 어째서 유겸을 존댓말로 칭하는 것이지? 대체 이 여인과 유겸의 관계는 뭐란 말인가? 정빈은 기묘하고 불편한 기분이 들면서도 한편으로는 안도했다. 일난 한성부에서 풀려난 것이 사실임이 확인되었고,

유겸을 높이 떠받들고 있는 말투로 보아 유겸의 신상에 어떤 위험도 있지 않은 것 같았다.

"그 아일 데려가겠소."

정빈은 유겸을 내어달라 했다. 그러나 자운향은 뜻밖에도 안 된다고 했다.

"이제… 무원당도 안전하지 않다는 것을 알게 되었으니 더 이상 도련님을 그곳에 있게 할 수는 없습니다."

그렇게 말하는 자운향의 태도는 단호했다. 정빈은 긴장했다. 유겸을 둘러싼 그 어떤 비밀스러움이 오늘 여기서 한 꺼풀 벗겨질 것 같았다.

정빈은 차 한 잔을 청했다. 이야기를 좀 더 하자는 뜻이었다. 자운향이 정빈의 속내를 알아차리고 차를 내어오게 했다. 복이아범, 아니 조흥길이 직접 찻상을 들고 들어왔다. 조흥길이 깍듯하게 자운향에게 절을 올리고 다시 정빈에게도 예를 갖췄다.

"오랜만에 뵙습니다. 차판관 나으리."

"그러한가. 난 자네가 종종 눈에 띄었었네."

정빈이 조흥길을 쏘듯이 응시했다. 예전에 무원당 근처를 맴돌며 유겸을 보살펴 달라하던 때의 낯빛과는 달랐다. 그때는 남루한 옷차림을 한 떠돌이였는데 지금은 재력을 갖춘 중인의 모습으로 중후한 인상마저 풍기고 있었다. 그가 입을 열었다.

"제가 그때 나으리께 말씀드리길 언젠가는 우리 도련님을 모셔가겠다 했습지요. 생각보다 때가 빨리 온 것 같습니다. 우리 쪽에서 의도한 바는 아니었으나 일이 이렇게 된 이상 이제 도련님의 거처를 옮겨야 할 것 같습니다."

"내가 화성에 있는 동안이어서 그 아이에게 일어난 일을 잘 알지 못하네. 얘기해줄 수 있는가."

정빈의 말에 조흥길이 자운향의 표정을 살피더니 말을 이었다.

"나으리댁에 밀고자가 있더군요. 어제 그 밀고로 인하여 한성부에서 우리 도련님을 서학 죄인이라는 죄목으로 구금하였습니다. 그 소식은 바로 우리 상단에 접수되었지요. 그 길로 바로 제가 움직였습니다. 한성부 판윤*을 만났고 상황은 종료되었습니다."

조흥길의 말은 정빈의 추리와 거의 일치했다. 그런데 대체 누가 밀고를 했으며 왜 자운향 상단에서 유겸의 석방을 위해 움직였단 말인가. 그리고 일개 상단의 행수가 한성부 판윤을 직접 만났다는 것이 사실인가. 정빈은 하나하나 묻기로 했다.

"우리 집안 누가 밀고했는가?"

"그건 모릅니다. 누가 밀고했는지는 우리는 중요하게 생각하지 않습니다. 다만 그런 일이 벌어졌다는 것이 의미 있을 뿐…."

"그 아이가 한성부에 끌려갔다는 것을 어찌 알았으며, 왜 그 아이를 빼내기 위해 자운향 상단에서 움직였는가."

"한성부에 우리 사람이 있습니다. 한성부뿐만 아니라 거의 모든 관아에 우리 쪽 사람들이 있습지요. 한성부 안에 일어나는 일이라면 손바닥 보듯 훤히 들여다보고 있습니다. 그 어떤 일이든지 간에 바로 연락이 옵니다. 우리의 연락선은 바람보다 빠릅니다."

한성부를 손바닥 보듯 한다고? 일개 상단이?

"그리고 어찌하여 우리 상단에서 움직였는지 물으셨습니까."

"그렇다."

---

* 정이품의 고위직. 행정과 사법권을 가지고 있었다.

조흥길이 잠시 호흡을 가다듬더니 중요한 사실을 알리려는 듯 말을 이었다.

"우리 상단의 주인이 갇혔는데 어찌 가만히 있을 수 있겠는지요."

상단의 주인? 유겸이? 정빈은 둔기로 한 대 맞은 것 같았다. 유겸이 상단의 주인이라는 건 한 번도 생각해보지 못한 것이었다.

"동래에서 한성까지 이어진 유통망과 조선 팔도 요지에 자리한 크고 작은 객주와 여각, 그 모든 것이 다 도련님의 것입니다."

"그, 그게…말이 되는 소리인가. 그 아이는 어릴 때 내 집에 온 후 거의 집 밖을 나가 본 적이 없네. 무슨 수로 유겸이 이런 상단을 운영할 수 있단 말인가."

"진정한 주인은 스스로 움직이지 않는 법이지요."

옆에서 듣고만 있던 자운향이 마침내 입을 열었다.

"도련님조차도 이 상단이 도련님의 것이라는 사실을 모르고 계십니다. 우리는 도련님이 다시 우리에게 오실 날만을 기다리며 이 모든 것을 준비해왔습니다. 그런데 그날이 마침내 왔군요. 뜻밖의 사건 덕분에…."

정빈은 대체 자운향과 유겸의 관계는 무엇인지 묻고 싶었다. 그런데 지금까지 들은 사실만으로도 믿기지 않아서 더 이상의 질문을 할 엄두가 나지 않았다.

"조만간 도련님을 뵙게 하여 드리겠으니 이제는 그만 돌아가시지요. 아, 그리고 도련님의 본래 이름을 알려드리겠습니다. 온이라 하옵니다. 이온."

그 말을 남기고 자운향은 자리에서 일어나 방을 나갔다. 정빈도 방에서 나왔다. 온이라고? 이온? 그것이 그 아이의 이름? 예사롭지 않은 이름이었다. 이름에는 그 사람을 규정하는 힘이 있다. 유겸이라는 이름을 들었을 때는 귀하다는 느낌을 받았었는데 온이라는 이름에는 그것을 넘어서는 존엄함마저 느껴졌다.

정빈은 당장 유겸을 만나고 싶었다. 이곳 어딘가에 유겸이 있겠지만 지금 서 있는 곳조차 어딘지 알 수 없었다. 올 때마다 느끼는 것이지만 자운각의 내실 구조는 미로 같았다. 출입문은 그때그때 달랐고 가구나 집기의 배치도 늘 바뀌어 있었다. 북둔의 무원당보다 더 짙은 비밀스러운 느낌이 자운각의 내실을 감싸고 있었다.

정빈은 유겸이 사무치게 그리워졌다. 혹 이것으로 이별일까 봐 두렵기도 했다. 그래서 조흥길에게 조금은 간절하게 부탁했다.

"내가 없는 동안 이런 일이 벌어져서 나도 뭐라 할 말이 없다. 밀고자는 내가 엄히 다스리겠다. 그러니 한 가지 약조해 주시게. 그 아이를 꼭 만나게 해주게. 우리는 이렇게 헤어질 사이가 아니라네."

밖으로 나가는 문 앞에 서서 정빈은 혹시라도 유겸이 나와 볼까 싶어 자꾸만 주변을 두리번거렸다. 조흥길이 문을 열어주며 고개를 끄덕였다. 빨리 나가라는 눈치였다.

갑자기 벌어진 사건으로 정빈은 혼란스러웠다. 몰려드는 의문을 감당할 수 없었다. 어디서부터 생각을 시작해야 할지 알 수 없었다. 상단의 주인이 유겸이라니. 본인도 모르는 주인이라는 말이 더 의아했다. 진짜 유겸이 자운향 상단의 주인이란 말인가. 그렇다면 대체 저들은 왜 이십 년 가까운 긴 세월 동안 유겸을 기다리고 있었던 걸까.

밀고자가 잡혔다. 끝분이었다. 요 며칠 사이 얼굴이 반질반질 광이 나는 걸 이상하게 여긴 유모가 행랑어멈에게 물었다고 한다.

"저 아이 시집도 못가고 늙나 했더니 요새 도로 인물이 나네, 그려. 무슨 좋은 일이라도 있는 게야?"

그러자 행랑어멈이 뭔가를 알고 있다는 듯 묘한 웃음을 지었다. 아무래도 수상쩍어서 유모가 계속 캐물었더니 새아씨가 끝분이에게 진주가루를 선물로 주셨는데 그걸 발라서 그런 것이라고 했다. 새아씨가 왜 그 귀한 걸 끝분이에게 주셨냐고 물었더니 적적하신 차에 말벗을 해드려서 그렇다는 것이다. 유모는 지나가는 말로 남편인 장집사에게 행랑어멈의 말을 전했고 이 말을 들은 장집사는 바로 끝분이를 광으로 불렀다. 장집사는 끝분이가 밀고자라는 것을 확신하고서는 유도 심문을 했다.

"한성부에 밀고자가 누구냐고 물었더니 얼굴에 진주분을 바른 계집이라고 하더군. 오늘 보니 네년이 진주분을 발랐네. 자, 어서 실토해라. 내가 이미 다 알고 있다."

물론 한성부에 밀고자가 누군지 물어봤다는 것은 거짓이었다. 그러나 그것이 거짓인 줄 모르는 끝분이는 엎드려 죄를 싹싹 빌었다. 심문을 계속하자 이 일에 행랑어멈도 관련이 있다는 것이 드러났고 그 배후에는 또 다른 인물이 있다는 것도 밝혀졌다.

"알고 있겠지? 무원당의 규율을. 그 어떤 것도 무원당의 담장을 넘어갈 수 없다는 것을! 그것을 어기면 어찌되는지 네가 모를 리 없다. 누구냐, 바른대로 대라."

"아이고… 집사 어른. 제발 살려줍시오. 저, 저는 그저… 시키는 대로 했을 뿐입니다요."

"누가 시켰나?"

누가 시켰을지도 알 만했다. 그러나 장집사는 확실하게 자백을 받으려고 심문을 계속했다.

"별당에 새아씨가… 쇤네에게 그 서책을 한성부에 갖다 주기만 하면 된다고 하셨습니다요."

"그러면서 진주분을 받은 것이렷다?"

"예, 예… 그, 그렇습니다요. 쇤네는 한사코 받지 않으려 했는데도…"

"그게 누구의 책인지 알고 있느냐."

"쇤네가 까막눈인데 누구의 책인지, 무슨 책인지 어찌 알겠습니까요. 단지 새아씨 말씀대로 한성부에 가서 냅다 그 책만 주고 왔을 뿐입니다요."

역시 짐작했던 대로 배후는 별당 새아씨였다. 새아씨는 정빈을 제외하고는 누구도 들어가지 못하는 유겸의 방에 가서 서책을 빼내고 그 방에 있던 진주분 상자도 가져왔을 것이었다. 서책과 진주분을 끝분에게 주면서 유겸을 밀고하게 한 것이다. 하지만 새아씨가 왜 유겸을 밀고까지 하게 되었는지는 풀리지 않은 의문이었다. 장집사는 심문 결과를 정빈에게 보고했다. 정빈의 눈에 살기가 돌았다.

정빈이 예고도 없이 영신의 방에 들어왔다. 문이 벌컥 열리자 영신이 깜짝 놀라며 자리에서 일어났다. 그러나 정빈의 노기 어린 얼굴을 보고 영신은 무슨 일이 일어났는지 직감했다. 영신은 웃는 낯으로 정빈을 맞이했다.

"어인 일로 소첩의 방에 다 와주셨나이까."

정빈이 얼음처럼 차가운 눈빛으로 영신을 쏘아보았다. 경멸과 분노가 서린 눈동자였다. 잠시 적막한 시간이 흐른 뒤 정빈이 천천히 입을 열었다.

"그 아이가… 그대에게 무슨 잘못이라도 했었던가?"

정빈의 칼끝 같은 질문에 영신은 입을 앙다물었다가 뭔가를 결심한 듯 입을 열었다.

"예. 저에게 큰 잘못을 저질렀습니다."

정빈의 눈 끝이 파르르 떨렸다.

"세상에서 가장 어질고 착한 아이다. 누구에게도 잘못을 저지를 아이가 아니다."

"서방님께는 어질고 착한지 모르겠으나 저에게는 원수 같은 자이옵니다. 노비 주제에 서방님의 마음을 다 가져가놓고 돌려주지 않았습니다."

영신의 야무진 대답이 떨어지자 정빈의 손이 영신의 목덜미를 잡았다. 살기가 느껴지는 손길이었다.

"말 함부로 하지 마라. 너 따위가 함부로 입에 올릴 수 있는 아이가 아니야."

"너 따위라구요? 저는 엄연히 서방님의 정처로 이 댁에 시집 온…"

"내가 지금까지는 너에게 그래도 예를 갖추어 대했다. 그러나 이제부턴 그럴 필요가 없을 것 같다. 감히 유겸이를 관에 고발해?"

"예. 소첩이 끝분이를 시켜 고발케 하였습니다. 엄연히 서학죄인 아닙니까? 죄인은 죄를 받아야지요. 어디 그뿐입니까?"

영신이 소리를 높이기 시작했다.

"노비 주제에 상전을 꾀어 미혹케 한 죄…. 그 죄도 두고 볼 수는 없지요. 아니 그렇습니까?"

"그래서 그 아이만 없으면 내가 너를 봐줄 줄 알았나?"

"하아… 그러시겠지요. 그 아이가 없다한들 서방님께서 소첩을 어여삐 여기시겠나이까. 이미 깊이 정을 통한 정인이 있으니. 그런데 하고많은 사람 중에 하필이면 부리는 노비에 그것도 사내…"

영신이 말을 다 끝내기도 전에 정빈이 영신의 목을 쥔 손에 힘을 주었다. 영신이 필사적으로 정빈의 손을 떼어내려 발버둥쳤다. 영신의 꺅꺅거리는 신음소리에 밖에 있던 장집사가 뛰어 들어왔다.

"서방님. 고정하십시오."

장집사가 간신히 정빈을 영신에게서 떼어냈다. 그대로 두면 돌이킬 수 없는 일이 벌어질 것 같았다. 장집사는 정빈이 이렇게 이성을 잃은 것을 본 적이 없었다. 극심한 분노가 정빈을 극단적 상황까지 몰고 가는 것 같았다. 온 몸이 무기인 정빈이 손가락 하나만 까딱해도 영신의 호흡과 맥은 끊어질지도 몰랐다. 장집사가 가까스로 정빈을 떼어놓자 제 풀에 영신이 튕겨져 나갔다. 영신은 벽에 부딪혀 넘어지면서도 악다구니를 쏟아냈다.

"추잡한 남색가! 나를 제 가림막으로 쓰려고 여길 데려왔겠지만 난 속지 않을 거야! 차라리 죽이지 그랬니! 하지만 난 끝까지 살아서 네 더러운 행실을 온 세상에 다 말할 거야!"

영신이 꺽꺽 울면서 발악을 했다.

"한심하군. 그렇게 하기 전에 너부터 없어질 거야. 너는, 양반가의 후손이 아니지. 어디서 주워들은 남의 족보를 가지고 몰락한 양반가의 여식 흉내를 내었어. 내가 그걸 모를 줄 알았느냐"

정빈은 화성유수부 판관이 아닌가. 알려고 마음먹으면 가가호호 숟가락 개수까지 알 수 있는 사람인 것이다. 영신은 순간 흠칫 놀랐다. 미처 생각하지 못한 것이었다. 하지만 이대로 물러설 수만은 없었다.

"알면서 왜 나 같은 것과 혼인을 한 거야. 무언가 꿍꿍이속이 있으니 그랬던 것이지? 나와 거짓 혼례를 올리고 나를 바람막이 삼아 저 노비랑 정을 통하려고 그랬던 것 아니야? 더럽고 추해!"

"닥쳐! 더 이상 함부로 말하면 가만 안 놔둬."

정빈은 짧게 내뱉고 나갔다. 머리가 깨질 듯이 아팠다. 방 안에서 영신의 통곡이 이어졌다. 영신을 택했던 건 아버지 차원일과 닮아서였다. 딸을 아들로 키운 아버지와 천민이면서도 양반 행세를 하는 영신은 그렇게 스스로를 속이고 세상을 속이면서 거짓을 진실이라고 믿고 있었다.

텅 빈 유겸의 방에 들어가 정빈은 쓰러지듯 누웠다. 감당할 수 없는 고통과 두려움이 몰려왔다. 세자가 죽었고, 유겸이 떠났다. 죽은 세자처럼 유겸이 돌아오지 않을까 봐 정빈은 두려웠다. 안 돼. 정빈은 벌떡 일어나 앉았다. 두통이 심해져 정빈은 다시 드러누웠다. 두통 때문인지 속도 메스꺼웠다. 몸의 고통이 심해지자 정신이 혼미해지는 것 같았다. 내면이 갈라지고 무너지려 했다. 도대체 내가 누구인지 알 수 없는 혼란 속에 극심한 분열이 일어나려고 할 때마다 더 이상 추락하지 않도록 붙잡아 준 사람은 유겸이었다. 그런데 지금 그 아이가 없다. 유겸의 부재를 느끼는 순간 정빈은 끝도 없이 나락으로 떨어지는 것 같은 무서움을 느꼈다.

아, 안 돼. 돌아 와. 제발.

비밀의 비밀

일재가 태운을 보자 했다. 태운은 썩 내키지 않았지만 짐짓 아닌 척 일재를 찾았다.

"바쁜 모습이 보기에 좋소이다."

일재가 반갑게 인사했다. 태운도 반갑게 인사했다. 겉으로는.

"정빈이는 요즘 어떻게 지내오?"

태운은 일재가 정빈이, 어쩌구 하며 사사로이 부르는 게 싫다.

"차.판.관.님께서는 워낙 공사다망하시어…"

"하하!"

일재가 소리 내어 웃었다.

"아, 그렇지. 화성유수부 차정빈 판관님. 함부로 불러서는 안 되는데 이거 매번 실수를 하게 되오. 정빈이는, 아, 아니지. 차판관은 어릴 적부터 알고 자란 터라 그 아이가… 아, 아니지. 차판관이 아무리 높이 올라도 내 눈엔 그저 나를 따르던 귀여운 아우처럼 느껴지니. 하하, 이것 참. 습관이란 게 무서워서…"

"저를 보자 하신 까닭은 무엇인지요."

"아, 드릴 것이 있어서 여기까지 오시라 하였습니다."

뭘 줘? 듣기로 일재는 선물공세도 곧잘 한다고 하였다. 대소신료들 뿐만 아니라 하급 궁인들에게도 자잘한 선물을 하면서 인심을 얻는다는 것이다. 그래서 김상궁에게 그 가옥을 헐값에 팔아넘기는 선물을 주었던 것인가? 그러나 내게는 어림없다. 선물 따윈 받지 않겠어.

"이것 김찰방의 것이 아니오?"

일재가 내민 것은 놀랍게도 묵주였다. 그때 잃어버린. 태윤은 제 안에서 심장이 쿵! 하고 떨어지는 소리를 들었다. 저것을 왜 일재가 갖고 있단 말인가.

"저번에 장용영 본영에서 우리 부딪혔잖소. 그때 떨어진 것 같은데…. 모양이 아름다운 것을 보니 귀한 것 같소이다."

저것이 천주교인들이 귀중히 여기는 묵주라는 것을 일재가 모를 리 없었다. 태윤은 당장 무슨 말을 해야 좋을지 몰라 당황했다. 아니오, 내 것이 아니오, 라고 해야 할까. 이리 주시오, 그걸 왜 당신이 갖고 있소? 해야 할까. 눈앞에서는 여전히 일재가 묵주를 든 손을 내밀고 있었다. 일재의 손에서 흔들리는 작은 십자가를 보는 순간 태윤은 유겸을 생각했다. 유겸이 저것을 만들어주었는데….

"맞소. 내 것이오."

태윤은 빼앗듯이 묵주를 받아들었다. 그 순간 태윤은 담대했다. 사랑하므로 죽을 수 있다던 유겸이 만들어 준 것이었다. 그런 것을 다른 사람의 손에 있게 하고 싶지 않았다. 지금으로서는 오직 그 생각뿐이었다. 태윤은 짧은 순간, 이 일로 후일 곤경에 처하더라도 감내하리라는 그 어떤 결심까지 하게 되었다. 그러나 곤경은 바로 다음 순간에 일어났다.

"김찰방께서 역참의 일뿐만 아니라 여러 가지 일을 하고 있다는 얘길 들었소이다. 화성행궁의 일은 물론이겠고. 또 그 외 다른 일도…"

그 외 다른 일이라 함은? 혹시 심일재, 당신 내 뒤를 밟고 있었던 것인

가. 태윤은 긴장감으로 몸이 쪼그라드는 것 같았다.

"조정은 그물처럼 서로가 서로를 감시하는 곳이오. 적과 동지가 불분명한 데다 언제든, 누구와든 배신과 협력이 일어나는 곳이기도 하고요. 나는 앞으로 나라를 위해 보다 큰일을 하게 될 김찰방이나 우리 정빈이, 아니 차판관이 조금은 유연해졌으면 하오. 굽을 줄도 알아야 하고, 휘어질 줄도 알아야 살아남는다오. 두 사람은 너무 직선으로 나가는 것 같아서…. 혹여 세상을 바꾸고 싶다면, 세상이 직선이 아니라는 것부터 먼저 아셔야 할 것이오. 내 먼저 조정에 들어와 깨달은 바가 있어 아끼는 두 사람을 위해 말씀드리오. 주제넘었다면 혜량하여 주시길 바라오."

일재의 말은 네가 천주교인인 것을 발설치 않을 터이니, 세자의 죽음과 관련된 일을 파헤치고 다니는 것을 멈추라는 뜻이었다. 허나 태윤의 결심은 오늘의 일로 더 확고해졌다. 비열한 인간, 누구에게 충고인 것이냐. 김상궁으로 하여금 동궁전에 무슨 악행을 저지르게 한 것이냐. 내 너의 검은 속을 다 밝혀내고 말 테니 두고 보아라. 태윤은 이를 악물었다.

"무슨 뜻으로 하시는 말씀인지 모르겠으나 조언은 감사히 받아들이겠습니다. 허나 차판관이나 저나, 무엇이 곡선이고 무엇이 직선인지 모릅니다. 다만 그 순간 가장 진실한 대로 행할 뿐입니다."

태윤은 자리에서 일어났다. 그러나 일재의 다음 말에 태윤은 다시 자리에 앉았다.

"지금 진실이라고 하셨는데, 김찰방은 차정빈 판관이 진실하다고 보시오?"

"예?"

"아, 아니오. 차판관은 진실하지요. 다만 그 아이를 둘러싼 세상이 거짓인지도….”

태윤은 벌떡 일어났다. 한량 시절의 그 반항기가 또 발동한 것이다. 말이 막 나오기 시작했다.

“아, 거 참. 정랑께서 차판관을 미워하시는 건 알겠는데 우리 인간적으로 그러지 좀 맙시다. 후배가 잘 되면 축하해주고 그래야지 사사건건 트집 잡고 훼방 놓고…. 뭡니까? 옹졸하게시리. 엄연히 두 분 길이 다른 거 아닙니까? 정랑께서는 문관이시고, 차판관은 무관이니 둘이 앞으로 자리 가지고 다툴 일도 없어 보이는데 대체 왜 그러십니까?”

태윤이 쏘아붙이자 일재가 놀란 표정을 지었다.

“아, 저런. 김찰방께서 차판관을 몹시 좋아하시나보오. 이리 흥분하실 일은 아닌데. 저는 다만 우리네 젊은 관리들을 둘러싼 세상이라는 것이 그리 녹록지 않다는 것, 또한 진실하지 않다는 것을 말씀드리려 한 것뿐이오.”

“거 뭐, 됐고요. 이제 차판관 그만 괴롭히십쇼. 차판관이 안 그래도 세자저하 보내고 마음이 심란한데 왜 다들 그러는 건지….”

“아, 알겠소이다. 차판관이 참 좋은 벗을 두었군요. 나는 그 애가 어릴 적 누이를 잃은 후로 마음의 문을 닫아버렸는지 도통 누구와도 교유가 없어 걱정을 했었는데, 이리 마음 써주는 벗이 있는 줄은 몰랐소이다.”

어릴 적 누이를 잃어? 태윤은 처음 듣는 소리였다. 정빈이 차원일가의 유일한 혈손인 줄 알았는데 누이가 있었던 것은 몰랐던 사실이었다.

“정빈이가 동생이 자기 때문에 죽었다고 생각하는 모양입니다. 동생이 죽은 것은 정빈이 때문이 아니라 세자 때문이오. 세자가 뭐든지 다 해줄 것처럼 호기를 부리지만 않았어도…. 뭐 이제 다 지난 일이지만 말이오."

아, 그래서였구나. 이제야 조금 알 것 같았다. 정빈이 그토록 우울한 까닭을. 일재의 말을 듣고 나니 태윤도 우울해지는 느낌이었다. 정빈의 사연이 잃어버린 묵주가 일재 손에 있었던 것보다 더 가슴을 짓누르는 것 같았다. 일재가 좀 더 이야기하자고 했지만 태윤은 자리에서 일어났다. 정빈의 어린 시절을 일재를 통해 듣고 싶지는 않았다.

태윤은 무거운 마음을 안고 다음 약속장소인 무원당으로 향했다. 정빈이 웬일로 제 집에 부른 것이다. 정빈이 부르니 당연히 가야하는 것이고, 또 거기엔 유겸이 있을 터이니 더욱더 가야 하는 것이다. 태윤에게 있어 정빈과 유겸은 언제나 보고 싶고 그리운 사람들이었다. 태윤은 해 저물기 전에 북둔에 닿으려고 말을 달렸다.

"서방님은 지금 별광에 계십니다."

장집사가 대문 앞에서부터 태윤을 기다려 별광으로 안내했다. 별광은 또 어디냐. 무원당은 하도 넓어서 외부인이 혼자서 다녔다가는 집안에서도 길을 잃기 십상이었다. 정빈이 어릴 때 집안에서 말을 타고 다녔다는 말이 허언이 아닌 듯싶었다.

장집사가 별광 문을 열어주며 정빈에게 태윤이 왔음을 알렸다. 약간의 사이를 두고 정빈이 기척을 하고서야 태윤은 별광으로 들어갈 수 있었다. 이 가문의 질서란 어찌 보면 참으로 숨 막힐 지경인 것이다.

"어휴, 여긴 또 뭐하는 데냐."

태윤이 툴툴거리며 안으로 들어섰다. 말을 하고보니 재물 창고였다. 잘 짜인 선반 위에 종류별로 진귀한 물건들이 쌓여 있었다. 각종 서화며 희귀 도서, 보석함으로 보이는 상자, 서역이나 중국에서 수입해 온 사치품, 비단, 도자기 같은 것들이 층층이 끝도 없이 쟁여 있었다.

"우와… 이거 다 돈으로 얼마냐."

"그야 모르지."

"이거 다 나중에 네 것 아니냐?"

"아마도."

정빈이 별거 아니라는 듯 심드렁하게 대답했다. 태윤이 정빈의 팔짱을 끼며 은근하게 말했다.

"이보게. 친구. 우리 앞으로도 쭉 친하게 지냄세. 나야말로 자네 마음을 이 세상에서 누구보다 가장 잘 아는 지기지우知己之友가 아닌가."

"시끄러, 저리 가."

태윤이 장난삼아 새삼스럽게 친한 척을 하자 정빈이 귀찮다는 듯이 밀어내며 말했다.

"날 왜 오라했냐. 바쁜 사람을…"

태윤이 토라진 척하며 물었다. 그런데 정빈의 얼굴은 사뭇 심각해보였다.

"너 자운향 상단 표식 알지? 여기 아마도 자운향 상단에서 보낸 하례물이 있을 거야. 내 혼사 하례품 말이야. 그게 뭔지 좀 찾아봐줘."

"어, 자운향이 '자운영 향기'에서 따온 이름이랬어. 상단 표식은 이름대로 자운영 꽃무늬를 쓰고. 근데 그걸 왜 찾아?"

"유겸이가 지금 거기에 있어. 자운향 상단에. 그런데…"

"뭐? 유겸선생이? 왜 거기 가 있어? 여기 없어?"

"말하자면 길고… 유겸이가 그 상단 실제 주인이야. 그쪽에서 그렇게 말했어."

"뭐?"

유겸이 자운향 상단의 주인이라고? 그렇다면, 그렇다면! 태윤의 마음이 조급해졌다. 손놀림이 빨라지고 심장이 쿵쾅거렸다. 자운향 상단에서 보냈을 만한 것이라면 고급 사치품일 것 같아서 그것부터 뒤졌지만 없었다. 그 다음은 희귀 도서. 도서 자체가 선물일 수도 있고 도서안에 어음 같은 것을 넣어서 선물 했을 가능성도 있어서 태윤은 책마다 샅샅이 살펴보았다. 그러나 자운향 상단의 서고에서 나왔음직한 책은 없었다. 한참을 찾아도 자운향 상단에서 보낸 하례품은 나오지 않았다.

정빈이 피곤한 표정으로 광 안을 둘러보며 말했다.

"혹시 이 광이 아닌가? 아버지가 금고에 따로 두셨나?"

이쯤 되자 태윤도 성질이 났다. 먼지 마셔가며 나오지도 않는 물건 찾는 것도 화가 나는 판인데 대체 무슨 재물을 여기저기 집안 곳곳에 쌓아두고 산단 말인가.

"우이씨! 여기 말고 이런 데가 또 있다고?"

태윤은 정빈을 따라 광을 나가면서 계속 투덜거렸다. 너처럼 태어나면서부터 부자가 죽을 때까지 부자로 살다가 그 자식에게 부를 물려주고 그 자식은 또 그 자식에게 물려주면서 나 같은 가난뱅이는 대를 이어 가난을 벗 삼아 살게 된다고. 정빈은 들은 척 만 척이었는데 태윤은 계속 떠들어댔다. 그렇게 자꾸 하나마나한 소리를 해대는 건 지금 태윤의 속마음이 복잡해서였다. 무언가 확증에 가까운 심증이 들었는데 헛소리하는 척하며 침착해지려고 그러는 것이다. 그렇게 떠벌이면서도 한편으로는 생각을 정리해 나갔다.

차원일의 금고는 삼중으로 자물쇠가 채워서 열 수가 없었다. 태윤은 길게 한숨을 푹 내쉬고는 품 안에서 가느다란 쇠꼬챙이 하나를 꺼냈다.

"별걸 다 하는구나. 김태윤."

"조용히 해. 정신집중 해야 해. 하나도 아니고 세 개를 열어야 한단 말이야. 네 아버지는 참 의심도 많으시구나. 금고에 자물쇠를 세 개나 채워놓은 건 처음 본다. 자식도 못 믿으시지? 아이 참, 이거 되게 고집 세네. 금고 주제에. 제발 좀 열려라. 내 자존심 건들지 말고, 내가 이래 봬도 여태 못 여는 게 없는데… 끄응…"

조용히 하라 해놓고 혼자서 주절주절 말도 많았다. 정빈은 초조했다. 이러다 아버지가 들어오면 큰일이었다. 그때였다. 세 번째 자물쇠가 열리면서 금고문도 활짝 젖혀졌다. 금고 안에 작은 상자가 들어 있었다. 상자를 열어보니 자주색 보자기에 싼 금덩이 세 개가 나왔다. 자주색 보자기에는 황금색 꽃이 수 놓여 있었다. 자운향의 표식이었다.

"찾았다! 이거야."

안에는 편지도 있었다. 정빈과 태윤은 서둘러 펼쳐보았다.

壹 元本 貳 利子 參 賀禮 일 원본, 이 이자, 삼 하례
하나는 원본, 둘은 이자, 셋은 하례

말하자면 금덩이 세 개의 용도였다. 원본에 이자라니. 차원일 대감과 자운향 사이에 어떤 금전적 거래라도 있었던 걸까. 태윤이 생각하기에 둘 다 막대한 재물을 소유한 처지에 상호 금전을 차용할만한 일이 있을 것 같지 않았다. 하지만 편지에는 분명 그렇게 씌어 있었다. 무슨 의미일까, 대체 무슨 뜻일까. 그리고 그 아래에는 이런 것도 씌어 있었다.

穩生冬至

"온생동지? 이거 무슨 뜻이야? 곡식을 걷고 나니 겨울이 왔다? 평온함이 생겨나고 겨울이 이르렀다?"

정빈이 그 글자들을 소리 내어 읽는 순간, 태윤은 모든 비밀의 비밀을 알았다. 그 순간 다리에 힘이 풀려 서 있을 수가 없었다. 태윤의 직감이 틀림없다면 너무 엄청난 사실이 그 네 글자 속에 있었다. 태윤이 떨리는 목소리로 물었다.

"혹시… 유겸의 이름이 온이야?"

이번엔 정빈의 낯빛이 일시에 바뀌었다. 당황한 기색이 역력했다.

"어, 어떻게 알았어?"

"맞아? 확실해?"

"자운향이 그랬어. 유겸이 본 이름이 온이라고. 내가 똑똑히 들었어."

태윤의 눈동자가 초점을 잃고 흐려졌다. 임금이 온穩이라는 낙관을 찍으면서 했던 말이 귓속에 쟁쟁 울렸다. 아들이 하나 더 있다면 주고 싶은 이름이었느니라, 하던.

"그래, 그런 거였어. 그런 거였구나…. 정빈…. 우린 어쩌면, 어쩌면 말이야."

태윤은 그러고도 한참을 말을 잇지 못했다.

"그동안 유겸에게… 어쩌면 죄를 짓고 있었는지도 몰라…. 몰라본 죄."

"왜… 우, 우리 유겸이 한테 무슨, 무슨? 어? 말해봐!"

정빈의 목소리도 떨리고 있었다. 혹시 이것이 유겸에게 불운한 징조인 것은 아닐는지. 이 네 글자가 유겸의 운명과 무슨 상관이 있단 말인가?

정빈과 태윤은 별당으로 갔다. 한동안 둘 다 아무 말 없이 차만 마셨다. 태윤이 생각을 정리하는 동안 정빈의 속은 타들어가고 있었다. 차가 다 떨어지고 나서야 태윤이 입을 열었다.

"뭐 하나 묻자. 너 언제부터 주상전하를 모셨어?"

"정식으로 입궐한 것은 무과시험 보고 나서 스무 살 때부터였고 그 이전부터 몇 번 뵌 적은 있지. 아버지가 호위무관이셨으니."

"전하께 현재 비빈마마들 외에 혹시 다른… 여인이 있으셨나."

"아니. 내가 알기로는 없었어. 전하께서는 너도 알다시피 여인들을 가까이 하지 않으시잖아."

태윤의 침묵이 다시 이어졌다. 생각이 깊어지고 있었다. 정빈이 먼저 입을 열었다. 왜 자운향 상단에서 보낸 하례품을 찾는 것인지 저간의 상황을 이야기해주었다. 유겸이 영신의 밀고로 한성부에 체포되었다는 얘기도 해주었다. 유겸의 구금을 뜻밖에도 자운향 상단에서 해결을 했고 그 과정에서 유겸의 본 이름이 온이라는 것과 자운향 상단의 실질적 주인이라는 것도 알게 되었다고 말해주었다.

"나는 그 상단과 유겸의 관계가 궁금해. 어째서 그토록 유겸을 떠받드는 것인지. 나는 만나지도 못하게 하더군. 그러던 중에 자운향이 하례품이 마음에 들었냐고 물었어. 그래서 혹시 무언가 단서라도 될 만한 게 있나 싶어서…. 금덩이 세 개면 자운향 정도의 상단에서 보낸 것 치곤 그다지 과하다는 생각은 들지 않아. 나는 그보다 그 편지의 내용이 궁금해."

태윤은 한참 정빈의 얘기를 듣더니 무겁게 물었다.

"혹시 유겸의 생년월일시를 알아?"

"태어난 해만 알아. 무술년1778년생이야."

윤소혜가 출궁하던 해와 같았다. 소혜가 그 해 봄에 궁을 나갔다. 아마 뱃속에 태기를 지닌 채였을 것이다. 그렇다면 유겸은 소혜의 아들일 것이다. 그리고 아마도, 왕의 아들일 것이다.

"유겸이는 틀림없이 겨울에 태어났을 거야. 봄에 잉태되어 겨울에 난 아이지. 온생동지穩生冬至는 온이 동지에 태어났다, 라는 뜻이고 그 편지는 그것을 알리려 했던 것일 거야."

태윤은 임금이 그림마다 찍어대던 낙관을 생각했다. 임금은 그때 이름만 지어주고 궁 밖에 보낸 미지의 아들을 그리워하고 있었던 것이다. 태윤은 또 한참 동안 말이 없었다. 할 말이 없어서가 아니라 해야 할 말이 너무나 엄청났기 때문이었다. 태윤이 오래 생각하다가 심각한 얼굴로 물었다.

"자운향을 처음 봤을 때를 기억해?"

"기억하지. 보기 드문 미인…"

정빈은 거기까지 말하고 입을 다물었다. 자운향을 처음 보았을 때 느꼈던 기시감이 번개처럼 스치고 갔다. 그래, 처음 본 순간 어디선가 본 듯한 얼굴이라고 생각했었지. 그 얼굴선이, 그 눈매가 유겸과 닮았던 것을 그땐 왜 미처 깨닫지 못했을까.

"혹시 자운향이 유겸이… ?"

"그래. 맞아. 생모야."

정빈은 비로소 자운향 상단의 실제 주인이 유겸이라는 말이 무슨 의미인지 이해가 되었다. 어미는 아들을 위해 긴 세월 동안 그 엄청난 재물을 모아왔던 것이다. 그런데 왜 아들을 이제야 찾으려는 것일까. 그렇게 막강한 정보력과 그물 같은 인맥을 갖추고서 어째서 아들을 남의 울타리 안에 숨겨 두었던 걸까.

"몇 해 전 주상전하께서 내게 은밀한 하명을 하셨어. 윤소혜라는 이름을 가진 궁인을 찾아달라는 것이었지. 아무에게도 알리지 말고 나혼자서 하라고 해서 너에게도 말하지 않았었다. 그런데 일이 이 정도까지 밝혀진 이상 너도 이 일에 관련이 없다고 할 수 없게 되었어."

정빈의 눈동자가 흔들렸다. 주상의 특별한 하명이 대체 무엇이란 말인가. 윤소혜라는 궁인과 자운향은 무슨 관계란 말인가. 왜 그것이 나와도 관련이 있다는 것인지?

"말해줘. 그게 뭔지 알아야겠어. 유겸이의 일이라면 그 어떤 것이라해도 내 일이야."

정빈의 말에 태윤이 오래도록 정빈을 응시하더니 이윽고 입을 열었다.

"결론부터 말하자면 유겸이는…"

"뭐?"

"주상전하의 아드님이시다…. 자운향은 윤소혜이고."

태윤이 단호하게 말했다. 그는 확신하고 있는 것 같았다. 놀라운 이야기는 계속 되었다.

"자운향은 용종을 잉태한 채 궁을 나갔다. 그리고 무슨 이유에선지 아이를 직접 키울 수 없는 상황이었던 것 같아. 그리고 이 일에 너의 아버지, 차원일 대감이 연루되어 있다."

말을 하는 동안 태윤의 머릿속은 하나하나 정리되어 갔고 그걸 듣는 정빈의 머릿속은 헝클어져갔다.

"자운향이 너의 아버지에게 보낸 그 서찰에 답이 있을 것 같다. 네 아버지 지금 굉장히 복잡하실 거야. 그리고 이건 아주 나쁜 경우의 수인데… 네 아버지가 그 서찰의 뜻을 아는 순간 유겸이 위험해질 수도 있을 것 같다. 그러니 유겸이 여기에 없는 것이 나아. 보고 싶어도 데려오지 마."

태윤이 하는 말을 정빈은 꼼짝도 하지 않고 들었다. 아주 나쁜 경우의 수. 그것은 무엇인가. 나 대신 신방례에 들어갈 뻔했던 것보다, 어이없는 밀고로 한성부에 구금됐던 것보다 더 나쁜 경우일까.

그러나 그 무엇보다 수습이 안 될 정도로 놀라운 사실은 유겸이 주상전하의 아드님일지도 모른다는 것이었다. 이미 태윤은 그렇다고 확신하고 있었다. 유겸이 왕자라고? 대체 어찌된 일인가.

"태윤. 오늘 있었던 일은 일단 너하고 나만 아는 것으로 하자. 오늘은 이만 가라. 나도 생각을 좀 정리해야겠어."

"그래. 감당하기 힘들 거야. 사실 너 몰래 오래도록 혼자 고민하던 거였는데 갑자기 확 풀려버리니까 나도 지금 뭐가 뭔지 얼떨떨하다. 아까는 가슴이 벌렁거려서 숨도 못 쉬겠더군. 우리, 침착해야 해. 유겸이를 위해서라도."

정빈은 태윤을 대문 앞까지만 배웅하고 별당으로 갔다. 주변을 다 물리고 저녁식사도 들이지 말라 이르고는 유겸의 내실로 갔다. 텅 빈 유겸의 내실이 새삼스러웠다. 이 방에서 주상전하의 아드님께서 머무르셨단 말인가. 하지만 이미 유겸은 임금의 아들이 아니어도 정빈에게 있어서 가장 존엄하고 귀한 존재였다. 세상 그 무엇과도 바꿀 수 없는, 사랑하는, 가슴 깊이 묻어둔 그러한. 왜 그냥 이대로 내가 아는 유겸이지 않고 거상의 아들이거나, 임금의 아들이거나 그런 것일까.

정빈은 유겸의 내실에 틀어박혀서 유겸을 둘러싼 기억의 편린들을 하나하나 짜 맞춰 나갔다. 그때 무원당 앞에서 만났던 복이아범은 유겸이 전주 이진사댁의 막내아들이라고 했다. 자운향이 처음 유겸을 맡긴 곳은 이진사댁이라는 얘기다. 그러다가 이진사댁에 괴한이 침입해서 유겸과 복이아범만 살아났다고 했다. 그 후 한양으로 유겸을 데리고 도망쳐온 복이아범이 무원당에서 하루 품 판 인연으로 유겸을 무원당에 두고 갔다. 복이아범이 하필이면 우리 집으로 왔을까. 단지 우연이었을까. 반면 어떤 의도가 있었을 가능성은? 아버지는 아무 이의 없이 유겸이를 받아들였다. 유겸의 전적에 대해서는 의심이 없었다는 얘기다. 태운은 아버지가 윤소혜라는 궁인의 출궁에 깊이 연루되어 있는 것 같다고 했다. 그 말은 유겸이 제대로 궁에서 태어나지 못하고 떠도는 인생을 살게 된 것에 아버지도 관련이 있다는 얘기다. 여기서 생각이 더 나가지 않았다.

정빈은 다시 생각을 거슬러 갔다. 아버지는 그때나 지금이나 주상전하의 최측근이다. 주상전하의 모든 것을 주상전하보다 더 소상히 알고 있다. 주상전하가 인연을 맺은 여인이 있다면 아버지가 몰랐을 리가 없다. 그것도 궁 안의 여인이었다면. 그리고 궁이란 곳이 어떤 곳인가. 임금의 일거수일투족이 낱낱이 관찰되고 기록되는 곳이다. 윤소혜가 임금이 정을 준 여인이었다면 일찌감치 내명부에서 별도의 관리대상이 되었을 것이다. 더군다나 후사가 드물어 근심이 깊은 왕실 아닌가. 왜, 왜 윤소혜는 출궁되어야 했나. 그녀가 원했나. 아니면 주상전하가? 혹시 아버지가? 아무리 조정의 실권자라 해도 아버지 마음대로 궁녀를 출궁시킬 수는 없다. 소혜의 출궁은 주상, 소혜, 그리고 아버지 사이의 암묵적 합의에 의한 것일 가능성이 있다. 그리고 그녀는 어떻게 그렇게 거대한 상단을 이룰 수 있었나. 생각이 여기까지 미치자 정빈은 무언가 희미하게 감이 잡히는 것 같았다. 단서는 서찰에 있던 그 문구였다. 하나는 원본,

둘은 이자, 셋은 하례. 그래, 그 금덩이는 아버지가 준 것일 게다. 윤소혜는 내 혼사 하례를 핑계로 그것을 갚고자 한 것이 아닐까. 그러면서 자신의 존재를 알리려 한 것인지도. 그러면 왜 아버지가 금덩이를 윤소혜에게 주었나. 주상전하가 아니라 왜 아버지가. 그리고 또 하나의 의문점. 주상전하는 윤소혜의 행방을 왜 아버지가 아니라 태윤에게 지시하신 것일까. 주상전하와 아버지 사이의 오랜 신뢰를 생각한다면 아버지에게 맡겨야 했다. 아니 어쩌면 주상전하와 아버지 사이의 군신관계부터 의심하는 것이 먼저인가. 생각은 점점 미궁 속으로 빠져 들어갔다. 어디서 풀어나가야 할 지 알 수 없었다.

파체

유겸은 며칠 사이에 자기에게 벌어진 일들을 곰곰이 생각해보았다. 갑자기 한성부에서 사람이 들이닥쳐 끌려갔는데 잠시 옥에 갇혔다가는 이내 풀려났다. 정빈이 와서 풀려난 것인가 했는데 생전 처음 보는 곳에 와 있는 것이다.

여긴 어디지? 낯선 방이었다. 유겸은 혹시 꿈을 꾸고 있는 것이 아닌가 싶어 제 볼을 꼬집어보았다. 아픈 것을 보니 꿈은 아니었다. 입고 있는 옷도 그대로였다. 유겸은 일어나 천천히 방안 여기저기를 둘러보았다. 화려한 방이었다. 대체 여기가 어디란 말이지. 그리고 나는 왜 여기 와 있는 거지? 유겸은 겁이 났다. 잔뜩 움츠러들어 있었는데 벽 쪽을 보니 아기를 안고 있는 성모상이 있었다. 유겸은 다가가 자세히 살펴보았다. 아아, 이곳은 아마 교우님의 집인가 보군. 그제야 조금 안심이 되었다. 적어도 나를 해치지는 않으리라는 안도감이 들었다. 하지만 그래도 겁이 났다.

꼼짝도 않고 일어난 자리로 돌아가 가만히 앉아있었는데 사르륵 문이 열리더니 낯선 여인이 들어왔다. 유겸은 놀라서 벌떡 일어났다.

"누, 누구세요."

여인의 얼굴에 자애로운 미소가 떠올랐다. 분명 처음 보는데도 낯이 익었다.

여인은 유겸의 손을 잡더니 눈짓으로 자리에 앉으라고 했다. 그러고 나서 여인도 자리를 잡고 앉더니 유겸에게 반절을 올렸다. 유겸은 당황스럽고 놀라서 어찌할 바를 모르고 엉거주춤 앉았다가 함께 맞절을 했다.

　"도련님…."

　복이아범이 따라 들어왔다. 그런데 지금껏 알던 복이아범이 아니었다. 말쑥한 차림새에 말투도 사뭇 달라서 처음엔 복이아범을 닮은 다른 사람인가 했다.

　"복이아범!"

　유겸이 반갑고 놀라운 마음에 소리 내어 불렀다.

　"예. 소인 복이아범입니다."

　"자네가 여기 어쩐 일이야? 혹시 자네가 나를 여기에?"

　"예. 그렇습니다. 소인이 도련님을 이곳으로 뫼시고 왔습니다."

　유겸이 아! 이제야 알겠다, 하는 표정을 짓더니 슬금슬금 복이아범 곁으로 다가갔다. 그리고는 귓속말로 물었다.

　"여긴 어디지? 저 분은 뉘신가? 왜 나에게 절을 하는 거야?"

　복이아범이 빙그레 웃더니 자운향을 바라보았다. 자운향도 미소 짓더니 두 사람은 눈짓으로 무언가를 주고받았다.

　"도련님. 놀라지 마십시오. 이 분은… 도련님의 어머니이십니다."

　"뭐?"

　유겸은 자운향과 복이아범을 번갈아 보았다. 믿을 수 없었다. 자운향의 눈시울이 붉어졌다. 회한과 슬픔, 그리고 벅찬 기쁨이 깃든 눈동자가 유겸의 놀란 눈과 만났다.

　"설마…. 어머니는 돌아가셨잖아. 복이아범, 자네가 그렇게 알려주었어. 그런데 살아계셨던 거야?"

어릴 적 기억 속의 어머니는 저렇게 생기지 않았다. 외롭고 슬플 때 꿈에서 만나곤 하던 어머니는 분명 저런 얼굴이 아니었다.

"도련님. 어린 시절 도련님을 키워주셨던 그 어머님은 돌아가신 게 맞습니다. 여기 계신 이 분은… 도련님을 낳아 주신 어머님이십니다."

"뭐라구?"

유겸은 숨이 탁 막히는 느낌이 들었다. 뜬금없는 소리였다. 내게 돌아가신 어머니 말고 또 다른 어머니가 있었다고? 아, 그렇지. 나는 업둥이였어. 유겸은 그래도 믿기지 않았다.

"아가…"

자운향은 장성한 아들을 어린아이 부르듯 불렀다. 유겸이 몸을 뒤로 빼며 물러섰다. 유겸이 자운향을 어려워하자 복이아범이 당황하며 유겸 옆으로 바짝 다가왔다.

"도련님. 어머님 손을 잡아드리세요."

하지만 유겸은 도저히 믿어지지가 않아 자운향의 손을 잡을 수가 없었다. 아직 모르는 여인이었다. 유겸은 지금 이 순간이 믿어지지 않아 얼른 여길 나가야겠다는 생각이 들었다.

"복이아범…"

"예. 도련님."

"나, 집에 데려다 줘."

"도련님. 이제부터는 여기가 도련님 집입니다."

유겸은 저도 모르게 고개를 내저었다. 복이아범이 거짓말을 할 리는 없으니 저 여인이 어머니가 맞긴 할 터인데 지금으로선 받아들이기 어려웠다. 어머니, 어머니라고?

파체破涕

하루, 이틀, 사흘…. 뿌연 안개 속을 걷고 있는 것 같은 날들이 지나가고 있었다. 유겸은 마음이 편치 않았다. 별당으로 돌아가고 싶었다. 그러나 여기서 북둔까지 가는 길도 모를뿐더러 어머니라는 사람을 두고 갈 수도 없다. 어머니, 어머니. 진짜 내 어머니가 맞을까. 유겸은 아직도 믿어지지 않았다. 그러나 어머니인 것 같기도 했다. 언제나 꿈속에서 흐리게 나타났다가 사라지고 마는 그 얼굴인 것 같았다. 어찌 되었건, 또 어머니이든 아니든 간에 나를 아들이라고 말하는 여인에게 상처를 주고 싶지는 않았다. 유겸은 일단 그녀의 곁에 있어보기로 했다. 그러나 그럴수록 자꾸만 별당이 생각났다. 매일의 삶터이자 쉼터였던 별당이었다. 지금쯤 낙엽이 쌓여 스산해 보일 텐데. 나무며 꽃들에게 겨울맞이 준비를 해줘야 하는데. 유겸은 두고 온 별당의 일거리가 생각나 마음이 편치 않았다. 하루라도 쓸고 닦지 않으면 별당은 빛을 잃는 것 같았다. 무엇보다 정빈이 불쑥 올 것만 같아서 조바심이 났다. 한성부에 끌려갔던 날 이후로 아직까지 소식을 전하지 못했다. 아마 지금쯤이면 화성에서 올라와서 자기를 찾고 있을 터였다. 오랜만에 왔는데 내가 없으면 얼마나 서운해 하실까. 혹 이대로 연경으로 간 것이라 생각하는 것은 아닐까. 정빈에게는 꼭 작별인사를 해야 했다.

"아가…"

선잠이 들었는데 부드러운 손이 머리카락을 쓸어주는 느낌이 들었다. 아, 이 목소리와 손길은! 유겸은 잠시 정빈을 느꼈다. 아니야, 여긴 별당이 아니야. 그렇다면 어머니? 옛날 어머니? 눈을 떠서 확인하고 싶은데 눈이 떠지지 않았다. 지금 곁에 없는 두 사람이 동시에 느껴지는 것을 보니 꿈인가 보았다. 없는 사람이 있는 것처럼 느껴지는 건 오직 꿈에서

나 일어나는 일이었다.

별당에서 어린 시절, 유겸은 머리를 쓰다듬어 주는 정빈에게서 어머니를 느낀 적이 있었다. 그때 어째서 무사의 옷을 입은 소년에게서 어머니를 느꼈던 걸까.

"마님."

문밖에서 나는 이 소리는 복이아범의 것이다. 복이아범의 목소리를 듣는 순간 유겸은 여기가 또 다른 어머니의 집이란 것을 깨달았다. 아, 그래. 난 새로운 어머니의 집에 와 있지. 갑자기 서러워져 저도 모르게 눈물이 주르륵 흘렀다.

"아가, 어째 우느냐."

이 말도 들어본 말이었다. 어린 시절 모든 것이 무섭고 겁이 나서 훌쩍일 때 정빈이 하던 말이었다. 따뜻한 손길이 눈물을 닦아주었다. 유겸은 자운향의 손길에서 정빈이 곁에 있는 듯 착각이 들었다. 어째서 전혀 다른 사람들이 비슷한 부분을 나눠 가지고 있는 걸까. 그리하여 이 사람에게서 그 사람을 느끼게 하고, 새로운 사람에게서 지나간 사람을 그리워하게 하는 걸까. 유겸은 그제서야 비로소 자운향이 진짜 어머니일지도 모른다는 생각을 했다.

햇살이 넓게 퍼진 겨울 아침이었다.

유겸은 복이아범과 함께 장터구경을 나가기로 하였다. 유겸이 내내 말이 없고 울적해 하자 자운향이 바깥바람을 쐬게 하라고 한 것이다. 유겸의 외출에는 또 다른 이유도 있었다. 시전에 있는 자운향의 상가와 객주를 보여주려는 것이었다. 한양에 있는 시전과 객주는 자운향이 전국적으로 구축해놓은 유통과 판매망의 일부에 불과한 것이었지만 알

짜 상권이기도 했다. 앞으로 이 모든 것이 유겸의 소유가 될 것임을 자운향은 알려주려는 것이다. 어미가 널 위해 마련해 놓은 것이다, 돈이 권력인 시대, 너는 조선 최고의 부자, 너를 통해 조선의 경제가 돌아갈 것임을 알려주고 싶은 것이다.

하지만 유겸은 그다지 감흥이 없었다. 복이아범과 함께 상점 몇 군데를 둘러보았지만 유겸의 관심은 상단의 경영이나 재물의 축적에 있지 않았다. 일이 여기까지 왔으니 이제는 어떻게 해서라도 연경으로 떠나야겠다는 생각뿐이었다. 더 늦기 전에 신학공부를 하러 가야겠다고 마음을 다잡았다. 새로운 어머니와 정이 들기 전에 떠나야겠다는 생각도 들었다. 그 여인이 어머니라는 것이 여전히 기쁘지도 않고 실감도 나지 않았다. 어쩌면 그 마음이 죄스러워 더 떠나려는 것인지도 몰랐다.

복이아범 말이 한양에서 연경까지는 이천리가 넘는 길이라고 했다. 부지런히 가도 석 달이 넘는다고 했다. 연경을 거쳐 오문奧門, 마카오에 가면 신학교가 있는데 거기서 적어도 칠팔 년간 공부를 해야 신부가 될 수 있다고 했다. 그렇게 공부해서 조선으로 돌아오면 대략 십 년 가까운 세월이 흐를 터였다. 정빈 도련님은, 아니 정연아씨는 그때에도 나를 알아봐주실까. 그때에도 여전히 차정빈일까, 아니면 정연아씨일까. 나는 그 세월을 어떻게 견딜까. 정이 너무 깊게 든 것일까. 사사로이 든 정이 가야 할 길을 막으면 어찌 될까.

어쩌면 지금처럼 별당에서 정빈을 바라보며 살 수도 있을 것이다. 정빈이 겪는 고통을 고스란히 지켜보면서 함께 늙어가겠지. 그것도 나쁘지 않을 것 같았다. 하지만 그럴 수 없다는 걸 누구보다 유겸이 잘 알았다. 태어나서 지금까지 이토록 강렬하게 자기를 끌어당기고 있는 천주라는 존재는 단 한순간도 유겸을 놓아주지 않았다. 유겸은 그 부름을 거역할 수 없었다. 이끄심에 마땅히 순명하여 신께서 살라는 대로 살 것이었다. 그것이 삶의 완성이라고 유겸은 믿었다. 그런데 그렇게 마음먹었는데도 정빈이 보고 싶었다. 유겸은 아직도 제 마음이 헤매고 있다는 걸 알았다. 그때 태운이 들려준 미련한 용 이야기도 생각났다. 그러나 물음은 안에서 끊임없이 솟아났다. 오래전부터 자기 자신에게 해보던 질문이었다. 나는 왜 정빈이 그토록 보고 싶은 것일까. 아니 왜 정빈을 마음에 두고 떠나지 못하는 걸까를 다시금 생각해보았다. 그것은, 그 까닭은 아마도 정빈의 고통 때문이 아닐까. 만일 정빈이 지금 행복하다면, 아니 한 번이라도 그가 활짝 웃으며 행복해 하는 모습을 보았다면 떠나기 쉬웠을지도 모른다. 하지만 유겸이 기억하는 한 정빈은 늘 우울했고 고통스러워했다. 그것은 정빈이 정연으로 돌아가지 못하는 한 평생토록 그러할 것이었다. 정연으로 사는 것, 본래 태어난 대로 그렇게 원하는 대로 사는 것. 그것만이 구원일 것이라고 생각했는데 그 길은 멀어 보였다. 이대로라면 정빈은 아니 정연은 저렇게 남자도 여자도 아닌 채 살다가 자기가 누군지도 모른 채 사라질 것 같은 것이다. 유겸은 정빈의 인생에도 삶의 기쁨이 찾아오길 진심으로 바랐다.

　이런저런 생각으로 큰길에 접어들었는데 분위기가 심상치 않았다. 사람들이 모두 저자의 길바닥에 엎드려 있었다. 무슨 일이 일어난 것인지 몰라 유겸이 당황하자 복이아범이 아마 임금님이 지나가시는 모양이라고 했다. 복이아범이 엎드리자 유겸도 엉겁결에 엎드렸다. 엎드린 채 사람들이 하는 얘기를 들어보니 임금님의 화성행차길이라는 것이다. 화성이라는 말에 유겸의 귀가 번쩍 뜨였다. 화성? 임금님이 화성에 가신다고? 그럼 이 행차를 따라가면 정빈 도련님을 볼 수 있겠구나. 유겸의 얼굴에 미소가 번졌다.

354
파체破涕

임금의 행렬이 멀리서부터 점점 가까워져 오고 있었다. 유겸은 조금씩 몸을 움직여 앞으로 나아갔다. 행차를 가까이서 보기 위해서였다. 그리고 어가행렬이 가장 가까이 왔을 때 유겸은 행렬의 무리 속으로 스며들었다. 사람들은 모두 엎드려 있었고 어가행렬의 꼬리 부분에 몸을 감추고 있던 유겸은 누구에게도 들키지 않고 큰길을 빠져나갔다. 이대로 이 행렬을 따라 가면 화성에 닿을 것이었다. 화성에 가면 정빈을 볼 수 있을 것이다. 유겸은 아무것도 생각하지 않고 오직 그것만 생각했다. 정빈을 본다는 것, 그것 하나만.

머릿속으로 오만가지 생각들이 일어나 엉키고 다시 풀리기를 반복했다. 자운향이 어머니라는 것을 알게 된 때, 그렇게 별당을 떠나옴으로써 정빈과는 이별하게 된 것이라고 여겼다. 언젠가는 다가올 이별의 순간이 이런 방식으로 올 줄은 몰랐지만 차라리 잘 된 것이라고 생각하기로 했다. 언제라고 날을 잡아서 떠난다면 그 이별의 날이 다가오는 것을 하루하루 어찌 감당하랴. 유겸은 마음을 굳게 먹었다. 그래, 이제 헤어지기 전에 마지막으로 보는 것이다. 유겸은 연경으로 떠나기 전에 정빈을 꼭 만나서 얼굴을 보고 작별인사를 하고 싶었다. 정빈의 마음을 너무 슬프지 않게 할 작별의 말들을 생각하며 유겸은 길을 걸었다. 그러다 문득 자기를 향한 시선이 느껴져 옆을 보았다.

"도령은 무슨 일로 이 행차를 따라가는 것이오?"

유겸은 화들짝 놀랐다. 행렬의 꼬리 부분에 같이 섞여 길을 가던 중년의 사내가 말을 걸어온 것이다. 갓과 도포를 챙겨 입긴 했지만 허름했고 들키지 않으려는지 큰 키를 구부정하게 구부리고 걷고 있었다. 아하, 이 분도 나처럼 몰래 화성엘 가려는 것이구나.

"저는 화성에 꼭 만나야 할 사람이 있어서 그럽니다. 선비님도 저처럼 몰래 화성에 가야 할 이유가 있으신가 보군요?"

"그러하다오. 돌아가신 아버님 제사도 지내야 하고, 거기 조그맣게 집도 하나 지어 놨는데 식구들이 잘 살고 있는지 그것도 보러 갑니다."

"아, 잘 되었네요. 제가 저번에 화성에 간 적이 있는데 임금님이 백성들 살라고 집을 많이 짓고 있더군요. 선비님이 짓고 있는 집도 그 근방인가요?"

"예? 예… 그, 그렇다오. 허허허. 그런데 화성엔 무슨 일로 가셨던 겝니까?"

"아~ 하하! 제가 보잘 것 없는 재주지만 꽃과 나무를 가꿀 줄 알아서 거기 정원 만드는 걸 좀 도와주었답니다. 그래서 제가 심어 놓은 꽃과 나무가 잘 자라고 있는지 보러 갔었지요."

"잘 자라고 있습디까?"

"아, 너무나 아름다웠습니다. 천국이 있다면 아마 그런 곳이 아닐까 하였습니다."

선비는 청년의 옆얼굴을 바라보았다. 맑고 고운 얼굴, 빛나는 눈동자에는 때 묻지 않은 순진무구함과 기품이 있었다. 선비는 청년과 좀 더 이야기하고 싶어서 이런저런 질문을 던져보았다. 길가에 핀 풀꽃 이름이며 방금 똥 싸고 간 저 새 이름은 무엇이며, 곧 추위가 닥칠 텐데 나무가 겨울을 잘 견디게 하려면 어떻게 해야 하는 것인지, 연못의 물이 얼면 그 물 아래 사는 것들은 어떻게 생명을 유지하는지 그런 것들이었다. 유겸은 선비가 묻는 것에 막힘없이 답을 해주었다. 아는 것은 안다 하고 모르는 것은 모른다 하였는데 대부분 유겸이 다 아는 것들이었다.

"그런데 그 천국이란 데는 어떤 뎁니까? 당최 감이 잡히질 않으니…"

유겸은 잠시 생각했다.

"그곳은 일 년 열두 달 철마다 다른 꽃들이 피고, 작은 새들이 나뭇가지마다 지저귀고, 냇가에는 햇살이 금빛으로 부서지는 곳이지요. 일곱 개의 무지개다리 너머 정자마루에 앉아 있으면 오가는 바람결이 순하고 고와서 저절로 잠이 들기도 하고요. 소라고둥 같은 계단을 타고 가서 망루에 올라가면 정답게 사는 사람들의 집들이 보여요. 밥 짓는 연기가 피어오르는 나지막한 지붕들 사이로 감나무며 대추나무가 가지를 벌리면 그 풍성한 나뭇잎들 사이로 달이 걸리고, 별이 내려앉고…. 아침에는 둥그런 해가 솟아나 온 세상 너르게 비추는 곳. 그런 곳이랍니다."

유겸이 그렇게 천국의 풍경을 그려내자 선비는 옆에서 옳거니, 하며 추임새를 넣어가며 들었다. 그렇게 두 사람은 서로 길동무 삼아 소소한 이야기를 나누며 행렬을 따라갔다. 그러나 길은 멀었다. 도성 밖을 벗어나는 것까지는 무리 없이 따라갔지만 그 이후 유겸의 체력이 급격히 떨어졌다. 발바닥은 화끈거렸고 추위에 몸이 저절로 떨리고 있었다.

"힘드시오?"

의외로 선비가 자기는 끄떡없다는 듯이 물었다.

"아니, 괜찮습니다. 제가 먼 길을 이렇게 걸어 본 게 처음이라서…"

"힘들어 보이오. 흠… 그렇다면 이쯤 왔으니 이제부턴 좀 편히 가볼까요?"

하더니 선비는 갑자기 옆에 있던 관리에게 무언가를 이야기했는데 그 말하는 모습이 좀 전과는 딴판이었다. 그가 말을 하자 옆에 있던 관리는 매우 깍듯하고 정중한 자세로 듣고 있다가 행렬 앞쪽을 향해 소리쳤다.

"멈추시오!"

행렬이 일시에 멈추었고 앞쪽에서 어가를 수행하던 관원들이 행렬 뒤로 왔다. 수행원들이 모두 선비 앞에 자세를 갖추고 섰다. 선비 옆에 있던 관리가 수행원 일부에게 지시를 내렸다. 지시를 들은 수행원들이 선비 앞에 어가御駕를 대령한 채 다시 자세를 갖추었다. 이 모든 과정이 일사불란하게 순식간에 이뤄져서 유겸은 어안이 벙벙했다. 그리고 더럭 겁도 났다. 대체 이 선비님은 누구시란 말인가.

"자, 도령. 안으로 드시오."

선비가 어가 안을 가리키며 유겸에게 말했다.

"예? 무, 무슨 일인지요? 저는…"

"일단 들어가시오."

선비는 재미있다는 듯 빙글빙글 웃으며 유겸에게 어가 안으로 들어가라고 재촉했다. 유겸은 머뭇거리다가 어가에 들어갔다. 유겸이 어가에 들어가자 사방의 문이 닫히고 행렬이 다시 출발했다. 아, 이건 대체 무슨 일이지? 그 선비님은 대체 뉘신지, 이 가마는 어찌하여 텅 빈 채로 가고 있었던 것인지, 하던 찰나 유겸은 비로소 깨달았다. 그 선비가 임금이라는 것을.

유겸은 당장 어가에서 내리고 싶었지만 문이 단단히 닫혀 안에서 열 수가 없었다. 이대로 꼼짝없이 화성까지 가게 될 터였다.

가볍게 흔들리는 어가 안에서 불안하고 조마조마하던 마음이 어느덧 사라지고 유겸은 그만 잠이 들고 말았다. 얼마나 잤을까. 깨어보니 낯선 방이었다. 조졸한 침구와 간소한 세간이었으나 예사롭지 않은 분위기였다. 잘은 모르되 이곳은 아마 행궁 안일 것이다. 전에 화성에 있을 때 서장대에서 바라 본 행궁 바깥의 풍경과 지금 이 내실의 분위기는 서로 잘 맞아떨어지고 있었다. 혹 임금님의 처소일까. 유겸은 오도가도 못 하면서 이상하게도 두렵지 않았고 낮에 본 그 선비가 보고 싶어졌다. 여기서 기다리고 있으면 오시지 않겠는가, 하는 생각이 들어 유겸은 초에 불을 켜고 옷매무새를 가다듬은 다음 자리에 앉았다. 아니나 다를까. 밖에서 기척이 났다.

"주상전하께서 드십니다."

유겸은 자리에서 벌떡 일어나 문간에 섰다. 임금이 쓱 들어서더니 유겸을 보고 웃으며 물었다.

"잘 주무시었는가."

유겸은 어찌할 바를 몰라 머뭇거리다가 임금이 자리에 앉자 그 앞에 큰 절을 올리고 마주 앉았다. 임금이 절을 받아주었고 가까이 다가와 앉으라 하였다. 유겸은 선뜻 다가가지 못하고 오히려 조금 물러나 앉았다. 촛불이 일렁이며 두 사람 사이에 그림자를 드리웠다. 유겸은 고개를 들지도 못하고 그림자만 쳐다보았다. 이윽고 두텁고 다정한 목소리가 들려왔다.

"어디 사는 백성인가."

"예?"

아까와는 전혀 다른 분위기. 유겸은 그 자리에서 말문이 막혔는데 얼른 답을 해야 할 것만 같았다.

"저, 저는…"

"어려워 말고 말해 보라. 어가 행렬을 따라 왔을 때에는 임금에게 하고픈 말이 있었을 것 아닌가. 과인은 언제나 백성의 이야기를 듣고 싶었노라. 이번에 빈 어가를 내세우고 행렬 속에 섞여 간 것도 그 때문이니

라. 행렬을 따라 임금이 아닌 척 천천히 걸어가다 보면 저자에서 백성들 사는 모습도 볼 수 있고, 징 울리고 꽹과리 치며 호소하는 사연도 날 것으로 들을 수 있으니 말이다. 그대가 행렬 속으로 스며들었을 때 나는 내심 반가웠지. 옳거니. 임금 행차에 겁도 없이 끼어드는 놈이 있구나, 하고…"

유겸은 자기의 행동이 매우 무례했던 것임을 깨닫고 부끄러워 얼굴을 들 수가 없었다. 목덜미까지 화끈거렸다.

"저, 저는 그냥 뒤에 따라가면 아무도 모를 줄 알고…"

"순식간에 그대 주변을 내 호위무관들이 둘러쌌는데 그것도 모르고 골똘히 생각에 빠져있더구나. 나한테 긴히 할 말을 생각하고 있었던 게지. 자, 말해 보아라. 그런데 그대는 딱히 억울한 사연이 있을 것 같지 않군. 귀해 보이는구나."

임금의 음성에는 자애로움이 묻어났다. 무슨 얘기든 다 들어줄 것 같았다.

"저는… 양반가의 자제가 아니라, 차정빈 판관의 별당을 지키는 노비이옵니다."

노비? 차정빈의? 임금은 놀랐다. 노비가 어찌 이렇게 귀한 얼굴을 하고 있단 말인가. 옷차림도 값져 보이고 고생이나 허드렛일을 했을 것 같지도 않아 보였다. 그리고 지금까지 나눈 대화를 볼 때 아는 것도 많았고 무엇보다 기품이 남달랐다. 임금은 점점 더 이 청년이 궁금하고 흥미로웠다.

"그래? 그러면 차정빈을 만나러 화성까지 온 것이냐?"

"그…러하옵니다."

"차정빈은 정기적으로 도성과 화성을 오간다. 굳이 이 먼 길을 무모하게 올 필요가 있었느냐."

"제가 곧 떠나기로 작별인사를 해야겠기에…"

어디로 가느냐, 라고 묻지 마시길 바랐다. 하지만.

"어디로 가기에?"

"여, 연경에…"

사신도 아니고 상인도 아니면서 연경에 간다고 하면 분명 의아하게
여겨 왜 가냐고 물을 것이 틀림없건만 요령이 없는 유겸은 곧이곧대로
대답하고 말았다.

"거긴 왜?"

아, 어찌 대답해야 하나, 하면서도 유겸은 그만 천주학을 공부하러
간다고 대답하고 말았다. 유겸은 말하고 나서 고개를 푹 숙였다. 임금
의 물음은 이상한 힘이 있는 것 같았다. 속엣말을 다 하게 만들었다.
물론 거짓을 모르는 유겸의 성정 탓도 있겠지만. 임금은 한참을 말없이
있다가 물었다.

"그대도 서학교인인가."

유겸은 망설임 없이 고개를 끄덕였다.

"임금을 직접 보니 어떠한가."

"언젠가는 꼭 한 번 직접 뵙고 싶기는 하였으나 이렇게 만나게 될
줄은 몰랐습니다."

"그래? 나한테 무슨 할 말이라도 있었던 것이냐."

"하고픈 말이 있었던 것은 아니오나… 임금님의 소맷자락을 보고 싶
었사옵니다."

유겸은 어린 날 어머니에게서 들었던 말을 해주었다. 임금님은 힘없
고 가난한 백성들의 눈물을 닦아주어야 하기 때문에 너르고 넉넉한 소

매를 가진 옷을 입고 계시다고.

"허허. 오늘 과인의 옷소매 자락은 그리 넓지 않은데…. 이럴 줄 알았으면 품을 크게 해서 입고 올 걸 그랬나 보구나."

임금은 기분이 좋아졌다. 단지 임금의 옷소매를 한 번 보고 싶었다는 순진무구한 얘기에 모든 피로와 근심이 다 사라졌다. 임금은 다시 한 번 유겸을 바라보았다. 아름다운 얼굴이었다. 임금이 그 얼굴을 보고 미소 지었다. 네가 내 백성이로구나, 하는 웃음이었다. 그 웃음에 유겸도 용기를 내어 임금을 똑바로 바라보았다. 낯설지 않은 느낌이었다. 유겸의 일생에 만난 사람이래야 손에 꼽을 정도이지만 꼭 어디선가 한 번은 만났었던 것 같은 느낌이었다.

유겸은 얼굴을 들어 용안을 살폈다. 짙은 눈썹과 솟아오른 이마가 강해보였다. 우뚝한 콧날 아래 두툼한 입술도 강인해 보였다. 그러나 한편으로는 한없이 약하고 슬퍼보이기도 했다. 사람을 쏘아보는 것 같았던 검은 눈동자에는 눈물이 고여 있는 것 같았다. 그제야 유겸은 왕세자의 죽음을 생각했다. 아, 이분은 자식을 잃은 아비로구나. 유겸은 망설이다가 무릎걸음으로 임금에게 다가갔다. 도포 소맷자락에서 손수건을 꺼내 임금 앞에 내밀었다.

"그대는 화성이 천국 같다 하였다. 이 성을 지을 때 나 또한 그런 바람으로 지었느니라. 그 천국이라는 곳에 대해 더 이야기 해줄 수 있겠느냐."

그때 유겸은 이별을 생각했다. 그곳은 모든 이별과 이별하는 곳. 내 어릴 적 부모형제가 먼저 가 있고, 이제 곧 헤어지게 될 그 사람과도 언젠가는 거기서 만날 것이었다. 거기서 만나면 영영 이별은 없을 터였다.

"그곳은… 슬픔도 이별도, 아픔도 없는 곳이라 하옵니다."

"그러면, 우리 윤이, 그러니까 세자도 거기 있겠느냐."

"그러할 것이옵니다. 아뢰옵기 황공하오나…"

유겸은 잠시 사이를 두고 말을 이었다. 그 짧은 사이에 임금의 슬픔이 가슴을 파고들었다. 어버이를 잃은 자식이었던 유겸은 자식을 잃은 임금의 슬픔에 온전히 공명했다.

"무릇 모든 것은 시작된 곳에서 끝이 나고 끝난 곳에서 시작된다 하였습니다. 사람이라 하여 다르지 않습니다. 사람이 이승을 떠나면 모든 것이 사라지는 것이 아니라 처음의 처음, 시작의 시작으로 돌아가는 것뿐이옵니다. 그곳은 또한 생명의 근원이옵니다. 근원이란 세상만물이 마침내 있어야 할 곳이니 조금 서둘러 떠났다 하여 너무 슬퍼하지 마옵소서."

임금은 유겸이 준 수건으로 눈가를 꾹꾹 눌렀다. 깊은 위로에 자꾸만 눈물이 고였다. 사랑하는 그 누군가가 죽어 사라진 것이 아니라 어딘가에 있다는 것만으로도 남은 생을 견딜 수 있는 것이다. 내 아버지와 내 아들이 거기에 있겠거니.

"혹 파체破涕라는 말을 아느냐."

"어려운 말은 모르옵니다."

"눈물을 거두란 뜻이다. 슬픔을 이기고 기쁨을 얻으란 뜻이니 내오늘 너에게서 그 말의 뜻을 알겠다."

유겸은 고개를 끄덕였다.

"제게도 한 뜻이 떠올랐나이다."

"오, 그러한가. 무슨 뜻이련고?"

"먼 데 나라말로 그것은 평화를 부르는 말*이라고 합니다. 그 나라

---

* Pace : 라틴어, 이탈리아어로 '평화'라는 뜻을 갖고 있다.

사람들은 마음이 곤고할 때 하늘을 우러러 이렇게 소원을 빈다고 합니다. 도나 노비스 파쳄. 도나 노비스 파쳄."

"무슨 주문인가?"

"우리에게 평화를 주옵소서, 우리에게 평화를 주옵소서."

임금이 따라 했다. 어디서 그 평화가 주어지는 것인지는 알 수 없으나 화성을 지은 뜻이 바로 그것이 아니었던가.

그 밤 임금과 유겸은 긴긴 이야기를 나누었다. 임금과 노비가 마주한 자리였다.

"서학 공부를 끝내고 돌아오려면 얼마나 걸리겠느냐"

"십 년…. 아니, 이십 년…. 잘 모르겠사옵니다. 먼저 그 나라 말을 배워야하기에…"

"언제가 되든지 돌아오면 꼭 나를 찾으라. 내 너에게서 그 가르침을 얻고자 한다."

유겸은 엎드려 고개를 깊이 숙였다. 임금의 손이 어깨에 닿았다.

"네가 이토록 아름다운데 네 마음이 향한 천주는 얼마나 더 아름답겠느냐."

유겸의 길고 흰 손을 보며 임금은 구부러지고 오그라든 윤의 손가락을 생각했다. 뒤틀린 윤의 육신을 보며 아비로서 얼마나 고통스러웠던가. 임금은 유겸을 다시 한 번 바라보았다. 어여쁜 얼굴이 애틋해서 임금은 유겸의 손을 꼭 잡았다.

뜻밖에 임금과 함께 화성까지 왔지만 유겸은 정빈을 만나지 못했다. 정빈은 급작스러운 병으로 한양 본가에서 요양 중이라고 했다. 낙심한 유겸의 마음을 헤아려 임금이 잘 달리는 말 한 필을 내주었다. 유겸이 도성 가는 길을 모른다 하자 화성유수부에서 쓰는 가마 한 채를 내주고 가마 호위 관원도 붙여주었다. 유겸이 망극해 하며 물러났다.

"저는 다만 상전을 보러 온 노비일 따름입니다. 미천한 종에게 베푸심이 과하옵니다."

"너는 다만 내 백성일 따름이다. 귀하고 귀하다. 길을 모르니 길잡이를 붙여 보내는 것이다."

"임금님. 천국이 지금 임금님과 저 사이에 있음을 깨닫습니다. 제가 다시 돌아올 때에는 배운 바를 모두 임금님께 알려드리겠나이다. 그때까지 부디 강녕하소서."

유겸은 어제 오늘 겪은 일이 까마득하게 먼 데서 일어난 일 같았다. 어찌 내가 그 길에서 임금을 만났고 어찌 임금과 함께 이야기를 나누고 어찌 오늘 이렇게 작별인사를 드리게 되었을까.

유겸이 화성에 온 것은 임금의 근접 수행원들 외엔 아무도 모르는 일이었다. 어가에서 내려 바로 유여택維與宅*에 머물렀다가 동이 트기 전에 떠나는 것이었다. 유겸은 임금을 다시 보기를 소원했다.

---

* 임금이 화성행궁에서 신하를 접견하거나 잠시 머무르는 곳. 평상시에는 화성유수가 거처한다.

목어

　태윤은 유여택 마당에서 임금이 기침起寢 하기를 기다렸다. 겨울 아침 공기가 차서 발을 동동 굴렀더니 오내관이 조금의 소음도 내지 말라고 주의를 주었다. 새벽녘에야 잠자리에 드셨다는 것이다. 아니, 먼 길 오느라 곤하셨을 터인데 또 무슨 책을 읽으시노라고! 지난밤 이곳에 유겸이 있었다는 것을 알 리 없는 태윤은 임금의 늦잠이 마냥 지루했다.

　헛차! 헛차!

　태윤은 오내관이 뭐라 그러건 말건 마당 이쪽 끝에서 저쪽 끝을 경중경중 뛰어다녔다. 오내관이 화들짝 놀라 태윤을 말리러 마당으로 내려왔다.

　"아니 되옵니다. 전하께오서 깨시면 어쩌려고 이리 소란을 피우십니까."

　"깨시라고 그러는 거라오. 나는 지금 전하가 보고 싶어 죽겠소."

　태윤과 오내관의 술래잡기 아닌 술래잡기가 벌어졌다. 그때였다.

　"시끄러워서 당최 잠을 잘 수가 없구나. 내가 보고 싶어 죽겠다는 그 죄인, 들라 하라. 내 직접 엄히 다스릴 터이니…."

　임금이 친히 방문을 열고 태윤을 불러 들였다. 태윤은 오랜만에 보는 임금이 반가워 신을 벗어 던지다시피 하고 내실에 들어갔다.

파체破涕

"이제 벼슬살이가 제법 되었을 텐데도 행동거지는 행궁 앞에서 광대 놀음하던 때하고 별반 다를 게 없으니… 철은 대체 언제 들 것인가."

주인 만난 강아지 같은 태윤을 보고 임금이 웃었다. 임금의 충혈된 눈을 보니 태윤은 아침잠을 깨운 것이 못내 미안해졌다.

"저 때문에 깨셨사옵니까."

"그래, 이놈아. 앉아라. 새로운 과제를 주겠다."

"무엇… 이옵니까?"

아, 또 무슨 일. 가뜩이나 일이 많아 허둥지둥 뛰어다니는 태윤을 보고 영화역 관속들이 찰방찰방, 김찰방이라며 저들끼리 있을 때 놀리는 터였다. 하던 일이나 끝나면 시키든가 하실 일이지 끝도 없이 일감이 떨어져서 근자에는 허리가 휠 지경이었다. 태윤은 입이 이만큼 나왔지만 붓을 들었다. 어명을 받아 적어야겠기에.

"노비제도 폐지안을 작성해 오너라. 내가 그것을 없애고자 하는 근본 뜻에서부터 실천방안까지 세세하게. 내 다음 조례에서 발표할 것이다."

"예? 무어라 하셨사옵니까?"

태윤은 제 귀를 의심했다. 노비추쇄법을 폐지할 때 언제고 저것을 할 줄은 알았지만 그것이 지금일 줄은 몰랐다. 양반들이 가만히 있지 않을 텐데.

"뭐 하고 있느냐. 어서 받아 적지 않고."

"예, 예. 지금 합니다."

기뻤다. 드디어 이 나라에 굳건하던 신분제의 일각이 무너지겠구나. 사람이 어찌 다른 사람의 노비가 될 수 있을 것인가. 그리고 어찌 날 때부터 귀하고 천함의 구분이 있단 말인가. 태윤의 가슴이 뜨겁게 요동쳤다. 방안을 만드는 것은 어렵지 않을 것이었다. 이미 태윤에게는 오래된 구상이 있었으므로 그저 종이 위에 옮기기만 하면 되었다. 다만 걱정되는 것은 이것으로 인한 반대파의 저항과 갑작스런 신분해방에 따른 노비들의 혼란이었다. 오래 묶고 있던 자와 오래 묶여 있던 자의 머릿속에 박혀 있는 관념을 깨는 것. 그것이 더 큰 일이었다.

"자, 이제 산에 가자. 오랜만에 네 녀석과 미로한정에 올라볼까 한다."

임금은 태윤을 데리고 아침 산책을 나섰다. 내포사에 다다를 때까지 한마디도 없어 태윤은 임금의 발꿈치만 쳐다보면서 따라 걸었다. 임금이 내포사 앞에서 걸음을 멈추었다. 커다란 목어木魚* 한 마리가 내포사 들보에 매달려 두 사람을 내려다보고 있었다. 목어는 당장이라도 쇠줄을 끊어내고 날아갈 것처럼 기세등등하고 힘차보였다.

"목어는 대개 사납게 만들어 경계의 도구로 쓰련만, 네가 만든 것은 모양새가 화려하고 빛깔이 곱구나. 대체 무슨 생각으로 그리 한 것이냐."

내포사에 목어를 걸어 둔 것은 성 밖에 위험이 닥치면 성 안에 알려주기 위함이다. 보통은 절에서 쓰는 것인데 태윤은 이것을 군사 시설물인 포사鋪舍에 달았다. 장식의 목적이 전혀 없었던 것은 아니었다. 성의 시설물 중 무엇 하나 미관에 마음을 쓰지 않은 것이 없었으니 산 속에 위치한 이 작은 전각에도 태윤은 보기에 좋은 것을 달아주고 싶었던 것이다.

---

* 종각이나 사찰, 누각 등에 물고기 모양의 나무를 걸어둔 것으로 속을 파내어 북처럼 소리를 낼 수 있게 만들었다.

"어, 그러니까, 그게… 물고기 '어鯢'는 임금님 '어御'를 생각나게 하고… 그, 그냥 전하 생각하면서 만들었습니다."

목어는 태윤과 유겸이 함께 만들었다. 태윤이 밑그림을 그리고 유겸이 조각을 했는데 처음에는 황금색 물고기를 만들자 했다가 흰색 바탕에 붉은 비늘이 있는 것으로 바꿨었다. 성경 속에 나오는 물고기 이야기를 하면서 시간 가는 줄 모르고 만들었던 기억이 새록새록 떠올랐다.

임금은 목어를 한참 올려다보았다.

> 우리 모두는 세상이라는 바다 속을 헤엄쳐 다니는 물고기와도 같지요.
> 그래서 눈 뜬 채 당하는 것인가. 잡아먹힐까 봐 두려워서 매 순간 눈을 부릅뜨고 살면서도 가장 가까운 이에게 배신을 당하는 것이 인간이 아니더냐.
> 배신은 그가 나를 속인 것이 아니라, 내가 나에게 속은 것이랍니다. 보고 싶은 것만 보려하고 듣고 싶은 것만 들으려 하는 내 욕망에 내가 속는 것일 뿐이옵니다.

간밤에 유겸과 나눈 이야기였다. 임금은 마침내 알아버린 그 어떤 배신이 견딜 수 없이 괴로웠다. 그를 용서할 수 없을 것 같았다. 대체 왜 그대는 나를!

"저, 전하. 그리고 지난번에 말씀하신… 세자저하의…"

태윤이 계속 눈치를 보다가 오늘 보고하려던 건에 대해 입을 열었다. 임금이 태윤을 돌아보았다. 그때 임금의 눈가에 어린 반짝이는 것이 눈물이었을까. 설마! 고작 전각 들보에 매달린 목어 한 마리가 임금에게 슬픔을 주었으려고!

"세자저하의 승하에 석연치 않은 점이 있습니다. 어떤 무리의 계획적인…"

태윤은 동궁전 김상궁이 값비싼 집을 산 것과 그 집이 본래 심일재 가문의 소유였던 것을 보고했다.

"그 일은… 거기서 그만 두어라."

"예?"

"이미 세자는 떠났다. 돌아오지 아니한다."

"하오나, 전하!"

태윤이 발끈했다. 조금만 더 파고들면 세자의 죽음에 연루된 진실을 캐낼 수 있을 터였다. 분명 일재가 이 일에 관련이 있다. 그런데 그만 두라니!

"세자저하가 떠났어도 의혹은 밝혀야 하는 것입니다. 저는 이 일을 그만 둘 수 없습니다."

임금이 태윤을 바라보았다. 태윤도 임금의 시선을 맞받았다.

"그 아이는… 스스로 떠났다. 사인死因은 절망이다. 그 아이는 아무 것도 희망할 것이 없어서 떠난 것이다."

임금이 미로한정까지 올라가지 않고 발걸음을 돌렸다. 태윤은 발걸음이 떨어지지 않아서 한참을 우두커니 서 있었다. 절망 때문에 스스로 떠났다고? 그러면 치료를 거부한 것도, 곡기를 끊은 것도 그 때문인가. 왜, 무엇 때문에! 아아, 저하, 무엇이 그토록 절망이었나이까.

삭제朔祭*가 있던 날, 임금과 차원일은 다시 술자리를 갖게 되었다.

---

* 매월 음력 초하루 궁중에서 지내던 제사. 주로 임금이 제관이 되어 지낸다.

술을 함께하자는 것은 임금의 근심과 인내가 한계치에 다다랐음을 뜻
했다. 오늘은 또 무슨 일로 마음이 상한 것일까. 제사 때에도 굳은 표
정이었다. 차원일은 근자에 임금에게 일어난 일들을 생각했다. 그 어떤
일도 세자의 죽음보다 큰일은 없었으니 그 일이 여전한 상심일 터였다.
아무래도 오늘 조상께 제사를 드리고 나니 떠나간 세자에 대한 그리움
이 더 간절한 모양이었다.

"사직을 염려치는 마옵소서. 새 세자저하께서 총명하시고, 세자빈마
마의 간택도 순조롭게 이루어지고 있으니…"

"이번에 화성에 갔다가 목어를 보고 왔네."

"내포사에 매단 그것 말씀이시옵니까."

"그러하다네. 성 밖에 있는 적을 성 안에 알려주려고 만든 것이지."

"그러하옵니다."

"허면, 안에 있는 적은 누가 알려 주는 것인가."

임금이 술을 털어 넣으며 물었다. 차원일은 그 물음의 저의를 파악
하려고 애썼다. 안에 있는 적이라 함은 누구를 말함인가.

"모든 배신은 가까운 자로부터 일어나고, 가장 안전한 곳은 적의
울타리라고 하던가."

식은땀이 났다. 대체 무엇을 말하려 함인가. 그러나 제 심장을 조여
오는 무언가를 차원일도 느끼고 있었다.

"모든 아비는 그 아들을 알아본다. 그렇지 않은가."

"전하. 대관절 행궁에서 무슨 일을 겪으셨기에… 외람되오나 소신에
게 말씀하여 주시면 당장 조치를 취하겠나이다."

임금이 흐흣, 하고 웃었다. 그 웃음은 흡사 울음소리 같기도 했다.

"꿈을 꾸었다네. 꿈에서 나는 아들을 만났지. 니는 한눈에 그 아이

를 알아보았어. 어찌 아비가 아들을 모를 수 있겠나. 한순간도 잊지 못
하던 그 얼굴을 말이야. 나는 그 아이와 다디단 이야기를 나누었다네.
그 아이가 말하기를 슬픔이 기쁨으로 바뀌는 날이 올 거라고 하였어.
아이가 내 눈물도 닦아주었다네. 그 아이가 내 눈물을 닦아주던 그 순
간, 슬픔이 기쁨으로 바뀌었다네."

차원일은 숨죽인 채 임금의 꿈 이야기를 들었다. 그야말로 이야기
같은 꿈이었다. 처음엔 떠나간 세자가 오죽 그리웠으면 저럴까 싶었는데
이야기가 계속될수록 꿈속의 아이가 세자를 말하는 것이 아니라는 생
각이 들었다. 등골이 서늘해졌다.

"그 애가 내 안의 미움이 옳지 않음을 깨우쳐 주었어. 나는 그동안
미움을 쌓고 있었지. 오랜 세월 믿고 의지한 누군가를 내심으로는 증오
하고, 그러면서도 그의 부재를 두려워했었네. 그 마음이 옳지 않다고 그
아이가 말해주었어. 인간은 누구나 이승이라는 바다 속을 떠다니는 한
마리 물고기에 불과하다고. 미움을 가진 채로는 저 아름다운 세상으
로 헤엄쳐 갈 수 없다고 하였다네."

임금의 말은 계속 되었다.

"아, 그렇게 말하는 내 아들의 목소리는 얼마나 고왔는지 아는가.
자네도 그 목소리를 들었다면 내가 부러웠을 걸세. 그 아이가 말하였
네. 어디 먼 곳을 떠나려 하는데 자기를 보살펴 준 그 누군가가 자꾸
마음에 걸려서 쉽사리 떠나질 못하겠다고. 그 아이는 그 누군가를 마
음 깊이 품고 있더군."

임금이 눈을 감았다. 생각을 하는 것인지 숨을 고르려는 것인지 술
도 마시지 않고 한동안 말없이 있었다. 차원일은 그 아이가 누구라는
것을 이제 확실히 알아들었다. 아이는 죽은 세자가 아니라 임금의 다

른 아들이었다. 임금이 화성에서 그 아들을 만난 것이다. 차원일은 소혜가 보낸 편지를 생각했다. 온생동지穩生冬至. 온이 동지 무렵에 태어났다. 그 뒤에 생략된 말은 '아직 살아있다.'였을 터.

임금이 갑자기 자리를 박차고 일어났다. 그리고 영춘헌이 떠나가라 소리를 질렀다.

"왜! 그대는 왜!"

그 짧은 고성이 커다란 바윗덩이가 되어 차원일의 어깨 위로 쿵! 하고 내려앉았다. 차원일은 아무 말 없이 임금 앞에 엎드렸다. 그대로 칼을 내린다면 받을 것이었다. 임금은 더 이상 아무런 말도 하지 않았고 차원일은 엎드린 채 일어나지 못했다. 그 밤이 그렇게 깊어갔다.

별리

　차원일은 누워 있는 정빈을 오래도록 바라보았다. 많이 수척해져 있었다. 무리한 혼사가 몸과 마음의 병을 불러 온 것이리라. 이불 밖으로 나온 가늘고 긴 팔을 보면서 이 아이가 사실은 아들이 아니라 딸이었음을 새삼 깨닫고 있었다. 어깨에는 어릴 때 쇳물을 떨어뜨려 만든 화상자국도 보였다. 화상자국뿐만 아니라 여기저기 크고 작은 흉터로 몸은 성한 데가 없었다. 모진 애비였다. 아비의 꿈, 가문의 꿈, 나라의 꿈을 실현하기 위해 너는 최상의 자질을 갖고 있다고, 그래서 이 모든 것은 너의 운명이라며 차원일은 자기의 모질었던 훈육을 합리화했지만 속으로는 피눈물을 흘렸었다.

　문 옆에서 무릎을 꿇고 앉아있던 유겸이 정빈에게로 다가와 팔을 이불 속에 넣어주고 머리의 물수건을 갈아 주었다. 차원일은 유겸의 행동을 지켜보았다. 자주 해 본 일인 듯 모든 동작이 자연스러웠다. 한성부에 갇혔다가 풀려났다더니 더 야위어 있었다.

　"너는 이 아이의 사정을 알고 있었던 것이냐."

　"…예."

　유겸이 잠시 머뭇거리다가 기어들어가는 목소리로 대답했다.

　"언제부터인가."

　"그건 모르옵니다. 다만, 알고 있을 뿐입니다."

알고도 전혀 내색하지 않은 것은 둘 사이에 깊은 신뢰가 있다는 것. 차원일은 정빈이 왜 그토록 이 아이에게 집착했는지 알 것 같았다. 어째서 유겸이를 신방에 대신 들여보낼 수 없었는지도 이해가 되었다. 정빈은 세상 누구보다 유겸을 믿고 의지하고 사랑하고 있는 것이다. 저도 모르게.

"네가 알고 있다는 것을 이 아이가 알고 있느냐."

유겸은 대답하지 않았다. 아마 정빈은 알고 있을 것이었다. 그 사람의 비밀을 내가 알고 있고, 내가 그 비밀을 알고 있음을 그 사람이 알고 있는 것. 서로 말하지 않아도 지키고 있는 둘 만의 비밀일 것이다.

"정빈이 일어날 때까지 곁에 있어 주어라."

차원일은 자리에서 일어났다. 잠시 현기증이 일었다. 이 즈음해서 간혹 이런 증상이 있었다. 몸이 전과 같지 않았다. 유겸이 차원일을 별당 마당까지 배웅하고 다시 들어왔다.

유겸이 돌아와 정빈의 머리맡에 앉았다. 정빈의 열이 계속 되었다. 유겸은 정빈의 달아오른 몸을 식히기 위해 치자주*를 섞은 물로 어깨와 팔, 다리를 정성껏 닦아주었다. 유겸이 보기에 정빈은 한없이 약한 사람이었다. 강한 척하지만 그 껍질 속의 연한 마음은 늘 다치고 상처 입어 아프지 않은 날이 없었다. 하루하루 부서지고 다음 날 다시 아무렇지 않은 듯 일어나고, 또 그렇게 무너졌다가 속으로 눈물을 삼키며 몸과 마음을 추스르는 그런 사람이었다. 유겸은 정빈의 강함이 아니라 약함을 사랑하였다. 남들이 아는 것처럼 그가 오직 강인하기만 한 사람이었

---

* 치자로 담근 술. 치자는 해열과 신경쇠약을 다스리는 데 쓰인다고 한다.

다면 유겸은 정빈을 쉽게 떠날 수 있었을지도 모른다. 정빈이 붙잡지도 않는데 이토록 발걸음이 떨어지지 않는 것은 그의 약함 때문이었다. 어둠 속에서 유겸은 정빈의 잠든 모습을 오래 지켜보다가 떠났다.

유겸이 별당에 머문 시간은 단 삼일이었다. 정빈은 유겸이 떠나는 모습을 보지 않았다. 별당 뒷문으로 난 산길로 갔을 터인데 그 길은 어릴 적 정연의 상여가 떠나간 길이기도 했다. 정빈은 자리에 누워서 생각하였다. 정연을 잃고 유겸을 정연으로 삼아, 그러니 너는 곧 나라고 여기며 거짓 위안 속에 살았던 세월이었다. 아버지가 정빈을 잃고 정연을 정빈으로 삼아 스스로와 세상을 속이며 살아왔던 것과 무엇이 다르랴. 그 아비에 그 자식이었다. 정빈은 쓴웃음을 지었다. 웃음 끝에 눈물이 났다. 이제 내 곁에 아무도 없다는 외로움이 뼈에 사무쳐왔다.

별리別離를 극복하는 것은 아무래도 몸을 혹사시켜 일을 하는 것이 제일 좋을 성 싶었다. 정빈은 다 낫지도 않은 몸으로 화성으로 내려갔다. 정빈이 없는 사이 군영의 일도, 이아의 일도 넘쳐났다. 제일 먼저 한 일은 죄인을 심리하는 일이었다. 관아에 죄인 여남은 명이 잡혀 왔다. 서학을 한 자들이라 했다. 끌려올 때 이미 매타작을 당했던 지 죄인들의 몰골은 말이 아니었다. 그나마 사정이 나아 보이는 자에게 물었다.

"그 교리가 어렵다 하던데 글도 모르면서 어찌 천상의 것을 믿어 섬기는가."

죄인이 대답하였다.

"저에게 천주를 가르쳐 주신 분이 이르시길 믿고 따르는 데에 유식, 무식을 따지지 않는다 하였습니다. 사람의 높고 낮음도 없다 하였습니다. 저는 소 잡는 백정이지만 그 가르침이 하나도 어렵지 않았습니다. 이

웃끼리 서로 귀하게 여기고 아껴주어라, 하신 그 말씀은 제 살과 뼈를 하나도 거스르지 않고 그대로 제 몸에 스며들었습니다."

백정이 맞을까 싶을 정도로 말을 잘 했다.

"너를 가르친 자가 누구인가."

"이미 잡혀 와 옥고를 치르고 있을 것입니다. 양반이시니 행궁에서 직접 심문한다고 들었습니다."

정빈은 서학 죄인 백정과 그 무리에게 판결을 내렸다.

"이번 한 번은 내 직권으로 너희를 방면하겠다. 계속 믿건 포기하건 마음대로 해라. 하지만 다시 잡혀오지는 마라. 다시 잡혀오면 그때는 나도 도리가 없다."

죄인들은 저들끼리 도와가며 이아를 물러났다.

행궁 앞에는 서학 죄인 중 양반들을 위한 특별 감옥이 있었다. 나라의 법은 똑같은 서학 죄인이라 할지라도 신분을 엄격히 가려 양반과 천민을 달리 대하였다. 정빈은 간이형옥 안에서 자세를 꼿꼿이 한 채 앉아 있는 젊은 선비에게 다가갔다.

"죄와 형벌을 따지기에 앞서 묻고 싶은 것이 있소."

정빈은 죄인이라 할지라도 상대가 양반인 것을 고려하여 존대해주었다.

"그대는 양반이오. 벼슬을 하지 않는다 하여도 향촌에서 한평생 안락하게 살 수 있을 터인데 무엇이 그대로 하여금 세상의 모든 영화를 포기하고 가시밭길을 가게 하는 것이오?"

유겸에게 물어보고 싶었던 것이었다. 무엇이 네게 주는 나의 마음을 뒤로 하고 그 길로 이끄는지 끝내 물어보지 못했던 질문이었다.

"천상의 아름다움을 엿보았는데 지상의 부귀영화가 다 무슨 소용이란 말이오. 천주를 버리고 양반으로 사는 것이야말로 씻을 수 없는 죄일 것이오."

젊은 선비가 대답했다. 그렇게 말하는 선비의 입매가 단정했다. 정빈은 그를 깊게 응시했다. 죄인 역시 정빈의 시선을 거부하지 않고 마주 받았다. 그의 눈빛은 지금 죽어도 후회 없다고 말하고 있었다. 정빈은 화성유수에게 가서 말하였다.

"죽음을 원하는 자에게 죽음을 허락하소서. 이미 그자에게 지상의 삶과 죽음이 아무 의미가 없게 되었나이다."

젊은 선비에게 교수형이 내려졌다. 형이 집행되던 날 아침에 선비는 백정 교우가 한껏 차려온 밥상을 다 비우고 즐거이 칼을 받았다고 했다. 죽은 얼굴이 화평하고 아름다웠다고 하며, 구경꾼 중에 그의 피를 닦아 준 이의 오랜 병이 나았다는 얘기가 한참 동안 화성에 떠돌았다.

정빈은 이런 일이 언젠가 유겸에게 닥칠까봐 두려웠다. 어디에 가서든 제발 잡히지 말고 몸 성히 지내기를 바라고 또 바랐다. 떨치지 못한 미련도 있었다. 이제라도 다시 돌아온다면, 가는 길이 너무 멀고 힘들어 지쳐서라도 돌아온다면, 그때 우리 세상 밖으로 함께 나가자, 했던.

다 부질없는 바람이었다. 유겸이 돌아오지 않을 것임을 누구보다 잘 알았다. 그 밤 정빈은 한숨도 자지 못한 채 뒤척였다.

무원당에서 서신이 왔다. 서찰을 펼치자마자 정빈의 심장이 소리를 내며 바닥으로 떨어졌다. 진실로 와장창 하는 소리를 들은 것 같았다. 거기에 주상의 건강 상태를 알리는 문구가 적혀 있었다.

大魚水外不知處_{대어수외부지처}
큰 물고기가 물 밖에 나왔는데 갈 곳을 몰라 하는구나.

물고기가 물 밖에 나왔다는 것은 무엇을 의미하는가. 그 뜻을 짐작조차 하기 싫었다. 무원당의 서신과 동시에 궁에서도 연통이 내려왔다.

"도성에서 온 기별입니다. 즉시 입궐하시라고 합니다."

연통 무관은 자세한 내용은 자신도 모른다고 하였으나 정빈은 주상에게 변고가 생긴 것임을 직감했다. 주상의 건강상태가 좋지 않다는 건 어제오늘의 이야기가 아니었다. 부쩍 피로를 호소하는 일이 많아졌고 경연이나 조례에서도 지친 모습이 역력했다. 연초 화성행차를 전후해서는 더욱더 병치레가 잦았다. 몸과 마음의 극심한 피로가 그를 짓누르고 있음을 누구나 느낄 수 있을 정도였다.

의심 많은 임금은 어의를 믿지 않았다. 스스로 진단하고 처방을 내려 약을 짓게 했다. 병중에도 임금의 일은 계속되었다. 오월 그믐에는 오회연교*까지 내려 향후 국정운영 방향에 대한 의지를 천명하기도 했다. 그래서 웬만하려니 하고 마음을 놓고 있었던 것도 사실이었다.

늘 오가던 도성과 화성 간 거리가 이토록 멀게 느껴진 건 처음이었다. 가는 사이에 무슨 일이 생길까봐 두려웠다. 함께 가는 태윤은 더했다. 얼굴이 사색이 되어 있었다.

유월. 공기 중에는 여름 냄새가 짙었다. 후텁지근한 공기를 가르고 정빈은 영춘헌에 들었다. 임금은 보료에 비스듬히 기댄 채 앉아 있었다. 잔뜩 찡그린 얼굴이었다. 하지만 생각했던 최악의 상황은 아닌 것 같아 정빈은 속으로 깊은 숨을 삼켰다.

"너는 네 아비의 자식이냐"

임금이 보자마자 던진 첫마디였다. 정빈은 그 물음이 생경하여 답을

---

* 정조는 1800년 5월 남인을 대거 기용해서 조정을 일신하겠다는 오회연교(五晦筵敎)라는 조칙을 발표했다.

하지 못했다.

"네 아비의 자식이면 너도 나를 기만할 것이 아니냐."

"소신 도승지 차원일의 자식인 것은 맞으나 어찌하여 신의 아비더러 전하를 기만하였다 하시는지요."

정빈은 임금이 말하는 바를 정녕 헤아릴 수 없었다. 임금과 아버지는 둘도 없는 군신관계가 아니었던가. 아버지는 임금을 위해서라면 섶을 지고 불 속에라도 뛰어들 사람이다. 그런 아버지를 위해 임금은 임금 다음 가는 권세를 주었다. 이 막역한 관계에 무슨 일이 있었기에 저리 말씀하신단 말인가.

"가서 네 아비에게 이렇게 전하여라."

임금이 말을 시작하였다.

"그대의 배신은 나의 불신에서 비롯되었을 것이다. 기실 내 누구도 믿지 아니하였다. 나를 용서하라."

임금이 '그대의 배신'과 '나의 불신'이라고 했다. 두 사람 사이에 결코 일어나지 않을 일이었다. 이 말을 어찌 전해야 하나. 임금의 말은 마치 관계의 종말을 선언하는 것처럼 들렸다. 정빈은 임금의 뜻을 묻지 않고 물러났다.

임금의 병세는 호전되었다. 그러나 정빈과 태윤은 화성에 내려가지 않고 도성에 머물렀다. 아직 안심할 단계가 아니었다. 겉으로 보기에는 임금의 몸이 나아진 것처럼 보였지만 언제 다시 악화될지 알 수 없었다. 날이 더워지면서 몸의 열감을 견디지 못해 고통스러워하는 날이 많았다.

그날도 조례에서 서학 추종자에 대한 발본색원을 놓고 벽파와 시파가 격렬한 논쟁을 벌이는 것을 지켜보던 주상은 짜증을 참지 못하고 대전을 떠났다. 침소에 이르러 쓰러지듯 드러누운 주상은 정빈과 태윤을 불러 곁을 지키게 했다.

간혹 정신이 들 때 임금은 화성을 지은 뜻을 정빈에게 말했다. 두서 없이 그때그때 생각나는 대로 말했는데 마치 유언 같았다.

"나는 내 백성들을 차별 없이 사랑하고자 하였다. 내 땅에 사는 백성들은 누구나 신분의 귀천 없이 그 생겨난 자체로서 복된 세상을 꿈꾸었다. 나는 어려서부터 지치고 불안했다. 그래서 늘 한평생 평화롭기를 바랐다. 장안문*은 그런 뜻으로 지었다. 남문의 이름은 팔달이라고 하였다. 사통팔달에서 따온 것이다. 사람도, 재물도, 길도 막힘없이 흐르고 만나라고, 화성이 그 중심이 되라고 그리 지었다."

임금은 또 이런 말도 하였다. 처음 들어본 이야기였다.

"내게도 젊은 날이 있었지. 마음을 준 한 여인이 있었다. 여염의 백성들처럼 그 여인과 오순도순 살고픈 꿈이 있었다. 그런 날들이 정녕 내게는 오지 않을 꿈이었을까. 꽃같이 고운 시절이었다. 나도… 사랑하는 사람들과 살고 싶었다. 내 아버지와, 내 어머니와, 내 여인과, 내 아이…. 아… 내 아이. 우리 윤이는 천국에 이르렀겠느냐. 그 아이는 몹시 착한 아이였다. 성치 않은 몸을 준 아비를 원망하지 않았다."

다른 날에는 이런 말도 하였다. 이 말은 태윤이 들었다.

"아이가… 또 다른 내 아이가, 어딘가에 살아있을지도 모른다는 생각을 늘…하고 있었다. 내 마음속에서만 몰래 자라고 있었던 그 아이…. 나는 그 아이를 살리고자 내 곁에서 떠나보냈다. 그 아이가 혹시 억울한 죽음이라도 당할까봐 나는 나라 안의 어떤 백성도 함부로 죽이지 못하게 하였다. 조금이라도 용서할 빌미가 있으면 살리도록 법으

---

* 화성의 북문 이름. 길 長, 평안할 安을 쓴다. 영원한 평화를 염원한 것이라 풀이할 수 있다.

로 정하였다."

임금은 사형을 반대했다. 죄인의 심리를 엄격하게 해서 뉘우침의 기색이 조금이라도 있으면 살 길을 열어주고자 했다. 살아있는 것들에 대한 연민이 극진했던 임금은 사람의 목숨을 세상 무엇보다 귀하게 여겼던 것이다.

"그 아이의 어미가 목숨의 귀함을 내게 알려주었느니라. 가장 높은 자도 가장 낮은 자도 똑같이 귀한 것은 목숨이라고 내게 가르쳐주었느니라. 아… 그러니 서로가 서로의 목숨을 귀히 여길지어다."

다른 날에도 임금의 말은 계속되었다. 남은 힘을 다 짜내어 임금은 자신의 인생을 기록하고 있었다. 정빈과 태윤은 한마디도 놓치지 않으려고 온 몸과 마음을 다해 귀를 기울였다.

"화성華城은 내 아버지가 묻힌 곳 화산花山에서 따왔다. 꽃처럼 아름답기를 바랐다. 내가 백성들에게… 나의 여인과 아이에게… 다 주지 못한 사랑을 화성에 담고 싶었다. 정빈… 태윤… 너희가 잘 해주었다. 고맙다."

정빈은 죽음의 기색이 완연한 임금의 말들을 가슴으로 들었다. 눈물이 가슴에서부터 차올랐다. 쾌차하면 더욱더 충심을 다 하리라 다짐하지만 아무래도 어려울 것 같았다. 불길한 예감이 뇌리를 떠나지 않았다.

그렇게 또 며칠의 시간이 지나고 무더위가 지속되던 여름.

이윽고 궁에서 긴 고복* 소리가 들렸다. 궁 지붕 위에서 대전 내관이 북쪽을 향해 상위복上位復을 외쳤다.

---

* 고복(皐復) : 죽은 이의 넋을 부르는 행위

왕이여, 돌아오소서.

왕이여, 돌아오소서.

왕이여, 돌아오소서.

떠나가는 영혼을 붙들려는 초혼례招魂禮의 소리가 빈 하늘에 가득 찼다. 정빈은 털썩 주저앉았다. 무너진 하늘이 정빈을 덮었다.

국상이 선포되었다. 임금의 상여가 지나갈 때 백성들은 저자와 거리에 엎드려 눈물을 쏟으며 일어날 줄을 몰랐다. 백성의 무리에는 상복을 갖춰 입은 자운향과 유겸도 있었다.

"온아. 저기 아버지가 지나가시는구나. 너도 예를 올려야지."

쓸쓸한 목소리로 자운향이 말했다. 자운향의 말이 끝나기도 전에 유겸은 절을 하고 일어나 성호를 그었다. 망자를 위한 기도에 온 마음을 실었다. 화성으로 가는 길에서 만났던 아버지. 아버지인 줄 모르고 보냈던 지상의 짧은 시간들이 또렷하게 가슴 속에 남아 있었다. 자운향은 임금의 상여를 따라 자신의 꿈도 사라지고 있는 것을 보았다. 화성의 꿈. 함께 살자 하였던 젊은 날의 약속. 그 약속을 할 때 그는 임금이기 전에 다만 한 남자일 뿐이었다. 만나면 듣고 싶었던 말이 있었다.

"소혜. 그간 잘 지내시었소?"

마치 이태 전에 헤어졌다 만난 것처럼 그가 그렇게 물으면 아이가 있노라고 말할 것이었다. 당신을 닮은 아이가 있노라. 그러면 아비와 아들이 만나 얼싸안고 기뻐하는 모습을 보는 것. 그 한 장면을 그리며 살아 온 세월이 이제 상여와 함께 흘러가고 있었다.

자운향은 유겸의 손을 잡고 울고 있는 사람들 속을 빠져나왔다.

"아가…"

"예…"

"아버지를 뵈었던 적이 있다 했지?"

"예. 화성 가는 길에 만났어요. 함께 걸었었고, 어가에 태워주셨어요. 밤에는 긴 이야기도 나누었어요."

"그래도 다행이구나. 부자가 한 번도 서로 만나지 못한 채 영영 이별한 것이면 그 한이 오죽하겠느냐."

자운향은 맥을 놓은 듯 했다. 그 강인하던 여인이 한순간에 시든 풀잎처럼 늘어지고 있었다. 뒤에서 조흥길과 하인들이 가마를 메고 따라왔지만 자운향은 한사코 걷겠다고 했다. 유겸의 손을 쥐고 자운향은 마치 허공을 딛는 듯 허적허적 걸어갔다. 반대편에서 차원일이 그 모습을 보고 있었다.

눈물의 골짜기

윤소혜와 유겸을 상여 길에서 보았을 때 차원일은 두 사람 사이에 서 있는 임금을 본 것 같은 착각이 들었다. 눈을 비비고 다시 보니 유겸은 놀랍게도 임금을 닮아 있었다. 왜 몰라봤을까. 단 한 순간도 소혜의 아이가 살아있을 것이란 생각을 하지 못했던 것이다. 내 집 처마 밑에 살고 있던 임금의 아이. 차원일은 가슴을 쥐어뜯었다. 다 알고 있었으면서 임금은 왜 참고 봐주었던 것일까.

차원일은 그날 임금과의 대화를 떠올리자 망극한 죄책감에 가슴이 무너지는 것 같았다. 거슬러 생각해보면 임금은 오래전부터 모든 것을 알고 있었다. 자휼전칙*을 펴낼 때 임금은 어디선가 굶주릴지도 모를 제 자식을 생각했을 것이었다.

용종을 잉태한 소혜를 궁 밖으로 보내자고 했을 때 임금은 담담히 그것이 좋겠다고 했었다. 후일 궁 밖에서 살아가게 될 아이의 왕손으로의 지위 회복을 말했을 때 임금은 이렇게 말했었다.

내가 그 아이를 고작 임금이나 되게 하려고 바깥세상으로 보낸 줄 아는가. 이깟 궁 안의 임금이 무어 그리 대단한 자리라고.

---

* 자휼전칙(字恤典則) : 정조 7년(1783년)에 펴낸, 굶주리는 어린 아이들의 구제 방법을 규정한 책

하오면 언제, 어디서, 무슨 인연으로 다시 만나시리이까.

그 아이와 나는 너르고 평안한 세상에서 더없이 복된 아비와

아들로 살 것이다.

그 말의 뜻을 그때는 몰랐었다. 다만, 임금의 크나큰 야망을 생각
했었고 더 큰 세상을 소혜의 아이에게 주려는 것이려니 짐작했었다. 차
원일은 그때 임금의 그 소망이 불안했다. 혹시 임금의 다른 아들이 나
타나면 어찌될 것인가. 그가 세자의 앞길을 막으면 어떻게 하지? 그러면
내 아들은? 세자의 오른팔이 될 내 아들은 어쩐단 말인가.

그날의 기억으로 차원일은 울었다. 평생을 바쳐 지켜온 주군이자 벗
을 잃은 것이다. 지난 세월의 회한이 뼈에 사무쳤다. 아비를 잃고 울던
어린 세손. 그를 만나 사십 년을 함께 해 왔다. 세손이 자라고, 그가 임
금이 되고, 그를 곁에서 지키며 삶의 의미를 새겨갔는데 이제 그 모든 것
이 수포로 돌아가고 만 것이다. 임금은 용서를 말하였으나 자신에게 주
었던 신뢰와 우의는 거두어 갔을 것이었다. 이제 그 마음을 다시 얻을
수 없다. 잃어버린 마음은 영원히 잃어버린 채로 사라질 것이었다.

국상기간 중 차원일은 소혜를 찾았다. 차원일이 예를 갖추어 소혜
에게 절을 올렸다. 소혜는 더 이상 지난날 알던 침선방 궁녀가 아니었다.
왕의 여인이었고, 기어이 왕의 아들을 낳은 여인인 것이다.

이십여 년의 세월을 사이에 두고 두 사람이 마주했다.

"사죄를 드릴 일이 있습니다."

"대감께서 저에게 사죄할 일이 무엇이 있을는지요."

"그대와 그대의 아이에게 씻지 못할 죄를 지었소."

잠시 침묵이 흘렀다. 소혜의 입가에 쓸쓸한 미소가 번졌다. 소혜는
유겸의 양부모를 죽인 자객의 배후가 차원일이라고 짐작하고 있었다.

차원일은 아마 그 일을 말하기 위해 왔을 것이다. 차원일이 숨을 깊게 들이쉰 다음 지난날 소혜를 궁에서 나가게 한 사연을 말해주었다.

"나는 그대가 주상 가까이 있는 것이 싫었소. 지난날 선대왕영조께서 말로 다 할 수 없는 마음의 고통 속에 살았던 것은 모후께서 무수리였던 까닭이오. 그렇게 적통의 소생이 아닌 선왕께서는 뒤에서는 신하들의 멸시거리였고 앞에서는 공포의 대상이었소. 열등감을 감추기 위해 전하의 성정은 예민하고 신경질적이었으며 때로 지나칠 정도로 결벽하셨소이다. 선왕의 그러한 내면의 고통은 결국 친아들인 장헌세자사도세자를 죽음에까지 이르게 하였다는 걸 잘 아실 것이오. 그런 왕가의 비극을 되풀이하지 않으려면 임금은 반드시 정비 소생이어야 한다고 나는 굳게 믿었소."

차원일은 잠시 말을 멈추고 숨을 삼켰다. 무언가 북받치는 게 있는 것일까. 그의 호흡이 고르지 않았다.

"그런데 그대도 아시다시피 첫 아기씨께서도 보잘것없는 궁인에게서 나셨소. 나는 그 사실이 조금 슬펐지만 겉으로는 기뻐해야 했소. 어찌 되었거나 자손이 귀한 왕실에 전하의 혈육이 태어나셨으니. 그러나 그대가 용종을 잉태한 사실을 알았을 때, 그 때에는… 나는 절망하지 않을 수 없었소이다. 또다시 궁인에게서 왕손이 태어나다니. 주상의 취향이 고상하지 못하여 여인을 취하심이 오로지 비천한 것들뿐이다, 고귀한 가문의 여인들은 상께서 감당이 안 되시는가보다, 전하의 정적들이 그렇게 조롱하는 소리가 들리는 듯 하였소. 나는 그것만은 막아야 한다고 생각했소. 즉위 초, 전하는 적들에게 둘러싸여 있었고 그러기에 단 하나의 약점도 있어서는 아니 되었소. 작은 약점이 결국 전하를 겨누는 과녁이 될 수도 있기에. 하여 내가 먼저 주상께 아뢰었소. 아기씨를 보호하기 위해서라도 궁인 윤씨를 보내자고. 상께서 허락하시었소. 그 무렵은 사실 그리할 수밖에 없었소이다. 임금의 목숨을 노리는 자들이 아직 태어나지 않은 아기씨와 그 어미인들 그냥 보아 넘기겠는가…"

상념에 젖은 듯 차원일의 목소리가 잦아들었다. 그의 말을 따라 소혜도 생각에 잠겼다.

"그대를 궁에서 보내고 나서도 전하의 시선은 그대 뒤를 내내 따라 다녔소. 그대가 알아차리지 못하도록 은밀히 사람을 붙여 보호하였다오. 그대가 동래에서 비교적 수월하게 자리 잡을 수 있었던 것도 주상 전하가 미리 손을 쓴 덕분이오. 그대가 내놓은 물건들을 비싸게 사들여 자금을 축적할 수 있게 한 것이라오."

아, 그랬단 말인가! 소혜는 몰랐던 사실을 듣고 소스라치게 놀랐다. 동래에서 정착 초기, 이상하리만치 일이 술술 풀렸던 것이 다 임금 때문이었다니.

"아이를 받은 노파를 기억하시오? 그 노파조차도 임금이 보낸 궁인이오. 오래도록 왕실에서 출산을 도운 의녀 출신 궁인이오. 나이가 많아 퇴궐한 것을 수소문해서 그리로 보낸 것이오."

차원일이 목이 메는지 물을 찾았다. 차를 내주어야 하는데 소혜도 당황해서 그 생각을 하지 못했다. 차원일이 단숨에 물 한 잔을 다 들이켰다.

"그대가 낳은 아이가 옹주아기씨였다면… 내가 다른 마음을 먹지 않았을 게요."

이 말을 한 후에 차원일은 오래도록 말이 없었다. 그가 역심을 품게 된 까닭을 말하려는 순간이었으므로 소혜도 속으로 떨고 있었다.

"그대 곁을 보호하던 사람들은 전하의 사람들이지만 내 사람들이

기도 하오. 그 무렵은 우리 가문에서 훈육된 무관들이 임금의 호위무관이 되었던 터라···. 나에 대한 그들의 충성심은 상상을 초월하오. 내가 그들에게 명하였소. 그 여인이 낳은 아이가 나라와 임금을 망치는 화근이 될 수도 있으니 앞날을 위해 그 여인과 아이를 없애라고···"

소혜는 눈을 질끈 감았다. 차원일의 말은 계속되었다.

"그러나 주상 전하는 한 발 앞서 내다보는 분이시란 걸 그때는 내가 미처 몰랐소. 그 호위무관들 중 누군가는 이미 오직 전하만의 사람이라는 것을 간파한 것이오. 무관들은 두 패로 나뉘어 싸웠고, 결과는 그대도 아는 바···"

소혜가 깊은 한숨을 내쉬었다. 조흥길. 그가 끝까지 남은 임금의 사람이었구나. 떠돌이라고 하였으면서도 그 태도나 몸가짐이 남다른 데가 있어서 그저 배운 바 있는 양인이거니 하였을 뿐이었다. 몸이 빠르고 체격이 강건한 것도 그저 타고나길 그러한가 보다 하였지 전문적으로 수련한 무인이라는 것을 눈치 채지 못했었다.

"혹시 나를 전주의 이진사댁으로 이끈 것도 전하의 뜻이옵니까."

차원일이 고개를 끄덕였다.

"그 사건이 있고 나는 주상께 아뢰었소. 아무래도 온갖 잡인들이 드나드는 객주는 아기씨의 성장에 이롭지 못하니 거소를 옮기게 하심이 좋을 것 같다고···. 주상께서 친히 아기씨가 자랄 곳을 정하셨소. 전주의 이진사댁은 왕실의 먼 종친이오. 아마도 진사내외는 아기씨가 왕의 아드님이심을 아셨을지도 모르오."

소혜는 전주 이진사댁을 찾아가던 무렵을 생각했다. 어디에 아이를 의탁해야 할지 몰라 한참 고민하고 있을 때 객주에 밥을 먹으러 온 보부상들이 저들끼리 전주의 이진사댁 내외 이야기를 하던 것을 듣게 되었다.

　　　아, 내 이번에도 그 댁의 신세를 지게 되었지 뭔가. 마님이 어찌나 덕성스러우신지 우리네 같은 잡것들에게도 귀하게 대해주심이 차별이 없으셨다네.
　　　그러게나 말일세. 나도 밤중에 길을 잃어 그 동리 사람들에게 하룻밤 유숙할 데를 물어 찾아가니 뜻밖에도 양반댁이어서 놀랐지 뭔가. 그런데 주인마님께서 직접 나오시어 짐 보따리 짊어진 장사꾼이라 하여 홀대하지 않으시고 저녁밥과 잠자리를 내어 주셨다네.

　그렇다면 그 상인들도 임금이 보낸 사람들인가. 그때의 일들이 떠올라 소혜는 금방이라도 눈물이 터져 나올 것만 같았다. 차원일의 말이 계속 되었다.

　"이진사댁으로 거소를 옮기신 연후에는 잠시 나도 한때 품었던 역심을 뉘우쳤소. 내가 대체 무슨 짓을 벌이려 했단 말인가. 그때는 오히려 아기씨께서 무사하신 것을 천지신명께 감사드렸소. 그러나… 태어날 때부터 몸이 불편하셨던 첫 왕자아기씨께서 자라면서도 나아지시지 않았소…"

　차원일이 차를 한 잔 더 들이켰다. 소갈의 증세가 있는 것이 아닐까 소혜는 잠시 생각했다. 부쩍 여윈 것은 임금의 승하 때문이려니 하였는데 혹 이 모든 증상이 신병 때문이 아닐는지.

　"전하께오서 세자전하를 사랑하심이 극진하였소. 몸이 불편한 왕자를 세자로 올리는 데 아무 주저함이 없으셨소이다. 내게도 세자전하를 보위함에 있어 각별한 충심을 부탁하셨소. 나는 맹세하였소. 우리 가문의 명예를 다 바쳐 세자저하를 모시겠노라고. 그리고 세자저하에 대한 전하의 곡진한 사랑을 보면서 차츰 두려워졌소. 몸이 불편한 왕세자가 훗날 태어난 건강한 왕자로 인해 권리를 잃을까봐…. 만일 전하의 둘째 아드님이 살아 계심을 반대파에서 안다면 몸이 성치 않은 세자를 폐하고 두 번째 왕자를 세자로 옹립하려는 모반이 일어날 것이라 여겼소. 적어도 내 판단에 둘째 왕자님은 왕실의 축복이 아니라 여전히 불행의 씨앗이었소. 마침 빌미가 있었소. 진사댁이 천주신자였소. 어찌 왕가의 사람이 그것을 신봉하였을까 하는 것은 이제 와서 논할 바가 아니오. 중요한 것은 그 댁이 천주학을 한다는 것이었으므로. 곧 그 댁을 멸滅할 계획을 세웠소. 죄목은 서학교인. 그것만으로 명분은 충분하였소. 나는 계획을 실행에 옮겼고 거사 직후 한 통의 편지를 받게 되었소. 마침내 화근이 사라졌다는…."

차원일의 이야기를 들어 보니 모든 상황이 들어맞았다. 소혜는 온을 지키기 위해 사라져간 진사댁을 생각했다. 친자식도 아닌 온을 살리기 위해 일가족이 몰살당한 것이라 생각하니 말할 수 없는 죄책감에 가슴이 저며 왔다. 그 댁에 온을 맡기지 않았다면 그런 참화를 겪지 않았을 것인데 이 모든 것은 나의 죄가 아닌가. 소혜는 목이 메어와 가슴을 쳤다.

"나는… 우리 가문이 대대로 그러하였던 것처럼 왕실을 지키고 싶었소. 왕실의 비극을 되풀이하게 하고 싶지 않았소. 그 일은 내가 악역을 맡음으로써 이루어질 수 있을 것이라 믿었소."

"단지 그뿐이었나요."

소혜가 빈 잔을 채워 주었다. 차원일이 차 한 잔을 다 비우고 말을 이었다.

"한편으로는…"

잠시 생각에 잠긴 듯 하다가 차원일은 말을 이었다. 다 털어놓기로 작심한 것 같았다.

"이제 와 무엇을 더 숨기겠소. 부끄럽지만 내 사사로운 허욕이 있었음을 부인하지 않겠소. 세자저하와 내 아들 정빈은 돈독한 사이였소. 몸이 불편하신 세자저하께서 정빈을 많이 의지하셨소이다. 세자가 즉위하면 정빈이 국정운영에 절대적 역할을 할 것이라고 믿었소. 그러려면 다른 왕자가 없어야 한다고 생각했소. 나는… 어리석게도 내 아들이 다스리는 나라를 꿈꾸었던 게요."

아버지의 욕망. 임금도 아버지였고 차원일도 아버지였다. 아버지는 아들을 통해 꿈꾸는 것인가.

"나를 용서치 마시오."

차원일의 어조는 차분했다. 소혜도 침착했다. 반쯤은 짐작하고 있던 일이었거니와 이렇게까지 찾아와서 지난날을 고백하는 그의 모습이 처연해보였기 때문이었다.

"기이한 일이지요. 그런데 그 아이는 죽지 않고 살았고, 오히려 대감댁에서 자랐습니다. 내 아이를 대감의 아들이 지키고 보호해주었으니 이로써 대감의 죄 갚음이 되었다고나 할까요."

차원일이 쓴웃음을 지었다.

"그러하오. 인연이라는 게 참으로 기이하오. 하필 내 집에서 자라셨다니. 그때 떠돌이의 등에 업혀 내 집에 들어온 계집아이가 왕자님일 것이라고는 꿈에도 생각하지 못했소. 나한테 왕자님은 그때 일로 세상을 떠났음이 분명하니까. 후일 그 떠돌이 계집아이가 사내아이인 것이 밝혀진 후에도 그게 문제가 되진 않았소. 아니 어찌할 수도 없었소. 내 아들이 그 아이를 너무나 좋아하고 의지하였소. 내 아들은…"

파체破涕

차원일이 말을 멈추었다. 내 아들은… 아아, 내 아들 정빈이.

"가시밭길 같은 내 아들의 인생이 유겸이 덕분에 간신히 견딜 만했을 것이오. 유겸이, 아니, 왕자님은 정빈에게 추운 겨울 한 줄기 햇살 같은 아이였소…. 죄는… 내가 지었으니 내가 다 받으리. 모든 일은 내게서 비롯된 것이니 나를 원망하시오. 죗값은 달게 받으리."

차원일은 거듭 죄를 청했다. 소혜는 아무 말도 하지 않았다. 지난 세월만큼 두껍고 거친 침묵이 둘 사이에 흘렀다. 소혜는 주상이 자기에 대해 한 번도 얘기한 적이 없었는지 묻고 싶었다. 그러나 묻지 않았다. 없었다, 라는 대답을 들을까봐 두려웠다. 잊힌 여인이 되는 것만큼 서글픈 일이 또 있으랴.

"모든 아비와 어미들은…"

소혜가 마침내 입을 열었다.

"제 자식의 나라를 꿈꾸지요. 돌아가신 주상께서도 첫 세자저하가 몸이 성치 않았을망정 순탄히 왕위를 이어주길 바랐을 것입니다. 대감도 마찬가지 아닙니까. 아드님이 왕이 될 수는 없어도 그 왕을 움직이는 단 한 사람이 되어 이 땅을 다스리기를 꿈꾸지 않으셨소이까. 나도, 지금은 비천한 장사꾼이오만, 내 자식이 왕인 나라를 기다립니다."

순간 차원일은 전율로 몸이 경직되는 것 같았다. 소혜의 저 말은 혹시 유겸이 임금의 자리에 오르길 바라는 뜻에서 나온 것일까. 그러나 이어지는 소혜의 말은 그것과는 다른 것이었다.

"하지만 왕이 어디 구중궁궐 안에만 있는 것이더란 말입니까. 왕은 궁 안에도 있고 궁 밖에도 있지요. 저잣거리에도 왕이 있고 벼가 익어가는 논에도 있습니다. 내 아이는… 우리 유겸이는 백성의 마음을 어루만지는 왕이 될 것입니다. 궁 안에 갇힌 왕이 아니라…."

무엇을 말함인가. 차원일은 소혜의 진의를 파악할 수 없었다.

"어떤 왕이 되려하오? 저잣거리의 왕? 이 거대한 상단을 물려줘서 돈으로 나라를 다스릴 수 있다고 생각하시는 게요?"

"왜 못하겠습니까? 앞으로 지금보다 재물이 그 어떤 것보다 힘을 자랑하는 시대가 올 터인데. 재물을 가진 자가 세상을 얻게 되겠지요. 그래서 내가 그 아이에게, 아니 주상전하의 아드님에게 말하였습니다. 그대는 본래 왕의 아드님이시니, 원한다면 임금이 될 수도 있지 않겠느냐, 어미가 그리 해주겠소, 하였습니다. 그런데 온이가 그걸 원치 않았습니다. 권세든 재물로든 그런 것으로 왕이 되는 것은 단 한 번도 생각해 본 적이 없다 하더이다. 그러면서 제 양부모와 약속을 하였다고 했습니다. 힘없고 고통 받는 이의 눈물을 닦아주는 이가 되겠다고. 눈물의 골짜기를 함께 걸어 가주는 그런 이가 되고 싶다 하였습니다. 죽은 양어머니가 왕이란 그런 사람이라고 했다는군요."

소혜가 잠시 눈물을 참으려 말을 멈추었다. 온이 이미 자신의 아들이 아님을 순간순간 느끼던 터였다. 내 피와 살을 주었건만 그 아이의 영혼은 오래전부터 다른 것을 향하고 있었던 것이다.

"내 돈은, 이 상단은 그저 수단에 불과하지요. 이제 곧 내가 모은 돈으로 조선 곳곳에 천주의 집을 지을 것입니다. 사람들이 그 집에 모여들어 천주를 기리게 될 것입니다. 그들의 마음을 어루만지고 위로하는 자, 아픈 이의 고통을 덜어주고 외롭고 힘든 이들의 벗이 되어주는 자, 억울하고 핍박받는 이들의 눈물을 닦아주는 자…. 그 자가 왕이지요. 우리 온이는 그런 왕이 될 것입니다. 곧 연경에 보내 천주학을 제대로 배우게 할 참입니다."

차원일은 심장이 조여드는 느낌이 들었다. 소혜가 보통 여자가 아니라는 것은 예전에도 알고 있었지만 이렇게 전혀 다른 차원의 야심을 갖고 있는 줄은 몰랐다. 그래, 천주, 천주교인이었지, 유겸이가. 차원일은 유겸이 천주교인인 것을 미처 생각지 못했다. 아이가 워낙 조심스럽고 조용해서 서학을 한다는 사실을 거의 잊고 있었고 대수롭지 않게 생각했다. 주상이 서학에 관대했던 때문도 있었지만 정빈이 아끼고 의지하는 아이라서 그것으로 큰 허물을 삼지 않았었다. 그러나 대비는 다를 것이었다. 당장 국상이 끝나면 대비를 둘러싼 노론이 서학 탄압을 들고 나올 텐데 그것을 어찌 감당하려고 저런 계획을 세우고 있단 말인가.

"대감이 무엇을 걱정하는지 잘 압니다. 당장 그리 하겠다는 것은 아닙니다. 또한 대감과 아드님께 해가 가지 않도록 할 것이니 염려 마시길 바랍니다. 무엇을 생각하시건 저의 계획은 대감이 생각하시는 것과는 다를 테니."

더는 할 말이 없어 차원일은 자리에서 일어났다. 백성의 마음을 어루만지는 왕이 되게 하겠다…. 가능할 것 같았다. 이미 정빈의 마음을 그 아이가 다스리고 있지 않은가. 아름다운 용모와 아름다운 마음씨를 지닌 아이. 거상인 어머니까지 두었다. 그리고 한 가지 더. 감춰진 사실이지만 정녕 왕의 아들이 아닌가.

"잠깐, 마지막으로 한 가지만 더 여쭙겠습니다."

문을 열고 나가려는 차원일을 소혜가 잡았다.

"전하께오서 우리 온이에게 남기신 말씀은 없으셨사옵니까?"

조금 전까지만 해도 야심만만하고 강인해 보이던 소혜의 목소리가 떨리고 있었다. 한이 느껴지는 물음이었다.

"말씀으로 남기신 것은 없소이다. 다만…"

차원일은 소혜를 바라보았다. 눈물이 그렁했다. 임금이 유겸과 이 여인에게 무엇을 남겼을까. 차원일은 짧고 깊게 생각했다. 임금의 마음속

에 항상 자리 잡고 있던 한 가지가 있었다. 아버지 사도세자의 죽음에
서부터 자신의 죽음에 이르기까지 내내 소망하던 그것이었다.

"화성을 남기셨소이다."

소혜가 눈물을 쏟았다. 차원일이 조용히 문을 열고 나갔다.

자유

　새 임금이 보위에 올랐다. 아직 어린 탓에 스스로 정사를 돌보지 못하고 할머니인 대왕대비가 섭정을 하게 되었다. 예견됐던 대로 대비의 치맛자락에 거대한 광풍이 몰아쳤다. 선왕의 개혁은 좌초되었고 그가 아끼던 사람들이 하나둘씩 사라졌다. 정조가 개혁의 양 날개로 내세웠던 규장각과 장용영은 대폭 축소되거나 해체되었다. 정빈 역시 좌천되어 군마를 관리하는 부대에 배속되었다. 무장으로서 치욕적인 일이었으나 정빈은 담담히 받아들였다. 지켜야 할 주군을 떠나보내고 남겨진 호위무관의 운명이란 그런 것이었다. 그리고 장용영이 산산이 해체되는 것을 눈앞에서 지켜보아야 했던 것은 비극의 시작에 불과했다.

　아버지가 목을 매었다. 가문의 인장이 찍힌 편지 한 통만을 남겨놓고. 정빈은 무원당 들보에 목이 꺾인 채 매달려 있는 아비의 시신을 수습한 후 편지를 읽었다.

　　국조 이래 한시도 임금의 곁을 떠나본 적이 없는 가문의 수장이었으나 이렇게 떠나게 됨을 너는 용서하라.
　　우리 가문은 본디 대장장이 출신이었다. 칼과 창을 만들던 미천한 집안이었으나 기개가 있어 국조께서 아껴 주셨다. 이에 조선의 개국에 동참하여 오늘에 이르렀으니 실로 칼로 일어선 가문이었다. 가문은 날로 빈창하였으나 자손이 귀하여 내 너를 이러한 지경에까지 몰아 왔으니 어찌 아비의 가슴에 맺힌 한이 없으랴. 비할 데 없이 어여쁘던 네가 나날이 변하여 가는 것을 볼 때 내 심장에는 돌이 쌓이는 것 같았다. 그리하여 내게 오래전부터 중한 병이 깃들어 있었으니 오늘 스스로 목숨을 버리지 않는다 하여도 내게 남은 날이 길지 않았을 것이다. 그러니 너는 아비의 죽음을 애석해 하지 말라.

선왕께서 가시고 새 임금이 보위에 오르셨으나 나의 생애를 다 바친 장용영은 무너졌다. 나는 장용영으로써 너에게 세상을 주려 하였노라. 그리하여 너로써 세상을 얻고 싶었느니라. 오늘에 이르러서야 이 모든 것이 아비의 욕심임을 알겠다. 이 부질없는 욕심 때문에 네가 인간사의 즐거움과 기쁨 없이 살아왔음을 내 어찌 모르랴. 모든 것이 헛되고 부질없도다. 이제라도 돌이킬 수 있다면 너의 뜻으로 그리 하라.

네가 아끼고 사랑하는 그 아이는 본시 내가 멸하려 하였던 목숨이었다. 천지신명의 보살핌으로 목숨을 보전하여 내 집 처마 아래 살아왔으니 인연이란 이토록 모질고 끊기 어려운 것인가 한다. 너를 통하여 그 아이에게 죄를 용서받을 수 있기를 바라는도다.

우리 가문을 아끼시던 선왕이 가시고 이미 나는 생의 보람을 잃었다. 이렇게 스스로 세상을 버려 가문의 명예를 지키고자 하니 너는 나의 뜻을 알아주기 바란다. 이에 너를 무원당의 다음 당주로 명하노니 모든 것을 너의 처분에 맡긴다. 아아, 너의 후손이 없어 우리 가문은 너의 대에서 절멸하겠으니 이 또한 하늘의 뜻이 아니겠느냐. 인생이란 한바탕 꿈과도 같은 것. 너를 자식으로 키우면서 아비로서 복되었던 순간들을 가슴에 품고 가노니 정녕 너는 나의 보배였느니라.

이제 슬픔도 회한도 남김없이 홀로 가니 무원당 당주 차정빈은 간소한 예로서 나를 수습하길 바란다.

정빈은 울지 않았다. 즐거운 일이 있다하여 웃음을 헤프게 하지 말고, 슬픔이 찾아와도 눈물 흘리지 말라고 아버지가 늘 말하였던 대로. 대신 아버지의 편지에 마음으로 답장을 썼다.

아버지, 어찌하여 저를 낳으시고 어찌하여 저를 고통 속에 놓아 기르셨으며, 또 어찌하여 이러한 죽음으로 저를 떠나십니까. 이 모든 고난, 이 모든 절망, 이 모든 비통 속에 저를 남기시어 다시 이루어야 할 일이 무엇이 있겠습니까. 아버지가 사랑한 아들을 죽게 한 자식인 저는, 평생을 그 죄의 대가로 살았습니다. 제게 남은 날로써 아버지의 뜻을 이루지 못할 것이 자명하니, 저는 이제 어찌 하여야 하겠습니까.

마음속 답장이 여기에 이르렀을 때, 일그러진 채 굳어버린 아비의 얼굴 위로 눈물이 떨어졌다. 정빈은 참지 못하고 기어이 시신 위에 엎드려 울었다. 이제 어찌하라고 이렇게 떠나신단 말인가. 내 인생을 이렇게 만든 애증의 대상이었던 아버지. 정빈의 인생에 큰 산이었고 거대한 벽이었던 아버지가 세상을 떠난 것이다. 정빈은 아버지의 방에 들어가 아무것도 하지 않고 삼일 밤낮을 생각하였다. 그리고 무원당의 당주로서 처음이자 마지막 일을 시작했다.

지금 대청마루에 서있는 무원당의 당주, 30세의 차정빈은 얼음으로 빚은 조각상처럼 꼿꼿이 서서 그의 발 아래로 모여드는 하인들을 내려다보았다. 정빈에게는 그저 바라보기만 해도 사람을 얼어붙게 만드는 위용이 있었다. 하인들은 허리를 펴지도 못하고 마당에 엎드려 새 주인의 명을 기다렸다. 다들 그날의 기억을 떠올리고 있으리라. 내별당에 흘러 들어온 걸인 아이를 자신의 아우라고 칭하며 그 아이에게 한 치라도 소홀함이 있으면 벌을 내릴 것이라 하던 십오 세 소년 시절의 정빈을. 그때 정빈은 하인들을 모아놓고 활을 들어 제가 가장 아끼던 말을 쏘아 죽였었다. 보라, 내 명을 어기면 너희들도 저 말과 같이 될 것이다, 하던 그 잔혹한 소년이 지금 무원당의 새 주인이 된 것이다. 마당에는 깊은 침묵과 내밀한 두려움이 흘렀다.

"나 무원당 당주 차정빈은 명한다."

정빈이 마침내 입을 열었다.

"너희들에게 자유를 허락하노니 우리 가문에 노비로 묶인 자들은 오늘로 양인이 될 것이다. 그러니 주인의 명이 아니라 스스로의 의지로써 삶을 이루도록 하라. 이것이 무원당 당주로서 나의 처음이자 마지막 명령이다."

일순간 마당이 술렁였다. 새 주인이 지금 무슨 말을 하고 있는 것인가. 내가 들은 것이 대체 무슨 뜻인가. 내쫓겠다는 것인가? 하인들은 정빈이 하는 말을 알아듣지 못했다.

"이제 곧 장집사가 너희를 묶고 있던 노비문서를 너희들이 보는 앞에서 모두 불태울 것이다. 이제 아무것도 너희를 속박하는 것이 없게 될 것이다. 또한, 그간 이곳에서 노역한 햇수와 딸린 가솔들의 수를 헤아려 재물을 나눠 줄 것이다. 각자 그것을 가지고 나가서 어디서든 자유롭게 살도록 하라."

그렇게 말하는 정빈의 모습은 조금의 흔들림도 없이 간결하고 명징했다. 할 말만 마치고 정빈은 돌아서 내실로 들어갔다. 정빈이 들어가는 것을 보고 장집사가 남은 일을 처리하였다. 마당에 쌓아 놓은 장작더미 위에 불이 붙고 그 위로 노비대장이 하나둘씩 던져졌다. 노비들은 자신들의 몸과 마음을 묶고 있던 두터운 종이뭉치들이 불길 속으로 사라지는 것을 보자 비로소 상황을 이해하기 시작했다. 그 무렵 노비들의 소망은 돈을 주고서라도 면천하는 것이었다. 저 노비대장이 없어지면 그들은 양인이 될 수 있는 것이다. 지금 타오르는 저 불길은 그들의 소원이 이루어지고 있음을 보여주는 것이었다. 누군가가 큰소리로 외쳤다.

파체 破涕

"만세! 만세! 나으리 만세!"

뒤이어 여기저기서 정빈에 대한 추앙과 숭배의 소리가 들려왔다. 정빈은 별다른 반응을 보이지 않았다. 노비제도 혁파는 임금이 남긴 미완의 과업이었다. 정빈은 임금이 남긴 일 중에서 다만 자기가 할 수 있는 일을 할 뿐이라고 생각했다. 부리던 노비들에게 특별한 자비나 연민이 있었던 것은 아니라고, 그런 것은 애당초 자기에게는 없는 것이라고 여겼다. 정빈은 별당으로 걸음을 옮기면서 다음 할 일을 생각했다. 정리해야 할 인연은 또 있었다. 오래전부터 생각해오던 것이었다.

정빈은 의관을 정제하고 영신의 방으로 갔다. 영신은 그동안 유폐되다시피 살고 있었다. 온종일 거문고만 타기도 했고 어떤 날은 울기만 했다. 곱던 얼굴은 삭아버렸고 꾸미지 않아 나이보다 더 들어 보이는 얼굴로 별당 구석을 어슬렁거리며 돌아다니기도 했다. 유겸이 가고 없는 내실 쪽을 보며 히죽거리다가도 소리 내어 울기도 했다. 유겸이 없어도 정빈은 여전히 차가웠고 단 한 번도 영신을 돌아보지 않았다. 영신은 점점 더 집안에서 고립되어 가고 있었다.

정빈이 문을 열고 들어서자 영신은 그저 흘긋 한 번 쳐다보고는 괜히 방바닥을 훔치고 닦으며 일을 하는 척했다. 그 모습을 정빈은 꽤 긴 시간 동안 지켜보았다. 할 말을 생각하고 있는 것이었다.

"행장을 꾸리시오. 내일 나와 함께 가십시다. 갈 데가 있소."

영신은 순간 무얼 잘못 들었는가 싶었다. 함께 가자고? 어디를? 나를 쫓아내려는 것인가. 이제 명실상부 이 집안의 주인이 되었으니 쫓아내려고 한다면 얼마든지 그렇게 할 수 있겠지. 영신은 체념했다. 걸레를 쥔 손이 힘없이 방안을 왔다 갔다 했다.

다음 날 아침, 영신은 여종들에 둘러싸여 곱게 몸단장을 했다. 정빈이 하인들을 시켜 영신에게 필요한 갖가지 의복류와 생필품 등을 챙기게 했다. 짐을 다 꾸리니 수레 몇 대에 짐을 나눠 실어야 할 정도가 되었다. 영신은 영문을 모른 채 시키는 대로 했다. 얼떨떨하고 불안했지만 정빈의 얼굴이 전과 달리 차갑지 않아서 그게 다행스러웠다. 그리고 마침내 무원당의 솟을대문을 벗어나는 순간 영신은 자신이 이 집에서 분리되고 있음을 깨달았다. 이렇게 쫓겨나는 건가. 어디로 가려는 것일까.

해그름 무렵 정빈일행은 주막에 들었다. 조금 더 가면 화성에 당도할 것이나 정빈은 화성 쪽으로 가지 않았다. 달리 생각해둔 것이 있기 때문이었다. 오늘은 그 일을 하기에 맞춤한 날이었다.

"아씨를 안으로 뫼셔라."

정빈은 따라 온 여종에게 영신을 시중들라 이르고 사내종에게는 가마를 손질하게 했다. 가야 할 길이 멀었다.

영신의 가슴은 도성에서 여기까지 오는 동안 내내 은근하게 뛰었다. 혼례일 이후 처음으로 받아보는 배려였다. 집안의 어른이 돌아가시고 나니 그제야 제 가족이 귀하게 여겨진 것일까 하는 생각도 해보았지만 그 때문은 아닌 것 같았다. 방안에서 엉거주춤 서 있는데 저녁상이 들어왔다. 영신은 멀찌감치 떨어져 있었는데 정빈이 불렀다.

"이리 가까이 와 앉으시오."

저리 가시오, 비키시오, 하는 말만 듣다가 가까이 오라는 얘길 들으니 꼭 딴 사람이 하는 말 같아서 머뭇거리니 정빈이 다시 한 번 불렀다.

"저녁을 드셔야 하지 않겠소. 보시다시피 상이 하나뿐이니 겸상을 해야겠습니다."

겸상이라니! 저녁상이 들어오기에 영신은 정빈이 식사를 하는 동안 옆에서 시중 들 생각을 하고 있었다. 양반가의 식사예절이란 부부간에도 겸상을 하지 않는 것이다. 그런데 정빈은 지금 아내와 겸상을 하려고 하는 것이다. 영신이 놀라서 어쩌지 못하고 있자 정빈은 숟가락을 들어 영신의 손에 쥐어주었다.

"집에서 먹는 것만 못하겠지만 든든히 먹어 두시오. 밤이 긴 데다 아직 갈 길이 멉니다."

하며 반찬도 집어주었다. 영신은 순간 눈물이 날 것 같았다. 이 사람이 정말 내가 알던 그 사람이 맞는지. 이렇게 다정한 사람이 어째서 전에는 그렇게도 쌀쌀맞았는지, 어찌 이렇게 며칠 사이에 변한 것인지. 이유는 알 수 없지만 갑자기 사람이 변하니 두려운 생각도 들었다. 그러나 어찌되었건 정빈이 조금이나마 다정해진 것 같아서 영신은 그게 참으로 좋았다.

저녁식사 내내 두 사람은 아무 말이 없었다. 정빈은 눈도 안 맞추고 밥만 먹었고 영신은 그런 정빈의 눈치를 보면서 밥술을 뜨는 둥 마는 둥 했다. 저녁식사가 끝나면 예전처럼 또 쌀쌀맞은 차정빈으로 돌아가는 게 아닌가 하는 생각에 겁도 났다. 만약 그러면 정말 이 사람이 죽도록 미울 것 같았다. 희망을 주었다가 바로 뺏은 그 악독함을 평생 저주할 것이라고 영신은 밥알을 삼키면서 생각했다. 그러나 저녁상을 물리고 찻상을 마주했을 때도 정빈은 별 다름이 없었다. 차갑지 않고 눈빛은 온유했다. 정빈이 눈을 들어 영신을 보았을 때 영신은 가슴이 철렁 내려앉는 것 같았다. 혼례 후 처음으로 정빈의 따뜻한 눈빛과 마주한 것이다. 그때 별똥별이 스며들던 눈동자에 반해 혼사를 결심한 후 지금껏 한 번도 제대로 눈을 맞추어 본 적이 없었다. 그때도 그랬지만 지금도 눈이 정말 아름다웠다. 눈동자가 너무 깨끗해서 흰자위는 푸른 빛마저 감돌았다. 긴 눈매는 슬퍼보였고 속눈썹 때문인지 그늘이 저있었다. 정빈이 찻잔을 보느라 눈을 내리깔았다가 다시 떠 영신을 바라보았을 때 영신은 그만 혼자서 놀라 찻잔을 떨어뜨렸다. 뜨거운 찻물이 치맛자락을 적셨다. 영신은 정빈이 자기를 조신하지 못하다고 생각할까 봐 부끄러웠다. 천하게 자라 배운 바 없다고 흉보지는 않을지. 그런 생각으로 허둥대며 치맛자락의 찻물을 털어내고 있는데 정빈이 수건을 꺼내 닦아주었다.

"데진 않으셨습니까. 차가 아직 뜨겁던데…"

"예? 예…에… 괘, 괜찮습니다."

정빈이 수건으로 영신의 손마저 닦아주었을 때 영신은 너무 놀라 하마터면 손을 뺄 뻔했다. 영신이 황급히 손을 빼려고 하자 정빈이 손을 꼭 쥐었다.

"여자들의 손은 모두 이렇게 작고 부드럽습니까?"

"예?"

영신은 자기 손이 부끄러웠다. 일을 많이 해서 거칠고 못난 손이었는데 혼인 후 좋은 집에서 좋은 음식을 먹으며 따뜻하게 지낸 후로는 손의 거칠음이 좀 덜해진 것 같기는 했다. 하지만 아무리 봐도 예쁜 손은 아니었다.

"여인들은 십육 세가 넘으면 팔과 손이 희고 부드러워진다고 들었습니다."

"어디서 그런 얘기를…"

영신은 지금 제 팔과 팔꿈치가 희고 부드러울까 생각해보았다.

"유모가 그리 말하더군요…. 좀… 봐도 됩니까."

"예?!"

영신은 잠시 무슨 말인지 몰랐다가 저고리 소매를 걷어 올렸다. 지

아비가 지어미에게 속살을 보여 달라는 청이 너무 정중해서 그 말이 자기에게 하는 말 같지가 않았다. 하긴 오늘 그는 모든 점이 낯설다. 지금 껏 알던 정빈이 아닌 것이다. 영신은 손목이 조금 더 가늘고 예쁜 왼쪽 팔을 보여주었다. 한 번도 드러난 적이 없던 팔은 뽀얗고 부드러웠다. 정빈은 그 팔을 눈으로만 볼 뿐 만지지는 않았다. 굳이 만져보지 않아도 촛불 아래 드러난 팔은 따뜻하고 부드러울 것이었다.

"예쁘군요."

영신은 볼이 달아올랐다. 부끄럽기도 하고 좋기도 하고 뭐라 딱 꼬집어 말할 수 없는 감정에 가슴이 두근거렸다. 처음 들어본 칭찬이었다. 그러나 그 후로 이어지는 정빈의 말은 이해하기 어려웠다.

"저의 팔은 상처투성이인 데다가… 사내처럼 억세고 딱딱합니다."

사내처럼? 영신은 이 사람이 말을 실수할 때도 있구나 하고 큭! 하고 웃었다. 하지만 웃음은 이내 사라졌다.

"나는… 그대의 지아비가 될 수 없는 사람입니다. 우리 집에서 그대에게 무례를 범하지 않았다면 한 남자의 사랑을 온전히 받으며 살 수 있었을 텐데… 이런 고생과 곤욕을 치르게 해서 미안합니다."

뭐라고 하는 건가. 좋은 소리는 아닌 게 분명했다. 영신은 심장이 마구 뛰는 것 같아 주먹으로 가슴을 콩콩 쳤다. 어쩐지 화가 나려고 했다.

"대체 지금 무슨 말씀을 하시려는 것인지요. 저 들으라고 하시는 얘기가 맞사옵…"

"누구의 딸, 누구의 아내, 누구의 어머니…. 여인이라면 당연한 그것들이 누구에게나 주어지는 행복은 아니더군요. 나도 세상 부귀영화를 다 가졌으나 그런 복은 받지 못하였습니다. 그러니 그대에게 기회를 주겠습니다. 여기서 밤을 보내고 날이 밝으면 원하는 곳으로 가세요. 좋은 스승을 만나서 하고 싶은 음악을 더 배울 수도 있을 것이고, 동생들과 함께 살 수도 있을 것입니다. 그리고… 다정한 남자를 만나 사랑하고 사랑 받으며 사시길 바랍니다."

영신은 말문이 막혔다. 지금 이 사람이 하고 있는 얘기는 나와 헤어지겠다는 것 아닌가. 다정한 남자를 만나 사랑 받으며 살라니! 참으로 교묘하고 잔인한 말로 나를 버리려 하는구나. 영신의 눈에 눈물이 핑 돌았다. 그러면 그렇지. 이 사람이 나에게 이렇게 친절한 것 자체가 이상한 일 아닌가. 내가 무슨 기대를 하고 여기까지 왔던가 싶어 영신은 서럽고 억울한 생각마저 들었다. 영신은 눈물을 보이기 싫어 소맷자락으로 눈가를 꾹꾹 눌렀다. 정빈의 말은 계속되었다.

"처음 그때, 그 밤에 말했던 대로 평생 사는 데 고통을 겪지 않을 재물을 드리겠습니다. 그대에게 달리 줄 것이 없어 재물로라도 위로하고자 하는 것이니 노여워 말고 받아주길 바랍니다. 그리고 한 가지 더. 아직 그대는 우리 집안의 사람으로 이름을 올리지 않았으니 먼 곳으로 가서 산다면 전적이 드러날까 걱정하지 않아도 됩니다."

정빈은 혼사 이후에도 아버지에게 필사적으로 저항하다시피 하여 끝까지 영신을 가문의 호적에 올리지 않았다. 영신의 인생에 또 하나의 족쇄를 걸고 싶지 않기 때문이었다. 어차피 받아들일 수 없는 사람이었다. 그 사람을 보낼 때 훨훨 날아갈 수 있도록 정빈은 할 수 있는 최선의 배려를 다 하고 싶었던 것이었다.

영신은 훌쩍거리며 정빈의 말을 들었다.

이제 무언가 알 것 같았다. 이 사람은 지금 가장 하기 힘든 말을 하고 있는 것이다. 자기의 비밀을 얘기하고 있었다.

"서방님…"

"그렇게 부르지 마시오. 단 한 순간도 내가 그대의 지아비였던 적이 없습니다. 그럴 수도 없고, 그래서도 안 되었고…."

"하지만…"

"압니다. 한 여인의 인생에 지울 수 없는 죄를 지었다는 것을. 부디 우리 집안과 나를 용서해주시오. 용서하시고, 그리고 넘어진 곳에서 다시 시작하십시오. 길을 따라 내려가면 남도에 살만한 집을 마련해두었으니 거기서 정착하셔도 좋고 아니면 잠시 머물렀다가 다른 곳으로 가셔도 좋을 것입니다."

"아니, 아니에요. 저는 지금 재물 이야기를 하는 것이 아니랍니다. 그것을 어찌 모르시나요. 저는 본래 가난하였으니 돈이 있어도 살고 없어도 삽니다. 그러나 정 없이는 못삽니다."

영신은 고개를 내저으며 말했다. 얼굴엔 눈물범벅이었다.

"저 혼자 남몰래 든 정은 어찌하라고…. 이제 와서 저를 버리겠다 하십니까."

혼자서도 정이 들까. 정빈은 자기가 그토록 차갑게 대했는데 어떻게 그럴 수 있을까 싶었지만 유겸을 향해 있던 제 마음을 생각하니 이해가 될 것도 같았다. 영신은 더하지 않았을까. 돌아봐주지 않는 냉정한 상대에 대한 갈증과 원망이 이 여인의 가슴에 쌓였으리라. 많이 미안하고 또 불쌍했다. 그러나 여기서 흔들려서는 안 되었다. 정빈은 자리에서 일어났다.

"저는 이 길로 떠납니다. 이것이 우리의 마지막입니다. 우리의 잘못된 인연의 매듭을 풀 마지막 기회이기도 합니다. 저의 뜻을 받아주길 바라오."

영신도 자리에서 일어났다. 그녀는 어느새 정빈의 소맷자락을 부여잡고 애원하듯 말하고 있었다. 정빈의 다정한 모습을 한번 보고나니 마음이 간절해진 것일까. 영신은 헤어지고 싶지 않았다.

"혼인을 치렀다고는 하나… 제가 차씨 가문의 사람이 되기에 부족하다는 걸 압니다. 그리고 서방님의… 아니, 이제 그렇게 부르지 말라고 하셨죠. 나, 나리의 누이로나마 곁에 있을 수는 없는지요."

누이. 정빈은 그 말이 생소하게 들렸다. 그에게도 누구의 누이였던 적이 있었다는 사실이 아득하게 느껴졌다. 정빈은 단호하게 대답했다.

"아니오. 안 됩니다. 모두에게 불행한 일입니다."

"제가 곁에 있으면 나리에게 있을지도 모를 세상의 의심을 감추는 데 유리하지 않을까요. 분명 나리를 의심하는 사람이 있을 것입니다."

"알고 있습니다."

"아시면서도 굳이 저를 보내시려는 건… 내별당의 그 노비 때문인가요."

정빈은 아니라고 하지 않았다.

"그런 것인가 보군요…. 그토록 마음을 주는 사람이 있으니 저 같은 것이 눈에 들 리 없겠지요. 알겠습니다."

영신은 돌아서 눈물을 닦아내고 다시 정빈을 바라보았다.

"악연도 인연이라지요. 함께한 시간은 참으로… 힘들고 외로웠습니다. 그런데 그 모든 게 저를 무시하거나 미워해서가 아니라 하니 그리 알겠습니다. 더 이상의 애원은 추한 일인 것 같습니다. 나리와의 인연을 소중한 추억으로 간직하겠습니다. 저는 아마… 남은 날들을 이 추억으로 살 것 같습니다."

정빈이 영신의 눈물을 닦아주었다.

"사는 동안 아프지 말고 하루하루 복되기를 바라오."

정빈이 진심으로 행복을 빌어주었다.

"다음 생에는 꼭… 나리의 사랑을 받을 수 있는 그 무엇으로 태어나고 싶습니다. 여인이든, 사내든… 혹은 꽃이나 풀, 개나 고양이 같은 것이라 할지라도… 상관없습니다."

정빈은 따뜻하게 웃어 보이고 돌아섰다. 안아 주고 싶은 생각이 잠시 들었지만 이내 마음을 거두었다. 그 안음은 욕정이 아니라 다만 한 인간이 다른 인간에 대한 연민과 존중의 표시일 것이나, 그렇게 가슴에 남은 체온이 그녀의 인생에 또 하나의 아픔이 되어선 안 될 것이었다. 정빈은 조용히 방문을 열고 나갔다. 등 뒤에서 영신이 훌쩍이는 소리가 들렸다.

정빈은 어두운 밤길을 홀로 말을 타고 달렸다. 그렇게 또 하나의 인연이 차가운 겨울밤 바람을 따라 흘러가고 있었다. 사는 동안 또 얼마나 많은 만남과 헤어짐이 있으랴. 부디 이 밤이 지나거든 잊기를. 미워했던 일도, 사랑했던 일도 모두 다.

영신은 밤새 잠들지 못하고 정빈의 말을 곱씹어보았다. 한 차례의 충격이 지나가고 나니 그토록 자신에게 냉랭했던 저간의 사정을 짐작할 수 있었다. 이제 모든 것이 다 이해되었다. 강했지만 어쩐지 여려 보였던 정빈의 몸과 사내치곤 조금 높은 목소리. 아마 그 목소리가 드러나는 게 싫어서 그는 말을 많이 하지 않았을 것이다. 수염이 나지 않는 매끈한 턱선, 무심코 드러나곤 하던 얇은 손목과 가늘고 긴 손가락 같은 것들. 그 모든 것들이 정빈이 사내가 아님을 말해 주고 있었는데 왜 그땐 눈치 채지 못했을까. 한 번도 의심하지 않았던 것은 그만큼 정빈이 철저하게 자기를 감춰왔기 때문이었을 것이다. 그렇게 완벽하게 감추려고 그는 또 얼마나 힘들었을까. 모두에게 냉정했고 누구에게도 곁을 주지 않았던 것도 다 그 때문이었으리라. 한사코 합방을 원하지 않았던 것도, 지나치다 싶을 정도로 차가웠던 태도도 이해되었다.

정빈을 이해하자 유겸도 이해되었다. 그들 사이에 오가는 마음이 어떠했을 것인지 어렴풋이 짐작이 되었다. 상전과 노비가 아니라 딴 세상의 연인 같았던 두 사람이었다. 타인은 결코 끼어들 수 없는 눈빛을 주고받던 두 사람은 오직 둘 만의 비밀을 공유한 채 오랜 세월을 함께해왔던 것이다.

정빈은 이제 세상 어디서 그 가혹한 운명의 짐을 내려놓을 수 있을까. 그 짐을 끝까지 짊어지고 갈 수는 있을까. 영신은 자기의 거취보다 정빈의 앞날이 걱정되어 밤새 뒤척였다.

두 임금

이교도에 대한 대박해가 시작되었다. 천주교인들에게 관대했던 선왕에 비해 대왕대비의 탄압은 실로 무자비한 것이었다. 전국 각지에서 피바람이 불었다. 믿음을 포기한 자들은 살아남기도 하였지만 그러면서도 적잖은 이들이 결국 매를 맞아 죽었다. 끝내 믿음을 버리지 못한 자들은 세상을 버려야 했다. 더러는 깊은 산 속으로 숨어들었고 더러는 스스로 칼 아래 스러지기를 원했다. 임금이 승하한 그 이듬해의 박해는 그때까지 한 번도 없었던 잔인하고 광폭한 참살慘殺의 연속이었다. 정조의 개혁을 지지했던 많은 남인들이 천주교에 연루되어 있었던 것이 원인이었다.

대비가 태윤을 불렀다.

높고 먼 데 앉아서 대비는 들릴 듯 말 듯 한 음성으로 물었다.

"네 재주가 가상하다 들었다."

"이제 쓰임을 다 하였습니다."

잠시 침묵이 있은 후에 대비가 명하였다.

"두 임금을 섬길 수 있겠느냐. 하나만 택하여라."

두 임금이라 하면 어떤 임금과 어떤 임금을 말하는 것인가. 죽은 임금과 새 임금을 말하는 것인가. 태윤은 그 자신을 죽은 임금의 사람이라 여겼으나 죽은 임금의 아들이 국법에 따라 보위를 이었으므로 마땅히 그 신하된 도리도 이어지는 것은 달리 따져 물을 필요가 없었다. 그런데 저러한 물음은 어찌 된 까닭인가.

대비 옆에는 일재가 있었다. 일재는 태윤의 모든 것을 이미 대비에게 말하였을 터였다. 버리기 아까운 자이옵니다. 죄를 가벼이 여길 것은 아니오나 재주를 취하소서. 태윤은 생각하였다. 그러므로 두 임금이라 함은 보이지 않는 임금과 보이는 임금을 말하는 것이었다. 제 백성들이 무참히 죽어가도 아무것도 해줄 수 없는 십자가 위의 임금과 지금 당장의 생사여탈권을 가진 속세의 임금을 말하는 것이었다.

"사람이란 본시 새로운 것에 미혹하기 마련이니 저의 지나간 세월이란 그러한 것이었습니다. 지금은 다만 선왕께서 소신에게 베풀어주신 은혜를 그 아드님이신 주상께 보답할 수 있기를 바랄 뿐이옵니다."

배신은 그토록 쉬웠다. 단 몇마디의 말로써 태윤은 죽을 목숨을 얻었다. 대비전을 물러나며 옷섶 깊이 감추어두었던 꼬깃한 종이를 꺼내 보았다. 처음 만났던 날, 임금이 이름을 적고 도장까지 찍어 준 종이였다. 이제는 흐릿해진 글자들 위로 임금의 목소리가 들려왔다.

　　　　용기를 내어라, 세상이 너를 버려도 하늘은 너를 버리지 않는다.

그때 그렇게 임금은 방황하던 태윤의 등을 두드려주었다. 태윤은 울면서 임금 없는 세상을 걸었다. 길을 가던 사람들이 모두 쳐다보았다.

옹기장이, 소금장수, 젓갈장수, 보부상, 약초꾼 등등…. 자운각에 물품을 대는 상인들은 거의가 천주교인들이었다. 박해가 거세지자 그들은 자기들만 알아보는 표시로 인사를 주고받으며 서로 무탈하기를 빌었다. 이 불길만 지나고 나면 새 세상이 오리라 믿으며 고난의 길을 걷

파체破涕

고 또 걸었다. 전국 각지에 퍼져있는 신자들의 동향은 이들 상인들에 의해 속속 자운향에게 보고되었다. 충청도에서는 누가 어떻게 죽었고, 경기도에서는 몇 명이 끌려갔으며, 제주로까지 피신해 내려간 교우들의 이야기 같은 것들을 접하면서 자운향은 지금이 대환란임을 알았다. 하지만 지금껏 위기상황이 아니었던 적이 없었다. 금지된 믿음을 지킨다는 것은 언제나 살얼음판 위를 걷는 일이었다. 그러던 어느 날, 자운향 상단에 드나드는 보따리장수 하나가 관에 잡히고 말았다. 보따리장수의 봇짐 안에서 성물과 함께 편지가 나왔다. 충청도에서 어느 양반이 쓴 것인데 그 지역의 박해상황이 상세히 적혀 있었다. 편지 끝에는 대행수님도 몸을 조심하라는 당부가 있었다. 이 편지를 근거로 자운각이 천주교인들의 은거지로 지목되었다.

그 무렵 각 관아에서는 누가 더 대단한 인물을 잡아들이느냐로 경쟁하고 있었다. 자운각이라는 거대 상단을 적발한 포도대장은 쾌재를 불렀을 터. 곧바로 체포조가 구성되어 자운각을 덮쳤다. 자운향의 대응도 빨랐다. 자운향은 맨 먼저 유겸을 피신시켰다. 그 다음은 하인들을 내보냈다. 어디서든 살아만 있으라고 당부하며 하인 모두에게 적지 않은 돈을 쥐어 보냈다. 모든 것을 정리하고 자운향은 관원들을 기다렸다. 이런 일이 언젠가는 올 것이라고 예견했기에 매일 마음속으로 위기상황을 연습했던 것이다. 그래서 일찍부터 화성으로 터전을 옮기는 작업을 해오지 않았던가. 자운각과 함께 자기만 희생하면 자신을 둘러싼 천주교인 탄압은 일단락될 것이고 그러면 남은 이들이 다시 시작할 수 있을 것이라고 생각했다. 아쉬운 것은 유겸을 좀 더 빨리 연경에 보내지 못한 것이었다. 유겸은 자운각에 왔을 때부터 연경에 가려고 했었다. 그랬던 것이 하루 이틀 늦어져 여기까지 온 것이었다. 이십 년 만에 처음 본 아이가 너무나도 사랑스러워서 조금 더 함께 있으려고 어미로서 욕심을 부렸던 것이 화근이었다. 이제 와서 후회가 되는 것은 사실이었지만 그래도 안전한 은신처에 보냈으니 다행이었다. 제발 무사하기를. 자운향은 오직 그것 하나만 생각하며 기도하고 또 기도했다.

"나라의 은혜를 입어 그토록 많은 재물을 쌓았으면서도 서양귀신에 홀려 위로는 왕실을 능멸하고 아래로는 백성을 현혹케 하였으니 너의 죄가 실로 크다."

자운향은 형조판서가 직접 심문했다. 워낙 거물이다 보니 국문청의 우두머리가 직접 나선 것이다.

"내가 재물을 모을 수 있었던 것은 모두 천주님의 은총 덕분이오. 서양귀신에 홀린 것이 아니라 삼라만상의 창조주이신 그분을 마음에 모신 것이오. 나는 왕실을 능멸한 적이 없고 가난한 백성들을 그저 도우고자 했을 뿐이오. 그들 중 눈 밝고 마음 착한 이들이 스스로 천주에 감화된 것뿐이오."

자운향의 진술은 침착했고 논리정연했다. 국문의 현장에서 조금의 두려움도 없이 천주교리를 설파하고 신앙을 고백하는 그녀를 보고 함께 붙잡혀 온 신자들은 눈물을 흘렸다. 그중에 배교의 유혹에 갈등하던 자는 순교를 결심하기도 했고 이미 순교하기로 한 자들은 천국에 이르는 든든한 동반자를 만난 듯 피투성이 얼굴에 미소를 지었다. 그들은 두렵지 않았다. 믿음으로써 죽기로 하였으니 그 죽음으로써 살 것이라 믿는 것이었다. 그러나 고문은 점점 더 심해졌다. 상상할 수 없을 정도로 가혹한 육체적 고통이 그들을 갈기갈기 찢어놓고 있었다. 매에 못 이겨 살이 찢어지고 피가 튀어 국문장은 피비린내가 진동했다. 여기저기서 터져 나오는 비명소리는 그곳이 바로 지옥이라고 말해주고 있었다. 자운향은 그 모든 지옥의 풍경을 담담히 인내했다. 주리를 틀리는 동안 눈을 감은 채 끝도 없는 기도를 드렸다. 그러고난 후 눈을 떴을 땐 밤이었고 감옥 안이었다.

태윤이 창살 밖에서 눈물을 흘리고 있었다. 자운향이 희미하게 웃으면서 무릎걸음으로 기어와 태윤과 마주했다. 태윤이 눈물을 흘리며 물었다.

"이런데도 천주님은 있는 것인가요. 어째서 이 고통에서 구해주지 않는 겁니까."

자운향은 태윤의 눈을 바라보았다. 태윤의 눈동자에 두려움이 가득했다. 그 눈동자는 믿음을 버린 자의 회한과 슬픔, 자기혐오를 담고 있었다. 뜨거운 눈물이 쉴 새 없이 흐르고 있었다. 마음은 그대로 둔 채 입으로만 내뱉은 배신일 것이었다. 자운향은 감옥 밖으로 손을 뻗어 태윤의 눈물을 닦아 주었다.

"아가. 울지 마라. 우리는 모두 바람이란다. 바람은 어디에서 불어와서 어디로 불어가는지 알 수 없지. 바람이 눈에 보이지 않는다고 해서 그저 이리저리 오가는 것이 아니란다. 고통을 품고 강을 건너고 산을 넘어가지. 보이진 않지만 바람도 나뭇가지에 걸리고 벽에 부딪친단다. 바람도 찢어지고 멍이 들지. 그러다가 숲에 숨어 쉬기도 하고 골짜기에 잠시 머물기도 하지만 바람은 형체 없는 그 몸을 움직여 늘 어디론가 부지런히 가고 있어. 자기를 만든 태초의 그 누군가에게로 말이야. 바람처럼, 사람도 누구나 저마다의 고통과 상처를 품고 이 세상을 불어가는 거란다. 고통 없이 바람은 불지 못해. 아가… 태윤아. 울지 마라."

자운향은 마치 유겸을 보듯 태윤에게 말했다. 자운향의 목숨이 사위어가고 있었다. 태윤은 손가락이 부러져 퉁퉁 부은 자운향의 손을 힘껏 잡아당겼다. 마치 저 세상으로 건너가려는 영혼을 이쪽으로 끌어당기려는 듯.

"소혜…. 윤소혜 맞습니까. 주상전하의 정인이신…"

태윤의 눈에 눈물이 가득했다. 이 물음은 임금이 태윤에게 내린 특별한 명을 완수하기 위한 것이었다. 그리고 그것은 소혜와 나눈 마지막 대화가 되었다.

"아…. 그 이름을 다시 듣지 못할 줄 알았는데…. 불러 줄 단 한 사람이 떠났으니 이제 버린 이름이건만…. 고맙구나."

자운향의 몸이 점점 앞으로 기울었다. 그리고 마침내 푹 고꾸라지고 말았다. 여전히 태윤의 손을 잡은 채였다.

예전에 태윤이 한참 자운향의 서고에 드나들던 때 자운향에게 물은 적이 있었다. 어째서 자운향이라고 이름하였는지를.

자운향은 이렇게 얘기했다.

본래의 이름이 있지만 그 이름을 불러주고 사랑하여 준 이를 위해 다시 만날 때까지 감추기로 하였다오. 대신 다른 이름이 필요하였지요. 내 고향은 봄이면 자운영꽃이 흐드러지게 피었어요. 보라색 꽃이 들판을 가득 메우면 참 볼만 했지요. 그런데 자운영은 가장 곱게 피었을 때 거름으로 쓰이기 위해 뒤엎어진다오. 그렇게 땅 속에 묻혀 다른 생명들을 틔워내지요. 나는 그 꽃처럼 살고자 하였소. 그래서 내가 내 호를 자운향이라 지었지요.

마지막 순간에 고향의 자운영 꽃을 떠올렸을까. 아니면 이름을 불러 줄 그 사람을 떠올렸을까. 소혜는 미소를 머금은 채 죽었다. 푹 꺾인 목덜미 뒤에 검은 점이 드러나 보였다.

이미 죽은 자운향에게 참수형이 내려졌다. 잘린 목을 거리에 내걸어 오가는 사람들이 보게 한 것이다. 하지만 그녀에게 은혜를 입은 백성들은 모두 고개를 숙이고 지나갈 뿐 함부로 쳐다보지 않았다. 태윤은 밤에 몰래 자운향의 시신을 빼돌려 화성으로 갔다. 그 일을 흥길이 도왔다. 시신이 땅에 묻힐 때 흥길이 울었다. 그가 우는 것은 처음 보았다. 절대 울지 않을 것 같은 사람이었다. 흥길이 봉분도 없는 무덤에서 작은 소리로 말하였다.

"마님. 저의 이름은 박밀朴謐이옵니다. 이제야 알려드립니다."

태윤은 그가 소혜를 사모하였을지도 모른다는 생각을 했다. 사랑이 아니고서는 그 긴 세월을 견딜 수 없는 것이다.

"지금 울면 아니 되오. 더 큰 일이 남았소이다. 유겸이를 구해야 하오. 마산포*에 배를 마련해주시오."

태윤은 그 밤 유겸이 은거한 곳으로 달려갔다.

---

* 마산포(馬山浦) : 경기도 화성시 서부에 위치한 작은 포구.

사랑할 때와 죽을 때

　정빈은 타향의 밤하늘 아래 서서 도성 쪽을 바라보았다. 장용영이 해체되고 난 후 정빈은 빠른 속도로 조정에서 소외되고 있었다. 당대 가장 뛰어난 무사요, 지략가인 젊은 장수가 한낱 군마부대의 중간 책임자로 내려간 것은 무장으로서는 치욕이었으나 정빈은 담담히 받아들였다. 일재의 결정이었다.

　"잠시만 모욕을 견뎌라. 너를 거기 오래 있게 하지는 않겠다."

　배려인지 배제인지 모를 조치였지만 정빈은 그러한 결정에 대해 아무런 고마움도 불만도 없었다. 정빈에게는 아직 남은 소망이 있었다. 그 소망으로 삶을 지탱할 수 있는 것이다. 또한 이렇게 비껴나 있는 것도 나쁘지 않았다. 자기를 바라보는 무수한 시선과 속박에서 벗어나, 아는 사람이 하나도 없는 이 시골에서는 평온한 기분마저 드는 것이다. 다만 안타까운 것은 어찌할 수 없는 그리움이었다. 때때로 밀려드는 외로움과 그리움을 견디기 힘들었다. 정빈은 혼자 있을 때면 그리운 사람들을 만났다. 마음속으로 불러내어 그들과 이야기를 나누었다. 살아서 못 다한 이야기들이 끝도 없이 오갔다. 임금은 간혹 꿈에 나타났다. 함께 활쏘기를 하면 50발을 다 맞추었다. 생시에 남겨 두었던 한 발이 미완의 개혁인 것처럼 아쉬웠던 걸까. 임금은 꼭 그렇게 50번째 활까지 쏘고 나서 정빈을 보고는 웃었다. 이놈아, 군자의 덕이란 무엇이더냐! 하고는 사라졌다. 세자는 아프지 않은 모습으로 나타나 네 누이는 어디 있느냐, 하고 물었다. 대답을 할 수 없어 정빈은 또 도망갔다. 도망가서는 숨어서 세자를 지켜보았다. 세자는 상상 속에서마저 그렇게 부담스럽고 미안하고 또 애틋한 존재였다. 아버지는 끝내 나타나지 않았다. 왜 일까. 왜 아버지는 한 번도 꿈에 나타나지 않는 걸까. 내게 너무 미안했던 것일까. 유겸이 말하기를 세상 저 너머에는 죽은 자들이 살고 있는 곳이 있다 하지 않았던가. 아, 그리고 유겸이. 나의 유겸이…. 그저 불러보기에도 가슴이 덜컹거려 어찌해보지도 못하는 이름. 나의 분신, 아니 그저 나였던 그 아이. 정빈은 상상 속 대화가 유겸에게 이르면 감았던 눈을 뜨고 사방을 헤맸다. 어디선가 유겸이 불쑥 하고 나타날 것만 같았다.

유겸이 떠난 후에는 한 번도 본 적이 없었다. 헤어짐이 믿어지지 않아서 지금에라도 별당에 가면 나무를 돌보거나 약초를 말리고 있다가 반갑게 맞이해줄 것만 같았다. 하지만 그 아이는 거기 없을 것이었다. 그때 정빈이 병중에 본 것이 마지막이었다. 아마 지금쯤이면 연경에 있지 않을까. 연경으로 가는 길은 얼마나 고생스러웠을 것이며 낯선 타향에서 공부는 또 얼마나 힘들 것인가. 하지만 어떻게 보면 박해의 시기에 차라리 잘 된 것인지도 몰랐다. 천주교인들에 대한 무자비한 박해는 지방에서도 마찬가지였다. 도성에서 들려오는 소식은 연일 천주교인에 대한 처형 소식이었다.

정빈은 자운향 상단에 대한 소식에 계속 귀를 기울이고 있었다. 자운향 상단의 실제 주인이 유겸이라고 하니 더 이상 자운향 상단의 일은 남의 일이 아닌 것이다.

태윤이 정기적으로 보내오는 서찰에는 도성의 동향과 유겸의 소식이 들어 있었다. 최근에는 유겸이 곧 연경으로 떠날 것이라는 것과 자운향 상단이 화성에 과다한 투자를 한 것 때문에 재정상태가 좋지 않다는 것, 또 천주교 박해로 상단의 거점이 하나둘씩 무너지고 있다는 소식이 들어있었다. 그 서신을 받은 게 벌써 한 달 전이었다. 보름에 한 번은 서신이 오는데 근 한 달간 소식이 없어서 정빈은 근심하고 있었다. 무소식이 희소식이겠거니 생각하면서도 정빈은 혹시라도 유겸에게 무슨 일이 있을까 봐 걱정이 되었다.

유겸은 폐궁에 몸을 숨겼다. 왕실에서 밀려난 군부인* 두 분이 거처하는 곳이었다. 여기 있다가 적당한 때에 연경에 갈 참이다. 두 군부인은 고단한 신세를 천주교에 의탁하여 여생을 보내고 있었는데 유겸을 매우 귀하게 여겼다. 그날도 유겸은 군부인들과 저녁기도를 드린 후 정원을 거닐었다. 폐궁에 뜬 달이 구름 속으로 사라질 무렵 유겸은 가슴을 찌르는 듯한 통증을 느꼈다. 이즈음 이런 증상이 가끔 있었다. 자려고 누우면 뒤숭숭한 꿈자리에 번번이 깨곤 했는데 꼭 이런 통증과 함께였다. 마치 칼이 심장을 뚫고 지나가는 것 같았다. 간간이 복이아범이 소식을 전해주는 것 외엔 바깥일을 알지 못해서 걱정만 쌓여가는 날들이었다. 어머니는 무사하신지, 정빈은 어찌 지내는지 다들 걱정이 되었다. 할 수 있는 것이 기도밖에 없어서 유겸은 온종일 기도만 했다.

좀 전의 통증은 어떤 암시인 것만 같았다. 어젯밤에는 어머니가 꿈에 나타났다. 탯줄로 이어졌던 여인. 꿈에서마저 어머니는 함께하지 못했다. 유겸을 두고 어디론가 갔는데 밝고 아름다운 모습이었다. 어미와

---

* 군부인(郡夫人) : 조선시대 외명부인 종친의 처에게 내린 작호

자식으로 만난 지 얼마 되지 않아 이렇게 다시 헤어져 언제 또 만날 수 있을지 알 수 없었다. 유겸은 꿈을 생각하자 이내 슬퍼졌다. 인생에 이별이 너무 많다는 생각이 들어 서러움이 복받쳤다. 달도 희미한 밤이어서 울기에 좋았다.

새벽을 하얗게 기도로 지새우고 맞이한 아침은 고즈넉하고 평화로웠다. 유겸은 동이 트는 하늘을 바라보다가 문득 그 어떤 고요를 느꼈다. 잠시 후 그 고요가 깨지고 경박한 소란이 찾아왔다. 지난밤 꿈이 생각났고 유겸은 운명을 예감하였다. 그것은 슬프지도 기쁘지도 않은 예감이었다. 오늘로 끝이로구나. 유겸은 미소 띤 얼굴로 성호를 그었다.

관군이 들이닥쳤다. 포승줄에 묶여 끌려가면서 유겸은 이것이 마지막이겠구나, 하였다. 이제 스물두 살. 유겸은 살아온 날이 참 길다 생각되었다. 원망은 없었다. 사람들이 말하기를 지금이 박해의 꼭짓점이라고 했다. 지금 끌려가면 그대로 죽음이라고 했는데, 이상하게도 죽는 것이 두렵지 않았다.

미처 신발을 신을 틈도 없이 끌려와서 맨발이었다. 길가의 돌멩이에 긁혀 발톱이 부서지고 뒤꿈치가 까이더니 형장에 도착하기도 전에 이미 발은 피투성이였다. 유겸은 제 발을 내려다보며 정빈을 생각했다. 그의 곁에서 그 발은 가끔 호사를 누렸었다. 더운 물로 씻어주고 비단으로 닦아주었던, 그래서 곱고 깨끗했던 발. 유겸은 발을 내려다보며 빙그레 웃어보았다. 문득 정빈이 그리웠다.

유겸이 형장에 들어서자 일제히 시선이 모였다. 서학죄인들도, 국문을 집행하는 형리들도 유겸에게서 눈을 떼지 못했다. 그저 등장한 것만으로도 유겸은 특별한 죄인이었다. 유겸을 둘러싼 광휘光輝, 죄인이면서도 범접 못할 기품에 형조판서도 움찔하여 처음에는 아무 말도 하지 못했다. 다만 일재만이 뚫어져라 유겸을 바라보고 있었다. 유겸이 형장 바닥에 무릎을 꿇고 앉았다. 일재가 천천히 다가가 유겸의 턱을 치켜들었다.

"가진 재주라고는⋯ 반반한 얼굴 하나가 전부인 줄 알았는데⋯ 알고 보니 서학 역적들이 떠받들어 모시는 그런 대단한 인물이더군. 고운 얼굴로 사람을 혹하게 하였고, 요상한 잡설로 백성들을 꾀었으니 너는 찢어 죽여도 부족하다."

일재가 유겸의 턱을 힘껏 움켜쥐었다. 그 힘만으로도 턱이 으스러질 것 같았다. 일재는 유겸 때문에 동생 일주가 정빈에게 응징 당했던 것을 잊지 않았다. 하지만 단지 그 때문이 아니었다. 그보다 더 일재를 전에 없이 거칠게 만든 것은 정빈이 이 노비를 사랑한다는 사실이었다. 정빈이 군마소로 내려가면서 일재에게 간곡히 부탁했던 것이다. 만일 아직도 어린 날의 나를 잊지 못하고 있다면, 내가 살면서 온통 내 마음을 의지하였던 그 사람과 함께 떠나는 것을 잡지 말아달라고. 견딜 수 없는 질투심이 일재를 휘감았다.

일재는 유겸의 얼굴을 이리저리 살폈다. 유겸의 얼굴 위로 정빈의 얼굴이 겹쳐졌다. 유겸의 얼굴과 거의 닿을 듯한 거리에서 일재가 말했다.

"내 발에 입을 맞춰라. 그러면 저기 굴비 엮듯 끌고 온 네 무리들⋯ 서학 죄인들을 풀어주마."

유겸은 교우들을 풀어준단 말에 아무런 망설임 없이 일재의 발에 입을 맞추려 고개를 숙였다. 그런 유겸의 얼굴을 일재가 걷어찼다. 유겸이 옆으로 나동그라졌다. 터진 입술에선 피가 흘렀다. 여기저기서 탄식과 비통의 소리가 터져 나왔다. 그때 노인 하나가 유겸을 보호하려고 무리에서 뛰쳐나오다가 그 자리에서 형리의 매를 맞고 몸이 부서졌다.

늙은 몸에서 피와 살이 튀어 형장은 이내 피비린내가 진동했다. 그 아비규환 속으로 임금의 행차를 알리는 상선내관의 소리가 들렸다. 임금이 어쩐 일로 친히 국청에 나섰단 말인가.

임금이 높은 자리에 좌정하였다. 이제 열한 살의 소년에게 무자비한 고문이 난무하는 국청은 그 역시 정신적 폭력일 것이나 어찌되었건 그 아이는 임금이었다. 혹세무민하는 사교를 엄벌하는 것이 국가 기강을 바로 세우는 근본이라는 대왕대비전의 교지가 있었으므로 친히 임금이 국문에 나선 것이었다. 임금은 어리지만 위엄을 갖추려 애썼다. 얼굴에 표정을 담지 않았고 불필요한 행동을 하지 않았다. 형조판서가 지금 끌려온 죄인들의 죄명을 임금께 아뢰었다. 형조판서는 이들이 지금까지 서학죄인들 중에서 가장 악질이며 이들을 처벌하여 더 이상 나라 안에 서학교인이 생겨나지 않도록 해야 할 것이라고 하였다. 임금이 형조의 보고를 받고 난 후 유겸에 대해 물었다.

"저 자도 서학 교인인가."

"그러하옵니다. 그중에서도 죄가 가장 무거운 자이옵니다. 천주교인들 사이에서는 임금과 같은 광영을 누리고 있던 자이옵니다."

임금과 같은 광영이란 말에 임금이 쓴웃음을 지어보였다.

"임금과 같은 고난을 겪고 있는 것이겠지. 저 자가 그간 많이 고달팠겠구나. 내 저 자에게 묻고 싶은 것이 있다."

"예? 전하! 무슨 말씀이시온지? 저 자는 서학 괴수이옵니다. 전하께오서는 다만…"

형조판서는 임금이 죄인에게 측은지심이라도 가질까 봐 불안한 모양이었다. 그러나 임금은 형조판서의 제지에도 아랑곳하지 않고 자리에서 벌떡 일어나 유겸에게로 다가갔다.

"그대에게 묻노라. 정녕 그 사악한 도를 버리지 못하겠느냐."

임금의 어린 목소리가 유겸의 머리 위에서 쟁쟁거렸다.

"사악하지 않사옵니다. 세상의 근본 이치를 밝히는 가르침이옵니다."

"그대는 총명하고 아름다워 보인다. 어찌하여 무군무부無君無父하다는 그런 삿된 믿음을 갖게 되어 아까운 목숨을 버리려 하는가."

유겸은 간신히 고개를 들어 임금을 올려다보았다. 아우로구나. 유겸은 이렇게라도 제 아우를 보게 된 것에 감사했다. 비록 이 아이의 법 아래 죽게 될지라도. 유겸이 천천히 아뢰었다.

"우리의 믿음은 한 번도 무군무부를 말한 적이 없나이다. 다만 임금 앞에 이미 계신 분, 어버이보다 먼저 나를 만드신 분, 세상만물을 주재하시는 분. 그분이 계심을 깨닫고, 믿고, 사랑할 뿐입니다."

"말이 요망하다. 임금보다 먼저 있었다면 내 아바마마를 말하는 것이냐? 그리고 네 부모도 아닌데 어찌 너를 만들 수 있단 말인가."

아직 어린 아이에게는 어려운 말일 터였다.

"세상의 이치로 하늘의 뜻을 다 알기란 어려운 법입니다."

"그래, 그러면 너는 그것을 다 안다는 것이냐."

"그렇지는 않습니다. 만분지일이나마 알게 되기를 바랄 뿐입니다."

임금의 얼굴이 가까이 다가왔다. 그리고는 작은 소리로 말했다. 거의 귓속말에 가까웠다.

"아바마마는… 당신 백성이 무고하게 죽는 것을 원치 않으셨다. 너의 죄라는 것이 아바마마가 살아계셨다면 죄였겠느냐. 지금 너는 내 백성이고 나 역시 네가 죽는 것을 원치 않는다. 그러니 거짓으로라도 말해라. 진심이 아니라고…. 말로는 그리 하고 믿는 마음을 몰래 가진다 한들 들키지만 않으면 되지 않겠느냐."

아직 솜털이 보송보송한 얼굴이 간절한 눈빛으로 말했다. 유겸은 자기를 닮은 그 눈동자를 보며 희미하게 미소 지었다. 너는 무척 착한 아이로구나.

"전하…. 사랑을 할 때에는… 목숨을 걸고 하는 것입니다. 그것이 다만 저의 진심이옵니다."

임금의 얼굴에 실망이 어렸다. 아마도 임금이 되고 난 후 제 의지로 살리고 싶었던 첫 목숨이었을 것이다. 자기의 진심이 거절당한 것을 알고 임금은 옷자락을 휘날리며 홱 돌아섰다.

"저 자에게 한 가지 소원을 들어주고 국법대로 하게."

임금은 국문장을 떠나며 세 번이나 유겸을 돌아보았다. 어찌하여 난생 처음 본 죄인의 얼굴이 이렇게 낯이 익을까. 피투성이인 채로도 평화롭고 아름다운 그 얼굴을 어디선가 본 것만 같았다. 임금은 어린 마음에도 사랑 때문에 죽는다 하는 죄인의 진심을 지켜주고 싶었다. 이 험난하고 무서운 세상에 태어나서 서학 죄인들의 임금 노릇이나마 쉬웠을까. 차라리 죽는 것이 평온하지 않겠는가 하는 생각도 하였다. 피 한 방울 섞이지 않은 할머니 대왕대비의 명에 따라 꼭두각시처럼 임금 노릇을 하고 있는 제 인생보다 저 서학 괴수라는 젊은이의 죽음이 더 값질지도 모른다는 생각도 하였다. 임금은 어쩌면 저 얼굴을, 그리고 오늘 이 순간을 평생 기억할지도 모르겠다고 생각했다.

유겸은 국문장을 빠져나가는 임금의 뒷모습을 끝까지 지켜보았다. 눈에 담아 두려는 것이다. 가엾은 내 아우. 죽은 자들의 통공通功을 빌어 저 세상에서라도 지켜주고 싶은 아우였다. 유겸은 어린 임금 앞에 펼쳐진 인생이 얼마나 외롭고 고통스러울 것인가를 생각하며 그를 위해 오래 기도했다.

임금이 자리를 뜨자 형조판서가 소원을 물었다. 유겸은 화성에 가고 싶다 하였다.

늙은 소가 끄는 달구지에 태워져 유겸은 화성으로 압송되었다. 유겸은 흔들리지 않게 달구지를 잘 끄는 소가 기특해서 소를 위해서도 기도했다. 화성으로 가는 길은 아름다웠고 그래서 눈물겨웠다. 유겸은 그 길에서 만난 아버지를 생각했다. 아버지가 지나가던 길을 이제 아들이 가고 있었다. 그때 아버지는 자식을 잃어 슬픈 얼굴이었고 그 눈물을 닦아주며 또 다른 자식은 위로했었다. 다만 처음의 처음, 시작의 시작으로 돌아간 것일 뿐이니 슬퍼하지 말라고 하였다. 이제 그 처음의 처음으로 자식을 잃은 아버지도 갔고, 아버지를 잃은 자식도 가고 있었다.

유겸은 암문을 지날 때 태윤이 했던 말을 생각했다. 천국의 문은 좁다네, 하던. 창룡문 쪽을 향해 고개를 돌렸다. 저기서 십자가의 길을 함께 했었는데… 동북공심돈에서 맞이한 찬란한 아침도 생각났다. 성의 설계도를 펼쳐놓고 나눴던 숱한 이야기들이 다시 그날들로 돌아간 것처럼 귓가에 맴돌았다. 성 안팎에는 어디에건 세 사람이 함께 했던 시간들이 스며있었다. 그 추억들로 유겸은 행복했다. 아, 그러할진대 이 성에서 죽게 되었으니 이 또한 지극한 복락이 아닐까. 유겸은 감사했다. 모든 것이 감사한 것뿐이었다.

행궁에서 유겸에 대한 심문이 다시 시작되었다. 어디에 얼마만큼의 서학 죄인들이 숨어있는지 토설하라며 매질이 끊이지 않았다. 유겸은 대답하지 않았다. 그러한 것들을 알지 못했고 설령 안다 하더라도 말하지 않을 것이었다. 유겸은 동북공심돈 속 비밀의 방을 생각했다. 태윤이 지어주었던 그 방. 그 방을 나오면서 유겸은 작은 십자고상과 성모상을 숨겨놓고 나왔다. 연경에서 공부를 마치고 오면 이 방에 감춰 두었던 성물들로 교회를 시작할 것이라고 생각했던 것이다. 이제 이렇게 떠나니 그 소중한 것들을 누가 거두어 줄까. 부디 내 뒤에 오는 누군가가 그것들을 알아보고 모셔주길 바랐다.

유겸은 마른 몸 위로 쏟아지는 매를 견디려고 기도를 했다. 유겸이 도무지 쓰러지지 않자 다른 형벌이 가해졌다. 유겸의 손과 발을 묶고 물에 젖은 종이를 얼굴에 덮어씌워 숨을 끊는, 이른바 백지사형(白紙死刑)이었다. 하얀 종이가 유겸의 얼굴 위에서 파르르 떨렸다. 아직 숨을 쉬고 있었다. 그러자 물을 뿌리고 종이 한 장을 더 갖다 붙였다. 유겸이 몸을 뒤틀었다. 그럴수록 종이는 더 얼굴에 달라붙어 유겸의 숨통을 조였다. 태윤이 성벽에 붙어서 국문 현장을 지켜보다가 도저히 견디지 못하고 튀어나왔다. 유겸이 매를 맞을 때마다 심장이 산산조각 나는 것 같았는데, 백지사형에 이르러 태윤은 거의 이성을 잃을 지경에 이르렀다. 달려가서 유겸의 얼굴을 덮고 있는 종이를 떼 내었다. 유겸이 거친 숨을 몰아쉬며 태윤 앞으로 고꾸라졌다. 태윤이 유겸을 감싸 안았고 그 위로 매질이 가해졌다. 태윤은 자기가 맞아죽어도 유겸을 놓을 수가 없었다. 두 사람은 한 데 얽힌 채 매를 맞았다. 얼마나 맞았는지 알 수 없었다. 정신이 혼미했다. 그때 어디선가 말발굽 소리가 들려왔다. 소리는 점점 더 가까워져 왔다. 한 필의 말이었는데도 마치 군대를 끌고 오는 것처럼 위용이 느껴졌다. 정빈. 정빈이 온 것이다. 태윤은 비로소 안도의 한숨을 내쉬었다. 정빈에게 보낸 마지막 서신이 잘 도착한 것이다. 태윤은 유겸에게 날아드는 매를 대신 받아내기 위해 유겸을 꼭 껴안았다.

정빈은 군령을 어기고 밤길을 달려 화성에 들어왔다. 단 한 번도 말에서 내리지 않고 곧장 국청으로 들이닥쳤다. 그리고 말을 탄 채 팔을 뻗어 유겸을 끌어올렸다. 형리들과 군관들이 정빈을 보고 기겁을 하고 물러섰다. 한때 추상같던 상관이었다. 그때의 위용을 알고 있던 지라 모두 지레 겁을 먹고 정빈 곁에 다가서지 못하다가 일재의 명령에 달려들었다. 하지만 그런 정도를 못 이길 정빈이 아니었다. 정빈은 아직 강했다. 남아있는 모든 힘을 여기서 쓰려는 듯 정빈의 칼과 활은 그 어느 때 보다 강했다. 그의 칼과 활 아래 군사 여럿이 다치거나 죽었으며 심지어 국청에 배석한 고관들도 크고 작은 부상을 입었다. 정빈은 아무 것도 생각하지 않았다. 유겸을 구해내는 일 외에는 아무 것도 생각할 수 없었다. 정빈은 말을 달려 형장을 빠져나갔다. 그러는 중에 그도 부상을 입었다. 어깨와 등에 화살이 박혔고 옆구리에도 피가 배어나고 있었다. 곧장 화서문을 향해 말을 달렸다. 거기서 말을 달려 바다로 갈 생각이었다. 포구에서 흥길이 배를 마련해 놓고 기다린다 하였으니 그 배를 타고 연경으로 갈 것이었다.

정빈은 종잇조각처럼 짓이겨진 유겸을 안고 달렸다. 가슴팍에 유겸의 가느다란 숨결이 느껴졌다. 유겸의 숨이 붙어 있는 걸 느끼는 것이 이 순간 누릴 수 있는 지고의 행복일지도 몰랐다. 어쩌면, 어쩌면… 바다에 닿기도 전에 이 숨이 멈춰버릴지도 몰라. 정빈은 두렵고 초조한 마음에 말을 더 거칠게 몰았다. 그러나 따라오는 군사의 숫자가 점점 늘었고 마침내 성문 앞에서 말은 멈추게 되었다. 정빈은 말머리를 다시 서쪽으로 돌렸다. 서장대로 가려는 것이다. 그 성벽 아래는 깊은 숲이었다. 정빈은 숲의 지형을 떠올렸다. 성을 쌓고 남은 부드러운 흙 위에 두껍게 풀이 무성한 지점이 있었다. 성벽에서 직각으로 말과 함께 뛰어내리면 추락하더라도 말을 완충재 삼아 살 수 있었다. 그러면 열 보쯤 떨어진 거리에 작은 동굴이 있고 그곳에 들어가서 입구를 풀로 막으면 절대 눈에 띄지 않을 것이었다. 정빈은 호흡을 가다듬었다. 그때 들려오는 소리.

"군마소 종사관, 차정빈은 들으라."

일재였다. 그의 긴박한 명령을 들으며 정빈은 말고삐를 힘껏 쥐었다.

"그대가 지금 무슨 짓을 하고 있는지 아는가. 국문 중에 있는 서학 역적의 괴수를 탈취하여 도주하고 있다. 군법을 어겼음은 물론이요, 국법에도 큰 죄를 짓고 있는 것이다. 그대가 탈취한 역적의 신체를 넘기고 투항하라. 그리하면 그간 그대의 가문이 나라에 쌓은 공을 헤아려 크게 죄를 묻지는 않겠다."

일재의 회유는 다급하면서도 간절했다. 유겸의 몸을 내놓으라는 군령이었지만 그보다 더 급한 것은 정빈의 목숨이었다. 일재는 저대로 가다간 두 사람 다 죽게 될 것임을 알았다. 이미 피를 많이 흘린 상태였고 성벽 아래는 낭떠러지였다. 정빈의 시신으로 그간 정빈이 감춰 온 것이 드러나게 해서도 안 되었다. 그것은 또 다른 죄였기 때문이었다. 여인으로서 왕실을 능멸한 죄. 정빈을 죄인으로 죽게 할 수는 없다. 돌아와, 제발. 정연아, 모든 건 내가 처리할 테니 제발 돌아와. 일재는 가슴이 터질 것 같았다.

정빈은 그들의 속셈을 생각했다. 유겸을 죽여 사람들이 보는 저잣거리나 성문에 걸어 놓아 교세의 확산을 차단하려는 의도인 것이다. 정빈은 제 품에 안겨 있는 유겸을 들여다보았다. 아직 숨이 붙어있었다.

"겸아… 겸아."

유겸의 입술이 작게 달싹거렸다. 듣고 있다는 것이다.

"너의 주인, 그 천주라는 신에게 빌어. 우리를 살려 달라고. 우린 잠시 몸을 숨겼다가 네가 가려는 곳으로 갈 거야. 내가 널 데려다 줄게."

유겸이 고개를 끄덕였다.

"날 꼭 안아."

유겸이 남은 힘을 모두 끌어 모아 정빈의 허리를 안았다. 정빈의 옆구리에서 피가 흘러내려 유겸의 소매를 적셨다. 둘은 간신히 서로를 마주보고 웃었다. 고통 중의 미소였으나 비로소 둘이 함께 있다는 생각이 들었다.

어느 날 정빈이 기도에 열중하고 있던 유겸에게 물었다. 기도라는 것이 대체 무엇이냐. 그것을 하면 저 위에 있는 천주라는 신령이 알아듣는다는 것이냐. 그때 유겸이 대답하였다. 그분은 이미 모든 것을 아시고 모든 것을 능히 이루시므로 다만 간절한 마음을 온전히 바칠 뿐입니다, 라고.

정빈은 그 말을 생각하며 말고삐를 잡아당겼다. 말이 피리소리 같은 긴 울음을 내뱉더니 벼랑 위에서 크게 한 번 도약했다. 시리도록 푸른 하늘에 대고 정빈은 간절한 마음을 띄워 보냈다.

그러므로 다만 우리 함께 있게 하소서!

뒤이어 일재의 긴 비명 소리가 성 안에 울려 퍼졌다.

파체破涕

봄날

태윤은 신음 속에 눈을 떴다. 눈을 떠보니 허름한 방안이었다. 그에게도 죄가 내려졌다. 임금의 총애를 받은 신하로서 국법이 금하는 서학 괴수들과 친교하여 나라의 근본을 해친 죄. 다만, 새 임금께서 화성을 축성한 공을 높이 헤아리시어 목숨만은 살리되 유배형에 처한다고 하였다. 죄를 받고 나니 차라리 홀가분했다. 박해가 시작될 무렵 대비에게 자기는 그런 믿음을 버렸노라 하고서 내내 괴로웠던 것이다. 이번에 유겸을 대신해 국청에서 매를 맞음으로써 그의 배교는 거짓이었음이 드러났다. 태윤은 유배지에서 늘 잠을 잤다. 자고 또 잤다. 꿈을 꾸기 위해서였다. 가혹한 현실보다 부질없는 꿈속이 더 살만했다. 꿈에서는 그들을 만날 수 있었다.

연경으로 가는 배 안에서였다. 세 사람이 함께 있었다. 유겸이 정빈에게 세례를 주고 있었다. 그대에게 천주님의 이름으로 세례를 주나니, 그 이름을 마리아라고 하리라. 옆에서 보고 있던 태윤이 의아하게 여겨 물었다. 아니, 남자에게 어찌 마리아라 하는가. 그때 유겸이 웃으며 무어라 말을 했는데 태윤은 그만 잠에서 깼다. 그 기이한 꿈을 꾸고 난 후, 태윤은 그들이 무사히 배를 타고 연경으로 갔을 것이라 생각했다. 그러면서 자기도 연경에 갈 차비를 하고는 내일이라도 떠나야지 하였다. 그렇게 다음 날이 오면 유배에 묶인 자신의 처지를 확인할 뿐이었고 밤이 오면 또 꿈을 꾸었다.

　어느 울창한 숲 위의 벼랑 끝. 그가 사랑하는 두 사람이 하얀 말을 탄 채 서 있었다. 피 묻은 흰 옷을 입은 유겸이 그때 북지에서 보았던 핏줄 선 연꽃 같았다. 태윤이 비틀거리며 다가가 유겸선생, 이제 꽃으로 다시 오는가, 하고 물었더니 두 사람은 태윤을 보고 그저 한번 웃어 보이더니 그대로 말을 달렸다. 그러고는 태윤이 뭐라 말할 틈도 없이 말을 탄 채 빛 속으로 사라졌다. 꿈속은 늘 별들이 황홀하게 빛나서 넘치도록 아름다운 밤이었다. 태윤은 땀에 젖어 깨곤 했다. 계속 반복되는 꿈이었다. 꿈꾸고 난 후면 언제나 그랬듯 슬프고도 기뻤다. 그들을 다시 볼 수 없을 것 같은 생각에 슬펐고, 어쩌면 그들이 어딘가에는 살아 있을 것 같아서 기뻤다. 그들이 없는 낮을 이어 밤이 왔고 그 밤을 이어 또 낮이 왔다. 슬픔은 그렇게 끝이 없었다.

　그래도 태윤은 그들이 살아있다고 믿었다. 간절하게.

　유배가 풀리고 나서 태윤은 두 사람을 찾기 위해 전국을 돌아다녔다. 천주교도에 대한 탄압이 계속되어 태윤은 교인이 아닌 척 했는데 그런 아닌 척 아니어도 태윤을 잡아들이지는 않았다. 그가 정신을 놓았다는 소문 때문이었다. 조선의 제일가는 천재가 서학 귀신이 들려 폐인이 되어버렸다는 것이다. 그건 어쩌면 사실인지도 몰랐다. 거의 먹지도 않고 자지도 않은 채 산송장처럼 방에 틀어박혀 있다가 어떤 날엔 의관을 차려 입고 며칠씩이고 집을 떠나 있었다. 북둔과 화성의 숲을 헤집고 다녀 온몸이 상처투성이가 되어 들어오기도 했고 마산포 바닷가에 하염없이 앉아 있다 바다에 떠밀려 간 것을 어부들이 건져 올린 적도 있었다. 천주교인들의 시신을 묻은 곳에 가서 무덤을 파헤치다가 관에 고발된 적도 여러 번이었다. 화서문은 교인들의 시신이 나오는 시구문이기도 했는데 그 앞에 서서 나오는 시신마다 들춰보고는 했다. 또 동남각루에서 천주교인들의 처형이 있는 날에는 각루 밑에 종일 앉아 기다리다가 각루에서 던지는 교인들의 잘린 목을 일일이 살펴보기도 했다. 그런 태운에게 유배를 내려 봐도 소용이 없어 유배와 해배는 반복되었고 태운은 그런 채로 늙어갔다.

그렇게 세월이 흘러가던 어느 날. 태운은 화성 성벽 아래 숲 속에서 한 필의 말 시체를 발견했다. 푸른 숲에 널브러진 흰말은 마치 넓적한 바위 같았다. 태운은 그것이 정빈의 말임을 대번에 알아보았다. 세월이 그렇게 흘렀는데도 말은 하나도 썩지 않았고 누구에게도 발견되지 않았다는 것이 참으로 기이했다. 태운의 정신이 맑아졌다. 태운은 숲 주변을 샅샅이 뒤졌다. 이 주변 어딘가에 정빈과 유겸이 있을 것 같았다. 태운은 몇 날 며칠을 먹지도 자지도 않고 그 숲을 헤맸다. 그리고 마침내 작은 동굴 하나를 발견했다. 한 사람 정도가 겨우 들어갈 만한 입구였다. 태운은 기어서 동굴 안으로 들어갔다. 그리고 마침내 두 사람의 시신을 발견했다. 유겸과 정빈이었다. 두 사람은 꼭 부둥켜안은 채였다. 말과 거리가 떨어져 있는 것으로 보아 숲에 추락한 후에도 얼마간은 살아 있었던 것 같았다. 두 사람은 동굴 더 깊은 곳으로 가려고 한 듯 핏자국이 동선을 따라 선명했다. 시신의 상태는 깨끗했다. 동굴 안이 매우 건조하고 빛이 차단되어서 시신이 썩지 않은 것이 아닐까 하였지만 그러기에는 그날이 있고서 너무나 긴 세월이 흘렀다. 이해할 수 없었지만 굳이 이해하지 않기로 했다. 태운은 다만 그들을 다시 볼 수 있게 된 것만으로도 기쁠 따름이었다. 태운은 두 사람 위에 포개져 한참을 울었다. 겉으로는 미친 척, 속으로는 정신을 놓지 않으려 애쓰며 견뎌온 지난날들이었다. 이날을 위해 그렇게 살아온 것이었다.

태윤은 천천히 시신을 수습했다. 박힌 화살을 빼내고 핏자국을 닦아내었다. 두 사람이 서로를 안은 팔이 너무나 완강해 떼어낼 수 없어 태윤은 안은 모습 그대로 두고 몸을 정리했다. 그러다가 문득 이상한 느낌이 들었다. 정빈의 몸이었다. 출혈이 심했던 허리 부분을 닦다가 그의 아랫부분에 손이 닿았는데 남자라면 마땅히 있어야 할 그 부분이 없었다. 이상해서 가슴께를 만져보았더니 확실히 남자의 몸이 아니었다. 태윤은 소스라치게 놀랐다. 황급히 정빈의 옷을 벗겼다. 그리고 태윤은 정빈이 끝끝내 숨겨온 비밀을 확인했다.

태윤은 충격과 슬픔으로 한동안 멍하니 앉아 있었다. 그리고 정빈의 고통을 헤아리지 못했던 자기의 잘못을 빌었다. 그토록 긴 시간 어째서 알아보지 못했던 걸까. 그 깊은 고통 속에서 얼마나 괴로웠을 것인가를 생각했다. 정빈을 잘 안다고 생각했는데 기실 가장 중요한 것을 모르고 있었던 것이다. 그리고 이제야 알 것 같았다. 정빈에게 유겸이 어떤 존재였는지를.

태윤은 안은 모습 그대로 두 사람을 묻어주었다. 깊이 판 땅 아래로 두 사람을 내려놓는 순간 태윤은 자기도 그 안에 따라 들어가고 싶었다. 세상에서 가장 사랑한 두 사람과 함께 생을 끝내고 싶었다. 하지만 이 흙 속의 공간은 오직 두 사람만을 위한 것이어야 했다. 태윤은 죽어서야 비로소 온전히 함께인 두 사람을 축복하며 흙을 덮었다. 유겸이 가르쳐 준 기도를 한 후에 흙 위에 엎드려 오래 울었다.

우리의 사랑, 처음과 같이 이제와 항상 영원히. 아멘.

비밀. 그 내밀한 사랑의 역사를 어찌 다 말로 할까. 태윤은 각자의 가슴에 간직한 비밀에 대해 생각했다. 여인임을 감추어야 했던 정빈과, 금지된 믿음을 숨겨야 하는 유겸과, 그런 두 사람을 아끼고 사랑했던 자신. 저마다 세상이 금지하는 비밀을 간직한 채 서로를 내보일 수가 없었던 사람들이었다. 서로를 사랑하면서도 맺어질 수 없었던 길 잃은 사랑은 이제 한 줌 흙의 위로 속에 잠들었다.

세월이 흘렀다. 그리움의 세월이었다. 태윤은 혼자서 늙어갔다. 젊은 날, 그 아름다웠던 청춘의 한때를 글로 남기고 싶은 생각도 있었다. 그러나 세상이 알게 하고 싶지 않았다. 사랑은 비밀 그대로여야 했다.

태윤은 햇살이 찬란하던 어느 봄날. 긴 여행을 준비했다. 먼저 북둔에 갔다. 폐가가 되어 버린 대저택은 여전히 아름답고 슬펐다. 조심스레 별당에 발을 들여놓는 순간 만개한 복사꽃이 태윤을 반겼다. 태윤은 늙은 몸을 달래가며 그때 유겸을 처음 만났던 그 자리로 갔다. 유겸이 앉아서 묵주를 만들던 그 자리에 철 이른 분꽃이 드문드문 피어나 있었다. 사람은 가도 꽃이 남아 추억을 말해주었다.

유겸의 내실로 이어지는 툇마루에는 햇볕에 삭아가는 편지 한 통이 놓여 있었다. 태윤은 혹 유겸이나 정빈의 흔적인가 하여 기쁘고 반가운 마음에 편지를 꺼내보았다. 뜻밖에도 편지는 영신이 보낸 것이었다. 영신은 동생들을 데리고 남도의 어느 지방으로 내려갔다고 했다. 자기가 한때 차원일 대감 집안의 사람이었다는 것을 아무도 모르는 작은 시골마을에 정착했다고 했다. 마련해준 집에 그대로 살라는 것과, 데리고 간 노비와 계집종을 혼인시켜 식구로 삼았다는 것과, 간혹 소리를 배우는 일 외에는 집안일을 하는 것으로 소일한다고 적혀 있었다. 편지글로 미루어보아 다시 혼인을 한 것 같지는 않았다.

태윤은 편지를 통해 정빈과 영신 사이에 일어났을 일을 짐작했다. 정빈이 그의 방식대로 인연을 정리한 것 같았다. 영신은 정빈과 유겸이 세상을 떠난 것을 알까. 모르는 게 좋을 것이었다. 태윤은 그녀가 행복하기를 진심으로 바랐다.

태윤은 복사꽃 그늘 아래서 술을 마셨다. 정빈과 유겸도 청해서 한 잔씩 들게 했다. 아름다운 폐허를 불어가는 봄바람이 태윤 곁에 머물렀다 가곤 했다. 채울 수 없는 그리움이 술잔에 넘쳐흘렀다.

다음 행선지는 화성이었다. 화성. 태윤이 모든 것을 쏟아 부은 일생의 성이었다. 이 성을 지을 때 세상은 온통 사랑으로 가득 차 있었다. 사랑을 위해 지어 올린 이 성에서 그들은 죽었다. 아니야. 그럴 리가 없어. 그들은 죽지 않았어. 제 손으로 묻어주고도 그들의 죽음이 믿어지지 않았다.

태윤은 비밀의 방으로 갔다. 그곳에 가면 유겸이 있을 것 같았다. 태윤은 떨리는 가슴을 진정시키며 방문을 열었다. 그때 처음이자 마지막으로 함께 미사를 드렸던 그곳. 그때 그는 얼마나 아름다웠던가. 태윤은 작은 방안 구석에 쭈그리고 앉아 여기저기 살폈다. 혹시 유겸의 머리카락 한 올이라도 얻을 수 있을까 하였다. 그러다가 벽돌 한 장이 들떠 있는 것이 기이해 들춰봤더니 뜻밖에도 아주 작은 크기의 십자고상과 성모상, 묵주가 숨겨져 있었다. 모양이 조금은 어설픈 그것들은 모두 유겸이 만든 것들이었다. 유겸의 정성스러운 손길이 닿았을 그것들을 안고 태윤은 울었다.

태윤은 화성의 모든 곳을 둘러 본 후에 마지막으로 방화수류정에 올랐다. 누각에서 한참 동안 풍경을 바라보았다. 그리고는 힘이 부쳐 바닥에 주저앉았다가 이내 드러누웠다. 방화수류정에 넓게 들어 온 햇살 한 장을 덮고 태윤은 천천히 눈을 감았다. 이윽고 감은 두 눈 속으로 정빈과 유겸이 들어왔다.

여전히 눈부시도록 아름다운 유겸과 여인의 옷차림을 한 정빈이 작은 밭을 일구며 살고 있었다. 두 사람의 등 위로 따사로운 햇살이 쏟아지고 있었고 곁에는 새들과 작은 짐승들이 모여 한가롭게 노닐고 있었다.

그곳은 아마 일 년 열두 달 철마다 다른 꽃들이 피겠지요. 작은 새들이 나뭇가지 마다 지저귀고 냇가에는 햇살이 금빛으로 부서질 거예요. 일곱 개의 무지개다리 너머 정자마루에 앉아 오가는 바람결이 얼마나 순하고 고운지 봅시다. 소라고둥 같은 계단을 타고 가서 망루에 올라가면 정다운 사람들의 집들이 보이지요. 밥 짓는 연기가 피어오르는 나지막한 지붕들 사이로 감나무며 대추나무가 가지를 벌리면 그 풍성한 나뭇잎들 사이로 달이 걸리고, 별이 내려앉고…. 아침 해는 어디든 따뜻하게 비추죠. 그곳에는 사랑하는 사람들이 살고 있겠죠. 나를 기다리겠죠.

오랜 위로 같은 유겸의 목소리가 귓가에 들려오는 듯했다. 늘 마음에 품고 있던 것이었다. 태윤은 마침내 깨달았다. 유겸이라는 사람은 그대로 하나의 이상이었음을, 작고 소박한 평화였음을 알았다. 그것의 상실로 인한 우울을 견뎌야 했던 지난날을 생각했다. 한 세상이 가고 또 한 세상이 오고 있는데 그것은 아직 저 너머에 있었다. 저 너머에서 자기를 부르고 있는 그 절대자와 마주하는 순간 태윤은 미소 지었다. 이제 다 끝났나이다. 제 손을 잡아주소서.

의지할 데 없던 텅 빈 영혼 위에 따뜻한 기운이 스며들었다. 태윤이 희미하게 웃었다. 마침내 복된 웃음이었다.

노인은 붓을 놓았다. 기력이 쇠하여 남은 이야기를 더 쓰기 어려웠다. 아직 못다 한 이야기가 가슴에 고여 있는데도. 노아가 몇 번이나 신부를 불러 종부성사*를 받게 했다. 종부성사를 받으면 한동안 기력을 유지했다. 그러면 또 한 줄 적었다. 마음 속 말을 썼다 지웠다 했다.

> 나는 내 이야기를 후일 오는 사람들이 알아주길 바라는 마음도 있고, 몰랐으면 하는 마음도 있다. 이 두 마음을 오가며 이 글을 썼다. 그러나 사랑하는 사람들에 대해 적은 나의 마음은 진실하다.

이렇게 적었다가 또 지웠다. 그 옛날 정빈이 했던 말이 생각났다. 너는 다정이 병이로구나, 보고 싶지 않은 사람이 없으니.

노인은 웃었다. 그 보고 싶은 이들을 이제 보러 갈 참이었다.

그렇게 또 봄이었다.

---

* 병자성사(病者聖事)와 같은 용어로 몸이 많이 아프거나 임종에 직면하였을 때 사제가 행한다. 다른 성사와 달리 일생동안 여러 번 받을 수 있다.

작가의 말

2014년 4월 첫 판을 낸 후 4년여 만에 개정판을 냅니다. 쇄刷 수로 보면 4쇄입니다. 책은 아주 더디 나갔으나 무명의 신인이 낸 책을 이만큼이나 읽어주신 것이 기쁘고 고맙기만 합니다. 따뜻한 격려와 후한 평가도 더없이 감사합니다. 행여 저의 부족한 문장이 독서의 즐거움을 해치진 않을까 근심하기도 했는데 재미있게 읽었다는 감상평들에 용기와 힘을 얻었습니다. 하여 3쇄로 끝날 뻔 했던 책을 다시 내게 되었습니다. 첫 판의 오탈자를 바로잡고 어색하거나 거친 표현을 다듬었습니다.

파체破涕라는 말은 제게 무척 신기하게 들립니다. 겉 뜻은 '울음을 그치다'인데 '슬픔이 기쁨으로 바뀌다'라는 속뜻이 감춰져 있습니다. 이 다정하고 애틋한 말이 라틴어로는 '평화'라고 합니다. 그래서 저는 평화란 슬픔을 견뎌낸 후 비로소 얻는 기쁨이로구나, 하고 생각합니다. 이렇게 세상의 말이 서로 이어져 있음을 다시 한 번 깨닫습니다.

그러면 또 생각해봅니다. 슬픔을 견디는 힘은 무엇일까. 아무래도 사랑인 것 같습니다. 파체 속 주인공들은 저마다 사랑을 합니다. 그 사랑은 달지 않습니다. 그들에게 사랑이란 시련과 고독의 다른 이름이니까요. 사랑하기 때문에 그 고난을 감내합니다. 그리고 마침내 눈물을 닦고 웃습니다.

여전히 작가의 말을 쓰는 것이 어렵습니다. 본문을 쓸 때보다 더 많이 고민 합니다. 작가라고 불리면 쑥스럽고 어색합니다. 아직 제게 과분한 호칭이라 그런 것이겠지요. 더 많이 공부하겠습니다.

그래도 감사의 말은 꼭 전하고 싶습니다. 달빛 순례를 통해 수원화성에 얽힌 아름다운 이야기를 들려주신 나시몬 신부님과 좋은 말과 글로써 제게 영감을 주신 모든 분께 진심으로 감사를 드립니다. 가족은 언제나 고맙습니다. 무엇보다 이 긴 이야기를 선택하시고 읽어주신 독자들이 제일 고맙습니다.

모두에게 평화를 빕니다.

이규진 드림

참고자료

〈단행본(저자명 가나다순)〉

· 강명관, 《조선의 뒷골목 풍경》, 푸른역사, 2014
· 김문식·신병주, 《조선 왕실 기록문화의 꽃 의궤》, 돌베개, 2010
· 김성봉, 《초남이 동정부부》, 가톨릭출판사, 2012
· 김영호, 《조선의 협객 백동수》, 푸른역사, 2011
· 김준혁, 《이산 정조, 꿈의 도시 화성을 세우다》, 여유당, 2012
· 류홍렬, 《간추린 한국천주교회 역사》, 성요셉출판사, 2010
· 박시백, 《조선왕조실록 정조실록》, 휴머니스트, 2010
· 박홍갑·이근호·최재복, 《승정원일기, 소통의 정치를 논하다》, 산처럼, 2009
· 성기옥 외, 《조선 후기 지식인의 일상과 문화》, 이화여자대학교출판부, 2009
· 심경호, 《한문산문의 내면 풍경》, 소명출판, 2002
· 아드리앙 로네·폴 데통배/안응렬, 《한국 순교자 103위 성인전》, 가톨릭출판사, 2013
· 안대회, 《조선의 프로페셔널》, 휴머니스트, 2007
· 이덕일, 《정약용과 그의 형제들》, 김영사, 2010
· 이이화, 《문화군주 정조의 나라 만들기》, 한길사, 2011
· 이종근·유연준, 《한국의 옛집과 꽃담》, 생각의 나무, 2010
· 장숙환, 《전통 남자 장신구》, 대원사, 2003
· 정민, 《18세기 조선지식인의 발견》, 휴머니스트, 2011
· 최웅철, 《생활명품》, 스토리블라썸, 2012
· 최진연, 《수원화성, 긴여정》, 주류성, 2011
· 최형국, 《조선무사》, 인물과 사상사, 2009
· 허균·이갑철, 《한국의 정원 선비가 거닐던 세계》, 다른세상, 2010
· 허창덕, 《초급 라틴어》, 가톨릭대학교출판부, 2010

〈인터넷 사이트(사이트명 가나다순)〉

· 가톨릭굿뉴스 http://www.catholic.or.kr
· 도란도란 수원e야기 http://blog.naver.com/suwonloves
  * 본문 92~93쪽에 나오는 용연의 전실은 이 사이트의 게시물에서 인용하였습니다.
· 두산백과사전 http://www.doopedia.co.kr
· 수원문화재단 http://www.swcf.or.kr
· 조선왕조실록 http://sillok.history.go.kr
· 천주교 수원교구 수원성지 http://suwons.net
· 한국민족문화대백과사전 http://encykorea.aks.ac.kr
· 문화콘텐츠닷컴 http://www.culturecontent.com
· 국립국어원 표준국어대사전 http://stdweb2.korean.go.kr